A. L. KENNEDY

Süßer Ernst

Roman

Aus dem Englischen
von Ingo Herzke und Susanne Höbel

Carl Hanser Verlag

Für V. D. B.
wie immer

Die englische Originalausgabe erschien 2016 unter dem Titel *Serious Sweet*
bei Jonathan Cape in London.

Das Zitat von Stephen Crane auf S. 107 stammt aus
Das offene Boot und andere Erzählungen, herausgegeben und übersetzt
von Lucien Deprijck, Mareverlag 2016.

3. Auflage 2019

ISBN 978-3-446-26002-3
© A. L. Kennedy 2016
Alle Rechte der deutschen Ausgabe
© 2018 Carl Hanser Verlag GmbH & Co. KG, München
Umschlag und Foto: Peter-Andreas Hassiepen, München
Satz: Greiner & Reichel, Köln
Druck und Bindung: Friedrich Pustet, Regensburg
Printed in Germany

»Man strebt in allen Bereichen des Wissens
danach, den Gegenstand so zu sehen,
wie er an sich wahrhaftig ist.«
Matthew Arnold

Eine Familie sitzt in der Londoner U-Bahn. Sie sitzen alle in einer Reihe, und zwar in der Piccadilly Line. Sie haben beträchtliches Gepäck dabei. Sie wirken müde und ein wenig derangiert, und sie kommen eindeutig von weit her: eine Großmutter, ein Vater, eine Mutter, und eine etwa zwölf Monate alte Tochter. Die Erwachsenen reden leise auf Arabisch miteinander. Die Großmutter trägt ein Kopftuch, die Ehefrau nicht.

Ihre erwachsenen Begleiter wirken zwar alle recht schäbig, doch die Erscheinung des kleinen Mädchens ist von uneingeschränkter Farbenpracht. Sie hat Pailletten an den makellos weißen Schuhen und trägt Haarspangen, die mit Schmetterlingen besetzt sind. Sie zeigt Farben über Farben. Quer über ihre Strickjacke verläuft ein kompliziertes Stickmuster, wie Blumen und wie Sterne. Sie sitzt auf dem Schoß ihres Vaters, hat dem Herbst in den Fenstern und dem abnehmenden Licht den Rücken zugewandt und schaut den Rest des Wagens an, selbstsicher, interessiert, von Natur aus voller Charisma. Sie richtet ihren stillen, erwachsenen Blick auf die anderen Fahrgäste und grinst.

Das Mädchen hat außerordentlich schöne Augen.

An den Händen, den pummeligen Fingerknöcheln, an der Halsseite und an Wange und Schläfe hat sie recht frische Verletzungen. Manche sind nur verschorfte Abschürfungen, andere sind ernster. Keine ist richtig abgeheilt. Es scheint eindeutig, dass etwas Schreckliches, womöglich Explosives sie erwischt hat – nicht schlimm, aber schlimm genug. Einige der Wunden werden zwangsläufig Narben hinterlassen. Davon abgesehen ist ihre Haut seidig und flaumig und so bemerkenswert wie die eines jeden Kleinkindes, doch sie hat diese beharrlichen Verwundungen.

Sie übt Winken – manchmal winkt sie ihrer Großmutter und ihrer Mutter, manchmal auch Fremden, die nicht anders können, als zurückzuwinken. Die Kraft ihrer Persönlichkeit ist beträchtlich. Sie nimmt offensichtlich an, dass sie etwas Besonderes ist und nur aus gutem Grund im Zentrum der Aufmerksamkeit steht. Und es sollte möglich sein, dass sie mit dieser Annahme richtigliegt, dass sie immer richtigliegen wird. Erst wiederholte Einmischungen von außen würden ihr die Selbstsicherheit und das Glück nehmen.

Doch an diesem Morgen ist sie gebieterisch und winkt freudig. Immer wenn ein Fahrgast lächelt oder zurückwinkt, wirken ihre Angehörigen sowohl stolz als auch Gefühlsregungen nahe, die sie zu überwältigen drohen. Die offensichtliche Anspannung der Erwachsenen, das Unausgesprochene zwischen ihnen macht sie den Mitreisenden mysteriös – zugleich Geheimnis und Grund zu stiller, intimer Sorge.

Die Mutter, der Vater, die Großmutter – sie beschäftigen sich, bieten der Kleinen gesunde Leckereien und Getränke aus verschiedenen Taschen und Päckchen an. Auch Spiele haben sie dabei. Sie haben kleine Stoffbüchlein und ein hübsches Spielzeugtier, ein wenig wie ein Pferd. Sie sind so gut vorbereitet, wie man nur sein kann.

06:42

Das war – *ach du lieber Gott* – das hatte er nicht – *neinneinneinneinnein*. Mist.

Jon spürte, wie sein Hemd von Panikschweiß feucht, seine Jacke schwer und belastend wurde. Er war nicht richtig angezogen für so was, für dieses Problem, für diese Art Problem.

»Ich tue, was ich kann. Wirklich. Ach komm ... Bitte ...«

Er hielt einen Vogel fest.

Obwohl er nicht wollte.

Er hatte einen Vogel in der Hand.

Eine Taube auf dem Dach wäre mir definitiv lieber. Hahaha.

Aber dieser Vogel schaffte es weder aufs Dach noch sonst irgendwohin. Das war ja das Problem.

Dämliche Sprüche sind das Problem. Aber das ignorieren wir mal. Wenn man dämliche Sprüche ignoriert, verpuffen sie womöglich. Im Gegensatz zu Problemen.

»Lass mich ... lass mich einfach. Ich bringe das in Ordnung.« Er war auch nicht ansatzweise überzeugt, dass er es in Ordnung bringen konnte.

Gut möglich, dass er log. Einen Vogel anlog.

Der war ziemlich jung, das ornithologische Äquivalent eines dicklichen Kleinkinds oder vielleicht auch eines Pommes mampfenden Teenagers, und er wehrte sich in Jons gewölbter linker Hand, während Jon sich mit der Rechten abmühte, ihn zu besänftigen. Jetzt war er nämlich gar nicht sanft. Der Vogel zwickte ihn, kniff seinen linken Zeigefinger mit dem Schnabel – ein Zeichen entschlossener Ohnmacht und winziger Tapferkeit.

Jon wollte ihn nicht ängstigen.

Aber er konnte ihn auch nicht seinem Schicksal überlassen – nicht in seinem derzeitigen Zustand.

Aber weil er ihn eben nicht ließ – weil er ihn rettete –, kam er schon zu spät. Das Tier untergrub seinen Vormittag, zog seinem Terminplan den Stöpsel heraus. Darauf hätte er ehrlich gesagt verzichten können, wo sein Tag ohnehin anstrengend zu werden versprach, mörderisch, zum Scheitern verurteilt, leicht aus der Bahn zu werfen durch einen verdammten unvorsichtigen Atemzug. Sozusagen.

Heute ist der Tag, an dem ich kriege, was ich verdiene.
Glaube ich. Möglicherweise.
Als könnte das irgendein Mensch, irgendein menschlicher Körper aushalten.
Sozusagen.

Aber man musste aus dem Tag das Beste machen, was auch geschah. Man musste immer sein Bestes geben – denn sonst stellte sich ja niemand zur Verfügung.

Andererseits war man vielleicht schon dabei, etwas gar nicht so Gutes zu tun – Vögel waren empfindlich, Tiere im Allgemeinen waren empfindlich, und Vögel im Besonderen waren schnell überfordert und konnten durch einen einfachen Schock buchstäblich umgebracht werden. Vielleicht tötete er den Vogel.

Aber das wollte oder beabsichtigte er gar nicht ... was wiederum für ihn sprach.

Aber mit seiner mangelnden Erfahrung würde er das garantiert vermasseln ...

Zu viele Aber – das sieht mir gar nicht ähnlich. Ich bin doch der Mann, der die Aber beseitigt. Dafür bin ich bekannt – jedenfalls ein bisschen. Ich kann sie aus jeder öffentlichen Verlautbarung, Pressemitteilung, Zusammenfassung, aus jedem Bericht, Verlaufsprotokoll, Grünbuch, Weißbuch, aus jeder Notiz auf einem Briefumschlag tilgen, wenn Sie darauf bestehen, dass Sie meine Hilfe brauchen und einen heiklen Tag haben, dann tue ich eben, was ich kann ... Theoretisch kann ich sogar eine Krebserkrankung, nun ja, verwandeln ... der Krebs ist zwar noch da, aber stellt sich zugleich als glückliche Fügung heraus, wenn man mir nur genug Zeit gibt. Diese Fähigkeit habe ich. Ich will sie nicht, aber es scheint notwendig zu sein, dass Jon Corwynn Sigurdsson jedes Hindernis, jedes Gefühl von Widerstand beseitigt und die möglichen Folgen jeder beliebigen Handlung übertüncht. Wenn Sie das Gefühl haben, dass Ihnen irgendein

Teil der Wirklichkeit einfach nicht gefallen mag, dann komme ich ins Spiel und formuliere diese Wirklichkeit für Sie um.
Aber ich möchte lieber nicht.
Und meine eigentlichen Pflichten liegen woanders. Ganz woanders. Meiner Meinung nach.
Das macht mich fertig.
Jon schloss die Augen und ließ seine Gedanken zur Ruhe kommen – so wie man eine Decke über einen Käfig wirft, um den Papagei darin zum Schweigen zu bringen: so viel Lärm, so wenig Sinn ...
Ich kann zwar alles umschreiben, doch in diesem Augenblick geht es um den Tod, und der wird doch gemeinhin – selbst bei ganz gewöhnlichen Vögeln – als unglückliche Fügung gesehen.
Die Amsel schauderte – was ein schlechtes Zeichen sein mochte, Jon wusste es nicht.
Kein normaler Mensch hatte gern einen Tod in der Hand. Noch dazu in einer Hand, die offenbar für solche Aufgaben nicht entwickelt genug war – noch zu affenartig: seine hatten unansehnliche Haare auf den Knöcheln, und es mangelte ihnen an männlichem Geschick.
Wie man gebaut ist, enttäuscht einen eher.
Außerdem wäre dies ein Unverzeihlicher Tod – noch schlimmer.
Schwangere Frauen, Hunde, Pferde, manche Katzen, alle Schimpansen, die meisten Kinder, rüstige Senioren, Männer mit gutem Herzen, hübsche Frauen, tapfere Blinde, vielversprechende junge Menschen aus schwierigen Verhältnissen mit Stipendien für Oxford oder Cambridge – und liebenswert mutige Vogeljunge – der Tod solcher Lebewesen darf als unverzeihlich betrachtet werden. Herzzerreißende Fotos in allen möglichen sozialen Medien können ihren tragischen Status untermauern, indem sie die Opfer in vergangenen Momenten argloser Hoffnung zeigen. (Falls ein Pferd – rein hypothetisch – überhaupt Hoffnung empfinden kann.) Ihr schrecklicher Verlust mag Aktivisten inspirieren, Gesetzesreformen anstoßen, die Bereitstellung kommunaler Einrichtungen, die nach ihnen benannt werden – vielleicht aber auch neu entdeckte Krankheiten. Oder es werden frische Pferde bereitgestellt und nach ihnen benannt.
Der kleine Vogel stieß – was er in unvorhersehbaren Abständen tat – einen weiteren schrill drängenden Klagelaut aus, Flehen und Vorwurf zugleich, der seiner Größe ganz und gar nicht entsprach.

Dann zwickte der Kleine ihn wieder.

»Ach, komm ... Hör mal ... Bitte ...«

Wir bewahren die Namen, erlassen Gesetze und errichten Gedenkstätten, damit die Unverzeihlichen Tode so wirken, als dienten sie einem Zweck. Obwohl es in Wirklichkeit natürlich wir sind, die dem Zweck dienen. Die Toten und ihr Tod können es nicht – sie sind nur ein Entfernen, ein Auslöschen. Niemand – das ist jetzt ein etwas sperriges Beispiel, übertrieben dramatisch – aber niemand ist im Holocaust gestorben, um eine ausgleichende Welle von Menschenrechtsgesetzen auszulösen. Das war nicht ihr Ziel. Niemand hat sich in den Leichenschlamm an der Somme geworfen, weil er auf inspirierende Erinnerungskunst hoffte. Und doch ... kommen uns solche Gedanken, weil wir uns nach Hoffnung und Bedeutung sehnen und uns wünschen, dass sie aus der Bitterkeit entspringen und das WIEDER *durch ein vorangestelltes* NIE *auf Dauer modifizieren mögen ...*

Das ist eine vereinfachende Haltung, deren letzte Konsequenzen ziemlich gefährlich sein könnten. Sie könnte dazu führen, dass wir fremdes Leid fördern, weil es womöglich etwas ungenügend definiertes und daher inspirierendes Gutes bewirkt. Es könnte dazu führen, dass wir die Früchte verschiedener vergifteter Bäume genießen. Es könnte sogar dazu führen, dass wir vergiftete Bäume pflanzen ...

Dabei ist jeder Tod absolut unverzeihlich.

Es wäre eine moralische Bankrotterklärung, wollte man suggerieren, dass es so etwas wie Verzeihliche Tode gibt. Und ich bin nicht moralisch bankrott – noch nicht ganz. Andere womöglich schon. Vielleicht. Vielleicht will ich damit sagen, dass andere Menschen gelegentlich ihren moralischen Kompass verlieren und daraufhin Todesfälle auf einer absteigenden Skala einreihen könnten, angefangen mit ... sagen wir einem Todesfall von erschütternder Bedeutung, der eine berühmte Persönlichkeit trifft, *über* Folgenlose Todesfälle, Langweilige Todesfälle *bis hin zu* Geschmacklosen Todesfällen *und schließlich* Notwendigen und mit gebührendem Ernst zur Kenntnis genommenen Todesfällen. *Das wären alles* Vorhersehbare Todesfälle. *Selbst die unerwarteten können vorhergesagt, ihr Wirklichkeitsanteil gemessen werden – auch wenn die emotionale Distanz und Verrohung, die durch derlei Quantifizierung angeregt wird, wenig wünschenswert sein mag. Umgekehrt sollte man aber nicht zu harsch urteilen, wenn jemand den Tod anderer Menschen auf die* leichte Schulter nimmt oder nur seine Öffentlichkeitswirkung abwägt oder Kosten und Nutzen gegeneinander aufrechnet – das könnte weniger ein spiritueller Aussetzer oder Defekt sein als vielmehr der vernünftige Versuch, im vollen Mitgefühlskalender Prioritäten zu setzen.

Ich könnte also trotz angemessener Zurückhaltung eine derartige Beobachtung äußern.

Eine Beobachtung andere betreffend. Nicht mich selbst.

»Ich bin kein schlechter Mensch.« Der Vogel schien nicht überzeugt. »Aber ich bin ... ich komme zu spät. Und das darf ich nicht. Nicht heute. Heute ist ...« Wieder brach ihm der Schweiß aus. »Heute ist heute, und heute ist einfach zu viel ...«

Scheiße.

Das war Valeries Schuld – weil sie etwas verändert hatte. Die Vegetation auf ihrer Terrasse war normalerweise von grimmiger Geradlinigkeit – eingetopftes Grünzeug, dem es nichts ausmachte, wenn sie ihren Rauch darauf blies. Doch jetzt hatte sie sich offenbar einen Heidelbeerbusch ins Haus geholt. Oder jemand hatte ihr einen Heidelbeerbusch geschenkt – *viel wahrscheinlicher* –, und den hatte sie daraufhin hier draußen abgeladen.

Wo er eine Gefahr darstellte.

Wo er als Köder in einer unnötigen Falle diente.

Und so bildete das gesamte Szenario den Charakter dieser schrecklichen Frau nur allzu klar, eindeutig ab – es zeigte unmissverständlich, wie sie war und immer sein würde.

Der Vogel streckte sich in seinem Gefängnis, seine winzigen Bemühungen und seine große Not machten Jons Finger vor lauter Schuldgefühlen noch unbeholfener, trotz seiner Hilfsversuche.

Er war sich bewusst, dass dies ein ebenso klares und eindeutiges Abbild seines eigenen Charakters bot – furchtsam wie ein Kind, Finger wie ein Tier ...

»Ist okay. Ist schon okay ... Ich mache es wieder gut, ich sorge dafür, dass es dir wieder bessergeht. Ehrlich.« Er hatte die ganze Zeit mit dem Tier geredet – mit diesem hellbraunen, zwickenden Drosseljungen –, seit er es rufen gehört hatte. Er war aus der Küche nach draußen gelaufen, in den dämmernden Morgen, und hatte den Vogel entdeckt, wie er erbittert mit dem besonders dichten Netzwerk am Boden des viel zu verschnörkelten Übertopfes kämpfte.

Muss ein Geschenk gewesen sein. Sie hätte sich niemals freiwillig etwas besorgt, was so viel Pflege braucht. Es sei denn – ist es diesen Monat im Trend, frische Beeren vom Zweig zu essen, oder gilt es als probates Mittel gegen unvermeidliche Alterungsprozesse oder gegen Krebs?

Herrgott, sie kann so widerwärtig sein. Auch wenn ich das nicht sagen sollte.

»Tut mir leid ... tut mir leid ...« Jon entschuldigte sich und versuchte beruhigend zu klingen.

Mir ist klar, dass ich weniger gehässig sein sollte.

Hass ist ganz allgemein fast schon so eine Art Hobby in meinem Leben geworden. Ich laufe zwischen den gemieteten Ficus-Töpfen im Portcullis House umher und hasse. An den Wochenenden praktiziere ich stillen, zielgerichteten Hass, und in entspannten Augenblicken schlendere ich durch das Natural History Museum und kann mich nicht mehr darauf verlassen, wirklich etwas zu sehen, so dicht ist der Nebel aus Hass, durch den ich im Vorbeieilen zu spähen versuche. Das ist nicht angemessen. Es hilft niemandem. Das ist mir klar.

»Tut mir leid.«

Und in meiner derzeitigen Lage darf, darf, darf ich nichts und niemanden hassen, denn richtige Tiere spüren solche Negativität. Richtige Tiere bemerken im Gegensatz zu Menschen schon den kleinsten Anflug von Abscheu, sie verstecken sich davor, flüchten mit Füßen oder Flügeln.

Außerdem kann ich nicht vor Hass triefen – nass vor Hass, kann man das sagen? Kann ich nicht – nicht heute. Etwas hassen, meine ich. Heute geht es – wenn möglich – um das Gegenteil von Hass.

Also – selbst wenn ich das nicht ohnehin tun sollte, ich muss sanft denken, freundlich fühlen, sonst merkt es mein Vogel.

Nicht mein Vogel. Er gehört mir nicht.

Dieser Vogel.

Meine Verantwortung. Nicht mein Eigentum, aber meine Pflicht.

Und das wäre ein schönes Zitat, wenn man es ein wenig poliert und demütig vorträgt – ein bewegender Ausspruch, um die Moral zu heben, tempora *und* mores *zu bessern, falls noch irgendjemand weiß, was das bedeutet ...*

»Ach, Herrgott noch mal!«

Über ihm schoss die Amselmutter vorbei, hielt sich akkurat über seinem Scheitel, drohte ihm mit harten, ratternden Warnkaskaden. Es hörte sich an, als würde jemand mit immer heftigeren Hieben auf dünnes Geschirr losgehen. Sie hatte ihn noch nicht getroffen. Sie tat allerdings so, als würde sie das gleich; mehr konnte sie nicht tun. Sie zeigte eine Art gewalttätiger Liebe.

»Ich bin ... könntet ihr ... würdet ihr beide ... ich tue, was ihr wollt. Versprochen ... ich ...«

Nachdem er die Lage erfasst hatte, war er sofort in Valeries leicht versiffte Küche zurückgelaufen – die Griffe sämtlicher Schubladen fettig – und hatte eine Schere gefunden, war wieder hinausgeeilt, um das grässliche grüne Geflecht vom Leib des zitternden Vogels zu schneiden. Diese erste Rettungsaktion hatte den Vogel zwar unversehrt aus dem Netz befreit, doch war er selbst noch in diese schrecklichen Plastikfasern verstrickt, und er musste das arme Tier hochheben, in der Hand halten, es sicher umfangen und dann ganz sachte, schnipp, schnipp – *Herrje, wenn ich in den Flügel geschnitten hätte oder so, ihn verkrüppelt hätte, uns beide zu dem darauffolgenden Gnadentod verurteilt, ein Unverzeihlicher Mord ... und das könnte immer noch passieren, könnte immer noch, schrecklich, schrecklich ...*

Jons freie Hand hatte ziemlich blind mit der bedrohlichen Scherenspitze herumgetastet, hatte gehofft, die Einschnürung um die Atemwege des Vogels erwischen und zerschneiden zu können – diese spürbare Hysterie, als er sich mit matten Kräften in seinem Griff wand.

Das kleine Ding stieß wieder erstaunlich lautes, erschrecktes Zwitschern aus.

»Ich werde dich nicht fressen. Bestimmt nicht.«

Er fand es eigenartig, wenn nicht gar rührend, dass in diesem Ruf etwas erkennbar Kindliches lag. Das schien ein Naturgesetz zu sein: Wenn wir wirklich, ernsthaft in Not sind – ob Vogel, Schimpanse, Pferd, Mensch, alles, was Blut in den Adern hat –, werden wir wieder Kinder, wünschen uns unsere Eltern herbei, schreien nach unserer Mama, ob ihre Hilfe zur Stelle ist, nützlich wäre oder nicht.

»Ich werde dir überhaupt nicht wehtun. Das verspreche ich. Versprochen.«

Die Amselmutter stieß wieder sinnlos herab, diesmal mit noch lauteren Rufen.

Diese ganze Situation war einzig und allein darauf zurückzuführen, dass Valerie war, wie sie war, und immer das Falsche tat. Sie hatte einen Instinkt dafür. Das Netz über dem Heidelbeerbusch war das falsche Netz. Jon war streng genommen kein Gärtner, aber er hatte das Zeug oft genug gesehen, mit dem man Nutzpflanzen abdecken sollte. Der Durchmesser, die Maschenweite – er wusste nicht genau, wie man Vogelnetze einteilte –, die Materialstärke, Dichte ... es sollte doch sicherlich sogar Spatzen abhalten. Jeder vernünftige Mensch würde damit Eindringlinge abhalten, nicht jedoch sie erwürgen wollen. Val aber hatte über ihre verdammten Heidelbeeren offensichtlich das Netz mit den größtmöglichen Maschen geworfen – eine drohende Gefahr für alle und jeden. Ein Treibnetz für alles Gefiederte. Aß sie jetzt Vögel, frisch vom Zweig gepflückt? Sollte das ihre von den Wechseljahren geplagte Haut zum Strahlen bringen? Was hatte sie sich dabei gedacht – wenn sie überhaupt nachgedacht hatte? Diese Frau war weitgehend unbelastet von jeder Rücksichtnahme. Jedes Tier, das kleiner war als ein dicker Kater, musste auf der Suche nach Heidelbeeren direkt in die Falle stürzen, musste gefesselt, allein und verwirrt um Hilfe schreien.

Das war das Problem mit Tieren – ihr fehlendes Begriffsvermögen brachte so viel Not hervor: erst ihre eigene und dann die eines Menschen. Man sah sie an, sah sich selbst in ihnen und wurde ganz närrisch und überdreht.

»Um Himmels willen! Wenn ich dich fressen wollte, hätte ich es doch schon längst getan! Oder etwa nicht?«

Brüllen war manchmal ein Ventil. Nicht dass Jon oft brüllte.

»Schh, nein. Schh. Ich hab's nicht so gemeint. Ich bin nicht böse auf dich. Ich bin überhaupt nicht böse. Keine Sorge. Bitte. Mach dir keine Sorgen meinetwegen.«

Weder seine Versuche, den Vogel zu beruhigen, noch sein Wutausbruch schienen irgendwas an ihrem Verhältnis zu ändern. Tatsächlich waren beide Amseln jenseits seiner kommunikativen Fähigkeiten.

Worauf Val ihn sicher hingewiesen hätte. Sie hatte ein gutes Ohr für Pointen, konnte das Versagen anderer präzise auf den Punkt bringen.

»Entschuldigung. Sschh. Ich werde ... Das wird ... Es sollte ...«

Probehalber zupfte er an einem Stück Plastik, das er aufgeschnitten und gelöst zu haben glaubte – das Ende des Problems. Jon zog etwas fester, und ein unangenehmer, schartiger Faden lief aus seiner Faust, der zweifellos zuerst über die Vogelbrust und unter den Flügeln entlanggeschabt war. Er spürte das Tier erschaudern. Es war bemerkenswert, wie sich die Last des Schreckens zwischen ihnen übertrug.

Als Reaktion auf diese ungewohnte Berührung kackte das Vogeljunge – völlig verständlich – warm auf Jons Hose, was einen langen lilafarbenen Streifen hinterließ. Die Farbe geklauter Heidelbeeren, der ersten Früchte.

Dann rief es noch klagender als zuvor – darauf hätte Jon gern verzichten können –, und die Mutter antwortete, schwang sich empört an seinem Ohr vorbei. Was wollte sie sagen? Versuchte sie zu beruhigen, trauerte sie schon, stieß sie Drohungen aus, schwor sie Rache, gab sie Ratschläge? Sie hatte den Gesang aller anderen Vögel in der Nähe zum Schweigen gebracht, diese hatten sich in sichere Entfernung zurückgezogen.

Ihr Schweigen wirkte schon vorwurfsvoll, während sich das Drama fortsetzte – obwohl Jon es anscheinend geschafft hatte. Nichts schien seinen Gefangenen mehr zu behindern. »Siehst du? Schhhh. Das ist ... So ... Ich habe dir doch gesagt ...« Er versuchte festzustellen, ob alles in Ordnung war. Er würde dieses Ding nie wieder in die Finger kriegen, wenn er das jetzt vermasselte und es immer noch hilfsbedürftig war, wenn er es aussetzte ... Man mochte sich gar nicht vorstellen, wie ein Lebewesen durch seine eigene Bewegung oder durch sein Wachstum ganz langsam stranguliert würde ... oder sonst wie verkrüppelt ... solche Sachen ... Missbildungen, Wundbrand.

Der Pluspunkt wäre, dass Tod bei Missbildung und Wundbrand ein Wünschenswerter Tod wäre.

O Gott, bin ich ein Arschloch.

Nein, ich tue, was ich kann. Ich gebe mein Bestes.

Er drehte die gefiederte Gestalt in diese und jene Richtung, spähte durch seine Finger und versuchte, sich genügend auf seinen Tastsinn zu konzentrieren, um womöglich übrig gebliebene Fäden zu entdecken.

Jetzt schien es kein Problem mehr zu geben.

Glaube ich.

»Okay. Also gut. Alles in Ordnung.«

Von irgendwo sah ihm die Mutter zu, verabscheute ihn, ließ weitere heftige Beschimpfungen ab.

Jon murmelte ihrem Nachwuchs zu: »Alles gut. Wirklich. Du Dummchen. Hast du nicht ...?« Mit einem Säuseln, das er von sich kaum kannte. »Alles in Ordnung.«

Er holte Luft. Ein leichtes Schaudern behinderte das Einatmen, ließ dann aber nach. Er schwitzte nicht mehr. Seine Oberschenkelmuskeln entspannten sich. Er betrachtete seine leicht besudelte Hose, den dunklen, weiß geäderten Fleck auf dem farblich sich beißenden blauen Stoff.

Dann schaute er sich um und stieß die Luft seufzend aus.

Der gelbe Lichtquader, der aus der Küchentür fiel, war völlig unsichtbar geworden, als die Morgendämmerung zum Tag erstarkt war. Dennoch hielt sich eine sanfte Bläue, eine Zartheit hier und da in den Schatten, die er betrachtete. Es herrschte eine Atmosphäre zugänglicher Schönheit. Wenn er gewollt hätte, hätte Jon lächeln können. Aber er schaute nur hin, sehr sorgfältig, erlaubte sich zu sehen, zu sehen und noch einmal zu sehen, atmete wieder ein und hielt den Atem an, Luft und Friedlichkeit füllten seine Lunge.

Und um ihn strömte dichte Stille heran.

Schloss sich.

Sicherheit trat ein, Trost wurde verabreicht, gegen sieben Uhr am Morgen. Und jede Bewegung verschwand.

Jon roch den Fluss: die relative Nähe von freigelegtem Schlamm und Frühlingsgrün, schmutziges Leben, das sich außerhalb von Valeries Heim abspielte. (Ein gefragtes Gebäude aus dem 18. Jahrhundert, dem schmutziges Leben nicht ganz fremd war. *Das macht sie nur, um einen zu ärgern, weil sie weiß, wie sehr es einen reizt.*) Doch kein Laut, nicht der geringste, war zu hören. Er konnte sich einbilden, dass die Bäume draußen an der Straße, die gepflegt wildwüchsigen Gärten zum Wasser hin, das Gründeln der Schlickbewohner, das Wachsen der Weiden draußen auf dem Werder, das Schieben und Anbranden der Strömungswellen, dass alles völlig zum Stillstand gekommen war. Und der frühe Autolärm am Hogarth-Kreisel, das endlose Zischeln der Jets am Himmel über ihm, das aggressive Wirbeln von allem, was für diesen ganz besonderen Aprilfreitag nötig war – das alles hatte jetzt ausgesetzt.

Nur jetzt.
Nur für den Moment.
Selbst die Amselmutter war stumm und reglos.
Es war so, als hätten die allseitigen Ängste – die der Vögel und seine eigenen und die der Welt – ein gegenseitiges Einverständnis herbeigeführt, eine Pause zur Bestandsaufnahme.
Und dann zwinkerte Jon.
Was den Bann brach.
Die Wirklichkeit taumelte weiter.
»Also. Okay. Dann ...«
Und er ließ los, kam einem Seufzer ziemlich nahe, öffnete die Hand und schaute einen ganzen langen Moment das Vogeljunge an, das sich nicht rührte und dessen dunkel glänzender Blick auf Jon ruhte.
In Jon schimmerte eine Schuljungenhoffnung auf, dass ihm der Vogel womöglich dankbar war – und bei ihm bleiben, auf seinem Finger sitzen und seine zerzausten Federn ordnen würde.
Oh.
Aber er verließ ihn.
Oh.
Natürlich.
Oh.
Der Vogel zuckte in einem plötzlichen Ausbruch von Hast hoch und stieß einen Ruf aus, als wäre er keinesfalls weniger als schwer verwundet worden. Und doch war er offenbar genug bei Kräften, um zu entkommen, war ganz und gar frei und gerettet. Jon hatte etwas gerettet.
Er schaute dem Vogel nach, der pfeilschnell in das kleine Kästchen Himmel schoss, das über Valeries Terrassenmauern hing.
Oh.
Und dann war er so was von weg. Die Mutter ebenso.
Seine Handfläche kühlte ab.
Seine übliche Anspannung setzte wieder ein.
Eine Panik oder so etwas Ähnliches, etwas wie Nervosität, aber ohne Anwesenheit von Nerven, so als wäre die innere Verkabelung entfernt worden und man spürte die Lücke. Das war es. Hier war es.
Ich glaube, ich muss mich vielleicht übergeben.

Ein halbes Dutzend Sittiche glitten über ihn hinweg, so hoch, dass er nur die Silhouetten sah. Sie hatten scharfkantige Flügel, die Schwanzfedern liefen lang und spitz aus – von der schieren Geschwindigkeit, konnte man annehmen, vom gnadenlosen Geradeausflug. Und sie machten dabei so ein lautes Geräusch – *tssiuuh, tssiuuh, tssiuuh*. Sie machten ein Geräusch wie Ehefrauen.

Nein, diese Bemerkung ziehe ich zurück. Sie klingen wie die Angst vor Ehefrauen, die Angst vor einer Frau, meine Angst vor einer Frau, vor meiner Frau, meine Angst vor meiner Frau, vor dieser Ehefrau.

Tssiuuh, tssiuuh, tssiuuh.

Ich weiß nicht, ich weiß es nicht. Ich weiß nichts über Ehefrauen oder Sittiche. Ich müsste wissen, wie sie sich anhören, aber ich weiß es nicht. Ich könnte mich auch irren. Ich habe Affenhände und keine Verkabelung. Ich bin ein großes Kind im Anzug eines Mannes und für keinen Zweck geeignet.

Tssiuuh, tssiuuh, tssiuuh.

Und jetzt bin ich wirklich zu spät. Dabei muss ich heute Zeit haben, ich muss mir Zeit schaffen, weil ich dann in der Lage bin ... Es gibt Dinge, die ich zu Ende bringen muss, und die sollten nicht übereilt werden.

Aber ich glaube, ich schaffe es. Wirklich. Ich schwöre. Ich werde mir ein großes Loch im Terminplan freischaufeln, damit ich frei atmen und funktionieren kann, so wie ich sollte, und ich werde es möglich machen, dass ich sehen, sehen, sehen kann, was als Nächstes kommt.

Tssiuuh, tssiuuh, tssiuuh.

Wie es sich anhört, ausgelacht zu werden.

Hier ist es.

Tssiuuh, tssiuuh, tssiuuh.

Ja, hier ist es.

06:42

Weil es nicht ratsam war, wach im Bett zu liegen, war sie hier hochgekommen, um den Morgen heraufziehen zu sehen. Der Stadtrat ließ die Parkanlage oben auf dem Hügel geöffnet, sogar nachts. Wegen der schönen Aussicht waren durchgehende Öffnungszeiten unerlässlich. Die Menschen hatten das Gefühl, sie müssten jederzeit vorbeikommen und nach der Metropole schauen können, die ihnen da so untypisch zu Füßen lag. War sie nicht flach – die Stadt –, wenn man sie so sah, so ganz eindeutig in einem Gezeitenbecken angelegt, in den Schlick gegründet? Fremde machten solche Bemerkungen zu anderen Fremden. Die Bewohner des Telegraph Hill brauchten das nicht, sie waren daran gewöhnt. Sie konnten einfach weiterschlendern, vielleicht zu Musikbegleitung – der Hügel ist sehr musikalisch, Leute üben auf ihren Instrumenten –, und auf die verblüffende Wirkung eines waschechten Londoner Sonnenuntergangs hoffen, auf das Blut und Glitzern, das über die Ufer ferner Fenster schwappte und Träume in den Himmel malte. Oder vielleicht bekamen sie den Kampf wogender Gewitterfronten, oder Feuerwerke, oder hohe Nachmittage, wenn das viele Blau des Sommers siedete und gleißte wie die Flagge eines außerordentlichen, makellosen Landes. Selbst an einem durchschnittlichen Tag musste die Stadt beobachtet werden. Man sollte London nicht den Rücken zuwenden, denn es war ein gerissenes altes Biest.

Sie hatte einen Sonnenaufgang gewollt. Beziehungsweise hatte sie einfach rausgewollt, es war sehr früh gewesen, und sie hatte nicht unbedingt eine Wahl gehabt – im Morgengrauen kommt verlässlich ein Sonnenaufgang, da kann man ganz ruhig bleiben und muss nicht mit Enttäuschungen rechnen. Da geht alles klar.

Sie war in den Park eingebogen und hatte den Hauptweg genommen, gefahrlos zwischen entfernt dösenden Bäumen, keine Schatten, in denen Ärger lauern konnte. Als Frau allein – da willst du dich nicht ständig bedroht fühlen, aber du musst dich auch nicht zu dämlich aufführen. Du willst dich nicht in Gefahr begeben. Oder doch? Nein, willst du nicht. Solltest du nicht. In Gefahr sollte man nicht leben.

Dann hatte sie den stillen Tennisplatz umrundet und war – trotz des Dämmerlichts einigermaßen zielsicher, weil sie häufig hier war – über das Gras, das sich irgendwie ölig anfühlte, auf den höchsten Punkt des Hangs zugesteuert. Irgendwo in der Nähe hatten Füchse gesungen, geschrien.

Es war gute Tradition, Füchse zu hassen, warum auch immer. Sie nahm an, das hatte mit Schuldgefühlen zu tun. Sie klangen immer, als würden sie verletzt, wenn nicht gar gequält, und das ließ einen daran denken, welches Leid man anderen in der Vergangenheit zugefügt hatte. Vielleicht waren die Füchse eine Art Heimsuchung, die einen an frühere Sünden erinnerte, und so etwas kam nie gut an bei den Leuten. Oder vielleicht steckte auch gar keine Logik dahinter, bloß willkürliche Abscheu, die sich ein Ziel sucht und dabei bleibt.

Sie genoss diesen warmen Lärm der Füchse, diesen blutig-pelzigen und weißzahnigen Klang – er war intensiv, und was intensiv war, mochte sie. Das war ihre Wahl. So wie auch der Hügel ihre Wahl war. Die offene Dunkelheit gab ihr das Gefühl, auf einer Klippe zu stehen, sobald die mächtige Skyline in Sicht kam. Das bot ihr die schöne Illusion, von hier aus in den Weltraum vorstoßen zu können, einfach hinaus- und nach oben zu schwimmen. Unter ihr ausgebreitet lagen Quellen und Ketten von Lichtern, hingen scheinbar in einem riesigen Nichts, ein herrlicher Wirrwarr. Es war leicht sich vorzustellen, dass Londons Wände und Bauwerke überflüssig geworden wären, sich aufgelöst hätten, und dass nur noch Leben, reine Leben brennend in der Luft hingen, wie Hitzebündel dort schwebten, oder wie Farben, Willensäußerungen vielleicht. Was diese Leben in der Luft hielt, war nicht zu sagen.

Doch dann hatte sich im Lauf einer Stunde tatsächlich die Sonne im Osten hereingedrängt, war aufgegangen, Vögel waren erwacht, hatten die Tatsache, ebenso wie Flugzeuge und Busse, verkündet, und die Welt hatte sich verfestigt und sie ausgeschlossen. Wie bei jemandem, den man nachts kennenlernt und der bei Tageslicht nicht dieselbe Person ist. Unter dem immer noch goldfarbenen, pudrigen Himmel waren Gebäude einfach zu Gebäuden geworden, im Vordergrund erkennbar viktorianisch, aufgereiht und belebte Furchen bildend, das Muster hier und da unterbrochen, wo im Krieg Bomben gefallen waren. Diese Explosionslücken waren mit neueren, hässlicheren Gebäuden gefüllt oder zu Parks geworden. Manche Grundstücke waren auch einfach leer geblieben. Sie waren zerstört und dann verlassen worden, konnten zu kleinen Wildnissen werden, Leerstellen einer vergessenen Sache. 44 waren V-1- und V-2-Raketen eingeschlagen. Irgendwo unter der heutigen Bücherei – die nicht mehr städtisch war – hatte sich ein zerschmettertes Gebäude befunden, zerfetzte Menschen, Dutzende von ihnen zur Mittagszeit aus dem Leben gerissen. Man sah davon nichts mehr. Irgendwo gab es eine Gedenktafel, wenn man die bemerkte, doch andere, zumindest nicht sichtbar zerfetzte Menschen gingen gewöhnlich vorbei und verschwendeten keinen Gedanken daran.

Sie allerdings gehörte zu denen, die einen Gedanken verschwendeten. Sie interessierte sich für Schäden, konnte man sagen: für Schäden und Lücken. Konnte beides lehrreich sein.

Andere Orte waren friedlicher. Sie konnte Kirchtürme ausmachen, oder die cremefarbenen Schornsteine des ehemaligen Battersea-Kraftwerks. Weiter hinten schoben sich dünne Züge unbekannten Zielen entgegen, und die Einzelheiten verschwammen. Ganz in der Ferne erhoben sich Formen oder Andeutungen oder Träume von unmöglichen Küsten, Lagunen und Bergen. Trugbilder krochen aus dem Horizont hervor. Und irgendwo, dem Auge unsichtbar, buckelte die verkrümmte Gestalt der Themse der Küste zu.

Es war kein schlechter Morgen. Sie war eigentlich kein Morgenmensch, aber es konnte ihr trotzdem gefallen. Die Sittiche glitten schon lebhaft umher, bremsten farbflackernd ab und ließen sich auf Bäumen nieder, ein fremdartiges Grün, das nie zuvor hier gewesen war, sie wippten und legten die Köpfe schräg im stumpfen Grün der Bäume. Sie stammten aus dem Land der Trugbilder jenseits der Hausdächer. Zuerst hatte es auf dem Hügel nur ein Pärchen gegeben, aber mehr als zwei brauchte es auch nicht – man denke nur an Noah. Eins plus eins macht mehr. Sie brachten den Elstern schlimme Wörter bei.

Inzwischen – fast sieben Uhr an einem Freitagmorgen im April –

wurden die üblichen architektonischen Orientierungspunkte geboten: der komplizierte Metallzylinder, der sich in der Nähe von Vauxhall erhob, der riesige Glaszapfen bei der London Bridge, die Turbinen, die unsicher über Elephant & Castle aufragten, die gut gedrechselte Geländerstütze, die Fitzrovia markierte ... all die Navigationshilfen. Und dann das Spielzeugkistendurcheinander in der City, eine schludrige Ansammlung unwahrscheinlicher Formen, oder die irgendwie an Art déco erinnernden Pralinenschachteln von Canary Wharf, und hier und dort eingestreut die fernen Drahtgitter von Kränen, die weitere Seltsamkeiten in den schutzlosen Himmel hievten.

Das waren selbstgewisse Monumente selbstbewusster Organisationen und prominenter Männer – und alle, die weniger bedeutend waren, mussten sie anschauen und über sie nachdenken. Unbedeutende Menschen gaben ihnen Spitznamen und verglichen dieses oder jenes noble Bauwerk absichtlich mit Sachen im Hosentaschenformat, mit Haushaltsgegenständen: das Handy, die Käsereibe, die Senfgurke. Wenn man sie schon nicht verschwinden lassen oder verhindern konnte, dass neue auftauchten – diese Zeugnisse von konzentrierter Macht und Albernheit, von albernem Reichtum –, dann konnte man sie wenigstens für lächerlich erklären. Man konnte sich an ihren Konstruktionsfehlern, an ihren Baumängeln, an ihrem teuren Büroleerstand erfreuen. Das half zwar nicht, aber es brachte einen zum Lächeln.

Das Gleiche konnte man auch mit anderen Bereichen der Realität versuchen. Manchmal.

Manchmal konnte kunstvolle Namensgebung feindliches Terrain eine Zeitlang unterwerfen. Sie hatte einmal einen Freund – eher ein Freund von Freunden – im Krankenhaus besucht. Das Zimmer, das er mit zwei anderen Patienten teilte, lag hoch genug, dass man über Chelsea schauen konnte. Ein früherer Insasse hatte eine detaillierte Zeichnung der Stadtlandschaft hinterlassen, jedes Dach als Schattenriss auf einem langen Streifen Karton abgebildet. Die Einzelheiten waren obsessiv genau wiedergegeben. Jedes Gebäude war namentlich gekennzeichnet und mit historischen oder skurrilen Fußnoten versehen.

Da sie sich mit dem Freund von Freunden sehr wenig zu sagen hatte, war sie darauf verfallen, Vermutungen über den unbekannten Künstler anzustellen. Sie hatte gesagt, derjenige habe Woche um Woche sehr krank hier gelegen oder sehr gelangweilt sein müssen, oder im Sterben liegend und habe daher noch etwas Sinnvolles hinterlassen wollen. Der Freund von Freunden hatte zu der Zeit ebenfalls im Sterben gelegen, auch wenn er es gelassen nahm.

Es war so einer jener Tage gewesen, an denen ihr Taktgefühl sie im Stich gelassen hatte.

Jetzt fragte sie sich, ob auf dem Hill wohl jemand aufzutreiben wäre, der ihnen allen eine ebenso lange, schmale Ansicht zeichnen könnte, um ihnen die Aussicht zu erklären und sie in der Spur zu halten. Das wäre sowohl nützlich als auch angemessen. Wenn die Anwohner im Sommer frühmorgens draußen herumlungerten, um zu rauchen, in Gärten und Vorgärten auf und ab gingen, sich an Türrahmen lehnten und auf Stufen saßen, dann hatte die Gegend tatsächlich etwas vom Krankenhaus: Hausschuhe und Nachthemden, stilles Zunicken im Vorbeigehen, halbwaches Starren, in den weichen Gesichtern noch Kissenfalten. Sie brauchten alle einen therapeutischen Stadtplan, den sie aufsuchen und von dem sie lernen konnten, den sie ändern, vervollkommnen, mit zusätzlichen Fußnoten garnieren konnten, wie sie wollten. Das würde Kraft verleihen.

Oder sie konnten weitermachen wie bisher – mit Halbwissen, durch Wiedererkennen, Schlussfolgerungen.

Oder sie konnten sich Sachen ausdenken. Sie konnte das. Sie war gut im Erfinden, eine Eigenschaft, die oft wenig hilfreich war. Schnell fühlte sie sich kategorisch und definitiv, zeigte auf *Das Da* und verkündete: *Das ist der Horchposten, der eure Zuneigung aufzeichnet, das ist die Konditorwerkstatt, in der man eure Seelen nachbildet – die machen das mit Zuckerwatte, und die Seelen werden nie gekauft, nur als Geschenk angenommen oder gegessen –, und das ist die Lagerstätte der Reue, und dort ist der Zugang zum Flammenofen, bewacht von einem klugen Hund.* Sie konnte endlos derlei Unsinn abspulen – ohne einen Gedanken daran, ob man es hören wollte oder nicht.

In trüber Stimmung wäre es ihr lieber gewesen, wenn all diese architektonischen Markenzeichen, diese großen phallischen Gesten ganz sachgerecht umgetauft würden: der Glitzerschwanz, der Stachelschwanz, der Fettschwanz, der Plattschwanz, der Schrägschwanz, der Übersehene, der Schlappschwanz, der Hübsche, der Mickrige, der Schielende und der Trostpreis.

Warum nicht sagen, wie es ist?

Aber heute war sie gar nicht in trüber Stimmung. Sicher, im Gespräch hätte sie sagen können: »Wir treffen uns unterm Stachelschwanz – gleich neben dem Bahnhof.« Aber das hätte sie nur witzig gemeint. Vielleicht hätte sie es sogar bloß gedacht, aber den Mund gehalten. Ihr wäre eingefallen, dass manche Menschen Ausdrücke wie *Schwanz* nicht gern hören, also hätte sie gewartet und nachnachnachgedacht, um herauszufinden, ob sie auf den billigen Witz lieber verzichten und Worte von der Stange wählen sollte. So trat man niemandem auf die Füße. Auch wenn man später herausfand, dass Menschen, die gewöhnlich nicht fluchen, gelegentlich doch Gefallen daran fanden und zum richtigen Zeitpunkt schlimme Worte von anderen zu schätzen wussten. Nach bloßem Anschein schwer zu beurteilen. Man musste die Stimmung testen, erst mal nur den Zeh ins Wasser halten, ohne gleich das Ertrinken zu riskieren, und dann vorsichtig losschwimmen. Mit aller Vorsicht hätte sie also sagen können: »Ich treffe dich am Freitag, gleich neben dem Hochhaus – am Bahnhof London Bridge.« Ganz ohne Ausschmückungen.

Aber sie wäre glücklich gewesen, ganz egal, wie sie sich ausgedrückt hätte. Sie wäre auf jeden Fall glücklich gewesen.

Ich treffe dich.

Das ist eine glückliche Aussage.

Das ist ein schönes Versprechen.

Und es hatte sich in ihrem Kopf als weiterer angenehmer Gedanke zu ihrem Geburtstag gesellt.

Ich habe Geburtstag.

Es ist ihr erster Geburtstag.

Sie ist fünfundvierzig Jahre alt und hat zum ersten Mal Geburtstag.

Es ist ihr erster Geburtstag seit ziemlich langer Zeit, länger als üblich, um ehrlich zu sein.

Ich spinne den Gedanken weiter. Versuch nur, mich dran zu hindern. Kannst du nicht. Wetten, nicht? Dieser Geburtstag gehört ganz allein mir.

Sie hat es bis zu ihrem fortdauernden ersten Geburtstag geschafft und trottet immer noch voran. Ein wirklich hervorragender Gedanke.

Sie hat eine ganze Sammlung von erstklassigen Gedanken, die sie sich gerne im Stillen aufzählt. Szenen und Augenblicke, an die sie sich bewusst erinnert. Das ist ihr Gegenstück zu warmen Kieseln, von Hand in Hand gegeben, zu einer Misbaha, einer Mala, einem Komboloi, einer Gebetskette, zu Sorgenperlen – alle haben Sorgen, warum sich nicht mit Perlen behelfen? Sie zählte sich unsichtbare Bruchstücke auf und wünschte, sie wären offensichtlicher, würden anderen Menschen deutlicher zu verstehen geben: *Lasst mich einfach kurz in Ruhe, ich bin nämlich damit beschäftigt, mich gut fühlen zu wollen.*

Daran ist doch nichts auszusetzen.

Ist doch nicht schlimm, seinen Geburtstag auszuschlachten. Selbst wenn er schon über eine Woche her ist – na und?

Ich heiße Meg. Heute ist mein Scheißgeburtstag.

Sie findet das gerechtfertigt.

Wie oft hat man schließlich seinen ersten Geburtstag? Normalerweise nicht mehr als einmal.

Na gut, schön – es war kein Geburtstag, es war ein Jahrestag.

Ich heiße Margaret Williams, Meg Williams. Ich heiße Meg, und heute ist mein Jahrestag. Ein Jahr.

Aber Geburtstag war ein besserer Ausdruck, denn wenn man sich selbst den *ersten Geburtstag* einredete, erinnerte man sich daran, dass man einmal eine Art Rockstarberühmtheit gewesen war, aber noch zu jung, um es zu genießen. Als du geboren wurdest, warst du sofort eine gute Nachricht. Wenn andere dich sahen, lächelten sie. Sie schenkten dir Sachen. Sie wollten dich auf dem Arm halten und dich beschützen und nett sein. Du konntest dich kleiden wie ein Geisteskranker und kein einziges vernünftiges Wort rausbringen, aber das war okay, das war cool, das gefiel den Leuten, und sie wollten einfach noch mehr über dich und deine Bedürfnisse wissen. Wenn du Scheiße gebaut hast, putzte jemand anderes dein Problem weg, und du musstest einfach nur *sein*, und das allein stellte alle zufrieden. Dass du *du* warst, war für jeden, der es mitbekam, ein verdammtes Freudenfest.

Eins ist das Alter automatischer Berühmtheit.

Wer will davon nicht was abhaben?

Eins ist unbefleckt und unbelastet und tut niemandem weh. Es hat nur die Geister der Dinge, die da kommen – und jeder Einzelne von ihnen ist ein glückverheißendes Versprechen.

Sie verspürte beim Gedanken an die Zukunft nicht die herkömmliche Freude – die Zukunft war widerspenstig.

Doch wenn du eins warst, hattest du diese riesengroße, unübersehbare, lächelnde Zukunft – sie war nur für dich da, direkt vor dir und, wie behauptet wurde, einladend. Du hattest Potenzial, und das sollte nicht schwinden oder jedenfalls erst, wenn du älter wurdest. Du warst ein Versprechen. Für die anderen ebenso wie für dich selbst.

Ein Gefühlsschub stieg brodelnd von ihren Füßen aus aufwärts, und sie hoffte, dass die Menschen, die ihre Hunde in der Frühe spazieren führten, ihr nicht zu nahe kamen und merkten, dass sie ein wenig weinte. Der Hill war eine schwatzhafte Gegend, womöglich ließ man dir Tränen nicht durchgehen – man musste sich vor Nachfragen schützen.

Eigentlich sollte sie jetzt wirklich nach Hause und sich aufwärmen und sich richtig anziehen. Ausflüge in Gummistiefeln und Mantel über dem Pyjama galten in vielen Haushalten der Umgebung als akzeptables morgendliches Verhalten. Der Hill verurteilte niemanden. Bei abendlichen Autofahrten konnte man sich an den gleichen Dresscode halten. Wenn man ein Auto hatte. Sie hatte keins mehr. Und bald ging es an die Arbeit, und vorher stand noch anderes an, und sie musste sich auf verschiedene Arten vorbereiten, und die Busfahrpläne hatten in letzter Zeit nur noch theoretische Bedeutung, was bedeutete, sie musste verantwortlich handeln und genug Wegzeiten einplanen. Sie sollte duschen, sich fertigmachen und direkt losdüsen, da hin, wo sie sein sollte, und dann ihre Arbeit machen und einem Zweck dienen.

Das war noch ein guter Gedanke: Sie hatte Arbeit, und ihre Arbeitgeber fanden sie nützlich und wollten, dass sie weiter wie vereinbart zur Arbeit erschien, und sie bezahlten sie und stellten ihren Angestellten einen Wasserkocher und Becher zur Verfügung – kostenlos – und unterstützten gemeinschaftsfördernde Bräuche, zum Beispiel die Regel, dass reihum an jedem letzten Freitag im Monat jemand Kuchen mitbringen musste.

Der Druck, dass sie als Nächste mit dem Kuchen dran war, war in Ordnung, stellte sie fest.

Andererseits war es schon Druck.

Wenn ein Kuchen schlecht ankam, verdarb das dem ganzen Büro die Laune, und der Monat endete traurig. Darum war Erfolg auf dem Kuchengebiet so wichtig.

Sie würde einen kaufen müssen, weil sie nicht backen konnte, jedenfalls nicht verlässlich. Den Kuchen selbst zu backen würde ohnehin nur Hysterie auslösen. Wenn es ein grässlicher Kuchen aus dem Laden war, konnte man die Schuld auf den Laden schieben. Dein eigener grässlicher Kuchen – die Leute müssen natürlich höflich bleiben, aber sie wollen ihn nicht essen, und weil du selbst im Anschluss an deine unerträgliche Kuchengabe anwesend bist, müssen sie sich wegschleichen und ihre Stücke heimlich wegwerfen. Und am Ende entdeckst du in Servietten gewickelte Kuchenstücke im Müll – immer noch sehr offensichtlich – oder auf Fensterbänken, wo die Tauben sich damit abquälen, oder sonst irgendwo, das hing davon ab, wie einfallsreich deine Kollegen und Kolleginnen bei GFH waren, und je einfallsreicher, desto mehr Energie mussten sie darauf verschwenden, deine Katastrophe zu beseitigen, die allein deine Schuld war, und der ganze Schlamassel wäre so zutiefst erniedrigend, dass man gar nicht daran denken durfte.

Also sollte sie nicht daran denken.

Stattdessen sollte sie anerkennen, dass es gar keine große Sache war und dass sie dramatisch übertrieb.

Dennoch hatte sie einmal die Woche gekauften Kuchen getestet, um auf Nummer sicher zu gehen. Wie gut sie waren, hing in deprimierendem Maße vom Preis ab. Sie wollte einen relativ preiswerten Kuchen. Sie wollte außerdem einen Kuchen, der unschuldig wirkte, so als hätten ihn die Hände einer erfahrenen Verwandten geformt – schlicht, aber lecker und von Herzen kommend. Sie wollte den Leuten etwas Einfaches, Freundliches geben.

Das war aber nicht zu kriegen.

Der billige Kuchen war schrecklich. Der teure Kuchen schmeckte nach Gier – nach gierigen Bäckern.

Sie konnte es nicht richtig machen.

Wer hätte gedacht, dass Kuchen so eine Arschkarte ist?

Es waren nicht die großen Probleme, über die man stolperte – über heldenhaftes Leid und Chaos ließ sich eigenartig leicht reden. Und ebenso konnte man auch versuchen, sich seiner sehr vielen Unzulänglichkeiten nicht zu schämen und nicht auf ihnen herumzureiten. Aber lachhafte, obsessive Angst aus im Grunde nichtigem Anlass: das war beschämend, darum bliebst du stumm, und es gärte in dir.

Ich lasse mich von Eiern, Butter, Zucker und Mehl quälen.

Sie sollte Schokolade für die Belegschaft von Gartcosh Farm Home kaufen. Schokoladenkuchen.

Schokolade funktionierte immer.

Ein Kuchen konnte fies sein, kommerziell, unpersönlich, leicht toxisch – wenn er mit Schokolade war, funktionierte er trotzdem. Das war eine Art Grundregel.

Idiotensicher.

Vielleicht.

Man konnte sich nicht ganz sicher sein, denn vielleicht hatten die Leute bei GFH irgendwann doch die Nase voll von Schokolade. Jeder ergriff gern die Gelegenheit, Süßigkeiten mitzubringen, darum kam es so häufig vor.

Sie sollte nicht langweilig sein.

Sie sollte nicht allen anderen die Möglichkeit verbauen, Freude zu bereiten.

Sie sollte nicht allen anderen für immer die Lust an Schokolade verderben.

Herrgott, war das schwierig.

Kuchen war schwierig.

Nein.

Sie war jetzt wieder raus aus dem Park und auf dem Rückweg zu ihrer Wohnung – schnellen Schrittes wegen ihrer backwarenbedingten Anspannung.

Nein. Das ist doch irre.

Sie blieb am Bordstein stehen, als nähme sie sich vor plötzlich auftauchendem Autoverkehr in Acht, auch wenn dergleichen nicht einmal in der Ferne zu sehen war.

Ich kann mich doch nicht von Kuchen schikanieren lassen. Noch nicht mal von richtigem Kuchen – von theoretischem.

Sie schniefte, runzelte die Stirn und trat auf die leere Straße.
Ich sollte einfach einen Schokoladenkuchen und noch einen anderen besorgen ...
Nein.
NeinverdammteScheißKotzPissKacke.
Also mal ehrlich.
Ich sollte einfach nicht darüber nachdenken.
Ab sofort.
Nicht über Schokoladenkuchen nachdenken, der keine Spuren von Nüssen enthält.
Und kein Gluten.
Und keinen Alkohol.
Bio-Schokolade.
Schokolade, die hungernden Dorfbewohnern half und Waisen den Schulbesuch ermöglichte, die Schulen baute, Leben rettete, Gemeinden ernährte, starke Frauen zum Singen brachte und kluge Männer dazu, die Frauen zu lieben.
Dagegen konnte niemand etwas haben.
Allerdings gab es auch keinen Grund, deshalb so einen Aufstand oder sich so viele Gedanken zu machen. Nicht wegen Kuchen.
Es war doch bloß ein Scheißkuchen.
Der ein Schokoladenkuchen sein sollte.
Warum zum Teufel waren alle so anspruchsvoll?
Menschen zu zwingen, Kuchen mitzubringen. Was für ein Sadist hatte sich das ausgedacht?
Obwohl es eigentlich eine ganz gute Idee war.
Es war ganz allein ihre eigene Schuld, dass die Aussicht auf Kuchenpflichten ihr innerhalb von Sekunden ein Loch in den Schädel bohren und jede Vernunft hinauströpfeln lassen konnte, Unfallfantasien heraufbeschwor: Ersticken, Allergien und Übelkeiten, worauf sofort ihre Entlassung und Verelendung folgte, Obdachlosigkeit, Bettelei und Tod.
Nur ein Kuchen.
Nur die Drohung eines Kuchens.
Also denk nicht daran.
Sie sollte sich in eine andere Richtung bewegen.

Sie sollte sich eines ihrer strahlendsten, schönsten Dinge aussuchen. Einen warmen Gedanken, einen wahren.
Wir treffen uns.
Sie öffnete ihr Gartentor, ging den kurzen Weg zur Haustür und schwor sich, dafür zu sorgen, dass sie während der Wartezeit auf den zweifelhaften Bus, und dann noch etwas Unangenehmem danach, und dann auf der Arbeit – sie mochte ihre Arbeit – dass sie da dieses Versprechen bei sich halten würde, verlässlich und fest.
Ich werde dich treffen.
Angst oder keine Angst, dieser Gedanke war bei ihr – ganz tief drinnen.
Ich werde dich treffen.
Er war so gefährlich voller Hoffnung, dass sie ihn nur in kleinen Ausbrüchen denken konnte, um ihn nicht vor lauter Sorgen zu zerpflücken. Aus Angst vor der Angst und noch mehr Angst, die ihre Angst erzeugen würde. Eins plus eins macht mehr.
Ich werde dich treffen.
Doch er war bei ihr.
Ich heiße Meg, und ich hatte gerade mein einjähriges Jubiläum, und ich habe das hier dabei.
Ich werde dich treffen.
Meg hatte das beinahe sichere Gefühl, wenn jemand ihren Brustkorb öffnete und hineinsähe, würde er darin ein Licht finden. Wegen all dieser Dinge.
Es war bei ihr.
Hier ist es.

Eine Frau mittleren Alters sitzt in einem Café am Fenster. Hinter ihr ein Chaos aus Eltern und Kindern – irgendein Gruppenausflug. Mütter und Väter unterhalten sich erschöpft um eine große Ansammlung von Tischen, während ihre Schützlinge herumtoben und kreischen. Hinter dem Fenster tobt das Wetter: horizontale graue Regenschwaden, zerrupfte Blätter, die durch Rinnsteine geprügelt werden. Der Park auf der anderen Straßenseite ist ein Durcheinander von schwankendem und gepeitschtem Grün. Nur die Frau ist still. Sie starrt irgendwie abwesend durch die Scheibe, mit einem Ernst, der die Kinder fernhält, auch wenn sie sonst durch nichts aufzuhalten sind.

Die Frau nippt an einem Becher von irgendwas und wendet sich wieder den weißen Blättern auf ihrem Tisch zu – drei fast quadratische Blätter Papier mit schwarzer Handschrift darauf. Sie betrachtet das Geschriebene, und an ihrer Miene lässt sich nicht ablesen, ob es ihre Aufmerksamkeit fesselt, weil es so wundervoll oder so grauenhaft ist.

Dann lächelt sie.

Jon hatte sich leise und gesittet in Valeries Erdgeschosstoilette übergeben, alle Indizien weggespült und war dann auf der Suche nach etwas zum Wechseln die Treppe hinaufgestiegen.

Das Erbrechen hatte ihn beruhigt, wenn auch auf seltsam unpersönliche Weise.

Mein Rücken und das Hemd hinten – durch das Hemd durch – alles schweißnass.

Ich muss mich komplett umziehen.

Dem würde Val frohgemut zustimmen.

Jon war in den zweiten Stock hinaufgetappt und hatte gerade begonnen, Vals Zusatzschrank im Rosenzimmer zu durchkämmen – *ihre Bezeichnung, nicht meine: verdammtes Rosenzimmer, verdammt lächerlich –*, als sein Telefon klingelte. Wie zu erwarten, zuckte er zusammen.

Obwohl es gar nicht sie ist.

Obwohl sie mit meiner Neugier rechnen und sie auskosten würde – das würde ihr gefallen und sie nicht ärgern – und obwohl sie nicht mehr das Recht hat, mich anzuschreien.

Wie herrlich. Wenn ich drüber nachdenke. Diese Abwesenheit von Geschrei.

Im Augenblick war Valerie angeblich in oder in der Nähe einer Villa auf den Bahamas, wie sie es nannte, und freute sich an der exotischen Fauna des Inagua-Nationalparks. So war es ihm gesagt worden.

Sie hasst die Natur. Wahrscheinlich steht der, mit dem sie dort zusammen ist, auf Sandfliegen und Flamingos. Wird nicht lange gutgehen.

Aber vielleicht steht ihr derzeitiger Begleiter ja auch auf Geschrei. Solche Leute gibt es. Die Leute werden scharenweise von allen möglichen schädlichen Dingen angezogen, inklusive Geschrei.

Oder wenn sie sich den Schaden nicht ausgesucht haben, dann bekennen sie sich jedenfalls nachträglich dazu, als könnte das irgendwas helfen. So was kann unterschiedliche Auswirkungen auf eine Beziehung haben – letztlich kann ein Mensch der Grausamkeit vertrauen, sich der Grausamkeit vermählen, Grausamkeit geradezu ersehnen. Und wenn man das im Hinterkopf behält, kann eigentlich jeder vernünftige Mensch Zweifel haben, wenn ihm ein anderer mit scheinbar unverminderter Warmherzigkeit gegenübertritt. Dieser ursprüngliche Mensch – der erste der beiden –, dem Zweifel gekommen sind, der denkt sich vielleicht: Ja, aber bin ich denn so wunderbar? Wirklich? Oder bin ich bloß das neue Messer, über das sie ihre Pulsadern ziehen will? Hat sie das mit mir vor? Bin ich eine Waffe? Wäre ich wirklich lieber nicht ...

Und – als jemand, der selbst womöglich vorhersehbare Schmerzen liebt – wäre ich nicht mit jemand Schroffem besser dran?

Und würde das nicht zu dauerhafter emotionaler Gefangenschaft führen?

Für Valerie wäre das ein Beispiel für krankhaftes Denken.

Sein Telefon hatte aufgehört zu klingeln, strahlte jedoch immer noch ein Gefühl von etwas Unerledigtem aus.

Aber warum hat Valerie mich gewählt, wenn nicht als Demütigung, als morbide Befriedigung? Ich war ein Stachel, den sie mit Wonne unerträglich finden konnte.

Er rieb sich übers Gesicht, als könnte er durch äußerliche Stimulation seines Schädels auch sein Hirn zerzausen und erfrischen. Dann fragte er sich, ob er sich nach der Bearbeitung seiner Hose gründlich genug die Hände gewaschen hatte.

Scheiße.

In jedem Sinn des Wortes.

Sein Telefon fing wieder an zu klingeln.

Und scheiße.

Und das ist hier ist nicht das verdammte Rosenzimmer, es ist das Gästezimmer-mit-der-aberwitzig-teuren-Blockdrucktapete-in-relativ-ekelhaftem-Pink. Aber das ist zu lang. Kann ich verstehen. Sie verschwendet nicht gern Worte.

Beim Schreien braucht man nicht viele Worte, das verdirbt nur die Wirkung.

Es sei denn, man lässt eine Tirade los. Manchmal ist sie über schlichtes Schreien und Kreischen hinausgegangen – hat in Tiraden geschwelgt.

Ich schreie nicht oft.

Tiraden gibt es von mir auch nicht. Nie.

Ich bin eine ganze Menge nicht.
Und was sehen sie in mir – Frauen – seit Valerie, wenn sie mich anschauen?
Genau den richtigen Beschädigungsgrad?
Eine Gelegenheit zum Schreien.
Oder bin ich es, der auf das Geschrei steht?
Wie dem auch sei, heutzutage würde Valerie nicht mich anschreien. Jetzt nicht mehr. Nicht mich, warum auch?
Das Telefon kitzelte ihn fragend in der Jackentasche – vielsagend, selbstgefällig. Sie wussten beide, am Ende würde er reagieren müssen.
Aber sie wird es nicht sein.
Wieso immer noch damit rechnen? Sie wird überhaupt nicht an mich denken – nicht, wenn sie ... sie wird nicht mehr wach sein. Und wenn doch, dann aus den üblichen Gründen, und deswegen wird sie kaum an mich denken.
Nichtsdestoweniger rechnete er hauptsächlich mit ihrem Namen auf dem Display, als er nachschaute.
Nein. Sansom.
Mit Sansom wollte er nicht sprechen. Auch wenn ein so früher Anruf eine Dringlichkeit andeutete, auf die Jon reagieren sollte, wollte er lieber nicht. Er war nicht in der Stimmung.
Und frühe Anrufe hin oder her – bis er es von hier ins Büro geschafft hätte, wäre es längst nicht mehr früh genug. Es war schon nach sieben. Er musste jetzt wirklich mal ein bisschen in Schwung kommen.
Nur dass Schwung ihm gerade völlig unmöglich erschien.
Nein, Sansom.
Das Telefon belästigte ihn weiter, als er es entgegen seinen Protesten in die Sakkotasche schob. Dann verstummte es.
Als würde man ein Kätzchen ertränken.
Er lächelte und machte sich wieder an Valeries Kleiderbügeln zu schaffen, wie ein Einbrecher.
Weniger Einbrecher, eher Triebtäter.
Da seine Hose durch Vogelscheiße und dilettantisches Herumwischen an Vogelscheiße ruiniert und sein Hemd unzumutbar war, brauchte Jon tatsächlich frische Kleidung.
Er war sicher, dass er ein paar Sachen hiergelassen hatte. Dies und das. War allerdings gut möglich, dass sie die schon weggegeben hatte. Viel-

leicht hatte sie seine Kleidung auch im AGA-Herd verbrannt, geschreddert, ins Weltall geschossen, wer konnte das schon sagen ... sie konnte gelegentlich eine prachtvolle Gehässigkeit an den Tag legen. Wirklich. Das meinte er gar nicht böse – ihre Fantasie war in vielen Bereichen sehr beeindruckend.

Meine ist mir abtrainiert worden. In vielen Bereichen.

Bis zu einem gewissen Grad.

Darum kann ich heute ganz unbefangen und ohne Ablenkung Vals Haus durchsuchen ...

Sie wäre enttäuscht, wenn ich es nicht täte.

Auf den Bügeln hingen schwer ihre Wintermäntel, einige ihrer in den Ruhestand versetzten Abendkleider, Wintergarderobe, an die er sich erinnerte, und *– ja!* – zwei Herrenanzüge.

Von denen keiner ihm gehörte.

Zwei Herrenanzüge. Die Anzüge zweier Herren, um genau zu sein. Dieses Blau gehört verboten, und der da sieht aus, als stammte er aus dem Armenhaus – pseudoproletarischer Chic der vorletzten Jahrhundertwende. Verschone mich. Was der in der Woche an Bartwachs und anderen Produkten zur Gesichtshaarpflege ausgibt, hätte ein solcher Malocher im ganzen Jahr nicht verdient. Und ganz bestimmt hat er einen Schnauzbart, und ganz bestimmt wachst er ihn. Zwirbelt die Enden hoch, möchte ich wetten.

Hemden gab es auch. Vier ... nein, fünf Hemden. Grässliche Hemden – auf zwei verschiedene Arten grässlich. Er nahm an, dass Nummer eins bis drei zum blauen Anzug und damit einem Trottel gehörten, der glaubte, in zivilisierter Gesellschaft breit geschnittene Haifischkragen tragen zu können – *eher jung, arbeitet wahrscheinlich in der Finanzbranche, wie dick soll denn der Krawattenknoten werden, der dazu passt ...? Und was will er damit beweisen? Meine Güte ...* Und dann waren da noch die zwei unerklärlichen Versuche von jemand anderem: Gar kein so schlimmer Spitzkragen, aber aus Seide und in Farben und erschlagenden Mustern, die eindeutig auf ein letztes Haschen nach Sex hinwiesen, bevor man seine Trostlosigkeit salonfähig dadurch ausdrückt, dass man die Freundinnen der zwanzigjährigen Tochter zum Tee ausführt. *Noch mal meine Güte. Es ist immer traurig, wenn eine Verflossene so tief sinkt.*

Verflossen ... eher weitergereicht.

Trotzdem, es tut überhaupt nicht mehr weh. Es tut mir nicht weh. Glaube ich. Soweit ich feststellen kann, lauert der Schmerz nicht mehr hinten in irgendeiner Schublade auf mich oder ist nur vorübergehend betäubt. Er ist verflogen. Hat sich verzogen – mein Schmerz ist mir, wie in allen Belangen, voraus.

Er hatte im Laufe der Jahre offensichtlich eine Art Nerventod erlitten – der immer gleiche Schmerz in stetiger Wiederholung war schließlich fast ganz verschwunden, wenn man mal die Nebensymptome vernachlässigte.

Und was ich jetzt fühle, ist kein Kummer.

Eigenartig, wie einem der Kummer genommen wird, wenn es einem nicht mehr zu schaffen macht, ob er noch da ist oder nicht. Und es sich anfühlt, als würde ich einfach etwas bessere Schuhe tragen. Ich hätte mir vielleicht gar nicht so dringend gewünscht, frei zu sein, hätte ich gewusst, dass es so unspektakulär ist. Wenn wir mal annehmen, dass ich frei bin. Ich bin nicht ganz sicher. Bedeutet eine Scheidung gleichzeitig Befreiung?

Das Telefon klingelte und vibrierte an seiner Brust, was auf eine Salve von Textnachrichten und – zweifellos – E-Mails schließen ließ, höchstwahrscheinlich von Sansom. Niemand sonst dürfte Grund haben, sich bei ihm zu melden. Das Ministerium war nicht mehr oder weniger unter Druck als gewöhnlich, jedenfalls nicht in einem realen Sinne.

Und Sansom hatte sicher auch keine realen Gründe, ihn anzurufen. Sansom war selbst nicht real.

Er ist so was wie der Junggesellinnenabschied seines Berufsstandes – nicht, dass ich mich mit so was auskenne. War einmal bei einem Junggesellenabschied – zwanzig Minuten lang. Sansom ist so überzeugend wie die Dame, die plötzlich auftauchte und vergeblich vortäuschte, sie sei Polizistin, ehe sie sich entkleidete. Er ist wie ein falscher Feuerwehrmann vor dem Striptease. Ich glaube, bei den Bräuten kommen Feuerwehrleute. Ich vermute, falsche Krankenpfleger würden eher unklare Botschaften senden, was die sexuelle Orientierung und drohende Krankheiten angeht … und bei militärischen Uniformen könnte man an posttraumatische Belastungsstörung denken. Wer kann das wollen? Wäre das sexy? Keine Ahnung.

Was ich sagen kann: Sansom ist der Junggesellinnenabschied unter den Sonderberatern. Oder Junggesellen. Beides. Er ist notfalls in jede Richtung offen. Loyal wie eine Zecke.

Er schloss die Kleiderschranktüren. Dann beschloss er, eine offen stehen zu lassen – dann wüsste sie genau, dass er da gewesen war. Sie machte die Türen immer zu – Angst vor Motten.

Kein Ersatzanzug, ich muss also wieder nach Hause und mich vor der Arbeit umziehen. Kann mich nicht in so zwielichtigen Hosen sehen lassen. Wir legen zwar keinen großen Wert auf Formalitäten, aber trotzdem ... Ich kann nicht weiter in einer so unseligen Hose herumlaufen, nicht mit Flecken innen am Schenkel, die auf ein schwer zu erklärendes Malheur hindeuten, Herrgott noch mal. Und mein Hemd, einfach ein Ärgernis ... aber selbst wenn die Ärmel lang genug wären, könnte ich nicht das Hemd von einem kreditgeilen Kind tragen, oder einem schwanzgesteuerten Versager, oder jemandem, der sich hinter einem gewachsten Schnauzer versteckt. Das darf nicht passieren, nicht heute.

Ich kann nicht stillvergnügt das Hemd eines Mannes tragen, der mit meiner Frau geschlafen hat. Meiner Exfrau. Ich glaube, das ist keine unvernünftige Haltung.

Und dann mischte sich wieder das klingelnde Telefon ein. Jon war alt genug, sich an die Zeiten zu erinnern, als »nicht bei der Arbeit« tatsächlich nicht bei der Arbeit bedeutete.

Es war Sansom.

Das Prinzip Belohnungsaufschub kannte Sansom nicht.

Jon zog das Telefon aus der Tasche und überlegte.

Was? Was ist? Was soll ich wohl für dich tun können? Und warum?

Diese Einstellung war nicht statthaft, das musste Jon besser hinkriegen, aber der Duft von Valeries Parfüms, diese schräge Mischung unharmonischer Noten und die Drohung verflossener Gelegenheiten – all das brachte ihn aus dem Konzept.

Ich bin nicht traurig. Nicht verletzt. Ebenso klar ist, dass ich nicht erfreut bin, nicht mal zufrieden ... mir ist unbehaglich, das weiß ich schon ... Ist das Nostalgie ...? Neuralgie ...? Verstopfung ...? Verspäteter Schock nach dem Kampf auf der Terrasse ...?

Und da stand Sansoms Name in nervig leuchtenden Buchstaben auf dem Display.

Bitte um Entschuldigung, Mr Sansom – Andy –, dass es mir nicht gelungen ist, das hohe Leistungsniveau zu halten, nach dem wir immer streben. Ich werde gleich für Sie da sein. Im Augenblick werde ich von einer unerwünschten

Erinnerung heimgesucht: der Innentemperatur vom Mund meiner Frau – Sie wissen ja, wie das ist. Gut möglich, dass Sie sogar genau wissen, wie sich das anfühlt.

Nein. Einen Sansom hätte sie nur als demonstrative Geste ausprobiert, und als Sansom seinen Posten angetreten hatte, waren sie und Jon schon fast ein Jahr über das Stadium hinaus, in dem solche Gesten nötig gewesen sein könnten.

Oder genauer gesagt: Das glaube ich jedenfalls, aber ich könnte mich irren. Lieber Gott, ich fühle mich seltsam. Bin ich bloß müde? Ich schlafe kaum. Ich sollte also müde sein. Ende der Arbeitswoche – früh aufgestanden, um hier reinzuschauen und rechtzeitig wieder abzuhauen, weil ich abends keine Gelegenheit habe ... da habe ich ja wohl ein Recht darauf, müde zu sein.

Wie er in Zimmerecken herumhing – festgebissen, sich vollfressend ... Wofür ist so etwas wie ein Sansom überhaupt gut?

Er drückte auf die erforderliche Taste, hob das Telefon ans Ohr und ließ Sansoms tyrannisches Gewinsel in seinen Kopf strömen.

Ja, da war er, der übliche lauwarme Strudel. Wie Spucke. Oder Sabber. Ein fremder Mund, der deinen eigenen infiziert.

Ihr Mund ... all diese Bewegungen ... und Worte ... meine auch, genau wie ihre. Sie wirkte ansteckend, und ich ließ mich freiwillig infizieren.

Sansom redete immer noch. Und du musstest antworten, denn das war in den meisten Situationen, ob beruflich oder privat, deine Pflicht. Du warst der Typ Mann, der antwortete, du warst zu Diensten – oder wenn nicht und wenn sich keine informelle Lösung für dein angebliches Versagen finden ließ, wenn deine Auftraggeber immer noch unzufrieden waren, dann konnten sie um eine unabhängige interne Prüfung nachsuchen, indem sie sich – bitte, Gott – an jemand anderen wandten. »Sansom, was kann ich – also, ich ...« Sansom ließ ein Trommelfeuer von beleidigtem Dies-und-Das auf ihn einprasseln. Mit einem Hauch von Vorwurf darin.

Aber ich habe nicht versagt. In diesem Zusammenhang versage ich nicht. Ich tue meine Pflicht. In der Hinsicht bin ich gnadenlos effektiv. Dafür bin ich da. Für Sansom bin ich nicht da.

Jon wehrte ihn ab. »Aber das ist streng genommen nicht mein ... Und auch großzügig ausgelegt nicht ...«

Offenbar hatte der Abgeordnete des Wahlkreises Wythenshawe, Frodsham und Lymm mal wieder über die Stränge geschlagen. Der Mann wurde offenbar von so ausgesucht und bizarr bösen Mächten gesteuert, dass Jon gar nicht anders konnte als ihn im Geiste als den *Mancunian Candidate* zu bezeichnen – der ferngesteuerte Strohmann aus der Region Manchester.

Wenn ich mir ihren Mund vorstelle, wenn ich mir sie überhaupt vorstelle ... oder wie ich hier gelebt habe ... schwer zu sagen ...

Sansom wimmerte in Höchstgeschwindigkeit. *Wie eine Mücke, oder vielleicht gar eine Sandfliege. Definitiv ein Gliederfüßer, dieser Sansom.* Nach Sansoms Angaben – die nicht unbedingt verlässlich waren – hatte es gestern Nacht, in den letzten Zügen eines herkömmlichen Hotelvergnügens, ein Missgeschick gegeben. Also genau das Gegenteil von allem, was mit Jon zu tun hatte, gerade in seiner augenblicklichen Lage.

Die Sache ist die, mein Problem ist ... dass ich – zu einem gewissen Grad – etwas fühle. Dieses Gefühl ...

Jon versuchte das Gehörte zusammenzufassen und dadurch einen Schritt weiter zu kommen, weg von dem verfluchten Sansom. »Er war also verbal unklug, ja? Das ist nichts Neues ... Ihr Herr Abgeordneter ist ja allgemein ...«

Der Herr Abgeordnete ist allgemein ein Vollversager. Was war noch das letzte Mal, der letzte Vorfall? Der Mann ist ein wandelndes Fettnäpfchen – ein einziger schmieriger, dicker Fehltritt, der ständig Dinge tut, die er lieber lassen sollte ...

Ach ja, jetzt weiß ich wieder – »Hüte dich vor dem Deutschen, der aus der Sonne kommt.« *Das letzte Mal war in Leipzig gewesen, als er den guten alten Luftkampfspruch aus dem Weltkrieg ausgepackt hatte,* Beware of the Hun in the Sun. *Eine Recherchereise, um dieses mit jenem zu vergleichen oder jenes mit diesem – Gott behüte, dass Abgeordnete allein durch Mails, Anrufe oder Skype-Gespräche zum gleichen Ergebnis kommen; es soll schließlich niemand um eine Dienstreise gebracht werden. Man hatte sofort gemerkt, dass der Mancunian Candidate sich dieses Bonmot extra für den Anlass zurechtgelegt hatte und dafür fröhlich meterweit vom Manuskript abgewichen war – bei einer Rede vor einer Gruppe mehrerer hundert mehrsprachiger, kultivierter Europäer, deren Wassergläser mehr über gesellschaftlichen Anstand und die Geschichte des*

20. Jahrhunderts wussten, als Mr Manchester jemals wissen würde, selbst nach einer umfassenden Hirntransplantation. Ach, selbst ihre Glasuntersetzer hätten ihn im Schach geschlagen.

Schach ... was rede ich denn da? Alles und jedes – lebendig oder nicht – könnte ihn im Schach schlagen. Die Untersetzer hätten ihn bei Schere, Stein Papier schlagen können – bei Galgenmännchen – bei Schnippschnapp.

Aber irgendwie hat er den Bogen raus. Wähler haben berechtigte Angst vor schlauen Politikern. Sie werden dich nie mögen, dir nie vertrauen, dich nicht respektieren – aber wenn sie über dich lachen können, ob nun wohlwollend oder entgeistert, dann kannst du es weit bringen. Sei ein Hanswurst. Aber nicht zu wurstig. Geh nicht ganz in der Rolle auf. Es gibt Grenzen. Und unser Parlamentsmann aus Timperley überschritt sie meist, weil er nicht nur so tat – er war ein waschechter Trottel und zugleich penetrant süchtig nach Aufmerksamkeit. So der Typ kleiner Junge, der Sachen sagt, für die er eine Tracht Prügel zu kriegen hofft, weil Prügel auch eine Art von Aufmerksamkeit sind.

Und Gott schütze uns vor einem gerissenen Hanswurst, gegen so was sind wir machtlos.

»Herr im Himmel, ehrlich? *I like Big Butts*. Das hat er wirklich gesagt? Dieser alte Hiphop-Song? Und die Frau war ...?« Jon versuchte zu genießen, dass er von einem Problem hörte, das nicht seines war. »Ich fasse noch mal zusammen: Kurz vor der Parlamentswahl hat ein weißer, männlicher parlamentarischer Staatssekretär eine schwarze Frau beleidigt – ja, natürlich war das eine Beleidigung, was denn sonst ... Das ist eben unfassbar ungezogen, sicher! Und ...«

Zwei Dinge über Sansom – er ließ einen kaum zu Atem kommen, und er log die falschen Leute an. Will sagen, er log ständig. Das Ende seiner Sätze passte schon nicht mehr zum Anfang, so schnell und drastisch verbog er die Schilderung einer jeden Unbill, die ihn heimsuchte. Einem Menschen, der die Wirklichkeit nicht anerkannte, konnte man nicht helfen – man konnte sich nur an die Wirklichkeit halten, und wenn man sie nicht besänftigte, biss sie einen irgendwann unvermeidlich in den Hintern. Da machte es auch keinen Unterschied, wenn man auf das Grab seiner Mutter schwor, dass die Welt keine Zähne hatte und einem schon nichts tun würde. Der heiße, männliche Stoß des sadomasochistischen Triebs ging ins Leere.

Wenn ich wüsste, was ich fühle ... Man kann doch bestimmt keine namenlosen Gefühle haben ... irgendwann müssen sie sich zu erkennen geben – können nicht vage bleiben oder tändeln oder sich nur zum Spott anbieten. Bestimmt ...

»Sansom, wenn es nicht als Beleidigung aufgefasst worden wäre, würden Sie mich nicht anrufen. Also, männlich, weiß und so weiter, hat eine schwarze Aktivistin beleidigt, die noch dazu für seine eigene Partei arbeitet und ... ein Mensch von substanziellem Gewicht ist ... das war unhöflich ... Stimmt das übrigens? Was ist denn Ihre Quelle?«

Quellen ... wenn man etwas bis zu seiner Quelle zurückverfolgen kann, dann muss es sich doch identifizieren lassen ...

Ist die Quelle meiner Gefühle also meine Frau?

Exfrau. Sie ist meine Exfrau.

Das wäre die wichtige Frage. Stammt meine noch nicht klassifizierte emotionale Unruhe von ihr, oder kommt sie anderswoher?

»Er wurde dabei gefilmt ...? Na ja, werden wir das nicht alle? Wird heutzutage nicht jeder Mensch bei allem aufgenommen, was er oder sie tut ...? Immerhin hat ihn niemand dabei gehört, oder? Kein nüchterner Polizist außer Dienst mit untadeligem Leumund, hochdekorierter Armeeveteran, unermüdlich für verschiedene wohltätige Organisationen tätig ...?«

Jon schritt beim Sprechen entspannt Valeries Treppe hinab, deren schiefe Winkel sie als originell auswiesen. Alles, was lange genug dauerte, wurde verdreht.

Auf dieser Treppe denkt man immer, man fällt oder wird gleich fallen.

Und als sein Empfang ausnehmend schwach wurde, besah er sich sein Spiegelbild im Glanz der Wohnzimmertür. Auch sehr originell – aus Eiche, mit zwei Kassetten –, über Jahrhunderte mit verschiedenen Substanzen poliert, bis die Oberfläche ein tiefes Goldbraun angenommen hatte, und ihre kaum merkliche Unebenheit verstärkte den Eindruck, eine Scheibe sehr stiller, gut gealterter Flüssigkeit vor sich zu haben, die hochkant aufgestellt und mit einem Türknauf versehen worden war.

Das ist das Einzige, was ich an diesem Haus vermisse – die Türen.

Ich kann mir vorstellen, wie ich mich der Türen wegen trostlos fühle.

Tue ich aber nicht.

Gefühle sind wie Kiefernnadeln im Teppich – du denkst, du hast sie alle beseitigt, aber dann schiebt sich wieder eine nach oben und sticht dich in den Fuß und dann noch eine.

Aber wenn du eine Nadel anschaust, dann weißt du, dass es eine Nadel ist. Die Mistdinger lassen sich erklären.

Auf seinem Gesicht, das sich im dunkel spiegelnden Holz wellte, lag eindeutig ein Grinsen. Er wirkte nicht im Geringsten verärgert.

Und gar nicht übel für neunundfünfzig. Habe schon Schlimmeres gesehen. Möglicherweise. Ein unvoreingenommener Betrachter könnte wohlwollend sein. Ein wohlwollender Betrachter könnte ... woanders hinsehen wollen.

Seine Arme – *spinnenartig* – waren verzerrt, seine lange Gestalt flackerte, wenn er sich bewegte. Doch verstörend war das nicht.

Ich habe nie so richtig davon profitiert, groß zu sein. Dabei sagen die Leute immer, das sei ein Vorteil. Erst neulich hat man mir gesagt, es sei gut.

»Das war ein Witz, Sansom ... Nein, bloß ein Witz ... den Polizisten habe ich mir ausgedacht ... er existiert nicht ... ist Fiktion ... Sie wissen doch, was Fiktion ist ... Ist die Aufzeichnung Audio oder Video? Herrlich. Das Internet liebt Handykameras, wo wären wir wohl ohne sie ... Sie wissen, dass ich Ihnen nicht helfen kann.«

Ich will dir nicht helfen, ich kann es auch gar nicht. Meine loyalen und effizienten Dienste sollten nicht durch das Bekenntnis zu irgendeiner Philosophie oder zu bestimmten Interessen behindert werden. Wir arbeiten nicht mal für den gleichen Minister. Benimm dich deinem Alter entsprechend, verdammt.

Das sagte mein Vater gern – benimm dich deinem Alter entsprechend, verdammt. Auch *groß gewachsen, mein Vater – und wusste auch nichts damit anzufangen.*

Als ich zum ersten Mal von der Schule nach Hause kam – also in den Ferien aus dem Internat –, da beschloss er, in meiner Gegenwart klein zu sein. Mein eigener Vater. Ich habe ihn dazu gebracht, den Rücken zu beugen. Das konnte doch nicht recht sein. Hätte ich ihm sagen sollen. Aber das kann man nicht, oder?

Jon trabte im Dauerlauf weiter die Treppe hinab.

Fühle ich mich so? Gedrängt und in Eile? Denke ich an alles, was ich noch zu erledigen habe?

»Sansom, Sie wissen, dass ich Ihnen gerade jetzt nicht helfen kann. Und das muss ich in aller Deutlichkeit sagen. Wenn meine Antwort Sie nicht zufriedenstellt, tut es mir ehrlich leid, aber mehr kann ich nicht tun. Und das meine ich ganz wörtlich: Ich kann nicht mehr tun. Das würde sich auch nicht ändern, wenn wir im selben Raum wären. Sie hätten mir keine SMS schicken sollen, und ich will hoffen, dass Sie mir nicht gemailt haben, oder wenn doch, dass Sie dabei meine klare Positionierung im Hinterkopf hatten.«

Der betreffende Herr Abgeordnete gehört zu einer Partei, und ich darf nicht parteiisch sein. Der Herr Abgeordnete hat nervliche Probleme, aber das ist nicht meine Angelegenheit, jedenfalls nicht so, wie du es brauchst. Der Herr Abgeordnete hat einmal eine relativ schmerzfreie Rede vor einem Publikum gehalten, zu dem auch ich gehörte, das ist alles. Und dass der Herr Abgeordnete seitdem stur darauf beharrt, dass meine Anwesenheit bei weiteren Auftritten für glattes Gelingen und elegante Reden bürgt, beruht auf einer falschen Annahme. Wenn er in der Öffentlichkeit den Mund aufmacht und für eine Vollkatastrophe sorgt, glaubt er, das liegt an meiner Abwesenheit. Aber das stimmt nicht. Er versagt nicht, weil ich nie da bin, sondern weil er es immer ist.

»Ich wiederhole: Ich kann nicht helfen. Ich kann nicht ... Aber ich kann nicht. Vor allem jetzt nicht. Wir stecken mitten in der Phase der Empfindlichkeiten, und da muss jedermann unerschütterliches Gleichmaß bewahren. Mit ruhiger Hand wie beim Rasieren, wie man mir früher immer eingeschärft hat. Und als Maskottchen für Ihren Parlamentarischen Staatssekretär herumzulaufen wäre ja wohl kaum überparteilich, oder? Wir stehen kurz vor der Wahl. Da herrscht Burgfrieden. Für mich jedenfalls. Und ich kann sowieso nicht *einfach da sein*, wenn er vor der Presse katzbuckelt ... Ich habe ja auch Arbeit auf dem Schreibtisch ... Der Gedanke ist sowohl in diesem besonderen Fall als auch prinzipiell unhaltbar, und erst recht als Bitte. Darüber hinaus: Wenn *er* ein Maskottchen bekäme, würde jeder eins wollen.«

Und seit wann kriegt ein Parlamentarischer Staatssekretär mehr als einen netten Briefkopf?

Natürlich bin ich zu Diensten, ich bin ein Staatsdiener ... Aber es wird zunehmend schwierig ... in einer Umgebung, wo Innovationsbündelung *ein reales Konzept ist, wo wir an Dinge wie den* Gartenzauneffekt *glauben und uns halten müssen, wo* kaskadieren *ernsthaft als Verb verwendet wird ... da wird es immer schwieriger. Ich glaube, ich bin an meine Grenzen gestoßen – also habe gemerkt, dass ich überhaupt Grenzen habe, die ich nicht überschreiten möchte –, als mir die erste Nullbasis-Überprüfung begegnete. Ich möchte nichts mit einer Nullbasis zu tun haben. Null ist kein schönes Wort. Zero. Der griechische Philosoph, der sich mit all dem beschäftigt, was der Verzweiflung anheimfällt, sollte ... Nemo Zero heißen und in einem brennenden Fass wohnen, ganz dicht an der Wohnstatt der Krähen ... Ich sollte ihn irgendwo erwähnen – mal sehen, ob jemand zugibt, noch nie von ihm gehört zu haben.*

Ich glaube, das sollte ich tun. Denke ich.

Andererseits höre ich mich selbst nicht denken. Gelegentlich.

Und noch andererseits gefällt es mir nicht, wenn ich mich denken höre. Gelegentlich.

»Sansom ... Sansom ... Sansom, möchten Sie das gern meinem Minister erläutern, der im Augenblick ein wenig beschäftigt ist, wegen dieser ... dieser ganzen ... was war das noch? Ach ja, diese bevorstehenden Parlamentswahl, die ihn daran hindert, sich wie sonst üblich nur um Ihr Wohl und das eines jeden anderen Sonderberaters zu sorgen, egal aus welchem Ministerium. Viele Grüße übrigens an Ihren Minister, ich fand, er hat sich ganz hervorragend geschlagen neulich, das war eine schwierige Situation für ihn.«

Immer nette Worte für den Minister eines Sonderberaters finden. Ihr Minister ist die Zitze, die sie säugt – er oder gar sie weckt den Säugerinstinkt in ihnen –, und darum müssen sie ihren Minister einfach gernhaben.

Der Mann aus Manchester ist vielleicht das hässliche und hirnschwache Kind von Sansoms Minister, das Kind, das sie nicht an den Zirkus verkaufen konnten – soll heißen, an keinen anderen Zirkus als den, der jetzt sein Zuhause ist: nicht an einen richtigen Zirkus, wo man darauf besteht, dass die Mitarbeiter wirklich Sachen können – wie Purzelbaumschlagen oder lebende Ratten schlucken. An all das sollte man keinen Gedanken verschwenden.

»Reden Sie mit ihm, mit dem Abgeordneten ... und dann reden Sie noch mal mit ihm ... Reden Sie nicht mit mir ... Reden Sie mit jemandem, der Ihnen tatsächlich helfen kann. Bitte. Nicht mit mir. Ich kann es nicht. Tief einatmen, atmen Sie tief ein ... Tut mir sehr leid ... Ja, Sie könnten meinen Minister fragen, und wenn der mir sagt, dass ich Ihnen behilflich sein soll, dann würde ich mir zu überlegen versuchen, wie wir das anstellen könnten.«

Aber das wird er nicht, denn er ist nicht wahnsinnig. Ich weiß, in Schottland haben sie so etwas wie einen Präzedenzfall geschaffen, aber Burgfrieden sollte Burgfrieden bleiben – also, das spielt schon eine gewisse Rolle, für die Demokratie und so weiter.

»Nein, *tief* atmen, Sansom.«

Es war schon eine Weile her, dass er ein Telefonat beendet hatte, während die andere Partei fluchte.

Fühlte sich gut an.

Er blieb vor einer weiteren Tür stehen. Sein Spiegelbild war leicht gebückt und beugte die Knie.

Er nickte ihm vorsichtig zu, doch es nahm keinen Anstoß daran. Er zwinkerte.

Manche Männer haben das Gesicht für so was. Ich nicht.

Und jetzt musste er wirklich los. Die Pflanzen waren gegossen, jetzt musste eine Hose geholt, geborgt, gekauft werden, das Büro war ... es wartete. Sachen warteten.

Nur meine Dienernatur, meine Dienstbarkeit ist schuld, dass ich überhaupt hier bin.

Val musste noch anderen Menschen begegnet sein – *sie getroffen haben, sie ... egal, welches Verb man in einen Satz mit Valerie steckte, am Ende klang es immer schlüpfrig* –, sie musste noch andere ganz unschuldige Bekannte haben, die wussten, wie man eine Kanne mit Wasser füllte und sie dann an gärtnerisch geeigneten Orten wieder leerte, sooft wie nötig. Es war nicht notwendig, dass er das tat. Sie hatte ihn mit Absicht in die Pflicht genommen.

Weil sie weiß, dass es einen reizt.

Er trottete durch den Eingangsflur, schaltete ihre Alarmanlage an und öffnete dann – mit Verwunderung, Wonne, Erleichterung, irgendwas – ihre Eingangstür und trat ins Freie. Dann schwang er das makellos bemalte Holz hinter sich zu und drückte es in den makellos bemalten Rahmen. Ihre abschreckende Sammlung von Schlössern wurde pflichtgemäß verschlossen, die teuren Riegel arbeiteten wie vorgesehen. Wieder klingelte sein Telefon, und er konnte das Geräusch fast als passende Feier seines Abschieds von hier betrachten.

Und es war nicht Sansom.

Und es war auch sonst kein Druck und keine Störung.
Gott sei Dank. Oder jedenfalls fast.
»Er hat mich erreicht ... Ja, Sansom hat mich erreicht, Pete ... Ganz bestimmt, ganz bestimmt ... Ja. Er hätte es besser wissen sollen. Aber die wissen es nie besser. Wenn sie uns nicht brauchen, sind wir eine selbstgefällige, unzeitgemäße Elite und sollten alle in Croydon arbeiten, die paar von uns, die noch da sind, und wenn sie uns dann mal wollen ... Hätte ich sagen können, habe ich aber nicht, würde ich nicht. Aber könnte man.« Es war Pete Tribe aus dem Büro. Ein vielversprechender Mann, Peter. »Er hätte Sie nicht behelligen dürfen, Peter ... und mich auch nicht. Ich bin ihn gerade losgeworden – hoffen wird man ja noch dürfen – und ich bin auf dem Weg ins Büro, machen Sie sich keine Gedanken, Sie haben genau richtig gehandelt – ich muss nur noch die Hose wechseln, darum muss ich zuerst noch nach Hause ... Nein, nein ... Natürlich ... Bei uns hat niemand den Auftrag, Gangster-Hiphop-Sprüche fallenzulassen, um damit nachzuweisen, dass er ... Die Hose? Nein, ich war gestern Abend zu Hause, aber jetzt bin ich das nicht mehr ... Nein, nicht so ... Ich bin in Chiswick ... Bei Val ... Nein, sie ist nicht zu Hause ... Nein, es ist ... Nein ... Ich komme, so schnell ich kann ... Nein, nicht so ... Ja, bis dann.«

Jon bog bei der Brauerei um die Ecke – sog die malzige Luft ein und trabte in Richtung U-Bahn. Von Vals Haus kam man mit öffentlichen Verkehrsmitteln nie besonders gut weg. Und dieser ganze Quatsch bedeutete, dass er jetzt zu spät kam, und mit der U-Bahn würde er das auch nicht aufholen, aber der Berufsverkehr würde das Vorankommen mit dem Taxi genauso einschränken – wenn er überhaupt eines finden konnte. Sie hatte ihn gezwungen, sich mit dem Berufsverkehr herumzuschlagen. Das war gemein von ihr.

Peter wird Chiswick und meine Hose natürlich anderen gegenüber erwähnen, seinen Büronachbarn, und das ergibt eine zündende Kombination.

Wenn sich so ein klebriges Gerücht erst herumgesprochen hatte, blieb es in der Welt, und Andeutungen sexueller Natur waren für die Zuschauer am reizvollsten und blieben am längsten kleben.

Nein, nicht so.

Seine derzeitige Lage hatte nichts mit Frauen oder *einer* Frau zu tun, nicht im erotischen Sinne.

Nein, nicht so.
Aber das würden alle annehmen. Sie glaubten, er habe Frauen, er habe einen lachhaften Stall voller williger Partnerinnen und hüpfte von einem Bett zum anderen, um Sex auszuteilen.
Nein, nicht so.
Wenn man die Dinge zu ihrer Quelle zurückverfolgt ...
Während seiner Ehe war er als Neutrum betrachtet und wie ein Kranker behandelt worden – manche waren ihm herablassend begegnet, andere waren ihm ausgewichen, weil sie sich nicht mit seinen mutmaßlichen Mängeln infizieren wollten. Und die Männer, die seine Frau näher kannten ... manche waren dreist, manche schuldbewusst, manche sanft. Wenn man mit einer Ehebrecherin verheiratet war, lernte man viel über die menschliche Natur.

Nach der Scheidung hatte sich zunächst sehr wenig verändert, auch wenn er immerhin als weniger ansteckend wahrgenommen zu werden schien. Und ein paar durchscheinende Wochen lang hatte er noch die heimlichsten Kollegen identifizieren können, die ihr begegnet waren, sie getroffen hatten, mit ihr ... Jeder dieser Männer hatte eine unterschwellige Anspannung gezeigt, die – so nahm Jon an – von der Furcht herrührte, Valerie könne nun ihn heiraten und dann betrügen wollen.

Aber ich sollte nicht übertreiben. Es waren gar nicht so viele Männer. Nicht allzu viele. Gerade genug. Ich nehme an, so könnte man es beschreiben. Genug, um ihre Bedürfnisse zu befriedigen, was mir nicht gelungen war.

Nach dieser Phase gab es Schulterklopfen, reuige und komplizenhafte Blicke, Einladungen in Pubs oder zum Abendessen, mal ein Tapetenwechsel, Frau und Kinder kennenlernen.

Jon war jedem gastfreundlichen Angebot ausgewichen und im Arbeitsleben pünktlich und zuverlässig gewesen – also im Grunde in seinem ganzen Leben –, hatte kein Anzeichen innerer Krisen erkennen lassen.

Was ich fühle ...
Na ja, wenn ich es im Augenblick nicht weiß, spielt es auch keine Rolle ... Bloß dass es sich anfühlt ... ich fühle mich ... als hätte ich etwas Wichtiges verlegt, aber vergessen, was ... Und weiß Gott, heute kann und darf ich nichts vergessen ...
Es ist, als wäre ich krank ... als gehörte meine Haut jemand anderem ... Da

ist so eine Anspannung ... eine offensichtliche Anspannung ... die hoffentlich nicht so offensichtlich ist ...

Und dann, an einem Donnerstagmorgen – Donnerstage hatte er nie gemocht, sie waren nicht so großzügig, wie Freitage sein sollten – *heute ist eine Ausnahme, aber kann alles noch werden* –, und nicht so arbeitsam und friedlich wie Mittwoche; Donnerstage waren bitter ... An einem Donnerstag hatte er entdeckt, dass er zu einer ganz neuen Witzfigur geworden war.

Es hatte sich herumgesprochen. Genauer gesagt, sie hatten sich herumgesprochen: Lucy, Sophie ... solche Namen. Und ich wurde zum nunmehr enthemmten Geschiedenen erklärt. Seither nehmen sämtliche Mitarbeiter an, dass ich irgendwie dort weitermache, wo Valerie aufgehört hat.

Nicht dass sie aufgehört hätte. Und nicht dass ich derzeit dergleichen täte.

Jon war inzwischen weit vom Fluss entfernt, hatte – ganz sicher und unvermeidlich – die üblichen selbstgefällig gepflegten Hecken und gestutzten Bäume von Chiswick mit drängendem, aber ausdauerndem Tempo hinter sich gelassen. Was heißen sollte, dass er annehmen musste, das getan zu haben. Er befand sich nicht mehr auf dem Bürgersteig seiner Frau und konnte erkennen, dass er ziemlich weit abgekommen war ...

Zuerst bin ich an der Brauerei vorbeigegangen – die Erinnerung ist deutlich – Valerie bekommt immer noch eine Ration Gratisbier, um sie für das Brauaroma zu entschädigen. Wobei sie natürlich kein Bier trinkt. Nur wenn es unbedingt sein muss. Ich glaube, sie hat es mal zum Kochen genommen.

Und nach der Brauerei müssen noch weitere Straßen gekommen sein ... Da waren, da sind Straßen ... Häuser ... ausgewachsene Magnolien ... krankhaft ordentliche Ligusterhecken und Mauerwerk, das offenbar mit Zuckerguss überzogen wurde ...

Sein Kopf schüttelte sich, womöglich nur in Gedanken, als wäre er in Wasser getaucht worden und versuchte jetzt, sich von einer fließenden, lähmenden Last zu befreien, die ihm die Ohren verstopfte.

Chiswick High Street ist ein ordentlicher Weg von Vals Haustür, das dauert ... normalerweise nicht so lange, wie es anscheinend diesmal gedauert hat ... Aber jetzt bin ich auf der High Street.

Aber irgendwas, eine ganze Menge irgendwas kam davor ...

Aber daran kann ich mich nicht erinnern ...

Und das sind schon wieder zu viele Aber.

Aber hier bin ich ... Die Naturgesetze gebieten, dass Chiswick also existiert haben muss, während ich hindurchschritt, ohne es aber wahrzunehmen.

Er konnte sich nicht recht erklären, wie das geschehen war, doch sein Kopf – und auch der Rest von ihm, bis ganz hinunter zu den Füßen, seine Gesamtheit – war schon in der High Street, und dieser Ortswechsel hatte sich offenbar in einem unbewussten Augenblick vollzogen; dennoch – er betrachtete wieder seine Armbanduhr, als könnte sie sich hilfreich und informativ zeigen, wo sie ihn doch vor allem erschreckte – hatte dieser Weg viel zu viel Zeit in Anspruch genommen. Er hatte sich selbst deutlich deplatziert.

Ich ... vielleicht sollte ich besorgt sein ... bin ich aber nicht. Das bin ich auch nicht ...

Er winkte ein Taxi heran und fand sich mit der Tatsache ab, dass der Verkehr ihn in die Knie zwingen und sein Problem nur verschärfen würde, denn das war Verspätung und weniger sein inneres Problem, das er nicht identifizieren konnte, und die Probleme mit seinem Äußeren, die ... die waren einfach ...

Ihr Name ist Legion. Ihr Name ist Rebecca und Lucy, Sophia und ... Herrgott.

Sein Herz hoppelte. »Tothill Street, bitte.« Er legte die Finger an den Türgriff des Taxis, fast als zweifelte er, dass es wirklich da war.

Der Fahrer gab nickend sein Einverständnis, Jon stieg ein, seine Gliedmaßen waren widerspenstiger als nötig, und seine Rechte umklammerte die Aktentasche, als wäre sie eine moralische Stütze.

Als würde ich die Armlehnen meines Sitzes umklammern, wenn das Flugzeug auf eine Gewitterfront trifft – man hält sich an dem fest, was einen vielleicht abstürzen lässt und tötet. Hat mit unserer Vergangenheit als Affen zu tun – solange wir uns festhalten konnten, war alles gut, deshalb klammern wir uns immer noch fest, um Spannung zu ertragen.

Wenn natürlich der ganze Baum hinüber war und mit dir zusammenbrach, dann war Loslassen die bessere Lösung ...

»Andererseits ... Entschuldigung ... ich muss noch eine Hose besorgen.« Niemand außer Jon musste das wissen, und der Hinterkopf des Fahrers schien diese Wahrheit beredt zu kommentieren. »Das heißt ...

Ich ... wenn Sie anhalten könnten, sobald wir irgendwas sichten ... Verdammt ... nein, da wird noch nichts offen sein ... Es sei denn ... Wissen Sie irgendeinen Laden ...? So ein früh geöffneter Hosen... Anbieter? Ich meine, das wäre ... Danke. Tothill Street.«
Jon zwang sein Rückgrat und seine Absichten, sich nicht weiter vorzubeugen. Er könnte gegen halb neun eintreffen – später als geplant, aber noch vor neun –, und das würde durchgehen, wäre okay, wenn auch nicht perfekt. Er war lieber schon da, bevor es geschäftig wurde, aber das wäre schon in Ordnung. Er war ein Experte von gewissem Rang – er hätte es nach so vielen Dienstjahren noch weiter bringen können, aber er bekleidete einen nicht unbeachtlichen Rang und verdiente das Vertrauen der Menschen, mit denen er zu tun hatte. Darüber herrschte Einigkeit. Er würde das Hosenproblem überstehen. Es war nicht unmoralisch, eine Angestellte zu bitten, womöglich eine zu kaufen ... Nein, das hatte einen Beigeschmack. Konnte man einer Untergebenen seine Innenbeinlänge aufdrängen? Oder auch nur die Außenbeinlänge?

Im richtigen Umfeld kann ich Entscheidungen treffen. Aber ich bin nicht im richtigen Umfeld, sondern in einem Taxi.

Konnte man also einen männlichen Untergebenen bitten, jemanden mit Hosenerfahrung aus männlichem Blickwinkel ...? Nein, das war keine umsichtige Verwendung öffentlicher Mittel.

Regierungsbeamter vergeudet Arbeitskraft für Modeshopping.
Stellvertretender Direktor erlebt ... was? Vogelunfall. Midlife-Malheur. Altersspanne. Hosendebakel.
Stellvertretender Direktor Jonathan Sigurdsson erleidet Filmriss beim Gang durch Chiswick – Grund zur Sorge.

Er konnte sich immer noch nicht erklären, wie er auf der High Street gelandet war.

Das war überraschend. Er mochte keine Überraschungen.

Es hat aber nichts mit Frauen zu tun.
Nein, nicht so.

St Martin's Lane, in der Nähe vom Wyndham Theatre: ein lila Luftballon wird von einer sanften Brise über die Köpfe der Fußgänger getragen und überquert dann unversehrt eine belebte Straße. Dabei sinkt er herab und rollt sachte über die Motorhaube eines vorbeifahrenden Autos. Schließlich landet er beinahe punktgenau vor den Füßen eines Mannes Mitte dreißig, der recht formell gekleidet am Bordstein steht. Er hebt den Ballon auf. Er richtet sich auf und hält ihn zwischen den Handflächen. Er lächelt. Er lächelt so sehr.

07:58

Jon drückte seine Wange am Seitenfenster des Taxis platt, während London draußen vorüberstotterte. Er war auf halbem Weg ins Büro, aber noch nicht weiter. Alles verschwor sich nach Aussage des Taxifahrers, der sich außerdem nicht vorauszusagen in der Lage sah, ob sie Glück haben oder noch eine weitere halbe Stunde im Schritttempo vorwärtskriechen würden, wenn nicht länger. Raffinierte und mannhafte Ausweichmanöver durch schmale Schleichwege hatten nur dazu geführt, dass sie nun vom offenbar psychotischen Fahrer eines großen Lieferwagens blockiert wurden, der gerade genug Raum ließ, dass Fahrräder oder vielleicht Mäuse darin manövrieren konnten.

»Großkotzig, was?«, bemerkte der Taxifahrer.

»Entschuldigung, wie bitte?«

»Bei solchen Gelegenheiten werden sie großkotzig – die Radfahrer. Wenn sie ein Lastwagen rammt, sind sie's nicht mehr so. Wenn's nach mir ginge, müssten sie 'n Lappen machen. Zu ihrem eigenen Besten.«

»Das ist jedenfalls mal eine Meinung.« Jon ließ seine Augen zufallen und steuerte seine Erinnerung vorsichtig nach Berlin Anfang dieses Jahres, wo er Rebecca gesehen hatte.

Schön. Ein Trost. Notwendig. Und wichtig, Zeit miteinander zu verbringen.

Ein Urlaub für sie beide. An einem Tag, dem Sonntag, hatte er eine Bootsfahrt auf der Spree für sie gebucht – dick eingemummelt gegen die Kälte, die ziemlich sanfte Märzkälte –, und er hatte seine Wange am kalten Seitenfenster der Barkasse plattgedrückt, als sie am Bode-Museum vorbeifuhren, diesem im Wasser festgemachten Gebäude, ein hoher Bug ganz am Rand der Museumsinsel, ein unmögliches Schiff. Wellen lappten an der Mauer darunter, schlichen heran und wogten und sanken reizend herab.

Lichtklingen auf dem Wasser, nur sanft drohende Brücken über uns, und dann ein weiter europäischer Himmel. Der Fernsehturm sticht ins klare Blau – sieht aus wie der Sputnik nach einem Zusammenprall mit einer kapitalistischen Harpune, wie ein aufgespießter Ball, eine penetrierte Kurve, allerdings bemerkenswert asexuell, unsexuell ... nun ja, Edelstahl und Beton sind gemeinhin auch nicht sonderlich erregend. Waren sie noch nie – nicht mal für Junge Pioniere.

Ich bin nicht sexbesessen. Andere Leute sind besessen davon, dass ich sexbesessen sei.

Der Berliner Fernsehturm – Kulisse für einen nie gedrehten Bond-Film, so unwiderruflich veraltet und fehl am Platz, wie alle Zukunftsvisionen letztlich aussehen. Für Frieden und Sozialismus – als ob eins von beiden irgendwo möglich wäre. Kaum etwas ist so eindeutig 60er-Jahre-DDR wie der Fernsehturm, bei dem man immer noch an kreisförmige, von der Kugel ausstrahlende Wellen denkt, sich ausbreitende Ringe friedlichen und antifaschistischen, sozialistischen Wissens, die sich edel gesinnt – und angemessen selbstkritisch – durch die nach Braunkohle duftende Luft dehnten – diese ganz eigentümliche Braunkohlenbitterkeit –, die den einen wahren Glauben sendeten, und das Sandmännchen, das die Jungen und Mädchen ins Bett schickte. Anstatt sie mit Stasi-Transportern abzuholen und an andere, weniger angenehme Orte zu verschicken. Oder sie zu Variationen über das Thema Selbstmord aufzufordern.

Der Osten ist grausam – im Westen ist's am besten.

Damals konnte ich so einfach denken. Konnte ich. Ich war klar im Kopf.

Wir haben es alle gern klar und einfach.

Heute ist der schreckliche Feind anders. Und doch gleich. Er dient dem gleichen Zweck.

Wir wiederholen unsere Themen gern – wie in guten Opern und schlechtem Fernsehen.

Aber weile ich nun unter den am wenigsten Grausamen?

Wo ist denn keine Grausamkeit? Gewollte und erlaubte und verurteilte Grausamkeit ...

Ins Außenministerium hätte ich nie gepasst.

Und das Außenministerium rekrutiert auch nur die Sahneschicht, die ganz oben auf der Milch schwimmt. Oder die Scheiße, die auf dem Wasser schwimmt. Ich hoffe, ich bin weder das eine noch das andere, allerdings könnte ich mich auch irren.

Außerdem klinge ich nach Ausländer ... ich habe einen unpassenden Namen. Das wäre dann eines meiner wiederkehrenden Themen.

Gute Opern, schlechtes Fernsehen und noch schlechtere Propaganda ... Von der ich eine Menge gesehen habe neben dem Sandmännchen – drüben in Berlin, wo ich studiert und alles akribisch beobachtet habe. Ich habe mich immer für Details interessiert, kann gar nicht genug davon kriegen. Bin kein Spion, kein bisschen, nicht im eigentlichen Sinn. Eher Beobachter. Ergebnis einer unsentimentalen Erziehung.

Das ist das Mindeste, was man tun kann – schauen.

Zuschauen, wie alles einstürzt, zum Beispiel die Mauer – die Berliner Mauer, der antifaschistische Schutzwall. Selten ein gutes Zeichen, wenn die Wortwahl so bemüht gegen die Wirklichkeit ankämpft, das deutet schon den beginnenden Fall an. Jawohl, das tut es. Immer.

Aber lieber schaue ich mir Schönheit an.

Ist das Realitätsverleugnung oder der Versuch, sie zu akzeptieren? Ich glaube, ich bin zu müde, das zu wissen. Ich hoffe, ich bin zu müde dafür.

An diesem Tag mit Becky, als ich mit Becky Urlaub zu machen versuchte, beobachtete ich die Bewegung der Stadt, alles in Bewegung – Details, Details –, während wir weiterfuhren. Leichte bis unangenehme Schuldgefühle – wie üblich –, weil sie schon erwachsen ist, und ich so oft abends noch arbeiten musste, als sie ein Kind war, als Zeit zum Reden war, zum Sein, Zeit, meine Kleine sicher ins Bett zu bringen. Nacht, Nacht.

Ich habe viel verpasst.

Schulkonzerte, Elternabende, wie sie einmal vom Pony gefallen ist und sich erschreckt hat, die Gelegenheiten, an denen wir uns hätten unterhalten sollen.

Ich habe alles verpasst. Fast.

Ich glaube, ich habe mein Leben verpasst. Ich glaube, das könnte stimmen. Wenn es auch ein bisschen pathetisch klingt.

Aber abgesehen von solcher Reue – die ich immer in den Urlaub mitnehme – war es ein schöner Tag in Berlin. Was das Wetter angeht. Ein luftiger Nachmittag lag vor uns, mit Händen in den Taschen, zügigem Spazierengehen, Arm in Arm Unter den Linden entlang, Herumlaufen im Themenpark und Hochglanz-Einkaufsparadies, zu dem Berlins Zentrum geworden ist. Arme alte Mitte – die Freiheit hat dir ein paar lächerliche neue Kleider verpasst.

Das habe ich da allerdings nicht gedacht – ich war ganz erfüllt davon, wie gern, wie sehr, sehr gern ich Arm in Arm gehe.
Und an dem Wochenende hatte sie mich bisher nicht gelassen.
Aber auf dem Ausflugsboot hatte Becky seine Hand genommen. Die Barkasse war schwankend weitergeglitten, während ein lehrreicher Vortrag versucht hatte, über die Audio-Guide-Kopfhörer zu stören, die aufzusetzen er sich jedoch geweigert hatte. Jon hatte die Augen wegen der gleißenden Sonne geschlossen, oder auch, um den Ausfluss seiner eigenen Variation über das Thema Dummheit zu verhindern oder um zu vermeiden, der ihm geltenden Enttäuschung seiner einzigen Tochter Blicke zuzuwerfen.
Doch dann hatte sie seine Hand genommen.
Immer gleich, aber immer mehr – sie ist immer mehr.
Das Streicheln ihres Zeigefingers über sein Handgelenk und dann die warme, weiche Frage, als ihre Hand sich über seine Fingerknöchel legte, als ihr Daumen sich darunter schob, das Herz seiner Handfläche fand und zur Ruhe brachte.
Wunderschön. Ein herrlicher Schreck.
Dabei war es ganz und gar nicht ungewöhnlich. Sie gingen oft Hand in Hand. Bei dieser Gelegenheit hatte sie ihn bloß überrascht, weil sie sich das ganze Wochenende fast nur gestritten hatten: Der Flug Freitagabend war eher unglücklich verlaufen, am Samstag hatten sie sich im Alten und Neuen Museum, in der Nationalgalerie und im Pergamon gezankt – sie nahmen Kultur gern rasch und gründlich auf, oder jedenfalls er –, dann war es in einem Restaurant ebenfalls unbehaglich gewesen, und heute Morgen: Streit, Streit, Schmollen, Streit und Schmollen. Seine Schuld.
»Du hast es mit Absicht gebucht, Dad.«
»Habe ich nicht, Becky.« Aber sie hatte recht – er hatte das Hotel Sylter Hof absichtlich gewählt. »Ich habe es nicht absichtlich ausgesucht. Es wurde mir empfohlen, und es ist doch nett?« Wenn er sich verteidigte, klang alles wie eine Frage. Vor allem Fragen. »Findest du es nicht nett? Aber hinterher habe ich dann nachgeschaut und entdeckt, dass ... dass es da ... dass der Ort eine Geschichte hat. Und dann habe ich nicht umgebucht. Ich meine, da passiert ja *jetzt* nichts – es ist Geschichte.«

Was in fundamentalem Widerspruch zu allem steht, was ich über Geschichte denke, und das wusste sie auch genau.

»Und das ist ... ich muss sagen ... ich meine, Rebecca, Berlin hat nun mal eine Vergangenheit ...« *Ich habe mich angehört wie ein herablassender Klugscheißer.* »Der entkommt man nicht, ohne Berlin hinter sich zu lassen. Aber wir sind in Berlin. Darum habe ich nicht umgebucht. Weil es nett ist. Als Hotel.«

Sie merkte immer, wenn er log, wenn ihm nichts anderes übrigblieb. »Du kannst einfach nicht anders, oder? Als unglücklich zu sein. Du musst einfach.«

Becky hängte kein *Mutter hatte recht* dran, aber er hörte es trotzdem – so wie nur Hunde diese besonderen Pfeifen hören können, die sie bei Fuß rufen. »Ich leide nicht. Ich interessiere mich. Ich bleibe gern interessiert.«

»Und damit willst du andeuten, dass ich aufgehört habe zu lernen. Ich bin nicht mehr interessant, weil ich jetzt mit Terry zusammen bin?«

»Aber nein.« Sie musterte ihn abschätzig, während er »Nein« blökte. Sie merkte es immer.

Das war der erste Zank am Samstag. Und ihr Ärger war absolut nachvollziehbar: Es war sicher nicht fair, ein Hotel – auch wenn es ein vollkommen zufriedenstellendes Hotel mit guten Bewertungen war – vor allem deshalb auszusuchen, weil es dort stand, wo früher der Jüdische Brüderverein zur gegenseitigen Unterstützung residiert hatte, bevor er 1938 zum Verkauf gezwungen wurde. Dieser Zwangsverkauf hinterließ eine gewisse Atmosphäre – eine verderbliche Atmosphäre –, und weil diejenigen, die von Gewaltanwendung berauscht sind, Gefallen an Ironie entwickeln, einen ganz speziellen, plumpen Humor pflegen, war das Gebäude sodann vom Reichssicherheitshauptamt Referat IV B 4 übernommen worden – dem Referat für »Jüdische Angelegenheiten«, das die Beschlagnahmung jüdischer Immobilien und Vermögen sowie die Aberkennung ihrer deutschen Staatsbürgerschaft organisierte.

Wenn es ein Referat für dich gibt, dann bist du ein Problem. Dann muss eine Lösung für dich gefunden werden.

Also schliefen er und seine Tochter zwar nicht direkt dort, wo Adolf Eichmann geschlafen, aber wo er gearbeitet hatte, wo er und seine Verwalter, seine Planer und Umsetzer, seine Beamten gearbeitet hatten.

Becky und Jon hatten an dem Morgen ihre warmen Berliner Schrippen und ihre heißen gekochten Eier im Schatten eines Gebäudes gegessen, wo Menschen in sauberer und ordentlicher Umgebung es nicht geschafft hatten, ihre Verwaltungsarbeit mit anderen Menschen in Beziehung zu setzen, oder mit der Wirklichkeit, oder mit Schmerz.
Nicht geschafft, nicht gewollt, nicht interessiert.
Eine Hölle zugelassen, um einer anderen zu entgehen.
Wahrscheinlich hatte es damals eine Kantine gegeben, vielleicht genauso warme kleine Kaiserbrötchen oder Schrippen, Schwarzbrot, vielleicht Eier.
Vielleicht nicht immer Eier, vielleicht auch keine Butter, wegen der Rationierung.
Am Ende war das Gebäude bombardiert worden, wie so viele Teile der Stadt. Junge, und wie es das war! Becky und er hatten das schneidend moderne und zukunftsorientierte Neubaugebiet am Ufer bereits zu Fuß erkundet, seine makellos ausgerollten Geometrien zwischen dem wiederhergestellten Reichstag und dem Hauptbahnhof.
Die Royal Air Force hat die ganze Gegend zu einem Stadtplanertraum planiert – Mauerreste und Trümmer, nur die Schweizer Botschaft blieb stehen, und das rein zufällig. Die ist immer noch da. Und wer weiß schon, woran die sich erinnert, was darin widerhallt. Natürlich hatte Speer die Gegend selbst schon auslöschen und neu aufbauen wollen – dem Blutvergießen einen Tempel errichten, eine monströse Kuppel, groß wie ein falscher Berg, und Kolonnaden und Boulevards für Paraden. Was Führer so brauchen, um sich als richtige Führer zu fühlen. Und wenn man die störenden Wohnungen und ihre Bewohner erst aus dem Weg geräumt hat, ist alles möglich.
Effiziente und robuste Verwaltung wäre nötig, wollte man einen Plan von solcher ... eine ganze Legion von Staatsdienern müsste dienen.
Was vom RSHA Referat IV B 4 übrig war, hatte man in den Sechzigern abgerissen. Und eine gewisse Anzahl Menschen musste geplant, weitere Menschen mussten die zugehörigen Genehmigungen erteilt, noch andere Menschen gebaut und dann instand gehalten haben, und wieder andere mussten immer noch die üblichen Inspektionen der Einrichtung durchführen, die jetzt an seinem Platz stand. Es war ein recht angenehmes Hotel für Kurzzeitbesucher, die womöglich nichts von der Vergangenheit des

Ortes wussten und auch nicht von tödlichem Vergessen infiziert waren, allerdings erkundigte man sich auch gar nicht nach der moralischen Haltung der Gäste, es gab keine formalen Prüfprozeduren, Buchungen wurden allein aufgrund augenscheinlicher Zahlungsfähigkeit akzeptiert.

Jon hatte in der Freitagnacht im Hotel Sylter Hof nicht richtig geschlafen. Das lag zum Teil daran, dass er, im Dunkel eines anonymen Bettes hingestreckt, bis zu einem gewissen Grad immer noch das geordnete Rascheln der schrecklichen Karteikarten und das saubere Hacken alter Schreibmaschinen hören konnte, die scheußliche Dinge beschieden. Das störte. Wie auch die Gedanken an lockeres Kantinengeplauder, Langeweile, Büroklatsch und ferne Leichen.

Er hatte dort gelegen und – sorgfältig – geprüft, ob er der Mensch war, für den er sich hielt, der seine Arbeit gut zu tun und Gutes zu denken versuchte, ohne den Blick auf größere historische Zusammenhänge zu verlieren. Jon versuchte immer im Gedächtnis zu behalten, wie viel im Leben schiefgehen kann, das lag in seiner Natur, womöglich auch daran, dass er von den Geisteswissenschaften herkam. Sein Spezialgebiet war europäische Geschichte gewesen. Und es war einmal zweckdienlich erschienen, Geisteswissenschaftler für den Staatsdienst zu rekrutieren: Vielleicht sollte Personal gewonnen werden, das gewohnt war, nicht bloß an der Oberfläche eines Themas herumzukratzen – oder das sich sogar mit den grundlegenden Konzepten des menschlichen Daseins auskannte. Spezialisten konnte man, wenn nötig, dazuholen – Finanzexperten, Mathematiker. So hatte man es gemacht.

IT-Experten ... die waren auch Spezialisten, aber welchem Zweck sie eigentlich dienten, dass wusste der Himmel – es schien, als fütterte man sie bloß mit Geld, das sie dann eine Weile später in zweifelhaften Mist umwandelten, in inhaltslosen Mist, in undurchführbaren Mist, ganz allgemein Mist. Und Ökonomen – wozu brauchte man die? Wirtschaftswissenschaft war keine Geisteswissenschaft. So wie sie im Augenblick praktiziert wurde, war sie nicht einmal eine Wissenschaft. Es gehörte nicht mehr dazu, als sich einem Kult zu unterwerfen. In ihm weckte sie das Verlangen nach Mathematik, nach der unwiderlegbaren Wahrheit und Vollkommenheit der Mathematik.

Dabei hatte er Mathe immer gehasst.

Die einzige mathematische Form, die ich verstehen kann, ist Musik. Welche die Mathematik transzendiert – und irgendwo braucht jeder Mensch Transzendenz ... selbst ich.

Howlin' Wolf hat nicht an Mathe gedacht, wenn er gespielt hat. Er hat es einfach gefühlt. Er konnte fühlen.

»Heard the whistle blowin', couldn't see no train. Way down in my heart, I had an achin' pain. How long, how long, baby how long.«

Man konnte sehen, was er fühlte, konnte es wissen, es teilen, es schmecken. In ihm war es stark und rein.

Und Howlin' Wolf war außerdem ein ordentlicher Mensch und ein guter Chef – bei ihm ließ sich das durchaus vereinbaren damit, Gefühle rauszulassen, sich selbst rauszulassen. Er konnte brennen und schwitzen und heulen und heulen und heulen, wenn er es für seine Musik brauchte. Ansonsten konnte er sich beherrschen.

Und er konnte den Blues fühlen. Den tiefen Blues.

Bei dem es natürlich nicht um Beherrschung geht. Aber er schaffte die Quadratur des Kreises und umgekehrt natürlich auch.

Jon glaubte, selbst ein ordentlicher Mensch und guter Chef zu sein – seine Einschätzungen untergruben diesen Glauben nicht.

Vielleicht fühle ich auch den Blues.

Jon zog schnell eine Grimasse. Als ob. Ich bin viel zu sehr Quadrat, kein bisschen Kreis, da kann ich machen, was ich will.

Aber ich bin kein schlechter Mensch. Auf meine Art bin ich das nicht.

Und zwar, weil ich mich ständig frage, ob ich nicht einer bin. Weil ich nachts nach Schreibmaschinen lausche. Und ich tue, tue, tue wirklich, was ich kann.

Schreibmaschinen sind heutzutage bekanntlich die sicherste Option. Sie liefern lokalisierbare, schwer zugängliche, diskrete Dokumente. Die Russen haben gleich nach Snowden Tausende bestellt. Indien hat nachgezogen. Deutschland auch. Die intelligenten Grausamen überall haben sie angeschafft.

Tipptipptipp.

Hackhackhack.

Ich auch. Zu Hause.

Tocktocktock.

Das Geräusch moderner Vorsicht.

Das Geräusch, das ich bei der Arbeit nicht höre.
Nur in meinen Träumen.
Tipptipptipp.
Es tut mir leid wegen des Hotels, Becky. Es tut mir leid, dass ich den Blues habe – den Blues des verklemmten, verwöhnten weißen Mannes ... und das ist der allerschlimmste, Baby.

Aber das Hotel war eigentlich gar nicht sein Problem gewesen – jedenfalls kein drängendes – der Streit mit seiner Tochter, der im Flugzeug angefangen hatte, war ihm viel mehr an die Nieren gegangen. Der hatte ihm den Schlaf geraubt.

Das war ein so offensichtlich dämliches Verhalten: Allein mit deinem einzigen Kind, und als Allererstes kritisierst du gleich mal ihren Freund. Nein, nicht als Allererstes. Ich habe gesagt, dass ihre Schuhe toll sind und dass sie gut aussieht und dass wir bestimmt Spaß haben würden und dass wir nicht oft so eine Gelegenheit hätten. Und dann habe ich meine unklugen Kommentare abgelassen. Kaum dass wir die Sicherheitsgurte lösen durften. Idiot.

»Du magst ihn nicht.«
»Das ist ... Das habe ich nicht gesagt.«
»Nein, aber ich. Du bist gerade noch höflich. Was war das bei meiner Geburtstagsparty?«
»Bei deiner ...? Ich war doch ... Habe ich bei deiner Geburtstagsfeier irgendwas falsch gemacht?«
»Du hast nicht ein Wort mit ihm geredet.«

Das schien wenig wahrscheinlich. Jon hangelte sich zurück zu einem Nachmittag mit böigem Wind und Kopfschmerzen auf Beckys kleinem Balkon, wo ihm wegen unvorhersehbarer Ereignisse übel gewesen war – jede Menge Freunde von ihr waren drinnen und lärmten. Es war gut, dass sie so viele Freunde hatte. Sonst würde man sich Sorgen machen. Laute Freunde. »Ich ... habe ich nicht? War ein komischer Tag. Glaube ich. Irgendwas war im Gange ...«

»Im Amt. Diese Arbeit frisst dich auf.«
»Ich bin so gut wie durch.«
»So lange wie du bleibt niemand dabei, nicht mehr. Du hättest schon in Pension gehen können. Du könntest den Ruhestand genießen. Etwas tun, was du magst.« Sie hatte sich bemüht, das Thema zu wechseln, und

aus irgendeinem Grund hatte er sie nicht gelassen, auch wenn es Wahnsinn war.

»Also, du ...« Er schluckte hörbar – seine Kehle versuchte zu verhindern, dass er es vermasselte, und doch machte er weiter. »Du bist nicht ... Es ist bloß, wenn du mit ihm und mir zusammen bist, wenn wir zu dritt etwas essen oder dergleichen ... dann fällt mir auf ... also, dass ...«

»Dass was?«

Eigentlich sollte er das gar nicht ansprechen, nur dass sie eben seine Tochter ist und er sie wirklich, wirklich, wirklich – in seinen Adern, in seinem Atem, in seinem bedrückten, vergrabenen Herzen –, sie wirklich liebt, und darum ist ihr Glück wichtig. »Wenn du mit ihm zusammen bist, sprichst du anscheinend nicht. Du sagst nichts mehr.«

»Weiter.« Ihr Tonfall eine deutliche Warnung, dass er eher aus dem Flugzeug springen als in dieser Richtung fortfahren sollte.

Doch er war weitergetaumelt. »Liebes, es ist ja bloß so, dass ich schon eine ganze Weile auf der Welt bin, am Leben meine ich, und viele Beziehungen gesehen habe – ich rede jetzt nicht von meiner, um meine geht es hier gar nicht –, ich habe gesehen, was passiert, wenn nur der Mann das Wort führt oder nur einer der Partner. Ich habe gesehen, welche Schlüsse das nahelegt darüber, was vorher zwischen zwei Menschen gelaufen ist ... was es bedeutet, wenn die Frau überhaupt nicht zu Wort kommt und der Mann ...« Ihr Schweigen verurteilte ihn, also fuhr er fort, sein eigenes Grab zu schaufeln – er sprach und sie nicht, und die Ironie der Situation war ihm voll bewusst. »Den Männern meiner Generation ist es verdammt schwergefallen, es auf die Reihe zu kriegen – die Sache mit dem Feminismus – aber wir haben es versucht, wir haben absolut, nicht alle, aber wir haben unterstützt, was Frauen getan haben, aber wir hatten keinen Wegweiser, und das war – ich will nicht sagen, dass wir es gut gemacht haben – aber diese Generation, Männer wie Frauen, wir haben versucht, Beziehungen anders zu führen, oder jedenfalls einige von uns, und dabei ging es bestimmt nicht darum, dass – dass schöne und intelligente Frauen mit glänzender Zukunft neben jungen Angebern sitzen und *bloß zuhören*, als hätten sie keinen eigenen Gedanken im Hirn –«

»Angeber.«

»Das meine ich gar nicht beleidigend. Es ist keine Beleidigung. Ich war auch ein Angeber. Das kommt automatisch. Er ist vierundzwanzig. Wenn man unter dreißig und Penisträger ist, ist man ein Angeber. Das geht vorbei. Deshalb ist er noch kein schlechter Mensch.«

»Und weshalb dann?«

»Ist er gar nicht ... Ich glaube gar nicht, dass er ...«

Aber ich glaube doch, dass er ein schlechter Mensch ist. Ich bin irgendwie absolut sicher, dass er ein schlechter Mensch ist. Mir ist klar, dass alles an ihm mangelnde Rücksicht in vielen Bereichen verrät, und ganz besonders auf Rebecca – je enger ihre Beziehung wird, desto mehr wird er sie verletzen –, und darum will ich ihm ein Messer in die Eier und dann in die Kehle rammen. Ich möchte ihn stumm und qualvoll verbluten sehen. Tut mir leid. Aber das will ich.

So groß ist meine moralische Überlegenheit. Ich würde schneller aufs hohe Ross steigen, als ich Luft holen kann; ich würde auf den Berg steigen und das unwiderrufliche Opfer bringen.

»Becky, ich will nicht, dass er dir wehtut.«

»Weil ich das nicht merken würde, wenn du es mir nicht erklärst? Weil ich ein Trottel bin. Weil ich wie du bin.«

Weil du in ihn verliebt bist. Du bist verliebt.

Trottel war nicht nötig.

Du liebst ihn, und er macht Liebe mit dir, stiehlt sich Zärtlichkeiten von dir, bestimmt ohne jeden Charme, möchte ich wetten, und wenn der Lack erst ab ist, hast du ihn bitte um Himmels willen noch nicht geheiratet. Oder ein Kind gekriegt. Es wird böse enden, und das versuche ich dir zu ersparen.

Trottel ist ...

Sein Körper sackte ab, als hätten die Triebwerke ihrer Maschine versagt, dabei blieb er, wie er war und wo er war, regte sich nur ganz leicht im sanften Flug.

Ein Kind.

O Gott ein Kind.

Na los – frag sie, ob sie schwanger ist – oder ob sie aufpasst. Das ist der einzige Fehler, den du selbst nicht begangen hast.

Trottel war vollkommen zutreffend.

Und sie hatte ganz leise gesprochen, an der Grenze zur Unhörbarkeit, während das Flugzeug gleichmäßig um sie herum grummelte, als sie sagte: »Nicht alle merken es nicht, wenn sie gequält werden.«

Den Rest der Reise war ihm schlecht gewesen, durch den Zoll und aus dem Flughafen Tegel heraus war er nur mit grimmiger Entschlossenheit gelangt, fast so, als wäre seine Tochter gar nicht da und er käme allein zurecht. Sie hatten in das Spukhotel eingecheckt – Foyer in Marmor und Creme, Kronleuchter, man konnte sich nicht beschweren – schmerzhafte Isolation – ihn jedenfalls hatte sie geschmerzt – und sie hatten nicht *Nacht, Nacht* gesagt. Kein Gutenachtkuss. Er hatte sich nicht mal sicher genug gefühlt zu fragen, wann sie sich am nächsten Morgen zum Frühstück treffen wollten, als der Fahrstuhl sie ächzend zu ihren Zimmern brachte. Also musste er früh aufstehen und im Speisesaal sitzen und endlos Tee trinken, bis sie auftauchte und sich ihm gegenüber an den noch nicht abgeräumten Tisch setzte. Sie lächelte, aber nur gerade genug, ihm zu zeigen, dass er die Sache noch nicht ausgestanden hatte.

Es gab aber auch Gnade. Irgendwann. Als sie da auf der Spree waren.

»Dad, ich muss das, ähm, selbst hinkriegen, okay?« Ihre Hand drückte seine beim Reden kontrapunktisch. »Terry ist besser zu mir, als du denkst. Das musst du mir glauben und versuchen, höflich zu sein.« Das Boot hüpfte einen spielerischen Augenblick lang fröhlich unter ihnen und schob sich dann weiter.

Er beeilte sich mit seinem Versprechen. »Werde ich.« Das er nicht halten konnte. »Werde ich. Entschuldige. Ich habe mir Sorgen gemacht.« In einer Manteltasche zuckte sein Telefon, als es eine SMS empfing, das kleine Geräusch, das ihm eintreffende Nachrichten anzeigte. Beckys Blick verfinsterte sich bei der Unterbrechung, und er sagte hastig: »Ich antworte nicht. Auf keinen Fall. Ich kann es sogar abschalten ... wenn du willst.«

»Tu, was du willst.« Sie wusste zweifellos, dass dieser Satz Jon immer dazu bringen würde, das zu tun, was sie wollte. »Dad, ich brauche keine Vorträge über Frauen.«

»Nein. Ist mir auch klar. DAS ist anmaßend. Ich dachte bloß ... Das einzige Land der Welt mit einem mehrheitlich weiblichen Parlament ist Ruanda. Ruanda. Nur so kommen Frauen an die Macht, bekommen sie wirkliche Macht – wenn die Männer entweder tot oder im Gefängnis sind. Verurteilte Völkermörder. Ein hoher Prozentsatz von ihnen.«

»Könnten wir vielleicht nicht über Völkermord reden.«
»Tut mir leid.«
»Ich verstehe schon. Und es beschäftigt mich. Und ich habe auch an diese Leute gespendet, wie du gesagt hast.«
»Ehrlich?« Er drehte sich zu ihr und merkte, dass seine Miene ein grässlich offenes, liebendes Lächeln zeigen würde, eine Vernarrtheit, die wahrscheinlich sowohl neutralen Beobachtern als auch Rebecca absurd erscheinen dürfte. »Das sind gute Menschen. Das Geld kommt dort an, wo es hinsoll. Wenn du es dir leisten kannst.«
»Ich habe ihnen fünfzig Pfund gegeben – davon werde ich kaum obdachlos werden. Können wir einfach hier sitzen und den Ausflug genießen und dann mittagessen? Nicht auf dem Schiff und auch nicht im Hotel – irgendwo anders, wo wir uns entspannen können. Ich lade dich ein.«
»Nein, ich sollte dich einladen.«
»Du hast doch schon die Reise bezahlt.«
»Und das deprimierende Hotel.«
»Und das deprimierende Hotel. Verstehst du denn, dass ich es nicht ertragen kann, wenn du traurig bist, und dass es mir lieber ist, wenn du nicht traurig bist, aber wenn du dich förmlich darum schlägst – was soll ich da machen?«
»Nichts. Du kannst ... ich erwarte gar nicht ...« Er musste das Nest aus Händen auf seinem Knie anstarren – ihre Hand und seine –, um sie nicht anzuschauen und dabei ... irgendwas anderes zu werden, was sie nicht ausstehen konnte, weil es wie Traurigkeit aussähe, dabei bekam er doch vor allem wegen seines Glücks feuchte Augen, nicht wegen irgendwelcher Kränkungen, und sein Glück war sie, und das war im Augenblick das Thema. »Ja, bitte, lass uns das machen, such dir irgendwas zum Mittag aus, ein schönes Essen vor dem Flug, und dann ... ich war wirklich, ich bin, ich habe es diesmal wirklich genossen. Ich weiß das zu schätzen.« Er nickte und atmete zitternd.

Und sie küsste ihn unter das linke Ohr, sanft und unbeholfen wie ein kleines Mädchen, und das hatte ihm den letzten Rest Fassung geraubt, er schniefte. Und nickte und grinste, und sein Herz schlug holprig, als sie seine Hand losließ – sie wurde kalt, kaum dass ihre weg war –, dann hatte sie ihren Arm hinter ihn geschoben, um seine Taille gelegt und den Kopf an seine Schulter. Berlin war draußen glitzernd und fleckig vorbeigezogen, er hatte immer weiter genickt und genickt, während Rebecca sich an ihn kuschelte, bis sie es beide bequem hatten.

Er ließ seine Wange zur Seite und weg von ihr sinken, bis sie am Glas zur Ruhe kam. Und seine Tochter war wundervoll, das lag klar auf der Hand, und zugleich war es höchst bemerkenswert, dass zwei falsche Eltern den Anfang eines solchen Menschen erzeugt und ihr genug mitgegeben hatten, darauf aufzubauen.

Diese Tochter fuhr mit dem Fahrrad zur Arbeit – radelte in London – das war leichtsinnig von ihr, wahnsinnig, aber auch unabwendbar.

Und jede abfällige Bemerkung über Radfahrer verwandelte sich daher in eine derartige Provokation, dass er nicht mehr fähig war, seiner Empörung angemessen Luft zu verschaffen – die Fähigkeit dazu war ohnehin verkümmert, meist äußerte sie sich nur in demonstrativ geschürzten Lippen und womöglich strengen, aber angemessen formulierten Kommentaren, die im passenden Augenblick abgegeben oder in Reserve gehalten wurden, in immerwährender Reserve.

Nichtsdestoweniger stellte sich Jon vor, während er darauf wartete, dass das Taxi von Chiswick in Richtung Westminster vorrückte, wie er aus dem Wagen stieg und den Fahrer am Revers oder an den Ohren oder was sonst zu greifen war, herauszog, ihm Fausthiebe versetzte und ihn ohne Helm oder entsprechenden Führerschein in den fließenden Verkehr warf, denn es gab keinen entsprechenden Führerschein, man braucht keinen Führerschein, um zermalmt zu werden.

Während er weitere zehn Zentimeter in Richtung seines Arbeitsplatzes vorrückte, räusperte Jonathan Sigurdsson sich. »Was meinen Sie? Noch lange?«

»Keine Ahnung, Meister. Nicht die geringste.«

»Na gut.« Jon rieb mit dem Daumen über die schwieligen Stellen an den Fingerspitzen seiner Linken – kleine, unempfindliche Stellen, die ihm halfen, Gitarre spielen zu lernen. *Rhythm and Blues.* Er hatte das Gefühl, dieser Musikstil würde seinen Mangel an Können tolerieren. Und seine Liebe. Dabei konnte er seine Liebe mit einem Objekt ausleben, das sich weder darum scherte noch ihn ausnutzte.

Es ist ein Ventil.
D7 – das ist ein schwierig zu greifender Akkord. Kommt mir vor, als hätte ich dabei bloß noch Daumen und keine Finger mehr.
D9 habe ich geschafft. Den kriege ich hin, kann ganz glatt dazu umgreifen. Das war es wert. Glaube ich. Ist nützlich. Klingt nützlich. Aber alles zusammenzusetzen ... die Übergänge ... und ganz auf mich gestellt ... ich habe ein Buch, aber ich bin allein ...
Mir ist klar, dass ich nicht gut bin.
Aber es ist ein Ventil.
Der Verkehr rührte sich kein Stück.
Sein Telefon fing an zu klingeln.

09:36

Der Witz war Meg nicht entgangen – dass sie von einem Krankenhaus zum nächsten gurkte, ihre halbwegs regelmäßigen Touren. Obwohl der Hill natürlich eigentlich kein Krankenhaus war und vielleicht nur wie eins schien, was an ihrem Denken lag und daran, wo sie in ihrem Leben gerade stand.

Heute Morgen stand sie in einem echten Krankenhaus: ein Food-Court wie im Einkaufszentrum mit einer Reihe von Angeboten, zahlreichen Möglichkeiten zur Handdesinfektion und glänzenden Böden, die das Vergießen beschämender Flüssigkeiten schon vorauszuahnen schienen. Kein Hauch von dem medizinischen Geruch, den sie in medizinischen Gebäuden immer noch erwartete: der Gestank nach Desinfektionsmittel, der früher so eindeutig die Szenerie abgesteckt hatte, von dem sich der ganze Körper verkrampfte, selbst wenn man gesund war. Wenn man heute in so eine Einrichtung kam, duftete es bloß nach billigem Kaffee, und darunter lag vielleicht ein Hauch von drittklassigem Büro oder schäbigem Hotel. Die allgemeine Banalität der Atemluft ließ die Umgebung weniger professionell und daher beängstigender wirken. Und vielleicht lagen auch noch Spuren ekligerer Dinge darin, die man nicht richtig greifen konnte, irgendwas von gebrauchtem Bettzeug und unkontrolliertem Verfall.

Also spürte sie Angst – eher physisch als psychisch, doch Körper und Geist kommunizierten miteinander, das konnte sie nicht verhindern. Hin und her flüsterten sie, färbten aufeinander ab.

Als sie die Treppe hinaufgestiegen war – die Fahrstühle wirkten hier immer unsauber und waren zu offensichtlich groß genug, um Rollwagen, Bahren, Leichen aufzunehmen –, waren ihre Muskeln irgendwie weich und wenig hilfreich geworden.

Und dann musste das Formular ausgefüllt werden, die mehrfache

Bestätigung ihres Geburtsdatums – als hätte sie sich vom Anfang bis zum Ende des Flurs in jemand anderen verwandelt.

Im Wartezimmer, wo sie schließlich innehielt, hingen der übliche Fernseher und Poster an der Wand, die versprachen, dass nette Dinge auf nette Art getan werden würden, und drohten, dass jede Form von Gewalt zur Anzeige gebracht würde. Eine Frau war schon da, mit ihrem – das war bloß geraten – unterstützenden Partner. Eine zweite ambulante Patientin saß zwischen zwei uniformierten und höchstwahrscheinlich weniger unterstützenden Wärterinnen. Es brauchte einen Augenblick, um zu erkennen, dass die zweite Frau mit einer Handschelle an die Wärterin zu ihrer Linken gekettet war.

Die Wärterinnen plauderten zusammenhanglos. Sie trugen billige und formlose schwarze Pullover und Hosen, die schlecht saßen. Das erinnerte Meg an eine Reise in mehrere Länder, die sie als Studentin unternommen hatte – Ausflüge mit der unklugen Hoffnung auf Abenteuer. Die Autoritätspersonen dort – ihre Uniformen, ihre schlabberigen Pullover – hatten genauso beängstigend und schäbig und seltsam gewirkt wie diese Wärterinnen. Je berüchtigter die Regimes, desto mehr erweckten die Uniformen den Eindruck, Macht sei unmissverständlich Macht, doch läge sie aus irgendeinem Grund in den Händen von Amateuren, die Fehler machten und sich demonstrativ nicht darum scherten. Wenn man von Leuten unterdrückt wurde, die sich nicht mal die Mühe machten, ihre Hosen zu bügeln, schien das die Drohung körperlichen Schadens noch schädlicher zu machen, oder vielleicht bloß beleidigender. Dahinter schimmerte die Ahnung, dass wichtige Vorgänge vielleicht nicht der Logik oder zivilisierten Regeln folgten.

Handschellen in einem Krankenhaus kamen ihr nicht zivilisiert vor.

Immerhin, als die Frau dran war mit der Untersuchung, sah Meg die nicht angekettete Wärterin Langstreckenhandschellen hervorholen – eine ziemlich lange und eher schwere Kette zwischen den Armreifen. Sie war verknotet, und die Beamtin machte missbilligende Geräusche, als sie die Glieder zu entwirren versuchte und sie schüttelte wie eine ungezogene Wäscheleine.

Meg schaute der Gefangenen ganz bewusst in die Augen und versuchte Mitgefühl auszudrücken. Es gab einen Moment des Austauschs, allerdings wäre es schwer zu fassen gewesen, was zwischen ihnen hin- und herging.

Solidarität.

Du weißt nie, wo du mal enden wirst. Du weißt doch nie, ob du Zivil tragen und gar nicht wie eine Gefangene aussehen, aber dennoch an eine Fremde gefesselt sein wirst, die nicht mit dir redet und dich bald halbnackt sehen und wachsam bleiben wird, falls du wegzurennen versuchst. Wenn du ehrlich bist, gibst du zu, wie nah dir solche schlimmen Dinge immer sind und dass du sogar spürst, wie sie deine Wange streifen.

Halbnackt und wegrennen. Stell dir mal vor.

Das Grüppchen wurde aufgerufen – eine Gefangene und eine Vollzugsbeamtin –, und zwanzig Minuten plätscherten dahin, in denen die Zurückgebliebenen – inklusive der anderen Wärterin – dasaßen und den Fernseher aktuelle Immobilienwerte und Investitionschancen erkunden ließen. Die Uhr im Wartezimmer war lauter als der Fernseher.

Tick, tick.

Dann das Geräusch aufgehender Türen und Schritte. Das Gespann war entlassen worden – jedenfalls aus dem Untersuchungszimmer – und saß nun plaudernd draußen im Flur. Es wäre auch seltsam, vermutete Meg, nicht zu plaudern, wenn man gemeinsam das getan hatte, was die beiden gerade getan hatten. Sie betrachtete diesen Austausch als ein Zeichen von Zivilisation. Die Gefangene sprach leise über ungerechte Vorwürfe, und die Antworten der Vollzugsbeamtin klangen warm vor Belustigung.

Die nächste Frau wurde aufgerufen und ließ ihren Partner (immer noch unterstützend) wartend zurück.

Nett, dass er mitgekommen ist.

Oder komisch, dass er mitgekommen ist.

Oder bedrückend, dass er mitgekommen ist.

Auch diese Patientin brauchte zwanzig Minuten und tauchte dann wieder auf, holte ihren Mann ab, nahm seine Hand. Was ihr in der Zwischenzeit zugestoßen war, hatte keine sichtbaren Spuren hinterlassen.

Der Fernseher sprach jetzt über eine wohltätige Organisation, die bedürftige Fälle unterstützte, Fälle von Krebs.

Es gab keinen Grund zur Beunruhigung – weder auf dem Bildschirm noch anderswo.

Keinen weiteren als die üblichen Gründe zur Beunruhigung.
Das war keine große Sache.
Und zugleich doch eine große Sache, eine große unvermeidliche Sache, denn Meg war als Nächste dran.
Vertrauen einatmen.
Tick, tick.
Angst ausatmen.
Tick, tick.
Funktioniert nicht.
»Hallo, Meg. Mein Name ist Kate.« Das war die Krankenschwester. Sie war fröhlich und sah nach frischer Luft aus, karibisch und mit sauberen Händen, gepflegten Fingernägeln.
Was ich sagen oder tun würde, wenn sie infektiös aussähe, kann ich mir gar nicht vorstellen. Und sie wird mich ohnehin nicht anfassen – das wird der Gynäkologe tun. Ich betrachte sie bloß als Symptom für die Haltung hier und bin optimistisch, das ist alles. Ich fühle mich nicht machtlos.
Also. Die Krankenschwester heißt Kate, und Meg heißt Meg.
Und weil Kate deinen Namen weiß und du ihren, räumst du unwillkürlich ein, dass du hier bist und bleiben musst und alles wieder einmal durchmachen musst. Du musst um den Empfang herum- und in das Untersuchungszimmer gehen, als tätest du es freiwillig, als wärst du dir selbst keine gute Freundin und würdest dich nicht vor alldem lieber drücken und davonrennen.
Aber immerhin wusstest du, dass Kate Kate hieß.
Und Gott sei Dank hat sie mich nicht Margaret genannt. Oder Maggie. Wäre ich während der ganzen Prozedur eine von den beiden gewesen, das würde mich fertigmachen, wirklich.
»Sie können Ihren Mantel hier an den Haken hängen.« Kate zeigte lächelnd auf einen Haken an der Innenseite der Tür, als wäre dieses Angebot eine große Neuigkeit, und es war tatsächlich mal was anderes – du bist es gewohnt, deine Sachen einfach auf den Stuhl zu stapeln. Den Stuhl, der später kommt. Innerhalb der Schiene für den beweglichen Vorhang, hinter dem du dich entkleidest, wartet immer ein Stuhl.
Du ziehst deinen Mantel nicht aus, weil du ihn um dich hüllen willst.
Ich möchte nicht hier sein, nicht heute.

Es gab hier noch einen anderen Stuhl, drüben vor dem Schreibtisch – im Verwaltungsteil des Untersuchungszimmers. Dieser Stuhl war zuerst dran, also setzte Meg sich darauf und beantwortete Fragen von jemandem, der wahrscheinlich Medizinstudent war und dessen Name ihr entging, als er ihn nannte – ganz lang und flatternd und in einem weichen Akzent gesprochen – fremd. Sie konnte sein Namensschild nicht ganz sehen. Sie vermutete, dass er womöglich Grieche war, oder hoffte vielleicht auch nur aus unerklärlichen, irrationalen Gründen, dass er Grieche war.

Eine Kindheit in der Sonne, klassisches Erbe, die Ursprünge der europäischen Medizin. Das könnte doch alles von beiderseitigem Vorteil für uns sein. Fröhliche Gedanken. Wo er auch herkommt, ich möchte, dass er fröhlich ist. Bitte.

Und er hat saubere Hände und gepflegte Fingernägel. Zwei Menschen mit ordentlichen Händen kümmern sich um mich, die womöglich beide besseres Wetter gewöhnt sind.

Angst einatmen.
Nein.
Vertrauen einatmen.
Nein.
Nein.
Nein.

Er befragte sie nach körperlichen Regelmäßigkeiten und Fitness.

Nach diesem Teil fühlte Meg sich widersprüchlich und unwohl. Wie üblich.

Dann wurde es Zeit für die Krankenschwester – Kate.

Denen war beigebracht worden, dich mit dem Namen anzusprechen und eine Beziehung herzustellen, denn was als Nächstes geschah, war erniedrigend, und sie wollten nicht, dass es dich belastete. Es würde dich belasten, ganz egal, was sie sagten, aber sie bemühten sich, die Situation theoretisch zu verbessern. Die Krankenschwestern stellten nie die Fragen, es sei denn, sie hatten eine Zusatzausbildung zur Fachkrankenschwester.

Oder eigentlich stellten sie bloß die Fragen, die nicht wichtig genug waren, schriftlich festgehalten zu werden.

Niemand stellt die wichtigen Fragen.

Und jetzt war es Zeit, aufzustehen und zum nächsten Stuhl zu gehen – dem in der Ecke, hinter dem Vorhang.

»Wie geht es Ihnen?«, probierte Kate.

»Danke, gut.« Megs Stimme klang trocken und halb verschluckt, gereizt. »Hallo.« Was Kate gegenüber nicht fair war, denn die war ausgesprochen freundlich.

Und es war schließlich bloß die übliche Vorsorgeuntersuchung, früher Termin, um es hinter sich zu bringen, gar kein Grund zur Beunruhigung. Sie sollte ihn nicht verpassen, aber sich auch nicht stressen lassen.

Es ist ja eigentlich gar keine Behandlung, und es muss mir gar nichts ausmachen.

Macht es aber, verdammt noch mal. Ich finde es unverzeihlich.

Kate schob Meg immer noch lächelnd in Richtung des Vorhangs, des Stuhls: »Wenn Sie sich von der Taille abwärts freimachen und vielleicht auch den Pullover ausziehen wollen, denn sonst wird Ihnen womöglich zu heiß. Und dann wickeln Sie sich eines dieser Laken um, ehe Sie herauskommen.«

Meg tat, wie ihr geheißen, und wich nicht von den Anweisungen ab. Dieser Mangel an Auswahlmöglichkeiten war eine Erleichterung. Sie wollte lächeln, als wäre sie froh, dass zwei Frauen einander durch etwas Schreckliches hindurch beistehen konnten. Es gab keinen Spiegel, darum konnte sie es nicht wirklich feststellen, aber sie hatte das Gefühl, ihr Gesicht sah vor allem wild aus.

Die Krankenschwester ließ sie allein, und Meg zog den Vorhang zu – allerdings, warum eigentlich, wenn sehr bald sowieso alle alles zu sehen bekamen? Wieso durfte das Ausziehen als heikel empfunden werden, während die Nacktheit sofort ein Publikum auf den Plan rief?

Jenseits des stumpfen Altrosa und Grün des Vorhangs hörte Meg, dass der Spezialist eingetroffen war. Er teilte seinen Untergebenen mit, er müsse einen Anruf machen und etwas überprüfen ... das Etwas war unhörbar. Es schien Sorge zu bereiten.

Meg bückte sich, um die Schuhe auszuziehen, wobei ihr das Blut wegen der plötzlichen Bewegung schwach in den Ohren rauschte. Ihr Körper hatte beschlossen, nervös zu sein und sich leicht aus dem Gleichgewicht bringen zu lassen. Das war nicht ihre Schuld. Dann fiel ihre Jeans, dann die Unterhose – sie faltete alles zu einem kleinen Stapel auf dem Stuhl, das innerste Kleidungsstück zuoberst, als bekäme sie Extrapunkte für Ordentlichkeit. In den Fingern hatte sie so ein kindisches Gefühl, das ihren Magen, weil sie sich ja in einer sehr erwachsenen Lage befand, zucken und wachsam werden ließ. Sie zog den Pullover wie angewiesen über den Kopf, obwohl sie wusste, das, was gleich passierte, würde sie den ganzen restlichen Tag frieren lassen. Jedes Mal das Gleiche.

Trotzdem, um die Hüften das seltsame, unhandliche Laken – so weiß und fühlte sich doch zugleich ein bisschen gebraucht an –, und dann trat sie mit bestrumpften Füßen hinter dem Vorhang hervor. Es waren noch vier fünf sechs Schritte bis zum endgültigen Stuhl, dem mit der sterilen Abdeckung über dem kleinen bisschen Sitz. Dann bettete sie ihren Körper auf dem Ding, lagerte sich hin, fand die Fußstützen, die Kniestützen, fand sich mit dem unbehaglichen Gefühl ab, dass eine Größe eben doch nicht für alle passt.

Ich möchte lieber nicht. Heute möchte ich lieber nicht. Kein Grund, einen Aufstand zu machen – aber heute möchte ich lieber nicht.

Und als es dir gesagt wird, lockerst du das Laken, bis es sich öffnet und nur über deinem gespreizten Schoß liegt wie eine Decke, wenn du mit einem Buch vor dem Kamin sitzt, an einem gemütlichen Abend eines anderen Tages.

Gut, sich das vorzustellen.

Es verbirgt dich vor dir selbst, aber vor sonst niemandem.

Der Gynäkologe erscheint wortlos, behandschuht, schiebt das Instrumententablett in Stellung, klopft auf das Laken, sodass es sich senkt, nicht mehr so straff zwischen deinen Beinen gespannt ist und dich vollständiger bedeckt. Das wirkt wie eine automatische Handlung. Entweder will er deinen Anstand weitere neunzig Sekunden wahren oder lieber nichts sehen, bevor er muss, nicht dich, nicht da.

Dabei ist er doch sicher daran gewöhnt. In Frauen hineinzustarren. Gelangweilt davon.

Ich wäre froh, wenn er von mir als Mensch gelangweilt wäre, aber an mir als Gesundheitszustand interessiert, an meinem Zustand.

Er wird mich erforschen, wie es ein Arzt tut, nicht wie ein Mann. Er wird mich nicht als Mann berühren.

Als Mann ist er ruhig und strahlt eine Geradlinigkeit aus, die du so angenehm finden kannst wie nur möglich für die nächsten paar Minuten, zehn Minuten, vielleicht fünfzehn oder höchstens zwanzig. Tick, tick. Und es kann genauso gut er sein wie sonst jemand, der dir diese letzten wichtigen Fragen stellt – die alle Wiederholungen der vorherigen wichtigen Fragen waren, für den Fall, dass der Student sie nicht richtig gestellt hatte – und wenn Sie bitte ein klein wenig weiter vorrücken könnten, das ist hervorragend, und jetzt fährt er deinen Stuhl hoch und legt deine Beine zurecht, damit er sehen und sehen und sehen kann.

Ich möchte lieber nicht.

Während der ersten Einführung – welche der Student vornimmt – steht die Schwester neben dir, steht Wache, und fragt gelegentlich: »Alles in Ordnung?«

Und das ist eine erbärmlich notwendige Frage, auch wenn die Antwort nicht aufgeschrieben wird. Da ist ein Schmerz. Es ist kein kontrollierbarer Schmerz: es ist ein Schmerz zum Davonrasen und Rennen und Hinwerfen.

Du sagst: »Alles in Ordnung.« Doch wie deine Stimme dich Lügen straft.

Und der Student macht Bemerkungen über die Art, wie du gebaut bist, nämlich unvollkommen, denn die Einführung des Spekulums funktioniert nicht richtig und muss wiederholt werden. Der Gynäkologe übernimmt, und du merkst, dass du seine Hände nicht prüfen konntest und daher nicht weißt, ob sie sauber oder angenehm oder was auch immer sind. Sein Gesicht ist rötlich, fleischig, sieht nach Schlachter aus, also sind seine Hände vielleicht auch grob und mit Fleisch beschäftigt. Das macht dir Sorgen – als ob du ihn jetzt noch aufhalten oder irgendetwas dazu sagen könntest, selbst wenn du etwas sehen und sehen und sehen würdest, was dir nicht gefällt.

Deine Augen sind geschlossen, aber ein Rinnsal lächerlicher Tränen läuft über deine Wangen bis in deine Ohren, und du erinnerst dich, wie du als Kind im Bett gelegen und ein beunruhigendes Buch gelesen hast – irgendein albernes Buch – und dabei genau dasselbe Gefühl kribbelnder, fortschreitender Traurigkeit hattest.

Seitdem hast du öfter geweint. Aber die Tränen haben eine andere Richtung genommen, oder vielleicht hast du ihnen nicht deine volle Aufmerksamkeit geschenkt.

Der Frauenarzt versucht dich erneut zu öffnen. »Sie sind sehr angespannt.«

Normalerweise ist die Prozedur nicht so holprig.

Du fühlst dich schuldig.

»Wenn Sie sich entspannen könnten.«

Du umklammerst die Armlehnen, als würdest du fallen, und versuchst überhaupt zu atmen.

Das Weinen geht weiter.

Geht tief.

Der Frauenarzt versucht es mit einer sachlichen Ablenkung. »Das Wort kommt aus dem Griechischen, wissen Sie: *kolpos* – Vagina – und *skopein* – sehen.« Er versucht es noch einmal und macht es noch schlechter.

»Sie tendieren leicht nach links, wissen Sie.« Dabei klingt seine Stimme beinahe liebevoll. Bizarr liebevoll. »Es tut mir leid.«

Du hörst dich »Ist okay« sagen. Aber es ist nicht okay – und schon gar nicht heute – und deine Lüge macht es noch schlimmer, und es kommt ein Schluchzen.

Tief.

Er senkt den Kopf – lichter werdend, die rosa Zartheit eines kahl werdenden Scheitels: darauf solltest du dich konzentrieren ...

Er schaut durch das Okular des Instruments, Geräts, Apparats, und ein Bildschirm zeigt dich – gleichzeitig – dem Studenten mit den stillen Augen und dem langen Namen, der womöglich auch aus dem Griechischen kommt. Der Student versucht nicht da zu sein und schafft es fast – er schämt sich für dich. Dennoch starrt er auf den Bildschirm und die verschiedenen Rosafarbtöne, das Glitzern, das du bist, tief drinnen, wo dich normalerweise niemand findet.

Du findest es durchaus nachvollziehbar, dass du dich verstecken willst.

Ein Vertrauen.

Aus Angst.

So'ham.

So'ham.

Atmen soll dich ruhig halten, aber es hält dich auch am Leben, also bist du nicht ruhig, denn du bist lebendig, und lebendig ist niemals ruhig.

Und du gehst im Geiste zurück, an einen Ort, der zu nah und zu sicher und zu klar ist, in eine Zeit, die verschwunden sein sollte, aber nicht ist.

Irgendwas bleibt hängen – bei dem, was der Mann gerade an dir macht –, und du zuckst zusammen.

»Entschuldigung.« Dir ist bewusst, dass er wahrscheinlich keine Freude daran hat, dir wehzutun, und willst gern glauben, dass er nur deshalb gereizt klingt, als er dir mitteilt: »Gleich fertig.«

»Mm-hm«, antwortest du ihm. »Mm-hm.«

Mm-hm ist das Gegenteil von So'ham.

Und es verrät dich, dass du dich so in den Kummer fallen lässt. Auch wenn niemand fragt, wenn nicht ein Mensch die wichtigste Frage stellt oder irgendetwas aufschreibt, weißt du doch, dass sie an deinem Weinen sehen können, wie du bist und wer du bist. Niemand sagt etwas, auch du sagst nichts, und dennoch ist klar, dass dir Schaden zugefügt worden ist, dass du immer noch beschädigt bist und nicht wiederhergestellt werden kannst.

»Es gibt Rückbildung«, erklärt dir der Gynäkologe, »und Veränderungen: eher menopausaler Art als die vorherigen. Wir schicken die Proben ins Labor, aber es sieht alles sauber aus.«

Und das verstehst du als Mitteilung, dass deine letzte Chance, eine Frau zu sein, verstrichen ist.

Doch der Laser hat die schlimmen Veränderungen in dir entfernt, die krebsverheißenden Veränderungen. Das Ticktick in deinem Kopf, das von dieser Drohung herrührte, kann jetzt abklingen ... wenn wirklich alles sauber ist ... und du bist fast durch, das ist eine simple Prozedur, dann wirst wieder zur Tür hinausgehen, wo eine kleine Schlange anderer Frauen darauf wartet, dranzukommen – Frauen, für die das hier gar nichts ist, mit einem Achselzucken abgetan, bloß ein leicht unbehaglicher Abschnitt eines ganz gewöhnlichen Tages. Der Rest dieser vierundzwanzig Stunden könnte für sie großartig sein. Sie sitzen draußen und warten beim Lärm der Uhr, ihrem Ticktick – und vielleicht tickt das die Zeit zwischen ihnen und bevorstehenden Wundern weg.

Und es könnte auch für dich Wunder geben. Vorwärts und jenseits dieses Jetzt, das sich jetzt ereignet. Das versuchst du zu denken.

Aber du weinst richtig, als er zum Ende kommt, als es vorbei ist.

Der letzte Schock des Rückzugs, dann bist du fertig.
Du kannst dich nicht so schnell aufrichten und vernünftig werden, wie du möchtest.
Kate die Krankenschwester rät dir, dir Zeit zu lassen. Sonst sagt niemand etwas zu dir.
Der Gynäkologe hat genickt und sich entfernt, ist vielleicht schon draußen, du kannst es nicht sehen.
Du lehnst dich in die Schräge dieses letzten Stuhls, und dir ist bewusst, dass du schluchzt, dass immer noch etwas mit dir passiert, auch wenn sie aufgehört haben, in dir herumzufummeln, dich überall anzufassen und nicht aufzuhören.
Kate zeigt ein gewisses Maß an Mitgefühl, der Medizinstudent murmelt etwas, du hörst sie beide und würdest lieber nicht.
Du möchtest nicht.
Das ist, das ist das hör auf, ich liebe dich, hör auf, ich kann nicht, ich liebe dich, hör auf, du liebst mich nicht, du liebst mich nicht, nein, solltest du nicht, und höraufhöraufhöraufhöraufhörauf, unterdrückt flüsternd, sodass er es nicht hören kann, leise wie Atem.
Vertrauen ein.
Angst aus.
Alles andere hat er gefunden.
Du genießt es nicht, wenn man dir wehtut.
Aber man hat dir wehgetan.
Ich kann nichts dafür, dass ich das hier nicht mag.
Es lässt dich nackt, selbst wenn du vollständig bekleidet bist.
Das gefällt mir nicht.
Auf dumme und hässliche Art bist du sehr lange nackt geblieben.
Hör auf.
Er ist nicht hier, aber er könnte ebenso gut hier sein.
Du möchtest lieber nicht daran erinnert werden. Das würdest du vorziehen.
Hör auf.
Seine Gestalt in mir.
Du würdest lieber nicht daran erinnert werden, dass du weitergemacht, weitergelebt hast – nicht wundervoll gelebt, aber doch gelebt. Du hast die

ganze Zeit weitergemacht, bist nackt gewesen, aber hast weitergemacht und musst daher bemerkenswert sein.

Hör auf.

Du bist bemerkenswert, und darum gehst du – gehst ganz sacht – wieder zu dem Stuhl in der Ecke und setzt dich hin – *wo die bösen Mädchen in der Schule sitzen* – und ziehst den Vorhang um dich und wischst dir das Gesicht mit dem Taschentuch trocken, das dir die Arzthelferin in die Hand gedrückt hat, und damit wirst du erinnert, bist du bemerkenswert, wirst du erinnert.

Hör auf.

Ich weiß, dass meine Gestalt größer ist als seine Gestalt.

Das weiß ich.

Du bist bemerkenswert, wurdest erinnert, und sanft und bedrängt und ein böses Mädchen in der Ecke und lebst nicht wundervoll, aber du lebst, und das hat dich müde gemacht.

Du versuchst dein Herz in die Hand zu pressen, damit du nicht mehr nackt bist – wenn du das könntest, wärst du bemerkenswert, aber du kannst es nicht –, und die Krankenschwester spricht durch den zugezogenen Vorhang mit dir:»Geht es Ihnen gut, Meg?«, und erinnert dich daran, dass es dir nicht gutgeht.

Doch du öffnest die Augen und musst ihr antworten:»Mm-hm.«

Und du tust, was du tun musst, du machst weiter.

Und dieses Gefühl – das geht nicht weg.

10:57

Am Fluss, an der South Bank, stanzt sich ein trostloser Tag in die Betonwinkel, schert an den Wänden entlang, gewinnt Druck und Tempo. Schwere Wolken schieben sich über den Himmel, schwer und drohend schwarzblau, auch wenn es womöglich gar nicht regnen wird. Der Februarhimmel und das Wasser deprimieren sich gegenseitig hoffnungslos. Die Themse führt Hochwasser von der Farbe nassen Eisens, ein schlammiger, rostiger Schwall, der von der Mündung her schwappt, von einem vielleicht aufgewühlten Meer.

Fußgänger sind rar und in Eile. Manche haben Regenschirme, die sie in den Uferböen nicht werden benutzen können. Sie haben sie trotzdem dabei. In den Rissen und Spalten des Bürgersteigs glänzt immer noch Eis.

An der geraden Linie des Bordsteins entlang rennt ein eher junger Mann, weicht anderen aus, die Arme ausgestreckt, sein langes Haar dunkel emporlodernd.

Sein Anorak sitzt locker, hat weite Ärmel, und jeder Windstoß fängt sich darin.

Lange Momente ist er sein eigenes Segel.

Ab und zu hüpft er.

Die Luft reißt seine Stimme ab, zerfetzt sie, aber manchmal ist noch zu hören, dass er jubiliert, lacht.

Doch in seiner Stimme liegt auch so etwas wie Wut.

Die wenigen Menschen, die da sind, gehen ihm aus dem Weg.

Jon hatte Herren. Das war eine unmoderne Bezeichnung für seine Stellung, aber er war ein Diener, und das hieß, er hatte Herren, was weitere Implikationen mit sich brachte. Auch wenn er streng genommen der Königin diente. Schließlich arbeitete er für die Regierung Ihrer Majestät. Also hatte er eigentlich eine Herrin.
Immer die Frauen.
Doch er war vermietet, wurde aus praktischen Gründen und für das Funktionieren eines stabilen und demokratischen Staates zur Verfügung gestellt. Er diente seiner Königin, indem er den Ministern diente, die ihr dienten. Er war der Diener der Diener.
Ein herumgereichter Diener der Diener, von Hand zu Hand.
Sein Telefon zuckte. Wieder eine Nachricht, Teil einer ganzen Serie. Hatte aber nichts mit Sansom zu tun.

Er beantwortete sie. Oder vielmehr verfasste er einen kompakten und effektiven Text, dachte darüber nach, löschte ihn, überlegte sich einen anderen, korrigierte ihn und versandte dann diese letzte Fassung. Dafür musste er die Aktentasche sicher zwischen die Füße klemmen und sich in einen Hauseingang stellen. Er schickte eine weitere Nachricht. Er runzelte die Stirn.

Jonathan Sigurdsson, der Meister der gelungenen Umformulierung.
Na ja, ist auch ein Talent.
Er schrieb eine weitere SMS. Einen Buchstaben.

Er ignorierte das Zittern beider Hände, nahm den Aktenkoffer wieder auf und schritt zügig weiter. Es gehörte sich irgendwie nicht, die Straße entlangzuhasten, zu rennen, ein solches Aroma der Verzweiflung zu verströmen. Darum tat er es nie, hatte es in jüngster Vergangenheit nie getan, außer dieses eine Mal ... Aber immerhin, zügiges Gehen war erlaubt. Das strahlte Entschlossenheit aus. Die er auch besaß, sowohl individuell als auch als Vertreter seiner Zunft – jener Menschen, die Ideen in Wirklichkeit verwandeln, die Worte in Bestimmungen, Projekte, Systeme, nachhaltige Erfahrungen, Leben umsetzen.

Sag mir, was erschaffen werden soll, und ich sorge dafür, dass jemand es erschafft. Oder zumindest erforscht, wie es erschaffen werden kann.

Versprochen, großes Ehrenwort. Lasst mich einfach machen, dann tue ich es – ich weiß, wie.

Jon ging zurück in Richtung Tothill Street, nachdem er einen Ausflug zum Kauf einer unbefleckten Hose unternommen hatte. (Die nicht sonderlich gut passen würde – er hatte ungewöhnlich lange Beine und eine eher lange, aber schmale Taille, verbunden mit einem so genannten Hohlkreuz.)

Immerhin nicht innerlich hohl, nicht ganz, was ein Segen ist. Allerdings würde das deinem Schneider auch kaum auffallen.

Stimmt nicht – genau das ist es, was jeder anständige Schneider sieht – darum hüllt er dich auch in besondere Stoffe und versucht dich gewichtig aussehen zu lassen. Er begreift, dass du dabei Hilfe brauchst.

Jon war bewusst, dass er in bestimmten Bereichen unter Erschlaffung litt – was sowohl die Hose als auch den Mann in Mitleidenschaft zog. Aber immerhin war sein vom Vogel heimgesuchtes Beinkleid nun in der Reinigung und er wieder handlungsfähig.

10:58 – ich war bloß eine halbe Stunde weg: nicht schlecht für Hin- und Rückweg zum Kauf einer provisorischen Cordhose. Ich habe, wie wir heutzutage alle sagen müssen, Kundenkontakt und kann daher nicht den ganzen Tag in der Öffentlichkeit mit einem – wie bereits festgestellt – möglicherweise wollüstigen Fleck am Innenschenkel herumlaufen.

Das würde meinen Kunden nicht gefallen – sie würden Schlüsse ziehen.

Immer die Frauen.

Auch wenn sie es gar nicht sind.

Aber diese Hose ist grässlich. Oder annehmbar, aber für heute unpassend. Die beste einer erschreckenden Auswahl: rosa Cord, goldfarbener Cord, gelber Cord, taubenblauer Cord, lila ... Herrgott ... entweder so was oder noch grauenhaftere Optionen in Leinen – nach zwanzig Sekunden Tragen fühlt Leinen sich an wie ein Taschentuch, das schon eine Woche im Gebrauch ist, damit kann man nichts richtig machen ... die vorhersehbar grelle Auswahl, wie sie Männer von Einfluss schätzen. Geschieht mir ganz recht, wenn ich versuche, in Mayfair zu shoppen, wo man kaum anders kann, als in die Farbfalle der nutzlosen Klassen zu tappen: grelle Outfits, die nach falschen Schuljungen aussehen, und Mädchen, die nach falschen Nutten aussehen und hoffen, am Arm oder dergleichen eines passenden Burschen zu staksen, während die Pfennigabsätze sich in den Rasen bohren – die wertlosen Werte, denen wir alle nacheifern müssen ...

Sagt der Mann, der schon nervös wird, wenn er ein Hemd von der Stange kaufen muss.

Ich habe mich bei der Hose für marineblauen Cord entschieden. Die einzige vernünftige Alternative.

Und mein neues Hemd ist relativ schrecklich, aber immerhin frisch. Aus gebürsteter Baumwolle in blauem Overcheck-Tattersall. Für die Hose habe ich so lange gebraucht, dass mir die Willenskraft fehlte, nach etwas Besserem zu suchen. Die Ärmel zu kurz, die Schultern zu weit, aber es lässt mich nicht unzuverlässig oder lüstern wirken ...

Und Flanell ist weich.

Als wäre das wichtig ... Aber ein bisschen wichtig ist es irgendwie schon. Wirklich.

Leichter Ausschlag an den Unterarmen – die Nerven – die das Gefühl gebürsteter Baumwolle nicht recht mögen, aber das lässt sich nicht ändern.

Er war sehr außer Atem, was kein gutes Zeichen war.

Aber alles ist gut. Besser als gut. Alles ist bestens. Marineblauer Cord. Alles lässt sich retten. Ich habe noch ungenutzte Kapazitäten für Rettungen. Und das ist gut.

Er versuchte sich kurz an den Namen des pensionierten Polizisten aus *Gaslicht* zu erinnern – aus der britischen Originalversion, nicht dem amerikanischen Remake mit Ingrid Bergman –, der Diana Wynyard vor Anton Walbrooks zwielichtigem ausländischem Ehemann und seinen Psychotricks rettet. Jon hatte immer die Szene geliebt, wo der alte Kommissar laut »Ich habe Sie gerettet!« rief und sich auf die Schenkel klatschte. So hatte Jon es in Erinnerung – »Ich habe Sie gerettet!« – wie jemand das sagt, so überzeugt wie nur möglich und glücklich bis in die Stiefelspitzen.

Alles bestens. Ich bin in der Spur.

Ich trage marineblauen Cord und ein Anzugjackett ohne die zugehörige Hose – ein verwaistes Jackett, das nur so eben zum Hemd passt, gerade so –

Stadt und Land bekämpfen sich in meiner äußeren Hülle, aber ich kann mich einigermaßen sehen lassen. Ich könnte so durchgehen.

Und ihm war auch nicht zu heiß. Er war nicht nervös.

Er hatte allerdings so kleine rote kribbelnde Pusteln auf der Haut – Verzweiflung, Unwohlsein, Panik. Würde er die Ärmel hochkrempeln, könnte er sich wohl irgendwie verraten, und dieser unschöne Makel würde all seinen anderen zugeschlagen.

Aber vielleicht sind sie verzeihlich. Und immerhin verrate ich mich nur – ich biete mich ja nicht zum Verkauf an.

Und im Büro habe ich einiges erledigt, bevor ich wieder verschwunden bin, ich bin nicht einfach ohne Erklärung rein und wieder raus. Das Team ist zufrieden und weiß, dass ich zufrieden bin, oder nimmt jedenfalls an, dass ich zufrieden bin, soweit es sie überhaupt interessiert oder interessieren sollte, ob ich zufrieden bin oder nicht. Wir rudern alle friedlich dahin in diesem Burgfrieden. Ich kann mich zugleich im Burgfrieden und in marineblauem Cord bewegen ... und in gebürsteter Baumwolle.

Ich rieche wie beim Herrenausstatter. Frisch und flott und staubtrocken und nach gepflegtem Herrn.

Sein Herz tat etwas nicht Unangenehmes in seiner Brust.

Ich bin auf zwei Arten ein flotter Herr.

Ich habe keine Krawatte gekauft, die zu der Kombination passt. Mein ursprünglicher Schlips steckt jetzt wie ein schmuddeliges Geheimnis in meinem Aktenkoffer, und ich laufe mit einem ungebundenen und aufgeknöpften Kragen herum.

Das kann ich.

Auf jedem im Geschäft angebotenen Schlips war etwas zu sehen, worauf man schießen soll: Moorhühner, Fasane, Hasen. Allerdings zeigte keine Krawatte kleine Wilderer, Einbrecher, fahrendes Volk, Raver, Rastas, glücklich verheiratete gleichgeschlechtliche Paare, Raubvögel.

Ganz bewusst wechselte er den Koffer von einer Hand in die andere, um seinen Gedankengang zu unterbrechen.

Es ist okay.
Eigentlich ärgert mich nichts.
Mir geht es gut.
Heute ist ein guter Tag.

Der Burgfrieden ist gut.

Diese Gnadenfrist, in der unsere Herren – aber warum nennen wir sie nicht Kunden ...? Wenn sie wollen, dass ich Kundenkontakt habe, müssen sie Kunden sein ... Wenn sie es so komplett neoliberal haben wollen, dann können sie auch Kunden sein. Es passt zu ihnen. So. Unsere Kunden können derzeit nicht so viel verlangen und beharren, wie sie es normalerweise tun, weil sie damit beschäftigt sind, sich gegen ihren drohenden Machtverlust zu verteidigen, in unserem Namen lautstark verängstigt sein, die üblichen öffentlichen Gefühle zu zeigen, während ganz andere Kunden im Großen und Ganzen das Gleiche tun und sich entschlossen vor jeder natürlichen und unnatürlichen Erschütterung schützen, die sich einschleichen und ihre Pläne vereiteln, sie vom verdienten Erfolg abhalten könnte, von der endlich gewonnenen Gewalt über ihre ehrgeizigen Ziele. (Oder eher von der freien Entfaltung all ihres Ehrgeizes.) So bezaubernd all unsere möglichen Zukünfte auch sein mögen, wir können unseren Kunden im Augenblick nicht mehr als kümmerliche Unterstützung anbieten. Was bleibt, ist – und das ist größtenteils traurig –, an ihren Zukünften Maß zu nehmen, den Stoff so für sie zurechtzuschneiden, dass niemand sieht, wie hohl sie sind. Das ist unmöglich, aber wir sind daran gewöhnt.

Und das heißt, dies sind die entspannten Tage. Sollten es sein.

Wir bereiten uns darauf vor, was diese Bande anstellen wird, wenn sie weiter an der Regierung bleibt. Wir bereiten uns darauf vor, was die andere Bande anstellen wird, wenn sie dieses besondere Spielzeug in die Finger kriegt. Und dann müssen wir auch noch an die ganz andere Bande denken. Und wir müssen sogar die Chancen von – alle Engel und Gnadenbringer, errettet uns – von denen berechnen. Oder sogar von denen. Wir verbringen Zeit damit, über die da nachzudenken.

Wir forschen nach, welche mehr oder weniger grotesken Verbindungen und Bündnisse zu erwarten sind und welche Hoffnungen und Versprechungen der Minderheiten daraus erwachsen könnten. Wir behandeln Parteiprogramme, als seien sie auf dreimal gesegnete Seide geschrieben, mit einem Destillat der Wahrheit, das sich nur durch Auftragen von Tränen tapferer Männer sichtbar machen lässt und von dem jedes Wort mit feinem Pulver aus den gemahlenen Knochen edler Kinder abgelöscht wurde. Wir betrachten jedes abgelegte Wahlversprechen als verbindlich. So verbindlich wie die Liebe einer Frau. Wenn ich das so sagen darf. Und dann berechnen wir das Gewicht eines jeden Verspre-

chens, beurteilen die Dringlichkeit und die versteckten Konsequenzen eines jeden Traums. Nur damit wir Bescheid wissen.

Natürlich machen wir das alles ganz angenehm für sie – sodass sie dann am Morgen nach der Wahl fröhlich in die Downing Street stürmen und zanken können, wer welches Zimmer kriegt: Allerheiligstes, äußeres Heiligtum, Sofas oder Sessel, Kabinettszimmer, weißes Zimmer, Erdgeschoss, erster Stock ... Welches Gästebad kann man umbauen ...? Innerhalb der nächsten achtundvierzig Stunden werden sie ein Kabinett zusammenschustern ... werden sich erinnern, wem was versprochen wurde, welcher schon ziemlich zerdrückte Pfirsich zwei- oder dreimal anderweitig als Leckerbissen versprochen wurde ... und ein Satz muss auf den anderen folgen, die Rede der Königin muss glanzvoll werden, auf dass sie eilig auf die Ziegenhaut übertragen werden und bereit ist für die Stimme Ihrer Majestät ... Ziegenhaut ... Auf verdammte Ziegenhaut geschrieben – das sagt alles. Oder vielmehr sagt die Königin alles – nachdem es ihr auf gebeugtem Knie überreicht wurde ... auch, siehe oben ...

Wie viele Jahre hatten wir einen Premierminister, der kaum einen Computer anschalten konnte und der, wenn er es denn tat, immer leicht besorgt war ...? Im Angesicht dieser Maschinen fühlte er sich unzureichend – als könnte Gott ihn eines Tages für eine andere Informationsquelle sitzenlassen.

Doch wir arbeiten weiter.

Und wenn irgendwas schiefläuft, sind wir nicht überrascht. Wir haben unsere Modelle, wir können Voraussagen treffen.

Nützt uns viel, wenn niemand zuhört.

Nützt uns viel, wenn der zentrale Datenabgleich anscheinend immer zwischen Gott und seinen Auserwählten tritt und zu Widersprüchen zwischen zentralen Zielen und Absichten führt und außerdem überzogene Ausgaben erfordert.

Irgendetwas zu wissen führt für unsere Herren zu überzogenen Ausgaben.

Es ist überzogen kostspielig für unsere Herren, informiert und daher schuldfähig zu sein.

Es ist überzogen kostspielig für unsere Herren, schuldig zu sein.

Und doch sind sie natürlich schuldig. Für immer.

Und heute sind sie für immer uninformiert.

Doch wir informieren sie weiter, schuften weiter für sie, als spielte es eine Rolle, was wir tun.

Auch ich schufte weiter.
Das hat eine gewisse noble Größe.
Das hat eine gewisse Dummheit.
Und nach der Wahl werden einige von jenen, denen ich diene, gehen, und andere kommen – aus verschiedenen Gründen, ganz unschuldigen und niederträchtigen. Vielleicht werde ich alt, aber es kommt mir vor, als wäre jedes neue Kontingent nicht nur jünger, sondern auch unwissender und zufriedener und standhafter in seiner Unwissenheit. Sie haben die Ignoranz als Segen erkannt. Wir müssen versuchen, sie zu informieren – das ist unsere Pflicht –, aber weil sie es nicht mögen, informieren wir sie nicht mehr sehr gründlich. Sie bestehen darauf, sich nur ihren Dämonen zu widmen – den inneren wie äußeren – und ihren vertrauten Geistern, die ihnen bessere Beschwörungsformeln einflüstern als wir und schmeichelhafte Schlussfolgerungen ziehen.
Ihre Besucher aus der Außenwelt – Industrie, Finanz und so weiter – Wirtschaft ... die sind der Quell aller Weisheit.
Sie sind die Hunde des Nachbarn. Sagen wir, eine Bank borgt uns jemanden, mit dem wir reden und arbeiten sollen, so wie uns womöglich die neuen Nachbarn bitten, sich um ihren Hund zu kümmern, mit ihm Gassi zu gehen, ihn zu füttern oder bloß ein Auge auf ihn zu haben. Man gewöhnt sich an den Hund, lernt ihn kennen, freundet sich mit ihm an – und damit muss auch der Nachbar ein Freund sein. Wegen des Hundes. Whitehall ist überfüllt mit Nachbarshunden. Sie treiben sich im ganzen Regierungsgebäude herum, scheißen auf die Flure und bellen.
Macht mich fertig. Kaputt.
Zynisch.
Nein, das ist nicht zynisch. Geradezu das Gegenteil von richtig zynisch, versprochen ... Das Gegenteil von bewusster Schwäche und Unrecht.
Und Veränderungen werden vorgenommen – werden allen aufgezwungen außer jenen, die sie vornehmen –, denn Veränderungen muss es immer geben, besonders dort, wo sie am wenigsten gebraucht, am wenigsten erwartet, am wenigsten gewünscht werden, denn dort fallen die Veränderungen am meisten auf. Meine Herren haben gern großes Publikum.
Meine Kunden schreien gern neben ihren Marktfässern, quäken in ihren Kinderwagen.
Dennoch fühlte es sich immer an wie Heimkehr, dieser Gang zu sei-

nem Ministerium. Das war auch irgendwie nachvollziehbar gewesen, solange er das eheliche Heim nur ertragen hatte und den Problemen dort aus dem Weg gegangen war. Doch nun, da sein Leben in Chiswick schon relativ weit hinter ihm lag, mochte er seinen Schreibtisch immer noch viel zu gern und liebte sein Mousepad mit dem Foto von Beauly – einer Aussicht vom Phoineas Hill über Strathglass, um genau zu sein. Es war ein Geschenk von Rebecca. Da die grünen Hügel zu fern waren, konnte er am besten entspannen, wenn er durch das angemessen geschäftige Treiben seiner beruflichen Umgebung schlenderte oder, ganz seiner Berufung gewidmet, an einem Ort saß und darüber nachdachte, wie er Gutes erstreben konnte.

Dieses Ziel konnte er sich setzen.

Becky irrt sich – das Büro frisst mich nicht auf. Es hat mich schon gefressen. Ich bin schon vor langer Zeit verschlungen worden.

Aber das war nicht so schlimm, eigentlich nicht, und er wurde mit den Herausforderungen des Tages fertig, er moderierte sie. Das Taxi aus Chiswick hatte ihn, vom Verkehr besiegt, auf der anderen Seite des Parliament Square abgesetzt, und er war nur geringfügig zu spät gekommen.

Er war die kleine Heimkehrstrecke zu seinem Ministerium gelaufen, dankbar dafür, dass er einen Mantel trug, der seine Schande verhüllte.

Jetzt verhüllt der Mantel Cord, gebürstete Baumwolle und mein Herz.

Ein Mann braucht einen Mantel.

Anorak oder Parka zum Anzug – das war eine schlimme Kombination, damit sah man wie ein Makler oder Polizist aus, und doch sah man es ständig. Eine Kapitulationserklärung.

Und auf dem Bürgersteig gegenüber: grauer Mantel mit schickem schwarzen Samtkragen, darunter etwas in Richtung blauer Anzug und dazu karamellfarbene Schuhe, um Himmels willen. Unverzeihlich. Läuft auf und ab und spricht konzentriert in sein Telefon, als hinge die ganze Welt von ihm ab, dabei tut sie das gar nicht. Ich kenne ihn. Und es ist nicht so. Er flüstert in Ohren. Hält sich für eine einschüchternde Gestalt, für einen Großen in der Welt, aber das ist nicht so. Er wird durch die Maschen der wirklichen Realität fallen, die Welt wird sich über ihm schließen wie Wasser, und nichts wird darauf schließen lassen, dass er jemals war.

Aus irgendeinem Grund hatte die Straße auf Jon ein bisschen daneben, seltsam gewirkt, leicht aus dem Gleichgewicht, als er um die Ecke gebogen war. Irgendwas war zu hell oder zu grau – die Farbeinstellung war nicht gut ... irgendwas war schlecht eingestellt.

Gott. Ich bin in komischer Stimmung – Freude mit Wutphasen. Auf meine alten Tage werde ich wild. Mit so was würde ich eher rechnen, wenn man mich zu den Vereinten Nationen entsenden würde. Die UN machen einen kaputt. Sie sind noch nicht alt genug, es gibt nicht genug Schichten und Labyrinthe und Bräuche, um einen von skrupellosen Handlungen abzuhalten, um die Impulse und moralischen Gebote zu dämpfen. Aber hier – hier kann von einem erwartet werden, akzeptable Ratschläge zu geben, notwendigen Druck auszuhalten, sich diesem Druck auszusetzen und darauf zu vertrauen, dass alles gut ist.

Das Parlament verfügt über einen lange gewachsenen Geist, der an die Stelle deines eigenen tritt. Sein Hirn ist zu gebührend barocken Windungen und Verschlingungen angewachsen, mit überflüssigen Organen und seltsamen Strukturen unklaren Zwecks. Es beherrscht – wie der Wille eines mächtigen alten Untiers, wie ein Gott, der nicht Gott ist.

Wenn jemand neu in mein Team kam, habe ich ihm oder ihr die Geschichte von dem osteuropäischen Kloster erzählt, wo immer eine Katze vor dem Saal angebunden war, in dem die Mönche meditierten. Sobald die Katze starb, fanden sie einen Ersatz und banden die andere Katze dort an. Über Jahrhunderte. Einmal fragte ein Novize nach dem Grund. Man erzählte ihm, dass die Klostergemeinschaft einmal eine besonders verspielte Katze besessen habe, die den Mönchen beim friedlichen Beten und Selbstvervollkommnen ständig in die Quere gekommen war. Also wurde das Tier angebunden, wenn sie Ruhe brauchten. Und was einmal praktisch und notwendig war, wurde zur Gewohnheit, dann zur Tradition und schließlich zu einer heiligen Unabdingbarkeit. Jetzt kam niemand darauf, in Abwesenheit einer angebundenen Katze zu beten und zu meditieren. Am Ende der Geschichte sagte ich immer: »Abgesehen von der offensichtlichen Botschaft – versuchen Sie, nicht die Katze zu werden. Lassen Sie sich nicht anbinden.« Aber das habe ich mir jetzt schon eine ganze Weile gespart.

Niemand würde mich zur UN entsenden ... Warum auch? Wie komme ich überhaupt darauf? In New York losgelassen, auf den Spuren des Blues – mich verschämt in den Ecken der nicht mehr rauchgeschwängerten Clubs herumdrücken ... Lächerlich.

Jetzt war er beinahe am Büro und konnte sich die breiten, sich automatisch öffnenden Türen vorstellen – zwei aufeinanderfolgende Doppeltüren, wie eine Luftschleuse. Und dann hatten sie im Foyer noch so kleine Pforten installiert, die auf- und wieder zuschnappten, wenn man seine PIN eingab – als würde man sich Zugang zu einem ländlichen Bahnhof verschaffen.

Drinnen war die Ausstattung eher beruhigend – nicht luxuriös, aber definitiv hochwertig und in den neutralen Tönen gehalten, die Eigenheimkäufer und Luxusvermieter im Moment bevorzugen. Wenn man auf den Standard seiner Umgebung achtete, konnte man sicher sein, dass auch das, was sich hier abspielte, von Wert war. Warum sonst sollte man so charmant natürliche Details und Oberflächen aus Holz fertigen lassen?

Wie im Portcullis House – sehen wir mal gnädig über die unpassende Kunst und die Decken voller Fliegendreck in den Konferenzräumen hinweg und achten nur auf die wundervollen Türen. Solide. Großzügig. Fast schon freiherrlich auf moderne Art. Jede mit fünf Scharnieren – die würden einer Belagerung standhalten.

Sein eigenes Ministerium sah gut aus – ganz und gar keine welligen Schichten von nikotingelb glänzendem Weiß oder gefährliche Gaskamine oder beigegraues Linoleum. Man bekam nicht das Gefühl, in der Tradition nobler Kriegsanstrengung und einer Nation in der Blüte ihrer Macht zu stehen, denn man trank keinen rostigen Beamten-Tee aus blaugrünem Kriegsporzellan mehr.

Das war jedenfalls eine Theorie.

Man kann sich kaum beschweren, dass man nicht kommod ausgestattet ist.

Es muss an dieser Stelle eingeräumt werden, dass Jon inzwischen praktisch in ein Schlendern verfallen war, weil sein Gedankengang ihn zurückhielt, sich um seine Knöchel wand – seine Gedanken oder die Mühen des Morgens. Während er sich seinem Büro näherte, zeigten sich die verschiedenen Stämme des Regierungsviertels. Die Väter in mittleren Dienstgraden: unelegant, welkend, die Jackettsäume von den Gummizügen ihrer unvernünftigen Regenjacken zerknautscht. Sie rochen nach Badedas und zunehmender Furcht. Jetzt waren es nur einige wenige, aber später würden sie in Massen draußen sein und sich das Mittagessen holen, das sie dann an ihren Schreibtischen aßen – mal was erfrischend anderes als die Kantine, ein bisschen an die Luft, genug Bewegung, um sie daran zu erinnern, dass sie nicht genug Bewegung bekamen.

Ich sollte nicht außer Atem und nicht erschöpft sein. Ich tue, was ich kann – eine Art improvisiertes Trainingsprogramm in meiner Wohnung: Gewichte, die ich online gekauft habe, und eine Matte für Übungen, die man wohl Bodentraining nennt, glaube ich. *Letzte Woche hat Carter mir erzählt, er wolle sich einen Motorroller kaufen – wir sind ungefähr der gleiche Jahrgang. Unsere altersbedingte Panik äußert sich auf unterschiedliche Art.* Er wird auf seinem Roller herumsausen und fantasieren – man sollte es nicht so nennen, aber trotzdem: von Milchbars und Prügeleien in Strandbädern oder von engen Angorapullovern über Wonderbras und Cappuccinos in Glastassen.

Was wirklich total unfair ist – dass ich ihm sexuelle Tagträume unterstelle. Ganz sicher glaubt er nur, dass er mit dem Motorroller leichter einen Parkplatz findet und bald schon keine Akten mehr durch die Gegend karren muss und hinaus in die Welt entlassen wird. Mehr Zeit für den Garten, für die Enkel – und den verdammten Roller.

Ich bin noch absurder. Ich versuche Muskelmasse aufzubauen, um die schlimmsten Alterserscheinungen zu mildern ... die Erschlaffung, die Falten, das Knittern an den Gelenken und beim Bücken ... wie unappetitlich ich mir selbst vorkomme, wenn ich nackt bin. Wie entsetzlich für jemand anderen, der das sehen und immer wieder sehen muss.

Und kein Kaminsims voller Enkelbilder – wir haben Rebecca erst spät bekommen, und sie ist die Einzige geblieben, und nach allem, was sie von uns über die Ehe gelernt hat, kann man kaum erwarten ...

Becca, bitte, kein Kind. Noch nicht. Nicht mit ihm.

Bekomme ein Kind, klar. Kinder sind wunderbar. Unbeschreiblich. Aber nicht mit ihm.

Geht mich nichts an, und je mehr ich mich darauf versteife, desto wahrscheinlicher werden all meine Ängste. Das ist ein unumstößlicher Grundsatz. Auch wenn ich mich beruflich nicht mehr verpflichtet fühle, darauf hinzuweisen.

Eine Frau wanderte an ihm vorüber und sprach dabei leise vor sich hin. Sie war eine der geplagten Seelen Westminsters, die alle auf eindrucksvolle, dramatische Art anders waren: schmutzig weißes Haar und lange Fingernägel, Mäntel über weiteren Mänteln zugebunden, zahlreiche schmuddelige Taschen in den Händen und entweder ziellos oder leidenschaftlich entschlossen herumirrend.

Meine Theorie ist, dass sie ein physischer Ausdruck der Gesundheit einer jeden Regierung sind. Sie reagieren irgendwie unterbewusst auf die umgebenden politischen Spannungen und machen sie sichtbar. *Erkennbare Anspannung unter den Obdachlosen scheint mit Haushaltserklärungen und Dringlichkeitsdebatten und Vertrauensfragen einherzugehen. In den Parlamentsferien sind sie entspannt, eine schwere Auseinandersetzung mit dem House of Lords hingegen sorgt für Zuckungen und willkürliches Auflachen, eine Aufstockung der Taschen und anderer Habseligkeiten.*

Aber das sind nur anekdotische Beobachtungen – jemand sollte mal eine gründliche Untersuchung durchführen, könnte sich lohnen.

Vor dem Café standen Handwerker mit Kippen zwischen Daumen und Zeigefingern: Arbeitshosen, Firmenlogos, Menschen mit unwürdigen und doch unverzichtbaren Fähigkeiten. Und da waren auch die Touristen, benommen von Jetlag und allgemeiner Fremdheit, zögerliche Grüppchen.

Die Reisebusse parken in unserer Straße. Hier ruhen sich die Fahrer aus, nachdem sie ihre Schützlinge ausgeladen haben, damit sie Fotos von Big Bens leicht geneigtem Turm schießen oder sich in die Schlange vor der Westminster Abbey einreihen können – Eintritt bezahlen, um in einem Gotteshaus zu beten, das ihrem Flehen vielleicht Klasse verleiht. Keine Garantie, aber wer weiß? Oder wahrscheinlich sollte ich nicht sagen, dass die Abbey sie verleiht – inzwischen verkauft sie Klasse. Die Kirche ist kundenorientiert. Heilgottesdienste auf Verlangen. Keine Katzen.

Die Raffgierigen, die Versager, die Verrückten, die offensichtlich Dummen, die Verschwitzten und ärgerlicherweise Notwendigen – das waren die Gesichter, die Westminster von der Welt zu sehen bekam, von den Reihen anderer Menschen, die sich hindurchmühten, -murmelten, -taumelten.

»*Unverbesserliche, selbstvergessene, hoffnungslose Esel ...*« Das war es. Stephen Crane. Habe ich früher viel gelesen. »*... die sich im Dienst einer aufgeputzten Marionette ihres Verstandes entledigten ...*« So sieht das Parlament den durchschnittlichen Wähler. Und das kränkt uns. Was sonst? Diese offensichtlich enttäuschenden Wähler sorgen nur dafür, dass Westminster sie enttäuscht, dass Whitehall sie enttäuscht. Wir sind ihre Schuld.

Und hier gibt es keine Kinder, nichts als Erwachsenenbegriffe, Erwachsenengebrauch ... Dies ist kein Ort für die Jugend, es sei denn, sie wird in Anzüge gesteckt und in kleinen Grüppchen vorzeitig gealterter Burschen herumgeführt: Man zeigt ihnen die Welt, die sie betreten dürfen, sobald sie ihr Examen in Anmaßung, Tatsachenverdrehung und Wirtschaftswissenschaften abgelegt haben.

Hier ist die Demokratie, Kinder – in ihren Palästen, in ihren widernatürlichen Handlungen.

Er betrachtete die besser Bescheid wissenden Gesichter, die mit Westminster-Miene an ihm vorübergingen, dem Besitzerblick: eine gewisse Würde, eine Prise sichtbarer Intelligenz, wacher Aufmerksamkeit und – vor allem – Ärger. Westminster fand alles, was *nicht* Westminster war – und vieles, was Westminster war –, höchst ärgerlich.

Hier ist es.
Aber hier bin auch ich.

Das erste Türenpaar glitt auf, um ihn ein- und von der Straße aufzusammeln.

Zu Hause.

Dann das nächste.

Noch mehr zu Hause.

Er nickte Albert am Empfang zu: *Netter Mann, hat eine Tochter, die in St Edmund Hall studiert, ausgerechnet.* Den armen Albert hatte ihre Zukunft zugleich begeistert und verängstigt. *Da kommt er den ganzen Weg von der Elfenbeinküste nach Tooting, und jetzt landet sie in Teddy Hall – was noch viel weiter weg ist.*

Er hat zu Recht Angst – er wird sie verlieren. Sie wird ihn besuchen kommen, aber immer noch weit weg sein.

So wie ich.

Als ich mit dem Zug von der Uni nach Hause kam, habe ich am Bahnsteig meinem Vater die Hand geschüttelt. Ich habe meine Mutter geküsst, als sähen wir uns zum ersten Mal auf einer Party – ich spielte den frühzeitig gealterten Burschen.

In Mutters Fall war das vielleicht gar nicht so verkehrt. Gut möglich, dass ich mich für frühere Gelegenheiten revanchieren wollte. Dad hingegen verdiente so eine Behandlung nicht.

Aber als Teenager ist man grausam, und zwar so grausam, dass man es selbst gar nicht merkt. Wenn man Glück hat.

Oder kam die Sache mit dem Handschlag noch früher? Nachdem ich aufs Internat gekommen war?

Jon glitt durch die zuschnappenden Türen.

Wahrscheinlich ist beides richtig, und dann noch bei zahlreichen weiteren Gelegenheiten, die ich am liebsten vergessen würde. Mum und Dad wollten beide, dass ich Erfolg habe, und Erfolg war ein Land, in dem sie nie gewesen waren und das sie nie besuchen würden. Society Street war nicht die Gegend, wo Erfolg zu Hause war.

Immerhin stürzte der ganze Unsinn sie nicht in Schulden. Ich bekam ein Stipendium und konnte mein Los auch noch mit einer Beihilfe aufbessern. Jeder brave Junge verdient Finanzierung. Die sumpfigen Wege und Rasenflächen von Cambridge, so viel weicher, sanfter und fahrradentspannter als der Erzrivale. Besonders gefiel mir die Kapelle von Christopher Wren – herrliche Stuckarbeiten – die Kapelle stand an der Stelle einer älteren und war zur Bibliothek umfunktioniert worden – von einem heiligen Dienst zum anderen – vom Wissen zum Wissen, Suchen nach Sinn, Erzeugen von Sinn ...

Und man versuchte sich einzufügen.

Man spielte eine Rolle, genau wie alle anderen, die sozial aufsteigen wollten. Die am wenigsten schlimme Alternative.

Hinter einem Buch, auf dem Papier – da war ich zu Hause.

Am meisten zu Hause.

Die Worte, das Wissen – die konnten mich festhalten, mich sicher den ganzen Weg vom Old Court zum New Court begleiten. Und Herrgott, was für eine Erleichterung die schrecklich schlampige Studentenmode der Siebziger war – wie wenig Ausgaben sie erforderte.

Der Schaden entstand schon, als ich aufs Internat geschickt wurde. Jahrelang mein Geheimnis vor denen zu hüten, die dazugehörten – nie den Familienurlaub in Blackpool erwähnen, oder Onkel Angus, der im Garten Puten züchtete und Schrottautos verkaufte, nichts über meine Anschrift, mein Haus, die Herkunft meines Sonntagsanzugs, die Herkunft meines wackeligen Akzents, die stille Anstrengung, die in jedem meiner Besitztümer steckte – und die Lügen, die Lügen, die Lügen über mein Leben, mein Herz, meine Seele.

Gute Übung.

Nicht, dass man mich nicht durchschaut und enttarnt hätte.
Nicht, dass ich nicht Gefahr lief, als eine Art Haustier adoptiert zu werden, als umgekehrtes Statussymbol. Vor allem an der Uni.
Trotzdem gute Übung ...
Ich kann mich nicht beschweren.
Das wäre undankbar.

Als Jon es bis zum Fahrstuhl geschafft hatte, gesellte sich Findlater zu ihm – *ach, wirklich? Ist das unbedingt nötig? Warum ausgerechnet jetzt Findlater?* Jeder Fahrstuhl mit Findlater darin kam einem überfüllt vor. Obwohl er eigentlich in keiner Hinsicht ein Mann von Substanz war.

Erstaunlich, dass jemand so Plattes zugleich so ein Riesenhaufen Scheiße sein konnte.

»Jon.« Findlater schoss die Art Lächeln ab, mit der Kerle von libidinösen Fähigkeiten einander versichern, dass sie die gleichen Interessen verfolgen. Er gab einem das Gefühl, mit irgendwas besudelt zu sein. »Jon, wie geht es Ihnen? Was macht die Fotografie?«

»Sie ... Ich bin im Zwiespalt.«

Das stimmt fast immer.

»Also, wenn Sie irgendwas Vernünftiges zustande bringen, bitte ... Fotokunst ... Ja? Ich nehme an, bei digitalen Bildern stellt die Qualität Sie nicht zufrieden? Und überhaupt wollen Sie die Fotos lieber eigenhändig entwickeln. Sie sind von der alten Schule, nicht wahr?« Wieder so ein verseuchtes, infektiöses Lächeln.

Alte Schule im Sinne von altmodisch. Im Sinne von Wer-weiß-was-für-Fantasievorstellungen. Nicht im Sinne von Privatschulseilschaften. Herrgott, ich habe Kopfschmerzen. Wann ist das denn passiert?

Jon hatte keinerlei Interesse an Fotografie, hatte sich aber mal in der Mittagspause einen Wäscheständer für die nacheheliche Wohnung gekauft. Der sollte ihm helfen, nicht mehr von den Dienstleistungen einer Reinigung oder, noch schlimmer, eines Waschsalons abhängig zu sein. Damit konnte er, wie seine Mutter sich ausgedrückt hätte, *seine Unterhosen durchspülen* und danach zum Trocknen auf den Ständer hängen. Er wollte nicht, dass irgendjemand anders in die Reinigung seiner Unterwäsche involviert war. Er hatte nicht mal eine Putzfrau – warum auch? Er war kein liederlicher Mensch, er war autark. Findlater hatte das Gestell falsch aufgefasst, als er es in einer Büroecke erblickte, wo es darauf wartete, nach Loughborough Junction geschafft zu werden, zwischen Brixton und Peckham, in die karge, aber praktische Büßerklause, in der Jon sich jetzt in arbeitsfreien Augenblicken verstaute.

Findlater, ewig neugierig in kontraproduktiver Richtung, hatte den Ständer beäugt wie die Schleiereule eine Maus. »Was ist das da eigentlich?«

»Trockenständer. Unsere Zusammenfassung sollte spätestens Donnerstag fertig sein. Wenn Ihre dann auch so weit ist, liegen wir gut in der Zeit.«

»Gut, gut. Trockenständer, hm ...?« Findlater hatte eine zweideutige Pause hinbekommen. Der Mann war hilflos verheiratet, aber mit Vergnügen unzufrieden, spielte gern mit dem Gedanken fremdzugehen, ohne wirklich das Rückgrat dafür zu haben. Er hatte die Angewohnheit, aus einem nicht gutem Grund in Acton herumzufahren.

Er hat mir mal erzählt, dass Acton die beste Gegend ist, um japanische Schulmädchen zu sichten. »Die sieht man scharenweise da oben. Und sie sehen ... genau wie japanische Schulmädchen aus.« *Die Miene des Mannes war eine Mischung aus Angst und Ekstase. Das japanische Bildungsministerium betreibt tatsächlich eine Schule in Acton. Allerdings zum Wohle der japanischen Gemeinschaft – nicht, um Findlaters Masturbationsfantasien zu befeuern.*

Ich glaube gern, dass japanische Schulmädchen genau wie japanische Schulmädchen aussehen.

Herrgott, was für Gift sich in den Untiefen des männlichen Herzens ablagern kann.

Rechnen die Leute damit auch bei mir? Nehmen sie an, dass ich bei Frauen ständig innerlich nach diesem oder jenem lechze, dass mein halbsteifer Geist ständig in Alarmbereitschaft ist? Stellen vertrauliche Gutachten fest, dass meine Hauptaufmerksamkeit woanders liegt?

Wenn Findlater tatsächlich übergriffig wäre, hätte Jon unbedingt etwas unternommen, hätte Meldung gemacht – mehrere sogar –, hätte ihm die verdammte Polizei auf den Hals gehetzt, hätte ihn unter Kontrolle gebracht, ihn ausgeschaltet, aber der Mann war einfach nur erbärmlich.

So was erkennt einer, der auf andere Art erbärmlich ist.

Ich bin immerhin kein einsamer Ehemann, der gekrümmt in einem feuchten Auto sitzt und mit schweißnassen Händen so tut, als würde er Zeitung lesen, oder vor authentischen Bento-Häppchen in irgendeinem Imbiss in Acton herumlungert, wo er einen Blick auf karierte Röcke und Kniestrümpfe zu erhaschen hofft oder ein gespielt schüchternes Kichern, irgendeine Fantasie, die ihn die Abende mit Mrs Nancy Findlater und ihrer verwelkten Elizabeth-David-Kochkunst, ihren Tuniken von Hampstead Bazaar und den DVD-Box-Sets von The Good Life und To the Manor Born durchstehen lässt.

Die Fahrt nach oben im Aufzug erschien ihm unverhältnismäßig stockend und träge, und wieder einmal überlegte Jon, dass er wirklich diesen Trick ausprobieren sollte, den TÜR-ÖFFNEN-Knopf zugleich mit der Stockwerkwahl zu drücken und sich so zügig ohne Halt nach oben zu befördern.

Oder soll man doch TÜR SCHLIESSEN gedrückt halten? Ich habe schon beide Kombinationen gehört – kleine Gelegenheiten für praktizierten Egoismus. Und die Wirksamkeit ist vielleicht nur ein Mythos – so wie die Vorstellung, dass der Knopfdruck an der Fußgängerampel den Verkehr anhält. In einer statistisch signifikanten Anzahl von Fällen dient der Knopf nur der Beruhigung und hat keinerlei Wirkung. Ziemlich oft soll die einzig mögliche Reaktion auf eine Situation einen lediglich beschäftigen, während man auf das wartet, was sowieso passiert. Eine erzwungene Übersprunghandlung.

Wie das Wählen.

Jon bemerkte, dass er schon eine Weile nichts gesagt hatte und Findlater unappetitlich erwartungsvoll wirkte.

Genau wie damals, als er den Wäscheständer entdeckt hatte. »Ein Ständer zum Trocknen ...«

»Ja, genau, ein Wäscheständer. Den brauche ich. Nachdem ich mich jetzt ordentlich eingerichtet habe.«

Der Schrecken, eine Ehefrau tatsächlich zu verlassen, war unauffällig über Findlaters Miene gehuscht und dann von einer Art billiger Begeisterung ersetzt worden. »Fotografien?«

»Nein.«

»Fotografien. Zum Trocknen der Abzüge.«

»Keine Fotografien.«

»Hätte ich Ihnen gar nicht zugetraut.«

»Ich verlange auch nicht von Ihnen, dass Sie es mir zutrauen. Es wäre unzutreffend, wenn Sie es mir zutrauten.«

Aber die Menschen liegen so gern daneben.
Und darum braucht man Menschen wie mich. Ich bin krankhaft korrekt und daher nützlich. Ich sollte als nützlich angesehen werden.

Jon zählte die Stockwerke ab und sandte Gedanken an die Mitfahrenden, die Findlaters Grässlichkeit abgemildert hatten: *Auf Wiedersehen, Mann mit den Wasserflecken auf den Schuhen – Wiedersehen, Palmer, ich mag Sie – und Wiedersehen, Frau mit den Strähnchen, die ich nicht kenne, aber hin und wieder hier sehe – Wiedersehen, Mann mit den zwei Gehstöcken – Wiedersehen, eindeutig übergewichtige Frau, die hinkt oder vielleicht deshalb hinkt, oder vielleicht kann sie auch keinen Sport machen, weil sie hinkt, und ist darum übergewichtig, man sollte über niemanden vorschnell urteilen, aber sie ist wirklich dick – ah, und Wiedersehen, Findlater. Ja, geh nur, Findlater, ja. Lass mich in Ruhe, okay, ein letztes Grinsen noch und ...*

»Wir sehen uns dann, Jon.«

»Jaja. Werden wir. Werden wir.«

Klinge ich wie ein Echo, weil ich hohl bin oder weil ich ein gestresstes Tier in Gefangenschaft bin und die Wiederholung mich beruhigt?

Und dann war er allein. Fuhr aufwärts.

Warum also kommt mir das alles wie ein Absturz vor?

Ein Mädchen sitzt auf den Schultern seiner Mutter, wird auf und ab gewippt, aber auch sicher gehalten. Die Kleine lacht. Auch ihr Vater ist dabei, schlendert nebenher, und ein älterer Bruder an Papas Hand. Der Junge ist noch nicht so alt, dass er das lästig findet, und schwingt die verschränkten Hände zufrieden hin und her. Sie gehen an einem milden Herbsttag gemeinsam auf der King's Road Richtung Westen, es hat geregnet, aber jetzt ist es schön, und darum glänzt und glitzert alles: das Azur oben und blitzende Nässe unten. Alle aus der Familie haben das gleiche angenehm zerzauste maisblonde Haar und einen aufeinander abgestimmten Kleidergeschmack. Sie sehen aus wie erwachsene Künstler unterschiedlicher Größe, Menschen von behaglichem Wohlstand, denen zugleich Fantasie und Vorstellungskraft offensteht. Der Sommer hat sie alle gebräunt und schlank gemacht, sie vereinheitlicht. Alle tragen Schuhe, die gepolstert sind, ohne hässlich zu sein, die außergewöhnlich sind, ohne protzig zu sein. Nichts an ihren Outfits ist selbstgemacht, könnte es aber sein, sie könnten aus einem Haushalt der 1930er Jahre stammen, in dem es viel freie Zeit und sowohl hochwertige Materialien als auch handwerkliche Fähigkeiten gibt.

Die Tochter in der Höhe windet sich vor Glück und dreht sich nach ihrer Großmutter um – die Frau, die ihnen folgt, muss ihre Großmutter sein: noch so eine schlaksige, elegante, zufriedene Gestalt, das maisblondgraue Haar zu einem modisch unordentlichen Knoten hochgesteckt. Die Großmutter spricht in eine Banane, hält sie wie einen dieser altmodischen Telefonhörer, die das Kind wahrscheinlich noch nie gesehen hat. Die Frau nickt und plaudert vollkommen überzeugend in dieses Obst hinein, und die Enkelin findet das sehr komisch, aber auch nicht richtig. Es ist unzutreffend auf eine Art, die ihr echte, große Sorgen zu bereiten scheint. Wenn so etwas passieren kann, was mag sich plötzlich sonst noch als wirklich erweisen, auch wenn dies hier nicht wirklich ist, auch wenn es so aussieht, auch wenn es das nicht ist?

Das Mädchen kichert und runzelt zugleich die Stirn, schüttelt den Kopf und deutet mit wedelndem Zeigefinger auf das Telefon, das kein Telefon ist, ihre Mutter streckt die Hand nach oben, um sie zu streicheln, ihre Tochter zu besänftigen, die weiter lacht, die Stirn runzelt, lacht. Außerdem ruft die Tochter immer wieder: »Hör auf damit. Hör auf damit. Hör auf damit.«

11:30

Jon dachte nicht darüber nach – wirklich nicht –, aber er hatte offensichtlich einen schweren Fehler begangen. Unter Druck aus verschiedenen Richtungen hatte er ein Verhalten an den Tag gelegt, das unbeabsichtigte Folgen zeitigte – die nicht alle gut waren –, und das war unverzeihlich, doch jede Form der Reue würde zu diesem Zeitpunkt den Fehler durch vergebliche Anstrengung nur noch verschlimmern.

Er hatte es verbockt.

Und zwar beim Versuch, nahm er an, es nicht zu verbocken.

Maßgeschneiderter Service: Handgeschriebene Briefe.

Er war noch mit Valerie zusammen gewesen, als er die erste Anzeige entworfen hatte.

Von Herzen kommend.

Das wurde sofort wieder gestrichen. Er hatte nie etwas empfinden wollen, schon gar nicht mit dem Herzen. Es musste geschäftlich und lockerleicht klingen.

Nach weiblichen Bedürfnissen von Hand geschriebene Briefe.

Klang sexistisch. Und zu sexuell. Er bot sich ja nicht an, Pornografie zu schreiben. Erotische Literatur. So nannte man das doch jetzt, oder? Erregung ohne bildliche Darstellung. Ohne irgendjemandem grauenhafte Arbeitsbedingungen zuzumuten.

Wie Männer sich so etwas anschauen können ... einfach nur gucken ... die Darstellerinnen vergessen ...

Ich wäre ja kein literarischer Darsteller.

Und es wäre auch nichts Erotisches. So was kann ich nicht schreiben. Das ist auch grauenhafte Arbeit, die ich nicht tun möchte. Könnte ich nicht. Kann ich nicht.

Und Erotisches konnten sie ohnehin überall bekommen. Weiß Gott – Valerie hatte ein ganzes Regal voll von dem Quatsch: ihr Nur-halb-Witz auf seine Kosten. Er hatte das Zeug gelesen. Ein wenig. Seltsam, dass sie womöglich der Gedanke an so viele Dinge stimulierte, die sie im richtigen Leben verabscheuen würde. Schmerz und Ungerechtigkeit als Erregungshilfen.

Wenn das stimmte, wäre ich natürlich schon seit Jahrzehnten dauererigiert, bin ich aber nicht, bin ich nie gewesen und auch jetzt nicht, ich bin nicht so ein Monster, wie wir es angeblich sind – Vergewaltigungsdrohungen als Partygespräch, fordern, dass jede Frau nackt sein soll, und ganz selbstverständlich den Schuft geben. So sollte ein Mann nicht sein.

Ich schaue mich im Netz um, in der Welt da draußen, weil es klug ist, auf dem Laufenden zu sein, und warum soll ich mich nicht für die Generationen interessieren, die meine Palliativpflege bezahlen wird – falls das einmal nötig werden sollte. Ich höre zu. Und was ich sehe und höre, macht mich unglücklich.

Nach Ihren Bedürfnissen von Hand geschriebene Briefe.

Was auch nicht funktionieren konnte – er hatte gewusst, die Anzeige musste geschlechtsspezifisch lauten. Jon war nicht daran interessiert, für Männer zu schreiben. In dieser Hinsicht war er ganz egoistisch gewesen. Eigentlich in jeder Hinsicht. Es war nicht altruistisch, dass er anderen eine Freude machen wollte, sondern ein Mittel zum Zweck.

Gesucht: Frau, zu der ein Mann anonym nett sein kann. Bekommt unter aktuellen Umständen keine Gelegenheit dazu.

Es war schlimmer als Ehebruch, wenn man zugab, dass man seine Partnerin nicht mögen und nicht nett zu ihr sein konnte, und vergessen hatte, ob das Problem mit ihrem Misstrauen oder seinem eigenen angefangen hatte. Auch Betrüger können misstrauen – gerade Betrüger sollten am besten wissen, warum sie misstrauen sollten.

Handgeschriebene Briefe nach den Bedürfnissen der anspruchsvollen Dame.

Das war ihm herablassend und altertümelnd vorgekommen – außerdem hätte es wahrscheinlich die Sorte Frauen angelockt, mit denen er nicht warm werden würde, und auf ein gewisses Maß Wärme hatte er doch gehofft.

Handgeschriebene Briefe nach den Bedürfnissen der anspruchsvollen Frau.

Was vielleicht lächerlich oder amüsant wirkte, doch wenn eine das amüsant fand und sogar entsprechend antwortete, war sie vielleicht die gewünschte Klientin.

Falls er nicht stattdessen von schwülstig liebeskranken Frauen bestürmt wurde.

Darum hatte er das Ganze mit weiteren Informationen unterfüttert. Sachlich.

Zuneigungsbekundungen und Respekt wöchentlich geliefert.

Er glaubte, einmal die Woche könnte er schaffen, und es wäre gut, das gleich als Grundregel zu etablieren – keine Steigerung, aber auch kein Nachlassen.

Antwort nicht erforderlich.

Das sollte einen Austausch andeuten, der immer Distanz wahrte.

Obwohl es auch andeutet, dass ich schon mit nichts zufrieden bin, dass es mir reicht, mich immer wieder in einen Brunnen zu stürzen und dabei nur mein eigenes Echo zu hören, innerlich wie äußerlich.

Bedingungen auf Anfrage an Corwynn August.

Das war leicht gewesen – er war im August geboren, und sein zweiter Vorname war Corwynn. Jonathan hatte er nie besonders gemocht, war einfach zu lang. Und Jon anstelle des üblichen John musste einfach prätentiös wirken.

Und Jon Sigurdsson ... also wirklich, um Gottes willen.

Die Initialen ließen tatsächlich unerfreulich an den Heiland denken: J. C. Sigurdsson. Valerie freute sich immer daran – einmal hat sie zwei Nägel nach mir geworfen, das Äußerste an handwerklicher Tätigkeit, wozu sie fähig war: »Dann nagele dich doch wieder an dein Kreuz, du Arsch.«

Er hatte sie beide aufgehoben, in der Hand gehalten und nicht gesagt: »Dafür bräuchte ich drei.«

Wieder ein Moment, um sich daran zu erinnern, dass nicht jeder Mensch Genauigkeit liebt.

Nicht jeder liebt sie. Nicht jeder will sie.

Aber dies war möglich, könnte möglich sein, diese Schreibsache.

Also.

Maßgeschneiderter Service: Handgeschriebene Briefe nach den Bedürfnissen der anspruchsvollen Frau. Zuneigungsbekundungen und

Respekt wöchentlich geliefert. Antwort nicht erforderlich. Bedingungen auf Anfrage an Corwynn August.

Dann hatte er die postlagernde Adresse in Mayfair hinzugefügt, die er sich besorgt hatte; das Postfach war zur weiteren Verschleierung als Wohnung dargestellt. Die ganze Sache war am Ende dreiunddreißig Wörter lang, und man hatte nicht damit rechnen können, dass sie einem hochexplosiven Sprengsatz gleichkamen.

Der allerdings nicht gleich detonierte. Er hatte Vorsicht walten lassen. Sein erster Versuchslauf fand in Ohio statt, in den Kleinanzeigen verschiedener miteinander kooperierender Zeitungen im ganzen Bundesstaat.

Ich glaubte, ich hätte Ohio rein zufällig ausgewählt: weit genug weg, englischsprachig und doch Abwechslung bietend ... Aber bei weiterem Nachdenken hatte ich mich an eine schiefgelaufene Hinrichtung in Ohio erinnert – durch die Giftspritze. Aus irgendeinem Grund war mir das im Gedächtnis geblieben: eine Strafvollzugs- und Wiedereingliederungsanstalt, die fast eine halbe Stunde brauchte, einen Mann mit chemischer Hilfe ersticken zu lassen. Dreißig Minuten lang den Atem rauben.

Der Name einer jeden Regierungsbehörde beschreibt entweder ihren Arbeitsbereich und ihre Werte oder wirkt wie ein dauerhafter Tadel. Meine Abteilung hat dreimal den Namen gewechselt, seit ich dazugestoßen bin. Das verrät Unbehagen, wenn nicht Verwirrung, wenn nicht eine langfristige Abweichung der Realität von den Absichten. Das verrät einen bevorstehenden Sturz.

Trotz der Assoziationen mit unschönem Tod war Ohio eine vernünftige Wahl für seine Pilotstudie gewesen. Und es gäbe auch keinen Grund zur Beunruhigung, falls – oder eher wenn – die Korrespondentinnen unpassend schienen. Er hatte ihnen höflich geantwortet, sich auf mangelnde Kapazitäten berufen, auf die emotionalen Anforderungen, Erschöpfung, und hatte dann jede weitere Kommunikation ignoriert. Das funktionierte. Funktionierte in hundert Prozent der Fälle.

Es funktionierte alles.

Denn Jon bekam Antworten. Es gab Menschen – Frauen, er glaubte, es waren Frauen –, die immer noch wollten, dass eine gewisse Verzögerung zur Konversation gehörte, die Papier in den Fingern halten wollten, das zuvor andere Finger gehalten hatten, die mehr wollten als Datenpakete, die ungreifbar durch den Wirbelsturm aus Verkaufsgesprächen und

Perversionen, Klatsch und Grausamkeiten, aus größtenteils idiotischer Überwachung und geplanter Indiskretion rasten.

Jon lieferte jeder Frau zwölf Briefe, einzigartige Handwerkskunst, unwiederholbar – nur für ihre und seine Augen. Diese altmodische Art von Anonymität.

Und all das bot ihm die verblüffende Erkenntnis, dass manche Menschen von England vor allem Delikatesse und Stil erwarteten, ritterliche Leidenschaft. Gestärkte Laken, saubere Manschetten, feines Gewebe, das sich an anderem Stoff und an Haut rieb, elegant und großzügig, zuverlässig und zart.

Und altmodisch. Alte Schule.

Indem ich mich so leicht als Anachronismus qualifiziere, könnte ich mir leicht alt und klapprig vorkommen.

Bizarr. Alles bizarr.

Dabei bin ich nicht mal Engländer. Ich gehe als Engländer durch. Durchgehen ist einfach.

Aber ich habe Briefe für jede Fremde geschrieben und gehofft, sie an der Schwelle zum Vorspiel zu erwischen, damit ich auch dabei sein konnte. Oder irgendwo an ähnlicher Stelle. Dauerhaft angehaltene Leidenschaft in Zanesville und Akron – und zweimal in Columbus und einmal in South Euclid.

Und bei mir so ziemlich das Gleiche – in London.

So schrecklich unklug.

Auf diese fünf Frauen hatte er sich festgelegt. Er hatte sein Bestes gegeben.

Und beinahe hätte ich aufgegeben, bevor ich den ganzen Schlamassel lostrat. Ich brauchte drei Wochen, um den Eröffnungsbrief zusammenzuzimmern. So viel Zärtlichkeit glaubte ich aufgestaut zu haben, glaubte ich anzapfen zu können, ich dachte, ich wäre endlich in der Lage ... war ich aber nicht.

Meine Liebe, Liebste, mein Liebling, Süße. Die Worte der Liebe sind die schalsten, nichts als abgestanden.

Eine Frau forderte mich auf, sie Slim zu nennen, und bat mich von Urlauben zu erzählen, die wir nicht gemacht hatten und nie machen würden, in der Nähe englischer Wahrzeichen. Sie half mir damit, denn sie war nicht anspruchsvoll oder geschmacklos. Sie präsentierte sich ganz real und war großzügig, und damit machte sie auch meine Briefe so real, dass sie wirkten.

Immer die Frauen.

Ich erfand einen Ausflug für uns, zu dem auch ein perfektes Abendessen gehörte, ein High Tea, wie es ihn noch nie gegeben hatte, eine Veranstaltung mit Unmengen von Scones, nur einen Steinwurf – auch wenn man dort nicht mit Steinen werfen sollte – von Windsor Castle entfernt. Und dann das Streicheln ihrer Wange im Zug, während sanfte grüne Landschaften an unseren Abteilfenstern leckten und keinerlei Makel zeigten – Bäume direkt aus einem Constable-Gemälde mit breiten Schatten und dösenden Schafen, ein See, nicht so blau wie ihre Augen.

Augenfarbe ist wichtig. Sie müssen kein Foto schicken – und wenn sie es tun, muss ich mich auf ihr Wort verlassen, dass es wirklich sie zeigt. Für mich – aber ohne mich – können sie sein, wer sie wollen. Aber die Augenfarbe hat etwas von Wahrheit, ob sie nun lügen oder nicht. Wenn sie die erwähnen, können wir einander in die Augen sehen und ernsthafte Fragen stellen.

Was ich für gut und notwendig hielt, als ich anfing.

Ich glaube, Frau Nummer vier war schon etwas älter. Sie nannte sich Nora und schickte mir ein schwarzweißes Babyfoto, eine kleine verschwommene Gestalt mit einer eigenartigen Haube auf dem Kopf. Und eine Liste von Filmstars von gestern, die sie bewunderte. Ich hatte Freude an ihr. Ich tat so, als sei ihr Ehemann im Krieg gefallen – oder in einem Krieg –, und sie verdiente und war gewohnt an eine Romanze, die sie auf Papier festhalten konnte. Liebesbriefe, die man mit einem Band zusammenschnüren und aufbewahren kann. Ich ignorierte die Hinweise unter ihren Antworten, dass ihr Ehemann pensioniert und wütend und ein hässlicher Schandfleck in ihrem Haus war.

Nachdem sein Lampenfieber überwunden war, hatte Jon in ziemlich genau zwölf Wochen je zwölf Briefe an fünf experimentelle Gegenüber geschrieben, und nichts Unziemliches war daraufhin geschehen.

Ich war unter Handel und Dienstleistungen aufgeführt.

Das Postfach hatte sich mit langen, schmalen Umschlägen amerikanischer Maße gefüllt. Er hatte die Spreu vom Weizen getrennt, hatte gewählt. Dann hatte er geschrieben. Und dann hatte er ziemlich gespannt im Postfach nach Antworten geschaut, hatte mit Bitten um dieses, jenes und nichts anderes gerechnet. Und er hatte sie bekommen. Dazu spätere Änderungswünsche hinsichtlich Stil und Inhalt, auf die er innerhalb vernünftiger Grenzen einging. Außerdem gab es – das hätte er sich denken können – Gegenangebote von Aufmerksamkeit und Zärtlichkeit. Es war Täuschung, aber wunderschöne Täuschung – jedenfalls Täuschung von seiner Seite aus –, gänzlich unbelastet von irgendwelchen Gedanken an eine Zukunft. Mit Papier und Tinte von einem Land zum anderen täuschte er befriedigte Zuneigung vor.

Nach acht oder neun Wochen dieser anfänglichen Versuchsphase stellte sich ein, was er als eine Entspannung zwischen den Schulterblättern und in den Brustmuskeln hätte beschreiben können, und ein wachsendes Gefühl von Tauglichkeit. Und wenn seine Hände seine Frau berührten – benommen, spätnachts unter der Bettdecke –, wenn er sie berührte ... wenn er Valerie berührte, musste sich etwas an ihm verändert haben, denn sie ließ ihn, es wurde ihm erlaubt. Ein Kuss oder eine Liebkosung im Vorbeigehen, während sie ihre getrennten Waschbecken im Bad benutzten – während sie sich bereit machten: das wurde zwar nicht zur Gewohnheit, aber auch nicht notwendigerweise als verfehlte Entschuldigung seinerseits eingestuft oder als Anlass für einen Streit.

Ein Zeichen, dass es mit euch vorbei ist, wenn ihr als Paar kein gemeinsames Waschbecken mehr benutzen könnt. Das konnte man der Miene des Klempners ansehen, als er die Doppelwaschbecken einpasste.

Und Valerie suchte Kontakt mit Jon. Sie sah ihn an und stutzte und war verwirrt. »Gehst du nicht mehr zu diesem grässlichen Friseur?«

»Pardon.«

»Du musst dich nicht entschuldigen. Aber er war wirklich ein grässlicher Friseur.«

Jon ließ sich von einem etwas geheimniskrämerischen Herrn aus Guan Xian die Haare schneiden, der inzwischen in Marylebone residierte. Der Mann machte gute Arbeit und war unfassbar billig. Valerie gefiel Mr Lams einsiedlerische Art – die seine Exklusivität gewährleistete –, doch seine unangebrachten Honorare hatten sie empört.

»Ich weiß gar nicht, wieso du den je aufgesucht hast.« Sie hatte gerade den Löffel in die Orangenmarmelade gesteckt, doch jetzt innegehalten, was unerfreulich war, denn er wollte auch davon. Ihre unentschiedene Hand und der klumpige Löffel ließen alles klebrig im Niemandsland hängen.

Jon hatte seine Brille zurechtgerückt, wie man es tut, wenn man die Welt lieber erträglich hätte. »Ich habe gar nicht ... Was? Ich wollte mich nicht entschuldigen, ich habe ›Pardon‹ gesagt, weil ich dich nicht gehört habe.«

»Ich habe *gesagt* ...« Sie hatte Jon am Frühstückstisch gegenübergesessen und ihren teilweise mit Marmelade bestrichenen Toast beiseitegelegt, als sei er die Liebesgabe eines erkrankten ehemaligen Verehrers.« ... Ich habe gefragt, ob du einen neuen Friseur hast?«

»Nein.«

»Du siehst anders aus.«

»Ich bin nicht anders.«

»Du siehst aber so aus.«

»Bin ich aber nicht. Ich habe mir nicht mal von meinem alten Friseur die Haare schneiden lassen. Ich bin ganz derselbe.«

Valerie hatte ihn einen Augenblick betrachtet und ihn dann zum ersten Mal einen Gesichtsausdruck sehen lassen, der ihm inzwischen allzu vertraut war.

Dieser komplizenhafte Blick, der dir sagt: Ich weiß, was du im Schilde führst, und du kommst mir nicht ungestraft davon.

Weil er tatsächlich anders *war*, sah er auch so aus, seine Veränderung wurde allmählich sichtbar.

Es war vorherzusehen gewesen, dass er nicht die Mittagspause und die zusätzlichen Arbeitsstunden am frühen Morgen und späten Feierabend damit verbringen konnte, auf dem Papier reizend zu sein, einfach reizend, weiter nichts – gegenüber Slim und Patty und Nora und Robyn und Clare –, ohne sich zu verändern.

Dieses Gefühl ... eine ganz bestimmte Emotion ... nicht spezifisch, aber definitiv ... dieses ständige ...

Und dann kam natürlich ein Morgen, an dem er aufwachte und schon gierig und suchend die Hand nach seiner Frau ausstreckte und sie dann umschlang – seine Frau, Herrgott noch mal –, sich hart und erregt an sie drückte, dann ein beharrliches Maunzen, Grollen, Stöhnen, irgendein Geräusch, das er machte, während sein Gesicht in ihrem Nacken wühlte und seine Beine sich unter, über sie schoben, sie umklammerten, und es gab keinen Widerstand.

Bis er es merkte.
Bis er richtig wach wurde.
Und nicht weitermachen konnte.
Was ein Problem war.
Was – in womöglich erheblichem Maße – der ursprüngliche Grund dafür war, dass sie ihn dauerhaft verlassen hatte. *Oder eher verlangt hatte, dass ich sie verlasse. Das Haus war ihres. Ihre Mutter hatte es geheiratet.*

Dieser Augenblick, als sein Kopf zurückzuckte und sie seinen Gesichtsausdruck sah, sein unglücklicherweise sehr ehrliches Grauen, als er sie in seinen Armen entdeckte.

Also auf jeden Fall ein Problem, ja.

Dann – daran hatte ich gar nicht gedacht, oder besser gesagt, ich hatte die Möglichkeit ignoriert ... Dann, und das war vorhersehbar ... Dann gingen die Briefe weiter, und das Gefühl ebenso, oder die Gefühle – von Tauglichkeit, Unbeschwertheit, Zufriedenheit.

Das waren auch Monate – und dann über ein Jahr – zunehmend heftiger Trennung von dem tatsächlichen Menschen aus Fleisch und Blut, mit dem er verheiratet war und zusammenlebte. Dann das Chaos der Scheidung und schließlich sein Umzug nach Loughborough Junction. Es war absolut nicht nötig gewesen, gerade dorthin zu ziehen und nicht irgendwo anders hin. Es war ihm bloß richtig erschienen, sich an einen harten und demütigenden Ort zu packen ...

Und dann ...

Hatte er eine Anzeige in Australien aufgegeben, deren Ergebnisse sich als unspektakulär und stabil erwiesen.

Und dann ...

Wurde eine weitere Anzeige aufgegeben, im *Village Voice*. Die Frauen vom *Voice* kamen ihm zu fordernd vor, zu erniedrigend, und zu oft forderten sie, erniedrigt zu werden oder zu erniedrigen.

Und dann ...

Hatte er es mit dem *Times Literary Supplement* versucht. Stand ihm einfach näher, und darum hoffte Jon, es würde weniger anstrengend und mitfühlender laufen. Er hatte sich – und das war womöglich ziemlich unwahrscheinlich – von den Lesern des *TLS* Mitgefühl erhofft.

Und dann ...
Haben mich die Jungs vom Geheimschutz erwischt.
Sie haben mein Hobby aufgedeckt, und auch – was tatsächlich Besorgnis erregt haben könnte – den toten Briefkasten. Ich denke, man kann ein Postfach als toten Briefkasten beschreiben, so wie bei einer Briefkastenfirma, irgendwas Zwielichtiges.
Aber das war in Ordnung.
Das war nicht das Problem.
Das konnte ich erklären. Und es schien sie auch nicht allzu sehr zu beunruhigen. Es gab ja so viel Schlimmeres, was ich hätte anstellen können. Mit meinem ein wenig ungeregelten Privatleben ... na ja, Val hatte auf ihre Weise dafür gesorgt, dass es jahrelang ungeregelt gewesen war.
Albern, dass sie so mädchenhaft auf meine Beförderung versessen war und es gleichzeitig immer schaffte, meine Eignung zu untergraben. Natürlich hatte ich auch ganz eigene Mängel – mir fehlte ein gewisses Glitzern in den Augen. Oder jedenfalls war es das falsche Leuchten.
Erst jetzt war ich – nach Ansicht des Geheimschutzes – aus eigener Kraft in Regellosigkeiten verstrickt. Und das ganz erwachsen und in beiderseitigem Einvernehmen.
Es floss allerdings Geld ... das hinterlässt auf verschiedenen Ebenen einen unschönen Beigeschmack ... erinnerte alle Beteiligten aber auch daran, dass wir unpersönlich persönlich waren. Ich hatte 120 Pfund für ein Dutzend Briefe verlangt. Oder 120 Dollar. Am Ende gab ich den meisten ein Bäckerdutzend für ihr Geld: Der eine Extrabrief verlieh dem ganzen Arrangement etwas Großzügiges.
Ich spendete das Geld für wohltätige Zwecke und bewahrte auch die entsprechenden Unterlagen auf, wobei nach Papieren überhaupt nicht gefragt wurde. Die absolut angemessene Überwachung hatte Briefe von Frauen entdeckt, die eindeutig auf Briefe von mir antworteten – Briefe der zärtlich zugeneigten Art. Ich stimmte einfach zu, ja, ich hatte diese Briefe bekommen, und ja, ich hatte den Frauen ebenfalls geschrieben, warum denn nicht?
Es schien mir beschämend, einen solchen Austausch erbeten zu haben, darum ließ ich die Anzeigen unerwähnt. Es ging nur um drei Frauen, glaube ich – mehr wurden jedenfalls nicht erwähnt. Zu der Zeit hatte ich mit fünfen zu tun, aber das sagte ich nicht – oder vielmehr sechs. Nein, ich hatte mich so-

gar schon auf sieben gesteigert. Zu dem Zeitpunkt schrieb ich Briefe an sieben Frauen, und drei von ihnen antworteten, warum denn nicht?

Ich glaube, ich finde es ganz richtig, dass die Briefe abgefangen wurden. Ich sollte genauso standardmäßig beobachtet und überprüft werden wie alle Staatsdiener, deren Eignung und Integrität gewährleistet sein muss. Überwachung muss sein, und sie sollte gründlich sein. Ich machte mir allerdings Gedanken darüber, wie sie es wohl angestellt hatten; ob sie nach Feierabend in den Laden eindrangen, wo das Postfach hing, und dessen sicherlich unzureichendes Schloss knackten – wagemutige Taten vermummter Gestalten? Oder forderten sie die Öffnung des Fachs auf ganz offiziellem Weg – glänzende Dienstmarken und amtlich strenge Haarschnitte? Machten sie den üblichen selbstgefälligen Eindruck, dass sie mit jedem wichtigtuerischen Atemzug aktiv das Königreich verteidigten? Oder sprach jemand einschmeichelnde und sanfte, aber entschlossene Worte und blätterte dann ganz informell, aber regelmäßig meine Korrespondenz durch? Es spielt natürlich keine Rolle. Sie konnten herausfinden, was ich tat, warum denn nicht?

Ich empfing und versandte Briefe von und an Frauen, warum denn nicht?

Lucia, Sophia und so weiter: Keine der Beteiligten konnte einen Grund angeben, warum nicht. Es versuchte auch niemand.

Sie verhörten mich.

Ohne große Begeisterung.

Ich erklärte, dass ich mit den Frauen korrespondierte, um Gesellschaft zu haben. Das war alles. Ich sagte, ich mache ihnen den Hof. Grinsen von hinter dem Schreibtisch, als ich diesen Ausdruck benutzte.

Den Hof machen.

Ich pflegte keine körperlichen Kontakte. Es bestand nicht die Gefahr verschwommener Fotos in Sonntagsblättern, nirgendwo würde das Wort »Techtelmechtel« gebraucht werden ... Noch mehr Grinsen am Schreibtisch, was mir bestätigte, dass niemand mir Techtelmechtel zutraute – ich war nur zu Höflichkeiten fähig, zu harmlosem, schwanzlosem Hofieren.

Es gab keinen Plan, mithilfe des Postfachs mein Land zu verraten – wie sie es hätten ausdrücken können. Niemand fragte danach, aber hätte man gefragt, so hätte ich geantwortet, dass ich absolut dafür sei, mein Land zu retten.

Das war es mehr oder weniger.

Also machte ich weiterhin den Hof.

Warum denn nicht.

Danach die Personalabteilung konsultiert.

Und dann kam Harry Chalice vorbeigeschlendert und setzte sich auf meine Schreibtischkante. Dass so einer den Abendmahlskelch als Namen trägt ... ich nenne ihn eher »Poisoned Chalice«, Giftbecher. War ich glücklich und zufrieden?, fühlte er sich bemüßigt zu fragen. War die Scheidung eine schwere Zeit gewesen? Nein, wirklich, er wollte es genau wissen – hatte ich die negativen Folgen minimiert? Hatte er womöglich in irgendeiner Weise dazu beigetragen, dass ich sexuelle Zwangsstörungen entwickelte, als Fantast Landesverrat beging, ein Freak wurde? (Den Gedanken sprach er nicht wörtlich aus, aber man sah, wie er ihm durch den Kopf ging.) Hatte ich das Gefühl, eine zeitweilige Beurlaubung könnte hilfreich sein?

Es war natürlich demütigend, dass unsere Plauderei halböffentlich stattfand. Unangenehm, im eigenen – und noch dazu einzig richtigen – Heim so durchleuchtet zu werden.

Ich erwiderte, ich sei tatsächlich zufrieden oder jedenfalls nicht unzufrieden. Dass die Scheidung ... eben eine Scheidung gewesen sei. In legaler und praktischer Hinsicht ganz einfach: Ich durfte Val verlassen, und Val bekam alles andere.

Ich war es, der Becky anrief und ihr erzählte, dass ich mich von ihrer Mutter trennte, und in einer meiner Redepausen sagte sie: »Ich bin froh.« Ich musste mich zusammenreißen, um nicht zu antworten, Wenn meine Tochter so etwas sagt, bekomme ich das Gefühl, zwei Jahrzehnte meines Lebens und mehr verschwendet zu haben.

Davon erzählte ich Chalice natürlich nichts.

Ich erwähnte auch nicht, dass Beckys Gegenwart am anderen Ende der Telefonleitung und ihre unabsichtliche Beleidigung mich dennoch aufgeheitert hatten. Ihre Existenz bedeutete, dass kein Atemzug meiner Ehe umsonst gewesen war und all das zu etwas Wundervollem geführt hatte. Doch die Kombination dieser beiden Elemente – leichte Verärgerung und Zärtlichkeit – war verwirrend und hatte meine Stimme angespannt klingen lassen. Einen Augenblick hatte sie gedacht, ich weinte. Sie irrte.

Wegen der Briefe an sich hatte Chalice nicht viel zu beanstanden.

Die offizielle Haltung zum Hofieren war: Solange es keine Abteilung in Misskredit brachte oder die Verteidigung des Königreiches und so weiter nicht gefährdete, war mein Verhalten zwar eigenartig, aber akzeptabel. Es wäre doch beklemmend und ungerecht, würde das Sexualverhalten eines jeden Beamten ständig überwacht – es gab schließlich Richtlinien für Privatsphäre und Inklusion ... Chalice ließ eine kleine Andeutung fallen, dass meine Aussichten auf Beförderungen hiermit dennoch geschwunden seien. Meine Gesamtsituation sagte ohnehin eindeutig, dass ich auf der Stelle trat. Doch auf der Stelle treten macht mich glücklich. Was ebenfalls als ganz schlechtes Zeichen gesehen wird.

(In Krisensituationen bin ich immer noch großartig. Da sind alle einer Meinung, das ist eine Grundwahrheit. Da laufe ich zu Höchstform auf – solange es sich um anderer Leute Krisen handelt.)

Sollte sich mein mehrfaches Hofieren in mehrfache Affären verwandeln, würde meine Lage neu bewertet – sagte Chalice. Ich würde erneut untersucht und unterstützt werden – wie eine kränkliche Tante.

Ich versicherte ihm, es würde keine Vielzahl geben. Es fiel ihm offensichtlich sehr leicht, mir zu glauben.

Da saß er nun auf meiner Schreibtischecke und schwang ein Bein hin und her, ein Loafer von Church's durchschnitt die Luft, als wäre es ein Spaß, ein heiterer Spaß. Er hatte Spaß und redete zugleich ein Wort mit mir. Ich sollte Zeuge werden, wie er einen beruflich leistungsfähigen und zugleich privat wertlosen Mann fachmännisch in die Mangel nahm, und er genoss diesen Vorgang ungeheuer.

Vielleicht projizierte ich auch meine schlechte Meinung von mir selbst auf einen Vorgesetzten. Allerdings schien er diese Einschätzung zu teilen. Sein Mund wirkte sowohl unvermeidlich amüsiert als auch verächtlich. Er stellte mich ganz bewusst und entspannt bloß.

Harry Chalice und sein Wort.

Und er redete dieses Wort nicht unter vier Augen, nicht so privat, dass es Respekt bezeugt hätte, und mit fehlender Privatsphäre kennst du dich aus ...

Das Wort war gut und das Wort wurde weitergegeben und das Wort wurde interpretiert und dann schweifte das Wort umher.

Nun bin ich also für Frauen bekannt.

Und ich ließ mich auch nicht beurlauben, als es angeboten wurde.

Was sollte ich ohne Arbeit anfangen?

Und ich machte weiterhin den Hof.

Was sollte ich tun ohne das, was ich tat? Was sollte ich tun?
Es wurde gestattet.
Aber: Ja, seither bin ich für Frauen bekannt.
Immer die Frauen.
Aber das ist es gar nicht.

Ein Mann rennt aus der White Horse Street und biegt nach links in die Piccadilly ein. Es ist ein schöner, wenn auch herbstlicher Tag, sein Mantel ist offen und gibt den Blick frei auf einen Anzug, dessen Jackett ebenfalls aufgeknöpft ist, darunter ein blasses Hemd und eine gelockerte Krawatte. Seine Mantelschöße fliegen mit seinen Schritten umher, genau wie sein Schal. Er ist Ende fünfzig, vielleicht Anfang sechzig, und doch wirkt er ein ganzes Stück jugendlicher, wie er so die Straße entlangstürmt, wie ein Junge, der er womöglich nie gewesen war. Er ist für den Stadtteil Mayfair angemessen gekleidet, Schneiderware in ruhigem Blau, doch seine Unbekümmertheit erregt Aufmerksamkeit; er rast im Zickzack zwischen den Fußgängern dahin, dann über die ersten beiden Fahrstreifen, die zwischen ihm und einem Eingang in den Green Park liegen. Als er auf der Mittelinsel auf und ab marschiert, ganz eindeutig voller Ungeduld, kann man sehen, wie glücklich er ist, erkennbar glücklich: wie er eine Hand in die andere ballt, wie er sich mit den Fingern durch die Haare streicht, wie offensichtlich angenehm ihm die überschüssige Energie in seinen Gliedern ist. Beinahe hat es schon etwas von einem Tänzer an sich.

Der Mann ist also nicht gerannt, weil er auf der Flucht war. Eher weil er einfach nicht mehr an sich halten konnte. Womöglich weiß er gar nicht mehr wohin mit sich, darum stürzt er sich in das Nirgendwo der Bewegung.

Sein Schal mit dem dunklen, ruhigen Muster, vielleicht aus Seide, hebt sich im Windstoß, und er lässt es zu, freut sich offenkundig daran, dass er sein Gesicht streift. Ein Paar, vielleicht Touristen, gesellt sich im unruhigen Warten zu ihm, und er beugt sich herunter, um ihnen nachdrücklich etwas mitzuteilen. Was er sagt, ist womöglich nicht unangenehm, erzeugt aber doch so etwas wie Schock. Das Paar zuckt ganz leicht zurück.

Bei der ersten Gelegenheit stürmt der Mann auf die Straße, entgeht nur ganz knapp einem Taxi und ist drüben, außer Gefahr, wieder auf dem Bürgersteig, von wo er in den Park hineinsprintet, immer schneller und schneller.

Die Touristen schauen ihm nach.

Hinter ihm hat die Straße sich wieder beruhigt und ihren gewohnheitsmäßigen Gang aufgenommen – das Ritz ist immer noch das Ritz, der Verkehr immer noch der Verkehr, die kitschig bunten Arkaden sind immer noch die kitschig bunten Arkaden.

Der Mann ist inzwischen tief in den Park vorgedrungen, eine wilde Gestalt, die über das müde Oktobergras saust. Sein Umriss wirkt im Großen und Ganzen freudig.

12:28

Spaniels ergaben keinen Sinn. Eigentlich sollten sie widerstandsfähig sein: gegenüber Teichen und grässlichem Wetter und Gewehrschüssen, sie sollten übers Moor hetzen und sich ins Dickicht stürzen; und sie müssten Vögel aufscheuchen und dann ihre toten Leiber mit dem Maul packen und zurückbringen. Man sollte doch meinen, davon würden sie hart und gefühllos. Im Gegenteil. Sie waren rührselig. Generationen von Landadeligen hatten Legionen neurotischer Hunde herangezüchtet: Sklaven, die überglücklich waren, Sklaven sein zu dürfen, sozial Abhängige, die schon froh waren, dich nur berühren zu können, Ausstattungstücke für den Außenbereich, die jeden Befehl sofort vergaßen und sich in sinnlich gesellige Ekstase steigerten, die nach dem Duft von Verfall gierten, nach Decken und Zärtlichkeiten und – wenn es so eingerichtet wurde oder sie es heimlich einrichten konnten – nach Sex und Sex und Sex.

Jagdhunde verrieten eine Menge über die herrschenden Klassen.

Beim Gehen wurde Meg – patpatpatpatpat – von Hector verfolgt, einem älteren Springer Spaniel, dem schlimme Dinge zugestoßen waren und der daher noch anhänglicher war als schon von Natur aus, wenn jemand ihn einigermaßen anständig, durchschnittlich zärtlich behandelte. Meg war auf dem Weg zu den Frauentoiletten an ihrem Arbeitsplatz – dem Gartcosh Farm Home.

Das Gartcosh Farm Home war nicht ansatzweise in der Nähe von Gartcosh, und es war auch überhaupt keine richtige Farm. Es war ein Heim für die Tiere, die es schützte, aber es wollte keines sein. Ziel war es, alle Bewohner in sichere Hände draußen in der weiten Welt abzugeben.

Meg hatte an diesem Vormittag beschlossen, die weite Welt draußen zu ignorieren. Des Weiteren versuchte sie auch ihren Körper zu ignorieren, der sich noch über seinen früheren Würdeverlust empörte.

Und ich fühle sein Gewicht auf mir – das ist es eben. Nach so langer Zeit kann ich immer noch fühlen, wie es war, als er da war und es anfing. Er kann mir immer noch den Atem verderben.

Sie war froh über Hector, auch wenn ihr bewusst war, dass er sich besonders aufmerksam um sie kümmerte, weil sie ihm verletzt erschien. Er erinnerte sie ständig an die Stühle im Wartezimmer und das Weinen und all das.

Ich sollte die positiven Seiten sehen – immerhin war ich nicht mit Handschellen an irgendwen gefesselt, während sie da herumgefummelt haben ... Mir zu erzählen, dass ich nach links neige ... Wieso sagt man so was überhaupt? Und wie weit nach links kann eine Vagina gehen? Ich bin doch kein Bergwerk, kein geheimnisvolles Tunnelsystem, es kann doch nicht so scheißschwer sein, sich in einer Vagina zurechtzufinden.

Es gab zwei Arten, aufziehende Depressionen abzuwehren: froh zu sein, dass etwas noch Schlimmeres nicht passierte, und es mit Humor zu nehmen.

Meg versuchte es mit beidem.

Und dann ging auch noch Wut.

Arschloch.

Allerdings war Wut in Abwesenheit des passenden Objekts unklug, denn sie richtete sich schließlich nach innen und führte direkt wieder in die Verzweiflung.

Was ich nicht will. Ich will Hector. Aber nicht ganz so ununterbrochen, wie er mich will.

Hector durfte nicht in die Frauentoilette, denn er war ein Hund, noch dazu ein Hundemann, darum wäre es seltsam, wenn er dort herumlungerte.

Scherz. So halb. Mit Humor nehmen. Nicht wütend sein.

Etwas ernsthafter: Manchmal duschten Menschen hier drinnen – die Radfahrerinnen duschten da drin, sehr gründlich –, und die Arbeit hier konnte ziemlichen Dreck machen, manchmal musste man sich alles Mögliche abwaschen, und vielleicht fanden Menschen Nacktheit in Anwesenheit eines Hundes unangemessen.

Ich brauche eine Dusche.

Aber ich habe keinen Grund zum Duschen – jedenfalls keinen Grund, den ich irgendwem erzählen werde.

Aber ich muss duschen, also werde ich es tun.

Was man im Bad auch tat, jeder Mensch wollte dabei für sich sein und nicht von einem Spaniel angeglotzt werden, der ihr womöglich auch noch die Seife von den Knien leckte oder sich auf andere Hundearten lachhaft benahm – der Gedanke war gar nicht zu ertragen.
Kein Gedanke ist zu ertragen.
Mein Dauerthema.
Das sollte ich mir zu Hause auf den Badezimmerspiegel malen lassen.
Ich werde mir die Pulsader aufschneiden und es heute Abend mit frischem Blut schreiben.
Scherz.
Kein besonders guter.

Und inzwischen denke ich tatsächlich – denn an irgendwas muss ich denken, ich kann nicht einfach hohl im Kopf sein – ich denke mir, wie verzaubert man sich durch die Zuneigung eines Spaniels fühlen kann, besonders wenn ihm diese bisher verweigert worden war. Verzaubert und schuldig. Sie können auf so unnachahmlich schöne und tragische Weise egoistisch sein.

Und er wollte sie vor Leid bewahren, vor weiterem Leid. Mit Leid kannte er sich aus, unser Hector. Er hatte sie nicht aus den Augen gelassen, als sie die Tür vor seiner Zuwendung schloss.

Außerdem wollte er aus den Toilettenschüsseln trinken.

Meg hatte keine Ahnung, warum Hunde immer so gern aus Kloschüsseln tranken – als strebten sie nach Höherem als dem einfachen Blechnapf, der ihnen aufs Linoleum gestellt wurde.

Außerdem sind sie besessen von der Scheiße anderer.

Und vor allem kann Hector nicht in die Frauentoiletten, weil Laura hier ist und sich die Nebenhöhlen ausspült, was jedes Tier mit Vergangenheit verstören muss. Oder jeden Menschen, der seine Zukunft von solchen Bildern freihalten möchte.

»Ist sehr gesund.« Wasser strömte in einem dünnen und nicht ganz sauberen Rinnsal aus Lauras linkem Nasenloch. »Reinigt die Nasenhärchen.«

»Meine Nasenhärchen sind nicht schmutzig.« Meg schritt rasch an dem unerfreulichen Schauspiel vorbei, das, wie sie wusste, genauso sehr der Selbstdarstellung diente wie der Entgiftung. Immerhin konnte man annehmen, dass Laura kein Kokain nahm.

Oder sie wischt gern die Tischplatte sauber, bevor sie es sich serviert. Natürlich ist sie nicht auf Koks. Sie »nimmt« nicht mal Koffein. Sie bringt ihre eigenen Teebeutel mit, in einem Behälter, der wie Rattenpisse stinkt. Sie hält Aspirin für eine Sünde. Andererseits raucht sie. Sie steckt sich eine an und inhaliert schmutzigen, ekligen, süchtig machenden, unmoralischen Tabak – nicht mal Bio-Tabak – und lässt die Dämpfe durch die gesamte Lunge marschieren und tolle Gelegenheiten für Tumorzellen ausrufen.
Aber es hat natürlich wenig Sinn, von Süchten Vernunft zu erwarten.

Meg schritt entschlossen auf den Schrank mit den Notfallhandtüchern zu und griff sich eins, ohne sich mit weiteren Erklärungen aufzuhalten. Dann steuerte sie eine Duschzelle an, als täte sie das jeden Tag.

»Natürlich hast du schmutzige Nasenhärchen.« Laura gehörte außerdem zu der Sorte Menschen, die gar nicht daran denken, ein Gespräch zu unterbrechen, wenn das Gegenüber einen Vorhang zuzieht – *heute mag ich Vorhänge nicht besonders* – und sich in einer Duschzelle abkapselt.

»Meg, wenn du in London lebst, werden deine Nasenhärchen von Giftstoffen belagert.«

Meg fühlte sich tatsächlich belagert, aber nicht von Giftstoffen. Sie hatte sich still und im eigenen Rhythmus ausziehen und dann saubermachen wollen, sehr sauber, richtig scheißsauber.

»Die Werte für manche Chemikalien im Stadtzentrum sind illegal. Das Atmen, Meg. In manchen Gegenden solltest du einfach nicht atmen. Ich gehe gar nicht mehr in die Stadt. Schon seit Jahren nicht mehr.«

Sie spricht Menschen mit Namen an. Mache ich nie. Weil ich Namen vergesse, denn ich passe nicht auf, wenn ich jemandem vorgestellt werde. Ich habe die Absicht, mich zu bessern.

Die Zelle war sauber und fühlte sich eher nach Freizeit an als medizinisch. Meg hatte ihre Sachen auf eine Reihe von Haken gehängt, die irgendwann in Mauve angemalt worden waren, um sie fröhlicher aussehen zu lassen.

Haken sind nützlich. Ich habe nichts gegen Haken. Mauve ist nicht fröhlich – es ist geisteskrank, aber auch das wird mich nicht ärgern.

Das Wasser lief an ihren Gliedern entlang und wurde ganz schnell warm. Es war gut, klar, sanft. Selbst Laura draußen mit ihren grässlichen

Nasenlöchern konnte den Augenblick nicht kaputtmachen – den langen Augenblick des Waschens, die Seife mit Früchteduft, und Waschen, Waschen, Waschen.

»Es ist wie Duschen, Meg. Du reinigst den Körper von außen, und innere Reinigung ist genauso wichtig. Meg?«

Die Leute wissen es zu schätzen, wenn man ihren Namen weiß. Außer es verursacht Paranoia und gibt ihnen das Gefühl, im Nachteil zu sein. Womit ich sagen will: Außer sie sind wie ich. Ich bliebe lieber anonym.

Meg gab auf und antwortete durch die Dampfschwaden – die nach Wassermelone rochen – die ein Luxus waren und ihren Arbeitgeber Geld kosteten, aber solche Sachen sind manchmal nötig. »Meine Nasenhärchen sind keine große Sache.«

Es hat keinen Sinn, Laura nicht zu mögen – das wird nur mir selbst schaden und sie völlig unberührt lassen. Ich muss mit meiner Negativität aufpassen. So sagt man mir. Ich habe Anweisungen, detailliert und zahlreich – ich soll Vertrauen einatmen und Furcht ausatmen, ich soll nicht zu viel nachdenken ... Scheiß drauf – die Liste ist einfach zu lang. Zu lang für heute. Heute gefällt mir nicht. Das waren bisher sehr gebrauchte vierundzwanzig Stunden, und ich hätte gern eine neue Lieferung.

»Ich bin eigentlich nie richtig in der Stadt. Ich meine, heute werde ich schon irgendwie hinfahren. Aber ich muss gar nicht oft.« Das Wasser stürzte und perlte und war ein Segen – so musste sich ein geglückter Segen wirklich anfühlen: Trost und Süße und saubere Wärme.

Man hat mir geraten, toleranter gegenüber anderen Menschen zu sein, ihre Bedürfnisse zu respektieren. Außerdem muss ich tolerant mir gegenüber sein und meine eigenen Bedürfnisse respektieren.

»Wenn du deinen eigenen Körper zu verstehen anfängst, Meg ...«

Meg wusste, sie sollte niemanden anblaffen, bloß weil sie die Betreffende lächerlich fand und weil diese fest entschlossen schien, sie zu bedrängen, zu bekritteln, Abscheu zu erwecken. Meg vermutete, dass Laura einen Streit provozieren wollte, damit sie dann – was genau, war nicht klar – eine Mediation oder auch eine Meditation oder irgendeine Bindungszeremonie arrangieren konnte: irgendwas mit künstlich erzeugter Ehrlichkeit, mit Entblößung und Unbehagen.

Meg ließ sich von der Dusche küssen, ließ sich den letzten Schauder aus dem Rückgrat streicheln, der dort seit dem Krankenhaus gesessen hatte. »Um meine Nasenhärchen mache ich mir keine Sorgen.« Wenn einem kalt war, war man nicht immer unterkühlt – manchmal war es auch Schock. Darüber hatte Meg noch nie nachgedacht. Vielleicht, weil sie ohnehin immer ein bisschen kühler war als normal, immer leicht empört.

Ich werde sie mit Namen ansprechen – hat sie bei mir auch gemacht. Es muss doch irgendeinen Nutzen haben, wenn man tatsächlich den Namen zu einem Gesicht behalten hat, das man am liebsten ohrfeigen möchte.

»Ich sorge mich um andere Dinge, Laura, aber nicht um meine Nasenhärchen.«

»Du machst dir Sorgen?« Das war für Laura wie Biofleisch aus Freilandhaltung und antioxidative Getränke. »Sorgen sind nicht gut für die Haut. Und für das Immunsystem. Du Arme.« Ihr Tonfall – eine Mischung aus Aggression und Überlegenheit, getarnt durch ihre gedehnte Hippie-Spreche – deutete an, dass Meg das Haus nicht ohne Betreuung verlassen sollte.

Und ich stimme ihr zu. Aber nur ich habe das Recht, so zu denken. Sie nicht.

Wenn ich für sie bete, soll das angeblich die bedrückende Vorstellung vertreiben, wie sie von einem Transporter überfahren wird. Oder die Anstrengung, sie selbst vor den Transporter zu schubsen. Aber würde ich wirklich für sie beten, könnte ich Gott oder die Engel oder wer mir da sonst zuhören soll, bloß darum bitten, dass sie Laura – ganz egal wie – unter einem Transporter enden lassen.

Das ist unbarmherzig. Und sicher auch kontraproduktiv.

Doch dann wurde Laura von einer leidenschaftlichen Niesattacke überwältigt. Das hatte Meg die Gelegenheit gegeben, sich zu Ende abzuspülen, sich abzutrocknen, sich anzukleiden, als würde ihr Tag gerade erst beginnen und hätte sie nicht schon beleidigt, und aus der Duschzelle zu treten. Natürlich musste sie dann den Anblick einer bauchigen Spülflasche ertragen, die in Lauras linkes Nasenloch eingeführt und zusammengedrückt wurde, bis – es dauerte ein wenig, womöglich spritzte die Flüssigkeit bis hinauf zum Hirn und drum herum – erneut verdächtiges Wasser herausfloss, diesmal aus Lauras rechtem Nasenloch.

»Ist ganz einfach«, verriet Laura ihr und spülte dabei immer noch ins Waschbecken.

Das war doch sicher übertrieben – man konnte sich doch nicht zehn Minuten lang ein Nasenloch ausspülen. Sie musste gewartet haben, bis Meg wieder herauskam und zuschauen konnte ... *In dem Waschbecken müssen sich Menschen die Hände waschen.* »Ich werde drüber nachdenken.« Und Meg hatte sich – vielleicht ein bisschen zu schnell – wieder Hector zugewandt, der draußen im Flur auf und ab getrabt war, geschnaubt und leise gejault hatte. Er hatte gewollt, dass sie ihn hörte und wusste, er war immer noch da.

Hector sah im Augenblick richtig gut aus: lange Taille, größtenteils weiß mit schwarzen Flecken und Punkten. Er hatte ein ziemlich schmales weißes Gesicht mit schwarzer Zeichnung – Fingerabdrücke, Sommersprossen – und schwarze, verwirrte Schlappohren. Bürsten beruhigte Hectors Ohren kaum. Sie ließen ihn immer aussehen, als hätte er gerade schreckliche Nachrichten erfahren und sich noch nicht davon erholt.

Hector hatte Meg vielleicht besonders liebgewonnen – wollte sie gern glauben –, aber er hatte auch sichergestellt, dass er von allen geliebt wurde. Er hatte sich im Verwaltungsgebäude als Teil der Einrichtung etabliert, wo er alle Bekannten mit verzweifeltem Wedeln des Hinterteils begrüßte, denn sein Schwanz war von irgendeinem Irren bis zur Unkenntlichkeit kupiert worden und bot daher nur schwache Ausdrucksmöglichkeiten.

Alle waren sich einig, dass Hectors Anwesenheit die anderen Hunde beruhigte, wenn sie dem Tierarzt vorgeführt oder zu Probebesuchen bei potenziellen Neubesitzern geholt wurden. Und auch für die Menschen war er angenehme Gesellschaft, entweder zusammengerollt auf seiner Decke – offenbar brachte er Menschen dazu, ihm Decken anzubieten – und leise atmend oder wenn er herumschnüffelte, anstupste, sich anlehnte, mit vertraulicher, tröstender, flehender Miene zu einem aufblickte.

Er ist ein Charmeur, unser Hector. Einer von uns wird ihm noch vor Ende des Monats eine Kreditkarte besorgen. Wahrscheinlich ich. Wenn ich kreditwürdiger wäre, würde ich es tun.

Obwohl Hector die Nächte mit anderen Tierheimhunden in einem Zwinger verbrachte, war sein Profil still und heimlich aus der Galerie der Kandidaten entfernt worden, die ein neues Zuhause suchten.

Ich würde ihm zutrauen, dass er sich an mich gehängt hat, weil solche Sachen zu meinem Aufgabenbereich gehören.

Die anderen Hunde heißen weiter »Donny: ein gelassener und geduldiger Kerl, geeignet für Familie mit kleinen Kindern« und »Tosh: bringt uns alle mit seinen Streichen ständig zum Lachen« oder »Daisy: ein liebevoller Hund, der ein bisschen Zeit für sich braucht und langsam eingewöhnt werden muss«. Und so weiter.

Zu dem *und so weiter* gehörten nicht bloß Hunde, sondern auch Katzen, Kaninchen, Rennmäuse, Ziegen, sogar sechs Hennen aus Legebatterien. Es waren schwierige Zeiten, und in schwierigen Zeiten wurden Haustiere unhaltbar, und darum war das GFH – das Gartcosh, das keins war, die Farm, die keine war, das Heim, das keines war; wie ein Rätsel oder eine Art Märchen – voller als je zuvor mit kleinen Leben, die zu bewahren es sich verpflichtet hatte (es sei denn, sie waren nicht mehr gesund), die es aber fürchtete bald nicht mehr unterbringen zu können.

Man kann sie nirgendwo mehr hinstecken. Freddy, die Ziege, hätte gern weitere Ziegen um sich, aber die fressen wie eine Ziegenherde, und dann gibt es einen Esel, aber ein zweiter ist unterwegs – es ist einfach nicht mehr viel Platz für neue Boxen oder neue Gebäude. Und noch weniger Geld, um allen Bedürfnissen gerecht zu werden.

Es ist wie im Zweiten Weltkrieg, da wollten die Leute ihre Haustiere auch loswerden: haben sie einfach irgendwo ausgesetzt oder umgebracht, und das kommt jetzt wieder. Um Clapham Common herum schlichen wilde Katzen in Scharen herum. Hunderttausende Herzen wurden zum Schweigen gebracht, Versprechen gebrochen. So ist es wieder. So wird es wieder sein.

Meg wusste, dass der Verlust der Haustiere nicht das Schlimmste am Krieg gewesen war, aber dennoch war es auf ganz eigene Art widerwärtig und sollte sich in Friedenszeiten nicht wiederholen. Es sollten keine Familien für Kleiderspenden oder Gratiskonserven Schlange stehen, als wären sie ausgebombt, und niemand sollte irgendeinen häuslichen Gefährten aussetzen oder verletzen müssen.

Gewisse Menschen mögen das allerdings – Grausamkeit –, und denen würde es zu jeder Zeit Spaß machen.

Letzte Woche hat jemand einen Windhund hergebracht, dem beide Vorderbeine gebrochen worden waren. An der Straße rausgeworfen – ein sandfar-

bener Greyhound, den man gefunden hatte, einfach wie Müll rausgeworfen, noch dazu an der Autobahn – nicht an irgendeiner Straße, sondern an einer Schnellstraße, wo das Überleben noch unwahrscheinlicher war. *Die Wunden waren entzündet, schwärend. Der Knochen lag frei.* Obwohl sie in einem Tierheim arbeitete, hatte sie mit dem Wohl der Tiere nur indirekt zu tun. Meg begegnete ihnen nur sehr selten und sah sie kaum, wenn sie keine Zukunft hatten.

Aber als sie den Hund vom Straßenrand gebracht haben, war ich dabei. Ich habe sein Gesicht gesehen. Die Augen. Er sah so müde aus. Und er versuchte immer noch, uns zu Gefallen zu sein, aber schaffte es nicht. Er konnte sich nicht mehr so bewegen, wie er wollte.

Meg war ein Büromensch. Abgeschottet. Beim Bewerbungsgespräch für die Stelle war sie sehr nervös gewesen, hatte aber dennoch auf dieser Abgrenzung bestanden. Es war riskant, so entschieden aufzutreten, aber sie hatte sich genau aufgeschrieben, was sie sagen sollte, falls und wenn sie dann im GFH auf das Bewerbungskomitee traf, hatte es halb auswendig gelernt, um selbstbewusster auftreten zu können, denn so konnte sie ganz ruhig und gradlinig mit ihnen reden. Wie sich zeigte, hatten sie Verständnis für ihre Gründe, sich davor zu verschließen. Ehrlichkeit konnte auch nach hinten losgehen, aber in diesem Fall nicht. Im GFH mochte man leicht verbeulte Lebewesen. Man stellte sie ein. Mr Davis hatte sie eingestellt. Sie sollte zwanzig Stunden die Woche arbeiten – glücklicherweise konnte sowohl das GFH ihr nur genau so viele anbieten als auch sie nicht mehr übernehmen.

Den Greyhound haben sie eingeschläfert, und wahrscheinlich hat er es auch genauso wahrgenommen – schlafen zu gehen. Es musste sich angefühlt haben wie Ausruhen, wie ein Angebot von Freundlichkeit, ein Ende der Schmerzen, und sicher hatte es ihn nicht verstört.

Mich hingegen hat es verstört: zu sehen, wie er aufzustehen versuchte. Und mir vorzustellen, wie ihm jemand die Beine bricht, entweder bevor oder nachdem man ihn ins Auto oder irgendwas anderes gesteckt hat, vielleicht in einen Kofferraum, in die hintere Klappe eines Land Rovers, einen Transporter, wie ihn jemand verkrüppelt und dann wegwirft.

Ich kann mich nicht damit identifizieren, einem lebenden Wesen die Beine brechen zu wollen, darum bleibt die Tat mir im Kopf hängen. Ich kann mich *nicht in das Denken eines Menschen hineinversetzen, der so etwas tun würde ... Das ist ein Rätsel, auf das ich immer wieder zurückkomme, weil es keine Lösung hat. An einem Rätsel ohne Auflösung herumzuknobeln ist eine nette, niedrigschwellige Art der Selbstverletzung, auf die ich mich gut einlassen kann. Trotzdem hätte ich das lieber nicht im Gepäck – nicht ein bisschen von dieser Information.*

Der Notdienst, die Rettungsteams – deren Job könnte ich nicht machen. Ich wäre ständig rasend vor Wut.

Sind manche von ihnen auch. David zum Beispiel, der sieht immer wütend aus. Außer wenn er in einem der Auslaufgärten im Gras sitzt und sich von den Hunden bespaßen lässt. Sie merken, dass er Zuneigung braucht.

Darin war Hector ein Meister: Im rechtzeitigen Spenden von Liebe. Er hatte Meg begrüßt, als sie frisch vom Krankenhaustermin hereingekommen war – frisch war das falsche Wort, aber es musste reichen –, als wäre sie sein allerbestes Mädchen. Er hatte seine Schnauze ganz zart in ihre Hände geschmiegt, war nicht herumgesprungen. Seine Höflichkeit hatte sie ganz schwach gemacht, der Raum wurde einen Augenblick verschwommen. Und seither hatte er sich noch näher zu ihr gesellt als üblich, was sie gar nicht für möglich gehalten hätte – ohne ihn in einer Art Tragegurt mit sich herumzuschleppen.

Wenn du versuchst, die Treppe runterzugehen, ist er eine echte Gefahr – kommt dir bei jedem Schritt zwischen die Füße. Schafft es aber immer, dich nicht stolpern zu lassen, wie üblich für Spaniels. Sonst würden sie jedes Jahr massenhaft Rentner umbringen. Haufenweise Hundebesitzerleichen an vorstädtischen Treppenabsätzen und in herrschaftlichen Fluren gefunden.

Hector jedoch ist normalerweise vorsichtig – wie alle misshandelten Tiere. Er weiß, wenn er nervt, und hört auf, bevor du sauer wirst. Die Vorstellung, dass ein Mensch sauer wird, macht ihn unterwürfig, dann rutscht er über den Fußboden, weg von den vorausgeahnten schlimmen Dingen, über die wir beide nicht zu lange nachdenken sollten – schlimme Dinge, die vorher passiert sind.

So wie in den Kindersendungen, die ich früher geschaut habe – »*Hier ist was, das wir vorbereitet haben.*«

Hector, der vorsichtige und nervöse Patient.

Und ich bin keine Idiotin. Ich weiß Bescheid, ich habe es durchschaut: Menschen, die von anderen Menschen verletzt wurden, arbeiten mit geretteten Tie-

ren, weil auch die von Menschen verletzt wurden – aber sie sind keine Menschen, darum geht es ihnen besser.

Und die Tiere sind auch keine Idioten.

Hector ist klug. Wahrscheinlich klüger als ich. Er ist der Ur-Ur-Ur-und-so-weiter-Enkel jenes ersten schlauen Wolfs, der irgendwo aus dem Dunkel getrottet kam, sich an ein Menschenfeuer gelegt und nützlich, freundlich und verlässlich ausgesehen hat: eine lernfähige Bereicherung.

Schlau, aber nicht schlau genug, um zu ahnen, dass wir ihm wehtun könnten.

Doch er versucht, sich in Sicherheit zu bringen. Wenn man geliebt wird, ist man sicherer, also muss man Liebe wecken.

Hector trainiert mich, ihn zu lieben.

Man muss nicht darüber diskutieren, ob ich eine Auffrischungskur durch einen Hund brauche, der erschreckte Ohren und einen Badezimmerfetisch hat.

Ich bin Wirtschaftsprüferin und pleite – die beiden Wörter will man eigentlich nicht im selben Satz oder auch nur irgendwo in der Nähe seines Lebenslaufs haben. Ich arbeite in Teilzeit, weil ich Vollzeit nicht schaffen würde, in einem Heim für kaputte Tiere ... ich kann eindeutig Hilfe und Rat aus jeder Richtung gebrauchen, vielen Dank auch. Ich nehme, was kommt, vielen Dank.

Ich sollte mich immer bedanken, auch wenn ich es nicht so meine, denn es ist gut für mich, dankbar zu sein.

Sich das Hirn eines Hundes zu borgen – das wäre schön.

Und er borgt sich meinen Duft. Wenn ich den ganzen Tag mit ihm zusammen bin, riecht er nach mir. Er riecht danach, beschlossen zu haben, dass er gern mit mir leben würde. Er riecht danach, überleben zu wollen, und nach der Vermutung, dass ich ihm dabei helfen könnte, und ich bewundere sein Vertrauen und seine – unvollständige, aber immerhin – Vertreibung der Angst. Ich atme das ein und aus, und er ebenso, und ich vertraue ihm, und vielleicht vertraut er mir auch.

Und dafür bin ich dankbar. Wirklich.

Außerdem bin ich dankbar dafür, wie die Bäume in den Himmel hineinpassen, wie absolut richtig das wirkt, und ich bin froh über so viele andere Orte, Risse in der Härte der Welt, wo ich das finden kann, was richtig und süß und harmlos ist.

Es gibt Schönheit. Ich kann ihr nicht entgehen. Stellenweise. Stückweise.

Wir versuchen uns gegenseitig davon zu überzeugen – vielleicht nicht die Welt und ich, aber Hector und ich sind oft voll stiller Zuversicht darüber.

Wenn ich morgens hierherkomme, hat er sich über Nacht ein wenig verändert, riecht wieder nach dem Zwinger und den Hundemädchen darin und anderen Sachen, die nicht ich sind. Also hole ich ihn mir zurück – dazu ermuntert er mich. Ich soll doch bitte beschließen, dass unsere Probleme gelöst würden, wenn er nur zu mir ziehen würde. Das meiste von dem, was er tut, soll mir das klarmachen.

Sie sind schlau – die Dinge, die mit uns leben wollen.

Aber in meinem Fall sind sie wahrscheinlich unklug.

Aber ich könnte mich auch irren. Ich lasse Hector entscheiden.

Wenn Meg nicht gerade von einem Hund manipuliert wurde, verbrachte sie ihre Tage damit, die Buchhaltung des GFH nicht zu machen. Sie konnte in die Nähe der Quittungen und Tabellen kommen, konnte sich die Zahlen sogar gelegentlich anschauen, um zu helfen, aber das war es auch. Hinsichtlich der Finanzplanung war sie ein offizieller Ausfall, und das fühlte sich herrlich an.

Meg sollte sich eher um den Verwaltungskram kümmern, Bettelbriefe schreiben und die Webseite des GFH betreuen. Verwaltung war bloß Verwaltung, das konnte sie – dazu musste man bloß stumpfe Wiederholung mögen. (Meg liebte Wiederholung. Ansonsten liebte sie auf jeden Fall Abstumpfung.) Und sich in die Grundbegriffe des Web-Designs einzuarbeiten war nicht schwer – Programmieren war angeblich angesagt, alle Jugendlichen taten es. Und es war noch weniger schwierig, wenn die eine Homepage, um die man sich kümmern musste, schon existierte und ganz einfach gebaut war und wenn man fest entschlossen war und viel Zeit hatte, HTML und CSS zu lernen, weil man – nur als Beispiel – in seinem ursprünglichen Beruf nicht mehr vermittelbar war.

Meg schrieb die meisten Anzeigen, mit denen GFH nach neuen Besitzern für die Tiere suchte, und machte die zugehörigen Fotos von allen Insassen. Paul, der groß war und aus Purley kam (Paul der Große aus Purley: das wollte man am liebsten ständig im Kopf vor sich hin sprechen), half ihr bei der Webseite, wenn er da war. Susan sammelte Informationen und spürte Probleme auf. (Sie war außerdem Öko-Langweilerin und stand auf preisreduziertes Designer-Reisegepäck.) Sie waren die anderen beiden reinen Verwaltungsangestellten. (Was bedeutete, dass sie niemals mit Flüssigkeiten oder Exkrementen in Berührung kamen.) Und dann war da noch Laura.

Laura musste schon erwähnt werden. Sie war teilweise im Büro platziert – das ließ sich nicht vermeiden –, aber sie hatte keine Ahnung von Computern und durfte nicht in ihre Nähe kommen, weil sie nur Chaos anrichtete. Laura kannte sich mit Empathie aus, sie wusste, wie man Kandidaten auswählte, denen man Tiere anvertrauen konnte, wie man Veranstaltungen arrangierte, um Öffentlichkeitswirkung und Spenden zu erzielen – jedenfalls behauptete sie das, und es stimmte auch einigermaßen ... Da Meg keine Ahnung von Empathie hatte und oft behaupten konnte, elektronisch beschäftigt zu sein, wenn man sie wegen bevorstehender Veranstaltungen zu Rate zog, ließ Laura sich einigermaßen in Schach halten.

Wenn nötig, aktualisierte Meg die Informationen über die schwer zu vermittelnden Tiere. In letzter Zeit hatte der Geschäftsführer Mr Davis – man durfte ihn Peter nennen, im GFH gab es keine strengen Hierarchien – ihr gestattet, kleine Filmchen zu drehen, um den Besuchern eine bessere Vorstellung davon zu geben, wen sie vielleicht gern ganz neu und dankbar bei sich zu Hause und auf ihren Möbeln haben wollten, bereit für Spaß und Gesellschaft und Ausflüge. Diese Filme waren nicht schwierig oder teuer, und sie waren auch kein teuflischer Plan, um die Macht im Haus zu übernehmen; sie hatte vermutet, so könnten andere es sehen.

Oder mein Verfolgungswahn hatte vermutet, so könnten andere es sehen.

Herrgott, ich wäre besser dran, wenn ich einen Schlaganfall hätte oder mir jemand ein Messer in die Stirn rammte – dann würden zumindest ein paar von diesen beschissenen Stimmen verstummen. Dann würde ich mich selbst in Ruhe lassen.

Aber es ging ihr gar nicht schlecht. Sie konnte die Wellen überschüssiger Negativität in die Arbeit fließen lassen, konnte sie umleiten und als unschuldigen Antrieb nutzen. Den Tieren konnte sie nicht gegenübertreten, deren Kummer konnte sie nicht aushalten, aber diese emotionale Beteiligung war erwünscht: sie war von Vorteil. Sie nutzte also ihre allgemeine Empörung und wandelte sie um in Empörung im Namen der Tiere. Das war eine Energiequelle. Und wenn sie die Tierkandidaten –

ihre lebendigen Schützlinge – nur mit genügend Energie beschrieb, hatten sie beste Chancen, rasch befreit zu werden und zu ihren neuen Besitzern zu gehören.

Die winzigen Wesen – Hamster, Meerschweinchen, Rennmäuse, Eidechsen –, die machen nicht viel Arbeit, es sei denn, sie sind kleine Arschlöcher, und das sollte man nicht erwähnen.
Die kleinen Arschlöcher werden »lebhaft« genannt.
Ich schreibe eher »lebhaft« als »gewalttätiger Miniatur-Idiot, der Ihre Geduld strapazieren wird«. Ich schreibe »frech«. »Aufgeweckt«.
Eine aufgeweckte Rennmaus.
Als ob.
»Ein kleines Kerlchen mit großem Charakter.«
Es ist gerechtfertigt, so etwas zu sagen, wenn das Tier damit in liebevolle Hände kommt, die es halten und begreifen, dass es lebt und am Leben bleiben sollte, denn auch unangenehme Wesen verdienen zu leben.
Ein persönlicher Wahlspruch von mir.
Ich bin wie ein riesengroßer, lebender Glückskeks – randvoll mit Sprüchen.

Als sie an den Filmen arbeitete – den größtenteils ehrlichen und absolut wohlmeinenden Filmen –, hatte sie gemeinfreie Musik aus Quellen daruntergelegt, denen es nichts ausmachte, wenn das GFH ihr Material in hunde- oder katzenfreundlich gemeinnütziger Weise verwendete. Sie suchte immer nach Filmmusik – *ein großes Wort für eine schlichte Melodie, bloß ein, zwei Minuten eines Stücks –*, nach Filmmusik, die ein gebührendes Maß nicht direkt an Melancholie, aber doch Anreiz erzeugte. Diese Filmabschnitte waren Appelle.

Hier ist Laika, die sich auf den Rücken rollt und viel zu dick aufträgt und für einen Leckerbissen Pfötchen gibt, weil sie ein Star ist und ein oder zwei Dinge weiß, und wie können Sie diesen Blick zurückweisen? Ohne Sie ist sie traurig. Ohne sie sind Sie traurig.

»So wie ich ohne dich traurig bin.« Jetzt saß Meg an ihrem Schreibtisch, nachdem sie sich einen Becher Instantkaffee aufgegossen hatte – das war ihr erster Becher heute, also war der Koffeinkonsum noch im Rahmen –, und Hectors Atem lehnte eng an ihrem Fuß, er ruhte genau dort, wo er es am liebsten hatte. Paul war heute nicht da, Laura spülte noch Nase, Susan überprüfte irgendwas im Zusammenhang mit der falschen Heusorte.

Meg sprach nur mit Hector, wenn sie beide allein waren. »Denn ich will ja nicht dämlich aussehen.«

Dabei bewegte sie den Fuß ganz leicht, drückte gegen seine Rippen, damit er wusste, sie sprach mit ihm und nicht ins Telefon. Er konnte ohnehin genau unterscheiden, welche Stimme fürs Telefon, welche für andere Menschen und welche für ihn war. Nur die letzte war wirklich von Bedeutung. Vor allem wenn sie zu lange am Telefon beschäftigt war, fand er das beängstigend und bat um Aufmerksamkeit, indem er unter dem Schreibtisch hervorkam und sie schmachtend anstarrte oder seine Vorderpfoten auf ihr abstellte und ihr das Gesicht zu lecken versuchte. (Letzteres war nicht erlaubt und geschah nur am Ende eines sehr langen Telefonats.)

Meg klopfte sich aufs Knie, und er rappelte sich auf und legte sein Kinn platt darauf ab, sodass sie sich seinem Kopf widmen konnte. Das sollte sie beide erfreuen und beruhigen.

Und vielleicht roch sie im Augenblick immer noch nach Krankenhaus und nervöser Anspannung – Spuren davon waren noch da –, und Hector wollte, dass sie stattdessen nach ihm roch.

»Es ist nicht dämlich, dir zu sagen, dass ich ohne dich traurig bin. Also. Das würde ich jedem Menschen sagen, der mich danach fragt. Ohne Hector bin ich traurig.« Das war natürlich ein zu sentimentales Thema, um es in einem leeren Zimmer in Gesellschaft eines liebevollen Hundes anzuschneiden, wenn dir immer noch Verschiedenes wehtat und du außerdem dachtest, jetzt hast du die definitive Aussage – die Wechseljahre sind da, sind so gut wie da, das passiert erwachsenen Frauen, so was passiert – nur hättest du gern vorher als weibliches Wesen existiert und Zärtlichkeiten empfangen.

Es ist nicht so, dass du Kinder gewollt hast.

Mit Kindern hast du dich nie viel beschäftigt.

Deine Biologie – tick, tick – hatte bloß – ohne vernünftigen Grund – auf eine liebevolle Berührung gewartet. Dein Körper erwartete Barmherzigkeit, und es war unerfreulich, dass diese Erwartung im Allgemeinen unerfüllt geblieben war.

Megs Hand streichelte Hectors seidiges Spanielfell – berührungsfreundlich gezüchtet, um zu schmeicheln. Und in ihrer Handfläche und ihren Fingern spürte sie ein Echo von Berührung bei anderen Gelegenheiten – oder wahrscheinlicher, eine Hoffnung für ihre Hand auf spätere Gelegenheiten. Sie wünschte sich – ohne vernünftigen Grund –, in anderer Umgebung zu anderer Zeit zärtlich zu sein.

Aber ich bin unbeholfen.
Vielleicht bin ich gar nicht fähig, irgendjemanden zu erfreuen.
Vielleicht bin ich nicht fähig.
Sie schloss die Augen.
Vielleicht bin ich auch richtig schlecht darin, einem Hund die Ohren zu kraulen.
Vielleicht verrät Hector es mir nur nicht. Seine Zucht ist gegen ihn, er würde es mir nicht verraten, wenn ich etwas falsch machte.

Aber sie machte weiter, sie übte die Formen und Absichten der Zärtlichkeit.

Ein Mann steht im Zug aus Caterham an der Tür, als der bei der Anfahrt auf die Endstation London Bridge abbremst. Er hält den Griff eines neuen, leuchtend roten Kinderwagens fest und lässt ihn leicht wippen, um das Kind darin zu unterhalten. Der Kinderwagen ist von der modernen, modischen Sorte, eine deutliche, wenn auch kostspielige Verbesserung gegenüber herkömmlicheren Modellen: leichter zu manövrieren in vollen Läden – oder in Zügen –, und das Baby liegt höher, sodass es sich umschauen kann. Der Mann lächelt halb, schaukelt weiter am Wagengriff, schaut unter das Verdeck, schaukelt wieder.

Ein anderer Mann in ähnlichem Alter – Anfang dreißig – steht so, dass er beim Erreichen des Bahnsteigs ausstiegsbereit ist. Er sagt zu dem jungen Vater: »Ist wie ein Ferrari.«
»Entschuldigung ...?«
»Wie ein Ferrari. Das Rot.« Und der Fremde zeigt mit Anzeichen leiser Hoffnung auf den Kinderwagen, als würde es ihm außerordentlich weiterhelfen, könnte ein Kinderwagen in irgendwie sinnvoller Weise einem legendären und aufregenden Sportwagen ähneln.

Der Vater nickt, vielleicht weil er es ebenso hilfreich fände. »Ah ja. Wie ein Ferrari.« Er wippt den Griff gleich etwas kraftvoller. »Ist ganz neu.«
»Ich habe auch einen in dem Alter.« Es bleibt unklar, ob der Fremde den Kinderwagen oder das Kind meint.
»Hat meine Frau entschieden.« Es bleibt unklar, ob der Vater das Kind oder den Kinderwagen meint.

Die Männer lächeln einander an. Ihre Mienen vermitteln den Eindruck, dass sie beide einer ungeheuren Attacke ausgesetzt waren, ihre Verletzungen jetzt jedoch als Vergnügen neu definieren.

13:45

Meg wartete auf Laura. Wenn diese Frau da war, nahm sie das ganze verdammte Büro in Beschlag, aber wenn sie nicht da war, war es noch schlimmer. Wenn Laura vor einem saß und so aussah, wie sie nun mal aussah, war das natürlich schrecklich: Mehrere Lagen flatteriger Stoff in zu vielen Farben und eine Tasche, die einer Zehnjährigen stehen würde und die zu den Schuhen passten, die einer Zehnjährigen stehen würden, und dieses unauslöschliche, durchdringende Aroma nach Kippen und Hanf, womöglich verschiedenen Formen von Hanf ausdünstend. Das Gesamterlebnis konnte einen Ballsaal bis zur Atemnot füllen, wenn man einen Ballsaal zur Hand hatte. Im Augenblick kostete Meg Lauras Abwesenheit voll aus, doch sie wusste, irgendwann würde sie zurückkehren und eine tiefe Scharte in das bisschen Ruhe und Frieden kratzen, das ihre segensreiche Abwesenheit erzeugt hatte.

Irgendwann wurde die Erwartung von Lauras Auftauchen schlimmer als ihre tatsächliche Gegenwart – wenn man ihr gegenübersaß und zufrieden zu sein versuchte, während sie willkürlich auf ihrer Tastatur herumklackte oder mit Veranstaltungsorganisatoren schwatzte, die blumige Namen trugen, während sie ihre Kräutertees trank und – wenn sie nicht telefonierte – eigenwillige Gesprächs-Nichteinstiege in den Ring warf.

Das Schlimme an Laura war: Sie war weit mehr als bloß von Natur aus nervig – das war nicht übertrieben, fand Meg; vielleicht doch, aber sie fand es trotzdem – weit mehr als scheißnervig ...

Nein, das war nicht fair, und so sollte man das Problem auch nicht angehen.

Sie ist kein Problem, sie ist ein Mensch.

Nein, sie ist beides.

Das Problem war: Laura erinnerte Meg an ihre Selbsthilfegruppe und die Frau, die sie geleitet hatte – auch die hatte es immer geschafft, dass

Meg sich heimgesucht fühlte. Laura konnte nichts dafür, dass sie dieser Gruppenleiterin ähnelte, sie wusste nicht mal, dass Meg es einmal mit einer Selbsthilfegruppe versucht hatte, und ehrlich gesagt würde sie das auch niemals erfahren, denn diese Information hätte ihr viel zu gut gefallen und hätte einen ... ja, was eigentlich entfesselt? Schwer zu sagen: Ratschläge zu noch mehr Wahnsinn, den Meg ausprobieren sollte; Meditation oder Körperpeeling oder Tai-Chi. Oder es käme zu einem schweren Ausbruch von Armtätscheln oder einfach bloß ...
Das wird alles auf die Dauer deprimierend.
Ich komme klar und ganz gut zurecht. Heute war eine Ausnahme, aber kein Hinweis darauf, dass ich aus der Spur bin. Ich brauche keine weiteren Lösungen, keine Heilmittel. Ich mache Fortschritte. Was kann man mehr verlangen? Ich bin auf dem Weg.

Wenn du eine Lösung angeboten bekamst, die nicht funktionierte, konntest du womöglich darauf kommen, dass dein Problem von Dauer war oder dass du das Problem warst. Wahrscheinlich gab es gar kein Problem. Vielleicht wurdest du nur von unnötigen Therapien niedergedrückt.

In der Selbsthilfegruppe waren wir die verdammten Schwestern von der Unnötigen Therapie, wie wir da in unserem Stuhlkreis hockten – immer diese Stühle – und nirgendwo hinkamen. Wir mussten im Kreis sitzen, weil das nichthierarchisch ist. Als ob mich das interessierte. Und als ob es nicht trotzdem eine Chefin gab. Molly war eindeutig unsere Mutter Oberin – da gab es kein Vertun –, die über das Aung-San-Suu-Kyi-Zimmer herrschte, in einem viel zu abgelegenen und schwer erreichbaren Gemeindezentrum, in das ich niemals zurückkehren werde. Der Raum roch nach Scheiße – wegen der Eltern-Kleinkind-Krabbelgruppe, die den Raum vor uns drei Stunden belegt hatte. Krabbelkinder können eine Menge Kacke in drei Stunden produzieren. Da saß ich also, inhalierte Kinderkacke, war von der Anfahrt gestresst und scheißwütend und ...

Ich war allerdings selbst schuld, dass ich eine so weite Anfahrt hatte. Ich wollte unter den gar nicht so zahlreichen Auswahlmöglichkeiten keine Gruppe in meiner Nähe finden. Ich wollte nicht gesehen werden, wie ich dort eintraf, oder eine Nachbarin entdecken, die glaubte, etwas mit mir gemeinsam zu haben und später darüber reden zu müssen, bei mir vorbeizukommen und mich in meinem eigenen Wohnzimmer zu obduzieren.

Also ging ich zu den Schwestern und nahm in ihrem Schmerzenskreis Platz – normalerweise sieben andere und ich – was nicht reichte, um ein bisschen Luft zwischen uns zu lassen, damit ich entspannen und mich ein wenig treiben lassen konnte. Molly legte los, indem sie eine Passage aus einem Buch mit ganz besonderen weiblichen Meditationen vorlas, mit ihrer ganz besonders weiblichen und extraruhigen Ich-liebe-das-Universum-und-das-Universum-liebt-mich-Stimme. Die reine Folter. Ich hätte mir gewünscht, dass sie und ihr Universum sich in irgendein stilles Kämmerlein zurückziehen.

Dann führte sie uns mit dieser Stimme durch so eine schwachsinnige Visualisierung, wo man Stufen hinunter- und in einen reizenden Garten schreiten soll, aber ihr Timing war so lausig, dass man entweder das Gefühl hatte, auf der fantasierten Treppe herumzulungern und auf andere zu warten, oder sie einen friedliche Pfade entlang- und über selbstbestätigende Rasenflächen hetzte, bis man sich verfolgt glaubte, oder deine Treppen schmolzen einfach dahin, und du stürztest rasch in ... ich sah das immer als Grab. Ich konnte einfach nicht erfolgreich einen Garten visualisieren; nur einen Keller oder eine Gruft. Meistens beschwor ich dieses Schauerarrangement inklusive Knochen herauf – eine richtige Grabkammer –, und die einfache Szenerie wurde immer ausgeschmückter. Nach einer Weile gefiel es mir: Lumpen und Modeschmuck über staubige Steinplatten verteilt, Fußspuren von Ratten. Ich mag Ratten. Einer Ratte kann man immer trauen – intelligent und treu. Trotzdem wurde ich so nicht gerade dazu eingeladen, meinen Scheißglücksort zu erkunden – eher gezwungen, mich an einem zutiefst verstörenden und auf Tod ausgerichteten Ort herumzutreiben. Meiner bescheidenen Meinung nach, wenn die jemanden interessiert hätte.

Und so lief es in der Gruppe: Mutter Oberin zuhören, der Fall in die Gruft und dann Visionen der Verwesung, und als Nächstes mussten wir über die vergangene Woche reden. Und einander tätscheln.

Und dieser Teil ging mir besonders gegen den Strich. Jemand sagte, ihr sei in der Kassenschlange ganz blümerant geworden oder sie hätte einen Traum gehabt, oder eine Frau war noch mit ihrem Partner zusammen, und er hatte wieder angefangen, und es kam zu einem Zwischenfall, und es war entsetzlich, einfach entsetzlich, dass sich einem alles umdrehte innerlich, aber wenn eine Geschichte zu Ende ging, passierte nichts weiter, als dass die Erzählerin getätschelt wurde. Von der einen oder der anderen Seite streckte jemand die Hand aus

und tätschelte ihren Arm: Ist gut, ist gut, meine Liebe, tut uns leid, dass du weiter du sein musst. Ist grässlich, aber was kann man schon machen ...?
Von meiner Seite bekam niemand einen Klaps. So was kam nicht von mir. Ich hatte mehr Respekt.

Und Molly – die dir womöglich gar ein persönliches Tätscheln gönnte, wenn deine Woche höllisch genug war – legte eine Pause ein, um Spannung zu erzeugen und uns den Eindruck zu vermitteln, dass sie über das Gehörte nachdachte. Dann sagte sie, was sie immer sagte, nämlich: »Danke.« Aber völlig tonlos. Sie klang, als schliefe sie oder sei eine computergenerierte Stimme oder tödlich gelangweilt. »Danke.« Und dann folgte eine noch längere Pause, bis jemand anderem eine Scheibe Überdruss aus den letzten sieben Tagen einfiel. Entweder das oder sie zerrten einen richtig heftigen Albtraum aus den Tiefen ihrer Erinnerung, den du überhaupt nicht hören wolltest.

Wir probten den Schmerz, bis wir ihn perfektioniert hatten. Den Schmerz, der Sex ist, der Schmerz ist, der Sex ist, der Schmerz ist, aber nicht sein sollte. Sollte er nicht.

Meg machte sich den dritten Becher billigen Kaffee. Er schmeckte nach nicht viel, aber was er an Geschmack zustande brachte, war unangenehm. Das war okay.

Molly mochte mich nicht. Weil ich nicht sprach. Weil ich nicht wollte.
Vielleicht auch, weil ich nicht tätschelte.
Das heißt wohl, ich beschwere mich sowohl darüber, dass sie nicht auf die Horrorgeschichten reagierten, als auch darüber, dass sie darauf reagierten, was darauf hindeutet, dass sie es mir auf gar keinen Fall recht machen konnten, und das könnte stimmen.
Aber sie waren trotzdem total daneben.
Als ich am ersten Tag in diesen Raum trat, wusste ich sofort, dass es sinnlos sein würde, und wenn ich nicht aufpasste, würden sie mir selbst das Gefühl geben, sinnlos zu sein, also verschaffte ich der ganzen Horde nicht die Genugtuung meiner speziellen Version von dann hat er dies gemacht und dann das und dann, bei der Gelegenheit, habe ich befürchtet, ich würde es nicht überleben *– ich glaubte wirklich, ich würde sterben und es würde mir gar nicht so viel ausmachen – und übrigens, allein der Gedanke, jemanden zu küssen, jemandem zu vertrauen, erwischt mich meist kalt und löst sehr unschöne Gefühle aus, und ich glaube, das werde ich nie wieder können.*

Ich glaube, ich würde ganz bestimmt und wahrhaftig sterben, wenn ich es ernsthaft versuchte, und wie kann ich so leben, als so ein Mensch existieren? *Worauf es keine Antwort gibt.*

Molly konnte keine Antwort geben – nicht, dass ich sie gefragt hätte.

Molly verteilte bloß ihre Pausen und das regelmäßige »Danke«. Oder wenn wir großes Glück hatten, bekamen wir ein ganzes »Und wie hast du dich dabei gefühlt?«.

Im Ernst? Das war das Beste, was sie hinbekam? *Wie wir uns dabei fühlten, als wir überfallen und angegriffen wurden?* Versuchten wir nicht, gerade diesen Gefühlen zu entkommen? *War das nicht gerade unser Problem, dass wir immer noch sehr stark fühlten, wie wir uns dabei fühlten?*

Drauf geschissen.

Ehrlich, scheiß drauf.

Ich meine, ich habe was Besseres verdient als diesen ganzen Mist.

Meine Antwort in so einer Situation wird immer lauten: »Was glaubst du? Mal ganz ehrlich, verdammte Scheiße, was glaubst du, wie ich mich dabei fühlte? Was glaubst du, wie ich mich bei dir und deinen nutzlosen, beschissenen automatischen Klischeesprüchen fühle?«

Megs Löffel rührte weiter in ihrem tanninbefleckten Bürobecher. Das war unnötig. Meg nahm keinen Zucker. Und keine Milch. Und das Kaffeepulver war weiß Gott vollständig verrührt.

Ich bin da hingekommen, weil ich mich besser fühlen wollte.

Ich wollte nicht mehr von ihm bestimmt werden.

Ich wollte mein eigener Mensch sein.

Ich wollte mich von dem festen und sicheren Glauben lösen, dass Berührung tödlich ist und Freundlichkeit der Versuch, heimlich zu nehmen.

Und sie haben mir nicht geholfen.

Also schwänzte ich die Sitzungen. Nach der vierten Woche ging ich einfach nicht mehr hin. Und niemand rief an, um herauszufinden, warum. Ich hätte nach anderen Möglichkeiten suchen können oder so. Ich hätte es noch mal versuchen können. Komischerweise erschien es mir nicht besonders reizvoll, irgendwelchen Leuten, die mir nicht helfen konnten, immer und immer wieder von der Sache zu erzählen, bei der sie mir nicht helfen konnten, auf die vage Hoffnung hin, dass sie andere kannten, die es konnten, und mich an sie verwiesen.

Ich wurde müde.

Sie setzte sich wieder an ihren Schreibtisch und wusste, es war fast Mittagszeit, und wusste auch, dass ihre Mittagspause heute spät kam.

Es spielt keine Rolle. Molly und ihre Gruppe, das war vor drei Jahren. Aber wenn ich mich daran erinnere, macht mich das wütend. Wer würde bei solchem Schwachsinn nicht wütend werden? Wer wäre nicht sauer, einen ganzen womöglich guten Nachmittag mit einer Therapie vergeudet zu haben, die nur dazu führte, dass du nach der Stunde Passanten schlagen wolltest, weil du – außer dir selbst – niemanden schlagen konntest, der es verdient hätte, und niemand in der Gruppe für stressfreie Faustschläge in Frage kam. Die könnten dich alle später vor Gericht identifizieren.

Ihretwegen habe ich mich schmutzig gefühlt, und das mag ich nicht.

Ich bin nicht schmutzig oder leidend.

Meg fasste unter den Tisch, um Hectors Kopf zu kraulen.

Im Krankenhaus heute Morgen haben sie auch nicht gefragt. Niemand hat auch nur versucht, mich zu fragen, warum ich so verstört war.

Doch der Hund war außer Reichweite – lag schlaff auf einer Seite und atmete sich in den Schlaf. Sie verzieh ihm sein Ruhebedürfnis.

Ich kann mich auch ausruhen. Ich habe Geburtstag – jedenfalls ungefähr – und ich entwickle Dankbarkeit für die Bereiche meines Lebens, die noch schön sind.

Ich kann sie finden.

Ich kann sie erschaffen.

Meg starrte schon eine ganze Weile wirkungslos auf den Computer. Eine große Menge Nichts wurde erledigt.

Es ist unfair, Laura zu hassen.

Sie ist von Natur aus hassenswert, aber deshalb ist es noch nicht in Ordnung.

Und sie hat ja auch gar nicht die Absicht, mich an Molly zu erinnern oder an eine kleinere Katastrophe vor Jahren, die nicht besonders hilfreich bei der Bewältigung ganz anderer Katastrophen war, die vor noch mehr Jahren passiert sind.

Es ist nicht ihre Schuld.

Und ich muss mit ihr arbeiten.

Das bedeutet – Mist, Mist, Mist –, dass ich für Laura dankbar sein muss. Irgendwie. Als Medizin gegen das Gift, das sie mir bringt.

Wirklich?
Ja. Offenbar.
Aber wirklich?
Ja.
Es heißt, das sei wirksam, und Wirksamkeit ist genau, was ich will. Wirkung, nur darum geht es für mich.
Sagte die Frau, die seit fast einer Stunde nicht eine einzige Mail beantwortet oder sonst irgendwas Sinnvolles getan hat.

Eine Nachricht von der Familie Stewart war gekommen, die gern Roddy kennenlernen würde, einen Bullterrier mit besonders kummervoller und etwas schiefer Miene, geprüft kinderlieb, aber kein Katzenfreund. Und man sollte ihn nicht beim Essen unterbrechen.

Sie beantwortete die Mail mit einem Termin, der ihnen passen könnte.

Ich kann dankbar sein. Ich kann dankbar sein, dass Laura mittwochs nicht hier arbeitet, ich aber schon.

Aber heute ist Freitag.

Und Freitag ist ein Tag, an dem sie hier arbeitet und ich auch.

Aber ich kann dankbar sein, dass ich heute kürzer arbeite.

Freitag ist allerdings auch der Tag, an dem ich einen Blick – einen flüchtigen, streifenden Blick – auf die Bilanzen werfe, nur um ein bisschen zu helfen und damit sie sich das Geld für den echten, richtigen, nichtaussortierten Bilanzprüfer sparen können.

Damit hat niemand ein Problem. Ich darf mich zwar nicht mehr offiziell Wirtschaftsprüferin nennen, aber ich darf mir immer noch in buchhalterischer Weise die wöchentlichen Zahlen ansehen. Dass ich mein Leben großzügig vermasselt habe, heißt ja nicht, dass ich das Rechnen verlernt habe. Zum Beispiel.

Und mit dem Nichtgeld klarzukommen, von dem ich augenblicklich leben muss, schärft sämtliche finanziellen Fähigkeiten, die ich je besessen habe, das ist mal sicher. Wenn man einen Geschäftsführer für eine Eisenbahngesellschaft oder ein Krankenhaus sucht, sollte man jemanden fragen, der von um die 750 Pfund im Monat lebt. Oder jemanden, der noch weniger verdient – solche Leute liefern verdammte finanzielle Wunder. Das müssen sie nämlich jeden Tag. Sie sind entweder genial und erfinderisch oder erledigt – keine halben Sachen.

Niemand beauftragt einen insolventen Wirtschaftsprüfer – jedenfalls nicht in dieser Funktion. Würde ich auch nicht wollen. Wenn das jemand bei mir versuchte, würden mir die Sicherungen durchbrennen. Aber es gibt immer Konten anzuschauen, und das kann ich. Wenn ich nicht muss, kann ich es sogar genießen. Wenn es keine Last ist und ich keine Autorität habe. Ich mache nur Vorschläge. Ich bin hier und fähig, Vorschläge zu machen.

Und es ist nicht Lauras Schuld, dass ich ein komisches Gefühl kriege, wenn ich mir die Zahlen anschaue und sie dabei ist – so als würde sie es missbilligen und hätte mich als Hochstaplerin auf fünfzehn verschiedenen Ebenen durchschaut. Das ist bloß der Widerhall meiner eigenen Überzeugung, dass ich zu gar nichts fähig bin außer wieder Alles zu vermasseln.

Und wieder.

Und alles, was ich anfasse, mit Versagen zu infizieren.

Und genau darum sind die mentale Disziplin und die Dankbarkeit so wichtig.

Ich kann dankbar sein, dass sie sich nicht mit größerer Vehemenz nach meiner Vergangenheit erkundigt hat.

Ich kann dankbar sein, dass sie nicht darauf besteht, meine Freundin zu sein. Ich kann dankbar sein, dass sie mich nicht tätschelt.

Über diese Dinge bin ich froh.

Und ich kann annehmen, dass ihre Mutter sie mag, also könnte ich sie auch mögen – nicht, dass ich alt genug wäre, ihre Mutter zu sein. Dafür müsste schon in Grundschulzeiten etwas vorgefallen sein, ist es aber nicht, und auch das ist Anlass zur Dankbarkeit.

Sie ist offensichtlich beschädigt, genau wie ich. Das haben wir gemeinsam. Juchu.

Und ich kann auch versuchen, ihre Schuhe zu mögen.

Allerdings sind ihre Schuhe irgendeine vegane Kreation aus pflanzlichem Leder und beschissenem Tofu. Ich übertreibe. Aber pflanzliches Leder ganz bestimmt.

Ich kann für sie beten.

Nein, ich kann nicht für sie beten.

Wirklich nicht.

Die Sache mit Gott kriege ich nicht eingebaut. Würde ich gern, aber es passt nicht gut zu mir.

Mitten in dieser Demonstration von Megs spiritueller Kränklichkeit klingelte ihr Handy.

Nein. Ich bin gesund. Das ist es ja – ich versuche auf meine eigene Weise spirituell zu sein, und Laura versucht – glaube ich – auf ihre eigene Weise spirituell zu sein, und wenn ich ehrlich bin, verabscheue ich sie vermutlich, weil sie mich an mich selbst erinnert. Das kennt man als mein Verhaltensmuster. Wo ich lebe, ist das praktisch Standard.

Meg ging an ihr Telefon, es war Carole, die fragte, wie der Krankenhausbesuch gelaufen war, weil Meg vergessen hatte, sie anzurufen und es ihr zu erzählen.

Ich wollte den Morgen wegsprengen, ihn vergessen und weitermachen, als wäre er nie geschehen; so etwas führt übrigens zu Regionen des Vergessens – es entstehen solche Inseln der Leere. Früher bestand ich hauptsächlich aus Inseln ... aber da ist auch noch das Meer, und der Klang des Meeres geht immer weiter.

Und Laura versucht mit ihrem eigenen Zeug klarzukommen, und okay, sie bedient sich dabei meiner Meinung nach ziemlich jämmerlicher Methoden, aber ich auch, ich wahrscheinlich auch. Ich muss mich auf Halb-Fremde verlassen, die mich anrufen und mit ihrem Mitleid verfolgen oder dergleichen, und ähnliche Heilmittel. Laura sollte mein Mitleid, mein Mitgefühl, meinen Anstand haben.

Andererseits bin ich selbst auch nicht besonders anständig zu mir, warum also zu ihr?

»Hallo.«

Meg hörte Carole zu, wie sie darauf bestand, Informationen über Megs Wohlergehen zu bekommen, wie besorgte Menschen es tun. Das war ein Zeichen der Freundschaft und sollte als solches geschätzt werden. Carole war praktisch und eine Frau und ungefähr in Megs Alter und in einer anscheinend glücklichen Beziehung – daher wirkte sie auf verschiedene Art bedrohlich, wenn man mit ihr zusammen war. Obwohl sie nett war. Sie war extrem nett. Sie dachte sogar daran, anzurufen, und das war nett.

Ich entschuldige mich in jedem Gespräch fünf- bis sechsmal bei ihr. Es sei denn, es ist ein langes Gespräch, dann noch häufiger: und dazu noch die Entschuldigung dafür, dass ich ihr so viel Zeit stehle.

»Nein ... ja ... na ja ... aber entschuldige, und überhaupt, und ja, ...« Es war noch nicht ganz möglich, die Wahrheit zu sagen. Noch nicht ganz sicher. »Es hat mir nicht gefallen, aber es war in Ordnung, und die

Resultate kriege ich erst in einer ganzen Weile – letztes Mal waren es zehn Wochen, aber vielleicht werden es auch mehr ... und dann weiß ich Bescheid.«

An manchen Tagen würdest du dich an fast jeder Stimme festhalten, und an manchen Tagen möchtest du eine ganz bestimmte, weil du dir vorgestellt hast, das wäre die beste Hilfe, damit du alles im Griff behältst.

»Aber sie wirkten ganz zufrieden. Niemand hat reingeguckt und aufgeschrien und, ich weiß nicht, gesagt, dass sie bis heute Abend alles rausschneiden müssen. Ich glaube, rein äußerlich schien alles sauber, aber sie werden die Zellproben noch untersuchen, um sicher zu sein ... sie weichen ja immer aus. Darum würde man auch Geld für Privatbehandlungen bezahlen – da erzählen sie einem wenigstens was. Wenn auch nur, damit sie noch mehr von deinem Geld kriegen. Mein Hausarzt sagt nicht mehr zu mir als *Hallo* und *Was glauben Sie denn, was Ihnen fehlt?*. Wenn ich das wüsste, wäre ich nicht bei ihm, oder? Und dann macht er nichts weiter, als aufzuschreiben, was ich glaube, was mir fehlt – also muss ich den Doktor spielen und der Doktor meinen Sekretär, und wohin uns das führen soll, geht über meinen Horizont ... Sicher, sicher, klar möchte ich, dass sie sicher sind ...«

Ich möchte, dass der National Health Service sicher und mein Kumpel ist, so wie früher, als ich klein war und Dr. Miller ins Haus kam, wenn es mir richtig schlechtging, und er nahm sich Zeit und war wie ein Onkel oder ein Freund.

Und wenn man mit einem Freund redet, dann erzählt man ihm, was einen beschäftigt, und nicht das Erste, was einem einfällt, diesen Schauer von unwichtigen Kleinigkeiten, die man bloß auswirft, um alles in Schach zu halten.

»Es bedeutet Warten, und das mag ich nicht. Dass ich weiß, ich muss wieder warten, und ich warte jetzt schon eine ganze Weile bei dem ganzen Procedere, und die Untersuchung heute ... es war unangenehm und ... also, ich habe ein bisschen die Fassung verloren. Ein bisschen.«

Hector merkte, dass sie unruhig wurde, stand auf, schmiegte sich an sie und ließ sich von ihr den Scheitel kraulen. Er schnaubte leise und zustimmend. »Nein, schick mir keine Umarmung.«

Carole war bekannt dafür, verbale Umarmungen anzubieten, wenn keine anderen zur Hand waren, und es war leicht vorhersehbar, dass es wie üblich dazu kommen würde, wenn sie dich anrief, nachdem du befingert wurdest, man in dich eingedrungen war, du bedroht wurdest – ein bisschen zumindest – mit Krebs, will sagen Krebs im Vorstadium, will sagen Tod im Vorstadium, will sagen der Zustand, mit dem wir alle Tag für Tag zurechtkommen müssen, aber das hieß noch lange nicht, dass wir gerne belästigt und damit gezwungen wurden, uns an verschiedenste Bedrohungen zu erinnern.

Und niemand hat gefragt, verdammt, nicht ein Mensch hat heute Morgen irgendwann gefragt, warum ich so verstört war. Scheiße, niemand.
Das kriege ich einfach nicht aus dem Kopf.
Ich hätte es ihnen nicht erzählt, aber ich hätte es zu schätzen gewusst, wenn sie es versucht hätten.
Carole fragt natürlich.
Fick dich, Carole.

»Es ist ... Danke ... vielen Dank, Carole ...« Sie war gnadenlos: Carole sagte genau das, was einen zum Weinen brachte. Meg fand, heute konnte sie wirklich kein Heulen mehr gebrauchen. »Es ist bloß ... Es war bloß wegen, du weißt schon ...« Carole wusste nicht, denn Meg hatte ihr keine Einzelheiten erzählt. Carole riet nur, aber sie riet gut, und darauf hätte Meg verzichten können – das Raten wanderte ihr durch den ganzen Körper, nachdem es einmal ausgesprochen war, und das gefiel ihr nicht. Nicht heute. »Aber ist schon in Ordnung. Danke ...« Meg schluckte und bekam es schlecht hin, und gerade da kam Laura zurück.

Scheiße.
Ich sollte weniger fluchen.
Scheiße.
Irgendwann mal.

»Ich muss leider Schluss machen, aber danke noch mal, und wir sehen uns heute Abend, glaube ich. Wenn die anderen Sachen oder wenn ich, also, das ...« Ihre Sätze krümelten heraus wie kaputte Kekse, ungenießbar. »Weißt du ...« Meg war müde. »Ja. Dann können wir reden.«

Meg legte auf, und ihr war bewusst, dass sie womöglich derangiert wirkte. Vorbeugend verkündete sie: »Es geht mir gut, Laura. Alles gut. Ich habe ... bloß jemandem von diesem Greyhound erzählt.« Was sich vollkommen gelogen anhörte.

»Ah ja.« Laura beugte sich zu ihr und – *patsch* – Scheiße, Pisse, Kacke –

patsch – fing an zu tätscheln.»Das war so schrecklich. Ich war ewig völlig fertig deswegen.«

»Ja.«

Darf nicht sauer sein deswegen. Laura hat mich noch nie weinen sehen – ich heule nicht richtig, habe bloß feuchte Augen – und jetzt habe ich mich auch wieder unter Kontrolle, wirklich. Das sind die Nachwehen meines Vormittags, und es wird nie wieder passieren. Es ist beherrschbar.

Sie hat Tiere gern, das macht sie zu einem guten Menschen, und ich sollte wirklich nicht so streng mit ihr sein. Diese Sorge um andere ist ein Charakterzug, den wir vielleicht gemeinsam haben, und das kann ich bei uns beiden respektieren.

Frag mich nicht, ob mit mir alles in Ordnung ist, bitte nicht.

Wird sie aber. Macht sie gleich, ganz sicher.

»Alles okay bei dir? Kann ich irgendwas für dich tun? Ich habe einen Tee mit Johanniskraut und Passionsfrucht.«

Natürlich hast du den, ist ja ganz klar – du bist ein genauso schlecht zusammengeschustertes und falschspielendes Frankenstein-Monster wie ich. Und das heißt, du bist auf irgendeine Art Opfer und daher Mitglied in meinem Club, bloß dass ich kein Mitglied mehr sein will und ganz gut klarkomme, indem ich mein Leben weiterlebe und therapeutische Wut entwickle und kultiviere, reinigende Wut, ausspülende Wut, die Energie, die in der Wut liegt – die gefällt mir –, und inzwischen könntest du einfach allein weitermachen, Laura macht das, was für Laura gut ist, ja – und zwar da drüben, ganz für dich –, wenden wir beide heute Nachmittag unsere eigenen Überlebensstrategien an, getrennt, aber gleichwertig.

»Du siehst müde aus, Meg. Da würde Baldriantee helfen – du könntest ein paar Beutel für heute Abend mitnehmen und mal so richtig zur Ruhe kommen.«

So viel Aufmerksamkeit würde kein normaler Mensch einer Frau widmen, die dir gegenüber im besten Fall kurz angebunden ist und ganz bestimmt nicht verbergen kann, für was für eine Riesenidiotin sie dich hält.

Das ist also traurig. Laura geht es nicht gut, sie ist nicht heil, und doch streckt sie mir die Hand hin, immer und immer wieder, so etwas sollte ich akzeptieren, und es bricht doch auch das Eis, wirklich.

Das Eis brechen wird immer mit positivem Beiklang benutzt. Aber ich habe das Gefühl, ich gehe immer gerade auf dem Eis, wenn es bricht, und dann falle ich und gerate in gefährliche Gewässer und verliere den Grund unter den Füßen. Das ist nicht positiv.

»Was ist Johannis denn für ein Kraut?« Mist, das klang sarkastisch. Ich wusste nicht mal, dass ich was fragen wollte, und jetzt höre ich mich an wie eine blöde Zicke.

»Wie bitte?« Laura klang schon verletzt, denn jetzt erwartete sie direkte Ablehnung oder eine Klugscheißerbemerkung.

In Spannungssituationen verwende ich Humor, um irgendwas umzulenken, dieses oder jenes oder alles, keine Ahnung. Sagt man mir jedenfalls – klingt kompliziert. Mit Witzen versuche ich, von was wegzukommen, wenn ich nicht weglaufen kann – sagt man mir ebenfalls. Wer würde das nicht tun? Oder vielleicht laufe ich auch und bin dabei mit Handschellen an den Humor gefesselt, und der trabt gern mit, flüchtet mit mir gemeinsam – er hat mich schon nackt und unglücklich gesehen – wir sind Kumpel.

Aber diesmal nicht.

Meg räusperte sich und konzentrierte sich darauf, weich zu klingen. Um ehrlich zu sein, tat sie so, als würde sie mit einem Hund sprechen. »Nein, wirklich, ich habe mich das bloß gefragt, mehr nicht ... Weil ... Kann ich auch selbst herausfinden. Ist bestimmt was Gutes. Ist doch nach einem Heiligen benannt, und Heilige sind gut ... waren gut, das ist ja der Sinn von Heiligen. Das Kraut von einem Heiligen also ... Laura ...«

Halt einfach den Mund und sag, dass du den Tee nimmst.

»Ich nehme einen Becher Tee, danke. Ja. Senkt den Stresspegel. Und erzähl mir noch mal von dieser Sache mit den Nebenhöhlen. Ginge das? Ist das auch gut gegen Stress?«

Darüber wird sie ewig reden, und ich muss nicht zuhören. Ich kann einfach an meine passende Visualisierung denken, an mein Glück: keine Knochen, keine Lumpen, keine staubigen Verlobungsringe, die ihre Verlobung lange überlebt haben.

Ich werde dich treffen.

Nicht zum Mittagessen. Letzte Woche hat er gesagt, mittags könne er nicht. Und auch nicht heute Abend – früher. Um drei. Nicht ganz Teezeit. Ich werde vielleicht schon vorher Hunger haben. Ich werde einen Keks essen. Einen heilen Keks.

Meine Nerven werden dafür sorgen, dass ich nicht hungrig bin.
Ich sollte sogar ziemlich bald gehen, sonst komme ich zu spät. London – da braucht man immer ewig, um irgendwohin zu kommen ...
Nicht-ganz-Tee weit von hier wird meinen Tag retten.
Dies wird meinen Tag retten.
Ich werde dich treffen.
Es kann nicht schaden, den Gedanken daran auszukosten

14:38

Jon fand sich nicht ganz zurecht. Offensichtlich war er weder willens noch in der Lage, es auch nur zu versuchen. Hätte er einen Wunsch äußern sollen, hätte er am liebsten den gestrigen Abend zurückgeholt – ganz wörtlich, ihn wiedererweckt und zurückgespult und gemütlich wieder von vorn ablaufen lassen. Außerdem hätte er um eine Anwesenheitsbefreiung vom heutigen frühen Nachmittag gebeten. Genau diesen gegenwärtigen Augenblick hätte er gern strikt von sich ferngehalten.

Es war zwar gewissermaßen sein Job, Pläne zu machen, doch keines seiner aktuellen Arrangements funktionierte einwandfrei. Die Absichten anderer Menschen drängten und rutschten und schoben sich dazwischen.

Höhere Gewalt.

Bin ich nie, wie sich gezeigt hat.

Ich bin hier und jetzt und wäre es lieber ganz und gar nicht, und das ist ein unmögliches Ziel, was mir Kummer bereitet.

Und dennoch könnte man die These aufstellen – nicht ich, lieber nicht ich –, dass bei der Unterstützung staatlicher Entscheidungsfindung die unmöglichen Ziele im Wesentlichen immer zum Schaden Dritter, Fremder angelegt sein sollten. Man selbst sollte sicher sein.

Ich würde das nicht sagen.

Der Anruf von Chalice – niemand wünscht sich je einen Anruf von Chalice – war um zehn nach zwölf gekommen. Es war keine Option, ihn einfach zu ignorieren und so zu tun, als hätte man sein Telefon verloren oder könne für eine kurze, aber entscheidende Zeitdauer beide Arme nicht mehr benutzen.

Er kultiviert so eine wenig überzeugende bedrohliche Aura, hat aber genug echte Macht, um die Drohung dennoch wahr werden zu lassen. *Es fühlt sich an, als würde man von einem drittklassigen Chargenschauspieler bedroht und müsste so tun, als würde es einem gefallen. Ich persönlich würde mich lieber von jemandem mit Charakter schikanieren lassen. Obwohl ich meinen Vorlieben auf diesem Gebiet gemeinhin wenig Beachtung schenke.*

Chalice hatte in seinem bewusst eindringlichen Flüsterton – *der am Telefon nicht gut funktioniert, ich möchte oft loslachen ... eine Mischung aus billigem Ganoven und dem zwielichtigen Freund deiner Tochter* – hatte gefragt, ob Jon etwas dagegen hätte, mal bei ihm und dem Minister für Irgendwas Außerhalb von Jons Zuständigkeit vorbeizuschauen. Im Büro des Ministers. Keine Eile. Sie könnten ihn jederzeit empfangen. Jederzeit jetzt. Es sei auch gar nicht weit. Direkt um die Ecke. Sie wollten über Steven Milner plaudern. Jon kannte doch Steven Milner, oder?

Gleich um die Ecke. Und man muss hin. Man muss.

»Nein, ich glaube nicht.«

»Wir dachten, schon.«

Im Büro war Chalice irgendwie hinter der Schulter des Ministers positioniert. Es war vorstellbar, dass er sowohl körperlich wie geistig beweglich und wach erscheinen wollte – wie ein flüsternder Dämon am Ohr der Macht. Die Wirkung war jedoch eher verstörend als gebieterisch – als wäre ein Mann mittleren Alters in einer Lederhose aufgetaucht und erwartete nun mit ausgestellter Hüfte positive Kommentare zu seinem Outfit.

Chalice und der Minister für Etwas Anderes (später dazugekommen, Kabinettsumbildung, soll überhaupt nichts machen) hatten aufgesehen, als Jon die angenehm schwere Tür aufschob, und ihm die Miene gezeigt, die »Wir waren gerade beschäftigt, aber trotzdem Hallo« ausdrücken soll und früher bei den Moderatoren des Kinderprogramms so beliebt gewesen war.

Das war früher, in den glücklichen Zeiten, als niemand darauf gekommen wäre, dass sie mit etwas absolut Abscheulichem beschäftigt gewesen waren.

Und hier und jetzt – unvermeidlich – schnappte ihre Aufmerksamkeit nach ihm, stahl sich herein und zernagte die letzten Fetzen freundlicher Gedanken, das Bild eines Gartens, die Möglichkeit, die Hand in angenehmes Wasser zu halten und sanft zu atmen.

Diese beiden hier nehmen einem den Atem. Wenn man schon ein bisschen indisponiert ist, rauben sie einem direkt die Luft. Der Handschlag des Ministers fühlt sich an, als würde man warme Scheiße in einer Socke gereicht be-

kommen. *Nur an einem guten Tag kann man ihrer außerordentlichen Widerwärtigkeit standhalten.*

Warum Chalice und dieser Minister? Sie ergeben als Paar überhaupt keinen Sinn. Ich mag nur Sachen, die Sinn ergeben.

Dies ist kein guter Tag.

Meine mentale Verfassung ...

Ich kann nicht anders, als an gerissene Zweierteams zu denken ... Meine Mutter hatte ein Katzenpaar – Schwestern –, im einen Augenblick leckten sie sich gegenseitig mit bizarrer Intensität, und im nächsten ließen sie mich deutlich spüren, dass lesbischer Inzest mich überhaupt nichts anginge ... Es scheint so eine Art katzenhafter Intimität zwischen unserem Mr Chalice und diesem Minister zu geben, der nicht mein Minister ist und den ich nicht sehen möchte.

Ich wünschte, ich wünsche mir so sehr wie ein Junge vor Weihnachten, im Gestern zu sein, in einem Garten und nicht in einem Zimmer, über dem drohend die Wahlurne hängt, sodass ich mich frage, wieso Milner ein Problem ist ... Warum muss man sich jetzt mit ihm abgeben? Er sollte doch sicher die Sorge des nächsten Amtsinhabers sein? Wer auch gewinnt, der Minister für Fertigmeinungen hier wird nicht mehr da sein.

Und was kann ich daran ändern? Was erwarten sie von mir in Bezug auf Milner? Wieso glauben sie, ich würde Milner mit der Kneifzange anfassen wollen? Niemand will sich mit Milner abgeben. Ich kann niemanden instruieren, nicht jetzt, und nicht Milner, und nicht für einen Minister, der gar nicht meiner ist. Nicht mal für meinen ...

Diese Gedankenkette zog schnell und schneidend durch Jons Hirn, wie eine scharfe Drachenschnur, während Chalice auf zwei leere Stühle deutete, die bereitstanden. Dann stolzierte er um den Schreibtisch herum, setzte sich seitlich auf den einen Stuhl und winkte Jon heran, spielte den Kollegenkumpel, so selbstsicher im Sattel, dass er jeden Moment die Hemdsärmel hochkrempeln und Gesprächsgeplänkel lostreten könnte. »Wir dachten, Sie hätten Milner kurz nach dem Heidelberg-Debakel kennengelernt.« Chalice zeigte sich würdevoll verwundert über Jons Verweigerungshaltung und wartete, dass er zustimmte oder sich zumindest setzte. »Der Fettnapf mit dem Deutschen aus der Sonne.« Er drängte auf noch mehr Zustimmung. Ganz sanft, dieser Chalice. Sanft wie der Anfang einer schweren Krankheit.

»Leipzig.«

»Wirklich? Wir dachten, es wäre Heidelberg gewesen.«

Guter Stoff, sein Sakko, aber ich hasse diesen Londoner Schnitt. Er hat zu viel für einen Namen auf der Innentasche und die eng taillierte Silhouette eines Mannes mit Brüsten bezahlt. Die Begeisterung für Kavallerieoffiziere will einfach raus. Und nichts davon deutet auf guten Geschmack hin. Als Nächstes wird er das Etikett noch auf dem Ärmel tragen.

Chalice richtete seinen Blick auf die Wand hinter Jons linkem Ohr und flüsterte halb: »Wir brauchen jemanden, der ihn *ein wenig* kennt. Noch nicht durch vorherigen Kontakt verbrannt, aber doch mit ihm vertraut.«

Jons Ohr reagierte mit Kribbeln darauf.

Der Minister fuhr fort, nicht zu sprechen, verharrte in amtlicher Distanz und – wer wollte das bezweifeln? – wälzte Gedanken, die umso beeindruckender gewesen sein dürften, weil sie nicht ausgedrückt wurden.

Jon rieb sich das irritierte Ohr und zwang es, keine Dummheiten zu machen.

Und wenn du während eines solchen Treffens den Mund hältst, kannst du aufrichtig versichern – solltest du das später müssen, weil ein übergangener Hinterbänkler oder ein schlappohriger Zuhörer in der Fragestunde oder dergleichen danach fragt –, dass du an diesem Treffen nicht in aussagekräftiger Weise teilgenommen hast, dass du kein Wort gesagt hast. Bloß deine Scheiße-im-Socken gereicht hast.

»Ich war mit dringenden Familienangelegenheiten beschäftigt und kann mich an dieses Gespräch, an dem ich nicht teilgenommen habe, nicht erinnern.«

Worum es also hier auch gehen mag, es ist toxisch. Trotzdem ist er hier ...

Ganz neutral sagte Jon: »Der Journalist Milner.«

»Ganz recht.« Allmählich klang Chalice, als spräche er zu einem ganz besonders beschränkten Ausschussmitglied. »Der Journalist Milner.«

»Ich bin nicht mit ihm befreundet, um genau zu sein, nicht mal ein wenig, nein.« Jon nickte und erkannte, dass ihm der Mancunian-Kandidat oder noch wahrscheinlicher Sansom einen Frodo untergejubelt hat. *Und nun wird von mir erwartet, dass ich meine furchtbare Last durch die Wildnis schleppe und dann etwas Endgültiges damit anstelle.*

»Aber ich möchte gern helfen ...« Der Schreibtisch des Ministers – Jon

starrte offenbar den Schreibtisch an, *darum muss ich wohl aus irgendeinem Grund niedergeschlagen sein* – der Schreibtisch schien von sehr guter Qualität zu sein.
Besser als in meinem Ministerium.
Die Oberfläche hat einen fast mystischen Glanz.
Von dem ich Kopfschmerzen kriege.
Es besteht auch die minimale Möglichkeit, dass ich mich irre und es sich nur um ein neues System extremer Stressbelastung handelt, aber das lassen wir mal außer Acht.
Ich meine »ich«, wenn ich »wir« sage, aber ich brauche Gesellschaft, darum präsentiere ich mich als Gruppe. Mir ist aufgefallen, dass andere, wenn sie unter Druck stehen, das »ich« oft durch ein »man« ersetzen – als würden sie ihre Bedenken lieber an zufällig gewählte Dritte auslagern. Ich glaube, dass ich das nicht versuche, ist ein gutes Zeichen. Sigurdsson ist ein Teamspieler. Auch wenn mein Team nur aus mir besteht.
Meine Unterarme jucken.

Jon tauchte kurz in eine undurchsichtige Pause von der Art, wie sie ein Mann einzulegen gewöhnt ist, wenn seine Frau sich oft Indiskretionen erlaubt und er daher oft diplomatisch sein muss. Er stellte sich vor, er könne die Wärme seines Telefons in der Innentasche seines Jacketts spüren – er versuchte es als Rettungsleine und nicht als Last zu betrachten. In der Tasche steckte außerdem ein Brief. Dessen Dasein machte das Telefon, das Büro, Chalice und den stumpfsinnigen Minister einen Hauch erträglicher. Und schon kleine Verbesserungen waren immer sehr willkommen.

Während Jon sich auf den gestrigen Tag konzentrierte, auf Blumenbeete und Sicherheit, sagte er:»Milner war in Heidelberg, ja, das stimmt. Wir haben zusammen etwas getrunken. Einen Drink. Wenn ich mich recht entsinne.«

»Und das tun Sie ganz bestimmt. Es sähe Ihnen gar nicht ähnlich, sich nicht korrekt zu entsinnen. Es sei denn, Sie sind übermüdet. Sind Sie übermüdet? Haben Sie es übertrieben?«

Mit meinen vielen Frauen? Nein. Nein, habe ich nicht.

»Kommen Sie direkt von irgendwelchen ländlichen Vergnügungen?« Chalice beäugte die Cordhose mit einem Mangel an Wohlwollen.

»Nein, das nicht. Ich war nur ... Und da ist mir etwas passiert mit meiner ...« Jon atmete einen Augenblick, um sich zu orten. »Milner macht Ausland, oder? Keine Innenpolitik. Fährt in irgendwelche gottverlassenen Löcher und tut so, als sei er ein angetrunkener, aggressiver Brite – stellt allen Leuten maßlose Fragen, während sie sich für ihn fremdschämen oder sich über ihn lustig machen und darum unvorsichtig sind. In der Hinsicht unerhört erfolgreich. Und wenn er dann morgens wieder zu sich kommt, schreibt er auf, was er gehört hat, oder transkribiert seine Aufzeichnungen oder was auch immer, und veröffentlicht das Stück für Stück. So einer von der Sorte, die vom hohen moralischen Ross herunterbrüllen, oder jedenfalls halb aus den Steigbügeln.«

Chalice brachte ein Lächeln hervor, das so in der Natur nicht vorkam. »Genau der Milner. Sie erinnern sich also. Und diese alkoholische Tarnung ist ihm tatsächlich, sagen wir mal, in Fleisch und Blut übergegangen. Man scheint ihm keine Aufträge im Ausland mehr anvertrauen zu wollen. Für ITN spricht er nicht die richtige Sprache ... und bei der BBC hat er alle Brücken hinter sich abgebrochen ...« Er legte eine Pause ein, um sich an sich selbst zu erfreuen. »Bei der BBC werden mehr Brücken abgebrochen als beim Rückzug der Wehrmacht ... Andere Menschen würden sich vielleicht aufs Bücherschreiben verlegen, aber auch auf dem Gebiet hat Milner anscheinend wenig Glück. Das liegt einerseits an seiner unhöflichen Ausdrucksweise, wenn er nicht mehr nüchtern ist, die ist ein Faktor – nicht mal die Verlagsbranche ist so tolerant. Offenbar neigt er dazu, alle möglichen Menschen ›cunt‹ zu nennen ... Das kann man doch nicht machen, oder? Man kann doch nicht so mit dem Wort *Fotze* um sich werfen. Auch wenn es etwas ganz anderes bedeuten soll. Eine *Fotze* im falschen Kontext ...« Chalice ließ Jon Raum, wohl damit er mit fundierter Kenntnis über weibliche Geschlechtsorgane sprechen konnte, warum man sie nicht als Schimpfwort benutzen sollte oder warum ein Soziopath mit teurem Schneider sie nicht aussprechen sollte, als wären sie eine ansteckende Krankheit.

Die arme Mrs Chalice. Die arme Amanda, die immer wie kurz vorm Schreien aussieht.

»Ich selbst verwende dieses Wort nie.«
»Das Geheimnis Ihres Erfolges ...?«

Und jetzt muss ich ihm Blickkontakt gestatten. Offen und ungekünstelt – denn zum Teufel, ich war schon gut in diesen Dingen, als er noch lernte, wie man salutiert und Jungs aus Liverpool befiehlt, den Pferdemist wegzuschaufeln und mit der Nadel die Silberpolitur aus dem Geschnörkel auf ihren Brustblättern zu kratzen. Ich mache das hier schon mein ganzes Leben, und ich kann es immer noch gut. Sogar unter den derzeitigen Umständen. Sogar in einer verdammten Cordhose, die natürlich unpassend ist – das weiß ich selbst. »Das vermag ich wirklich nicht zu sagen, Harry.« *Ich kann ihn Harry nennen. Ist nicht unangemessen. Vor allem, wenn er versucht wie ein Gangster aus dem East End zu klingen.* »Ich habe das Wort noch nie benutzt.« *Wenn er irgendwas über das East End weiß, dann von einer intensiv betreuten Spritztour durch Hoxton oder dergleichen.* »Das Wort an sich – nicht einmal in ungezwungenen Augenblicken der Intimität.«

Als würden mir, lieber Gott, solche Augenblicke zuteil.

»Ich finde, es setzt unverzeihlich herab, Harry, und das auf beleidigende Weise. Jemanden Fotze zu nennen ...«

Und das würde ich, würde ich, würde ich, und dieser Jemand wärst du, Captain Harry.

»... fände ich doppelt beleidigend, weil es impliziert, dass ein Teil des weiblichen Körpers grundsätzlich fehlerhaft ist.«

Angesagtes Hipster-Ale und handgemachte Pasteten an Kartoffelpüree mit einer Begleitung, die ihn nicht durch Widerspruch verunsichert oder auf die Probe stellt – das ist Harrys Stil. Ein kleiner Ausflug. Luftveränderung. So wie Valerie mit ihren Flamingos. Nur mit weniger Vögeln.

»Ich kann mich natürlich auch irren, Harry.«

»Das ist eine Meinung, Jon. Das ist sicher eine Meinung. Und die hat Ihnen bestimmt Erfolg gebracht.« Und tatsächlich, wirklich, wahrhaftig leckte sich Chalice an dieser Stelle die Lippen. »Also.« Ehe er höchst demonstrativ zum Geschäft kam: das Stirnrunzeln, die noch geradere Haltung, die sorgsam illustrierenden Gesten. Er war im Einsatzmodus. »Jon, wir möchten gern, dass Sie mit Milner plaudern. Ihn nach der Mittagspause abpassen. Wir glauben, er ist irgendwo abgeprallt und von der Piste abgekommen, war ja kaum anders möglich, und fischt jetzt in heimischen Gewässern im Trüben. Dabei geht es gar nicht um Parteipräferenzen – wir haben gute Gründe zu der Annahme, dass er in alle

Richtungen um sich beißt. Und das im Vorfeld einer Wahl – lässt sich kaum demokratisch nennen, wenn ein Trinker die Sache entscheidet, indem er mit Scheiße um sich schmeißt wie ein Affe im Zoo.«

Ein ehrlicher Affe mit ehrlicher Scheiße und einem ehrlichen Händedruck ...

»Jon, hier sind zu viele Zufälle im Spiel. Wie Sie wissen.«

»Ist die Sache dringend?« Jons Telefon zirpte und tickte – wie ein mechanisches Schuldbekenntnis.

»Wir können doch den Zoo nicht von den Affen führen lassen.«

Ich mag Affen.

»Aber ist das eine dringende Angelegenheit?«

»Ganz und gar nicht. Aber wir dachten, da Sie ihn flüchtig kennen und er offensichtlich und verständlicherweise ohne Freunde ist ... Und solange Ihre Arbeitsbelastung überschaubar ist ... Nicht dass ihr Burschen je zur Ruhe kommt, das wissen wir ... Wir wissen euch zu schätzen. Das müssen Sie glauben. Es gibt gelegentlich auf manchen Ebenen kreative Differenzen, aber ... wir würdigen Ihre Arbeit.« Chalice hielt inne, um sich von einem weiteren wächsernen Lächeln übermannen zu lassen.

»Wir dachten, Sie könnten vielleicht eine gemeinsame Basis finden.«

»So was wie einen geteilten Kleingarten.« Jon sprach das hörbar aus, weil er es nicht verhindern konnte. »Da können wir über unsere Zwiebeln reden.«

Chalice fuhr unbeeindruckt fort – so war er. So waren sie alle. Ob sie nun bei den Coldstream Guards gewesen waren oder Joghurt verkauft hatten, bevor sie diese Laufbahn einschlugen: Unerbittlichkeit wurde als Tugend betrachtet. Wie sonst kann man einen widerspenstigen Beamten den betreffenden Hügel hinaufschieben und dann über die Klippe schubsen.

Und irgendjemand muss als Erstes fallen, über die Kante gehen, damit alle anderen weicher landen können.

Ich habe mein Leben lang beim Sturz den Fenchelsammlern an den Klippen zugeschaut. Das werde ich nicht erwähnen.

Chalice würde die Anspielung auf König Lear *verstehen, doch dem Minister für Hat-nichts-mit-mir-zu-tun würde sie entgehen.* ›Lasst uns, der trüben Zeit gehorchend, klagen; Nicht, was sich ziemt, nur, was wir fühlen, sagen.‹ *Ich kann es mir nicht mehr auf der Bühne anschauen – das ist kein Theater mehr.*

Diese unhörbaren Fernsehschauspieler ziehen mich runter. Das ist allerdings nicht das Problem – die Worte sind das Problem – die Kunst ist das Problem – der ständige Stich des Tadels in allem, woran ich mich erinnern kann, zu jedem vorstellbaren Thema, das ist das Problem ...

Chalice hatte weitergesprochen, während Jon in erheblichem Maße abwesend war, aber nickte und zum Glück dies mitbekam: »Ich habe Milner gesagt, Sie würden ihn zu einem informellen Plausch treffen. In diesem kleinen Pub – gleich gegenüber von Ihrer Wohnung. Gegen drei.«

»Drei Uhr heute?«

»Drei Uhr heute, ja. Ich weiß, Sie haben das Mittagessen ausgelassen. Schreckliche Angewohnheit.« Bei Chalice klang das klebrig. »Aber das können Sie jetzt nachholen. Solange Sie Zeit haben.«

»Aber es ist nicht dringend.«

»Absolut nicht.«

»Ich ... äh ...« *Gestern Abend saß ich an einem rechteckigen Pool, an dessen Rand Kräuter gepflanzt waren, und die blauen Kacheln hielten das Wasser, nachtblaue Kacheln – gruftartig – glänzten unter den Reflexen der Oberfläche, den nassen Lichtgeistern, und es gab Tee in Gläsern, das gefiel mir. Ich hatte kaum Kopfschmerzen, so gut wie gar nicht. Kein bisschen Übelkeit.* »Dann werde ich ... natürlich ... drei Uhr.«

»Wir haben gesagt, dann stünden Sie zur Verfügung.«

Chalice legte die Fingerspitzen aneinander, wie es Machiavelli sicher nie getan hatte. »Weniger los als zur Mittagszeit. Über Mittag kann es dort richtig voll werden. Wird von überschwänglichen jungen Leuten und frischgebackenen Akademikern frequentiert, glaube ich. Unser frisches Blut. Ich habe gehört, die *Fish & Chips* sind ganz beeindruckend – für Pubküche.« Chalice seufzte kurz und unpassend – Angelegenheit erledigt – und stand auf. »Das wäre dann abgemacht.« Er streckte keine Hand zum Schütteln aus. »Prächtig. Und wenn Sie uns wissen lassen könnten, wie es gelaufen ist.«

Jon konzentrierte sich darauf, erfolgreich aufzustehen. »Sie wollen, dass ich es Sie noch heute wissen lasse.«

»Am liebsten heute. Wenn es Ihnen nicht allzu viel ausmacht.«

»Natürlich.«

»Ich sehe ihn gleich und erzähle ihm von Ihnen.«

»Natürlich.«

Und Jon war sich seiner Füße und Socken lebhaft bewusst, des Durcheinanders seiner Schuhe und Schnürsenkel, der Last und Komplikation eines jeden Schrittes, als er sich entfernte, dem Minister zunickte – *Schön, Sie zu sehen, immer gern zu Diensten* –, die Tür hinter sich schloss, den Korridor schneller als nötig entlangeilte, nur um rauszukommen, raus und weg.

Danach war es ihm nicht abwegig erschienen, vom Weg abzukommen.

Eine Frau weint auf Bahnsteig 3 an der Canada Water Station. Das Geräusch, das sie dabei von sich gibt, ist ungewöhnlich: extrem laut, irgendwo zwischen Geheul und Totenklage, ein seltsames Muhen. Obwohl der Bahnhof voll mit Pendlern ist, denn es ist Mittagszeit, sorgt die seltsame Art der Trauer – vielleicht Trauer – der Frau dafür, dass sie ignoriert wird. Um sie herum hat sich eine Blase geräumter Fläche gebildet.

Sie ist mittleren Alters, füllig, weiß, trägt einen Pullover und eine dünne wasserfeste Jacke, dazu eine lockere Hose, mit der man Joggen oder überhaupt Sport treiben könnte, auch wenn sie nicht besonders sportlich wirkt. Sie hat sehr saubere weiße Turnschuhe an, die ihre Füße größer erscheinen lassen, als sie tatsächlich sind. Um den Hals hat sie ein Schlüsselband, an dem ein ziemlich großes viereckiges Schild hängt – eine Art Ausweis, ebenfalls mit leicht sportiver Note.

Die Frau lamentiert weiter, vielleicht lamentiert sie. Ihre unangenehme Anwesenheit macht sich wiederholt bemerkbar und erzeugt Verschiebungen in der Menge, Köpfe drehen sich, Scham hängt in der Luft, Peinlichkeit, Unwohlsein.

Zwei jüngere Gestalten treten auf die Frau zu, eine vom Kopfende, eine vom Fußende des Bahnsteigs – es sind auch Frauen. Die kleinere von beiden ist weiß, wirkt praktisch und hat womöglich einen körperlich fordernden Job. Sie trägt eine zweckmäßige Hose und einen Anorak, ihr rötliches Haar ist zu einem losen Knoten zurückgebunden. Die größere Frau hat ein kantiges, schmales Gesicht, das äthiopisch wirkt. Sie ist modischer gekleidet, ihr Kostüm und ihre Aufmachung würden in eine Spitzenkanzlei passen. Sie hat besondere Aufmerksamkeit auf Handtasche und Schuhe verwendet, sie sind bestens aufeinander abgestimmt.

Die beiden zögern, als sie die Isolationsblase erreichen, den durch Entsetzen evakuierten Raum um die Frau, den von diesem jaulenden

Menschen geschaffenen Platz. Sie betrachten ihr Gesicht, das weniger schmerzverzerrt wirkt als vielmehr verwirrt, versteinert, ängstlich. Es passt nicht zu ihren Schreien, ist nicht gerötet vor Anstrengung, sondern grau geblieben, sieht nach Drinnen aus. Beide fragen:»Was ist denn los?« Die Frau jault weiter und deutet auf die Karte am Ende ihres Schlüsselbandes, als wäre es ein magisches Amulett. Dann erklärt sie, und ihre Stimme ist erschöpft von den Anstrengungen, dass sie Autistin ist. Zwischen den Worten schluchzt sie. Sie weiß, dass sie Autistin ist. Das ist eine Wahrheit. Sie versteht, dass sie nicht davon sterben wird, ihren Zug verpasst zu haben. Das ist eine Wahrheit. Sie steht neben einem Plan mit den verschiedenen Linien, die durch Canada Water führen, und kann den Blick nicht lange davon lassen, als könnte er jeden Augenblick die Streichung eines notwendigen Gleises anzeigen, eine entsetzliche Lücke. Das wird nicht geschehen, das ist eine unwahre Wahrheit. Sie weiß, dass sie einen anderen Zug nehmen kann, der sie dort hinbringen wird, wo sie hinmuss. Das ist eine Wahrheit. Sie wird hier nicht für immer gefangen sein. Das wird nicht geschehen und ist eine unwahre Wahrheit. Dennoch ist sie orientierungslos. Das ist eine Wahrheit und eine unwahre Wahrheit. In ihrem Inneren reißen Wahrheiten und Unwahrheiten etwas von Nerven Durchzogenes in Fetzen und erzeugen Furcht und Schrecken. Sie hat aus Protest und um Hilfe geheult und um die Rückkehr ihres richtigen Zuges – der, den sie braucht. Was sie braucht, ist eine Änderung des Zeitverlaufs.

Die beiden reden leise mit ihr, einvernehmlich beruhigend: als ob sie Kinder hätten, oder so, wie sie ihren Freundinnen helfen, oder als wären sie vertraut mit Angst und Schwäche. Es scheint, als machte ihnen die Hilfeleistung direkt Freude. Sie erklären der Frau, welchen Zug sie als Nächstes nehmen kann.

Aber der Zug wird nicht ihr Zug sein.

Es wird dennoch in Ordnung sein.

Aber es ist nicht der korrekte Zug.

Aber er wird sie nach Hause bringen.

Die beiden sind so beharrlich wie die Angst der Frau.

Die Frau hört auf zu schluchzen und verstummt, ist nur noch ärgerlich und leicht gereizt, weil die Wirklichkeit sie so im Stich lässt.

Die beiden treten zur Seite, als sie auf den Zug der Frau warten. Sie sprechen leise miteinander. Sie sagen: »Sie so hier stehen zu lassen ... Wie alle sie ignoriert haben ...«
»Abscheulich.«
»So hat meine Mutter mich nicht erzogen.«
Sie bleiben bei der Frau, bis ihr unbefriedigender, aber notwendiger Zug einfährt. Sie stellen sicher, dass sie ihn besteigt und von nun an allein zurechtkommt und in Sicherheit ist. Und dann überlegen sie es sich anders, steigen ebenfalls ein und werden hinweggetragen.

Anstatt zur Tothill Street zurückzukehren, ging Jon in Richtung Birdcage Walk. Leicht gebeugt eilte er die Straße entlang, als ob ein Feuerbrand über seinen Kopf zöge. Dann überquerte er die Straße und ging in den St James's Park, wo er sich offenbar aufrichten konnte.

Und er wollte auf Gras laufen, im Schutz von Bäumen und grünen Schatten. Und er musste – *lieber Gott* – musste wirklich – *verflucht* – wo niemand ihn richtig sehen konnte – *dringend* – er musste sich wirklich dringend übergeben.

Ich sollte froh sein, dass es bloß Übelkeit ist und nicht Übelkeit plus Migräne. Wenn ich Migräne habe, sehe ich alles wie durch einen transparenten Schirm von Clarice Cliff. Grelle Farben. Und dabei hasse ich Clarice Cliff – grässliches Töpferzeug. Außerdem sah sie aus wie ein kleiner, stämmiger Mann, halbherzig als Frau verkleidet.

Ist natürlich sexistisch, sie deshalb zu kritisieren – über einen männlichen Keramiker würde ich keinen derartigen Kommentar abgeben.

Ich kann mir allerdings auch keinen einzigen männlichen Keramiker vor Augen rufen.

Ach du heilige Scheiße ...

Es war eher so eine Art Würgen und Spucken als wirkliche Erbrechen: jammervolle Krämpfe im Oberkörper, die ihm bloß den Mund säuerlich wässrig machten und seinen Zustand nicht verbesserten.

Hinterher fühlte er sich klamm, kalt und zittrig.

Ich brauche eine Dusche. Muss Gelegenheit finden, nach unten zu schleichen und die Bürodusche zu benutzen. Ich muss ein bisschen genießbarer wirken. Oder überhaupt erträglich.

Immerhin fühlte er sich kühler und stabiler, vielleicht konnte er es herauslaufen – was auch immer es war –, hier unter den breiten Platanenkronen, zwischen den zerzausten Narzissen und den leeren Liegestühlen, hier im kraftvoll aufsteigenden Aroma der Frühlingserde, die gut und sauber und animalisch war und von deren Stärke er sich vielleicht irgendwie etwas borgen konnte.

Hier auf dem Weg zu den trübseligen Pelikanen – außerhalb ihrer natürlichen Umgebung, hässlich und von trauriger Gestalt.

Aber nein, die Gesamtwirkung des Parks ist durchaus erfreulich: die grelle Schärfe der Blüten, der Tumult der Blätter – die sich sichtbar, oder fast sichtbar, entfalten, so leuchtend. Sie haben so ein feuriges Grün.

Und wenn das Grün immer noch grün ist, immer noch wiederkehrt nach dem Winter, nach dem Zertrampeln ... wenn es durchhält ...

Jon überlegte, sich einen Liegestuhl zu mieten, doch er vermutete, beim Sitzen darin würde er sich sehr zusammengefaltet fühlen. Diese Haltung suchte er zu vermeiden.

Außerdem kann ich nicht lange bleiben – ich wäre ein Trottel, wenn ich die Tagesmiete für zehn Minuten Nutzung bezahle.

Aber Trottel muss man heute sein. Großbritannien ist das Land der leichtgläubigen Trottel, der fettleibigen Raucher, der unterqualifizierten Dienstleister, die in Miettransportern zu spät kommen – und dann das nicht genannte volle Honorar im Voraus verlangen.

Er hätte versuchen können, weiter oben eine freie Parkbank zu finden, doch er beschloss – sehr schnell und beinahe heftig, sein Bedürfnis wurde ganz unnötig brutal – das zu unterlassen.

Stattdessen setzte er sich mit seiner neuen Cordhose auf den Boden – die sollen doch für ländlichen Gebrauch sein, oder nicht –, nahm sein Telefon aus der Tasche und schaltete es aus. Das Ding pulsierte einmal zum Abschied, ergab sich dann und wurde dunkel. Jon steckte es wieder ein, faltete sich in einen Schneidersitz und spähte ins Gras. Er beobachtete die schmalen Pfade zwischen den Halmen, die winzigen Lichtungen und überwucherten Durchgänge. Ameisengeographie.

Als Kind konnte ich das stundenlang machen. Das Größenverhältnis munterte mich auf – etwas Kleineres als ich selbst – und ich war schon sehr, sehr, sehr klein. Und die ganze Atmosphäre war erholsam. Die Lebendigkeit der Dinge – sie kommt zu dir, sie küsst dich – du musst nur darauf warten.

Darum liebte er den Garten so sehr, den unerklärlichen Garten in Bishopsgate.

»Niemand wohnt in Bishopsgate.«
»Ich schon.«
Den ganzen herrlichen gestrigen Abend hatte Jon mit Rowan Carmichael im Garten gesessen. In Bishopsgate. Wo niemand wohnen sollte.
»Das weiß ich, Rowan. Das habe ich auch gesagt, ich habe es ihnen erzählt. *Rowan Carmichael wohnt in Bishopsgate*, habe ich gesagt, *darum fahre ich dorthin, um ihn zu Hause zu besuchen – denn dort liegt sein Zuhause* ... Heutzutage herrscht der reinste Anschriftenfaschismus. Man braucht bloß eine unbeliebte Postleitzahl nennen, schon wird man für immer ausgestoßen. Dabei wohnst du zentral. Kann wirklich niemand behaupten, dass du nicht zentral wohnst ...«

Rowan hatte ihn angelächelt und gelassene Missbilligung ausgestrahlt, was Rowans erklärte Spezialität war.

Wegen seiner Missbilligung suche ich ihn natürlich auf, und ich hätte ihn gern als Freund, ich möchte hoffen, dass er mein Freund ist. Mir ist klar, Rowan weiß, dass es mir an einigem mangelt; daher finde ich ihn weise, und daher brauche ich ihn.

Wer wäre nicht gern in Gesellschaft eines weisen und bemerkenswerten Menschen?

Noch dazu eines freundlichen Menschen.

Und Bishopsgate liegt tatsächlich zentral und hat hervorragende Verkehrsanbindung – es kommt einem nur ungewöhnlich vor, das ist alles. Es ist nicht verrufen. So wie die Junction. Für die ich mich entschieden habe.

Kein Mensch lebt in der Junction.

Jede Menge Leute, die niemand sind, jedenfalls in den Augen all der Jemande, die etwas darstellen ... die leben in der Junction. Sie wohnen in den Teilen Camberwells, die ohne jede Schönheit sind, in der monochromen Luft, welche die Coldharbour Lane entlang und über John Majors Kindheit hinwegwehte und ihn zu sehr nach Brixton riechen ließ; nicht ganz richtig. Hatte seine Ausbrüche von Klugheit, aber war nicht ganz richtig.

Da passe ich hin.

Bis zu einem gewissen Grad.

Rowan hatte in der Küche herumgekramt, um Kekse zu finden: aus dem Laden, nicht besonders toll. Er schlurfte jetzt – er ging wie ein alter Mann –, und Jon konnte sich nicht erinnern, wann das angefangen hatte.

Mir ist bewusst – ich glaube zu wissen –, dass Rowan mich trotz meiner Defizite mag und daher bemerkenswert ist. Er besitzt meine Zuneigung und meinen Respekt, die ihm beide nichts nützen. Armer Rowan – ein Mann, dem die Zeit zugestoßen ist. Erwischt uns irgendwann alle – wenn wir Glück haben.

Es überraschte Jon immer noch, wenn ein Mensch, der ihm nahestand, ihn für närrisch hielt, was aber keine Verachtung hervorrief: kein Geschrei, keine Drohungen oder – was das betraf – keinen Entzug sexueller Gunst, sollte es sich bei dem betreffenden Menschen um seine Frau handeln.

Exfrau.
Aber irgendwie ist sie immer meine Frau – jetzt noch mehr als zuvor.
Und diese sexuellen Begegnungen in der Ehe waren immer Gunstbeweise: niemals ein Austausch von Geschenken oder ein Einvernehmen, kein Handel zum Erreichen eines höheren Ziels – niemals solche Sachen, wie ich sie in den Briefen erriet, die ich nach Absprache mit Fremden wechselte, niemals das, was ich zu beschreiben versuchte, bis es vollkommen werden kann.
In der Liebe könnte ich derzeit die theoretische Prüfung mit größtenteils fliegenden Fahnen bestehen.

»Die Postleitzahlen an sich spielen keine Rolle, Jon – sie sind mit einer Wirklichkeit verbunden.« Rowan war mit, ja, unangenehmen Keksen wieder herausgekommen. Keksen, die keiner von beiden essen würde. »London mag die Wirklichkeit nicht. Wir glauben, wir können über ihre Beschränkungen hinauswachsen.« Er stellte den Keksteller an den Rand des Beckens.

»Die Wirklichkeit ist unhöflich, man sollte ihr aus dem Weg gehen.«
Rowan nickte ungerührt. »Das Problem mit der Wirklichkeit ist, dass sie nie weiß, wann sie aufhören soll ...« Dann wurde aus dem alten Witz zwischen ihnen etwas Empfindliches, Verletztes. »Sie drängt sich auf.« Rowans Tonfall änderte sich, wurde weicher, sodass sie beide ein kurzes Schweigen einlegen mussten, um einander zu beruhigen und nicht verdrossen zu werden.

Rowan nippte an seinem Salbeitee aus dem angenehmen Glas, als befände er sich in einem zivilisierteren Zeitalter, und wenn Jon ehrlich war, musste er zugeben, dass Rowan immer ein zivilisierteres Zeitalter um sich herum zu erschaffen wusste. Im Umkreis von – mehr oder weniger – zwei Metern um Rowan Carmichael herum bewegte man sich in einem Raum, der sehr wie die Renaissance war.

Aber bei Rowan heißt das vor allem Dante und da Vinci. Keine Borgias, keine Kriege, keine Ermordungen, und Niccolòs seelenloser Fürst wird nur als Mahnung, nicht als Vorbild zitiert. Also nicht die Renaissance im eigentlichen, umfassenden Sinn. Bei der Renaissance gab es immer auch eine Kehrseite: Boccaccio wäre nicht Boccaccio ohne die Pest. Wie sonst hätte er all seine Figuren außerhalb von Florenz festsetzen und sie zwingen können, sich genug Geschichten zu erzählen, dass er ein ganzes Buch damit füllen konnte? Das Decamerone hätte nicht funktioniert, hätten sie bloß erfahren, dass ihre Reiseroute wegen turnusmäßiger Wartungsarbeiten unpassierbar sei oder wegen Einstellung der Wartungsarbeiten, wegen Abzugs der überteuert zurückgeleasten Schienenfahrzeuge, wegen des Eindringens cracksüchtiger und unbegreiflicher Jugendlicher, die auf Zerstörung aus waren ... Es hätte als Geschichte nicht funktioniert, wenn sie einfach losgezogen wären und mal wieder eine Party hätten steigen lassen, um Zeit totzuschlagen. Keine ausreichende Bedrohung, um ihnen die Wahrheiten und Details herauszulocken, wenn es keine größeren Gefahren gegeben hätte als die Gefahren eines unzuverlässigen Grills, einer Feuergrube, eines selbstgebauten Freiluft-Pizza-Steinofens.

Das sind natürlich anachronistische Zutaten – Rowans Urteil über so etwas fällt immer sehr streng aus. Präzision – darauf besteht er.

Was unverzeihlich anachronistisch von ihm ist.

Manchmal – sehr oft – habe ich das Gefühl, dass wir unter Belagerung stehen, Rowan und ich. Wir hätscheln uns gegenseitig, spähen hinaus auf das, was von unserem goldenen Palazzo am Hügel noch übrig ist, und sehen die Pest näher kommen, sich einnisten. Unter den falschen Schrecken und Ablenkungen verbirgt sich eine Menge echte Bedrohung – sie rennt mit den großen, schlauen Londoner Ratten überall in der Junction herum. Nur bis hinauf nach Bishopsgate ist sie noch nicht gespült worden. Noch nicht ganz – aber sie ist auf dem Weg.

Ich war noch nie in Florenz ... habe nie den Blick zu den umliegenden Hügeln gehoben, den rosaroten Hügeln der Toskana ... habe nie eine Villa, einen Palazzo ausgesucht, wo die Wohlhabenden, die Beredten, die Empfindsamen sich womöglich einst hinflüchteten, um sich den Tod zu erlassen.

Im Grunde so was wie ein verdammtes Konferenzzentrum.
Wie Davos, nur mit Intelligenz und Poesie und ohne die Verpflichtung, so zu tun, als wolle man anderen helfen.

Jon hatte gesehen, wie Rowans Lächeln wieder besorgt schien und dann, dieses Mal, forschend wurde.

Bolter, »Ausreißer« – so haben sie mich genannt. Leichter auszusprechen als Sigurdsson.
Bolter, soll also heißen, ein Junge, der flüchtet.

Ich flüchte zum Beispiel vor der Vorstellung, dass Menschen allmählich unter den Prüfungen des Versagens einbrechen, unter dem Ticktack des Wartens, der täglichen Meldeunterschrift, der fiktiven Briefe, die sie nicht zu Kundengesprächen bitten und daher für ihr Versäumnis sorgen. Tausend unnatürliche Einflüsse können angewendet werden, um Ansprüche abzulehnen.

Ich kann mir außerdem nicht vorstellen, dass die Entscheider und Clustermanager in ihren prächtigen Konfektionsanzügen herumsitzen und ihre persönlichen Leistungsziele erreichen.

Das gehört alles zu der gerechten Hadd-Strafe, die wir nicht in Frage stellen, nicht einmal überdenken dürfen – der Anspruch unseres besonders gottlosen Gottes.

Im Tiefland, unterhalb des Hügels, ist es die Regel, gefangen zu sein, und nicht die Ausnahme – du und deine Geschichten, ihr werdet dort festgehalten.
Und es ist nicht wichtig.
Alles wäre schrecklich, wenn das wichtig wäre. Darum muss es das sein, was nicht wichtig ist.

Rowan war ein Freund – konnte höchstwahrscheinlich und wahrhaftig ein Freund genannt werden: zuerst ein verstörend junger und kluger Lehrer und dann ein Freund –, und Freunde merkten, wenn man nicht auf dem Posten war, wenn man sich innerlich in die Schmollecke zurückzog und blaffte, anstatt zu erklären.

Mein Verhalten ist ungerecht. Hier konnte ich immer in Frieden sein. Rowan hat nie gebrüllt oder mich bedrängt.
Darum sollte ich ihm vertrauen, hätte ihm schon früher vertrauen sollen, und jetzt ganz bestimmt.
Ich sollte kommunizieren.
Aber das tut man eben nicht, richtig? Wenn man ein richtiger Engländer

sein will, muss man über seiner Liste der Katastrophen brüten und verdrossen sein. Du musst Freude am Klagen haben, dich aber nur bei denen beschweren, die nicht willens oder in der Lage sind, dir zu helfen. Und zum Glück ist niemand willens oder in der Lage zu helfen. Ohnmächtige Wut: Diesen Zustand sollst du anstreben. Man muss die Selbstverletzung durch das Fälschen und Ansammeln von Ängsten einüben, durch das Akzeptieren aussichtsloser Verletzungen, die man in heißer Vorfreude erwartet. Vorhandene Wunden sollten schwären und ignoriert werden. Das wird von anderen genauso unweigerlich erwartet, wie es ein jeder von sich selbst erwarten muss.

Das Problem war: Jon wollte nicht kommunizieren. Er musste sich bloß hinter kleinlichen Klagen verstecken – darum redete und redete er einfach weiter, machte Geräusche ohne Inhalt: »Ich weiß – es sind die Immobilienpreise ... Hatten wir nicht ...? Waren wir? Wenn wir noch mal zu der Unwirklichkeit der Postleitzahlen zurückkehren ... der giftigen Blase der Grundstückspreise ...« Jon hatte innegehalten, während seine Gedanken ihm im Schädel herumschwappten. »Das ... worauf unsere Wirtschaft beruht ... Die Grundbesitzer müssen Macht haben, denn wo kämen wir sonst hin? In ein Land, in dem die Grundbesitzer keine Macht hätten, und das wäre beunruhigend. Darum muss das Land etwas wert sein, alles wert sein, und die Grundbesitzer müssen immer reicher werden und sich aufblähen, bis sie Borgias sind ... neue Borgias ... winzige und mittelgroße und riesenhafte Borgias ... und wir können süß und ruhig in unseren Betten schlafen, ganz egal, welche Macht wir nicht haben, denn unsere Fußböden und Küchenschränke und Dämmschichten und Dachrinnen und so weiter nehmen an theoretischem Wert zu, während sie zugleich durch Verschleiß an tatsächlichem Wert abnehmen, aber in einer glänzenden Fantasiewelt steigert sich ihr Wert in fantastischem Maße. Es sei denn, wir haben eine Sozialwohnung gekauft, die uns unterm Hintern weg verrottet, oder unsere Gegend ist in die Immobilienhölle gestürzt. Dann sind wir total am Arsch. Und noch weiter ...«

Rowan nippte an seinem Tee und ließ Jon weiterreden, bis er sich in so etwas wie Tränen hineinsteigerte.

Jon hatte gespürt, wie sein Körper atemlos wurde und zu schwitzen begann. »Und selbst wenn wir nicht so am Arsch sind, dann sind unsere kostbaren Backsteine inklusive Neuverfugung nur dann sehr gut, wenn wir nicht durch einen Eingriff aus dem Katalog der Missgeschicke obdachlos werden oder wenn wir vorhaben, nie wieder umzuziehen, damit wir nicht gezwungen sind, irgendwo anders in London etwas zu einem Preis zu erwerben, für den man in Liverpool eine kleine Straße bekäme. Denn nur London zählt wirklich, hier leben unsere Borgias, die Borgias der ganzen Welt. Andere Gegenden und Städte missverstehen Macht und Besitz und müssen entsprechend gestraft werden, bis sie sich bessern. Und ...« Und es schien nicht mehr wichtig, den Satz zu beenden.

Ich höre mich wütend und lächerlich an.

»Nimm noch etwas Tee, Jon.« Rowans Stimme klang amüsiert, aber nicht spöttisch. »Aber wir denken über Lösungen nach, nicht wahr? Ist das nicht das Beste ...? Wir lassen uns von unserer Beschreibung dessen, was uns ängstigen oder überwältigen könnte, nicht selbst ängstigen oder überwältigen. Wir beurteilen die verfügbaren Informationen und schaffen Alternativen ... und wir sind unversöhnlich.« Gefolgt von einem müden Grinsen, welches einräumte, dass er sich selbst zitierte.

Rowan geht gut mit mir um, konnte er schon immer – er lässt mich herkommen und schimpfen. Er war immer ein guter Lehrer, weil er am Lernen interessiert ist – in jeder Hinsicht. Rowan hört zu – sogar mir. Nicht dass ich ihm etwas Echtes anzubieten hätte, oder etwas Hörenswertes.

Rowan sprach leise zu seinem Teeglas. »Auf jemanden wütend zu sein, den man nicht finden kann ... den man nicht erreichen kann ...« Er schaute in das kleine Wasserbecken im Garten. »Würde einen das letzten Endes nicht krank machen ...« Rowans Miene gab sich merklich Mühe, dabei desinteressiert zu bleiben.

Ja, natürlich würde es das. Natürlich. Aber ich will wütend sein. Ich will wütend sein und es spüren. Will ich. Muss ich – was ist die Alternative? Wenn ich nicht wütend bin, habe ich bloß Angst – mehr ist jenseits des Hasses nicht mehr übrig.

Ich habe mein ganzes Leben falsch gelebt.

»Ja, vielen Dank, ich nehme noch Tee. Im Falle einer Apokalypse: Trinken Sie Tee.«

Jon hielt ihm sein Glas hin, und Rowan goss ihm ein – *zivilisiert* – es war hervorragender, milder Tee, frischer Salbei aus dem Garten, von dem Hochbeet gleich dort drüben.

Ein arabischer Garten in Bishopsgate. Fliesen in fröhlichen Farben und Nischen und rechteckige Blumenbeete, angeordnet wie Gebete, mit dem Becken in der Mitte. *Das Herz ist ein Becken, das gesäubert werden muss.* Er war für Filya hier angelegt worden: ein Geschenk, um ihre Gunst zu gewinnen, ehe sie einzog, Ja sagte und ihn heiratete und das Übliche tat – nur dass es bei Rowan und Filya nie das Übliche war. Sie beide und ihr Garten mit ihnen waren – man musste den Ausdruck wählen – bezaubernd.

Jon erinnerte sich, wie der fertige Hof enthüllt worden war – wie Filya weinte und die Hände vors Gesicht hielt, während sich eine kleine Gruppe Menschen plötzlich überflüssig fühlte, weil sie zu einer Gartentaufe eingeladen worden waren, die sich ohne Vorwarnung in einen öffentlichen Heiratsantrag mit unverhohlenen Gefühlsbekundungen verwandelte, wo eine schlanke Frau einen Augenblick ziemlich verärgert war, weil sie vor einer versammelten Menschenmenge einwilligen und küssen und so weiter musste. Aber vor allem gab es eine große Menge Glück.

Filya, Rowans erste Frau.

Seine einzige Frau. Und es kommt mir inakzeptabel vor, in Bishopsgate, in der Welt zu sein, wenn sie es nicht mehr ist. Sie wäre hier gewesen, ein Wissen, ein Gefühl ihrer Anwesenheit wäre zu spüren gewesen. Sie hätte mich mit Rowan allein gelassen, damit wir allein plaudern können, sich aber dann am späteren Abend zu uns gesellt.

Nicht auf diese alberne, sexistische Art – nicht so ein gehässiger, erzwungener Rückzug von den Männergeschäften ... Sie kochte einfach gern. Es entspannte sie nach der Arbeit. Sie war Neurologin. Sie sah, wie Menschen schreckliche Dinge zustießen, ihrem Geist, ihrem ganz privaten Selbst, und hatte mehr als nur durchschnittliche Gründe, etwas erschaffen zu wollen, Gesundheit anzubieten, und ... Essen ist gut, oder? Es ermöglicht das Weiterleben. Und wenn ich mit beiden zusammen war, bekam ich immer Appetit. Wir hätten also in einer Weile Dowjik gegessen, kurdische Hühnersuppe, oder Lamm-Kibbeh oder Pilaf, viele kleine Gerichte. Selbst gemacht, ein Zeichen der Zuneigung. Und zuerst hätte es süße geschälte Mandeln im Garten gegeben, um das Gespräch zu begleiten, und getrocknete Aprikosen in der Farbe von Vollrohrzucker, mit leicht parfümiertem Geschmack, und frische Datteln. Und wir hätten in

Frieden an dem kleinen Brunnen gesessen und gehört, wie gekonnt sie mit Messern und Werkzeugen umging, ich hätte die Hitze gerochen, die Gewürze, die Häuslichkeit, die Zufriedenheit. Unter allen Gerüchen lag immer das Aroma der Zufriedenheit.

Glückliche Haushalte haben einen identischen Duft. In den Kopfnoten variieren sie, doch der darunterliegende süßmuffigsexyträge Geschmack, der das Luftholen färbt, ist immer der gleiche. Und ohne Filya ist er immer nicht mehr da.

Es war zum Teil ihre Abwesenheit, das Fehlen von allem, was sie der Wirklichkeit hinzugefügt hatte, was Jon in so miese Stimmung versetzt hatte.

Und ich sehe nicht gern Rowans Schmerz; er ist jetzt dauerhaft beschädigt, gezeichnet. Das passiert, wenn du wirklich jemanden hast, der für dich gemacht ist, wenn dieser Mensch dich liebt und nicht bloß eine Endlosschleife in Menschengestalt ist: deine Quelle des Schmerzes und deine Rechtfertigung für den Rückzug und der vermehrte Schmerz, den der Mensch dir dann zufügt und der deine Aufmerksamkeit wecken soll, und der Schutzschild, den du dann aktivieren musst, um ihn abzuwehren – ein endloser Kreislauf.

Denn ich verstehe schon, wie ein Paar auseinanderbricht. Ich habe gesehen, was wir taten, weil wir nicht anders konnten, Valerie und ich – wir waren keine Katastrophe, weil wir nicht ausreichend informiert gewesen wären ... und genauso wenig waren wir in mancher Hinsicht grausam.

Uns war einfach nicht mehr zu helfen.

Ich persönlich glaube auch nicht an Hilfe.

Mit Rowan und Filya hingegen war es wunderschön – sie beschworen Glauben herauf, sie erzeugten ihn.

Und dann stirbt eine jüngere Frau, die ihren Mann hätte überleben sollen, an einer unvorhersehbaren Aortendissektion. Denn alles geht zu Ende.

Sie ist gut damit zurechtgekommen, dass sie Kurdin und Sufi war, im Iran geboren und dann als Kind nach Gaza gezogen war ... ausgerechnet nach Gaza ... So viele Dinge haben sie nicht umgebracht, und dann war es mit ihr vorbei. Sie hatte aufgehört.

Ich kann mir nicht vorstellen, was ich getan hätte: hätte ich der Mann sein müssen, der an jenem Morgen neben ihr aufwachte und wusste, sie hat Schmerzen, und es ist schlimm, aber nichts, was ich tun kann, wird es besser machen.

Sie sagte Rowan, es sei wie ein Reißen in der Brust. Sie vermutete schon den Grund und hatte Angst, wusste besser Bescheid als nötig. Sie verabschiedete sich reichlich, was für später ein Segen war, aber nicht in dem Augenblick. Sie bestand darauf, Abschied zu nehmen. Die Hände vor dem Gesicht, weinend und für einen Augenblick wutentbrannt.

So hat man mir erzählt.

Und ich hätte es nicht ertragen können.

Der Rettungswagen brauchte so lange, wie sie heute eben brauchen ... Als sie kamen, waren es sehr nette Menschen, sagte Rowan, und sehr tüchtig ... und zu spät.

Es hätte auch keinen Unterschied gemacht, wenn sie schon vor der Tür geparkt hätten – sie konnte nicht überleben. Niemand war schuld – es sei denn, wir ziehen Gott mit hinein und glauben, dass er sie gerufen hat. Ihr Blut floss einfach weg, und der Schaden war nicht reparabel – es ist unmöglich, ein Nichts auf ein Nichts zu nähen.

Wir sprechen nicht darüber, aber das ist jetzt anstelle von Filya im Garten – eine Unmöglichkeit.

Jon hatte die Beine übereinandergeschlagen, war mit beiden Händen durch sein Haar gefahren und hatte sich so weit nach vorn geklappt, dass sein Kopf beinahe auf den eigenen Knien lag. Das tat er immer öfter und war sicher, es musste sehr ungelenk aussehen, als wäre er in gewissem Maße überwältigt oder bräche zusammen. »Bald wird die ganze Stadt gesäubert sein: ein riesiger Spielplatz für die obere Mittelschicht und darüber. Aber woher wollen sie dann ihre Ladenbetreiber bekommen? Ihre Dienstboten? Ach du meine Güte. Man wird sich seine Dienerschaft mit dem Bus aus Surrey oder Kent kommen lassen müssen. Aus Dorset. Oder man nimmt ihnen die Pässe weg und bringt sie im Haus unter ...«

»Jon, bist du hier, um mir das zu erzählen?«

Natürlich nicht. Scheiße, warum sollte mich das scheren? Warum, zum Teufel? Warum sollte mir davon übel werden – schon wieder übel, wie üblich, sollte ich mal zum Arzt gehen? Ich werde krank. Mir wird zu oft schlecht.

Mir wird schlecht, wenn ich den Eaton Square überquere – tue ich seit Jahren – und das neue Bürgersteigmobiliar sehe, diese Männer, die wie Butler gekleidet sind und vor den Häusern herumstehen müssen. Als gäbe es nicht genug Möglichkeiten, das viele Geld, so viel, zu viel Geld auszugeben, das den Haus-

eigentümern drinnen zur Verfügung steht, oder vielleicht auch nicht drinnen, sondern woanders, aber potenziell drinnen; darum muss das Personal sichtbar gemacht werden, und zwar als unterbeschäftigt: ganze Menschen stehen auf Abruf bereit, falls mal eine Tasche getragen werden muss, wenn jemand aus einem Taxi steigt, oder eine Tür geschlossen vorgefunden wird und daher geöffnet werden muss.

Hauptsächlich sind sie für Türen da, vermute ich – die falschen Butler –, sie sind Portiers, die nicht wie Portiers aussehen dürfen, weil die Eigentümer befürchten, dass Passanten ihr Haus versehentlich für ein Hotel halten. Und weil sie die Passanten selbst fürchten.

Vielleicht noch nicht mal das, vielleicht ist es bloß eine ahnungslose Kostümwahl. Oder es soll aussehen wie in Manhattan – diese langen Markisen in Uptown, unter denen fröhliche Türsteher mit weißen Handschuhen und Schirmmützen stehen.

Was der Grund auch sein mag, da stehen sie wie lebende, atmende Poller.

Und ein ganzer Stamm von Menschen kann aus keinem Fahrzeug steigen, ohne jemandem das Gepäck anzureichen, ein Gesicht zu ziehen wie ein müdes Kind, zu erwarten, dass jede schreckliche Last ihnen abgenommen wird, aus ihren Fenstern und über die Schultern zu schauen und Wildnis zu sehen.

»Jon? Fühlst du dich nicht gut?«

Jon war bewusst geworden, dass er auf keinen Fall noch mehr Sorgen in diesen Garten tragen und sich auf keinen Fall schlecht fühlen durfte. Dieses Vokabular sollte gar nicht erlaubt sein.

»Es geht mir gut. Ich ... ich ordne nur meine Gedanken ... Es ...«

»Lass dir Zeit.«

Und dann – lächerlich – hielt er tatsächlich Rowans Hand. Er streckte seine Hand aus und nahm die des anderen Mannes und versuchte, sich nicht jämmerlich vorzukommen, versuchte es und – ganz ehrlich – verkniff sich das Weinen, nicht weil er irgendwie tapfer war oder noch normal funktionierte, sondern weil Rowan der Einzige war, der hier einen echten Grund zum Weinen hatte.

»Lass dir Zeit.«

»Es geht mir wirklich gut, es ist, äh ...«

Es wird erst absolut klar, wie allein man ist, wenn man die Hand eines anderen Menschen hält und merkt, dass man den ganzen Tag, den ganzen Tag, den ganzen Tag die abwesende Hand eines anderen gehalten hat, die schreckliche Tatsache und furchtbare Last genau dieses Mangels.

»Das werde ich, Rowan, ich werde mir Zeit lassen ... Die Sache ist die: Ich war dumm. Ich bin ...«

Die Türsteher sind mir egal, Scheiß auf die Türsteher, warum soll ich an Türsteher denken ... Ich kann durchaus anerkennen, dass die signifikante Anhäufung persönlichen Reichtums auch von allgemeinem Nutzen ist. Gibt den Türstehern Arbeit, den Juwelieren, Schustern ... Schneidern ... Und ich besitze ja auch mehr als die Mehrheit der Leute. Da ist die Statistik eindeutig.

Ich habe einen Schneider ...

»Rowan, es ist bloß ... ich sehe sie herumlaufen, diese Männer, deren Denken sich losgerissen hat von ihrem früheren Wesen, von der Welt, von den Fakten ... Wie sie über sich selbst denken, was sie zu sehen erwarten – darin bewegen sie sich – was sie einmal gewesen sein müssen, was ihnen ... Männer, denen ihr Gewissen nachflattert wie eine blutige Flagge.«

»Du gehörst nicht zu diesen Männern.«

»Ich versuche zu denken und kann nicht ... Wenn ich ... Das wäre wie ... Wenn man die Sorge für ein Kind hat – und in gewisser Weise, das glaube ich wirklich, sollen wir alle Sorge für Kinder tragen – und dann nicht ... Wenn man zugreift und ... Man darf sie nicht verletzen. Niemandem darf es erlaubt sein, ihnen wehzutun. Man darf ihnen nicht rauben, was sie werden können, weil man etwas begehrt, weil sie einen wärmen, weil man sie mag, das geht nicht ... So viele Dinge darf man nicht tun, aber sie geschehen trotzdem.«

»Du gehörst nicht zu diesen Männern.«

Ich bin kein Mann, ich bin ein alter Junge.

Ich bin auf eine still akzeptable Schule gegangen. Ich habe versucht, Rugby zu spielen – rennen wie irre, sonst erwischen sie dich – auf der Flucht auf diesen terrassenförmigen Sportplätzen, sehr hoch gelegen, faktische Waisenkinder, die unter den Augen von Machu Picchu Sport trieben, jedenfalls kam es uns so vor. Nur dass wir in Cumbria waren. Keine besonders ruhmreiche Einrichtung, aber wir hatten die nötigen Wappen und Farben, Debatten und ein Kadettenkorps, Traditionen und den sehr langen Langlauf und eine Ehrentafel, sorgsam

in Blattgold gerahmt, unter der wir unsere Mahlzeiten einnahmen, einen riesigen Bogen von Kriegerdenkmal, um unsere besonderen und großzügig hingegebenen Toten zu ehren und um das heimliche Rauchen von Zigaretten im Freien bei Regen zu verbergen.
Seit ich durfte, habe ich nie mehr rauchen wollen.

Hart Arbeiten anstelle von Lieben und Geliebt-Werden und es dann auf ein anständiges College schaffen – noch mehr Fahnen und Wappen: diese eigenartige Begeisterung für sich beißende Bonbonfarben unter den maßgebenden Klassen, dieser Drang nach babymäßigen Misstönen – und dann die behagliche, geordnete Erleichterung am Ende des Tages, wenn die Tore jenseits der Rasenflächen und Honigsteinmauern geschlossen wurden, wenn die bedeutenden Gedanken der Nation sich hinter Eichenholz einnisteten und Schilder mit Kein Zutritt die Touristen in Schach hielten. Toast an der Gasflamme der Kaminheizung. Klösterlich.

Ich hätte Mönch werden sollen. Insgesamt einfacher.

Ich wurde gelehrt, Leidenschaft für Informationen zu entwickeln, genau zu sein. Es verstand sich von selbst, dass dies eine Gabe und hilfreich sein würde.

Ich wurde ermuntert, gewissenhaft zu sein.

Ich hatte eine Berufung.

Ich war –

»Jon?«

Rowan, lass mich nicht an deine Hand denken, daran, eine Hand zu halten und dass ohne diese Hand der Sog von überall her mich packen wird.

»Rowan ... diese Briefe von mir, die sie abgefangen haben ... Die Sache mit den Liebesbriefen, eine Art Liebesbriefe ...«

Ich bin ein alter Junge. Das haben sie aus mir gemacht. Ich bin kein Mann, ich bin ein alter Junge. Jungen werden nur mit einer gewissen Menge von Dingen fertig, dann geht es nicht mehr.

»Das war eine absurde Tat ...«

Aber ich kam hierher und sah, wie du das Glück in Händen hieltest, wie es bei dir blieb, und ich lächelte, wie ein erwachsener Mann lächeln sollte.

»Aber die Folge war, dass ich weniger ... Ich war nicht mehr so völlig ... Wenn ich ihnen schrieb, den Frauen, dann war ich ...«

Auf dem Papier konnte ich hilfreich sein, hatte irgendwann die richtigen Worte für jede Gelegenheit.

Ich weiß, Du solltest jeden Tag geliebt werden ... Du solltest wissen, wie schön Du bist ... Andere Menschen bemerken es, aber Du begreifst vielleicht nicht, wie viel Anmut und Süße andere in Dir entdecken, und glaub mir bitte, auch ich finde Dich wundervoll, so süß wie nur irgendetwas ... Ich war sehr traurig, Deine schlechten Nachrichten zu hören, und wäre ich bei Dir gewesen, hättest Du in meinen Armen gelegen und Frieden gefunden, das verspreche ich Dir ... Heute habe ich nur daran gedacht, Dich zu küssen – das war jedenfalls der einzige Gedanke von Bedeutung ... In Deinem Herzen ist so viel Freundlichkeit, und Freundlichkeit wird nicht oft als lobenswerte Eigenschaft erwähnt, sollte sie aber immer, und Du hast einen wundersamen Vorrat an Freundlichkeit ... Du sorgst dafür, dass andere sich wohlfühlen, dass ein Raum eine Mitte hat, und das entgeht ihnen, aber ohne Dich wären sie verloren. Wenn ich den Umschlag öffne, der Deinen Brief einhüllt, bist Du da ... Ich berühre das Papier, wo Du es sehr bald berühren wirst, als würden wir uns an den Händen halten ...

Wenn Du mich ließest, wäre ich mehr als stolz, dich im Arm halten zu dürfen, es wäre mir eine Ehre. Ich möchte nicht albern klingen und habe auch nicht das Gefühl, albern zu klingen, wenn ich sage, das wäre mein Leben.

Empfindung und Unterstützung. Kein Sex. Nichts von der Widerwärtigkeit des Sex. Sex wurde kaum erwähnt, nicht offen: nur Sachen wie Halten und Küssen und Haut und Schauen. Wenn jemand um plastische Szenarien bat, um fleischliche Verbindungen, war ich raus. Ich war nicht ärgerlich, nur raus. Ich bot nur Zärtlichkeit, erwachsene Zärtlichkeit.

Einmal war ich doch irritiert von einer Frau – eine intelligente Frau, aber sie verlangte ständig Schweinereien, also versuchte ich es ... Und der Schmutz bekam eine so unmittelbare Reaktion. Ich wurde ermuntert, sie zu misshandeln – Schläge mit der flachen Hand, Urinieren – du betest zu Gott, dass deine Tochter solche Widerlichkeiten niemals wünschen wird. Ich habe die Korrespondenz abgebrochen und das Honorar zurückerstattet.

Mein Ziel war die Erzeugung und Fortsetzung von Sanftheit.

Ich wollte über Händchenhalten schreiben.

Und hatte zugleich nie, niemals vor, etwas dergleichen zu tun.

»Das hat offensichtlich ...«

Langsam, anscheinend unvermeidlich war Jon von seinem Stuhl in

Rowans Garten, Filyas Garten gerutscht, hatte sich auf die Terrakottaplatten gekniet, die Stirn auf die Fliesen um das Wasserbecken gepresst – ihre friedliche Oberfläche, die Vorstellung von Blau und Weiß und Rot durchtränkte seinen Geist und verbesserte dessen jammervollen Zustand.

»Es ist nicht so, dass ...« Jon hatte den Arm leicht nach hinten gestreckt, um weiter Rowans Fingerknöchel zu umfassen. Er hatte sein Gesicht verborgen, und sein Atem war unregelmäßig gegangen.

Ein Mensch von irgendeinem Wert könnte sich beherrschen, anstatt einen leer gewordenen Garten mit seinem eigenen egozentrischen Kummer zu füllen.

Hinter der Mauer war eine Baustelle, abendlich verstummt. Den größten Teil des vergangenen Jahres hatte sie die kleine Zuflucht mit endlosem Lärm und Staubstürmen belästigt, die alles abwesend und besudelt wirken ließen und einen schmierigen Film auf das Wasser legten.

Das Herz ist ein Becken, das gesäubert werden muss.

Das neue Gebäude, das man nebenan hingepflanzt hatte, war hoch und warf einen unerfreulichen Schatten. Das ließ sich nicht ändern.

Filya starb, als die Störung, die Einmischung am schlimmsten war.

Jon kniete und schluchzte neben Rowan, als würde er um etwas betteln, doch er konnte nicht sagen, was es war; als läge er zur Beichte auf den Knien. Er war nicht fähig gewesen, etwas zu sagen.

Ich wünsche mir, dass ihr letztes Mal im Garten schön, hübsch, reizend war, aber das war es nicht.

Jon hatte sich an Rowans Faust geklammert und schließlich etwas herausgebracht. »Ich muss weitermachen, aber ich kann nicht, aber ich muss ... Ich dachte, ich müsste, aber ich tue nichts Gutes. Es bewirkt nichts Gutes. Ich bin dabei geblieben, weil ich glaube, weil ich glaubte, ich muss ... Ich kann nicht ...«

Jon hatte gespürt, wie seine Rippen, seine Muskeln, sich unter dieser schrecklichen Last hoben und senkten, von diesem kleinen Riss in seinem Herzen, und er hatte begriffen, dass er in die Wildnis hinauswanderte.

Es war ziemlich schlimm gewesen.

»Dieses Mädchen, diese Frau, dieser Mensch ... Ich wollte sie gar nicht ... und jetzt ist sie ... und ... Da sind so viele andere ... Alles passiert auf einmal, gleichzeitig, und ich bin zu klein dafür ... Ich ...« Weinen ... er hatte ein bisschen geweint und war zurückgefallen in das, was von seinem frühesten Akzent übrig war. Als seine Worte sich herauskämpften – heiß und brechend –, klang er in seinen eigenen Ohren wie das Kind, das Nairn verlassen hatte: Ein Junge, randvoll mit Schlauheit, in der er keinen Trost fand.

Diese Schlauheit war es, die ihn nicht mehr in die Society Street passen ließ. Sie hatte ihn dazu gebracht, die schottische Ostküste zu verlassen. Sie hatte seinen Charakter mit trügerischem Selbstvertrauen verdorben, lange bevor er den vornehmen Schulblazer angezogen und den passenden Jargon gelernt hatte.

Schlau zu sein hätte helfen sollen. Es soll immer noch helfen.

Ein eigenartiger Sturm in einem Garten – das war er gewesen.

In der Welt und von der Welt zu sein ist unvermeidlich, sagt man, und das heißt, du findet etwas über sie heraus und pflanzt schöne Dinge hinein, und Hoffnungen und ... Geständnisse ...

Ein gehässiger Schwindel schüttelte seinen Schädel und ließ dann nach.

Er hustete. Er schniefte.

Jetzt fühlte er sich ein bisschen besser, hier, in diesem großen Garten, in dem Garten aller – hier in St James's Park. Es ging ihm besser – in mancher Hinsicht gesundet. Abgesehen vom wiederkehrenden Brechreiz.

Und er hatte Rowan seine Lage erklärt – einen Teil davon –, und sie schien nicht unrettbar – ein Teil davon. Mit Rowan als Zuhörer war sie ihm wie eine Geschichte erschienen, die man erzählen konnte.

Allerdings würde man sie als mahnendes Beispiel ansehen. Ich gehe nicht in die Wildnis, ich renne.

Nein.

Das ist es nicht.

Der Park machte sich wieder bemerkbar: Touristen, windiger Sonnenschein, seine eigenen Gliedmaßen, länger als zweckmäßig.

Ich kann im Gras sitzen, es blüht, das Grün der Aprilblätter leuchtet bezwingend, solch eine Gnade, so freundlich – und dennoch renne ich in die Wildnis.

Hier ist sie. Die Wildnis ist immer hier. Vielleicht haben die Leute, die sie mögen und mehr daraus machen wollen, vielleicht haben die recht. Hier ist sie. Genau die Gegend, die einen alten Jungen wegrennen lässt. Hier ist es.
Er schaltete sein Telefon wieder an.

Ein Mann kniet in einer nachmittäglich ruhigen Einkaufspassage. Die Sonne scheint. Der Mann ist Straßenmusiker, hat seinen leicht exotischen Hut mit Schweißband umgedreht vor sich liegen, um Spenden aufzunehmen, trägt wetterfeste Kleidung, und sein Auftreten soll die Leute für ihn einnehmen. Er ist Mitte oder vielleicht Ende zwanzig und spielt Saxofon, das er hochhält, damit es nicht über den Boden schrammt. Seine Haltung wirkt etwas angestrengt, sein Gesicht jedoch glücklich und konzentriert. Er spielt »Twinkle, Twinkle, Little Star« mit absolut klarem Ton. Er kniet zu Füßen eines kleinen Jungen, der hin- und hergerissen ist – endlos, wie es scheint – zwischen dem Staunen über den mächtigen Klang des Instruments und seinem Drang, mit den Fingern an den glänzenden Schalltrichter zu fassen, in seine heiseren Tiefen zu spähen.

Ein Paar, mollig und ungezwungen miteinander, steht gleich hinter dem Jungen. Höchstwahrscheinlich ist es ihr Sohn. Sie freuen sich an seiner Freude. Gleichzeitig ist ihnen die Situation eine Spur peinlich. Es ist nicht ganz klar, ob sie oder das Kind sich das Stück gewünscht haben. Womöglich hat der Musiker den anbetenden Kniefall der größeren Wirkung wegen hinzugefügt. Das Kind wirkt gebieterisch angesichts seines Geschenks und nimmt diese Zeichen der Unterwerfung als sein natürliches Recht hin.

Passanten gehen, ohne innezuhalten, an der Szene vorüber. Kein Kopf dreht sich, während ein Kind so besonders behandelt und erfreut wird. Das geschieht Kindern recht oft. Wäre er erwachsen, dürften sich die Interaktionen schwieriger und komplexer gestalten. Vielleicht wird er von den Menschen ignoriert, die älter sind als er, weil sie neidisch auf ihn sind oder weil sie sich bemühen, der Nostalgie aus dem Weg zu gehen.

15:00

Meg nahm ein spätes Mittagessen ein oder einen frühen Tee. Sie traf sich mit niemandem.

Ich bin allein. Abgesehen von ein paar Hunden. Und abgesehen von ein paar Leuten.

Aber keiner von denen hat irgendwas mit mir zu tun.

Sie hatte den Bus genommen, der sie nach Hause brachte, und sich dann erlaubt, vor dem Gemeindecafé um die Ecke herumzulungern und ein bisschen zu frieren. Sie nippte an einem Kaffee, weil ihr nicht unbedingt nach Essen war. Ihr war außerdem nicht danach, den schäbigen Rest des Tages in ihrer Wohnung herumzugeistern.

Arsch.

Wonach mir natürlich ist: Eine etwas unerfreuliche Lage noch zu verschlimmern. Warum soll ich mir selbst nicht damit drohen, alles hinzuschmeißen?

Ich fühle mich schon elend, warum soll ich also nicht gleich richtig verzweifeln?

Und wenn ich mir das Hirn darüber zermartere, was ich eigentlich mit »alles« meine, bin ich wunderbar vorbereitet auf unsere tatsächliche Begegnung.

Denn wir planen immer noch, uns zu treffen – nur werden wir das alles später tun. Nicht jetzt.

Was auch immer »das alles« heißen soll.

Alles wird später geschehen und nicht jetzt – das Übliche.

Ich werde dich treffen, aber leider nicht jetzt ...

Das Übliche.

Aber ich kann der Vorstellung vertrauen.

Muss ich.

Habe ich beschlossen.

Man muss hier und da auf irgendwas vertrauen, und ich habe beschlossen, darauf zu vertrauen, dass unser Plan tatsächlich ein Plan ist.

Freitagnachmittage waren schon unangenehm genug. Und jetzt saß sie hier und trank einen Kaffee, den sie sich auch kostenfrei in ihrer eigenen Küche hätte kochen können.

Nein – sei nicht ungerecht –, einen Cappuccino hätte ich nicht machen können. Diese besondere Fähigkeit fehlt mir.

Neben anderen.

Weißt du, das hier wäre wirklich viel einfacher, wenn du nicht so eine Jammerkuh wärst.

Ich hätte einfach bei der Arbeit bleiben sollen – hätte sagen sollen, die Pläne hätten sich geändert.

Aber das kannst du nicht, du kannst nicht sagen, dass du etwas unternimmst, die Geschäftsführung rechtzeitig informieren und sogar der blöden, beschissenen Laura Bescheid sagen, dass du am Freitag, den 10. früher gehen wirst, worauf ihr Blick sagt: »Ach, du hast doch ein richtiges Leben?«, und wenn der Tag dann kommt, dann kannst du nicht, absolut nicht, definitiv nicht laut sagen: »Nein, meine Pläne haben sich noch mal geändert. Letzte Woche wollte ich mittags essen gehen, und dann nach ein paar Tagen schien es unwahrscheinlich, dass das klappen könnte, aber immerhin ging der Tag noch in Ordnung, also haben wir auf drei Uhr nachmittags verschoben – drei Uhr heute –, und das ist zwar eine eigenartige Zeit für eine Verabredung, aber vielleicht passt sie ja zu eigenartigen Menschen, und wir sind beide eigenartig ... nur dass es jetzt auch nicht mehr drei Uhr ist ...«

Halb sieben. Dann versuchen wir es noch mal.

Arsch.

Heute gefällt mir nicht.

Nichts am heutigen Tag gefällt mir. Hat schon mäßig angefangen, und von da an ging es bergab.

Ich hätte jetzt gern vierundzwanzig neue Stunden, bitte. Ich habe das jetzt mehrfach beantragt, und ich möchte, dass sich jemand mit meinem Problem befasst und die Sache in Ordnung bringt.

Noch mehr Koffein wird auch nicht helfen.

Vielleicht will ich ja auch gar nicht, dass es hilft – vielleicht will ich mich einfach aufgedreht und manisch fühlen, oder aufgebrezelt, oder ...

Um halb sieben darf ich es noch mal versuchen.

Ich werde dich treffen.

Aber es klappt nie.
Sie stocherte mit dem Löffel im Schaum des Bechers herum, während sie bewusst nicht darüber nachdachte, dass ein Tee billiger und chemisch weniger schädlich gewesen wäre.
Ich möchte lieber nicht vermuten, dass mir abgesagt wurde, weil ich ein schrecklicher Mensch bin und nicht ein eigenartiger.
Aber ich vermute es.
Scheiße, ich weiß es.
Ich fühle mich wie ein schrecklicher Mensch – und das sieht man sicher, das ist bestimmt klar zu erkennen und muss gemieden werden.
Ich bin derzeit ein schrecklicher Mensch, der mit ein paar Fremden Gemeinde-Cappuccino trinkt. Und ein paar Hunden. Ich komme einfach nicht los von den verdammten Hunden.

Das Café war in einem bemerkenswert hässlichen Gebäude durch einen gemeinschaftlichen Willensakt erstanden. Freiwillige Helfer waren aufgerufen worden, man hatte sich hineingekniet, und jetzt hatte die Gemeinschaft etwas, womit sie arbeiten konnte. Das Café bot Aktivitäten an, an denen Meg niemals teilnahm, Treffen und Versammlungen, denen sie sich standhaft verweigerte, verkaufte außerdem Kunsthandwerk, Obst und Gemüse sowie die Produkte einer Hippieküche. Das Gebäude lag zwischen den beiden kleinen Parks auf dem Telegraph Hill und wimmelte daher tagsüber von Hunden.

Sie war umgeben von Schnauzen und tappenden Pfoten und fühlenden, voll und ganz belebten Tierkörpern. Jeder verfluchte Hund war auf einem Level unglaublich entspannter Lebendigkeit, die einen entweder beruhigen oder einem richtig heftig auf die Nerven gehen konnte, wenn man selbst eine Art Tier war, aber diesen Zustand der Lockerheit nie erreichen konnte – wenn man nicht hinbekam, was jede Promenadenmischung, jeder überzüchtete Stammbaumfreak ohne einen Gedanken schaffte.
Arsch.
Nein.
Niemand ist ein Arsch.
Und um halb sieben werde ich an einem glücklichen und guten Ort sein.
Darauf werde ich vertrauen – das ist eine gute Übung.

Die versammelten Hunde streiften ungehindert und fröhlich um die Tische draußen, zwischen sich fläzenden Fahrrädern und geparkten Kinderwagen. Menschen waren auch da. Wer es behaglich haben wollte, saß drinnen; draußen bei Meg saßen die Raucher und die Abgehärteten, die womöglich Vögel beobachten wollten – warum nicht? Vögel waren da, und gelegentlich schaute jemand zu ihnen hin. Meg wusste nicht und scherte sich auch nicht darum, ob die Leute das mit Expertenaugen taten. Warum sie selbst draußen saß, war ihr ein Rätsel – sie rauchte nicht.

Rauchen und Glücksspiel – die Laster habe ich nie richtig verstanden.

Links von ihr lag eine rostbraune Mischlingshündin mit einem Anteil Ridgeback lang hingestreckt, den ergrauten Kopf auf den übereinandergeschlagenen Pfoten. Dahinter streifte ein Tibet-Terrier herum, schwarz und cremefarben, dessen Fell und Krallen gestutzt werden mussten – sie konnte nicht sehen, was der Hund trieb, aber sie hörte die Krallen über den Boden klackern und gelegentliches Gemurmel, weil er unter den Tischen stöberte und arglose Knöchel beschnüffelte.

Das ist ein Hund, der schlecht gepflegt wird. Da ist etwas Schlimmes kurz vorm Passieren.

Meg genoss es einen Moment, über ihre Umgebung zu richten.

Hier haben alle Kinder und Partner und Leben und verfügbares Einkommen, das sie für Cappuccinos und Kunsthandwerk und Gläser städtischen Honigs und lokal hergestelltes Eis ausgeben können.

Scheiß auf sie.

Das war sowohl unfair als auch unwahr, weshalb es sich auch so angenehm anfühlte.

Scheiß auf sie.

Allerdings würde Meg gleich damit aufhören.

Es tut mir wirklich leid, ich werde wirklich aufhören und mich zusammenreißen – in einer Minute.

Meg hatte Jahre mit Meg verbracht und wusste, sie war eine übellaunige Zicke, die alles, was ihr in den Sinn kam, mit einem Fluch belegen konnte.

Scheiß auf mich.

Aber sie versuchte sich zu bessern.

Scheiß auf mich.

Sie versuchte anzunehmen, dass Treffen mit ihr nicht abgesagt wurden, weil sie etwas falsch gemacht hatte. Oder weil sie falsch war.
*Es gibt hier so linke Konzerte im Café ... Ich tendiere nach links. Sollte eigentlich lustig sein. Revolutionslieder singen – als würde das irgendwas bringen, irgendwas erreichen. Lieder, die ich früher selbst gesungen habe – man klagt immer noch über die Kämpfe des letzten Jahrhunderts und hat kaum Raum für die gegenwärtigen, sucht sich die Lieder des Spanischen Bürgerkriegs aus, weil sie einigermaßen lebhafte Melodien haben ...»*En los frentes de Jarama, rumba la rumba la rumba la, no tenemos ni aviones, ni tanques ni cañones.« *Sie klingen immer total fröhlich darüber, dass sie keine Flugzeuge, keine Panzer, keine Artillerie haben. Und ich soll auch total fröhlich sein, dass sie so total fröhlich sein konnten, die XV. Scheißbrigade vor mehr als einem großzügigen Lebensalter. Sie haben verloren, verdammt, oder etwa nicht? Sie hatten keine Flugzeuge, keine Panzer, keine Artillerie – was wollten sie denn tun? Die Guardia Civil in Grund und Boden singen?*

Und dann mit erhobener geballter Faust dazustehen – muss man doch, oder? – und alle gemeinsam die Internationale zu singen. Habe ich auch gemacht.

Warum ist Freiheit nie auf Englisch? Was sagt uns das?

Ein Windstoß wehte aus dem unteren Park über die Straße, hob ein wenig Staub an und blies ihn den Verdammten dieser Erde auf die Tische, die sie doch rein machen sollten.

Wie soll man reinen Tisch mit dem Bedränger machen, wenn einem der Staub in den Kaffee weht. Das letzte Gefecht ist dem Staub scheißegal – er legt sich trotzdem auf alles.

Sie fuhrwerkte in der abkühlenden, graubraunen Flüssigkeit herum, als hätte sie Sorge, der Löffel könne schmelzen. Dann trank sie nichts.

Ich trinke nicht – so bin ich. Ich bin ein Mensch, der nicht trinkt. Meine Hauptaktivität ist ein Nicht-Tun.

Meg drehte sich weg und sah in den Park: die sanft ruhelosen Bäume, neu werdende Äste, Blüten in dicken Kaskaden und Schwaden, die Welt, die sich freigebig, flatterhaft, süß zeigte.

Und das sollte reichen.
Ich bin ein nüchterner Mensch.
Ich bin eine positive Größe.

Wenn mein Kopf so aus dem Gleichgewicht gerät, sollte ich jemanden anrufen und alles erzählen, und dann sollte ich mich komplett umdrehen und den ganzen Müll ausschütten, alles ausleeren, mich selbst ausleeren, mich leer machen.
Aber ich werde niemanden anrufen, oder?
Weil ich das Risiko liebe.
Weil ich recht habe, mich selbst zu hassen – ich bin eine dumme, dumme Kuh und ich tue mir Unrecht.
Außerdem lüge ich. Oft und viel. Vor allem belüge ich mich selbst. Aber ich höre mir trotzdem weiter zu.
Dumme Kuh.
Ein Treffen wird abgesagt – nicht du, das Treffen wird abgesagt –, und du gerätst sofort ins Schleudern, obwohl es gar nicht deine Schuld ist und außerdem nur verschoben, gar nicht abgesagt.
Vielleicht können wir ein frühes Abendessen nehmen. Ein frühes Abendessen käme mir gelegen.
Weil ich kein Mittagessen hatte. Laufe mal wieder auf Reserve.
Aber ich bin nicht leer.
Ich werde dich treffen.
Das ist nicht leer.
Aber ich habe zu viel Kaffee getrunken – ich bin total überdreht. Selbst wenn der Wind nicht Straßenstaub und Giftstoffe hineingeweht hätte, sollte ich diesen Kaffee nicht mehr trinken oder sonst irgendeinen Kaffee oder irgendwas Kaffeeähnliches. Ich sollte irgendein Kraut trinken.
Herrgott, bin ich lächerlich. Man sollte mich gar nicht auf die Straße lassen. Man sollte mich weder ins Haus noch auf die Straße lassen.
Und einen Moment lächelte sie, einen Moment waren die Blüten perfekt: ihr Wippen, die Umrisse der beginnenden Farben, der großzügige Duft.
In solchen Phasen – da kommt es dir vor, als würdest du in deinen eigenen persönlichen Brunnen stürzen, aber du kannst auch die Hand hineinstrecken und dich an den eigenen Ohren wieder herausziehen. Das kostet Anstrengung, aber du kannst es. Besser geht es mit Hilfe, aber es ist mir peinlich, für so etwas Hilfe zu erbitten. Das ist eine Kleinigkeit. Ich bin müde und hatte einen unschönen Vormittag, das ist alles.

Und ich sollte wirklich nicht über Politik nachdenken; ehrlich gesagt, wer sollte das? Wer sollte freiwillig seine Zeit damit verschwenden? Politik ist nichts weiter als eine organisierte, kostspielige Art, wütend zu sein.

Meg stellte ihren Becher auf den Tisch und verließ die Sonnenterrasse vor dem Café.

Dann zögerte sie, drehte sich um, nahm den Becher vom Tisch und brachte ihn nach drinnen, um das Aufräumen zu erleichtern. Sie nickte dem Mann an der Kasse zu und verhielt sich allgemein so, als liebte sie das Café und all seine Aktivitäten und rechnete mit einer unmittelbar bevorstehenden Revolution, die den altmodischen Mittelschichten mehr Zeit zum Lesen und eine größere Auswahl an Theatergruppen und an DVD-Boxsets von kontinentaleuropäischen Filmdramen verschaffen würde.

Dann ging sie erneut.»Vielen Dank.« Machte sich davon.

15:23

Als Meg den Hügel hinab zu ihrer Bushaltestelle trottete, wurde sie verfolgt – wie es ihr gelegentlich passierte – von dem Makel, dem Geschmack jener anderen Meg, Maggie, Margaret. Thatcher.
Maggie, Maggie, Maggie – weg, weg, weg.
Ständig hast du Menschen diesen Slogan rufen gehört und ihnen zugestimmt, aber zugleich war es auch schwer, ihn nicht persönlich zu nehmen.
Dabei war sie der letzte Mensch – außer mir selbst –, mit dem ich in Verbindung gebracht werden wollte.
Laura hat einmal gesagt: »Na, immerhin hat sie was getan. Der Haufen von heute – die machen ja gar nichts. Kein Einziger. Die reden bloß. Sie hat was getan. Und sie war eine Frau.«
Und ich habe nicht geantwortet: »Die Gräfin Báthory hat auch was getan – irgendwas mit Jungfrauenblut und Mord, und ja, das heißt ganz sicher etwas tun. Und diese Römerin, die Claudius und noch eine Menge anderer Leute vergiftet hat ... ich sollte mal eine Liste von Frauen aufstellen, die furchtbar waren, damit ich zutreffend zitieren kann ... und Lucrezia Borgia hat auch was getan, eine ganze Menge sogar, glaube ich, aber ich erinnere mich nicht mehr ... ich habe einen Freund, der sich für die Borgias interessiert, darum habe ich ein bisschen über sie nachgelesen ... mein Gedächtnis ist hinüber ... ich muss es wissen, ich habe ihm selbst hinübergeholfen – das immerhin weiß ich noch ... Aber ich kann noch lernen. Ich kann etwas über all die Frauen in Konzentrationslagern lernen, die Aufseherinnen – man sieht sie auf den Fotos, in diesen Uniformen sehen sie aus wie ... wie ein furchtbarer Witz ... wie Frauen in Schuluniform, die Menschen foltern ... das sind Frauen, die Sachen getan haben. Etwas zu tun macht noch niemanden wundervoll. Tun – das ist nicht genug, oder? Ich tue auch Dinge. Wir alle tun etwas. Entscheidend ist, was wir tun – welche Dinge ... Und eine Frau zu sein – das ist auch noch keine Garantie, reizend zu sein. Glaub mir, ich habe selbst eine Vagina, ich weiß es. Ich bin

nicht froh darüber, eine zu haben – sie verleiht mir keine Macht. Ich starre sie nicht mit dem Handspiegel an und wünsche ihr alles Gute und bedanke mich für ein Leben voller angenehmer Erfahrungen ... Aber ja, sie war eine Frau und sie hat etwas getan. Klar. Ganz sicher. Schön, dass wir drüber gesprochen haben. Ganz großartig. Gottes Segen von allen Seiten und oben und unten für Dich.«

Ja, das habe ich nicht gesagt.

Es hat nie irgendeinen Sinn, so was zu sagen. Wenn man auf die Idee kommt, dass etwas Derartiges zu sagen notwendig sein könnte, dann weißt du schon, das tatsächliche Aussprechen wird nicht willkommen sein oder verstanden werden, und du bleibst stumm.

Wenn du nüchtern bist, hältst du den Mund. Besoffen ... Tja, wenn du besoffen bist, ist alles möglich.

Das Problem war, dass Margaret Thatcher sie betrunken machte.

Schon wieder eine Lüge.

Ich habe mich selbst betrunken gemacht.

Meg hatte sich vorgestellt, sie würde vor der alten Maggie sterben – die Zeit lief gegen die ehemalige Premierministerin, aber ernsthaftes Trinken, Trinken im industriellen Maßstab, hatte Meg den kräftigen Schub in Richtung Ziellinie gegeben, auf den sie gehofft hatte. Sie hatte schließlich gehen wollen – nachdem alle anderen Optionen offenbar restlos erschöpft waren.

Aber dann hatte Baroness Margaret Hilda sich über die Suite im Ritz davongemacht und war vor ihr abgetreten – das Herz, von dem die Leute sagten, dass sie es nicht hatte, hörte auf zu schlagen.

Ihre Seele hob sich frei davon – wenn Menschen Seelen haben. Ich stelle mir vor, wie sie sich in den Zweigen des Green Park verfängt und dort wie ein Vogel hocken bleibt, plötzlich unbelastet, wie sie sich umschaut und sieht und sieht und sieht.

Und Meg – die nüchterne Meg – die zu diesem Zeitpunkt schon seit zwei Jahren nüchterne Meg war am Leben geblieben, hatte ihre Namensvetterin überrundet und hinter sich gelassen. Oder so ähnlich.

Zum Zeitpunkt von Maggies Tod ging Meg nicht zu vielen AA-Treffen – sie ging tatsächlich zu gar keinen Treffen – sie nahm nicht mehr teil, und sie nahm auch keine Vorschläge und Ratschläge von Leuten an, die hingingen, oder von irgendwelchen anderen Menschen, denen sie begegnete.

Sie begegnete eigentlich keinen Menschen mehr.

Sie war unzufrieden. Sie hatte auch die Selbsthilflosengruppe aufgegeben, die sie gezwungen hatte, einmal die Woche mit Molly im Kreis zu sitzen, und sie auf den Arm zu tätscheln versucht hatte.

Der bescheuerte therapeutische Nähkreis, in dem ich mich wieder wie ein Mensch fühlen sollte, wie eine überzeugende Frau.

Was ich nicht bin. Nicht mal der Gynäkologe findet mich überzeugend – »Jetzt kommt ein bisschen Schmerz, ach, und übrigens, Ihr Leben als fortpflanzungsfähiger Mensch ist jetzt vorbei. Die kleinen Veränderungen haben Sie sicher bemerkt – ich spreche von der großen. Der letzten vor der richtig großen.«

Aber das sollte ich jetzt bleiben lassen – nicht daran rühren. Der Vormittag ist vergangen. Und der letzte Morgen mit Maggie ist auch vergangen – ohne dass sie Schaden genommen hätte: nur ich.

Meg – die immer noch nüchterne, aber unzufriedene Meg – hatte von Thatchers Tod aus dem Radio erfahren und sich freuen wollen.

Aber man kann sich nicht freuen, dass eine wirre alte Dame gestorben ist.

Sie hatte Elvis Costello aufgelegt und mitgesungen und immer noch nicht froh sein können.

Es hatte mir nichts genützt, sie zu überdauern. Oder zu sehen, wie die Welt jenseits ihres aktiven politischen Lebens geworden war, über den Schaden hinaus, den sie angerichtet hatte. Das Land wurde seither herzlos gelenkt.

Nicht viele gebrechliche und hilfsbedürftige Rentner haben das Glück, in einer Suite im Ritz zu sterben, behaglich und würdevoll.

Wie viele Rentner dürfen überhaupt behaglich und würdevoll sterben, Ritz hin oder her ...?

Ich wollte mich darüber empören, aber es machte mich nicht wütend. Auch wenn ich es wünschte.

Ich war nicht traurig, ich war nicht froh, ich war gar nichts – außer müde.

Die letztendliche Befriedigung, die ihr die Natur hatte verschaffen sollen, die Ermordung durch Verschleiß und Zeit und das wirkliche Leben – all das, was Politiker so gern ignorieren –, der Tod, den Meg lautstark gefordert hatte, in Bars und Bars und Arbeitszimmern und Clubs und Diskussionen und Bars und Bars, in einer bemerkenswerten Anzahl von

Bars ... da war er nun. Aber das Glück, das sie infolgedessen zu erlangen erwartet hatte, blieb unerreichbar.

Und danach hatte sie sich einen Tag und noch einen Tag und dann noch länger irgendwie schmutzig gefühlt, hatte so etwas Hässliches unter der Haut gespürt, eine unruhige Neigung zur dunklen Seite. Darum war sie zum Begräbnis gegangen, Margaret Hildas Staatsbegräbnis. Es war an einem Mittwoch.

Verrückte Idee.

Und so hat sie mich am Ende doch noch gekriegt.

Meg hatte mit Menschenmassen gerechnet und war viel zu früh losgegangen, kam in Westminster aus der U-Bahn herauf in Kälte und Nieselregen, und die Bürgersteige waren größtenteils leer. Polizisten wanderten durch die stillen und abgesperrten Straßen, tranken Tee aus Plastikbechern, schlenkerten Tüten mit Marsriegeln und Limonade am Arm. Barrieren für die noch nicht anwesende Menge waren aufgestellt worden, ein Kamerakran mit Gerüst war an der Ecke von Whitehall aufgestellt, damit die Kamerafahrt dem Leichenwagen von oben folgen konnte, wenn er vorbeifuhr.

Busse fahren vorbei, anscheinend voll mit Dutzenden dösender Männer in Ausgehuniform. Und Kleinbusse – bizarre Kleinbusse, in den Fenstern waren Hüte und Kopfschmuck zu sehen, glitzerndes Make-up, glatt gekämmte Haare bei den Herren, sauber gebürstete Revers, Offiziersuniformen.

Als wären sie alle zu einer Hochzeit unterwegs. Ein gesellschaftliches Ereignis bei unerfreulichem Wetter.

Und das war es natürlich auch – nicht mehr und nicht weniger und nicht mehr als das.

Gelegentlich gingen Soldaten von hier nach dort, herausgeputzt und in unnatürlicher Spannung. Es hatte Meg überrascht, wie albern ihre Stiefel mit den dicken Sohlen aussahen – ein bisschen nach Glamrock – und wie breit und kurz die Hosen geschnitten waren. Sie waren wie bewaffnete Clowns mit aggressiven Mützen gekleidet. So bezeugten Whitehall und das Militär anscheinend öffentlich Trauer – das waren die verschiedenen vorgeschriebenen Arten der Totenklage. Hier und da versammelten sich Grüppchen von Zivilisten in vernünftiger Draußenkleidung, grün und aus Tweed. Geplapper war zu hören, vehementes Gerede, die Art von vorbeugender Empörung, die man oft, so musste Meg annehmen, in den Salongesprächen der Menschen hören konnte, denen Thatcher lieb und teuer war. Der Tonfall glich einer erfolgreichen Schlagzeile: gesträubte Nackenfedern und wildes Schwanken zwischen Selbstgefälligkeit und Selbsthass, unterfüttert von noch größerem Hass auf alle anderen. Neugierige Touristen lehnten an den Barrieren und fotografierten, während ein deutsches Filmteam herumstreifte, auf der Suche nach Menschen, die Deutschen gegenüber freimütig Kommentare abgeben wollten.

Und dann sah man vereinzelt diejenigen, die ihr Land liebten – ihre ganz eigene Vorstellung des Landes –, in eher persönlicher Verkleidung: Jacken im Union-Jack-Design, handgemachte Abzeichen, Zylinder mit angehefteten Fotos. Sie stolzierten herum, marschierten in gespannter Erwartung auf und ab. Die Nation war in verbitterten, brüchigen Einzelteilen ausgestellt – in verstreuten, verrückten Stücken.

Es kam mir vor, als würde ich auf das Wesen all dessen starren, was ich lieber nicht sein wollte.

Es machte mich traurig.

Der Kameramann stieg auf sein Gerüst und begann, langsame Abwärtsschwenks mit seinem Kamerakran zu üben. Der Nieselregen nieselte. Und die Polizisten auf der Straße – das Einzige, was es zu sehen gab – spielten ihre Verfrorenheit zur Unterhaltung aller demonstrativ aus: kleine Tanzschritte, die Handschuhe aneinanderklatschen, die Backen aufblasen.

Ein Mann aus der Menge, der am selben Morgen den weiten Weg aus Manchester gekommen war, verkündete: »Ich war auch bei Churchills Beerdigung.« Meg hörte zu, wie er ihr das unaufgefordert erklärte, so wie auch einer Vielzahl anderer Menschen, und wie er es sicherlich noch mehr Leuten erzählen würde. Nur nicht den Deutschen.

Meg zitterte heftig, als die leere Lafette vorbeiratterte, auf dem Weg zur Übergabestelle – strahlendes Metall und schwarzer Glanz. Sie wandte sich ab, wandte ihr den Rücken zu, denn das schien angemessen – diese hilflose Drehung um hundertachtzig Grad, die sicher niemanden kümmern konnte.

Und dann wandte sie sich wieder in die andere Richtung, um auf den wirklichen Körper eines Menschen zu warten, der nun verstorben war, besiegt vom Ende aller Macht, und bald schon in der Limousine vorbeigefahren würde, ganz ähnlich wie noch im Leben.

Jetzt käme die Befriedigung, die Meg sich gewünscht hatte.

Doch es gab keine Befriedigung. Natürlich nicht.

Der Leichenwagen raste um die Ecke des Parliament Square, als wäre er auf der Flucht vor einer gemeinen Öffentlichkeit.

Jemand warf Blumen – und noch einmal –, als das, was die Baroness gewesen war, vorbeischoss. Der Strauß flog viel zu kurz und landete auf dem Asphalt: Es war eine Pflanze mit schmuddelig grünen Blüten, ein Nieswurz. Sie musste aus einem Garten stammen und hatte womöglich persönliche Bedeutung. Nieswurz ist giftig. Die Blüten sollen Zwietracht vertreiben und Seelenruhe bringen.

Heutzutage hat alles einen doppelten Boden – alles, was Politiker sagen ...
Lass mich Liebe üben, wo man hasst ...
Egal, was sie dir erzählen: Wenn du es exakt ins Gegenteil verkehrst, liegst du richtig.

Nachdem Meg die Lafette demonstrativ missachtet hatte, wurde sie auf absurde und unangenehme Weise von Polizisten flankiert. Sie schlängelten sich durch die Menge in ihre Richtung und blieben bei ihr stehen – zwei Bobbys mit ihren hohen Helmen.

Was soll ich wohl anstellen? Über die Barrikade setzen und mit einem Salto auf der Motorhaube des Leichenwagens landen?
Warum sollte man mich fürchten?
Es hatte keine Bedeutung.
Nichts, was ich tat, war von Bedeutung.
Und ihr Eingreifen genauso wenig.

Meg entdeckte eine dritte Uniform dicht hinter ihr, als sie sich wieder umwandte, diesmal weg von der Limousine. Die Uniform gehörte einer Polizistin mit einem Namensschild, das sie als Debbie auswies. »Gott segne sie«, rief Debbie. Diesen Ruf richtete sie mit pädagogischem Eifer dicht an Megs Ohr vorbei, als der erlauchte Leichnam in seinem glänzenden Transportmittel vorbeischoss – in ganz und gar nicht würdevollem Tempo.

Und das war's.
Mehr nicht.
Danach kam nur noch Kälte, tiefe Kälte.
Die Menge vertändelte sich.
Es war eine Art Schock, dass sich nichts änderte, nicht mal jetzt – dass sich niemals etwas ändern würde. Die graue Kälte würde grau und kalt bleiben.
Große Enttäuschung zog auf.
Du findest dich selbst widerwärtig, weil du das häufig findest und weil du diesmal eine alte Frau zu Tode gewünscht hast. Oder zumindest gewünscht hast, du könntest es.
Du starrst andere an und siehst, wie unbegreiflich sie sind ...
Du siehst und siehst und siehst und kannst nicht aufhören ...
Du bist gekommen, um den Tod zu beobachten und sein Freund zu sein, ihn zu lieben – und jetzt, wo du hier bist, merkst du, dass er sich für dich interessiert. Du spürst seinen prüfenden Blick, der sich scharf in dich hineinbohrt – wie die Aufmerksamkeit der allerschlimmsten Polizei.
Die tatsächliche Polizei hat sich wieder von dir gelöst, sie schaukeln irgendwo den Bürgersteig entlang – du kannst sie nicht mehr sehen.
Maggies Begräbnis – das schiebt dich völlig weg.
Du entfernst dich.
Du gehst durch die feuchte Luft, findest den nächsten Pub und bittest die Frau, die für Spirituosen zuständig ist, dir einen doppelten Whisky einzuschenken, und dann noch einen, denn du bist im Rückstand. Du bestellst sehr höflich, aber innerlich bist du heftig bewegt.
Du trinkst unter Menschen, deren Meinung du nicht teilen kannst – ehrlich Trauernde, die Weingläser in den gekühlten Händen halten –, doch das macht dir gar nichts aus.
Du möchtest erreichen, dass dir gar nichts mehr etwas ausmacht.
Du möchtest weg.
Du möchtest in jeder Hinsicht weit weg und hast nicht die Absicht, jemals zurückzukehren.
Meg hatte sich betrunken und war betrunken geblieben.
Es hatte mehr als ein Jahr gedauert, sich wiederzufinden.
Die Jalousien zu und sich die Flaschen mit dem Taxi holen lassen, wenn

deine Angst zu groß wird, dich selbst nach draußen zu wagen. Den Fernseher verkaufen. Allen möglichen Kram verkaufen, den deine Eltern aufbewahrt hatten, der ihnen etwas bedeutete, den sie dir hinterlassen hatten, damit du ihn lieben konntest – und nicht den Tod –, damit du dich an frühere, freundlichere Tage erinnern konntest.

Sie haben dir ihr Haus hinterlassen, sonst wärst du obdachlos geworden.

Und auch so hast du das Haus noch fast versoffen.

Um Haaresbreite dem endgültigen Absturz entgangen – ohne Netz, das dich hätte auffangen können. Es gibt kein Fangnetz – nicht mehr.

Und du verdienst auch keins.

Du bist eben eine dumme Kuh.

So etwas wie irgendwas gibt es nicht.

Sie war eben eine dumme Kuh, die alte Maggie.

Aber ich bin noch dümmer.

Weil ich mich fast von ihr habe umbringen lassen.

Und seither hatte Meg eingesehen, dass es klug war, sich nicht zu lange – das hatten mehrere Menschen ihr gesagt – nicht zu lange mit Politik und der Bedeutungslosigkeit der Hoffnung aufzuhalten. Inzwischen war sie richtig trocken und wollte so bleiben. Sie versuchte, nicht an Politik zu denken, in keiner Form, auch nicht in Liedern.

Ich fülle meinen Kopf mit anderen Dingen.

Ich sammle einfach alles Gute, was ich sehe, und bewahre es und schreibe es auf und versuche, dankbar dafür zu sein. Ich behalte es im Gedächtnis.

Ein Paar steht auf dem Shepherd's Market, einer Ecke von Mayfair, die ganz harmlos so tut, als wäre sie ein Dorfplatz. Die beiden befinden sich direkt vor einem Restaurant und haben womöglich gemeinsam gegessen, obwohl es zu spät für ein Mittagessen und zu früh fürs Abendessen ist. Sie wirken wie zwei Menschen, die sich füreinander interessieren, die achtsam und zuvorkommend sind.

Der Mann ist deutlich größer als die Frau, als sie sich umarmen, liegt ihr Kopf also auf Höhe seines Herzens, so in etwa. Anfänglich versuchen sie einander etwas unbeholfen zu halten, der Mann will sich zunächst herunterbeugen, womit er sich zugleich um die Frau herum- und von ihr wegbewegt, vielleicht auch in der Hoffnung, übermäßigen Kontakt zu vermeiden. Vielleicht möchte er nicht zu forsch wirken, vielleicht aber auch nicht zu gezwungen.

Die Frau steht still, ist sich ihrer Reaktion vielleicht unsicher, doch dabei strahlt sie eine Ruhe aus, die vermuten lässt, dass sie sich konzentriert, womöglich zu einer Entscheidung gelangt oder sich zwingt, besonders aufmerksam zu sein.

Danach streckt der Mann seinen Rücken durch, und ihre Körper berühren sich ganz, schmiegen sich aneinander, sie umfangen einander. Ihre Bewegungen sind so langsam und sanft, dass man glaubt, sie wüssten von früheren Verletzungen oder beiderseitigen Krankheiten. Ihre Hände tupfen und tätscheln, als hofften sie einander nach überstandenem Unglück aufzumuntern. Ebenso gut könnten sie einander auch Trost spenden, während ein gegenwärtiges Unglück seinen Lauf nimmt.

Der kleine Platz um sie herum ist still. Niemand kommt, um im Papierwarengeschäft einzukaufen oder Pakete einzuliefern, niemand besucht die kleinen Cafés oder das Restaurant. Die Privatsphäre des Paars bleibt ungestört, dehnt sich und berührt die hübsch bemalten Backsteinmauern, von denen sie umschlossen und beschützt werden. Ihre Zuneigung spiegelt sich in mehreren Fenstern, ein Echo der Fürsorge.

Am Ende ihrer Umarmung – das sich durch weiteres Tätscheln, Reiben, ein zögerndes Streicheln über die Haare der Frau ankündigt – trennen die beiden sich eine Handbreit und halten dann wiederum inne. Sie scheinen verwirrt.

Die Frau streckt die Hände nach oben und nimmt den Kopf des Mannes zwischen die Hände, schiebt ihre Finger locker über seine Ohren, was bei ihm zu sichtlicher Entspannung führt, die abwärts in sein Rückgrat zu fließen scheint. Seine Züge werden weich wie die eines Schlafenden.

Sie stellt sich auf die Zehenspitzen, um ihn auf die Stirn zu küssen, und er beugt sich ein wenig, um ihren Kuss zu empfangen.

Dann lassen sie sich los, einer den anderen. Sie ziehen sich zurück.

Einen Augenblick schaut der Mann über den Kopf der Frau hinweg, starrt weit über den hohen, gut gepflegten georgianischen Backstein hinaus, der ihn umgibt. Seine Miene zeugt von tiefer, tiefer Überraschung. Er zeigt das Lächeln eines Mannes, der etwas Wundervolles gestohlen hat und nicht erwischt wurde, etwas Wundervolles gefunden hat und nicht gesehen wurde, dem etwas Wundervolles geschenkt wurde und der damit entkommen, entrinnen, wegrennen konnte.

Die Frau schaut zu, wie ihr Gefährte glücklich ist, und findet sein Glück offenbar überraschend.

Etwas am Zustand des Mannes führt dazu, dass sie seine Hand nimmt.

Jon nahm einen weiten Umweg zurück zur Tothill Street und zu einem Treffen, das er nicht wollte. Birdcage Walk, dann Buckingham Gate, dann Victoria Street – das ergab immer noch nicht allzu viele Minuten, aber immerhin. Milner würde schwierig werden, und mit »schwierig« konnte Jon heute gar nicht umgehen, zum Teil weil, wie er Rowan gestern Abend gesagt hatte ... wie er gesagt hatte ... Er konnte sich offenbar nicht mehr genau seiner Worte entsinnen, aber ...

Ich habe ihm nicht vom Natural History Museum erzählt, aber das hätte ich tun sollen.

Ein Ort, um Frauen zu treffen, würde ich sagen.

Das ist es nicht.

Ich könnte mir vorstellen, dass dort Individuen herumschlendern und vielleicht Ausschau nach anderen Personen halten, die womöglich ein Interesse an Schwärmern teilen oder an Glasmodellen von Seeanemonen. Eine Gesprächseröffnung könnte zur Anwendung kommen – »*Gefällt Ihnen der Falter, oder starren Sie Ihr Spiegelbild im Vitrinenglas an und denken sich, dass Sie nicht mehr die sind, die Sie mal waren, und dass vieles sich zum Schlechteren verändert hat?*«

Ich bin nicht dorthin gegangen, um Frauen zu treffen.

Beim ersten Mal war ich einfach an einem Samstagnachmittag in South Kensington, war ins Museum geschlendert und umgeben von der Hölle wütend gelangweilter Kinder und quietschend interessierter Kinder und der noch intensiveren Hölle französischer Teenager. Insgesamt sehr entspannend. Alles war lauter als mein Schädel.

Und ich war sehr angetan von dem kleinen Schaukasten zur menschlichen Entwicklung – unsere traurigen Vorfahren, schummrig hinter Glas posierend: lebensgroß und nackt und unfähig, irgendein Verlangen nach Werkzeug auszudrücken, oder nach Kooperation, nach Lernen über den eigenen Horizont hinaus, nach aufrechter Haltung und Fortkommen. Sie wirkten liebenswert anspruchslos.

Es wurde eine unschuldige Angewohnheit, in den Mittagspausen dorthin zu gehen. Ich wollte mir nicht im Voraus ein Alibi zurechtlegen.

Jon blieb mit Blick auf den Buckingham Palace stehen und dachte sich wieder einmal, wie enttäuschend dieses Gebäude war. Er musste dabei immer an eine Motivtorte denken, oder an ein Hotel mit schlechtem Zimmerservice.

Er betrachtete die köstliche, weißblaue Weite des Frühlingshimmels, die mächtig hinter den soliden Giebeldreiecken der Ostfassade entlangzog. Er spürte den Augenblick, da das Gebäude sich von seiner Verankerung löste und zu fliegen schien, während die hoch oben dahineilenden Wolken anhielten und über ihm stehen blieben, ihn ihrerseits betrachteten.

Mir darf nicht schlecht werden.

Er versuchte zwei ältere Touristinnen anzulächeln, doch sein Gesichtsausdruck musste schwer misslungen sein. Sie machten kehrt und gingen zügig in die Richtung, aus der sie gekommen waren, anstatt an ihm vorbeizuschlendern.

Jon nestelte an seinem Kragen herum, weil er seine Krawatte lösen wollte, um dann zu merken, dass er gar keine trug – dieses würgende Gefühl war also vollkommen illusorisch und musste auch so behandelt werden.

Wie der Palast. Wie der Himmel. Wie der Fortschritt meiner Entwicklung.

Er ging weiter.

Vielleicht einmal im Monat, wenn ich konnte, eilte ich mittags aus dem Büro, nahm ein Taxi und ließ mich zum Museum fahren, zu der warmen Steinfassade. All diese irren Skulpturen von Tieren, lebende und ausgestorbene: der monströse Schwarm des Lebens überall auf der Fassade – Wasserspeier aus Terrakotta, die den Tempel der Evolution verteidigen – es wuchs mir ans Herz.

Ich bewegte mich gern in einem Bauwerk, das für die Ewigkeit errichtet war, eine Anstrengung, die aus der Hoffnung und dem Bedürfnis nach Fortschritt erwuchs, die Inspiration aus Fakten zog ... In mancher Hinsicht machte mich das natürlich wütend – wütend und verzweifelt. Aber auch zufrieden.

Ich entwickelte bald ein bestimmtes Muster: hineinschlendern, vorbei an der knochigen Architektur des Diplodocus-Skeletts, die Treppen hinauf und die prähistorischen Menschen und ihre Schädel besuchen.
Sie brachten mich ins Grübeln. Meine Vorfahren von der flachen Stirn, dem vorstehenden Kinn und der haarigen Gestalt – wie rochen sie? Wir haben Fortschritte im aufrechten Gang gemacht, aber umweht uns immer noch ein tierischer Mief? Wann hat das aufgehört? Oder haben wir schon, als wir uns noch grunzend im Rudel versammelten, wie Menschen gerochen – wie ungewaschene Menschen, die außerdem noch Tiere waren? Das süßscharfe Aroma von Schweiß – deiner oder der von anderen –, dieser Makel, dieser Stempel, diese Gabe, die auf deiner Haut bleibt, seit wann tragen wir die mit uns herum? Immer schon? Hängt immer noch der Duft des Tieres an uns, das wir sind? Wäre das ein Hinweis, wenn wir diese vorwärtsschreitenden Illustrationen der Menschheit betrachten, wie sie sich aus gebückter Haltung aufrichtet und durch Naturkräfte verbessert wird, die ihr Hirn anschwellen, die Finger geschickter, die Zunge fähiger werden lassen – könnte uns das verraten, wie wenig wir uns verändert haben?

Jons Gleichgewicht, sein Sichtfeld waberte und verbog sich einen Moment, geriet ins Gleiten wie ein losgemachtes Gebäude. Er beschloss, das für eine Folge der Belastung durch Abgase und die allgemeine Luftverschmutzung in Londons Mitte zu halten. Würde das Parlament seine Ministerialbürokratie in die Ödnis und die Hochmoore des südöstlichen London auslagern, könnte es die Lebenserwartung aller Mitarbeiter um Jahre verlängern.

Sein Telefon klingelte, und nachdem er kontrolliert hatte, dass es niemand war, den er sprechen wollte, steckte er es wieder in seine Jackentasche. Dabei protestierte es.

Zu modern für meinen derzeitigen Gemütszustand. Während alle anderen Arten sich weiterentwickeln, erfinden wir bloß neue Wege, einander dafür zur Kasse zu bitten, dass wir niedergeschlagen oder erzürnt sind – Wut und Verzweiflung sind alles, worauf wir noch hoffen können ...
Früher hat das Museum mir Freude gemacht.
Nachdem ich im Vergleich mit dem Australopithecus schlecht abgeschnitten hatte, schlich ich mich in die modernen Abteilungen, in den Flügel, wo das Depot untergebracht ist: Blätter, Leiber, Flügel, Zeichnungen, Muster. Hier gefällt

es mir, weil es hier keine Saurierskelette gibt und es daher ziemlich kinderfrei und friedlich ist – gelegentlich sogar richtig verlassen. Du fährst mit dem Fahrstuhl ins oberste Stockwerk, als würdest du ein Raumschiff besteigen, das mit den Überresten unserer Schätze beladen ist, den großzügigen Gaben der Erde – als könntest du sie verlassen und mit Samen aus klimatisierten Lagerstätten neu anfangen. Es sieht smart und futuristisch aus – erweckt also den Eindruck, dass wir eine Zukunft haben.

Und es gibt interaktive Ausstellungselemente, filmische Darstellungen – im Vorbeigehen prompt verschmäht von einem weiteren Grüppchen französischer Teenager. Und die Depotschränke haben echte Schubladen, die man herausziehen kann, um die Schaukästen darin zu betrachten. Außerdem bieten die Schubladen Kanten, Ränder, Lücken. Man kann sozusagen die Lücken füllen.

Jon knöpfte seine Jacke auf, obwohl es gar nicht so schrecklich warm war, und ließ sich ein wenig von der vergifteten Luft kühlen und erleichtern. Er schwitzte. Beim Gehen zu schwitzen war nicht so schlimm, wie zu schwitzen, wenn man von einem boshaften Vorgesetzten begutachtet wurde.

Die Befriedigung würde ich ihnen nicht gönnen – nicht einem von ihnen.

Außerdem würde ich ihnen auch nichts über das Natural History Museum und meine Besuche dort erzählen. Ich darf nicht als ein Mann erscheinen, der solche Ausflüge unternimmt und dann deswegen schwitzt. Schweiß würde als Beweis dienen.

Weil ...

Weil ...

In der Naturgeschichte geht es um Beweise. Es sollte um Evidenz gehen, um Wissenschaft, um echte Wissenschaft. Wenn man etwas über die echte Welt erfahren, wenn man rational und effektiv in ihr funktionieren will, dann sammelt man Beweise und überprüft sie und liebt sie und will immer mehr – man hat Hunger danach, nach der darin liegenden Schönheit. Wenn man alle Daten hat, die man aktuell sammeln kann, dann stellt man sie zusammen, vergleicht und analysiert sie und gelangt zu faktenbasierten Schlussfolgerungen. Man hat die echte Welt benutzt, um Lösungen für sie selbst zu bekommen. Das ist etwas Wunderschönes.

Und ohne dies können Menschen nicht gedeihen.

Das glaube ich.

Vor langer Zeit einmal gewannen wir einen echten Krieg, einen Weltkrieg, mit Mathematik: mit Modellen und Plänen und Statistiken und Wissen, das unterfütterte, was wir taten. Wir lagen nicht immer richtig, aber wir waren die weniger wahnhafte Seite und daher weniger viehisch. Und wir haben gewonnen. Damit Menschen nicht zermalmt oder in verschiedenen Höllen eingesperrt wurden, damit unser Frieden voller Menschen sei, die ihr Leben voll auskosten konnten.
Mehr wollte ich nicht.
Das ist wirklich nicht zu viel verlangt.
Und darum halte ich Fakten für etwas Wunderschönes.
Und ...
Weil ...
Ich darf wirklich nicht schwitzen, wenn Chalice mich ansieht, denn sonst wirke ich wie ein Mann, der sich ins Natural History Museum schleicht, mit einer kleinen Rolle dünnen Papiers in der Tasche, die er vorbereitet hat – klein und weiß und schlicht, auf einer Seite vollgetippt, auf der inneren Seite – und dann diese Rolle in seine bescheiden entwickelte gekrümmte Hand legt, eine abgesprochene Schaulade öffnet und das Papier in eine der kleinen Lücken darin schiebt, wie vorher vereinbart.
Ich darf nicht wie ein Mann aussehen, der weitergeht, während jemand hinter ihm diese Schublade öffnet und das Papier herausnimmt, es – später, wahrscheinlich später, ich will verdammt noch mal hoffen, später und diskreter – aufrollt und voller Beweise findet, voller Zahlen und Fakten, Rohdaten, weshalb es sich um das gefährlichste Leak handelt, das unser Ressort je gesehen hat ...
Ich habe die Dienstpflichten eines Staatsbeamten verletzt: Ich habe amtliche Informationen ohne Autorisierung weitergegeben.
Aber ich soll mich integer, ehrlich, objektiv und unparteiisch verhalten. Ich bin aufgefordert, Fakten und relevante Themen wahrheitsgemäß darzustellen und jeden Fehler oder Irrtum so rasch wie möglich zu korrigieren. Ich muss die Ausübung der Rechtspflege schützen und wahren.
Und das lässt man mich verdammt noch mal nicht tun.
Jon spürte das Kribbeln unter der Haut – dieses Gefühl, selbst aufgerollt und wieder ausgerollt, umgearbeitet, entwickelt zu werden, von jedem seiner kriminellen Versuche, jeder Erinnerung an das Sammeln all der Dinge, die seine Mitmenschen, die Wähler wissen sollten.

Doch die Wähler sind davon kein bisschen überrascht und tatsächlich monumental gelangweilt, wie sich herausstellt. Sie sind kein Pulverfass, und ich bin kein Streichholz. Und unsere aktuelle Medienlandschaft findet das alles unverdaulich und unerheblich, denn sie beschäftigt sich lieber mit ambitionierter Verschwendung, ambitionierter Gewalt, ambitioniertem Hass und ambitioniertem Sex.

Bitte, nur das nicht.

Es scheint also, dass man tiefer graben und weiter forschen muss, dass schlimmere Übertretungen nötig sind, um die Mauer des schmuddeligen Rauschens zu durchbrechen, um öffentliche Empörung und Wachsamkeit zu erzeugen ... Also entwickelt man Strategien. Das liegt in meiner Natur, darauf bin ich trainiert ... Die Strategien nützen nichts, aber man wendet sie trotzdem an.

Und Strategie zeigt sich natürlich auch – sie deutet auf einen Geist bei der Arbeit hin, auf Absichten. Sie könnte Menschen dazu bringen, die Jagd auf einen Moriarty zu eröffnen. Darüber macht man sich schon Gedanken. Das ist ein gewisser Stressfaktor.

An manchen Tagen ist man sogar erleichtert, dass alles, was man in die Öffentlichkeit entlässt, bloß leicht sprudelt und zischt und dann verschwindet, ohne eine Spur zu hinterlassen.

Jon bog in die Victoria Street ein und wappnete sich dagegen, einfach wegzurennen und nicht zurückzukehren oder einen etwas heftigeren Nervenzusammenbruch zu forcieren, um dann weit fort über Berg und Tal zu flüchten, tiefer und tiefer hinein in die Abgeschiedenheit seines eigenen Geistes.

Hinfort zu den wolkenhohen Türmen und prächtigen Palästen, die ich mir selbst geschaffen habe.

Ich bin ja nicht voll zurechnungsfähig; ich könnte leichte Geistesverwirrtheit als Entschuldigung für vermeintliches Fehlverhalten angeben ... Doch ich will nicht in einer Welt leben, in der die Sorge um andere und um die Folgen von Handlungen und um Sicherheit und Wirklichkeit und ... Warum eigentlich nicht ...? Ich will nicht in einer Welt leben, in der die Sorge um wahre Schönheit in immer größerem Maßstab als Ausdruck von Geisteskrankheit angesehen würde.

Ich möchte, dass die Menschen stolz auf mich sind.
Meine Güte, das ist jämmerlich.

Aber wirklich, das möchte ich, wünsche ich mir.

Ich würde mich freuen, wenn die Menschen, deren Meinung mir etwas bedeutet, glücklich wären, sollten sie erfahren und beurteilen können, was ich getan habe.

Und wenn sie sehen, was ich noch tun werde.

Ich bin ein eigenes Ressort. Mein eigenes Ministerium – Ministerium war schon immer das bessere und logischere Wort.

Er zog die Schultern zurück, so wie ihn seine Lehrer sein ganze Schulleben hindurch angewiesen hatten – ein alter Junge, der sich immer noch in der Reihenfolge auszog und anzog, die man ihn gelehrt hatte: Socken, Unterhose, Unterhemd, Hemd, Hose, Krawatte. Er ging aufrecht. Das bekam er hin.

Ich bin das Ministerium für Naturgeschichte. Ich schreite voran.

15:25

Meg war jetzt anders.

Sie war anders und arbeitete momentan daran, ihr Leben in eine andere Form zu zwingen. Sie hatte zum Beispiel das Gefühl, dass mehr Glück darin vorkommen sollte.

Das alles war möglich, weil etwas anders geworden war, ohne dass sie etwas dazu getan hätte – der Unterschied schien eher sie ausgesucht zu haben.

Am 28. März 2014 war Meg ungefähr um die Mittagszeit in der Wohnung erwacht, die sie von ihren Eltern geerbt hatte. Aufwachen war zu der Zeit kein gutes oder willkommenes Ereignis in ihrem Leben. Es erzeugte Angst und Reue. Ihre erste Selbsterfahrung an jedem einzelnen Tag war Enttäuschung.

Ich war nicht enttäuscht darüber, wer ich war. Oder das auch, aber eher darüber, dass ich immer noch atmete. Ich klammerte mich fest. Mal wieder. Um noch mehr vom Gleichen zu kriegen.

Die Wohnung, in der sie inzwischen eher campierte, enthielt das, was vom Mobiliar ihrer Eltern noch übrig war: aus den 1970ern, zumeist braun. Die Gestaltung entsprach außerdem den Wünschen ihrer Mutter – gelegentlich braun, aber auch cremefarben und beige, allerdings mit Tendenz zum Braun. Und dann waren da noch verschiedene Gegenstände und Dekorationen, die grundsätzlich braun geworden waren, weil sie zu lange – sie musste es gestehen – Meg ausgesetzt gewesen waren.

Im Laufe der Zeit war das Braun kraftvoller und überzeugender geworden. Es hatte sich ausgebreitet. Es wurde eine Art mystische Schattierung des Schicksals, das sich einnistete und umherschweifte – eine Art sichtbarer Fluch.

Hartnäckiges Trinken – häusliches Trinken, Haustrinken sozusagen, häusliches Alles, alles drinnen eingesperrt – das erzeugte so ein Braun.

Das Schwitzen und Grübeln, die regelmäßigen Besucher der Taxis und die Flaschen, überreicht von Fahrern, die sich für dich schämten – feuchte Hände, zerknüllte Scheine, gar nicht mehr so tun, als ginge es um Partys, um einen kleinen Engpass in der geselligen Versorgung – jeder kleine Schlag, jeder Knacks, jeder Schaden machte alles, was man anfasste oder anschaute, ein bisschen brauner.

Sogar die Luft – die war ganz und gar nicht dünn, sondern unangenehm angedickt. Wie irgendeine Scheißsoße, wie Ochsenschwanzsuppe mit Wahnsinn drin – der Wahnsinn aus toten Wirbelsäulen und Viehzeug mit verdrehten Augen. Zu der Zeit hatte sie sich schon heftig anstrengen müssen, um überhaupt durch die Einrichtung zu spähen – braune Luft, braune Wände, brauner Teppich, braunes Restmobiliar und Zubehör –, oder um irgendwas zu finden in diesem früher einmal ganz passablen Elternhaus.

Nein, es war nicht passabel, es war ein gutes Elternhaus. Besorgt, aufmerksam, großzügig, mit sonntäglichem Abendessen und Songs of Praise *im Fernsehen, als Kirchenlieder noch richtige Melodien hatten, die man mögen und sich merken konnte, selbst wenn man nicht eine Silbe davon glaubte, und es hatte Bücher gegeben, Porzellan ohne Sprünge und keinen Riss im Treppenläufer. Anständige Menschlichkeit war im Überfluss vorhanden gewesen. Und kein Braun.*

Ich selbst habe das nie richtig hingekriegt. Hatte nie das Gefühl, irgendwohin zu gehören – erst wenn ich es versaut, wenn ich mein eigenes Nest beschmutzt hatte.

Ich glaube, nach meinem vierzehnten Lebensjahr war ich einfach nicht mehr auf der richtigen Wellenlänge, aber ich gab mir alle Mühe, auch wenn ich es wahrscheinlich nicht wirklich gut meinte. Und dann bin ich ausgezogen, so wie man das früher gemacht hat, als Kinder es sich noch leisten konnten, bei ihren Eltern auszuziehen, und meine Güte, ich war Wirtschaftsprüferin, das ist ein akademischer Beruf, eine richtige Erfolgsstory und sehr angemessen für die Tochter aufstrebender Menschen. Meine Eltern hatten sich hochgearbeitet, wie man so sagt. Das hatten sie zu einer Zeit getan, als man deshalb als tatkräftig galt, nicht als bösartig: Mum war Sekretärin in der geographischen Fakultät einer Universität, und Dad war Apotheker, soll heißen, er betrieb seine eigene Apotheke. (Maggie war auch eine Art Giftmischerin, aber sie hatte tatsächlich

Chemie studiert.) Und ihnen wurde nichts geschenkt. Sicher, nach dem Krieg öffnete sich die Welt für sie, eröffnete ihnen Möglichkeiten, aber sie mussten sich beide aus Fließbandjobs herauskämpfen oder aus anderen beruflichen Sackgassen in der Produktion. Ihnen fehlte das Geschick oder die Haltung, um in einem Handwerk Erfolg zu haben – darum gingen sie sauber zur Arbeit und kamen auch so zurück. Keine Berufskrankheiten.

Dads Apotheke wurde aus dem Geschäft gedrängt, als die Straße um sie her langsam abstarb, aber da freute er sich auch schon auf den Ruhestand – und hätte ihn auch genossen, wäre Mum nicht gestorben.

Mein Interesse an chemischen Substanzen hat nichts mit meinem Vater zu tun – und ich habe ihn oder seine Apotheke auch nie mit hineingezogen. So tief bin ich nie gesunken.

Sei ehrlich – ich hätte es versucht, aber seine Sicherheitsvorkehrungen waren zu gut.

Nach einer Weile ist trinken allein einfach zu hart – dir fehlt die Kondition, um das Tempo deiner Bedürfnisse zu halten. Also greifst du mit anderen Substanzen ein. Ist ziemlich logisch. Davon bist du ja nicht gleich ein Junkie. Nur unfreiwillig teilst du die Welt der Junkies, die nicht nett und nicht freundlich ist, deren Geschwindigkeit Trinker nicht gut vertragen.

Als Mum und Dad weg waren – als sie abtraten ... starben, das ist das richtige Wort – als einer von beiden starb und dem anderen das Herz brach ... als der andere vom Kummer getötet wurde ... danach glitt ich ab. Oder jedenfalls glitt ich schneller. Ich glitt glatt aus meinem Beruf heraus, aus meiner eigenen Wohnung, um meine Schulden zu regeln, und dann in ihre hinein, und Gott sei Dank war ich da schon zu unorganisiert, sie zu verkaufen, sie zu liquidieren, zu verflüssigen – wahrscheinlich sah ich das Menetekel schon an die Wand gepisst.

Und dann besudelte ich also alles, was sie mir hinterlassen hatten, und die Luft war giftige Soße, und alles, was ich ansah, war falsch ... Ich war falsch.

An jenem 28. März hatte sie es ungefähr bis zum Mittag geschafft, die Vorhänge waren zu, weil sie immer zublieben, und die Schrecklichkeit des Tages war nicht besonders bemerkenswert. Dennoch war sie an einen Punkt gelangt, an dem ihre Existenz so nicht mehr möglich war.

So wie ihr Leben lief – und ihr Leben drehte sich vor allem darum, so schnell zu laufen, wie sie konnte – dieses Leben war eigentlich immer un-

möglich gewesen, aber jetzt wurde ihr zum allerersten Mal so richtig klar und deutlich, dass sie keine Zukunft hatte.
Da gab es diesen Moment.
Einen goldenen Moment.
Wie eine Tür, die aufschwingt, eine erstaunliche Tür, die weit offen steht, innehält und dich betrachtet, die möchte, dass du den Blick erwiderst und siehst und siehst und siehst – mehr musst du nicht tun –, und du siehst, wie golden alles ist, und dann dreht der Moment sich in den Angeln, er wird sich schließen, du wirst auf der falschen Seite festsitzen, und du weißt, jetzt musst du entweder rennen – und rennen kannst du gut – und durchkommen, rauskommen, zu etwas Neuem gelangen, oder du wirst es niemals schaffen. Das war's.
Du weißt nicht, wo dich das Rauskommen hinbringen wird oder was dazugehört.
Du weißt nur, die einzige andere Wahl ist Sterben, und Sterben könnte schlimm sein.
Wirklich sterben – nicht bloß in Tagträumen – das könnte womöglich schwer werden.
Und im goldenen Schein dieses Augenblicks trat Meg auf hilfreiche Weise aus sich heraus. So konnte sie ganz ruhig darüber nachdenken, dass sie entweder zum Telefonhörer greifen und jemanden um Hilfe bitten musste oder ins Badezimmer gehen, die Wanne mit dem grauen Schmutzring und den kalkverkrusteten Armaturen (Mum hätte sich geschämt) volllaufen lassen und es endlich fertigbringen musste, sich die Pulsadern aufzuschlitzen, wie sie es schon oft geplant hatte, wofür ihr aber bis heute immer die Zeit gefehlt hatte. Sich umzubringen war wie angenehme Urlaubsreisen, die zu buchen sie einfach nicht geschafft hatte, weil sie zu viel auf dem Zettel hatte, denn das Trinken war eine sehr dringende und drängende Form der Beschäftigung.
Ich hatte zwei Berufe. Die Wirtschaftsprüfung ließ ich fallen – war nicht glanzvoll genug.
Ihre Erkenntnis bedeutete, dass sie vor einer Entscheidung stand, und Entscheidungen verlangten immer nach einem Drink.
Nur dass ihr in diesem Augenblick, in diesem goldenen Augenblick, gar nicht nach Trinken war. Sie wollte nicht – hatte keine Lust.
Das war ungewöhnlich.

Sie hatte so eine Ahnung, dass tatsächlich nichts mehr zu trinken da war, aber das verminderte die seltsame Realität nicht, dass sie nicht mehr auf ihre besondere Art durstig war, dass sie sich in einem Zustand befand, der nicht so brannte und immer flehte – *bitteGottlassmichwiederweggehen* –, nicht nach Alkohol oder einem chemischen Ersatz für Alkohol bettelte. Und seltsamerweise – schlechte Gepflogenheiten für eine Abhängige – hatte sie zufällig nichts Chemisches zur Hand.

Trotzdem ... Entscheidungen, Entscheidungen ... die warteten auf sie. Am ehesten hatte Meg – ganz ruhig und gleichmütig – zu den Pulsadern tendiert. Sie hatte die Vorstellung schon lange durchgespielt, die Schnitte der Länge nach anzusetzen, so wie die Adern verliefen, es richtig zu machen, sich nicht um den Schmerz zu scheren, um die Sauerei und die Anstrengung, es mit sich selbst aushalten zu müssen, während es passierte, bis sie dann endlich in ein friedliches Land befördert würde, kein Porto nötig.

Tief im Herzen hatte Meg sich dem telefonischen Hilferuf eigentlich nicht stellen wollen. Mit jemandem zu reden würde auf jeden Fall schwerer sein als der Tod – das lag auf der Hand. Und sie hatte solche Anrufe schon früher probiert, wenn sie mal ganz akkurat und genau sein wollte. Sie hatte im Lauf der Monate viele Leute angerufen und sich mehr oder weniger wahrheitsgemäß Hilfe gewünscht, war dabei von Weinen und mehr oder weniger heftigem Schrecken geschüttelt worden, während sie etwas zu sagen versuchte, dessen sie sich nie ganz sicher war. Niemand freute sich noch über ihre Anrufe, niemand hatte genug Mitgefühl. Es gab nicht genug Mitgefühl auf der Welt.

Werft mir eine Rettungsleine zu, und ich werde euch sagen, dass sie nicht die richtige Farbe hat. Ich werde sie zurückschmeißen. Es gab nur einen Augenblick, in dem ich voll und ganz mit jeder Faser Hilfe wollte. Ich glaube, das stimmt. Nur einen goldenen Moment.

Menschen sind irgendwann gelangweilt von anderen Menschen, die sich selbst schaden und nicht damit aufhören können und um drei Uhr morgens am Telefon endlos darüber reden wollen. Das ist verständlich.

Dann kam die ungefähre Mittagszeit am 28. März – dieses kleine Stück in der ganzen, ganzen Zeit.

Es hatte Meg müde gemacht. Müder als jemals zuvor – und sie war meistens erschöpft – und der Augenblick hatte die letzten Fetzen Kraft aus ihr herausgesaugt, sodass sie nur noch aufgeben und fallen wollte – Frieden haben.

Selbst der Gedanke an die Rasierklingen ermüdete sie – wie sie ständig aufgestapelt neben der Seifenschale bereitlagen, *wie ein Lockmittel, wie ein Versprechen, wie ein Notausgang, der in einen Schmelzofen führt, bewacht von einem klugen Hund.*

In ihrem Inneren, vielleicht auch außerhalb, hatte sie eine Stimme gehört, die wie ihre eigene klang: »Es geht mir nicht besonders gut. Bitte. Und ich bin so scheißmüde. Bitte. Kannst du mir helfen?«

Der Anruf hatte gewonnen.

Aus welchem Grund er gewonnen hatte, daran konnte Meg sich später irgendwie nicht mehr erinnern.

Gold braucht keine Gründe – oder es verschlingt die Gründe und versteckt sie sicher vor dir.

Gold geschieht. Es ist nicht braun.

Sei dankbardankbardankbar. Vergiss nicht, dankbar zu sein.

Sagen sie mir immer.

Und ich sage mir, dass sie recht haben.

Vielleicht hatte die Todesdrohung überzeugender gewirkt als früher, auf eine Art final, die ganz real war und sie zur Selbstverteidigung anspornte. Nichts war klar.

Golden.

Sie hatte die Nummer gewählt, die unter AA im Telefonbuch stand – obwohl sie das Gefühl hatte, das könnte eine unglückliche Wahl sein, eine unerhebliche, sie könnte den Nachmittag fremder Menschen vergeuden. Sie hatte geredet und geweint und zugehört und geredet – meistens geweint –, und sich gefühlt wie ein Mensch, der ertrinkt und verbrennt und ertrinkt und davon völlig ausgelaugt ist.

Golden.

Das war also März gewesen.

Und sie war wieder zu den Treffen der Anonymen Alkoholiker gegangen, wo weitere Fremde – und Beinahe-Fremde – durch hallende Räume gelaufen waren, um sie in halbautomatischem Tonfall, so empfand sie es wenigstens, willkommen zu heißen, aber auch ein halbautomatisches

Willkommen ist ein Willkommen, und vielleicht meinten einige es sogar ernst ... Bestimmt nicht ernst meinten sie es, wenn sie ihr erzählten, wie viele nüchterne Tage sie schon angesammelt hatte, oder wenn jemand rief, wenn vereinzelte Stimmen zu hören waren, dass sie sich gut hielt oder dass irgendwelche völlig Fremde froh waren, sie hier zu sehen – das war reine Höflichkeit, eine Art Reflex –, aber wenn Menschen auf sie zukamen und sich die Mühe machten, ihr direkt ins Gesicht zu sagen, dass sie froh waren, sie zu sehen oder sie wiederzusehen – eigenartig –, froh, sie immer wieder zu sehen ... Das kam ihr irgendwie real vor. Und niemand tätschelte sie auf irgendeinen Arm.

Zuerst jedoch wollte sie gern annehmen, dass die Wärme und Sorge, die ihr in den Treffen angeboten wurden, der Gewohnheit entsprangen und nicht der Freundlichkeit. Gewohnheit schien ihr sicherer als Freundlichkeit. Meg wollte nicht, dass ihr Zärtlichkeit widerfuhr, denn Zärtlichkeit führt zu Zartheit und schwächt die Verteidigungskraft.

Sie haben angefangen, mich mit Namen anzureden und nach Details zu fragen. Wie geht es dir? Das ist ein Detail.

In der Hinsicht sind die Anonymen Alkoholiker nicht direkt anonym.

Und es ist auch schwer einzusehen, dass du Alkoholikerin bist, weil du dich dann wie eine Versagerin fühlst. Nicht die übliche Art von Versagen – jeder Trinker ist ein Versager –, es ist eher so, dass du lieber nicht wissen möchtest, dass alle anderen im Alkoholiker-Club sich angeblich genauso fühlen können wie du und genauso denken können wie du, dass sie aber besser damit umgehen, besser und glücklicher und trockener. Sie gehen trocken damit um.

Das hieß, ich hatte mit beiden A von AA ein Problem.

Aber es gab Zärtlichkeit.

Die lässt sich nicht vermeiden.

Sie können sie nicht vermeiden.

Und du bist dankbar.

Du kannst dir einfach nicht helfen.

Anscheinend.

Angeblich.

Aber dir kann geholfen werden.

Anscheinend.

Angeblich.

Und eine Weile habe ich mich fast einzig daran geklammert, damit ich nüchtern bleiben konnte.
Anscheinend.
Angeblich.
Die beiden goldenen A.
Anscheinend.
Angeblich.

Meg, die gerade wieder nüchtern und clean neu anfing, wieder mal neu anfing, war weniger dankbar, vielmehr litt sie Todesqualen, die sie sich selbst zufügte.

Sie haben gesagt, ich quäle mich selbst. Eigentlich ganz gut zu wissen, denn so kannst du dafür sorgen, dass es aufhört. Andererseits nicht gut zu wissen, denn du kannst dir nicht trauen und wirst ganz bestimmt nicht dafür sorgen.

Aber sie saß still in den Versammlungsräumen und im Widerhall des »Hi, Meg«. Sie machte das ganze Palaver mit, die ganzen Methoden und Wege, deren sich die gar nicht so anonymen Alkoholiker bedienten: klatschen und zuhören müssen, wenn andere Menschen reden, und reden müssen, wenn andere Menschen zuhören.

Verficktes Fegefeuer.

Sie hielt durch.

Sie zählte Tage – saubere Tage, trockene Tage – und verkündete sie anderen, die ebenso Tage zählten, als wären sie wertvoll, übertragbar, angenehm. Sie stapelte sie aufeinander, oder sie stellte sich vor, sie wie die Backsteine einer Mauer zusammenzufügen, über die sie nicht wieder zurück ins Braun und zu den Rasierklingen klettern wollte.

Da sie es schon einmal mit den AA versucht und es versaut hatte, rechnete sie damit, hinüberzuklettern. Sie erwartete die endgültige Scham, nicht mal zu den Ausgestoßenen zu gehören.

Nur dass sie gar nicht so ausgestoßen wirkten.
Und ich habe nicht versagt.
Noch nicht.
Ein Jahr lang und kein Ende, und es fühlt sich ganz gut an.

Sie gewöhnte sich einigermaßen daran, die Gesichter jener Menschen wiederzuerkennen, die beinahe Freunde waren. Und sie wussten, und sie selbst wusste vielleicht auch ein bisschen, wie sie war, und sie fanden das nicht abstoßend.

War alles neu für mich.

Es kam ein Tag, an dem ich lachte, und ich merkte, dass ich lachte, und ich konnte mich nicht erinnern, wann ich so etwas zum letzten Mal getan hatte, und ein Mensch, der nicht lachen kann, hat wirklich ein Problem, also musste ich wohl eins gehabt haben.

Und dann der Tag, an dem Meg durch ihren eigenen Park spaziert war, den Top Park, und das Drängen des Chlorophylls geradezu sehen konnte, das Frühlingsfeuer, das sich in grünen Flammen entlang der Äste ausbreitete. Sie hatte verstreut und verweht weiße Blütenblätter gesehen, rot angehauchte Blütenblätter, malvenfarbene, rosarote, cremige Blütenblätter, und es hatte sie getroffen, sie kalt und herrlich im Herzen erwischt, diese Allgegenwart. Sie war weitergegangen, unter dem wohl blausten Blau aller Zeiten, unter einem Himmel, dessen man immer und ewig hätte gedenken sollen, ein Naturphänomen. Die Wahrheit der Schönheit hatte noch mehr Wahrheit und dann noch mehr Schönheit hervorgebracht, und dann diese ernstlich süße Wahrheit, dieses singende, wortlose Etwas, erleuchtet, erleuchtet, erleuchtet.

So ein Junge in Schuluniform lief durch, ohne etwas zu bemerken. Er hatte eine Kippe im Mund und die Hände in den Hosentaschen und schaute gar nicht hin.

Darüber musste ich auch lachen.

Und irgendwann hatte sie gemerkt, dass sie auf den Knien lag, vornübergebeugt auf der Grasnarbe, dass sie ein- und ausatmete und dass dies ein anscheinend endloser und wundersamer Sinneseindruck war.

Atmen war in Ordnung. Es brachte keine Reue.

Das Gefühl ging natürlich wieder vorbei.

Die Welt zog sich in einen erträglicheren Abstand zurück und wurde wieder praktikabel.

Doch dieser Tag hinterließ eine ganz und gar saubere Erinnerung.

Es gab jetzt einen Bereich in ihrem Inneren, der ganz und gar sauber war – nicht bloß clean, also frei von Flüssigkeiten, Chemikalien, Substanzen –, er war angefüllt mit Sauberkeit.

Darüber könnte man ganz sentimental werden.

Und natürlich muss ich bei jeder verdammten schrecklichen Rennmaus im Tierheim an Rettung denken, ans Gerettetwerden, und auf der Ebene ist jeder irgendwie wunderbar. Allerdings wird es langweilig, so viel zu weinen, selbst vor Glück. Nach einiger Zeit ist es kein Segen und kein Zeichen des Wachsens mehr: Du möchtest es einfach überspringen.

Ihre Fortschritte – wenn das der passende Ausdruck war – gingen weiter: die Arbeit, bei der sie wiederhergestellt wurde – als wäre sie ein altes Möbelstück –, und Ende April fühlte sie sich nicht mehr so schlecht wie zuvor, sie zitterte nicht mehr, weder wenn sie direkt angesprochen noch wenn ihr eine Frage gestellt wurde. Sie konnte ohne übermäßige Furcht einen unbekannten Laden betreten.

Um sie herum wurde London an ihrer Stelle braun: Saharastaub stürzte sich auf die Stadt und ließ den Wind nach zerbrochenen Fliesen, nach Fremdheit und getrübtem Blick schmecken. Vom verkorksten Wetter bekam sie Kopfschmerzen, aber längst nicht so schlimm wie die Kopfschmerzen früher. Sie konnte die Stadt von oben betrachten und bemitleiden, weil sie ein bisschen schlimmer betroffen war als der Hill, der sanfte Hügel, der stille Hügel. Und wenn sie spazieren ging – sie ging viel spazieren, weil es den Schlaf förderte –, lehnten sich die Gebäude links und rechts von ihr nicht mehr leicht über sie und bedrängten sie. Sie konnte zum Arzt gehen – denn sie hatte einen neuen Hausarzt – und den Zahnarzt besuchen – denn sie hatte einen neuen Zahnarzt – und sich untersuchen lassen und Termine für überfällige Behandlungen machen und ordnen, was von ihren Angelegenheiten noch übrig war. Sie stellte fest, dass sie eine finanziell ruinierte Buchhalterin war – das war nicht gut, aber immerhin war sie nicht obdachlos, sondern wurde bloß von zivilisierten und kleiner werdenden Bedrohungen verfolgt. Die schlimmsten Bedrohungen aber waren jene, die sie selbst im Morgengrauen errichtete, und das war ein Problem, aber immerhin waren sie höflich und ließen sie oft in Ruhe, sobald die Sonne aufgegangen war.

Manche Dinge sind auch gar keine Bedrohungen – sondern Erinnerungen. Sie fühlen sich nur bedrohlich an.

Die Polizei hat eine Weile gebraucht, mich zu erreichen, als Dad gestorben war. Ich tat so, als würden sie glauben, ich stünde unter Schock, sei offensichtlich betrunken wegen des Schocks.

Das glaubten sie nicht. Als sie mich sahen, wie ich war, zeigten ihre Mienen das übliche Niveau von Verachtung, vielleicht auch ein bisschen mehr.

Bei der Beerdigung meines Vaters drehte ich niemandem den Rücken zu: Stattdessen war ich kaum da.

Vielleicht hat Maggie mich deshalb aus der Bahn geworfen – noch eine schlimme Beerdigung, die Gefühle von damals krochen wieder hoch, von wo ich sie hingesteckt, aber nicht tief genug begraben hatte.

Jetzt kann ich Gefühle haben, genau dann, wenn ich sie brauche.

Heute Morgen war ich verängstigt, wie aufs Stichwort.

Oder nervös. Es war eher so, dass ich nervös war ... und ich hatte in der Nacht zuvor geschlafen. Ich hatte keine Angst vor meinem Bett oder der Dunkelheit oder meinen Träumen ...

Kann mich nicht beschweren.

Ich kann ein gut laufendes Unternehmen sein.

Ich habe Zeit. Ich glaube, ich habe Zeit, das zu sein. Ich kann glücklich sein.

Meg war es nicht so schlecht gegangen. Meg war im Mai ins Kino gegangen und hatte sich einen Film angeschaut. Sie hatte sich vorher Sorgen gemacht, dass der Film beliebt und ausverkauft sein würde, dass sie daher enttäuscht sein könnte, wenn sie keine Karte bekäme, was womöglich ein Anlass wäre, sich wieder zu betrinken. Die Schlange stehende Menge war ebenfalls ein Grund zur Sorge – vielleicht würde sie sich mit den Dutzenden, vielleicht Hunderten anderer, fröhlich und entspannt normaler Kinobesucher nicht anfreunden können. Vielleicht würden sie bemerken, dass sie ganz falsch konstruiert war, und würden beschließen, sie rauszuwerfen, würden die Geschäftsführung herbeirufen ...

Mich aus ihrer Mitte verstoßen ...

Meine Ängste klingen manchmal gern biblisch – das verlieht ihnen zusätzliches Gewicht, wenn sie besonders bescheuert sind.

Aber die Vorstellung war nicht ausverkauft, und sie hatte eine Karte gekauft und sich auf ihren Platz gesetzt – der nicht aus billigem Plastik war, nicht im Kreis stand, nicht in einem Krankenhaus ... nicht in einem Gemeindezentrum oder einem Kirchensaal oder einem Krankenhaus ... nicht in einem der billig angemieteten Räume, die AA so gern hat – und sie hatte einen durchschnittlich angenehmen Abend verbracht, vor allem in den Phasen, wo sie nicht dachte *Ich bin im Kino ich bin hier im Kino ich tue etwas was Menschen Spaß macht das könnte auch mir Spaß machen ich weiß nicht genau ob es mir Spaß macht ich bin im Kino vielleicht bin ich nicht normal ich sollte besser gehen ich bin im Kino ich sollte gehen.*

An manchen Tagen habe ich mich beinahe selbst taubgequasselt. Einer der vielen Gründe, warum ich froh sein kann, dass der Krawall bloß innerlich stattfindet.

Es gefiel ihr, wenn die Stimmen um sie herum im Kino – die so vielen anderen, die das Leuchten auf der Leinwand betrachteten – es gefiel ihr, wenn sie lachten und sie fast im gleichen Augenblick lachte. Das wirkte gesellig und gesund.

Und sie hatte über Hobbys nachgedacht und war spazieren gegangen.

Sie hatte vom Hill heruntergeschaut, hinunter auf die Stadt, wo sie weiter nüchterne Tage ansammelte, und Augenblicke, ihre guten Augenblicke. Womöglich war die Stadt – gerade jetzt – voller Augenblicke, die ungesammelt blieben, wahrscheinlich sogar. Sie konnte stellenweise aus reinem Gold sein, in Augenblicken konnte sie leuchten wie in der Nacht.

Sie hatte sich wieder Kochen beigebracht, lernte neu, wie man schnitt und umrührte und mit voller Aufmerksamkeit aß.

Und im Juni hatte sie die Anzeige für die Briefe gelesen.

Zuneigungsbekundungen und Respekt wöchentlich geliefert.

Sie waren ihr als Notwendigkeit erschienen, nicht als Luxus oder Risiko.

Sie waren ihr wie ein echtes Zeichen erschienen, dass die Wirklichkeit in einer bestimmten Faserrichtung weiterwuchs und dass Meg mit ihr wuchs, auf einem weniger hürdenreichen Weg.

Das Angebot dieser Briefe zu akzeptieren, darauf zu setzen, dass ihre Bewerbung nicht abgelehnt werden würde – das war ihr richtig erschienen.

Und ich weiß, wie es sich anfühlt, das Richtige zu tun – es ist ganz und gar ungewohnt, so fühlt es sich an.

Sie hatte an die angegebene postlagernde Adresse geschrieben – ihr Herzschlag ließ ihre Finger zittern, als sie den Umschlag einwarf – und hatte daraufhin eine prompte und höfliche Bitte um weitere Informationen erhalten. Sie hatte zwei Wochen gebraucht, um darauf zu antworten. Eine Antwort zu verfassen schien einen Mut zu erfordern, den sie nicht besaß. Auch wenn das, worum gebeten wurde, nicht unvernünftig war.

Ich kann Dir auch ohne Deine Unterstützung schreiben, Dir die Wahrheit bieten, die Du verdienst und vielleicht noch nicht kennst, doch meine Briefe werden besser zu Dir passen und Dir vielleicht mehr Freude bereiten, wenn Du bereit bist, mir etwas über Dich zu erzählen.
Ich trinke. Ich falle um. Ich liege am Boden.
Ich habe getrunken. Ich bin umgefallen. Ich habe am Boden gelegen.
Das kann ich nicht schreiben.
Ich kann gut fallen, aber im Augenblick schwebe ich.
Ich bin Meg, und ich hänge in der Luft. Ich glaube, ich bin augenblicklich leer, darum kann ich schweben.
Aber das kann ich nicht schreiben.
Was auch immer Du schreibst, wird vertraulich bleiben.
Ja, aber deswegen kann ich dir trotzdem nicht erzählen, dass ich lieber jemand anderes wäre. Ich kann Dich nicht bitten, an jemand anderen zu schreiben.
Ich meine, es kann natürlich sein – würde ich meinen –, dass du tatsächlich an jemand anderen schreibst, an viele Jemande.
Und ich möchte schreiben, dass du bitte damit aufhören und nur mir schreiben sollst. Mir als jemand anderes.
Ehrlich, ich kann nicht mal antworten, und musst du wirklich etwas über mich wissen? Kann ich nicht eine anonyme Alkoholikerin bleiben?
Du musst nicht auf die Briefe antworten, allerdings sind Antworten willkommen. Doch dies ist kein Briefwechsel.

Meg hatte das anklagende Schreibpapier angestarrt, dass sie im Gästezimmer gefunden hatte – wahrscheinlich das Papier ihrer Mutter. *Ich kann nicht mal anfangen, das zu erzählen, ich kann dir nicht ein Wort sagen.* Sie war sprachlos. Das war ihr Gefühl gewesen, wie aufs Stichwort.
Wenn ich bloß daran denke, wird mir schlecht.
Aber man hat mir gesagt, ich soll Dinge tun, die mir gefallen, denn wenn ich ein schöneres Leben habe als vorher, hilft mir das, nüchtern zu bleiben. Wenn alles freundlicher ist, lohnt sich die Anstrengung, nicht zu trinken. Das heißt, ich kann und muss die Dinge haben und tun, die ich mag.
Aber ich weiß überhaupt nichts, was ich mag.
Und noch bevor sie ein Wort herausgepresst hatte, waren ihre Hände schon schwer geworden von diesem deutlichen Gefühl, dass am anderen

Ende des Vorgangs jemand war, ein wartender Geist, ein urteilender Geist, ein strenger Geist.

Ich weiß, was ich früher mochte: Trinken und die Drogen, die das Trinken länger und brauner wirken lassen, und ich mochte es, ausgeknipst zu werden wie ein letztes Licht. Und in meiner dunklen Wohnung mochte ich es, wenn die Schnapstaxis kamen.

Er wirkte schon auf dem Briefpapier eigenartig klar, verurteilend klar – dieser Mann, den sie sich ganz buchstäblich nicht leisten konnte.

Ich mochte, was mich erschreckte – ich mag also, was mir Angst macht. Du machst mir Angst. Ich glaube, ich mag dich. Vielleicht mag ich dich schon.

Aber ich kann nicht erkennen, ob du eher mit dem zu tun hast, was ich gewesen bin, oder mit dem, was ich vielleicht werden kann. Was bist du? Was wirst du sein? Wirst du etwas sein, was ich mag, was mich aber erschrecken sollte? Wirst du jemand sein, vor dem ich Angst haben müsste?

Wirst du mir wehtun?

Würdest du es mir sagen?

Du kannst mich Corwynn nennen, oder Corey, oder Mr August, was Dir am liebsten ist, und ich werde Dich anreden, wie Du es wünschst. Ich werde mich bemühen, dass alles so ist, wie Du es wünschst.

Letztlich hatte die einzige Antwort, die sie ihm auf seinen Wunsch nach Informationen bieten konnte, sehr klein und einsam gewirkt, wie sie sich in ihrer gewundenen Handschrift über eine ganze Seite quälte. Sie musste mit der Hand schreiben – ihre Mutter hatte ihr beigebracht: Handschrift für persönliche Briefe, getippt für Sachen, die dir eigentlich egal sind.

Bitte schreiben Sie, was Sie glauben, was mir gefallen würde. Und vielen Dank. Und bitte nennen Sie mich Sophia.

Was ganz allgemein jämmerlich war, und ganz besonders die Nummer mit Sophia. Das vor allem. Wenn du dich selbst befragen würdest, fändest du es lachhaft – mit einem Wort angeredet werden zu wollen, das an Weisheit denken ließ und nach Klasse, Kultiviertheit, Reife schmeckte. Wo sie doch bloß ein beschränktes, großes Kind in einem irreführenden Körper war und nicht mal gesunden Menschenverstand hinbekam.

Sie war immer noch ein Kind, das die Beine in die Hand und Reißaus nahm, ehe Intimität auch nur drohte.

Nun, ich habe meine Gründe.

Aber Mr August war zu weit weg, um sie zu berühren, und zu weit weg, um unschön zu werden. Und er war höflich.

Er war unverzeihlich und reizend, und reizend zu sein ist unverzeihlich, und außerdem sorgte es dafür, dass sie nicht wegließ.

Zuallererst möchte ich Ihnen versichern, dass nichts Schlimmes geschehen wird, solange wir dies gemeinsam tun. Und bitte nennen Sie mich Corwynn, oder Corey, oder Mr August, was Ihnen am liebsten ist. Bitte machen Sie sich keine Gedanken wegen der Auswahl. Wenn es Ihnen lieber ist, können Sie auch alle drei nehmen. Wir werden zusammen sicher sein. Das kann ich Ihnen versprechen.

Wenn man Alkoholiker kennenlernt, seinen Stamm, dann gewöhnt man sich daran, dass Fremde einen kennen und verstehen. Sie sitzen mit dir im gleichen Echo und führen dich mit ihren Worten durch die Kurven und Tunnel, durch das Bergwerk in deinem Inneren. Daran gewöhnst du dich.

Das heißt, wenn jemand nur aus einem kleinen Briefchen, das du ihm geschickt hast, dein Bedürfnis nach Sicherheit erraten kann – dann erscheint er dir nicht unmöglich. So eine gute Art Mann wirkt nicht völlig unwahrscheinlich. Du versuchst zu erraten, zu erfühlen, wie er sein könnte: Ein Mann, der viele Briefe schreibt? Ein Mann, der vom Briefeschreiben lebt? Ein Mann, der es gewohnt ist zu bemerken, zu erraten? Ein Mann, der genau liest? Rechtsanwalt? Therapeut? Ehebrecher? Jemand, der auf der Lauer liegt?

Aber so kam er ihr nicht vor, fühlte er sich nicht an. Und nachdem wir richtig angefangen hatten, als er mit der Hand schrieb und nicht mehr mit der Schreibmaschine – wer benutzt eigentlich noch Schreibmaschinen? Es war reizend, dass er eine Schreibmaschine besaß, dass er sich irgendwo befand, wo die Dinge sich so verhielten: langsamer, gewissenhaft, privat – als ich seine Handschrift sah ... da konnte ich ihn in seinen Worten besser entdecken, in ihren Formen, in den Strichen und Schwüngen und Punkten auf seinen Briefseiten, an den Stellen, wo er womöglich innegehalten, auf dem Papier, das er berührt hatte.

Und ich schickte ihm Papier, das er berühren konnte. Das Papier meiner Mutter. Mein bestes Erbe.

Ich wusste, es würde mit ihm zusammen sein. Würde seinen Atem spüren. Bitte schreiben Sie, was Sie glauben, was mir gefallen würde. Und vielen

Dank. Und bitte nennen Sie mich Sophia. Danke nochmals. Sie sind sehr freundlich.
Irgendetwas daran verstand er.
Lieber Mr August.
Seien Sie sehr freundlich.
Mehr hätte ich nicht zu sagen brauchen, Mr August. Nicht einmal das – Sie waren schon freundlich.

15:47

Meg stand an ihrem Küchenfenster – Meg, die immer noch Geburtstag hatte und sich wünschte, er wäre bisher besser gelaufen. Meg, die nüchtern und nüchtern und vollkommen nüchtern war, die ihren Abend noch vor sich hatte.

Sie sah, wie das Abendlicht die Steinplatten färbte, die sie im letzten Jahr geschrubbt hatte, als sie sich eines Sonntags komisch und gehetzt gefühlt hatte – so hatte sie etwas zu tun gehabt. Die Steinplatten hatten Stunde um Stunde mit angenehmer Gedankenlosigkeit gefüllt. Sie mochte sie. Sie waren gleich neben der Hintertür verlegt, damit man dort in der Sonne sitzen konnte, wenn sie schien. Die Idee ihrer Mutter.

Die Platten mussten wieder geputzt werden. Und der Garten erforderte Liebe, gründliche und tatkräftige Zuwendung. Meg würde ihn aufräumen und jäten, und dann würde sie pflanzen. Sie würde Sachen anbauen, die sie essen konnte – gesundes Zeug. Und sie würde die Rosen beschneiden und alle Lücken füllen, die das ausgerissene Unkraut hinterlassen würde. Es würde Möglichkeiten geben, günstig an Pflanzen zu kommen.

Das würde befriedigend werden.

Sie schaute durch die Fensterscheibe, die sie wöchentlich putzte. Sie hielt sich mit Wartungsarbeiten beschäftigt, denn die beruhigten, man gewann Würde zurück. Das Glas war beinahe unsichtbar, aber dennoch da: die Oberfläche, die den Blick ihres Vaters, ihrer Mutter aufgenommen, die beide jeden Tag gesehen hatte.

Ich bekomme immer noch solche Angst, und ich weiß nicht warum, oder ich will es nicht wissen.

Hier ist es.

Eine ältere Frau, leicht gebrechlich und gut eingepackt gegen die Witterung, tritt auf eine nach oben führende Rolltreppe im Bahnhof London Bridge. In einer Hand hat sie eine Einkaufstasche: nicht aus Plastik, sondern eine altmodische Stofftasche, die daher hypothetische Bäume in einem fernen Wald rettet, oder die Umwelt im weiteren Sinne. Mit der anderen Hand hält sie einen Labrador an der Leine: einen massigen, älteren, honigfarbenen Hund, der von der Rolltreppe leicht beunruhigt wirkt, vom ständigen Ansteigen und Auffahren der gnadenlosen Stufen, von der stetigen Veränderung. Das Tier steht ziemlich weit unterhalb der Frau auf der langen und ansonsten leeren Rolltreppe. Die Leine ist straff gespannt.

Der Hund zerrt, nur ein wenig, hin und her, und die Frau versucht sich umzudrehen, vielleicht um ihn zu beruhigen. Dann zieht der Labrador wieder, und ganz sacht wird die Frau deshalb ein wenig nach hinten gebeugt, in einer Weise, die bald schon physikalisch unhaltbar werden wird.

Man kann die Frau und ihr Haustier eine ganze Weile beobachten, während ihr Unfall sich anbahnt. Sie stehen gewissermaßen auf dem Präsentierteller. Aus der Schrägstellung der Frau wird eine Verdrehung, ein rückwärtiges Schwanken, das in einen Sturz mündet, der ihr Rückgrat und die Schultern auf die Metallstufen mit ihren harten Kanten fallen lässt. Als sie mit den Armen wedelnd nach Halt sucht, verliert sie ihre Tasche. Der Tascheninhalt breitet sich aus, kippt hinter ihr her. Sie schlägt mit dem Kopf auf. Einen Augenblick ist der Aufprall klar zu spüren, ein Misston. Sie rollt – genau das, was sie mit allen Mitteln zu vermeiden sucht – abwärts und über ihren Hund: Ihr volles Gewicht drückt auf den Hund – das Tier gibt einen hohen, verstörten Laut von sich, legt sich dann flach hin und, so scheint es, erstarrt in Verwirrung. Inzwischen heben die Stufen sich weg von der Frau, die Hals über Kopf weiter abwärts rollt. Dieses Rollen wirkt unwahrscheinlich und erschreckend für einen Menschen ihres Alters, ihr Körper scheint sehr weich und in den Bewegungen einer so harten Umgebung gefangen.

Und während sich dieses traurige Schauspiel entfaltet, rennen Menschen.

Von überall im Bahnhof rennen so viele Menschen her.

So viele Fremde haben diese Frau und ihren Hund gesehen, und jetzt stürmen sie, rasen sie von der oberen und unteren Ebene herbei, die doch so nachmittäglich leer gewirkt hatten.

Ein Mann sprintet herbei und hechtet nach dem Nothalteknopf, drückt darauf und bringt die gefährliche Treppe zum Stehen. Eine Frau, etwa im gleichen Alter wie die Gestürzte, kommt von oben heruntergerannt und stellt im Laufen mit einer gewissen Autorität Fragen: »Ist Ihnen übel? Wissen Sie, wo Sie sind? Wissen Sie, was passiert ist? Können Sie sich bewegen? Wo tut es Ihnen weh? Nein, machen Sie sich keine Gedanken um Ihren Hund. Nicht jetzt. Keine Sorge wegen Ihres Hundes.«

Ein jüngerer Mann kniet beim Labrador und spricht mit ihm, streichelt ihm den Kopf. Die gestürzte Frau ist weiter besorgt um ihn, als sie sich aufzurichten versucht, ziemlich derangiert, um Fassung bemüht. Der Schock spricht deutlich aus ihren fahrigen Bewegungen; Verletzung und Schock. Doch sie zieht es vor, sich mehr um ihr Haustier zu sorgen als um ihren angeschlagenen Schädel oder ihr blutendes Schienbein oder was sie sonst noch für Blessuren davongetragen hat. Das ist eine Art, Würde zu bewahren – sich um etwas anderes als sich selbst zu kümmern.

Ein Bahnhofsbediensteter trifft ein, spricht in sein Funkgerät und scheint unerfahren, unsicher, wo er mit seinen Füßen hinsoll, mit seinen Gliedmaßen, doch er versucht selbstbewusst und hilfreich aufzutreten. Er spannt ein Absperrband vor das obere Ende der Rolltreppe, um weiterer Konfusion vorzubeugen. Er denkt voraus. Dann beugt er sich über die Frau und spricht leise mit ihr.

Ein Dutzend Menschen, die einander nicht kennen, sind beisammen und machen diese eine Sache, leisten einer gestürzten Frau und ihrem Hund Hilfe.

Sie sind gerannt. Sie sind alle gerannt. Sie sind alle über sich hinausgerannt.

Etwas Schlimmes war passiert, und sie wollten, dass es aufhörte.

Sie wollten, dass alles wieder in Ordnung kommt.

Sie sind alle so schnell gerannt.

15:47

Jon passte nicht in Pubs. Er hatte vor kurzem angefangen, sie aus Prinzip nicht zu mögen. Abgesehen von allem anderen waren die Tische nie hoch genug für seine Beinlänge. Er bekam davon Kniestauchung, und das musste doch ungesund sein.

Und dieser Pub ist ein kleines Scheibchen von Chiswick – die Brauerei von dort betreibt den Pub. Außerdem würde ich sagen, dass die Fish & Chips hier mir keine Freude machen, allerdings ist mein Verdauungsapparat ohnehin nicht ganz auf der Höhe, und bestimmt sind sie eigentlich schöne Beispiele ihrer Gattung.

Jenseits der beiden Teller mit Seehecht im Bierteig und Pommes – Jons Portion kaum angerührt – saß Milner, dem die Wirkung zweier Pints Lager plus merklicher vorheriger Erfrischungen von der Stirn glänzte und aus der feuchten Kuhle seines Schlüsselbeins glitzerte. Er drückte das – seinen Angaben nach – einzige ethisch vertretbare Mobiltelefon der Welt fest an ein, wie Jon annahm, feuchtfettiges Ohr.

Das ist irgendwie schlimmer als alles andere – der Gedanke an sein glitschiges, wachsweiches Ohr. Was natürlich nur geraten ist. Womöglich ist es ein schönes Beispiel seiner Gattung.

Aber es geht mir ganz gut. Das hier ist in Ordnung. Mir war schlecht, es ging mir eigenartig, weil ich seit vier Uhr früh wach bin und das Frühstück und dann auch das Mittagessen verpasst habe. Ich sollte ein bisschen mehr essen.

Und vielleicht sollte ich wirklich ein bisschen weniger Beschämung und Verständnislosigkeit und Inhaftierung riskieren.

Andererseits ...

Um halb sieben werde ich irgendwo mit Beinfreiheit und herrlicher Aussicht sein, und das ist nicht bloß eine Vermutung, und alles, was dabei ins Spiel kommt, wird ein schönes Beispiel sein, ganz ohne Gattung. Damit ich mich um das Hier und Jetzt kümmern kann.

Ich würde gern auf eins hinweisen – im Hier und Jetzt –, nämlich dass ich unter Druck Hervorragendes leiste. Das ist in jeder Bewertung erwähnt worden, die ich je bekommen habe, und das traf auch während meiner ganzen Ehe zu, falls das irgendjemanden interessiert, was nicht der Fall ist.

Milner sprach mit seinem ethischen Telefon auf eine Assistentin ein, die er offenbar aufgrund ihres Geschlechts für geistig behindert hielt. »Nein, das wäre im weißen Ordner, Schätzchen. Nein, Süße ... Nein, der große weiße Ordner mit der Aufschrift ... Ja, genau der ...« Er sprach seine Worte mit einer grausamen Zuneigung aus, so wie man vielleicht mit einem älteren Verwandten redet, der gern mal sein Testament umschreibt, oder aber mit einem sinnlos schwatzenden Tier.

Ich wette, er macht Witze über sprechende Muschis.

Milner verdrehte fast schon hörbar die Augen, damit Jon es auch bestimmt sah. »Und wenn Sie jetzt das Register durchgehen, von oben nach unten ... Genau ...« Er zwinkerte Jon zu, um anzudeuten, dass sie zur gleichen leidgeprüften Bruderschaft gehörten. »Ja. Können Sie mir das vorlesen ...?« Milner drehte das Telefon beim Zuhören von seinem Gesicht weg.

Der Rechercheur ungewöhnlicher Einflussnahmen demonstriert erstklassiges Multitasking, toll, toll, richtig toll. Du weißt doch nicht mal, dass du geboren bist, Kumpel. Versuch mal, bei einer Einladung zum Abendessen zu ignorieren, dass ein Mann, dem du irgendwie vertraut oder zumindest im Fahrstuhl zugenickt hast, die Hand unterm Tisch und – natürlich – auf dem Schenkel deiner Frau hat, während du dein Dessert herunterwürgst und dir Strategien für morgen überlegst, um all diesen Ärschen den Arsch zu retten. Das ist schließlich mein Job – warum soll ich das verschleiern, wieso soll ich die Ärsche nicht dieses eine Mal auf Grundeis gehen lassen? Und ich koordiniere die Daten der überwältigenden und überwältigten Veränderung. Die Daten, die niemand haben will. Außer meinem eigenen individuellen Ministerium.

Im Gegensatz zum Justizministerium, wo ganz besonders strikt das politische Prinzip herrscht, nichts über absolut gar nichts zu wissen. Wenn es keine Nachrichten gibt, können es auch keine schlechten sein. Und so wird aus der Politik gefälschter Überzeugung – in jedem Sinn des Wortes – die Politik der Illusion, des wahnhaften Narzissmus, der Beihilfe zum Selbstmord, des Missbrauchs. Ebenfalls in jedem Sinn des Wortes.

Obwohl ich das nicht beschwören kann – ich bin kein Psychiater. Ich mache immer noch meinen verdammten Job, ich beurteile immer noch Wirkungen, Folgen, Nachhaltigkeit, Kosten und Nutzen. Fakten und Fakten und Fakten, so viele Fakten. Es bleibt meine Pflicht, sie zu liefern. Das gilt als schlimmerer Verrat als das Betatschen einer Ehefrau, die nicht die eigene ist. Oder – aus diesem oder jenem Blickwinkel – das Zulassen solchen Verhaltens. Warum also nicht das mit den Fakten anstellen, was ich für angemessen halte, warum soll ich sie nicht mit den Falschen teilen, wenn ich sowieso schon falsch handle?

Aber ich sollte richtigliegen.

Ich liege richtig.

Wir brauchen die wirkliche Welt.

Ich habe recht.

In diesem Fall, wenn auch vielleicht sonst nie, habe ich recht.

Milner – der einem wenig Hoffnung für die Spezies Journalist machte – redete weiter, während Jon es bereute, Fisch bestellt zu haben. Der kam wahrscheinlich direkt aus der Tiefkühltruhe. Es war ganz und gar nicht Mittagszeit und daher nicht vernünftig gewesen, nach einer vollen warmen Mahlzeit zu verlangen, und Gott allein wusste, wieso Milner es ihm dann auch noch gleichgetan hatte.

Du konntest bloß nicht ertragen, dass ich etwas habe, was du nicht hast. Ist es das? Wolltest dich nicht unterprivilegiert fühlen, übervorteilt? Versuch bloß mal, in meinem Heute zu leben. Versuch's einfach. Heute ist wirklich kein bisschen unkompliziert.

Jon hörte unfreiwillig zu, wie Milner erklärte: »Sie ist neu. Die halten einfach nicht durch, diese Mädels. Kaum habe ich sie eingearbeitet –« Milner schaute ernst, so wie Fernsehpolizisten, und bemühte wieder das Telefon. »Zweihundertdreißigtausend? Sind Sie sicher? Das steht da? Na, dann ja. Schicken Sie mir einen Scan von dem ganzen Ding per Kurier – ziehen Sie es auf einen Stick –, aber das brauche ich heute Nachmittag, diese Seite. Schicken Sie mir eine Mail, wenn Sie es geschafft haben. Nehmen Sie den Hushmail-Account. Andererseits wird es um halb fünf sowieso alle Welt wissen. So kriegen wir es noch in PM auf Radio Four.« Jon wusste sehr gut, dass die Politiksendung PM im vierten Programm der BBC zu hören war. »Wenn sie irgendwelche Rerchercheure über zwölf da haben, kriegen sie irgendwas hin – vielleicht – hängt von ihren Nerven ab, und wer die schnellsten Hände hat, kann mit dem Rest abzischen.« Er beendete das Gespräch und starrte Jon mit alkoholgesättigter Aggressivität an. »Was?«

Jon konnte nicht anders: »Das war aber eine seltsame Metapher.«

»Was?«

»Bei schnellen Händen denkt man normalerweise ans Boxen oder sonst einen Kampfsport ... aber dann Laufen? Haben Sie an Rugby gedacht?«

Milner spießte ein paar übrig gebliebene Pommes auf seine Gabel, aß sie und redete dabei. »Unter die Schreiber gegangen, was? Witzig. Dachte, das ist mein Job.«

»Meiner auch. Sie haben sich nicht verabschiedet.«

»Was?«

»Von Ihrer Assistentin.«

»Mache ich nie. Sie würde denken, da stimmt was nicht, wenn ich mich verabschieden würde. Aber es ist alles okay. Darum habe ich es nicht gemacht. Ist doch vernünftig, oder?«

Jon bemerkte, dass seine Hände ganz leicht zitterten, und legte sie auf die Tischplatte, dicht neben sein nutzloses Besteck. »Ich ...« Er stellte fest, wie erschöpft er war. Das war ein Problem bei Milner: ganz abgesehen von seinem abstoßenden Charakter und Äußeren schaffte er es auch immer, einen bis auf die Knochen zu ermüden.

»Irgendwas nicht in Ordnung, Mr Sigurdsson?«

»Nicht in ... Nein.«

»Jedes Mal, wenn Ihr Scheißhandy ein Geräusch macht, sehen Sie angegriffen aus. Ärger?«

»Nein. Kein Ärger.«

»Ah ...« Der rote Mund, die glänzenden Lippen weit aufgerissen. Milner zwinkerte wie ein Schmierenganove. »Stimmt was nicht mit dem Liebesleben? Probleme am Arbeitsplatz?«

»Nein. Es gibt kein Problem.«

Außer dem Ungefähr-Alles-Problem.

Die verstreuten Trinker und Snacker um sie herum zeigten im üblichen Umkreis die übliche Milner-Irritation. Er war laut, er war flegelhaft, er war nicht zu übersehen und offenkundig schwer begeistert davon. Selbst von der anderen Seite des Raumes konnte man seinen Gesprächen folgen und leicht abgestoßen sein, wenn nicht gar erschrocken, dass er womöglich richtig ungezogen werden könnte.

Während ihres ganzen Treffens hatte Jon sich den Umständen entsprechend sehr bemüht, hatte alle raffinierten Manöver gestrichen, nachdem allen im Pub klar geworden war, dass bei Milner die Trinkersonne schon weit über den Zenit gewandert war und jede Form der Subtilität daher wirkungslos bleiben musste. Jon verwendete das Wort *Vorsicht*, als sei es etwas Gutes, und erwähnte eine lange während Serie von Informationsleaks, bei denen es um sehr genaue Statistiken ging. Er schnitt das Thema der bevorstehenden Parlamentswahl an und benutzte das Wort *Sensibilität*, als wäre es in diesem Zusammenhang kein schlechter Witz, und hatte sehr nachdrücklich von der Bereitschaft der Regierung – jeder Regierung – gesprochen, sich gegenüber ernsthaften und ehrenwerten Journalisten, die ihr Handwerk nach bestem Wissen und Gewissen ausüben wollten, großzügig zu zeigen.

Ich habe wirklich und wahrhaftig meine eigene Stimme gerade die Worte Herzblut *und* Demokratie *aussprechen hören, getrennt bloß von einem winzigen der.*

Herrgott.

Ich könnte darauf plädieren, dass die Theatralik der ganzen Situation mich mitgerissen hat. Ein Publikum – auch wenn es nur Zecher aus Westminster sind – ermutigt einen immer zu hohlen rhetorischen Phrasen.

Vernünftige Annahmen wurden darüber angestellt – und laut ausgesprochen –, auf welchen Ebenen ein Teamplayer mit privilegiertem Zugang zu Informationen belohnt und begrüßt werden könnte.

Den Mann kann man nicht mit Zugang kaufen – er will keinen Zugang. Wenn er je irgendwo aufgenommen wird, benimmt er sich so lange daneben, bis er wieder rausgeschmissen wird. Milner ist ein menschliches Brecheisen – sein Lebenszweck ist das Aufbrechen. Der Mann ist total stumpf.

Darüber hinaus drehte sich die Unterhaltung vor allem um Milners zahlreiche Auslandserfolge und seine außerordentliche Raffinesse dabei, was Jon ehrlich gesagt ganz recht war – so konnte er sich auf gelegentliches Nicken und beifälliges Murmeln beschränken.

Irgendwann ging es darum, wie interessant faire Mobiltelefone waren und blablabla – Jon hörte nicht mehr zu.

Ich habe meine Pflicht für Königin und Vaterland erfüllt, und unter Freizeitvergnügen kann ich mir bestimmt was Besseres vorstellen.

Bitte, lass es Abend werden.

Milner war entschlossen, sich als vielbeschäftigter und bedeutender Mann zu beweisen, was ihre Unterredung erfreulich kurz hielt. »Muss los, Joe. John. Jon ohne ›h‹ ... Gut, Sie mal wieder zu sehen ... Aber kein so gutes Timing, darum muss ich mich sputen ...«

Ich muss tatsächlich auch sehr eilig anderswohin. Danke der mangelnden Nachfrage.

Milner zwinkerte Jon zu. »Lassen Sie sich nicht von den Arschlöchern kleinkriegen – Sie sehen allerdings schon ziemlich klein aus. Fein gemahlen. Wie Kaffee.« In Milners Lachen klang ein ungesundes Blubbern mit, das an starkes Rauchen denken ließ, auch wenn er schon vor Jahren aufgehört hatte, damit, wie er es ausdrückte, *die Scheißer mich auch damit nicht kriegen.* Dann stand Milner auf, und die Wampe drängte das schlimm gestreifte Hemd an seine Grenzen und gab den Blick auf einen bedauerlichen Bauch frei: kraus behaart und bläulich grau.

Jon lächelte. Er hatte das Gefühl, die ganze Zeit freudlos gelächelt zu haben, und das traf wahrscheinlich auch zu. »Wir ... sollten das mal wiederholen.«

»Sie machen Witze.« Milner wischte sich mit den fetten Fingerknöcheln den Glanz von den Lippen. »Das nächste Mal können die ihre Drecksarbeit selber machen. Nicht nötig, Sie vorzuschicken. Obwohl Sie schon unterhaltsam sind – Leierkastenmann und Äffchen in einer Person, was ...?«

So ist es nicht.

Milner drehte seine Stimme vom Grummeln zu einem selbstgefälligen Blöken hoch. »Ach, und ich werde bestimmt nicht das Maul halten. Ich bin der Letzte der Letzten, die sich das Maul stopfen lassen. Hat auch gar keinen Sinn, hier von Lord Leveson zu quaken – ich muss niemanden bestechen, um Schnappschüsse von prominenten Schwänzen und Toilettentratsch aus Clubs zu kriegen. Ich bin ein richtiger Journalist. Ich bin das wahre Fundament der freien Scheißpresse.«

»Das ist ...« Jon saß noch und musste zu dieser Kreatur aufschauen, musste sich in der Öffentlichkeit herabsetzen und belehren lassen wie eine Sekretärin in den 50ern – von einem Hornochsen verspottet.«... bedauernswert.« Eine seiner Hände ballte sich, er konnte es nicht verhindern, aber er glaubte, ansonsten noch friedlich gewirkt zu haben, und er hatte beispielsweise nicht seine Gabel wie einen wütenden Dreizack in die Faust genommen und in diesen freiliegenden, fies grinsenden Fettbauch gerammt. Seine Ruhe würde zu einer der vielen unbesungenen und doch bemerkenswerten Leistungen der Beamtenschaft gerechnet werden.

»Und wovor haben Ihre Besitzer eigentlich Angst, Sigurdsson? Sind sie nervös, dass die Leute draußen einen Aufstand anzetteln? Die Öffentlichkeit? Denen ist doch alles scheißegal. Das Schlimmste, was ich den treuen Lesern erzählen könnte, ist unglaublich, das Beste ist langweilig – und alles gibt ihnen das Gefühl, dass sie verarscht werden, und wer will das schon? Niemand wird gern daran erinnert, dass er gefickt wurde. Gefickt wird. Das ist Ihre großartige britische Öffentlichkeit – wie die Hausfrau in der Samstagnacht, die es über sich ergehen lässt, wie eine traurige kleine Schlampe, die sich auf den Rücken legt und hofft, dass ihr Stecher sich wenigstens nicht den Schwanz an den schönen neuen Vorhängen abwischt. Eure Truppe versaut alles. Die haben der Demokratie echt den Appetit verdorben. Ob die Parteien jetzt mehr Mädels einfliegen, ob sie von ethnischer Vielfalt faseln, ob sie in der Sofaritze nach einem sprachbegabten Proleten suchen ... ganz egal, wie viel trübes Bier sie sich auch reinschütten und Junkfood und Kippen sie hochhalten, wie viele gleichgesinnte Vögel sie um sich scharen ... Wen sie auch auf die Bühne stellen, es bleibt doch immer die gleiche alte Show. So wie diese billigen Chicken Wings im Eimer – ist sowieso schon beschissenes totes Fleisch, und am Ende schmeckt alles gleich.«

»Sie wissen, das ist – Sie können doch nicht einfach –«

Milner beugte sich zu ihm herunter, sein Atem war heiß. »Und Sie lassen sich auch von denen ficken ... Sie sind denen am nächsten, Sie sind deren Alte, Sie sind Mum. Öffentlicher Dienst ... Sie bieten Ihre Dienste an, oder? Sie sind wie so ein Auto im Abgastest – IN DAUERBENUTZUNG.« Wieder rasselte ein Lachen aus seiner Kehle, besprühte leicht

Jons Haare, während Milner seinen Oberkörper wieder hochstemmte und sein Gesamtgewicht Richtung Ausgang steuerte.

Sein Abgang wurde nicht von umfassenden Zuneigungsbekundungen begleitet.

»Und wieder – keine Verabschiedung.« Jon nippte an seiner inzwischen kalt gewordenen Tasse Tee. Seine Hände arbeiteten dabei einwandfrei, schienen fast komplett zuverlässig.

16:12

Oh, verfluchte Scheiße.
Jon betrachtete ein Dokument auf dem Bildschirm.
Gottverdammte Schifferscheiße.
Darin wurde angedeutet, dass zum Berufsleben, zum beruflichen Alltag eines jeden von ihnen offensichtlich auch das »Laufen einer Ermittlung« im Betriebssystem gehörte. Und das war falsch. Das war etwas ganz Falsches.
Eine Ermittlung laufen? Ihr wollt, dass ich eine Ermittlung laufe? Ihr wollt, dass irgendwer eine gottverdammte Ermittlung läuft?
Das war so einer der Gründe, warum klar denkende Menschen im Parlament sich freuten, dass die WLAN-Abdeckung immer noch unzureichend war. Man konnte zwar seine Wahlkreisbevölkerung nicht mehr erreichen, aber immerhin solchem Unsinn aus dem Weg gehen.
Auf Seite sieben gab es außerdem einen Hinweis auf *schnelle Streams* und die Tatsache, GOV.ORG als Marke könne Folgendes glauben machen: »Die Strategie heißt Liefern.«
Inhalt gleich null. Wir liefern überhaupt nichts mehr, wir haben bloß eine Strategie, und diese Strategie ist keine Strategie – sondern ein Lieferservice. Wir liefern die Absicht, eine Lieferabsicht zu liefern. Warum wir nicht alle vor Absurdität Hirnblutungen erleiden, ist mir ein Rätsel ...
Auf einer anderen Seite – und alles in so einer Grundschulschrift geschrieben, ich lese verdammte Kinderliteratur – wurde die fröhliche Frage gestellt: »Was bedeutet das für Sie?«
Ich kann dir sagen, was das für mich bedeutet, ich werde es dir sagen – ich werde nicht, aber ich könnte – ich werde dir sagen, was das für mich bedeutet. Es bedeutet, dass du ein Volltrottel bist, der bloß Nicht-ganz-Sprache benutzen kann, um etwas nicht ganz zu sagen, was dein Glück ist, denn du hast absolut nichts zu sagen. Du bist ein verdammter Tintenfisch.

Und was ist ein Tintenfisch, Kinder? Ein Wesen der Dunkelheit und der tiefsten Tiefen, das beim kleinsten Unbehagen seine gesamte Umgebung tintig eintrübt. Dann verpisst er sich, und ihr dürft euch mit seinen Tintenproblemen herumschlagen.
Meine Welt ist voller Tintenfische.
Jon betrachtete sein Mobiltelefon: Elegant, glatt und neugierig lag es in seiner halbverlässlichen Hand. Er versuchte es mit Willenskraft zu bewegen, ihm zu helfen, Trost zu spenden. Es kam keiner. Zweifellos verriet es gerade mehreren Instanzen, wo er war und wo er gewesen war, welche Suchanfragen er gestellt und welche Vorlieben er in verschiedenen Richtungen hatte.
Meine Vorliebe ist es, verdammt noch mal in Ruhe gelassen zu werden.
Mehrere Faktoren neben dem Tintenfisch lenkten ihn ab.
Diesen Mist kann ich nicht kommentieren: er kommt von den Leuten eines anderen, ich sollte auch nicht müssen. Wenn ich anfinge, würde ich nicht mehr aufhören. Wenn ich jeden diplomierten Betriebswirt in ein brennendes Lagerhaus sperren könnte ... das wäre einfach wundervoll.
Nein, nein, wäre es nicht. Das verstößt gegen jedes Prinzip, das ich noch habe – oder noch zu haben glaube.
Aber man darf ja wohl noch träumen, sich etwas gönnen – ungeschriebene Fantasien, keine Tinte nötig.
Jon hatte außerdem so ein Gefühl, dass womöglich ein Anruf von Chalice – oder von sonst einem Nibelungen – anstehen könnte, eine Nachfrage zu Jons Erkundung in Sachen Milner.
Andererseits werden sie ihre Augen dort im Pub gehabt haben. Chalice wird Freude daran haben, mich nach Einzelheiten zu fragen und zu wissen, dass ich weiß, dass er sie schon kennt, und dass ich auch das weiß. Scheiße.
Ich fluche eine Menge. Selbst inneres Fluchen kann sichtbar sein – Val konnte es erkennen. Ich sollte aufhören.
Jenseits von Jons Schreibtisch war die Abteilung voll funktionsfähig und anscheinend friedlich. Sie schnurrte vor sich hin, vielleicht nicht wie in einer idealen Welt, aber doch so wie an sorgloseren Tagen. Insoweit als die Definition von »sorglos« im Laufe der Zeit schleichend ausgeweitet worden war.
Aber es sah alles ganz gut aus. Mitarbeiter kamen und gingen wie

schön formulierte Vorstellungen. Er hatte ein gutes Team. Sie waren – wie sie es sollten – damit beschäftigt, das lange, lange Gedächtnis aufzubauen, das jede Hoffnung auf gesunden Menschenverstand brauchte: etwas zu einer Intelligenz hinzuzufügen, die bedenken und erschließen, die effektiv regieren, die eine Zivilisation tragen konnte. An guten Tagen schien Jon die Fäden verschiedener verlässlicher und verifizierbarer Erzählungen zu spüren, die sich um ihn herumwanden und weiterflossen, und das machte ihn glücklich.

Ich glaube an die Realität: an die Dreieinigkeit von Hier und Jetzt und Ich. Nicht im messianischen Sinne. Ich glaube, dass diese drei Dinge verbunden sind und sein sollten. Ich glaube, dass es richtig ist, richtige Dinge zu tun, und mehr nicht. Nicht viel mehr. Darin – worin sonst? – kann ich existieren.

Die verbindlichen Sonntagsgottesdienste an Jons Schule hatten jede andere Art des Glaubens beseitigt, innerlich wie äußerlich. Seine Stimme klang auch damals schon nicht unangenehm, und er wurde oft gebeten, die Lesungen aus der Bibel zu übernehmen. Dabei hatte er zum ersten Mal bemerkt, dass er widerhallte – innen wie außen. Und damals hatte er auch zum ersten Mal den Verrat gespürt, der jeder Leidenschaft innewohnt: die Nachwehen von Übelkeit und Unsauberkeit, wenn ein Psalm in ihm aufgelodert war und ihn erleuchtet hatte, ohne dabei echte Bedeutung zu erlangen. Und es ging nicht nur um ihn selbst – die Predigten und Ansprachen der Respektspersonen waren ebenfalls nur Widerhall, platzten auf und enthüllten ihre innere Leere.

Und die Worte meiner Respektspersonen sind immer noch leerer Widerhall.
Er überlegte, sein Telefon abzuschalten.

Jede Nachricht wird eine schlechte sein. Es gibt eigentlich keinen Grund, etwas Schönes zu erwarten. Aber ich hoffe auf Besserung, oder auf Gelegenheiten, von Nutzen zu sein. Kriegen werde ich aber wahrscheinlich Sansom, der es noch mal versucht.

Mein Telefon soll mir gar nicht helfen – es versucht bloß zu erraten, wie ich mein Geld ausgeben möchte. Es schnurrt so vor sich hin, auf seine Art. Irgendwo in seinen Funktionen, in seinen ausführlichen Gedankenmustern schlummern Pläne, mir andere und bessere Hemden zu zeigen als jenes, welches ich mir heute Vormittag gekauft habe – und außerdem neue, atemberaubende Cordvariationen.

Die Rückseite des Geräts lag heiß in seiner Handfläche – *die Temperatur eines aktiven Spanners, würde ich sagen, oder eines tatbereiten Exhibitionisten. Es hat durch meine Fenster geschaut – und jetzt will es den Regenmantel aufschlagen und mir ein Angebot zeigen, das ich nicht ablehnen kann.*
Er spürte, wie er grinste.
Aber das kann ich verzeihen. Das bringt einen Mann der richtigen Worte, der echten Tinte und des echten Papiers, einen Mann der alten Schule nur dazu, sich an einen soliden Bezugspunkt zu halten, sich festzuhalten, und wenn ...

Rowland ging vorbei und trug eine Hose im derzeit modischen Schnitt, der offenbar die Schenkel und den Schwanz des Trägers betonen sollte – sogar seine Eier –, und das auf eine Weise, die weder für Rowland noch für irgendeinen möglichen Betrachter vorteilhaft sein konnte. Es war nicht unwahrscheinlich, dass Rowland sich im Lauf der Zeit auszeichnen würde. Er war ein talentierter Tintenfisch. Er hatte alle notwendigen modernen Qualitäten.

Und auch sein wenig bedrohlicher Schwanz scheint angemessen – da er mich schon zwingt, ihn in allen Einzelheiten wahrzunehmen.

Jon war froh, dass er nicht mehr auf dem Posten sein würde, um Rowlands Triumphe zu erleben.

Ich habe ihn mal gebeten – er wurde mir eine Weile aufgehalst –, mit den Zahlen über mögliche Korrekturen an Hinterbliebenenrenten zwischen Ländern mit Sozialversicherungsabkommen einen Kirkaldy zu machen. Welchen genauen Effekt hätte es zum Beispiel, wenn eine Bürgerin Großbritanniens, die auf Bermuda lebte, nur die für Bermuda übliche Witwenrente gezahlt bekäme und nicht den höheren britischen Satz, den man als übertrieben und unnötig betrachten könnte, da sie ja nun andere Lebensumstände und niedrigere Lebenshaltungskosten hätte? Sicher, die betreffende Person hätte bestimmt während ihres Aufenthaltes im Vereinigten Königreich beträchtliche Steuerzahlungen geleistet, aber nun hatte sie ihren Wohnsitz anderswo ... Man könnte die Argumente für den Entzug von Privilegien als vernünftig und fair präsentieren.

Soziale Leistungen sind kein Recht mehr, sondern ein Privileg. Wir sollen alle vorher in irgendeiner Form geleisteten Beiträge vergessen – wir sollen nur unsere Gier bereuen und uns dafür schämen, wenn wir den versprochenen An-

teil dessen beanspruchen wollen, was wir einst anderen zu treuen Händen anvertraut haben. Wir sollten außerdem niemals wagen, irgendeine Zahlung von einer privaten Altersvorsorge zu erwarten – dafür sind die nicht gemacht. Wofür wir auch zahlen, es ist nicht für uns.

Rowland konnte gar nicht anders als dieses Interpretationsmodell – permanentes Fehlverhalten und Anspruchsdenken der gewieft Machtlosen – von ganzem Herzen zu unterschreiben. In seinen Augen enthielt es ganz offensichtlich Formen der Gerechtigkeit, die Jon nicht erkennen oder gar anwenden konnte, und in seiner Haltung lag auch kaum ein Hauch von Zynismus. Rowland war ein Mann des Glaubens.

In unseren modernen Zeiten leiden wir nicht unter kurzen Aufmerksamkeitsspannen. Vielmehr sind wir oft gelangweilt – das ist etwas anderes. Ohne Frage ist ein großer Teil dessen, was uns präsentiert wird, zweit- oder drittklassig, unmenschlich und daher wenig anziehend. Unsere Regierungen, unsere Arbeitsplätze, unsere Unterhaltung – warum sollten wir davon nicht gelangweilt sein? Sie könnten uns zur Weißglut bringen, aber Langeweile ist wahrscheinlicher.

Doch das ist nicht das Gleiche wie eine kurze Aufmerksamkeitsspanne. Das hieße, die Schuld am falschen Ende der Gleichung zu suchen – wieder mal das Opfer bestrafen – das wäre so, als wollte man der Witwe vorwerfen, irgendwie mitschuldig an ihrem Verlust zu sein – davon besudelt –, nur weil der Verlust Symptome einer Notlage hervorgerufen hat, und jede Notlage wird heute als Grund zu Misstrauen angesehen. Leid deutet nicht mehr auf Elend und Entbehrung hin, sondern auf schlechten Charakter und himmlische Strafen. Und wenn Gott meint, bestrafen zu müssen – nun, dann lädt das zu weiteren Verlusten ein.

Jon kontrollierte erneut seine Textnachrichten, obwohl es keine Anzeichen gab, dass etwas Neues eingetroffen wäre.

In Wirklichkeit haben wir ein kurzes Gedächtnis. Für alles. Wenn man dem Durchschnittstrottel erzählt, dass er ein Pfund in die allgemeine Sparbüchse tun soll, dann können wir ihn am nächsten Morgen aufwecken, und er wird ohne Zögern akzeptieren, dass es eine Sünde wäre, wenn er zehn Pence davon zurückhaben wollte, weil er sie braucht.

Wir vergessen, was – in der Geschichte – funktioniert hat und was nicht. Wir vergessen, wie gefährlich das für uns ist, und trotten weiter.

Jon konnte sich nicht konzentrieren. Er verließ sich ganz auf seinen Zeigefinger, der regelmäßig auf das Display tippte, den Cursor kontrollierte, der das Dokument weiterscrollte – das Dokument, das zu lesen er nicht ertragen konnte und dem er keine Korrekturen hinzufügen würde ...

Ich bin nicht so. Ich bin gewissenhaft.

Vielleicht bin ich krank.

Meine Gedanken irren nicht umher.

Jedenfalls nicht in solchem Maße.

Ich habe immer noch keine Ahnung, wie ich mich fühle.

Außer dem Gefühl, dass meine Gedanken nicht umherschweifen sollten, was schon eine Art Abschweifung ist.

Ich habe zu Rowland gesagt – habe ihn angewiesen: »Machen Sie einen Kirkaldy.« *Er hatte den Ausdruck noch nie gehört.* »Einen Kirkaldy«, *erklärte ich ihm.* »Will sagen, unterwerfen Sie die Daten einer gründlichen Überprüfung getreu dem Motto des großen viktorianischen Ingenieurs und großartigen Menschen David Kirkaldy – Fakten, nicht Meinungen. Ein vernachlässigter viktorianischer Wert, diese Liebe zu Fakten. Kirkaldy hat Material getestet. Er war ein Mann der realen, gnadenlosen Welt, in der Brücken einstürzen und Lokomotiven explodieren und Materie versagt, wenn sie am dringendsten gebraucht wird, und dadurch tötet und verletzt, wenn sie nicht von Anfang an richtig behandelt und verwendet wurde, wenn sie nicht restlos erforscht ist. Er wollte Verlässlichkeit und Standards etablieren ...« Ich lächelte, ich musste wirklich lächeln über sein Gesicht vom tiefsten Meeresgrund.* »Also, machen Sie den Kirkaldy. Umfassendes Zahlenmaterial, das alle Eventualitäten berücksichtigt.«

Ich legte eine Pause ein – denn in der Pause vor dem Handeln liegt aller Frieden, alle Befriedigung und Sicherheit der Welt. Leidenschaft – jawohl – verrät. Pausen – jawohl – sind wundervoll. Sie sind der Prüfstein der Wahrheit.

In der Pause vor dem Handeln lebe ich.

Und er glotzte mich an, als hätte ich ihn aufgefordert, seinen superschlanken Schwanz abzuschneiden, damit ich ihn mir hinters Ohr stecken könnte.

Bis ich fortfuhr: »Kleiner Scherz. Erstens zahlen wir deren Leuten gar nicht mehr den vollen Betrag, sie unseren auch nicht, und im Verhältnis zahlen sie unseren Leuten sogar mehr ... Und außerdem haben unsere Witwen und

Waisen immerhin noch Wert als Geiseln. Gegenwärtig ... Man hat, jedenfalls theoretisch, immer noch Respekt vor Witwen – natürlich auch Witwern – und Waisen. Es ist ein langer Weg, und wir sind noch nicht am Ziel.«
»Es ist ein langer Weg, und wir sind noch nicht am Ziel.« Ein so inhaltsleerer Satz, dass einem übel wird.

Weshalb Rowland ihn natürlich liebte. Seine kleinen Äuglein leuchteten auf, als er ihn hörte, und ich bin sicher, er verstaute ihn zur späteren Verwendung. Er gluckste leise wie ein erleichterter Tintenfisch, denn man stelle sich vor, ich hätte ihn tatsächlich gebeten, gründlich zu sein. Niemand möchte mit echten, unleugbaren Informationen in Berührung kommen: das entspricht echter Scheiße, die will man nicht anfassen. Wenn Informationen existieren, sollte man sie kennen und berücksichtigen. Wenn sie im Voraus berücksichtigt werden, fühlen sich jene, denen wir dienen, davon eingeengt und unterdrückt – so als wären ihre Beine unter einem Pubtisch eingeklemmt. Und wenn Informationen existieren, die auf sie lauern, die sie nachträglich zurechtweisen und auf den klügeren, nicht gewählten Weg deuten, oder auch nur auf das schlicht unvermeidbare Scheitern ... dann fühlt es sich wie ein Tadel an, was ärgerlich ist.

Meinungen, nicht Fakten – das ist unser Schlagwort. Eine Ermittlung laufen. Vage bleiben. Wenn die Realität formbar ist, können alle tun, was sie wollen: sich entweder der Mediokratie anschließen, ein Mediokrat werden und kaum etwas bewegen, oder zum Eiferer werden und unzulässige Schicksalsschläge ersinnen, denen man selbst sicherlich widerstehen kann, an denen andere, die weniger wert sind, jedoch zugrunde gehen werden, wie sie es auch sollen.

Bewerten Sie die Erkrankung eines Menschen neu und entscheiden Sie dann nachträglich, dass die Information nicht verwertbar und unzulässig ist. Als Konsequenz streichen Sie ihm jede Unterstützung. Zwingen Sie den Menschen, bei kommunalen Sozialfonds zu betteln, bei Verwandten, Freunden – wenn er solche hat. Zwingen Sie ihn, bei den Zahlungen an Versorgungsunternehmen in Rückstand zu geraten. Zwingen Sie ihn, Rat bei einer Bürgerberatung zu suchen, die bereits unter großem Druck steht und Hilfskräfte einstellt, weil die Zahl der Notlagen nie dagewesene Größenordnungen erreicht. Zwingen Sie ihn, für seinen Widerspruch einen Rechtsbeistand hinzuzuziehen – wenn er Prozesskostenhilfe beantragen kann, wenn er den Kampf noch nicht aufgegeben hat, wenn er noch nicht eingewilligt hat, still zu betteln und zu verhungern.

Zwingen Sie ihn, die Miete oder die Tilgungsraten nicht mehr zu zahlen, Obdachlosigkeit zu riskieren oder zu erleben. Geben Sie ihm schlechte oder irreführende Ratschläge, sprechen Sie Drohungen aus. Was kann das anderes bringen als einen Schwall von zusätzlichen Ausgaben, verschwendeter Zeit, verschwendetem Leben? Wie soll ...

Lieber Gott und Scheiße und Scheiße und Scheiße und noch mal Scheiße.

Jon packte sein Telefon inzwischen viel zu fest, was nicht weiterhalf.

Scchhhheiße.

Das Zittern in seinem festen Griff hatte sich auf sein Telefon übertragen – anscheinend durch Willensdruck oder schlicht Druck.

Ich glaube, ich begreife allmählich, wie ich mich fühle, und ich bin absolut sicher, dass dieser Zustand vermieden werden sollte.

Das Telefon zitterte tatsächlich aus eigenem Antrieb, versuchte einen Anruf anzunehmen – dieser Teil der Wirklichkeit verdrehte ihm nervös den Magen, worauf er auch verzichten konnte.

Ich kann einfach nicht mehr hier sein.

Und doch bin ich hier.

Auf dem Anrufdisplay leuchtete Beckys Name, und das war gut, war schön, daran war nichts Schlechtes. Sie rief ihn nicht oft an ...

Um halb sieben heute Abend werde ich anderswo sein, und jetzt gleich kann ich mit meiner Tochter sprechen. Ich schaffe es. Ich werde aufrechterhalten.

Andererseits wusste Becky, dass er normalerweise bei der Arbeit keine Anrufe von privaten Nummern annahm, wenn sie ihn also jetzt zu erreichen versuchte, könnte das für Dringlichkeit sprechen ...

Bitte nicht »Wir haben aus einer Laune heraus geheiratet«. Bitte nicht »Dad, ich glaube, ich bin – «.

»Becky, wie wunder–« Und dann dieses Geräusch, das an sein Ohr drang, das Geräusch einer jungen, intelligenten Frau, die von irgendetwas zerstört worden war. Bloß Schluchzer. Er sagte: »Ach, Liebling ... was ist denn ...? Ich bin da. Daddy ist hier. Dein Vater ist da. Ich bin hier.« Weiteres Schluchzen. Ehrlich gesagt, noch schlimmer. »Ich bin hier.« Und dann ein paar Versuche, Worte auszusprechen, die sich aber sofort verzerrten und in tiefen Atemzügen endeten. Sein Baby, sein Kind atmete zitternd, krampfhaft, und zu weit weg, als dass er sie in den Arm nehmen könnte. »Liebling, was es auch ist, wir finden einen Weg. Ganz bestimmt.

Das verspreche ich.« Jetzt eine Art Heulen. »Doch, wirklich. Wir kriegen das hin ...« Aber Helfen war einfach sehr schwierig, wenn er nicht wusste, wobei er helfen sollte. »Wenn du mir vielleicht ... Geht es um deine Gesundheit? Liebling, geht es dir gut?«
Bitte, sei gesund.
»Nein.« Die eine Silbe zog sich in die Länge und zitterte.
Bitte.
»Nein, natürlich geht es dir nicht gut, das weiß ich, aber bist du gesund?«
Wieder ein heftiger Atemzug, dann: »Ja.«
Danke.
»Und deine Mutter auch?«
Jon war bewusst, dass er eine Spur zu laut redete und dass der zu erwartende Inhalt womöglich ungeeignet für ein notgedrungen offenes Büro war.
Unser einziges Zugeständnis an Transparenz, glaube ich – jetzt haben wir transparente Innenwände, weil keine mehr da sind.
Jon brach aus – in den Breakout-Bereich.
Auch hier: Wer sich so eine Bezeichnung ausgedacht hat, gehört erschossen.
»Becky ... Becky, bitte sprich mit mir, trotz allem. Sind alle anderen auch gesund?«
»Mm-hm.«
Danke.
»Gut.« Jon hastete in Richtung Treppenaufgang. »Das ist gut.«
Die Stimme seiner Tochter schmiegte sich an seine Wange, während seine eigene auf Trost zielte, auf Sicherheit. »Becky, was auch passiert ist, es wird wieder gut, das verspreche ich.« Und er nistete sich außerhalb der Hörweite seines Ressorts ein.
Wir sind Primaten, wir haben komplexe soziale Hierarchien, die ständig gepflegt werden müssen, was ehrlich gesagt eine ziemliche Last ist – auch wenn wir einander nicht den ganzen Tag lausen und besteigen müssen –, und darum brauchen wir manchmal Pausen von der Gruppe. Wir müssen uns verstecken.
»Kannst du mir erzählen, was los ist, Liebling?«
»–aa.«
»Das ist gut ... Also ... Du bist gesund, Mom ist gesund ...«

Jon wusste, begriff inzwischen vollkommen, dass ein Mensch nur so aufgewühlt und verstört ist, wenn es um Sex geht oder um Liebe – besser oder schrecklicher gesagt, um Liebe. Dieses Wissen zerbarst und kämpfte dann in seiner Brust, die Einzelteile erschienen ihm schrecklich.
»Sprich weiter, Liebling, ich bin da. Lass dir Zeit.«
Wenn dieses Arschloch Terry dir irgendwas angetan hat, dann werde ich ihn ehrlich ... Wenn er sie verlassen hat ... Wenn er ihr wehgetan hat ... Aber wenn er sie verlassen hat ... Wenn sie ihn verlassen hat ...
Herrgott, wie verdammt großartig. Er war so ein Volltrottel.
»Es ist wegen Terry.«
Versau das nicht, bau keine Scheiße.
»Oh, das ist ...« Jetzt war Jon im Treppenhaus. Das sah er nicht oft genug. Es war nett: schlicht, kaum benutzt, mit Potenzial für gesunde sportliche Betätigung. »Das tut mir leid.«
»Er ist weg.«
Weg. Du lieber Gott, dann gibt es noch Hoffnung. Vielen Dank.
Jon schluckte und erinnerte sich, dass Lächeln hörbar war. »Aber das ist ja ...«
Genau das, was ich mir gewünscht habe.
Er hob wieder an, während aus dem Telefon Schweigen drang – elend und schrecklich –, das Schweigen des Mädchens, das er liebte, des Mädchens, dessen Schmerz er immer vertreiben wollte. »Menschen streiten sich immer mal, Becky ... Ich weiß, das weißt du selbst ... Aber es ist so, und dann sagt man Dinge, die man nicht so meint, und vielleicht –«
»Er ist weg!«
Gut, dass sie schreit. Das ist gut. Gut für sie.
Jetzt redete sie weiter, und ihre Lautstärke näherte sich der Schmerzgrenze, weshalb es nötig wurde, das Telefon etwas wegzuhalten. »Scheiße, er ist weg, der Scheißkerl, weil ich ihn rausgeschmissen habe, weil er eine andere gefickt hat, der Arsch. Jenny hat er gefickt. Zwei Monate lang.«
»O Gott ... Ich meine ... O Gott.« Jon erinnerte sich an jene erste Erkenntnis – wie ein Knie in die Eier –, dass das, was du als allein deins geliebt hattest, nicht nur dir gehörte, dass Privatsphäre nie privat gewesen war, dass andere Augen in den Schatten gespäht hatten, dass Hände dort

gefummelt, dich indirekt beschmutzt und dir etwas aus dem Herzen geraubt hatten. »Ich meine ...«
»Musste ich. Oder?«
»Natürlich musstest du. Schatz, das musstest du auf jeden Fall. Ich meine, wenn du glaubst, dass es das Richtige war, und wenn es sich richtig anfühlt –«
»Es fühlt sich grauenhaft an!« Und dann wieder das Weinen.
»Ich weiß, ich weiß, wirklich, ich weiß. Natürlich. Aber wahrscheinlich musstest du wirklich, und es ist ja nicht in Stein gemeißelt, wenn du ... Aber das musste sein ...«
Das Arschloch rausschmeißen und die Schlösser auswechseln und Halleluja.
»Ich weiß.«
»Du hast mehr Rückgrat, als ich hatte, als ich habe ... Das weißt du doch, oder?«
Jon Sigurdsson, dem es fast völlig an Wirbelsäulenkalzium fehlt und der sich abscheulich unbändig freut, dass Terry Harper, der beschissene Drecksack, von der Bildfläche verschwunden ist und dass jetzt eine Zeit kommen wird, wo Becky mich braucht, wo wir, wo wir vielleicht, wo ich ... ihr Vater sein kann. Wo sie mich ihren Vater sein lässt.
»Dad, könntest du ...«
Da geht es schon los – das ist es.
Jon saß auf einer kühlen Treppenstufe und wackelte einen Augenblick mit den Füßen, als würde er sie ins flache Wasser des Erfolgs tauchen.
Oh, aber –
»Dad, ich frage das nur ungern.«
Die Sache ist die, dass ich –
»Aber bitte. Frag.« Die Stufe erreichte einen neuen Kältegrad und schien ein wenig zu zucken, als er begriff, als er ihre unvermeidliche Bitte um die Ecke biegen und auf sich zukommen sah wie eine Wildwestlokomotive in der Kurve: schwer und hoch und entschlossen, möglicherweise gefährlich.
»Ich bin in der Wohnung. Könntest du vorbeikommen?«
»Klar.«
Bitte. Bitte lass mich nicht wieder wie ein schlechter Vater dastehen.
»Könntest du ...«

Wirst du, aber könntest du mich vielleicht nicht genau das fragen ...
»Kannst du jetzt gleich vorbeikommen? Wäre das schwierig?«
Und schon bin ich unterm Zug gelandet.
»Nein, nein, überhaupt nicht. Kein Problem, Liebling. Natürlich. Bleib du einfach da, und ich ... Ich wollte sowieso früher gehen, sozusagen ... Ich meine, werde ich jetzt nicht, aber ... oder natürlich doch, aber aus anderem Grund ... Hier ist einiges im Gange, aber ... ich komme vorbei.«
»Du musst nicht.«
»Doch, ich glaube ganz sicher, dass ich sollte. Also ...« *Trotz dieses Absackens in meiner Brust.* »Also, ich bin gleich da. Rühr dich nicht vom Fleck.« *Sie war drei Jahre mit ihm zusammen. Ist nicht so leicht, drei Jahre zu verlieren.* »Ich bringe was zu essen mit. Und ... was fürs Bad ... ich meine, irgendwas Schönes – kein Putzmittel ... ich bin gleich da. Und bringe was mit.« *Ist auch nicht so leicht, sofort für mitleidlose Gedanken bestraft zu werden.* »Und ruf ruhig noch mal an, wenn es nötig ist, wir können uns auch unterhalten, wenn ich auf dem Weg bin, ich werde nicht in die U-Bahn steigen, du kannst also.« *Aber es ist auch gut – dann ist es vorbei. Ich hasse es, auf Schmerz zu warten.*

Darum bin ich so gewissenhaft – ich rechne mit Katastrophen und plane dementsprechend. Bei der Arbeit wie im Leben. Wenn ich warten muss, dann gut gerüstet.

»Wirklich, Liebling ... Sag mir, was ich mitbringen soll, was du brauchst – mache ich alles.«
»Nein, ich habe alles.«
»Na klar, du hast alles ... Du bist einfach toll. Immer. Und ich stehe immer voll hinter dir. Und jetzt mache ich mich auf den Weg. Okay?«
»Okay.«
»Okay. Muss noch ein paar Sachen zu Ende machen, aber dann mache ich mich ganz bestimmt auf den Weg. Und alles Liebe, Becky, ich schicke dir meine Liebe. Wirklich. Und mach's gut. Bis gleich.«
»Bis gleich, Dad. Danke.«

Und Jon hielt es für angemessen, noch ein wenig länger auf der Treppe sitzen zu bleiben, sich immer wieder übers Gesicht zu reiben und die Augen zu schließen, denn er wollte nicht sehen und sehen und sehen.
Ich liebe Becky.

Er legte den Kopf auf die Knie, faltete das müde und widerhallende Nichts zusammen, das er in sich hielt, bis ihm davon ganz besonders übel wurde und er aufhören, sich wieder aufrichten und schlucken musste.

Es ist noch nicht so spät ... Ich könnte kurz bei Becky reinschauen und dann ...

Nein.

Ich werde es nicht schaffen. Ich kann nicht da rauf und dann bis halb sieben wieder runter zur London Bridge fahren ... aber vielleicht um halb neun ... oder neun. Ich meine, ich kann doch wieder weg ... ich meine, es ist zwar eine Katastrophe, aber keine völlige Katastrophe – für sie. Ich denke jetzt nicht an mich. Ich denke an ...

Wäre es eine Katastrophe, mich nicht zu sehen? Das ganz bestimmt nicht. Wohl kaum. Es wäre vermessen, das anzunehmen.

Ich werde sie anrufen und sagen müssen, dass ich noch mal verschieben muss. Eine Nachricht. Ich schicke ihr eine Nachricht. Einen Anruf schaffe ich nicht. Ich glaube, wenn ich anriefe, würde ich in Ohnmacht fallen.

Ich bin ein Jammerlappen, nicht wahr?

Aber ich will dorthin und dort sein – zur London Bridge. Wirklich.

Von ganzem Herzen will ich das.

Warum bin ich also erleichtert, dass ich es jetzt nicht mehr muss?

Jon lehnte sich Halt suchend an das Treppengeländer und sah, wie die Stufen unter ihm kurz Wellen schlugen.

Ich liebe meine Tochter.

Vielleicht sollte ich niemand anderes lieben.

Eine Frau sitzt an einem nicht unangenehmen Tag in einem Café. Vielleicht wird es später Regen geben, aber jetzt ist es freundlich und ziemlich mild für Oktober. Sie sitzt am Fenster und trinkt Kaffee. Sie ist Mitte vierzig und wirkt zwar gesund, doch hat sie auch etwas Hageres. Sie ist sorgfältig gekleidet: schicke schwarze Schuhe mit gemäßigtem Absatz, Businesskostüm aus dunkelgrauem Stoff mit blassblauen Streifen, hellblaue Bluse. Alles von guter Qualität, aber eine Spur zu groß für sie, und eine Spur aus der Mode. Vielleicht hat sie diese Kombination eine Weile nicht getragen, aber ohne nachzudenken wieder angezogen und zu spät bemerkt, dass sie nicht so ganz passte, oder jedenfalls nicht so, wie sie es wünschte.

Vielleicht ist sie wegen dieses Bedauerns merklich angespannt. Gleichermaßen könnte die Frau aber auch Gesellschaft erwarten. Dagegen spricht, dass sie einen klassisch geschnittenen schwarzen Regenmantel über den Stuhl gegenüber gelegt und ein Buch bei sich hat – es scheint niemand auf dem Weg zu sein.

Zwei Bedienungen haben Dienst – eine hinter der Theke und eine, die im Gastraum unterwegs ist –, und beide scheinen die Frau zu kennen, so wie man einen Stammgast kennt. Es ärgert sie nicht, dass sie bloß diesen kleinen Kaffee bestellt, dass sie die großzügig aufgetürmten Brownies, die gehäuften Scones, die Auswahl an heißen Speisen ignoriert hat. Es scheint ihnen nichts auszumachen, dass sie es nicht eilig hat, ihren Platz zu räumen.

Andererseits ist im Augenblick auch nicht viel los. Der Platz draußen liegt ruhig da, der Nachmittag dehnt sich in den Abend, dämmert gar schon. Der Tag neigt sich dem Ende zu. Bald wird das Café zumachen, denn die After-Work-Gäste sind nicht seine Zielgruppe. Die überlässt es dem Pub gegenüber und den rundum verstreuten Restaurants. Es würde absolut niemandem schaden, wenn die Frau bis zum Feierabend sitzen bliebe.

Sie schaut auf ihre Armbanduhr und bestellt noch einen Cappuccino. Ihre Stimme ist leise, vielleicht ist sie abgelenkt, vielleicht mit dem Buch beschäftigt, das sie liest und dann nicht mehr liest, weil sie stattdessen aus dem Fenster auf nichts Bestimmtes schaut. Vielleicht ist es ein nicht sehr fesselndes Buch.

All diese Handlungen besitzen eine Art von Gewicht, eine Bedeutung, allein weil sie der einzige Gast des Cafés ist und daher im Zentrum der Aufmerksamkeit steht.

Nichts Bedeutsames liegt jedoch darin, wie sie die neue Kaffeetasse an die Lippen hebt, sich dann dagegen entscheidet, aufsteht, beim Kellner bezahlt, ohne Wechselgeld entgegenzunehmen, und nach draußen geht.

Doch ihr Gesichtsausdruck, als sie die Tür öffnet – der sich in der Glasscheibe spiegelt, durch die sie den herbstlich nassen Bürgersteig gegenüber sehen kann –, ihr Gesichtsausdruck spricht von so viel Sicherheit und Zufriedenheit. Sie scheint mehr zu sein, als sie war. Das findet sie bemerkenswert.

16:20

Meg war zu spät gekommen. Sie hatte beschlossen, statt in ihrer Wohnung herumzugeistern, in die Stadt zu fahren und zu tun, was die AA für Notfälle empfahl.

Nämlich zum Telefonhörer greifen und jemanden anrufen oder zu einem ihrer Treffen gehen. Am Telefon müsste ich aber reden, und ich habe heute schon so viel geredet – fühlt sich jedenfalls so an, so als hätte ich mich leer geredet. Ein Treffen ist einfach bloß friedlich – mit anderen Menschen deiner Spezies in einem Raum zu sitzen ... mit deiner wirklichen, wahren Spezies. Man muss gar nicht reden, wenn man so eng verwandt ist.

Und es war demütigend, sich mit über vierzig noch so wegen eines Jungen aufzuregen. Wegen eines Mannes. Dabei war im Zusammenhang mit diesem Mann gar nicht so viel schiefgegangen – ein Mann, mit dem sie bisher kaum in einem Raum gewesen war, wenn man so wollte. Warum also etwas vermissen, was fast nicht passiert war?

Aber er bedeutet mir etwas. Und das ist ziemlich erbärmlich, darum möchte ich eigentlich nicht darüber sprechen, vielen Dank. Ich werde einfach nur hier sitzen. Auf dem Stuhl, den ich klappernd besetzt habe, als die Sprecherin zum Ende kam, weshalb ich keinen Schimmer habe, wovon sie geredet hat. Alle schauen ein bisschen nachdenklich, also hat sie wahrscheinlich bedeutungsvolle und spirituell wertvolle Einsichten geteilt.

Bin ganz froh, dass ich dafür zu spät gekommen bin. Ich habe eher auf etwas Witziges gehofft. Oder was richtig Grässliches. Beides würde mich aufheitern. Witzig heitert natürlich auf, und grässlich macht dich froh, dass du bloß du selbst bist und niemand anderes.

Bloß ich selbst, verspätet und störend.

Aber es ist nicht schlimm, dass ich nicht pünktlich war. Niemand denkt schlecht von mir, oder wenn doch, ist es mir egal. Zu spät kommt jeder nur zu seinem ersten Treffen – das ist so ein Spruch bei den Anonymen Alkoholikern, und ich finde, ein ziemlich selbstgefälliger. Es gibt eine Menge solcher Weisheiten bei ihnen. Das kann einem ein bisschen zu viel werden – die Slogans und Merksprüche und Vorschläge und Schritte und die verdammten spirituellen Einsichten – die Hilfestellung. Die kann nerven.

Das erinnert mich immer an Jim – ein Freund meines Vaters –, der vor einiger Zeit einen Schlaganfall hatte, worauf man ihn im Krankenhaus auf eine Station mit lauter alten Männern legte. Jim fand sich nicht alt und war ein bisschen beleidigt. Außerdem wollte er nicht die ganze Zeit vor der Nase haben, wie seine Zukunft aussehen könnte – wollte nicht unter die schlurfenden und stotternden Opfer des eigenen klumpigen Kreislaufs eingeordnet werden. Die machten ihm Angst. Sie zeigten ihm kein gutes Altern.

Jeden Morgen kamen Freiwillige auf die Station, um den Patienten – Jim eingeschlossen – aus der Bibel vorzulesen. Das gefiel ihm ganz und gar nicht. Wegen des Schlaganfalls gehörte er zu Anfang tatsächlich zu den Schlurfern. Er konnte eines seiner Beine und einen seiner Arme nicht richtig bewegen, darum konnte er auch nicht ohne Hilfe aufstehen, und niemand wollte ihm helfen, vor den Lesungen zu flüchten. Schlimmer noch: Er konnte nicht einmal stottern. Er war vollkommen sprachunfähig. Und die Leute mit den Bibeln hörten nicht auf.

Doch nach einer Woche war Jim in der Lage, seine ersten Worte zu äußern – gerichtet an einen der Bibelleser.

Er sagte: »Verpiss dich.«

Vielleicht funktioniert AA genauso – sie nerven einen zu Tode, reden und reden, und dadurch findet man heraus, was man selbst denkt, was man zu sagen hat, und dann geht es einem besser. Vielleicht.

Vielleicht guckst du dir das Schlurfen und Stottern an, wenn jemand zum ersten Mal da ist, und weißt genau, so bist du nicht mehr. Du bist verschont geblieben und möchtest es auch bleiben. Oder du hörst, wie Menschen dir ihre Geschichten erzählen, du hörst vom Chaos in ihrem Inneren, das sich kaum von deinem eigenen unterscheidet – auch bei dir brennt drinnen immer gerade die Hindenburg ab –, und das ist schlimmer, als auf der Straße zu stolpern oder schlimme Sätze abzusondern, undeutlich zu nuscheln, sich zu verhalten, als sei man schwer krank, wenn du dich in Wirklichkeit selbst so zugerichtet hast ... und dann siehst du diese anderen Menschen – manche brandneu, manche gerade auf der Schwelle, manche auf dem Weg der Besserung –, und du vermagst zu glauben, dass deine Probleme von dir weggezwungen werden könnten. Die

Kugel ist dicht vorbeigegangen, sie hat in deinem Ohr gejault, du hast ihre Hitze gespürt, aber jetzt fliegt sie ohne dich weiter. Sie hat nicht getroffen.

Oder vielleicht hat sie doch getroffen, aber wenn du hier bist, läuft die Zeit rückwärts, und das Blei gräbt sich wieder aus dir heraus und verlässt deinen Körper, fliegt zurück und schiebt sich wieder in die Pistole.

Vielleicht ist dies der Ort, wo du weiter am Leben bleiben kannst ...

Wenn ich denn am Leben bleiben muss oder will ...

Ich will, ich will – ich habe Sachen zu tun und zu erledigen ...

Meg saß am Rand der hintersten Stuhlreihe.

Aber zu den meisten Sachen heute gehören anscheinend Plastikstühle ...

Sie und die Stühle befanden sich im Gemeindesaal einer palladianischen Kirche am äußeren West End. Ein muffig süßlicher Duft hing in der Luft, der an Heiligkeit denken ließ, an zahlreich aufgetürmte menschliche Gedanken, die sich nach Höherem streckten. Dieses Streben nach Gott hinterließ einen spürbaren Nachgeschmack, unterlegte jeden Atemzug. Wie Blumen, wie Honig, wie altes Papier – es war praktisch religiös. Aber Irgendwem sei Dank war es nicht wirklich religiös.

Wenn ich tatsächlich beten müsste, würde es mir den Atem nehmen.

Tee, Kaffee und gar nicht so schlechte Kekse standen ebenfalls bereit.

Meg war noch nie hier gewesen, denn Treffen am Nachmittag zu besuchen hieß für sie immer, kein eigenes Leben zu haben.

Aber das habe ich, ich habe eins. Ich habe ein Leben. Ich kann mit Nachdruck und Überzeugung sagen, dass ich nicht bloß einem machiavellistischen Hund etwas bedeute.

Sie hatte eine Weile gebraucht, das Gebäude zu finden, und sie erkannte keines der Gesichter hier.

Also kann ich am Ende auch ganz schnell raushuschen und verschwinden, muss mich nicht von Nettigkeiten aufhalten lassen.

Wie es mir geht? Das würde ich dir lieber nicht sagen, und es interessiert mich auch nicht ernsthaft, wie es dir geht, darum werde ich nicht nachfragen. Bitte um Vergebung.

Ich bin froh, hier zu sein, aber ich möchte auch wieder weg.

Ein älterer Mann, dessen Namen sie nicht verstanden hatte, erzählte dem Raum leicht nuschelnd von diesem oder jenem – irgendein Sorgerechtsstreit mit seiner Frau – Meg konnte sich nicht aufraffen, richtig zuzuhören. Es gab mitfühlendes oder tröstendes oder beifälliges Gemurmel von den besetzten Plastikstühlen, und das sollte dem Mann reichen – er hatte es sicher nicht nötig, dass die ganze Welt an seinen Lippen hing.

Sie konnte ihre Gedanken weich werden und schweifen lassen, weg von den aufgestapelten Gesangbüchern, den bedeutungslosen Psalmnummern am Anzeigebrett und den Schmerzen Fremder.

Ich werde dich treffen.
Es tut mir so, so leid.
Es wird halb acht werden, oder vielleicht auch acht. Könntest du um acht?
Abendessen um acht?
Tut mir so leid.

Während das Treffen weiterging und sich weiterkümmerte, wusste Meg schon, dass sie nicht wie eine eifrige Schülerin die Hand heben und dann ausrufen würde, sie habe vor kurzem einen Jahrestag gehabt. Kein Wort würde sie sagen. Ihr war nicht mehr nach Feiern zumute. Sie wartete eher darauf, dass eine ferne Spitze sie endlich traf – doch diese Spitze wich immer wieder aus und zurück, immer weiter und weiter weg, und wer konnte schon sagen, ob das gut oder schlecht war.

Ich werde ihm nicht grollen. Ich werde einem Treffen grollen, das gar kein Treffen ist, weil es mich endgültig mit meinem Geburtstag abschließen lässt.

Jedes Mal, wenn er unser Treffen verschiebt, ist es nicht für immer. Es fühlt sich an wie für immer, denn Menschen meiner Art spüren alles, was schlecht ist, als wäre es für immer.

Und sogar die Freuden machen uns Sorge, weil wir wissen, sie währen kurz, und wenn sie nicht mehr da sind, werden wir sie vermissen.

Macht Spaß, so wie wir zu sein, nicht wahr?

Der ältere Mann hatte aufgehört zu reden, und ein zusammenhangloses Gewirr von Dankesbekundungen war zu hören, ehe eine sehr junge Frau übernahm und in eine komplizierte Saga über ihre Nachbarn stolperte.

Ich muss nicht mitmachen, wenn ich nicht will. Wer dringendere Bedürfnisse hat, kann die Zeit beanspruchen – es ist sowieso nur eine Stunde ... Wieso sollte ich da meinen Senf dazugeben? Ich habe nichts beizutragen, nicht ein Wort.

Reden kann manchmal auch unkommunikativ sein. Anstatt die ganze

Nacht zu zergrübeln wegen Unterhaltungen, die du nicht anstoßen, nicht führen, nicht ertragen kannst, die du verlieren wirst, wie du genau weißt – denn jedes Gespräch ist eine Auseinandersetzung, und du bist nie wettbewerbsfähig –, kannst du dich mit einem Blatt Papier hinsetzen und schreiben, was du in Bestform sagen würdest, du kannst als eine Frau schreiben, die besser scheint als du selbst, an jemanden, der besser scheint als du selbst.

Also hatte Meg geschrieben – Briefe.

Briefe an Mr August.

Lieber Mr August.

Sie hatte sie auf dem Papier aufgesetzt, das ihre Mutter ihr hinterlassen hatte: gute Qualität, die still in ihrer Kiste in einem Fach des Kleiderschranks lag, in dem Zimmer, das einmal das Schlafzimmer ihrer Eltern gewesen und jetzt das Geisterzimmer war, hauptsächlich leer, hauptsächlich Echos hinter einer Tür, die zu und zu und zu war und auch zu sein musste, als sie noch trank.

Das Papier war cremefarben, schwer, ernst genug, um einzuschüchtern.

Die letzten Hände, die es berührt hatten, waren höchstwahrscheinlich die ihrer Mutter gewesen. Es war ihr persönlicher Vorrat für Schreiben bei formellen Anlässen wie Jubiläen oder Hochzeiten gewesen, oder für Briefe an Verwandte, die zu Besuch gewesen waren. Jede Abreise hinterließ nach Interpretation ihrer Mutter ein dauerndes Bedürfnis nach Bestätigung auf Seiten der Abreisenden. Ihre Briefe hatten ihnen alles Gute gewünscht und den Betreffenden eingeladen, so rasch wie möglich wiederzukommen. Ihre Mutter hatte gern das Haus voll gehabt und konnte sich nie richtig beruhigen, ehe sie eine ebenso heftig formulierte Antwort bekam, die das gleiche Bedürfnis ausdrückte – ein Versprechen.

Das Papier hatte also eine Geschichte der Wünsche und der Entschlossenheit, und vielleicht war das gar nicht schlecht, Meg wusste es nicht. Es stand zur Verfügung, war schön, und es schenkte ihr Wohlbehagen, kein schlechtes Gewissen, also hatte sie es benutzt.

Sie hatte sich nicht vorstellen können, wie schnell der ganze Block unter ihren Bemühungen dahinschwand. Es lag zum Teil daran, dass es mit Stift und Papier so ähnlich lief wie im Leben – Fehler passierten ständig. Wenn am Ende etwas herauskommen sollte, das man ohne Reue jemand anderem vorlegen konnte, dann musste man einen Versuch nach dem anderen zerreißen und neu anfangen.

Was natürlich nicht unbedingt so ist wie im Leben. Es sei denn, das Trinken – und wieder nüchtern werden und wieder trinken und wieder bewusstlos werden und wieder zu sich kommen – es sei denn, das ist ein Versuch, deine eigene Dummheit zu zerreißen. Zerreißen und anfangen und zerreißen und wieder anfangen – für immer und ewig.

Aber jetzt bin ich hier und versuche neu anzufangen. Für immer. Eine andere Art von für immer.

Heute. Für immer im Heute – man sagt mir, ich kann das alles, mein Alles, in diese vierundzwanzig Stunden stecken, und es wird nicht zu groß sein, um hineinzupassen. Ich versuche das so zu glauben, wie man bei den AA glaubt. Ich versuche alles Mögliche. Wirklich.

Ich sitze auf einem Plastikstuhl und versuche zuzuhören, während eine Ehefrau davon erzählt, wie ihr Sohn sich auf einer Party zum ersten Mal betrinkt, und was für schreckliche Angst sie hat, dass er das jetzt jeden Abend tun wird. Das hat überhaupt nichts mit mir zu tun – ich werde nie Kinder haben.

Ich verstehe allerdings, wie man schreckliche Angst haben kann.

Ich kann schreckliche Angst vor Papier haben.

Für Mr August hatte sie so viel Papier zerrissen. So viele Versuche für einen sauberen Anfang. Für Corwynn August. Und die ganzen Versuche für den ersten Brief waren am schwersten. Das fühlte sich an wie für immer.

Ich wollte Ihnen antworten, weil
Mit Ihrem Brief haben Sie mich glücklich gemacht
Ihr Brief hat mich glücklich gemacht
Sie machen mich glücklich
Ich musste Ihnen antworten

Fast hätte sie aufgegeben. Auch für immer. Schließlich hatte er geschrieben, dass sie nicht zu antworten brauche, wenn sie nicht wolle. Meg bezahlte ihn für seine Briefe, sie würden auch so kommen. Aber sie *wollte* antworten. Mr August zu antworten war so richtig, wie in jenem goldenen Moment zum Telefon zu greifen – es war einfach das Richtige. Das hatte sie aus sehr vielen Gründen gespürt – die meisten waren jämmerlich, aber dennoch vorhanden.

Und dann war da die vorwärtsgeneigte Gestalt seiner Wörter, diese Eile in seiner Handschrift – und seine Entscheidung für blassblaues Papier. Wenn sie ihn las, hatte sie den Eindruck, dass er freundlich zu ihr war – wofür sie auch bezahlt hatte –, aber es schien auch so, als hätte er keinen Freund, dass er zum Teil so war, wie er jetzt war, und das tat, was er tat, weil er keinen Freund hatte.

Und ich bin zwar nicht der wundervollste Mensch der Welt – das weiß ich –, aber kein Mensch kommt gut zurecht, wenn er nichts Freundliches um sich hat.

Was man braucht, ist irgendein Freund, der einem weiterhilft – das ist vielleicht nicht toll, aber besser als gar keiner.

Ich bin besser als gar keiner.

Ich könnte wirklich ein Fortschritt sein – von gar keinem zu einem, nicht schlecht.

Freundliche Menschen sollten leben können, dabei sollte ihnen geholfen werden.

Schließlich hatte sein dritter Brief frisch geöffnet in ihrer Hand gelegen, warm und klar und von ungewöhnlicher Anständigkeit, was ungewöhnlich war, es brachte sie auf den Gedanken, dass sie gern mehr davon um sich hätte. Und diesmal weckte der Brief den sehr starken Wunsch in ihr, ihm etwas zu schreiben und auch abzuschicken.

Im Oxfam-Laden kaufte sie sich ein Wörterbuch, damit sie sich nicht für Rechtschreibfehler schämen musste. Ihr Hirn fühlte sich eingerostet an, so als würde es sie in der Hinsicht im Stich lassen. Bei diesem Versuch setzte sie sich an den Küchentisch, den sie abgewischt und abgetrocknet und dann noch einmal trockengewischt hatte. Sie hatte sich das Papier wieder zurechtgelegt, die Ränder des kleinen Stapels auf die Tischplatte geklopft, um sie gerade auszurichten. Sie hatte sich hingesetzt – auf einen Holzstuhl, keinen aus Plastik. Den Stuhl ihrer Mutter.

Megs Daumen und Zeigefinger, ihre Faust, ihr Unterarm – alles an ihr – war an Tastaturen gewöhnt, an das Tippen vor einem Bildschirm. Wenn sie überhaupt Papier benutzte, dann nur, um Listen oder Notizen hinzukritzeln. Und darum war das besondere Papier – die flaumige Oberflächenstruktur – und der gute Füllfederhalter ... Sie konnte bloß unangenehme Kringel und Kratzer produzieren, unzuverlässige Formen, die nicht zu ihrem Leben gehört hatten, seit sie die Schule beendet hatte, und die seither gequetscht und minderwertig geworden waren. Alles, was sie schrieb, sah nach Betrug aus, machte aber die darunterliegende Wahrheit umso deutlicher – dass hier eine Trinkerin schmierte: eingeweichtes Schreiben.

Ich habe die Handschrift einer Frau, deren Schecks die Bank abgelehnt zurückschickte. Und zwar oft nicht wegen mangelnder Kontodeckung – sondern vor allem, weil ich nicht mehr fähig war, meine übliche Unterschrift zu leisten. Ich konnte meinen Namen nicht mehr schreiben. Nicht jeden Tag, nicht auf Verlangen. Was war ich für eine Buchhalterin ... was für ein Mensch ...

Der ganze Abend, an dem sie zum ersten Mal in der Küche einen Brief zu schreiben versuchte – er lag am Ende in einem zerknüllten Haufen um sie herum. Sie hatte nichts als verworfene Seiten und einen schmerzenden Unterarm vorzuweisen. Sie hatte weitergeschrieben und war darum noch mehr in die Irre gegangen, hatte noch mehr Fehler gemacht. Von der Anstrengung hatten tatsächlich ihre Muskeln gebrannt – von der ungewohnten Anstrengung.

Wie in der Schule – bei Klausuren und Prüfungen.

Das hier ist keine Prüfung.

O doch, ist es wohl. Ja, ist es.

Alles ist eine Scheißprüfung – für immer.

Dann hatte sie die Augen geschlossen.

Sie hatte gedacht, es müsse irgendeine Familientradition geben, irgendeinen Federschwung, eine Armlänge und einen Herzschlag, der dafür sorgte, dass sie so einen Brief schreiben konnte, einen Scheißbrief, dass sie eine andere Frau aus ihrer Familie sein konnte, die Worte in Umschlägen in die Welt schickte, um die zu erfreuen, die ihr etwas bedeuteten.

Die sie liebte.

Diesen einen, den sie liebt.

Wir haben eine Tradition von Papier und Liebe.

Und ich, ich – ich glaube das wirklich. Habe ich damals geglaubt und glaube es jetzt noch mehr. Und das kann für immer sein.

Es war fast Mitternacht, als sie irgendeinen Teil von sich hinauswaten oder -schwimmen oder -laufen ließ, sich in einen echten Versuch stürzte, ihm etwas zu erzählen – volle Anstrengung –, und eine dünne Kälte in ihrem Körper aufsteigen und sich ausbreiten spürte, einen seltsam durchdringenden Kontakt, der zunächst erschreckend gewirkt hatte. Aber es fühlte sich rein an – weit und hoch und rein. Sie war in einem neuen, weiten und hohen und reinen Raum, wo sie mit Mr August sprechen und die Wahrheit sagen konnte.

Dann hatte sie die Augen geöffnet.

Dann hatte sie aufgeschrieben, was er ihrer Ansicht nach wissen musste – und nur das.

Lieber Mr August,
Sie sind lieb, und zweifeln Sie nicht daran, denn ich zweifle auch nicht, und lassen Sie sich von niemandem schlecht behandeln, denn das sollte niemand tun. Sie sind lieb, und wenn Sie es vergessen, werde ich mich daran erinnern. Ich vergesse nicht.
In meinem Alltag habe ich das, was Sie schreiben, die ganze Zeit im Kopf. Es ist schön, es ist süß. Süß und ernst.
Verzeihen Sie mir, dass ich Ihnen das schicke, aber Sie sagten, ich könnte, wenn ich wollte, und ich will.
Sie sind ein guter Mensch. Das merke ich.
Wahrhaftig.
Ich stelle mir vor, wie Sie Ihren Alltag leben, wie Sie Ihren Anzug tragen und beschäftigt sind. Ich behalte Sie im Kopf. Und ich hoffe, dass für Sie alles freundlich und sanft ist. Es klingt nicht so, oder jedenfalls nicht freundlich genug. Passen Sie auf sich auf.
Sie sagten, ich könnte Ihnen ein Foto schicken, aber ich habe keine guten. Ich glaube, gute Fotos wird es wahrscheinlich nicht geben, nicht so richtig. Vielleicht ist es am besten, wenn wir so weitermachen.

Die Küche war beim Nachdenken unscharf und wieder scharf geworden – ganze Zeitbrocken waren schwankend zwischen einen und den nächsten Satz gestürzt. Die Nacht war Morgen geworden, als sie fertig war – und sie hatte nicht mehr als zwei Seiten eines einzigen Blattes beschrieben, mit verkrampfter und besorgter Tinte angefüllt.

Ich habe so ein Prickeln im Nacken, als hätte er schon angefangen zu lesen, mich zu lesen – albern. Peinlich.

Sie hatte sich bemüht, ihre Zeilen gerade zu halten, immer wieder quer über das cremefarbene Papierrechteck, so glatt wie ein frisches Bettlaken und geformt wie ein Fenster nach draußen, wie eine Einladung, hereinzuschauen. Sie knipste alle Lampen an, die sie finden konnte – sie versuchte, ehrlich zu sein. Das hieß, er würde wirklich sehen können.

Und das musst du einfach auf der Haut spüren.
Und am Ende werdet ihr einander Dinge sagen.
Ich werde dich treffen.
Du sagst das, und er sagt es, und dann ist es laut ausgesprochen, also könnte es geschehen.
Und so etwas kann dich auch enttäuschen.
Ich glaube, vielleicht enttäuscht es immer. Immer ist das Gleiche wie für immer.
Ich werde dich treffen.
Süßer Ernst.

Ein Mann sitzt am Fuß der Treppe in der U-Bahn-Station Bond Street. Ein wenig sitzt er den Pendlern im Weg, die abbiegen und die Züge erreichen wollen, die grob in westlicher Richtung abfahren, nach Ealing Broadway und West Ruislip, oder auch zu den Zügen in grob östlicher Richtung, nach Leytonstone und so weiter. Es ist eine belebte Station zu einer verkehrsreichen Tageszeit, und das Wetter oben ist heiß, die Sonne brennt heftig. Der Halt liegt an der Central Line – und diese Linie ist besonders berüchtigt für die stickige Luft im Sommer, für die glühend heißen Waggons, die allgemeine Beschwerlichkeit. Die Fahrgäste schauen einander an, als seien sie sowohl eine Zumutung als auch das Opfer einer solchen.

Der Mann bettelt nicht direkt, aber er ist auch kein Reisender. Er sitzt mit ordentlich gekreuzten Beinen, neben sich eine weiche Tragetasche, eine umgedrehte Baseball Cap auf dem Knie. Er bittet nicht um Geld, er ist bloß eine Reihe erschreckender Mängel, die ihn ausmachen. Seine beiden Arme enden direkt unterhalb dessen, was zu anderen Zeiten vielleicht mal ein funktionsfähiger Ellbogen war. Dünne Gliedstümpfe lassen sich durch die losen Ärmel eines T-Shirts erkennen. Man sieht Narbengewebe, gerötete Haut, die Anzeichen von Nachwirkungen. Der Kopf des Mannes ist kahl und wie sein Gesicht von transplantierter Haut bedeckt – sie wirkt stark durchblutet und schmerzhaft, besteht aus Abschnitten und Flächen, die nicht ganz auf die für ein Gesicht übliche Art zusammenpassen. Seine Ohren sind von üblicher Art, wie auch seine Nase, doch seine Lider wirken nicht ganz brauchbar.

Menschen gehen mit Mienen an ihm vorüber, die vermuten lassen, dass er sie verletzt hat oder ein unerträgliches Rätsel darstellen – dieser Mann, der irgendwann mal in das helle Licht hinausmuss, mit seiner verwundeten Haut und ohne Augenlider, der ohne Hände funktionieren muss, der genauso erhitzt und durstig und gestresst sein muss wie sie und doch jenseits von ihnen existiert, aus einem kruden und undenkbaren Raum zu ihnen hereinschaut.

Eine Frau Mitte vierzig widersetzt sich dem Fluss der Menge, bleibt stehen und beugt sich hinunter und spricht mit dem Mann, dessen Alter unmöglich zu schätzen ist. Das Alter gehört zu den Dingen, die ihm weggebrannt wurden, zu anderer Zeit an einem anderen Ort, beide unvorstellbar. Sie spricht mit ihm, aber sie zieht zugleich ihre Geldbörse hervor und faltet wahrscheinlich einen Geldschein in ihre Hand. Ihr Plaudern scheint völlig losgelöst von der Bewegung, mit der er einen Arm unter einen Henkel seiner Tasche schiebt und sie anhebt, und davon, dass sie wahrscheinlich Geld hineinlegt.

Es ist möglich, ihn sagen zu hören: »Es geht mir im Augenblick einfach nicht sehr gut.«

16:42

Jon brachte seiner Tochter Suppe. Sie wollte keine Suppe, aber sie hatte offenbar den ganzen Tag noch nichts gegessen, also hatte er sie trotzdem warm gemacht – in ihrer schauderhaften Küche.

Das ist keine Pantryküche, wie man heute gern sagt, sondern eher eine 70er-Jahre-Wohnwagenküche. »Kombüse« wäre dafür noch viel zu gemütlich und fröhlich. Becky wollte sie immer schon rausreißen und aufbessern – vielleicht macht sie es jetzt auch.

Aber ich darf ihr keine häuslichen Renovierungsarbeiten vorschlagen, um sich abzulenken vom derzeitigen ... Auch wenn ich natürlich eine neue Arbeitsplatte und eine halbwegs anständige Spüle jederzeit mit Handkuss gegen Terry Harper eintauschen würde.

Jon war mit dem Taxi zur Wohnung seiner Tochter gefahren, hatte es am ersten anständigen Supermarkt halten lassen, um Lebensmittel einzukaufen. Das würde nötig sein, wie er wusste – Essen von außerhalb mitzubringen. Jon glaubte für Rebecca nicht von Nutzen zu sein, wenn sie glücklich war, aber er war froh, dass er – denn Traurigsein verstand er – ihr nun helfen konnte, indem er ihr zeigte, wie man der Traurigkeit sanft Raum schaffte.

Wenn man das erste Mal ins Herz getroffen wird, dann hört man auf zu begehren ... Weil du nicht haben kannst, was du immer noch brauchst, weil es dir genommen wurde, nehmen dein Geist und dein Körper gemeinsam an, dass der Rest der Welt nur unzureichender Ersatz für die eine geliebte Sache sein wird. Du willst dich nicht mehr anziehen oder waschen, weil du nicht mehr hinauswillst in diese ungeheuer enttäuschende und gnadenlose Welt. Du vergisst, Milch zu kaufen. Oder auch Tetrapacks mit Fertigsuppen, die dich versorgen, wenn du noch mit den schlimmsten Folgen des Einschlags kämpfst.

Ich weiß noch sehr genau, wie die Sache abläuft – sie steht noch ganz am Anfang, und das ist grauenhaft.

Aber man steht das durch. Man überlebt.
In gewissem Maße.
Seine Gedanken wurden beherrscht von der Vorstellung, wie er – selbst wenn er es schaffte, nichts Undiplomatisches zu sagen – das Suppentablett fallen lassen würde. Er rechnete mit einer rasch näher kommenden Zukunft, in der er die Kontrolle über den Löffel, die Schüssel, die brühheiße Flüssigkeit (Bio-Hühnersuppe mit Gemüseeinlage) und die dünne Scheibe anständiges Vollkornbrot mit dem zugehörigen Teller verlieren würde. In der Luft vor ihm konnte Jon beinahe sehen, wie seine Sorge für sie hochschwappte und dann wieder grauenhaft nach unten, wo das Chaos Schaden anrichten würde.

Doch er tappte vorsichtig und sicher weiter, in Socken wegen ihres lächerlichen Holzfußbodens – *leichter einzudellen als ein reifer Pfirsich, empfindlicher als die Hoffnungen einer intelligenten und attraktiven jungen Frau –,* und stand dann neben dem Sofa, auf dem Becky ruhte. Er hatte sie überredet, ein Bad zu nehmen, und jetzt kuschelte sie sich im Bademantel mit warmer, rosaroter Haut auf die Seite und hatte ein Kissen unter dem Kopf. Ihre Hände lagen zusammengerollt dicht vor dem Mund und wirkten verwundet, obwohl sie vollkommen unversehrt waren. Sie war eine Achtundzwanzigjährige, die vor kurzem zwanzig Jahre abgeworfen hatte.

Mein Mädchen. Mein kleines Mädchen.
Ihr Anblick sang und klang in ihm, fühlte sich an wie Honig.
Um ein richtiger Vater zu sein, muss man sich nützlich machen.
Und ihren Schmerz zu sehen fühlte sich natürlich an, als würde man ihm das Brustbein öffnen.
Öffnen, damit ich zeigen kann, wo ich meine Selbstsucht aufbewahre.
»Liebling, bist du wach? Ich finde schon, wenn du – ich will nicht nerven, aber – du könntest schon ein bisschen probieren hiervon. Es ist bloß Suppe und nicht viel, aber du kannst noch mehr haben.«
Sie streckte den Arm aus und tätschelte seine Wade, dann ließ sie die Hand einfach an seinem Hosenbein ruhen. Er wusste nicht genau, was das zu bedeuten hatte.
»Ich weiß. Es ist schrecklich. Weiß ich wirklich ... übrigens, dein Tiefkühler – den habe ich aufgefüllt. Soll ich irgendjemanden bei deiner Ar-

beit anrufen?« Die Hand krümmte sich um sein Schienbein und hielt sich fest, als könnte er in den aktuellen Turbulenzen ein Anker sein.

»Wenn du dich vielleicht ... ein bisschen aufsetzen könntest, dann setze ich mich neben dich, und wir können ... Ich hole mir noch einen Löffel, und wir können uns die blöde Suppe teilen, wenn du ...«

Ein Heulen stieg in ihr auf, das womöglich ein ebensolches bei ihm hätte auslösen können, doch heute war nicht sein Tag zum Heulen. »Es ist gut ... Nein, Becky. Ich verspreche es dir. Ist es. Wird es.« Er löste sein Schienbein aus ihrem Griff und ließ dabei weiter sein »Istgutistgutistgutistgut« strömen.

»Ist es nicht.«

»Na gut, nicht ganz ...« Jon trat beiseite, um das Tablett auf den Tisch hinter ihm zu stellen, dann kniete er sich neben sie, damit sie herumrollen und sich an ihn klammern, dicht bei ihm schluchzen konnte. Das war furchtbar, aber auch – hatte er ja gesagt – gut. Man machte eine Sache, dann kümmerte man sich um die nächste, und man blieb am Leben. »Mein kleines Mädchen, wirklich. Es ist alles in Ordnung. Ich bin da.«

Ihr Klammergriff um seine Hüfte wurde kraftvoller, und er wölbte eine Hand um ihren Hinterkopf. Unter seiner Handfläche schwammen sicher düstere Gedanken herum, der Ärger in ihrem Kopf, die vererbte Empfindlichkeit, mit der er sie sicherlich geschlagen hatte. Beckys Mutter war emotional eher robust, könnte man sagen. »Ich bin hier.«

In seiner Innentasche verborgen pulsierte Jons Telefon an seiner Brust – ein überflüssiges Herz. Er ignorierte es, während der Arm seiner Tochter sich leicht versteifte. Dann fing das verdammte Gerät an zu klingeln. »Ich muss nicht rangehen. Muss ich nicht.«

Becky seufzte auf eine Art, dass ihm glühend heiß wurde, dann glitt sie absichtlich aus seiner Umarmung, rollte sich wieder auf dem Sofa zusammen« und wandte sich von ihm ab. Sie sagte nichts, weil sie nicht musste. Er hatte sie im Stich gelassen.

Jon log, während er das verfluchte Telefon aus der Tasche nestelte und in die Hand nahm. »Becky, ich habe doch gesagt, ich muss nicht. Ich will nicht mal. Es wird nicht ...« Die Rufanzeige sagte ihm, dass Chalice anrief. »Ich werde nicht ... Wirklich ...« Trotzdem stand er auf, schritt zum Fenster, und das düstere Treiben unerkannter fremder Gedanken machte sein Mobiltelefon womöglich schwerer, als es sein sollte. Dann tat er, was er tun musste, und ließ die Dunkelheit hereinströmen.

»Hallo, Chalice, ja ... Das Treffen war gut insofern, als er störrisch war – aber kein Mensch bei klarem Verstand würde Milner irgendetwas geben, er ist so eindeutig außer Kontrolle ... Was ich damit meine? Ich meine, dass er um vier Uhr nachmittags heftig betrunken und widerwärtig war. Ich halte das nicht für normal ... Nein, gesagt hat er nicht viel, außer so zu tun, als sei er Ed Murrow, der den tapferen Spitfires nachblickt und für die bessere Sache streitet, oder –«

Jon sah zu Becky hinüber. Becky, die toll war, die großartig war, aber es nicht wusste. Chalice hingegen tat so, als sei er beide Kray-Zwillinge gleichzeitig, und bohrte tiefer, als Jon liefern konnte, denn es gab nichts mehr zu erzählen. Das Rendezvous war fast völlig ohne Informationswert geblieben. *Sie stehen alle so auf Klatsch – auf unzuverlässige Informationen. Mehr will er nicht. Ich bin in Sicherheit.*

Er wirft mich nicht einem Pressemann vor, nur um zu sehen, ob ich in irgendeine Richtung pralle, an der man mein wahres Wesen erkennen kann, meine leakenden Hände. Das tut er nicht.

Jon wollte, dass Becky sich aufsetzte und zu ihm sah, damit er mit den Lippen *Ich liebe dich* formen und ihr einen Kuss zuwerfen und sie wissen lassen konnte, dass er ganz und wahrhaftig ihr gehörte, dass seine Arbeit nicht zwischen sie treten würde.

Dann tat Chalice, was von ihm zu erwarten war, was ein Paranoiker für das Ergebnis besonderer Beachtung durch einen böswilligen Gott halten könnte, oder für ein angezapftes Telefon in Kombination mit einem heimtückischen Geist. Chalice sagte Jon, sie sollten sich treffen.

Aber ich kann nicht. Ich kann nicht.

Und natürlich sollte das Treffen um halb acht stattfinden.

Was unmöglich ist. Ganz und gar unmöglich.

»Es gibt wirklich keinen ... Ich meine, Berichterstattung wäre eine maßlose Übertreibung für das, was ich Ihnen mitteilen kann ... Nein, wirklich.«

Wenn er darauf besteht, deutet er an, dass ich unbedeutende Einzelheiten nicht von wichtigen Fakten unterscheiden kann. Arschloch.

»Halb acht passt nicht gerade gut, Harry ... Acht ... Acht Uhr?«

Acht ist noch schlimmer ... Wieso sage ich acht?
»Ich ...« Jons Rippen verwandelten sich allmählich – er konnte sich das lebhaft vorstellen – in schweres und schmuddeliges Metall. »Dann also um acht Uhr. Ja ... Gar kein Problem. Kein Problem ... In Ihrem Club ... Nein, kein Problem.«
Jon musste zuhören, während Chalice' Stimme diese vier blechernen kleinen Silben übermittelte – *in meinem Club*. Herrgott noch mal, wer sagte denn so etwas noch?
»Gut. In Ihrem Club.«
Chalice beendete das Gespräch, und Jon behielt nicht viel in der Hand.
Er sagte zu niemandem: »Gut. Ja, gut.«
In meinem Club – die drei nervigsten Worte der Welt. Wo wir doch alle schon über diese Art von Unsinn hinaus waren. Jedenfalls möchte ich das gern glauben – dass private Clubs ihr Verfallsdatum überschritten haben, dass sie in einer Zeit der Bedingtheiten und Sanktionen nicht mehr nötig und unangemessen sind. Aber dieses Zeug werden wir nie wirklich los, oder? Wir müssen immer mit einer Welt zurechtkommen, in der besondere Vergünstigungen für gänzlich unbesondere Leute sich immer wieder zurückkämpfen.
Ober-, Mittel-, untere Mittel-, Unter- ... ganz egal, welche Schicht, wir müssen alle unser Bestes tun, um unnötige Ausgaben zu verursachen. Wir müssen mit Pracht und Glanz getäuscht werden, mit Andeutungen von Vorteilen, mit annehmbarem Ersatz für Liebe – mit den Lügen, die gerade am nützlichsten und am ehesten zur Hand sind – solange sie uns etwas kosten. Am Ende kaufen wir alle irgendwas – Rubbellose, maßgeschneiderte Jacketts, gefälschte Portfolios, gefälschte Versicherungen, gefälschte Reparaturen, gefälschte Garantien, gefälschte Zuneigung, gefälschte Chancen ... und die Mitgliedschaft in diesem oder jenem Club.
Wir sind alle Mitglieder des Volltrottelclubs. Die ehrenwerte Gesellschaft der traurigen Affen.
Auf leisen Sohlen schlich er sich wieder zu seiner Tochter und kniete sich hin.
Chalice' Club sieht aus wie eine stalinistische Feuerwache und hängt voll mit der schlimmsten Militärkunst, die ich je zu Gesicht bekommen habe – und die Militärkunst bietet einen reichen Schatz an absolutem Schrott.
Er küsste Becky auf den Scheitel. Er sprach zu ihr, nur zu ihr, immer

nur zu ihr, und entschuldigte sich in keiner Weise bei einer Frau, die sich gerade woanders befand, als er sagte: »Du bist schön. Und du bist wundervoll. Und du bist klug und reizend, und es gibt auf der ganzen Welt niemanden, der das nicht begreifen und respektieren sollte, und wer es tatsächlich nicht begreift, der ist nicht zu gebrauchen, der liegt völlig daneben, der ist einfach ... Der sollte sich gar nicht in deine Nähe wagen. Wenn ich dir das nicht schon klargemacht habe, dann hätte ich es tun sollen – denn ich kenne die Männer, ich treffe dauernd welche, sie reden mit mir, wie Männer mit Männern reden, ich kenne ihre schrecklichen und beschissenen Geheimnisse ... Es ist sogar noch wichtiger, als du denkst, einen Guten zu haben. Du verdienst einen Guten.«

Das Einzige, was er damit erreichte, war die Steigerung ihrer Atemzüge von sanft und regelmäßig zu angestrengt und schließlich schluchzend.

»Du wirst einen außerordentlichen Menschen finden, der bei dir sein wird, wirklich mit dir zusammen, und das wird auch außerordentlich sein. Das verspreche ich. Ich verspreche es. Ich verspreche es.«

Er bedeckte sie mit einem Arm, küsste weiter ihr Haar.

Sie kämpfte, man konnte es durch und durch spüren, wie sie kämpfte und wie tapfer sie war.

Ich kann hierbleiben. Kein Grund zur Eile. Hier und dann Chalice. Pflicht erfüllt.

Er hatte sein Telefon neben sich liegen gelassen und sah – *und warum auch nicht? So läuft es nämlich heute, wie eine Kampfsportart, deren Regeln ich kein bisschen verstehe* – Jon sah, dass während des Gesprächs mit Chalice eine Nachricht eingetroffen war, die sich nach dem Treffen um halb neun erkundigte, einem ganz anderem Treffen als dem mit Chalice. Dem Scheißscheißscheißtreffen mit Chalice, das jetzt seine frühere Verabredung verdrängte – eine Verabredung, die ihm wichtig war, die ihm sehr am Herzen lag, könnte man sagen – und unmöglich machte.

Das war ein wenig unerfreulich, ungefähr so unerfreulich wie eine Ansteckung mit Ebola – eine Ansteckung mit dem Ebola-Virus, die man erst bemerkte, nachdem man alle Menschen, die man liebte, umarmt hatte.

Jon steckte das Telefon wieder in die Jackentasche, nachdem er die Möglichkeit erwogen und dann wieder verworfen hatte, es aus dem Fenster zu werfen.

Ich bin dafür nicht gemacht, für nichts von dem, was heute passiert. Ich bin nicht dafür gemacht ...

Er fand eine von Beckys Händen und hielt sie fest, während er sich auf dem Boden niederließ, im Schneidersitz, den Rücken an das Sofa gelehnt, den Kopf irgendwo an Beckys Rückgrat gedrückt. Er küsste ihre Hand. Sie schmeckte nach Weinen.

»O Gott. Wir sind vielleicht zwei, wir beide. Wir sind ... O Gott.« Er heulte nicht, denn – wie bereits festgestellt – heute war nicht sein Tag zum Heulen.

Heute war es Jon Corwynn Sigurdsson nicht möglich zu heulen.

Eine ältere Frau fährt im Bus der Linie 453 – der irgendwann in Marylebone halten und ruhen wird. Die Frau fährt vielleicht Richtung Westen, über den Fluss, eine Art Samstagsausflug.

Auf dem Platz neben ihr sitzt ein Junge von ungefähr sieben Jahren. Er hat die guten Manieren eines Kindes mit Eltern, die vom Alter her auch seine Großeltern sein könnten. Er verhält sich gewissermaßen formell. Sein Pullover und seine Jacke sind ordentlich, er trägt ziemlich neue Lederschuhe, die für die Schule gedacht sein könnten. Seine Hose rechnet mit einer gewichtigeren Person, weshalb er die Beine ein wenig hin- und herbewegt, mit den Füßen schwingt und die großzügige blaue Stoffmenge betrachtet, in der er verborgen ist. Er zupft die ordentliche Bügelfalte auf seinem rechten Schenkel nach oben und sieht dann zu, wie sie wieder herunterrutscht. Er zieht die andere Falte hoch und schaut wieder zu.

Nach einer Weile hält die Frau seine Hände, um sie ruhigzustellen, und als sie wieder loslässt, rutschen auch sie nach unten.

Die beiden sitzen auf dem Oberdeck eines Doppeldeckerbusses ganz vorne. Dort lassen Erwachsene Kinder sitzen, damit sie sehen und sehen und sehen können. Der Junge staunt tatsächlich vor allem hinaus auf das Kreisen, Gleiten und Schlittern der Gebäude vor den Fenstern. Seiner Miene nach zu urteilen, findet er das Gewöhnliche und das Bemerkenswerte gleichermaßen befriedigend. Sein Tag macht ihm Freude.

Die Frau an seiner Seite wahrt ein intensives Interesse an dem Kind, fast als wäre es erst heute Morgen aufgetaucht und könnte ihr jeden Augenblick wieder abgenommen werden.

Dann dreht die Frau sich zur Seite und legt ihr Kinn auf den Scheitel des Jungen, lehnt sich darauf, ruht und schließt die Augen. Es gibt einen Moment, in dem ihr Gesicht auf so etwas wie unerträgliche Freude deutet.

Der Junge schaut auf die vorbeiziehende Stadt.

Jon erinnerte sich – Jon erinnerte sich liebend gern – an eine schmale Frau, die heranschnellte – nicht direkt zustieß, auch wenn es sich so anfühlte –, als er die Paketannahme verließ, wo er das Postfach gemietet hatte.

Er hatte gewusst, wer sie war. Er wusste es, bevor sie es sagte. Er tat so, als wüsste er es nicht, spielte ganz schlecht auf Zeit, weil er sich matt und in der Falle fühlte, und ...

Ich hatte das Gefühl, ich müsste mich selbst verlassen – anderswo sein, während mein Körper dämlich in Socken und Schuhen gefangen bleibt und ich nie wieder zurückkehren würde.

Ich würde ihn einfach verlassen – jeden Teil meines Körpers.

Ich bin nicht für Frauen gebaut, die heranschnellen.

Ich bin überhaupt nicht für Frauen gebaut.

Nicht für meine Mutter – nichts an mir war ihr recht – nicht für Valerie ...

Na gut – dann kriegst du mich eben nicht. Dann bleibe ich eben schriftlich.

Lass mich so sein, lass mich das tun. Das darf ich doch wohl um Himmels willen sein ...

Sie hatte ihn – lächerlich – mit Mr August angesprochen. Und er hatte reagiert. *Denn im Herzen ist das mein Name.* Und dann war sie schüchtern geworden – sobald sie wusste, dass sie richtiglag, senkte sie den Blick. *Eine erstaunliche Art, mich anzuschauen, hatte sie – hat sie –, als wäre ich ein Sonnenuntergang, oder ein ... der Letzte meiner Art ... schon allein in meiner Glasvitrine. So viel Aufmerksamkeit habe ich wahrlich nicht verdient.*

»Mr August?«, hatte sie gesagt. Dieses ganz und gar zerbrechliche Lächeln, das dir die Füße wegziehen musste, wenn du überhaupt noch einen Puls hattest, und das hatte er –, oder jedenfalls so was Ähnliches. »Ich glaube, Sie sind Mr August. Entschuldigen Sie vielmals, aber ich musste Sie sehen. Nach all den Briefen. Ich musste.«

Und er spürte, wie sie seine Hände betrachtete, und das kleine Bündel – *absolut, das waren sie* – inkriminierender Briefe, die er damit umklammerte. Die Ausbeute dieser Woche betrug drei Stück. Und jeder seiner Finger wurde klebrig vor Schuldbewusstsein, und er konnte es nicht erklären.

Ich bin nicht dafür gebaut – nicht für dich – nicht für das hier. Ich liebe deine Briefe. Wirklich, ich ...

Ich liebe deine Liebe, und ich ...

Ich bin nicht dafür gebaut, hin und her zu trotten und Briefe einzusammeln – Briefe von dir – Briefe wie Napalm und Samt, so als müsste ich mein Hemd ausziehen, und du schaust zu – sie fühlen sich an, als ließe ich dich zuschauen – und ich weiß, das könnte ich nie, auch sonst nichts ...

Ich bin nicht für die Briefe von anderen Frauen gebaut, die ich gar nicht weiterlaufen lassen wollte – es ist nur so, dass gelegentlich auch Briefe eintreffen, die nicht von einer Frau kommen, sondern von einem Journalisten, und die mir sagen, wann und wo ich die nächste Dosis Informationen hinterlegen soll. Er schlägt Tee im Natural History Museum vor und unterschreibt mit Lucy. Das musst du gar nicht wissen. Ich würde es selbst lieber nicht wissen.

Jon hatte bemerkt, dass er nickte, ziemlich heftig, dass er ihr zustimmte, wobei er einen Teil seiner selbst verwandte, der unverblümter war, als er sollte.

Ich habe den Namen vorgeschlagen. Nach Lucy, unserer frühen Urahnin – Australopithecus afarensis –, die meist als ziemlich zart, zerbrechlich und bestürzt dargestellt wird.

Den Hof machen.

Der Drang zu weinen war von irgendwo weit unten heiß in seine Kehle gestiegen, und seine Stimme hatte gerade so »Sie sind ... Sie ...« hervorgebracht. Sein Herz schöpfte hoffnungslos eine Flüssigkeit, die zugleich gröber und anspruchsvoller als Blut war. »Sophia.«

Du ... Sie ist ... Sie war ... Niemand sagt mir, ich sei schön. Warum auch? Und sie tat es, ohne mich gesehen zu haben – so etwas tut sie –, und ich weiß nicht, ob ihre Meinung deshalb realer ist oder deshalb besonders dreist gelogen.

Es muss gelogen sein. Ich bin nicht schön. Ich bin nicht wundervoll. Ich bin nicht süß. Wer würde so etwas denken? Ich bin nicht süß.

Er hatte ihr gesagt, sie sei schön und süß und anmutig, weil ... Es schien sehr deutlich eine Form von Wahrheit zu sein. Es war unausweichlich, wie die Wahrheit.

Ziemlich schrecklich aber war, dass diese Formen der Anrede, diese Beschreibungen in seinem Kopf geblieben waren – tatsächlich konnte er nichts von dem, was sie gegeben und empfangen hatten, aus der Erinnerung verbannen. Diese Wahrheiten, diese Fakten – wahrscheinlich Wahrheiten und Fakten – mussten einfach verwirren oder Interessenkonflikte heraufbeschwören, oder die Sorge, ob er sie nun gab oder empfing, weil er aus Erfahrung wusste, dass man solche Dinge nur sagte, wenn man ganz tief hineinreichen und jemanden beeinflussen wollte. Sie waren eine Art Versprechen, dass es nur besser werden konnte.

Es kann nur besser werden.

Wer würde einem das abkaufen?

So etwas singt man, wenn man glaubt, das Schlimmste sei vorüber, und nicht weiß, wie viel man noch hat, was einem weggenommen werden kann. So etwas singst du, während du dich hineinschleichst und anfängst wegzunehmen.

Schön, wundervoll, bezaubernd, süß ...

Und man kann es im Kopf auch nicht klar trennen – wer wem den Hof macht, wer umworben wird, und wenn sie mir jetzt diese seltsame neue Version meiner selbst präsentiert und ich sie als möglich akzeptiere, dann hat sie auch die Macht – natürlicherweise –, sie wieder wegzunehmen.

Sie hat mich gewonnen. Aber wenn einer gewinnt, muss jemand anders verlieren.

»Mr August?« Ihre warme Hand war vorgeschnellt und hatte sein Handgelenk berührt, während der ganze Shepherd Market blinzelte.

»Ah, das ist gar nicht mein Name.«

Worauf eine Trostlosigkeit über ihre Miene zog – ein tiefer Schrecken, den er in ihr aufgerührt hatte, ohne es überhaupt zu wollen.

So eine Macht darf man über niemanden haben – das ist einfach falsch. Das kann kein Mensch wirklich wollen.

Jon hatte seinen eigenen Kloß aus Hysterie und Hochgefühl heruntergeschluckt.

Sie ist meinetwegen gekommen, sie hat mich aufgesucht, und ich bin ihr schon so oft auf dem Papier begegnet, da, wo es zählt, wo wir freundlich sind, wo wir schön, wundervoll, bezaubernd, süß sein können ... Menschen sind im

Allgemeinen nicht freundlich oder irgendwas sonst davon. Darum würde ich auch nie Anthropologie studieren – zu traurig.

Er war durch die Sätze gestolpert: »Ich ... Das heißt, ich heiße nicht so, aber – ich meine, ich bin der, von dem Sie annehmen, dass ich es bin.« Das war seine Beichte, sein Geständnis, weshalb er nicht mehr sicher war ... so wusste sie, wo sie ihn finden konnte ... hier, in dieser Haut, in der er steckte. »Ich bin, wer Sie glauben, ich habe bloß einen anderen Namen angenommen, um ...«

»Ah, oh, das habe ich auch.«

Sie sprach ihre Sätze hastig, eifrig, was jung wirkt und – ja – bezaubernd und so weiter. Doch was sie sagte, war eine kleine Enttäuschung.

Ich wollte, dass du Sophia bist – diesen Namen für dich hatte ich im Kopf, er war da, wenn ich in Gedanken mit dir sprach. Ich dachte, ich wäre vielleicht nicht mehr in der Lage, neu anzufangen und meine Tagträume neu auszurichten, sie neu zu adressieren ... aber über meine Tagträume sollten wir wohl nicht nachdenken ... ich sollte keine haben. Ich wollte nicht unbedingt, dass du Meg heißt.

»Aber ich bin der Mann ... ich bin der, der ich sein soll, als den Sie mich haben wollen ...« Er war fast sicher, damit war er dazu verurteilt, sie zu enttäuschen, doch er bekräftigte es mit einem »Ja«.

Und ihr Gesicht strahlte auf, und es war klar, das wollte er regelmäßig sehen, immer, für immer. Innerhalb nur eines Augenblicks, vielleicht nach einer kurzen Pause des Nachdenkens, war sie plötzlich und bedingungslos glücklich gewesen. Das hatte ihm gezeigt, dass ihr Glück oder der Mangel daran von nun an in seiner Verantwortung lag.

»Ich bin Meg«, hatte sie gesagt. »Oder Margaret. Maggie mag ich nicht. Peg ... Ich hatte eine Tante Peg – sie war auch eine Margaret, sie war ... wenn Sie mich nicht unterbrechen, rede ich einfach weiter, und dann kriegen Sie einen schlechten – und Sie würden nicht glauben, wie falsch der wäre –, so einen schlechten Eindruck von mir ... Wenn Sie meinen, dass ich die ganze Zeit rede, dann sind Sie aber auf dem Holzweg ...« Sie hatte schon seine Hand – die linke – in ihre genommen, ihr Griff war warm und trocken gewesen, und er hatte nicht gewollt, dass das aufhörte. »Mein Name ist Meg.«

»Hallo, Meg.« Und Jon dachte, mein Gott, sie war irgendwie hinreißend. Wenn man sie in Ruhe betrachtete. »Ich bin Jon.« Das ist kein so großartiges Kostüm, das sie trägt, und die Farbe Grau lässt einen etwas blutleer aussehen. Oder auch nicht. Offensichtlich nicht. Vor allem scheint sie zu denken, dass er nicht besonders wohlgeraten ist – er kennt die Anzeichen, er sieht diesen Blick jeden Morgen in seinen eigenen Augen. »Ich bin Jonathan, Jon.«

Und ich bin nicht wohlgeraten.

Ihr Rock ist einen Hauch zu lang.

Nur einen Hauch.

Sie ist hinreißend.

Ein hinreißender Mensch kann nicht mit jemandem zusammen sein, der nicht hinreißend ist. Das kann nicht lange gutgehen. Es sei denn, der hinreißenden Person geht es nicht gut – und ein solches Ungleichgewicht ist auch ein Grund, warum Beziehungen zwischen Menschen nicht lange halten.

Sie hatte seine andere Hand leicht gestreift – die Hand, die sie nicht hielt, die mit den Briefen anderer Frauen befrachtet war, für die er keine Rechtfertigung hatte.

Indem ich mich absolut jämmerlich verhielt, habe ich eine perfekte Tarnung aufgebaut – Liebesbriefe aus zahlreichen Quellen.

Mit den anderen habe ich nur weitergemacht, damit Lucy sich dazwischen verstecken konnte. Ich brauchte sie nicht. Ich hatte die eine, die ich wollte ... Ich hatte die wahre ...

Aber ich bin es, der in der Wildnis mit entblößtem Schwanz ertappt werden wird, nicht wahr? Und nicht Lucy, verdammt.

Und jetzt bin ich ertappt mit ... Oh, Herrgott, nicht das.

All das war in Krämpfen durch ihn gezuckt, während die Frau – Meg, seine Meg ... es ist wirklich, wahrhaftig ein großartiger Name, Meg, wenn man mal drüber nachdenkt – Meg hatte ein wenig die Stirn gerunzelt, war aber auch sichtlich zufrieden, dass Jon tatsächlich Jon war, mehr als zufrieden, dass er da und nur er selbst war. Anscheinend fand sie ihn ganz in Ordnung.

Vielleicht doch einigermaßen wohlgeraten – passabel.

Und eine Frau, die auf der Lauer liegt – eine hinreißende Frau – solltest du finden, dass ihr Handeln dir schmeichelt oder dich empört? Ist es normal, wenn du feststellst, dass beides zutrifft?

Meg – immerhin hatte sie auf jeden Fall einen guten Namen – Meg hatte weitergesprochen: »Ich will nicht komisch wirken. Also, indem ich hier auftauche und Sie finde. Ich meine, es ist schon komisch – war komisch –, jemandem zu schreiben, den man nie gesehen hat, ist komisch –«
»Es tut mir leid.« Das sagte Jon offenbar instinktiv zu Frauen und lag damit nur gelegentlich falsch, wenn er es für nötig hielt. »Aber nein, es ist gar nicht komisch auf die schlimme Art. Möglicherweise ... war es ... das soll heißen, Meg ...«

Ich wollte ihr sagen, dass sie prachtvoll aussah.

Komische Wortwahl.

Augenstern. Ich habe sie nie Augenstern genannt. Den Ausdruck benutzt kaum noch jemand, aber ich hätte es tun sollen – es war angemessen.

Meg hatte begonnen: »Ich will bloß ...« Dann hatte sie gestockt, und eine Weile – vielleicht eine lange Weile – hatten sie auf dem kleinen Platz gestanden, während um sie herum nicht viel passierte, und hatten sich einfach an den Händen gehalten wie Menschen, die das regelmäßig tun und an den Druck des Kontakts gewöhnt waren, an Form und Sicherheit und Liebergottdasistsoscheißschön der Berührung: Knöchel und Finger und Handflächen und Daumen und Haut.

Meine nackte Haut an ihrer nackten Haut.

Lachhaft, dass sich das so sehr ... so ...

Aber bis dahin hatte ich ihr schon monatelang erzählt, dass sie mich gewissermaßen am Leben hielt und dass ich wusste, wie sie innen drin war, wie zart und warm und im Grunde vollkommen sie innen drin war – gar nicht schmutzig, ich sprach von ihrer Seele – und ich hatte ihr versprochen, sie sei ... will sagen ... sie könne ... wenn ich beten würde, was ich nicht tue, aber wenn, würde ich darum beten, dass sie immer sicher wäre, und ich würde auf einen Gott hoffen, denn dann hätte sie nichts zu befürchten. Es könne kein Gott existieren, der sie nicht einwickeln und bewahren würde und ...

Die Sache ist die: Ich meinte es ernst.

Also hatte er seinen Atem zusammengenommen und vorgeschlagen: »Also, hier ist ja gleich ein Café, wir könnten ...«

Sie hatte ein bisschen gelacht – das erste Mal, dass er sie lachen hörte. »Die haben die Nase voll von mir. Da komme ich gerade her. Ich habe da immer gesessen und ... wenn ich auf dich gewartet habe und ... nicht ständig, ich habe ja den Job, wie ich geschrieben habe, ich arbeite mit Tieren ... aber ich habe ziemlich oft gewartet – wenn ich konnte – und habe mit mir selbst gewettet, dass ich dich erkennen würde, wenn ich dich sehe, und das habe ich auch. Das habe ich.« Dieser tiefe blaue Blick, mit dem sie ihn bedacht hatte, während er – das einzig richtige Wort dafür – *stolz* war, dass er seinem geschriebenen Ich ähnelte – geradezu absurd erfreut –, denn das Ich, das er ihr per Post geschickt hatte, war viel besser, als er je zu sein hoffte.

Und dann hatte er ihr eine weitere Quelle frischen und albernen Stolzes genannt. »Ich gehe da auch manchmal hin. Trinke einen Kaffee und lese ... Also ... Wir hätten uns sogar ... Haben wir allerdings nicht ...«

Und so waren sie wieder hinüber zu dem Café gegangen – Jon staunte, dass er unter diesen Umständen *gehen* konnte – und hatten in dieser Atmosphäre genauer Beobachtung durch die beiden Kellner dagesessen, ihnen waren Cappuccinos gebracht worden, weil sie die gern trank und es ihm egal war, ihm war alles recht, er hatte keine Meinung.

Da war sie.

Wirklich.

»Ich wusste nicht, dass du ... Ich hätte nie ... Ich ...«

Da war Sophia, die in Wirklichkeit Meg war. Sie war diejenige, die seine Briefe erwiderte und ihn gefangen hatte, ihn vollkommen gefangengenommen hatte. Und jetzt wurde er noch einmal gefangen.

Aber sie hat geschrieben, sie würde mir nicht wehtun. Das ist natürlich ein Klischee, ich weiß. Aber sie hat es geschrieben. Ich habe nie erwähnt, dass es nötig wäre. Das musste ich nicht. Das verstand sich offenbar von selbst.

Es gab noch andere Meinungen und Sätze und womöglich auch Fakten. Ich nahm sie wahr und wusste sie zu schätzen.

Doch mit dem Kein-Schmerz-Versprechen hat sie mich gefangen.

Das Klischee, das jeder zweifelhafte Mann jeder Frau unterjubelt, jeder Frau, die sein Interesse weckt – »Ich werde dir niemals wehtun.«

Und doch ist es leicht zu glauben. Was wir gerne wahrhaben wollen, ist immer leicht zu glauben.

Ich habe ihr geglaubt. Obwohl ich weiß, wie Frauen sein können.

Aber sie ist Meg – nicht Frauen.

Ich glaube, das ist der Fall.

Und Jon hatte seine zu heiße Tasse umklammert, aber nichts getrunken, während Meg über den Rücken seiner freien Hand strich, allerdings war sie nicht frei, oder? Sie war genauso gefangen wie der Rest von ihm, saß in der Falle.

Er hatte die ganze Zeit zusammenhanglos gestammelt. »Deine Augen, die ... Du hast gar nicht geschrieben, dass sie ...« Er wollte sich schütteln, konnte aber nicht und versuchte es so: »Meistens mag ich die Fotos, die hier an den Wänden hängen. Sie sind zu verkaufen. Soll ich dir eins kaufen? Sie sind ...« Und er hatte gesehen, dass der Gedanke ihr nicht gefallen hatte, also hatte er die Richtung geändert, hatte seine Erzählung neu ausgerichtet, indem er – erneut – etwas gestanden hatte. Diesmal: »Ich muss gehen.«

Er machte sich nicht zum Wegrennen bereit. Er starrte ihre Enttäuschung über ihn an, und wie sie die wegpackte, damit er sie nicht bemerkte, wenn er sie nicht geradezu krankhaft beobachtete. Sie nickte und ließ alle Hitze verdampfen, die in seinem Blut gerast und gezuckt hatte.

Aber ich wollte nicht wegrennen.

Aber er musste wirklich bald gehen, denn er kam zu spät zu einem Treffen – würde zu spät kommen, er musste vorher noch Sachen erledigen – das war nicht gelogen. Er wollte sein Zusammensein mit ihr nicht aus dem Grund begrenzen, dass sie seine Fehler nicht entdecken konnte.

Doch natürlich – je länger sie mit mir zusammen war, desto mehr würde sie sehen, und ich bin einfach zu viel und eigentlich nicht genug zum Anschauen für andere.

Doch dann hatten sie einen ziemlich einvernehmlichen, wirklich ganz zarten und angenehmen Rausch geteilt, in dem sie, ja, ihre Telefonnummern austauschten und, ja, außerdem das Versprechen, sich richtig zu treffen, und, ja ... Tatsächlich hatte er vergessen, ihr seine Nummer zu geben ... Er hatte es nur gewollt, aber es hatte sich so ... unangebracht ... Er hatte es gewollt ... Er wollte sich nicht verstecken oder so.

Ja, ich habe ihre Nummer genommen.
Ja, ich wollte sie küssen.
Aber ja, ich bin weggerannt.
Ich bin rasch vom Café weggegangen, dann auf die Piccadilly, und dann bin

ich losgerannt wie verrückt. Über die Straße und in den Park, gerannt und gerannt. Ungehörig.
Volldampf voraus.
Es war so wunderbar, abzuhauen.
Aber zuerst habe ich sie geküsst.
Volldampf voraus.
Es fühlte sich vollkommen ...
Ich fühlte mich wie ein übermäßiger Glückspilz.
Und man will ja nicht solches Glück haben, nicht zu viel.

Jon kniff die Augen zu und versuchte wieder, die hervorschnellende Frau aus der Erinnerung zu drängen, ihre vernünftigzärtlichen Hände, und wie sie ihn beim ersten Mal begrüßt hatten.

Er lehnte den Kopf zurück an das Sofa, an seine ruhende Tochter und ihren Schmerz, an seine Pflicht.

Mit Maggie zusammen zu sein, das war so, als würde man in Musik herumgehen, vielleicht in dem Song »The Healer« – diese ganzen coolen, coolen H und D. D7 lohnt sich immer. Ich ging umher und rannte dann und war außerdem ganz weich und nicht ich und – Scheiße – ganz in Ordnung, ich war zum Teil geheilt und wieder in Ordnung. Irgendwas in mir fühlte sich so an wie die einzelnen Fäden, die in »Stripped Me Naked« zusammengeführt werden: der Puls, den sie unter den Riffs laufen lassen, den sie setzen, um dir zu sagen, dass, auch wenn du total am Ende bist, wenn alles, was dir wichtig ist, woran du dich klammern könntest, ganz und gar weg ist – dass selbst dann dein Blut noch voll tosender Musik ist.

Damit will ich nicht sagen, dass ich John Lee Hooker war, war ich nicht. Ich tat auch nicht so, als könnte ich Carlos Santana sein, ich war bloß mal so richtig ich selbst, und das war gut, so gut, so gut. Ich war ganz richtig.

Das war so ...

Aber ich glaube, jetzt kann ich das nicht mehr. Ich glaube, ich kriege es nicht hin.

Es war so vollkommen wunderbar.

Glück / Freude

Eine Menge hat sich im Bahnhof St Pancras versammelt. Sie bildet einen Bogen um eines der Klaviere, die dort zur öffentlichen Benutzung aufgestellt worden sind. Das Instrument ist nicht perfekt gestimmt und klirrt ein wenig – lose Saiten –, der Ton hat etwas Verschlagenes, Schräges, klingt nach Cocktailbar. An den Tasten sitzt ein schlanker junger Mann. Sein ganzer Körper spricht von konzentrierter Anstrengung und zugleich Entrücktheit. Er ist sowohl hier als auch anderswo, und das macht ihn faszinierend, erleuchtet. Er beugt sich vor, schwankt, greift aus, drängt sich in ein komplexes klassisches Klavierstück, das hüpft, purzelt, sich wiederholt, springt und trillert, wieder hinabtaumelt. Es klingt ein wenig wie Silber und ein wenig wie Glücklichsein auf ernste Weise, wie eine sehr durchdachte Reaktion auf Freude. Irgendwie passen der Hall und das Schlingern des Instruments genau zu der Melodie.

Die Menschen, die zuhören, zeigen den gleichen Ausdruck: eine friedliche Abwesenheit mit leisem Lächeln. Manche haben die Augen geschlossen.

Der junge Mann hämmert weiter. So höflich wie nur möglich ignoriert er alle Beobachter. Das macht es ihnen leichter, ihn zu beobachten. Sie sind hier beisammen wegen etwas, das nicht ganz er ist, aber doch von ihm kommt – wegen dieser Überraschung der Musik. Sie sind Teil eines Ereignisses, das sich deutlich macht, das verkündet, so nie wieder zu geschehen. Jeder Einzelne freut sich daran, auf diese Weise einzigartig zu sein. Jeder Einzelne freut sich daran, auf diese Weise zusammen zu sein.

Das Stück tobt und tollt, flattert und rennt.

Und dann ist der Pianist fertig – die Gewalt des Finales, das Hämmern, der Tusch – und dann Stille. Offenbar herrscht überall in der Ladenzeile

Stille, die jeder größere Bahnhof nötig hat. Vielleicht reicht die Stille sogar weiter und berührt die stehenden, dösenden, gleitenden Züge.

Dann gibt es natürlich ein wenig Applaus. Der überrascht den Mann beinahe, scheint ihn ein wenig aus dem Gleichgewicht zu bringen, als er nach der Tasche sucht, die er abgestellt hat, als er zu spielen anfing, als er sich entschloss, so viel Musik zu produzieren. Er wirft einen Blick zu einer jungen Frau, die offensichtlich seine Freundin und offensichtlich erfreut über ihn ist, wenn auch zugleich ein wenig beschützerisch.

Mehrere Leute aus dem Publikum gehen zu ihm, um ihm die Hand zu schütteln. Eine ältere Frau mit einem großen Hut bleibt stehen und fragt nach seiner Person. Er kommt aus Taiwan, wie auch seine Freundin. Sein Englisch ist gut, wenn auch ein wenig angestrengt. Er sagt zu der Frau, als sie ihn danach fragt, das Stück sei *La Campanella* von Franz Liszt gewesen, und der Titel bedeute »Das Glöckchen«. Er ist kein Musikstudent. Er spielt nur gern.

17:01

Meg wollte das AA-Treffen zügig, rasch, schnell wie der Teufel verlassen, sobald es zu Ende war – kein Herumlungern. Sie hatte mit allen anderen den Kopf gesenkt, die Augen geschlossen und den wechselhaften Nebel angesprochen, der ihre persönliche höhere Gewalt war – das Wetter, die Schwerkraft, die Evolution, die Anonymen Alkoholiker ... heute war es das Universum. Meg stellte – mal wieder – eine Anfrage, bat um Hilfe, die Probleme, die sie ändern konnte, von jenen zu unterscheiden, mit denen sie fürs Leben geschlagen war, und dann war sie auf den Beinen und verdrückte sich.

Das ist mehr als genug Gemeinschaftsaktivität für einen Tag.

Bitte, Jemand – oder Etwas – schenk mir die Weisheit, den Unterschied zwischen dem Lösbaren und dem Unlösbaren zu erkennen ...

Sonst werde ich mein Leben lang mit dem Kopf gegen Wände rennen, die nicht einstürzen wollen – statt gegen diejenigen, die vielleicht nachgeben, ehe mein Schädel splittert.

Ihr war bewusst, dass sie wegen solcher Gedanken womöglich gerade die Stirn runzelte, denn Menschen warfen ihr sorgenvolle Blicke zu, hier und da ein bedeutungsvolles *Hallo*, als sie auf die Tür zusteuerte, ohne beim Stühlestapeln mitzuhelfen oder die Frau zu trösten, die geweint hatte, ihr zu versichern, dass irgendwann alles in Ordnung käme.

Sie braucht mich nicht – die Leute stehen schließlich Schlange, um sich daran zu versuchen. Und ich kann nicht mit Sicherheit sagen, ob am Ende alles gut wird. Am Ende sterben wir – ist das ein gutes Ergebnis? Oder ist das bloß die Bestätigung, dass irgendein vorhandener Gott da oben mit einem Stapel Rasierklingen sitzt, alle verwendungsbereit für einen von uns? Geht es bei all dem Singen und Glauben letztlich um Hilfe zum Selbstmord?

Sie hob ihren benutzten Styroporbecher auf und warf ihn in den Müll.

Das zeigt, dass ich gewillt bin, mit anzufassen.

Ich muss nicht. Genauso wenig, wie ich immer und ewig Lust zum Reden haben muss. Das ist nicht erforderlich. Ich muss mir meinen Wunsch bewahren, mit dem Trinken aufzuhören, clean und nüchtern zu bleiben – aber ich bin schließlich nicht irgendeinem billigen Geselligkeitsverein beigetreten.

Oder eher einem sehr teuren Verein – du darfst schließlich erst Mitglied werden, wenn du alles verloren hast, was dir etwas bedeutet. Die Beitrittsgebühr ist beträchtlich. Die Kleiderordnung informell.

Mir allerdings war am Anfang alles egal. Etwas zu haben, was mir nicht egal war, das kam später. Etwas zu haben, was ich verlieren könnte, das kam später.

Sie schaffte es bis zur Tür, indem sie mehreren Plaudereien und Grüppchen auswich, um dann mit einem letzten großen Satz an jemandem vorbeizuhechten, der vage die Hand ausgestreckt hatte, aus uninteressanten Gründen, wie Meg befand. Die Luft draußen war von aggressiven Abgasen geschwängert, aber auch toll, denn als sie sich hindurchschob, musste sie niemandem mehr sagen, dass es ihr gutging, danke, alles okay, ich gehe bloß und gehe und gehe.

Sie ging zurück Richtung Tottenham Court Road, während es zum Abend hin in sanften, kleinen Schritten dunkler wurde und die Schaufensterbeleuchtungen daher immer anheimelnder wirkten.

Wenn ich reden will, dann später mit Jon. Das machen normale Leute so – sie reden mit den Menschen, die ihnen wichtig sind, dem einen Menschen, der ihnen etwas bedeutet, ihrem besonderen Jemand, den sie nicht verlieren wollen.

Ich werde dich treffen.

Wenn er das sagt, wenn er sich die Mühe macht, das zu sagen, wieso sollte er mich dann nicht treffen und wieso ich nicht ihn? Es ist nur eine Frage der Zeit, bis wir uns heute am selben Ort befinden – das ist beschlossen worden –, und ich habe Zeit. Ich habe alle Zeit, die von diesen vierundzwanzig Stunden noch übrig ist, mit denen ich anstellen kann, was ich will.

Und zu Jon gehörte Warten – das lag anscheinend in seiner Natur –, und Warten ging einem richtig auf den Zeiger, aber es war auch weniger beängstigend, als mit ihm zusammen zu sein. Mit dem zusammen zu sein, der einem etwas bedeutet, war ein bisschen so, als würde man an etwas Gutem nippen, ein halbes Glas dies oder jenes in Gesellschaft trinken und begreifen, dass man noch nicht ganz davon loskommt. Es ist so, als wäre man in seinem Genuss verdichtet und nicht sicher, ob man sich später nicht blamiert oder in auffälligen Gefühlen ertrinkt, in Freuden, die sich nicht wiederholen lassen und die mit irgendeinem geheimnisvollen Prozess zu tun haben, durch den ein bestimmter Schluck genau der richtige ist, um das Wunder auszulösen und dich froh zu machen – du weißt bloß nicht, welcher Schluck das ist. Du warst schon betrunken, als du ihn genommen hast, und darum ist er verloren gegangen. Dein Wunder ist verloren.

Man hat mir gesagt, es sei ungesund, über die Menschen, die ich liebe – den Menschen, den ich liebe –, in gleicher Weise zu denken wie über Drogen oder Drinks. Es ist besser, sie als Menschen zu sehen und nicht als Leckereien aus dem Barschrank.

Als hätte ich je eine anständig gefüllte Hausbar besessen ... so einen Cocktailvorrat an Leckereien, an dekorativen und ungeöffneten Möglichkeiten ...

Als würde ich mich ganz und gar menschlich fühlen, wenn ich nah bei einem echten, lebendigen Menschen bin ...

Aber ich bemühe mich. Ich gebe mir wirklich Mühe.

Ich bin sehr mühsam.

Diesen Witz haben wir schon gemacht, und andere Witze auch, und wir beide funktionieren zusammen, Jon und ich. Das glaube ich.

Meg war immer wieder überrascht davon, wie sehr sie das glaubte. Sie war eigentlich kein Glaubensmensch, und doch hatte sie so viele unerklärliche und unendliche Stunden in dem kleinen Café am Shepherd Market verbracht und bloß auf Jon gewartet.

Ich bin nicht dahin gegangen, um verrückt zu spielen, um ihn zu stalken, um plötzlich vor seiner Haustür aufzutauchen – sondern bloß um zu sehen, wo er wohnt. Die Briefe gingen alle an eine Adresse in Mayfair – ich wollte wissen, wie er lebte, denn Mayfair geht über meine Verhältnisse, da hätte ich nicht mithalten können. Dieser Gedanke hatte mich beunruhigt, dass er nichts mit mir anfangen könnte. Allein schon der Qualitätsunterschied zwischen seinem Briefpapier und meinem – ich meine, die Sache war klar ... Manchmal deprimierte sein Schreibpapier mich im gleichen Maße, wie sein Brief mich aufheiterte ...

Aber dann bin ich hingegangen, zum Shepherd Market, und die Adresse war bloß ein Postfach in einem Postamt, und das war irgendwie gut. Ich nahm mir ein paar Wochen Zeit, die Sache zu durchdenken, und befand sie für gut. Er schrieb Briefe an Fremde und brauchte Sicherheit, darum hatte er ein Postfach gemietet und ... Er hatte mir gar nicht seine Privatadresse gegeben. Aber das konnte auch ganz gut sein. Er konnte ruhig vorsichtig sein. Ich bin auch vorsichtig. Ich mag vorsichtige Menschen. Sie sind wie ich. Nicht dass ich mich mag ...

Und es war ja so: Ich hätte niemals vor seiner Haustür warten können – das wäre unverzeihlich gewesen. Aber ich konnte vor einem Postamt mit Postfächern warten, vor einem Laden. Und vielleicht würde ich ihn sehen, wie er die Briefe abholen kam, meine Briefe, und dann würde ich wissen, wie er aussah. Ich dachte, mehr als einen Blick würde ich nicht brauchen.

Ich bin ein vorsichtiger Mensch.

Ich wusste, ich würde ihn erkennen.

Ich wusste, wenn ich ihn erkannte, dann wäre alles in Ordnung.

Ich brauchte ihn gar nicht zu treffen – nur zu sehen, wer er war, das würde reichen.

Ich bin ein vorsichtiger Mensch.

Und natürlich bin ich auch eine Lügnerin.

Sie hatte am Fenster gesessen, sich unter dem Blick der geduldigen Kellner die Cappuccinos eingeteilt und ein Buch gelesen oder auf ein Buch gestarrt und gewartet. Sie hatte sich die Gesellschaft eines Mannes vorgestellt, mit einem Mann zusammen und nüchtern zu sein. Das Trinken war bei ihr zuletzt eine einsame Beschäftigung gewesen. Anfangs hatten alle möglichen Leute dazugehört ... doch ihr nüchternes Leben, das war ... es war eine Leere darin ... es war sauber, weil es leer war.

Leerer Raum, Tage zählen und glücklich sein, nach dem Glücklichsein suchen, und Briefe. Ich hatte die Briefe.

Und niemand erfährt von den Briefen – sie sind unser, sind mein. Wir schreiben sie und lesen sie, und sie sind wunderschön und machen uns genauso schön, und in einem verriet er mir, dass er jede Nacht um Mitternacht an mich denken werde und mir beim Einschlafen hervorragende Träume wünsche, die besten, die eigentlich nur für Kinder und Tiere reserviert sind, für Unschuld und Ruhe.

Jede Nacht um Mitternacht wünscht er mir etwas Süßes, und ich wünsche es zurück. Wir wünschen einander Süße, und wir wissen, was das bedeutet.

Wir sind zusammen. Wenn ich müde bin oder lieber bei ihm wäre oder wenn die mitternächtliche Gewohnheit albern erscheint oder zur Pflicht wird – dann passiert es trotzdem, und das bedeutet, dass wir zusammen sind.
Das ist keine Lüge.

Die Sicherheit dieses Gedankens trug sie durch die Schwierigkeiten und Eigenarten, die ein Treffen mit ihm bedeuteten, das endlose Raten, an welchem Teil des Tages er wohl freigelassen würde und bei ihr sein könnte. So wie ihrer beider Briefe – *einer pro Woche, manchmal zwei* – sie durch das lange Warten im Café trugen, bevor sie Mr August zu Gesicht bekam und ihn seinen richtigen Namen sagen hörte.

Ich hatte geraten, dass die Mittagszeit wohl am günstigsten für eine Sichtung wäre, aber das hing natürlich davon ab, wie seine Arbeitszeiten waren, und ich wusste, er arbeitete in Whitehall, aber nicht genau, wo ... Vielleicht konnte er erst abends zu seinem Postfach kommen. Und das wäre schwierig gewesen, denn das Café wäre schon geschlossen ... oder an Wochenenden ... sonntags wäre schrecklich – keine Chance, ihn zu sehen, es sei denn ... Ich wusste auch nicht ... Ich hätte mich einfach auf den Bürgersteig setzen können. Aber nicht ernsthaft. Wenn man von Fremden angestarrt wurde, nachdem man auf der Straße hingefallen war, wenn man von Spirituosenverkäufern angestarrt wurde, während man das Notwendige kaufte, oder von Müttern, die nicht wollen, dass ihre Kinder sich erschrecken, oder von Nachbarn, die womöglich die Nase voll von einem haben oder denen man leidtut oder die man langweilt, die aber immer von einem angewidert sind ... Dann hast du keinen Raum mehr für Scham und Erschöpfung. Du kannst damit nichts mehr anfangen.
Darum kann ich mich nicht auf Bürgersteige setzen.

Sie hatte also ganz zivilisiert am Tisch gesessen und Kaffee genippt und so viel gewartet, wie sie ertragen konnte, und war fast erleichtert gewesen, dass ihre beschränkten Versuche womöglich keinen Erfolg zeitigen und sie ihm nie würde gegenübertreten müssen.

Ich wollte seine Gesellschaft, aber ich dachte, meine sollte ihm womöglich erspart bleiben.

Frauen sind miserable Gesellschaft – meistens trinken sie nicht genug, oder wenn doch, dann werden sie zu schnell komisch. Sie werden gehässig. Oder sie weinen, was zu kompliziert ist, um damit klarzukommen. Männer sind einfacher.

Männer sehen, dass etwas nicht stimmt mit dir, und sie finden heraus, wo du weich bist, und da dringen sie ein und tun dir noch mehr weh. Sie suchen sich die aus, die am verletzlichsten sind. Das ist einfach.

Aber Jon ist nicht so. Und ich trinke nicht mehr.

Selbst als er noch Mr August war, als er Corwynn war, als er bloß seine Briefe war – selbst da ließ er dich anders sein. Was er schrieb, stahl sich unter deine Kleider und gab dir ein behagliches Gefühl. Du konntest für dich in der Welt sein und doch nicht allein aussehen.

Und als er bei seinem Postfach auftauchte, erkannte ich ihn tatsächlich. Er bewegte sich genauso, wie er schrieb. Er war aus einem Guss – so ist das, wenn man ehrlich ist.

Dieser komische kleine Schlurfschritt, den er manchmal einschiebt, der hat den gleichen Rhythmus wie seine Stimme, die er in Umschläge steckt und mir schickt.

Er wäre gern ein Rhythm-'n'-Blues-Mann, was albern ist, denn das ist er schon – er hat so einen Rhythm-'n'-Blues-Körper.

Das hat ihm noch niemand gesagt.

Aber es ist ganz klar, und so habe ich ihn erkannt.

Aber wenn ich selbst ganz ehrlich und aus einem Guss sein will, dann werde ich ihm eines Tages erzählen – wenn ich ganz sicher bin, es macht ihm nichts aus –, dass ich schon vier Mal aus dem Scheißcafé herausgeschossen war, bevor ich dann zu ihm gelaufen bin.

Das erste Mal war eine Art Missverständnis: In den Briefen hatte Jon geschrieben, er sei »bedauerlich groß«, und da entdeckte ich so einen riesenhaften Kerl, ein richtiger Hüne, und er sah sonst überhaupt nicht passend aus, aber ich wagte einen Versuch und fragte ihn, ob er Corwynn sei. Albern – zu glauben, diese Wrestlerkreatur könnte er sein. Ich glaube, das war eher zur Übung als ein richtiger Irrtum.

Der Mann war zunächst erschrocken, dann amüsiert darüber gewesen, mit jemand anderem verwechselt zu werden. Er hatte ein kleines Tattoo am Hals, an der Seite. Mr August hätte kein Tattoo gehabt. Er hätte auch keinen Körperbau gehabt, der an Proteinshakes und Molkepulver und schwitzendes Eisenstemmen denken ließ.

Dumme Kuh. Keine Ahnung, was ich mir dabei gedacht habe.

Ich habe gar nichts gedacht – ich hatte Angst.

Dann noch der Mann, der relativ groß war und irgendwie pingelig und nach Bürojob aussah – aber kaum dass ich draußen war, wurde mir klar, dass er mit Briefen hineingegangen und ohne Briefe herausgekommen war, und das war sicher falsch herum. Und seine Augen waren auch nicht so, wie sie hätten sein sollen. Als er mich ansah, glänzte die falsche Sorte Licht darin.

Sie hatte ihm nur einen kurzen Blick zugeworfen und dann nicht den Platz überquert, um ihn zu fragen, ob er Mr August war.

Und so ein rothaariger Mensch in einem sehr schönen Anzug. Bei dem war ich mir nicht sicher. Ich dachte mir, rote Haare wären sicherlich erwähnt worden, wenn es sie gab. Jon schrieb, er würde grau ... und von Grau war hier keine Spur. Darum sprach ich den Rotschopf nicht an – wir starrten einander bloß an, und dann rannte ich los, weil ich seine Haare aus der Nähe betrachten musste. Vielleicht dachte er, ich hätte ein Problem mit seinem gekrönten Haupt ...

Mein Vater sprach immer von seinem gekrönten Haupt – er nannte es nie bloß sein Haar. Mein Vater, den ich immer weniger zu kennen beschloss, als er älter wurde und ich mehr trank. Er war empfindlich, was seine zunehmende Kahlheit anging. Das immerhin merkte ich. Sonst nicht viel.

Eigentlich ist es so gedacht, dass man merkt, wen man liebt, bevor der Betreffende stirbt.

Das wäre die zivilisierte Haltung.

Meg hatte Jon einmal durchs Caféfenster gesehen, war aufgestanden und hatte es bis zum Eingang geschafft, ehe sie betäubt, zurückgeschoben wurde von der Luft, die sich blitzschnell zu verdichten schien. Wenn man glaubte, aus vielen, vielen Briefen herauslesen zu können, wie ein Mensch war, dann war dies Jon. Der Mann war ordentlich und sah müde aus, bewegte sich sanft und vorsichtig. Er trug einen ruhigen Anzug – die relative Stille von Jackett und Hose, vom aufgeknöpften Mantel, der sie zugleich verbarg und umrahmte, der ihrer schlichten Eleganz nicht im Weg stand. So wie er über die Kleidung anderer Menschen gemurrt hatte, konnte man sicher sein, dass er sich selbst mit Sorgfalt ausstattete, aus Furcht, hässlich auszusehen. Man konnte sich denken, dass er sein eigenes Erscheinungsbild noch mehr bedachte und verabscheute als das jedes anderen Menschen, dass er diese Verletzlichkeit, dieses Schreckensgefühl immer mit sich herumtrug.

Noch ein Mann, der empfindlich war wegen der Dinge, die er für seine Fehler hält.

Seine Frisur ließ ihn ein klein wenig wie einen Schuljungen wirken – der Haarschnitt eines Menschen, der sich selbst nicht ganz ernst nimmt. Sein Haar wurde ganz sacht, ganz sanft dünner. Und er trug eine Aktentasche, die weder neu noch irgendwie prätentiös aussah, die offenbar gut in seiner Hand lag und an ihn gewöhnt war.

Doch vor allem anderen wusste ich, dass er Corwynn August sein musste, der Mann, der sich Corwynn August nannte, weil anscheinend etwas über ihm hing – ein Mann, der tapfer sein und unter irgendeiner pendelnden Gefahr einhergehen musste, irgendetwas über ihm, was nicht richtig befestigt war. Man sah, er rechnete nicht damit, dass diese Gefahr vorüberging.

Sie hatte herumgelungert, bis er wieder aus dem Postamt kam und sie sein Gesicht betrachten konnte. Sie versuchte dabei rasch zu sein ... Sie wollte ihn nicht erschrecken. Sie wollte nicht alles verderben. Aber sie musste sichergehen. Und wäre ihr Mr August wohl so angespannt, wäre sein Mund so schmal, vor Ärger womöglich ... und dazu diese schnurgeraden Falten fast vom Haaransatz hinunter zu den Augenbrauen – Kennzeichen von Menschen, die wütend werden. Diese Einzelheiten ließen sie zweifeln.

Ich gehe Menschen aus dem Weg, die wütend werden, Männern vor allem.
Was jedoch wahr sein konnte, sich als wahr erwiesen hatte, als du sein Gesicht sahst, waren seine traurigen Angewohnheiten und auch der Zorn, aber ebenso seine Weichheit. Der Zorn galt vor allem ihm selbst.
Die Weichheit kam zuerst und zuletzt – sie umfing ihn.
Ich schätze, darum habe ich geglaubt, dass er es ist.

Ihr Mann hatte allerdings ein rasches Tempo drauf. Er war schon weg, ehe sie sich überlegen konnte, was sie tun sollte, bevor sie gegen die geronnene Luft ankämpfen oder aufgeben und ihn in Ruhe lassen und nie wieder herkommen konnte – einfach kapitulieren. Alkoholiker werfen schließlich gern das Handtuch.

Selbstschutz. Selbstverletzung.
Er wirkte sehr formell, was unsere Briefe nicht waren, und formell wollte ich nicht. Formalität ist bloß eine Form von Nicht-Dasein.
Und wenn er es war, dann war er ein Mann, der zügig arbeitete – lebendig

und schnell, und bei jemandem, der so in Eile war, konnte man nicht sicher sein, was passieren würde ...

Sie hatte ihn ziehen lassen und nichts getan, war nur ins Café zurückgekehrt und hatte dem Rest ihres Cappuccinos beim Kaltwerden zugesehen. Dann war sie nach Hause gegangen.

Bei Jon ist nur das Äußere formell. All das, was mit seinem Beruf zusammenhängt; aber es ist auch Selbstschutz. Und Selbstverletzung. Ich habe die Innenseiten seiner Handgelenke angeschaut, und wie er sie verbirgt – wo er empfindlich ist –, und ich habe bemerkt, wie seine Finger einander trösten, wie er die Knie ein wenig einknickt, um beim Reden auf gleicher Höhe mit dir zu sein – er will nicht aufragen –, und dann die Art, wie seine Absichten, sanfte Absichten, sich in seinen Augen offenbaren. Da zeigt sich so ein flüchtiges Licht. Man glaubt entdeckt zu haben, wo er wirklich steckt.

Ich sehe ihn nicht oft, habe ihn noch nicht oft getroffen, aber ich habe eine Menge bemerkt. Ich hole unsere verlorene Zeit auf. Ich habe sein Wesen studiert.

Jon ist ein Lernobjekt.

Sie ging weiter zum Shepherd Market, wartete weiter, hielt sich dicht an die Zeit, zu der sie ihn das erste Mal erspäht hatte.

Und dann war er noch einmal da, und ich ging zu ihm und sagte seinen Namen, rief ihn aus, damit ihn etwas Vertrautes traf, bevor ich kam – und dann hörte er es, begriff ...

Wie er sie angestarrt hatte ...

Ich war ein Schock. Ich war ein Schock für ihn. Obwohl ich es gar nicht sein wollte.

Ich habe ihn nervös gemacht.

Aber das war nicht nur ein Fehler, sondern bewies, was für eine Art Mann er ist – er ist sicher.

Mit jemandem, der sich erschreckt, kannst du dich immer sicherer fühlen. So funktioniert es. Ihr könnt euch wie zwei Tiere zusammen verstecken.

Aber zuerst hast du Angst, dann machst du ihm Angst, und dann bekommt ihr beide noch mehr Angst voreinander, und das tut dir weh, und das geht schnell.

Wie er sie angestarrt hatte.
Tutmirleidtutmirleidtutmirleid.

Hass mich nicht.
Da war er definitiv wie ein Tier gewesen: ganz verdutzt und zuckend und aufgeschreckt.

Seine Schritte hatten innegehalten, sich in ein winziges Straucheln verwandelt, und Meg hatte – weil sie nicht wusste, was sonst tun – gesagt, wer sie war, und dann gehofft.

Das ist das Schreckliche am Nüchternsein, am organisierten Nüchternsein. Es heißt, es habe mit Hoffnung zu tun, die man bis dahin immer vermieden hatte.

Sobald sie im Café waren, hatte Jon bestellt und seinen Cappuccino so schnell hinuntergestürzt, dass er sich verbrannt haben musste. Und nur ihr Griff nach seiner Hand hatte ihr Treffen wirklich werden lassen.

Wenn man Angst hat, braucht man jemanden, der das tut. Und wenn man Probleme mit der Hoffnung hat, dann hilft es auch, die Hand auszustrecken und zu spüren, wie sie genommen wird.

Sie erinnerte sich an das Gefühl seiner Faust, von ihrer Hand umschlossen, wie sie versuchte, ihm gegenüber vernünftig zu wirken, ruhig und sicher, wie sie seine Knöchel nur so berührte, wie sie jedes nervöse Tier berühren würde. Auf dem Weg zum Café hatte ihre Hand auf seiner gelegen, sichtbar verbunden. Als sie sich durch den Eingang schoben, hatte er den Kontakt beendet, aber dann – daran erinnerte sie sich deutlich und oft – hatten sie beide die Hand über den Tisch nach etwas gestreckt, das sie stützen konnte – eine Hand in die andere –, während Tischplatte und Wände und Fenster und so weiter sich scheinbar verschoben, ihr das Gefühl gaben, dass sie hohen, unangenehmen Seegang überstehen mussten.

Corwynn hatte seinen Kaffeelöffel fallen lassen und sich von ihr zurückgezogen, sie mit einer kalten Hand zurückgelassen, während er nach dem Ding tastete, als wäre es aus Platin oder ein unschätzbares Familienerbstück, wobei er zu ihr sagte: »Sie schauen bestimmt alle her und denken, dass ich blöd bin. Und du ...« Sein Gesicht war von Anstrengung und womöglich Scham gerötet, seine Haare in Unordnung – *aber nicht rot* – war zerzaust, wie er es sicher nicht gern hatte, und er sprach auf den Knien, das Kinn beinahe auf Höhe ihrer Untertassen. An dieser Stelle hatte sie gedacht: *Seine Größe kommt aus den Beinen, oder? Sein Oberkörper ist schlank und sehr drahtig und fest, aber nicht lang. Die Arme und Beine sind es, die ihn groß wirken lassen – sie geben ihm Reichweite und Höhe und dieses Tempo.* Sie betrachtete seine Beine, als würde das Verständnis seiner Dimensionen nicht dazu führen, dass sie ...

Würdest du sie wirklich eingehend betrachten, müsstest du dich sorgen, dass du ihn ziemlich viel anfassen willst, und das schien er nicht zu wollen, zumindest noch nicht.

Wilde Tiere soll man nicht anfassen, das nehmen sie übel.

Und ich wollte nur gesellig und normal wirken, nicht verrückt nach seinen Beinen.

Also hörte ich sehr genau zu, als er sprach, und fand seine Stimme trockener als erwartet. Aber er war es.

Und auch die Stimme weckte in mir den Wunsch, ihn anzufassen.

Nachdem er den Löffel eingefangen hatte, stand er wieder auf und wischte an den beiden eher theoretischen Staubflecken an seinen Knien herum. »Oje. Tut mir leid. Daran hätte ich denken sollen. Ich bin so ein ...«

Zum dritten Mal hatte sie seine Hand genommen und etwas gesagt, dessen sie sich hinterher nicht mehr entsinnen konnte. Sie erinnerte sich nur an seinen Blick, das blanke Entsetzen darin, außerdem an seine Verzweiflung und auch eine Art von Hochgefühl. Und schließlich öffnete er sich zu einem Lächeln, zu einem sommerlichen Jungenlächeln – sehr viel klare Helligkeit, jede Menge Rennen und Hitze.

Er ist nicht einfach, der Mr August. Er ist alles Mögliche auf einmal, unser Mr Jonathan Corwynn Sigurdsson.

Er hatte geblinzelt, sein Mund hatte eine Weile gearbeitet, bevor er etwas herausbrachte. »Also ... es ist eigentlich nicht so, weil ... Wenn du meinst. Ja ... Ich habe nicht ... Vielen Dank.« Seine andere Hand hatte den abtrünnigen Kaffeelöffel neben der Tasse platziert. Er hatte ganz offen auf seine Uhr geschaut und gezuckt. »Ich muss aber wirklich ...« Und dann waren seine Finger entschlossen gewesen und hatten sich zwischen ihre geflochten, hatten sich fest und hart darum geschlossen, und er hatte sich vorgebeugt, um ihr näher zu sein. »Wenn du mich vom Anschauen erkannt hast ... Das klingt jetzt vielleicht sehr ...« Sein Geruch war da: eine herbe Seife, selbstbewusstes Tuch und eine vage Muffigkeit – kein Herrenduft, keine erkennbare Wahl über diese altmodische, beißende Seife hinaus, deren Namen sie vergessen hatte. Sie holte Luft, um so viel davon einzusammeln, wie sie konnte, falls sie ihn nie wiedersah.

Ich habe ihn zu etwas Gutem erklärt und darum angenommen, dass er bald weg sein würde.

Weg auf die Art, die nie wiederkehrt.

»Wenn du mich vom Anschauen erkannt hast ...« Er war kurz zusammengezuckt, aber seine Finger waren ruhig geblieben. »In deinen Briefen, wenn du geschrieben hast, dann hast du gemeint, ich bin, du hast so einen Ausdruck gebraucht – der lautete ... Nein, ist schon gut, ist vollkommen – es wäre dumm, danach zu fragen ... Ich muss gehen. Ich rufe dich an. Später. Ich meine ... ich muss.« Er schüttelte den Kopf.

Seine Augen hatten es einen Moment lang mit ihren versucht und schienen mit einer Ohrfeige zu rechnen. »Schön. Hast du gesagt. Das Wort hast du verwendet.«

Und dann war seine Hand weggezuckt, als hätte er sich verbrüht, und er stand auf und griff nach seiner Aktentasche, und es gab nichts weiter zu sagen, keinen Versuch, sie noch einmal anzusehen, und dann war er draußen und schritt kräftig aus, und nichts blieb von ihm als ein warmer Schauder im Licht.

Sie hatte ihren Mantel liegen lassen und war ihm gefolgt, hatte sozusagen hinter ihm Wache gehalten, als er ging, dann trabte, dann rannte, durch den schattigen Engpass der White Horse Street und hinaus in den hohen, schmalen Sonnenstrich über der Piccadilly. Dann durchschritt er den Strom gut betuchter Passanten und stürzte sich in den Verkehr, überquerte die Straße in ihren gleichermaßen belebten Fahrspuren. Meg hatte sich gesorgt, dass er zu unvorsichtig losrannte. Sie hatte sich gesorgt, dass er sich umdrehen und sie sehen könnte. Doch er hatte sich nicht umgeschaut, sondern war nur in den Park gesprintet. Er war, wie sie ihm hätte sagen können, schön, als er lief.

Als er von mir weglief.
Ich dachte, das war's.
Tutmirleidtutmirleidtutmirleid.

Zum Café zurückgehen, die Rechnung bezahlen, dem amüsierten Mitgefühl der Kellner entgehen ... bei alldem hatte sie weinen wollen.

Ich dachte, er würde nicht mehr schreiben.

Ich wusste, er würde nicht anrufen – das würde ihn zu nervös machen. Und er hatte mir seine Nummer nicht gegeben, was wahrscheinlich Grund zur Sorge war ...

Wie er sie angestarrt hatte.

Doch nach drei brieflosen Wochen, in denen sie nicht unbedingt essen konnte – nicht so richtig – und nicht träumen, ohne unglücklich zu werden, da hatte er ihr einen Umschlag voller tutmirleidtutmirleidtutmirleid geschickt, dass er sie so lange hatte warten lassen, weil er an den Formulierungen herumgebastelt hatte.

Aber dann kamen gar nicht viele Formulierungen – es war ein sehr kurzer Brief, eher eine Mitteilung.

Aber noch eine Entschuldigung, und hier war seine Handynummer, und ich solle ihn anrufen. Oder noch besser eine Nachricht schicken, weil er oft beschäftigt war. Aber ich könnte ihm bald eine Nachricht schicken, wenn ich wollte, bald oder noch bälder.

Ein Witz für mich.

Und ich hatte nicht vergessen: Bevor er wegrannte, hat er mich geküsst.

Er hat mich geküsst.

Hier ist es.

Zwei Männer stehen in einer vollen U-Bahn der Northern Line. Beide sind modisch gekleidet, in Jeans und Hemd, ein wenig zu jugendlich für ihr Alter. Sie haben gepflegte Bärte und glattrasierte Schädel. Einer der Männer hat einen Mopswelpen auf dem Arm, der ein kleines Halstuch und einen weichen Ledergurt trägt. Der Mann hält den Hund sicher und hoch im Arm, beschützend, und freut sich eindeutig an der Neuheit, an der Zuneigung.

Weil es im Waggon so voll ist, kann der Hund gar nicht anders, als aus zu großer Nähe in das Gesicht einer Frau mittleren Alters zu blicken. Sie erwidert das mit einem Lächeln und streichelt seine Ohren. Die beiden Besitzer erzählen ihr, wie tapfer er ist – dabei wirkt er ganz ruhig und neugierig und zufrieden, trotz des Gedränges. Sie sprechen darüber, den Hund mit anderen Hunden bekannt zu machen, über Verhaltenstraining, über eine Hundetagesstätte, in der sie ihn abgeben, wenn sie zur Arbeit gehen. Sie sind nicht gerne von ihm getrennt, finden aber doch, er sollte sich an neue Erfahrungen und Menschen gewöhnen.

Der Hund ist vollkommen und wird geliebt, schaut sich mit einer gewissen Selbstsicherheit um.

Während Fahrgäste sich an ihm vorbei- und hinausschieben oder sich in die schon vorhandene Enge drängen, geht das Gespräch weiter. Es heitert auf, so etwas mitzuhören, während eine Masse von Individuen zusammengedrückt wird und eine leicht zermürbende gemeinsame Erfahrung macht.

Irgendwann jedoch verebbt das Geplauder, und die Männer murmeln nur noch miteinander, scheinen froh über ihren Hund und dass sie hier und jetzt und zusammen sind. Die Frau zieht sich zurück und wird wieder eine Fremde, ihr Gesicht neutral. Sie wendet sich nach außen und betrachtet das Gleiten des Bahnsteigs, als die nächste Station sie erreicht, langsamer wird und neben ihnen zum Stehen kommt. Einen Moment wirkt die Frau traurig. Vielleicht denkt sie sich, dass diese Männer den Hund als ihr Kind betrachten und dass sie ihn lieben und dass Hunde nicht sehr lange leben, längst nicht so lange, wie Kinder es sollten. Vielleicht ist sie überrascht davon, wie bereitwillig sie riskieren, sehr unglücklich zu sein.

Meg war in einem Pub, als ihr Telefon klingelte. »Hallo?«

Sie war aus keinem schrecklichen Grund da, es war nur so, dass alle anderen Lokalitäten – Geschäfte, Cafés, Imbisse – zu schwül und klebrig und klaustrophobisch gewirkt hatten, und man kann auch in einer Bar sein, auf einem Barhocker sitzen und trotzdem nur einen Orangensaft mit Limonade trinken.

»Hi, ja, hier ist ...« Sein Klang flackerte in ihr auf, die Musik, der Atem – ihre Vorahnung, dass etwas nicht stimmte, warum sollte er sonst anrufen ... »Ja, du bist es, Jon. Ich weiß. Ich erkenne deine Stimme. Wahrscheinlich immer ...« Und sie versuchte weiterzureden, weil die schlechte Nachricht dann nicht verkündet werden konnte.

Entweder wird er mir von einem Problem erzählen oder von etwas ganz Großartigem. Einen Mittelweg gibt es nicht.

Aber das ist okay. Alkoholiker können keinen Mittelweg.

Als sie Atem holte, hatte er tastend begonnen. »Das ist ... ich bin's. Also, Jon. Ja.« Seine Stimme klang irgendwie sehr vorsichtig – zugleich gewissenhaft und nervös. »Ich ... Ich musste ... ich kann nicht.«

Also keine guten Nachrichten.

So eine Kälte entfaltete sich in ihrem Oberkörper und ihre Arme entlang, was enttäuschend war, denn nüchtern und erwachsen sein hieß, dass man unabhängig werden und sich für sein persönliches Glück nicht auf andere verlassen sollte.

»Ich habe es versucht. Aber ich kann wirklich ...« Er klingt verängstigt. Und betäubt. Schwer zu sagen, ob jemand lügt oder unter Schock steht, wenn man diese Kombination geboten bekommt.

Sie fragte ihn – denn das tut man, wenn einem jemand viel bedeutet, selbst wenn derjenige ein Mann ist: »Was ist denn passiert?«

»Kann ich nicht sagen.«

Das traf Meg ein wenig wie ein Aufprall – nicht wie ein Tritt, eher wie ein kräftiger Stoß.

Aber ich werde zivilisiert bleiben. Ich werde so sein, wie ich wahrscheinlich sein sollte, werde nicht alles hinschmeißen und ihm sagen, er soll sich verpissen, nur um meine Ruhe zu haben von diesem ganzen Hin und Her.

Sie klang sogar ganz zivilisiert, bekam eine ziemlich überzeugende Höflichkeit hin: »Kann ich helfen?«

Und ich würde helfen. Ich möchte.

»Kannst du nicht ... und ich kann nicht ... Es gibt ein Problem mit meiner Tochter, und ich schaffe es nicht ... Ich wollte anrufen, weil es ... Der Tag ist noch nicht vorbei. Später geht auch noch. Das wäre zwar eine ganze Weile später, aber könntest du. Irgendwie denke ich, wenn ich heute nicht, wenn ich es verschiebe, wenn wir es ... Es tut mir so leid.«

»Ist okay.« Es war nicht okay.

»Alles ist ständig in Bewegung, und heute war ein schrecklicher Tag, und ich weiß, du hattest ... auch einen schrecklichen Tag. Ich bin wirklich ... ich bin absolut ...« An dieser Stelle wurde er von jemand anderem unterbrochen, von einem anderen Sprecher im Hintergrund, und Meg konnte die Worte nicht verstehen, aber es klang, als würde eine Frage gestellt, und natürlich hörte sie ihn antworten: »Niemand.«

Das war natürlich ein Name, der viel besser zu ihr passte als Sophia oder Margaret oder Maggie oder Meg. »Genau – niemand. Ich lasse dich dann weitermachen.«

»Was? Nein, nein ... Es ist nur so, dass ... ich werde dich heute noch mal anrufen. Später. Später heute. Heute Abend. Ich werde keine SMS schicken. Ich werde dich anrufen, wenn ich wieder telefonieren kann, und das wird heute sein, das verspreche ich, das schwöre ich, und ich werde dich treffen, und wir werden etwas zusammen machen, und ...«

Eine nestelnde Bewegung war von seiner Anrufseite zu hören – vielleicht eine Bewegung von Händen, die sie kannte und gemocht hatte und die im Augenblick bei ihm waren, dort in seinen Ärmeln steckten, in einem anderen Teil Londons.

Scheiße, ich hätte geholfen.

Meg konnte nicht hören, was er als Nächstes zu ihr sagte – es klang nicht ganz wie Auf Wiedersehen, aber hatte die gleiche Wirkung.

Sie legte das Schweigen beiseite, das er hinterlassen hatte, und griff nach ihrem klebrigen Glas. Geschah ihr recht, wenn sie so ein Kindergetränk bestellen musste.

Aber es wird alles gut.

Vor Mitternacht, wenn wir uns süße Träume senden, wird sich bei uns alles eingerenkt haben.

Bitte.

Das würde mir gefallen.

Ich glaube wirklich, das brauche ich.

Ihr Getränk trieb ihr Tränen in die Augen, weil es so unpassend war. Als Erwachsene sollte man über Orangenbrause und sommerliches Lächeln hinaus sein und nicht mehr so tun, als könne ein Erwachsener einem bei der Entscheidung helfen, was als Nächstes zu tun sei.

Meg winkte dem Barmann zu, und er kam zu ihrem Thekenabschnitt, bereit zu tun, was in seiner Macht stand.

Hier ist es.

Jon war im Badezimmer seiner Tochter. »Ich bin absolut ...« Wieder einmal ließ er zu, dass sein Mund einen Satz anfing, den er nicht beenden konnte, wie er wusste. Außerdem nuschelte er, weil er wusste, dass seine Tochter draußen stand, vor der Tür, die er aus Gründen der Schicklichkeit und Sicherheit verriegelt hatte, und damit er ohne Zuschauer wahnsinnig sein konnte.

»Dad? Telefonierst du da drinnen?« Vorwurfsvoll.

»Es ist niemand.« Er hielt sein Handy wie eine warme Sünde.

»Dad?« Das war die Stimme seiner Tochter – eine liebe Stimme – eine andere liebe Stimme, während er anderswo hinhörte und nicht sagen konnte, was er sagen musste, weil ihm zu übel war, um es überhaupt zu versuchen.

Und weil ich keine Eier habe.

Ich kann das nicht. Nichts davon.

»Ich liebe dich.« Das war seine eigene Stimme – gedämpft und verwischt –, und dann legte er auf, ehe eine Antwort kommen konnte.

Ich kann nicht.

Dann schwappte so ein Geräusch, so eine Art hustendes Schluchzen, aus seiner Brust nach oben und heraus, dann noch einmal, und er jammerte, jaulte.

Unverzeihlich.

»Dad?«

»As okay. 'rlich.«

»Dad?«

Jon trat ans Waschbecken und drehte beide Wasserhähne voll auf, ließ ihr Geräusch sein eigenes übertönen, während seine sich Arme verkrampften und er sich immer tiefer vornüberbeugte und sich wünschte, er könnte sich einfach übergeben, anstatt bloß hohl zu sein.

Herrgott.
Er fing das Wasser in den hohlen Händen, ließ es hart auf seine Handflächen prasseln, hob es ans Gesicht und benetzte sich. Dabei durchnässte er sein Hemd, während er mit dem Fuß gegen sein Telefon trat, das heruntergefallen war und ihm nichts mehr nützte.

Herrgott.
Er schaute nicht in den Spiegel, ehe er aus dem Bad kam, aber er nahm an, dass er nicht allzu gut aussah, als er auf Becky hinunterblinzelte und sie in die Arme schloss, denn so spendete ein Vater Trost, und so konnte sie ihn nicht wie das nasse Tier betrachten, als das er sich sah.

Herrgott.
»Daddy ist da. Dad ist hier.« Ihre Arme schlangen sich sehnig und fest um ihn, was sowohl eine große Erleichterung als auch eine Last war. »Dad ist – «

»Was ist los?« Ihre Stimme war ein Tadel an seiner Brust, heiß. »Was fehlt dir?« Er hatte ihr Sorgen bereitet, was nicht seine Absicht war.

»Ich, äh ... Schlechter Tag. Schlechte Woche. Komische Zeit gerade. Und ... ich kann nicht.«

Sie tätschelte ihn unten am Rücken, das war nett, eine freundliche Geste. Sein Atem ging ein paarmal schwer beim Gedanken daran, aber danach fing er sich. »Becky, ich bin – «

»Hat Mum irgendwas gemacht?« Es gefiel ihm sehr, dass sie solchen Beschützerinstinkt zeigte.

»Was? Nein. Nein. Sie ist im Urlaub, schon vergessen? Nein. Das ist vollkommen ...« Er löste sich sanft aus ihren Armen und zeigte ihr eine hoffentlich passable Miene, während er seitlich auf ein Filmposter von *Der Koch, der Dieb, seine Frau und ihr Liebhaber* schaute, das an Beckys Wand hing – Helen Mirren in komplizierter Unterwäsche mit Obst.

Das war sicher die Wahl von Terry dem Wichser – möchte gern schockieren. Mir tun die armen Schauspieler leid, die in so einem Dreck mitspielen müssen ... Überall Leiden. Die Würdelosigkeit, die jeder Beruf einem abfordert. Wer braucht das? Ich nicht. Lieber Gott, ich brauche das nicht.

Und ich will nicht, dass es meine Schuld sein muss.

»Ich sollte das nicht mit herbringen, zu meiner Kleinen.« Jon küsste sie auf den Scheitel – *ihr Haar riecht wie immer, nach Liebe und zu Hause und Frieden* – und kam sich wie ein Schwein vor, weil er während des Kusses plante, wie er ins Badezimmer gelangen und sein Telefon holen könnte. »Meine Kleine ist wunderbar.« Das hatte er vergessen.

In meiner Lage kann ich mir wirklich nicht leisten, irgendwas zu vergessen.
»Du siehst nicht okay aus, Dad. Du siehst dünn aus.«
»Ich bin dünn. Ich bin immer dünn. So bin ich – dünn.« Er spürte, dass ihn so etwas wie ein Lächeln befiel und wieder davonstahl, ehe es einer näheren Untersuchung standhalten konnte. »Ich weiß, das ist scheiße von mir, aber ich muss in einer Weile weg. In einer nicht sehr langen Weile. Tut mir sehr leid.«

Er machte sich auf ihre Missbilligung gefasst, aber – noch schrecklicher – sie gab ihm keine, sondern führte ihn wieder ins Wohnzimmer, als wäre er alt und versehrt. »Du solltest was essen.«

»Aber nein – du musst. Du siehst müde aus, Liebling. Und du solltest wirklich was essen.«

Das Tablett stand noch auf ihrem Couchtisch, mit der unberührten und jetzt geronnenen Suppe und wahrscheinlich etwas trockenem Brot. Rebecca hob alles hoch, ehe er sie daran hindern konnte, und sagte zu Jon: »Ich werde die jetzt wieder aufwärmen und dir auch welche machen, und dann werden wir beide was essen, und dann wirst du gehen.« Sie gab dem Ende des Satzes gar keine besondere Bedeutung: es war einfach eine Liste der Dinge, die passieren würden.

Ihm war also vergeben worden.

Weshalb er sich nur wieder auf den Boden setzen konnte, denn aus irgendeinem Grund gefiel es ihm da unten, sich an eine Armlehne des Sofas zu stützen und den leisen Küchengeräuschen zu lauschen: wie seine Tochter das Summen der Mikrowelle anschaltete, wie sie sich zu schaffen machte, sich um ihren Vater kümmerte.

Ich hätte Rowan gestern Abend nicht besuchen sollen – das hat mich aus der Bahn geworfen. Die Vorstellung, dass jemand für mich kocht, Geschäftigkeit anderswo ... Ich habe das Gefühl, ich werde gleich abstürzen.

Er legte eine Hand über die andere, umschlang mit einer Hand seine Faust, als wäre sie ein kluger, lebendiger Stein, der ihm helfen könnte.

In Rowans Garten zu knien – lächerlich, so etwas anzulegen, einen ganzen Garten, nur aus Liebe gemacht –, das kann man nicht riskieren. Und ich habe

ihm erzählt – wie dumm –, dass ich mir wünschte, Filya hätte das alles gesehen, wie es besser und sauberer war und ... es ist unlösbar. Diese ganze Verschwendung ist mir unbegreiflich.
Ich kann es nicht sagen.
Jon wiegte sich hin und her, während ein schrecklicher Schatten durch ihn hindurchzog und er einfach ...
Ich war mal, war mal ein Mann, der vor allem Lösungen vorbereitete, der anderen Menschen zeigte, wo man Lösungen finden und wie man sie umsetzen könnte. Man kann nicht aus seiner Haut, schon gar nicht, wenn ein Teil davon gut funktioniert und – wie man glaubt – nützlich und wertvoll ist. Ich kann nicht aufhören, das zu tun, was ich für notwendig halte, nicht ohne mich grundsätzlich zu ändern, und ...
Jon hörte Becky zurückkommen, ihre nackten Füße auf den Holzdielen und das leise Gleiten des Löffels in der Suppenschale – er konnte sich das alles vorstellen, doch den Kopf nicht heben. Er spürte, wie sich ihr Schienbein gegen seine Seite drückte.
»Dad?«
»Ja. Ja. Ja.« Das sollte der Anfang einer längeren Äußerung werden, doch stattdessen konnte er nur zustimmen, dass er ihr Vater war. »Ja.«
»Dad, du weinst ja. Warum weinst du?«
Und da sie ihn jetzt erkennen lässt, dass er tatsächlich – ja – weint, löst die Kraft des Gefühls Funken in seiner Lunge und erstickt ihn fast, und er kann ihr nicht sagen, warum.
Selbst als sie das Tablett auf den Boden stellt – oder irgendwo anders, er sieht nicht, wohin, kann es nicht sehen – selbst als sie sich hinkniet und ihn hält, um seinen Atem herum, seine Arme an den Seiten festhält, sodass er ein wenig ertrinkt, nur ein bisschen – selbst da kann er ihr noch nicht sagen, warum er weint.
Weil nichts mehr lösbar ist.
Weil alles ruiniert ist.
Weil ich ruiniert bin.
Weil eine außergewöhnliche Frau namens Filya tot ist.
Weil ich deine Mutter nie richtig geliebt habe.
Weil ich dich nie richtig geliebt habe.
Weil ich meinen Job verlieren werde.

Weil man mich zerstören wird.

Weil ich eine Freundin habe.

Ich kann nicht.

Weil ich nie jemanden gerettet habe.

Weil ich versucht, aber nie geschafft habe, so zu sein, wie ich sollte, so zu handeln, wie ich sollte.

Weil ich Meg habe, aber Meg nicht haben kann.

Ich kann nicht.

Hier ist es.

Aber ich kann wirklich nicht.

Er hielt weiter seine eigene Hand.

18:22

Aber scheiß drauf. Ich habe was Besseres verdient. Ich heiße Meg und ich habe was Besseres verdient – das sagen die Leute immer, »Ich habe was Besseres verdient«, und ich weiß nicht genau, was das bedeuten soll oder woher sie das wissen wollen, aber warum soll man es nicht denken, es klingt doch freundlich.

Ich kann mir vorstellen, ich kann annehmen, dass ich was Besseres verdient habe als in einem Pub zu sitzen und mich beschissen zu fühlen und das tun zu wollen, was jeder normale Mensch in einem Pub tun sollte.

Also scheiß drauf. Scheiß auf normal.

Ich bin nicht normal.

Ich habe was Besseres verdient.

Meg hatte die Bar verlassen und ging die Charing Cross Road hinab, die zweifellos besser war als manche Dinge und manche Orte, aber nicht gerade in Bestform.

Auch wenn man nie so genau weiß, was die Bestform der Charing Cross Road sein könnte.

Die Geschäfte dort schafften es immer, nicht ganz funktionsfähig zu wirken, ein bisschen trödelig und leer. Oder schmierig. Die Straße verströmte eine Aura dekadenten Defekts. Chinatown machte nur eine Straße weiter sein Ding – Restaurants und in Kisten gestapeltes Gemüse und allgemeine Geschäftigkeit –, aber Charing Cross Road war nicht Chinatown. Gleich um die Ecke in der Denmark Street gab es hochwertige Gitarren und Experten mit schwieligen Fingern, Hoffnungen und Gebete für die Verabreichung tiefer Blues-Coolness – hatte Meg gehört –, aber die Charing Cross Road war nicht die Denmark Street. Und gleich da drüben war Soho mit seinen Clubs und Vulgaritäten und Posen und seinem Sternhagelvoll-von-was-auch-immer und durchgemachten Nächten und ohne Unterwäsche. Aber auch das war nicht die Charing Cross Road. Die Charing Cross Road, das waren schäbige Sonderangebote und leere Buchläden und Touristentand und Läden, in denen man nicht essen wollte und nicht trinken sollte.

Ist schon okay, das Zeug springt dich ja nicht an und beißt dich, es wird dir auch nicht in den Rachen gestopft – das haben mir jede Menge Erwachsene versichert.

Und es gab hier zu viele Theater. Vielleicht sorgten die Theater für diese etwas unsolide Atmosphäre. Theater wollten den größten Teil des Tages nichts mit einem zu tun haben, und dann knipsten sie ihre hellsten Lichter an und ließen sich von schick gemachten Mengen und Schlangen umschwirren. Dann wiederum wurde jede Spur dieses Aufruhrs weggeräumt und hinter verschlossenen Türen eingesperrt. Und dieselben Menschenmengen verließen die Theater zwei oder drei Stunden später wieder, man hatte keine Ahnung, was zwischendurch passiert war, außer dass sie alle selbstzufrieden und überhitzt wirkten. Die Menschen, die in Theatern arbeiteten, lehnten an interessant aussehenden Eingängen und standen entschlossen neben Lastwagen voller Ausstattung und Geheimnisse, und sie hatten eigenartige Arbeitsrhythmen und hielten auch andere zu solch eigenartigen Tagesrhythmen an: späte Mahlzeiten, frühe Mahlzeiten. Sie hielten sich an den Stundenplan des Alkoholikers: spätes Trinken, frühes Trinken. Vielleicht war Meg deshalb schon eine Weile nicht mehr in der Gegend gewesen.

Ganz in der Nähe vom Leicester Square gab es einen schmierigen Imbiss, wo sie früher in den ersten Morgenstunden halbregulärer, irregulärer Tage gefrühstückt hatte. Wenn man die Nacht herumbringen musste und ein wenig Grundlage brauchte – da kriegte man sie.

Charing Cross Road war für Besucher im Sonntagsstaat gebaut oder in dem, was sie dafür hielten, und für Taschendiebe und verlorene Schäfchen und Bücherwürmer und Menschen, die als lebende Warnungen vor den Risiken einer gierig verschlingenden Lebensweise fungierten. Schlafend in Hauseingängen, sich erbrechend in Hauseingängen, vielleicht schon tot in Hauseingängen – das waren die Beispiele, von denen du lernen konntest, die Skizzen deiner Zukunft. Du siehst auch die anderen Optionen – auf dem Weg zu Suppenküchen und Unterkünften, theatralisch in ihrem Elend, es laut vor sich hertragend. Charing Cross Road existierte noch immer nur wegen der Gnade Gottes.

Wer auch immer das sein mag.
Heute Abend war sie froh, als sie sich in den Untergrund und weg von hier begeben konnte.
Wo mich niemand anrufen kann. Ich möchte eigentlich keinen weiteren Anruf.
Also nein, will ich schon. Aber ich möchte nicht darauf warten, oder auf eine weitere Panne warten, oder ...
Manche Dinge kriege ich gedanklich einfach nicht geregelt. Nicht heute.
Vielleicht für immer nicht.
Die U-Bahn war nicht gerade Megs Freundin gewesen, als sie getrunken hatte: die unentrinnbaren weißen Gänge, die sich nach draußen bogen, so als wäre sie gejonat worden: wie Jona tief ins Innere des Wals gezerrt. Das hatte ihr den Schweiß auf die Stirn getrieben.
Jon hatte davon geschrieben, gejonat zu werden – mir war der Ausdruck vorher nie in den Sinn gekommen.
Das sich verzweigende Richtungsgewirr hatte ihr keine Freude bereitet, der plötzliche Einschluss in Menschenmengen, die Verspätungen und die stickige Luft – oder die unerklärlichen, plötzlichen Ausbrüche heftigen Luftdrucks, Windstöße aus dem Nirgendwo, die womöglich normal waren, vielleicht aber auch Anzeichen von Unfällen oder Einstürzen. Wenn sie dann im Zug saß, konnte das Röhren der Tunnel unerträglich werden – so viel Geschwindigkeit, so viel unnatürliches Untertauchen, so viele Menschen, die dich beäugen und dich für mangelhaft und zitternd und feucht befinden.
Aber jetzt macht es mir nichts mehr aus. Nicht mehr so viel.
Meg konnte auf dem Bahnsteig stehen und auf einen Zug der Piccadilly Line Richtung Westen warten, ohne viel darüber nachzudenken, wie außerordentlich leicht es wäre, vor den nächsten einfahrenden Zug zu treten und das Problem ihrer selbst zu lösen.
Aber das denkt jeder Mensch ein bisschen. Jeder. Davon fühlt man sich dann besonders behaglich, wenn der Gedanke vorüber ist und man es nicht zu tun braucht, den Fahrer nicht zu Tode erschrecken, keine Verspätungen verursachen, keine Missbilligung von Fremden hervorrufen muss. Das bekommt man nämlich, wenn man sich in London umbringt – »Ts, ts.« In letzter Zeit hat man das oft gehört. Wir leben in eigenartigen Zeiten.

Aber mir geht es gut. Wirklich. Ich heiße Meg, und ich bin Alkoholikerin, und es ist nicht so wie in Filmen, wenn man das sagt, nicht wie im Fernsehen, da fängt nicht der ganze Raum an nach Luft zu schnappen und zu weinen und zu starren, als sei man ein Einhorn und habe gerade angefangen, französisch zu reden. Man sitzt in einem AA-Treffen – jeder dort erwartet, dass man genau das sagt.

Und ich heiße Meg, und ich bin Alkoholikerin, und ich habe einen Plan, weil ich was Besseres verdient habe, als keinen zu haben – als das, was mir passieren könnte, wenn ich bloß zu improvisieren versuche.

Ich werde später schön zu Abend essen, das ist alles, was hier los ist.

Meine Schuhe sind nicht die richtigen für dieses ganze Herumlaufen, aber sonst bin ich in vielversprechendem Zustand.

Und ich trage ein Medaillon bei mir, auf dem »SEI DIR SELBER TREU« steht, und dazu eine scheißgroße römische Ziffer –

I

– steht für ein Jahr, denn nüchterne Jahre sind so wichtig, dass man sie auf Lateinisch kriegt, und ich kann es herausholen und anschauen, und es beweist, dass es mir ganz gutgeht, und auf der anderen Seite ist das verdammte Gebet eingeprägt, und ich kann nicht beten – nicht so ganz –, aber ich kann laut denken, und die Worte, die ich verwenden könnte, sind jedenfalls dort aufgeschrieben, und ich will glauben – weil es eine schöne Vorstellung ist –, dass die Worte, weil sie aufgeschrieben sind, sich andauernd selbst rezitieren. Wie ein offener Kanal, die Worte sprechen sich ständig selbst in meiner Jackentasche.

Wie ein Brief nach Nirgendwo.

Sie steckte die Hand in die Jackentasche und fuhr mit dem Daumen über die Metallscheibe, die erhabenen Buchstaben, ließ ihren Daumennagel lesen, was sie auswendig konnte, da sie es so oft gehört hatte, von so vielen Menschen.

So viele Menschen, von denen ich einer bin. Ich kann diesen Worten vertrauen. Ich mag Wörter. Ich mag sie immer lieber und lieber. Über das Universum mag ich so meine Zweifel haben, aber Wörter können passend und süß sein.

> GOTT, GIB MIR DIE GELASSENHEIT,
> DINGE HINZUNEHMEN,
> DIE ICH NICHT ÄNDERN KANN,
> DEN MUT, DINGE ZU ÄNDERN,
> DIE ICH ÄNDERN KANN,
> UND DIE WEISHEIT,
> DAS EINE VOM ANDEREN
> ZU UNTERSCHEIDEN.

Das sagt das Medaillon ganz ohne mich, hier in meiner Hand. Ich muss gar nichts machen.

Und ich trage eine nicht so schöne Jacke. Aber eine bessere habe ich nicht. Ich muss meine Jacke akzeptieren, weil ich sie nicht ändern kann. Ich glaube, da brauche ich keinen Gott zur Unterstützung mit reinzuziehen. Meine Kleider passen mir nicht gut, aber ich hätte keinen Respekt vor einer Gottheit, die sich darum kümmerte. Wieso sollte sie das?

Vom Fusel nimmt man zu und dann wieder ab, und irgendwann weißt du nicht mehr genau, welche Form du zu einem bestimmten Zeitpunkt hast, und es kümmert dich irgendwann auch nicht mehr – womit du einer höheren und besseren Art von Gott ähnelst.

Aber jetzt kümmert es mich wieder – die Sache mit der Jacke. Das akzeptiere ich: nicht die Jacke, sondern das Kümmern.

Ich trage die Jacke, als würde ich sie nicht akzeptieren. Ich glaube, das würde ein Beobachter bemerken, aber auch das bekomme ich nicht besser hin.

Von dem Kümmern wird mir schlecht, also würde ich das lieber ändern. Und wenn ich schlecht und hässlich und jämmerlich aussehe, wird mir auch übel. Ein gründlicher Blick auf mich sagt jedem: Das ist eine Wirtschaftsprüferin, der die Lizenz entzogen wurde, die für immer Jacke und Rock trägt, denen niemand trauen kann – und auch davon wird mir schlecht.

Ich würde lieber den Umstand ändern, dass mir schlecht wird.

Und mir wäre auch lieber, wenn mir nicht wegen heute Abend schlecht wäre, wegen des Treffens oder vielleicht Nicht-Treffens, denn mir kommt es langsam unwahrscheinlich vor, dass es stattfinden wird – es wirkt schon zu weit weg.

Was ich ändern möchte.

Jon wirkt weit weg.

Und das möchte ich nicht akzeptieren.
Ich meine – scheiß drauf. Ich kann das nicht, das Akzeptieren und Nichtakzeptieren und das Ändern und Nichtändern, und ich würde gern fragen – ich weiß nicht wen, aber ich würde gern fragen, was der Scheiß soll, so ein Gebet zu haben und es aufzuschreiben und es auf Medaillons zu prägen, als wäre es wichtig und könnte helfen, wenn es einem doch bloß Kopfschmerzen bereitet?
Sollte ich mich an den Gott wenden, an den ich nicht glaube, um die Frage zu klären? Den mit den Rasierklingen, den Weitentfernten, den mit Gewand und Bart, den irgendeiner Religion, die ich noch nie ausprobiert habe, sodass ich nicht die geringste Chance hätte ...?
Andererseits, wenn Gott einem verletzten Kind helfen und sich um einen Erdrutsch und eine Krebsstation und einen verunglückten Bus voller schwangerer Frauen und fröhlicher Familien kümmern muss, und um nette Menschen, die sterben – was für Gott noch ein eher ruhiger Tag wäre –, dann sollte ich Gott überhaupt nicht wegen irgendwas belästigen.
Ich könnte Gott bei der Entscheidung über meine Kragenaufschläge aus dem Spiel lassen.
Jon sind Revers wichtig. Wahrscheinlich sind ihm auch meine wichtig, und er mag sie nicht. Wahrscheinlich wird ihm übel von meinem Kragen.
Und das alles ist ein Problem. Noch schlimmer, weil er dieses Kostüm schon mal gesehen hat – schon zwei Mal. Aber es ist das einzige überhaupt Erträgliche, was sie besitzt. Wie erklärst du jemandem mit Anzügen über Anzügen und Hemden und genug angenehmen Dingen, dass du nicht in seiner Welt lebst und dass er zwar vernünftig und verständnisvoll ist, dass er aber bestimmt irgendwo in seinem Kopf trotzdem eine Art befristetes Visum ausfüllt, damit er dich in deinem hässlichen Land besuchen und betrachten kann und dann froh ist, so schnell wie möglich wieder zu verschwinden.
Gott, gib mir ...
Meg ließ die nächste U-Bahn einfahren, ohne sich von ihr umbringen zu lassen. Das Ding öffnete freundlich die Türen und nahm sie auf, brachte sie dann fort, während sie auf der blauen, blauen Sitzbank saß, die sich den ganzen Wagen entlangzog, und beschloss, sich an das Mittagessen mit Jon zu erinnern, denn das machte sie glücklich.

Ich hatte dieses grässliche Mistkostüm an, als ich ihn vor seinem Postfachladen getroffen habe. Und dann dieses grässliche Mistkostüm, als wir ein gemeinsames Mittagessen hinbekommen haben, eine Art Mittagessen. Und jetzt trage ich dieses grässliche Mistkostüm und warte. Wieder.
Man kann beschäftigt sein, man kann unwillig sein, man kann ausweichend sein, und man kann Jon sein.

Nachdem Jon in den Park gerannt war, dauerte es Monate, bis sie ein anderes Treffen mit ihm abmachen konnte, um es dann zu schieben und schieben und schieben – platzen lassen und entschuldigen und rausflutschen und entschuldigen und wegducken und entschuldigen wurde beinahe zu so etwas wie einem festen Ablauf.

Wenn jemand dich treffen will, dann trifft er dich – so geht das.
Aber du hoffst immer noch, man hat dir nämlich gesagt, dass Hoffen gut für dich ist.
Ich werde dich treffen.
Das ist eine Art Hoffnung.

Anstatt irgendwelche neuen Entscheidungen treffen zu müssen, waren sie wieder zum Shepherd Market zurückgekehrt, für ein Mittagessen, das schwankte und rutschte, zunächst auf drei Uhr, dann auf vier, schließlich auf halb fünf.

Doch am Ende ...
Shepherd Market war *ein sentimentaler Ort geworden* – das hatte Jon gesagt.
Albern.
Der Zug wiegte sie, während Meg ihn auf Distanz hielt und Jon in ihre Gedanken treten ließ – an einem Donnerstag im Januar, als es praktisch schon dunkel war, der Tag tot und der Platz still.

Aber uns war warm. Wirklich ... Ich glaube, ich habe tatsächlich ein bisschen gezittert, und man hat ja vorher auch keine Ahnung, ob etwas klappen wird, also macht man sich Sorgen ...

Er war noch ganz formell gewesen, hatte an ihr vorbei gesprochen. »Viele Menschen empfinden keine Befriedigung bei ihrer Arbeit, das sehe ich durchaus, und mir ist klar, dass ich solche Zufriedenheit nicht mehr verdiene als sonst jemand, aber an manchen Tagen lehnt man sich zurück und denkt nach und ... Seit über einem Jahrhundert nämlich, so glauben viele vernünftige Menschen, geht Großbritannien den Bach hinunter, und das Parlament liefert nicht mehr als den Live-Kommentar dazu und beschleunigte Umdrehungen.« Ungefähr an dieser Stelle hatte er sie richtig wahrgenommen, ihr in die Augen geschaut, hatte ein Lächeln fabriziert, das höflich oder verlegen war, oder auch verstört und es zu verstecken suchte, und hatte zu ihr gesagt: »Umdrehungen wohlgemerkt, leider keine Umwälzungen ... Ich muss mich entschuldigen, das ist sicher alles sehr langweilig für dich.« Dann schluckte er auf ziemlich laute Weise.

Meg versuchte, ihren nächsten Gesprächsbeitrag richtig hinzubekommen, und vielleicht gelang es ihr nicht. »Ich kümmere mich um herrenlose Hunde. In Teilzeit. Und ich stehe neben meinem Küchenfenster und betrachte ... Na ja, ich betrachte den Himmel, Bäume, Sittiche ... Ich will damit nicht sagen, dass mein Leben nur daraus besteht, Hunde zu betreuen und Bäumen beim Wachsen zuzusehen, und mir deine Langeweile deshalb gar nicht so ... Du bist nicht langweilig.« Sie merkte, dass sie mit den Händen wedelte – als renne jemand in großer Entfernung in die falsche Richtung und sie versuchte der Person klarzumachen, sie solle umkehren. »Du bist nicht langweilig. Entschuldigung. Das ist nicht langweilig.«

Jon antwortete mit einem seltsamen Aufwärtsnicken, als wollte er einen Keks mit dem Mund fangen oder irgendetwas heraufbeschwören. »Ja, nein, das hast du schon gesagt – geschrieben. Mit den Hunden. Und wie geht es übrigens der Ziege? Dem ursprünglichen Ziegenbock. Kommt er gut mit den neuen Ziegen zurecht?«

Sie hatte nicht erwartet, danach gefragt zu werden. »Er ... ich arbeite vor allem im Büro. Aber er macht sich ganz gut, wie ich höre. Sie haben komische Augen. Rechteckige Pupillen. Das sind wirklich so richtige, gerade Rechtecke mit scharfen Ecken, dabei haben die Augen die übliche runde Form – ich kann mir nie vorstellen, wie das funktioniert. Sieht nicht natürlich aus.«

»Rechtecke ...?

»Ja.«

»Meine Güte ... Ich hatte keine Ahnung.«

Und ungefähr an der Stelle war Meg klar geworden, dass sie es nicht mehr lange aushielt, die Unterhaltung oder das Schweigen nach den Ziegen. Sie musste irgendwas zerschlagen oder lachen oder schreien oder mit einem Stuhl schmeißen.

Jon hatte heftig mit dem Kopf gewackelt. »Ich weiß nicht das Geringste über Ziegen.« Offenbar verstörte es ihn, dass es ihm an Ziegenwissen mangelte. »Bei Ziegen geht es doch immer um ... oder nicht ...? Die Sache mit dem Sex meine ich, ums Fressen und als Symbol für, den Trieb nach ... Vielleicht hat man sie darum – wegen der Augen – immer mit dem ...« Er sah sich um, anscheinend in milder Verzweiflung, versuchte eindeutig, in einem Restaurant kurz vor Küchenschluss eine Bestellung loszuwerden. Er wurde rot und war sich dessen offensichtlich bewusst, wie die Farbe rund um seine Kehle nach oben kroch.

Dann hatte er kurz die Stirn in ihre Richtung gerunzelt, und sie hatte sein wahres Gesicht gesehen, wer er war, wenn er wütend wurde, und er hatte sich einen Hauch zu ihr hinübergebeugt und gesagt: »Es tut mir leid, das hier ist die reinste Folter, aber – tatsächlich – anders betrachtet – weil wir so nervöse Menschen sind – kriegen wir es ganz gut hin, ich glaube, es läuft ganz gut, den Umständen entsprechend gut ...«

Dann hatte er sich zurückgelehnt und war wieder abgekühlt, zugeklappt. »Ich sitze in einem offenen Büro – bei der Arbeit. Schrecklich ... Die Auserwählten, die immer noch ihre eigenen persönlichen vier Wände besitzen, die sind total besessen von Größe, von Quadratmetern ... Du solltest mal sehen, was für ein Büro der Innenminister hat. Es gibt Besucher, die sind von der langen Wanderung über seinen mächtigen Teppich schon ermüdet und haben sich niedergelegt, um ihre Pferde ruhen zu lassen, oder womöglich auch ihre Ziegenherden. Angeblich. Sie streiten um gute Möbel – die Leute, nicht die Ziegen – sie streiten sich darum, in die Downing Street Nummer 10 zu dürfen, in die Nähe des Parlamentarischen Sekretärs des Premierministers, und dann streiten sie sich darum, in die Nummer 10 und in die Nähe des *Premierministers* zu dürfen ... Und sie gondeln durchs Land, von dem sie immer nur die Hintergärten Richtung Bahnstrecke zu sehen kriegen, oder die Cafeterien von Regionalflughäfen, und das verbittert einen, und sie besuchen Wohltätigkeitsorganisationen, Krankenhäuser, Gefängnisse – man zeigt ihnen, dass Probleme und Hässlichkeit offenbar von normalen Leuten erzeugt werden und innerhalb des Wahlvolks unvermeidlich sind. Umgekehrt werden alle Gebäude, alle Großprojekte immer in dem makellosen Zustand präsentiert, den sie bei gewöhnlicher Benutzung nie lange bewahren können, warum also die normalen Leute ständig Grund zur Beschwerde darüber finden oder daran scheitern oder nicht zufrieden sind, wer weiß das schon ...« Er hatte Luft geholt, ein flatterhaftes Grinsen aufgelegt, das sich seiner zu schämen schien, seiner Lautstärke, seiner Klagen.»Weißt du, die Welt ist voll von Menschen, die unter unerträglichen Umständen menschlich bleiben müssen, weil Menschen in erlesenen Umständen es nicht schaffen, auch nur ein bisschen menschlich zu bleiben. Das ist ... ist das ...«

Das hatte zu weiterem Schweigen geführt, in welchem er wie ein äußerst erfahrener Restaurantbesucher – ein Restaurantexperte; ein nicht normaler Mensch – einen Blick auf die Speisekarte geworfen und rasch begriffen hatte, dass er *Linguine con vongole* nehmen würde.»Ich mag die Schalen – das ist eine Art handwerkliche Aufgabe für mich, das Muschelfleisch herauszubekommen ... Ich hege eitle Träume, dass jemand die leeren Schalen in der Küche sammelt und daraus solche Tischlampen bastelt, wie man sie früher immer in ländlichen Pensionen gesehen hat. Oder in der Küche meines Elternhauses. Sie hatten zwei – Lampen, nicht Küchen. Sentimentaler Wert. Urlaubsmitbringsel, von weit her aus einem Örtchen namens Crail. Wir wohnten in einer kleinen schottischen Küstenstadt, und wenn wir mal in den Urlaub fuhren, dann immer in andere kleine schottische Küstenstädte. Ländliche Pensionen. Sentimental ... Das Einzige, wobei meine Mutter jemals sentimental wurde, waren diese Lampen. Ich glaube, sie haben nicht mal funktioniert.« Seine Augen flackerten, als wollten sie etwas Unbestimmtes wiedererwecken, dann entdeckte er die Kellnerin irgendwo hinter Megs linker Schulter und machte ein schlichtes, klares Zeichen, dass sie bestellen wollten.»Es tut mir leid, dass wir so ... Dass es so spät geworden ist.« Er war es gewohnt, bedient zu werden, war höflich bestimmt.»Ich fürchte, es liegt an mir – die Verspätung. Ich hätte gern die Vongole, und meine Begleiterin nimmt –« Er hatte innegehalten und war errötet.»Das ist ja furchtbar. Ich habe gar nicht gefragt, ob du schon ausgesucht hast. Oder ob du eine Vorspeise willst. Ich weiß gar nicht, was hier zu empfehlen ist, ich war noch nie ...

Möchtest du gern eine Vorspeise und einen Hauptgang? Ich dachte, wir könnten ein Dessert nehmen, aber wir können auch beides haben ... Oder vielmehr alle drei ... könnten wir ...«

Jon hatte der Kellnerin eine Miene gezeigt, die vom korrekten Maß an Hilflosigkeit getränkt war, damit sie darauf hinweisen konnte, wie hervorragend sich der Antipasti-Teller für zwei als Vorspeise eignete, doch Meg hatte diese Vorstellung irgendwie unangemessen gefunden – das war so, als würde man einem Eindringling, einem Neuankömmling gestatten, sich einfach einzumischen und zweideutige Vermutungen über sie anzustellen.

Und bei dem Gedanken wurde mir klar, dass ich ihn wieder so küssen wollte, wie ich ihn zum Abschied geküsst hatte, bevor er aus dem Café geflüchtet war. Diesmal hatten wir uns nicht zur Begrüßung geküsst. Wir hatten gar nichts zur Begrüßung gemacht – uns nicht mal begrüßt. Dennoch hätte es sich komisch angefühlt, mit ihm von einem Teller zu essen. Er benahm sich insofern formell, als er mich nicht berührte, nichts unternahm, was zu Berührungen führen könnte – und ich konnte nicht anfangen, ich kann nicht anfangen ... Ich benahm mich insofern formell, als ich die meiste Zeit wie eine stumme Idiotin dasaß, auf dünn geschnittenes Fleisch verzichtete und womöglich auch auf Oliven und solches Zeug.

Und Bruschetta hatte sie nicht gebraucht – es war eine Weile her, dass Bruschetta zu ihrem Leben gehört hatte, was schließlich bloß zermanschte Tomate auf Toast war, worauf sie niemals Lust hätte ... Sie wollte gar keine Vorspeise und hatte ihm gesagt, das sei nicht nötig, sie werde die Pappardelle mit Lammragout nehmen, denn das klinge unkompliziert – das sei doch im Grunde wie Spaghetti Bolognese, oder? Er hatte ernst zugestimmt.

Nicht dass man bei einem Date Spaghetti versuchen sollte – wenn sie denn bei einem Date waren. Wo sie auch waren – am Rand einer Klippe, auf dem Standstreifen einer Autobahn, auf ihrer Schokoladenseite, bei einem Date –, sie hätte mit dem Essen an sich schon genug Probleme, ohne dass sie auch noch etwas Unvorhersehbares und womöglich Seltsames bestellte und dann wählerisch wirken musste.

»Möchtest du Wein?«

»Nein danke, ich möchte keinen Wein.«

Immer gab es diesen Augenblick, wo man erklären musste, warum man keine richtigen Getränke zu sich nahm. Du glaubst, du musst es begründen, du kannst nicht einfach nur so unnatürlich ablehnen, was alle anderen bekommen: diese heißen Schlucke voll Zeichen und Wunder.

Aber scheiß drauf. Ich habe – da bin ich mit mir einig – was Besseres verdient. Hätte ich getrunken und er wäre dabei gewesen, um die Vorstellung mitzuerleben – dann hätte ich ihn zum letzten Mal gesehen. Dann wäre noch sein geringstes Problem gewesen, dass ich laut aufgesetzte Meinungen vertreten hätte, immer und immer wieder, und dass ich geschwitzt und wahrscheinlich nach seinem Schwanz gegriffen hätte, oder ihm gesagt, dass ich es wolle, oder irgendwas dergleichen, alles auf einmal, solchen Scheiß halt, mit so etwas hätte ich ihn zugeschissen.

Er war ein sauberer, nüchterner Mann, und er hat mich so kennengelernt, wie ich als saubere, nüchterne Frau bin. Das zählt. Man kann nicht überbetonen, wie schön es ist, mit jemandem zusammen und nüchtern zu sein. Man kann gar nicht daran denken, ohne zu weinen.

Jon hatte ein einzelnes Glas Gavi bestellt, und das war keine falsche Wahl von ihm. Sie wollte keinen, würde keinen wollen. Sie war zufrieden. Und er schüttete sich ja keinen billigen roten Fusel in den Hals – der Duft wehte nicht über den Tisch und verursachte ihr Unwohlsein. Als das Glas kam, nippte er ohnehin bloß ein wenig daran. Er war eindeutig kein Trinker.

Aber ich wollte auch nicht, dass er nach Wein schmeckt, falls wir uns küssen.

Womit ich nicht unbedingt rechnete, eigentlich nicht. Die Hoffnung flatterte noch eine Weile und wurde dann müde, ging in den Sinkflug.

Die Pappardelle hatten sich als ganz schlechte Wahl erwiesen. Die Bandnudeln waren riesig und ledern. Es fühlte sich an, als würde man Verbandmaterial unter prätentiöser Tomatensoße essen.

Sie versuchte das Zeug so auf ihre Gabel zu falten, dass sie es kontrollieren konnte, während Jon den Kopf senkte und eindeutig, ganz klar beschämt war angesichts seiner Versuche, die langen Linguine ohne Sudelei zu essen.

Es herrschte viel Schweigen. Was ihre Essgeräusche sehr falsch klingen ließ.

Die Kellnerin sah zu.

Wir hatten keine Antipasti geteilt – also waren wir verloren, das sah sie.

»Ach, um Himmels willen.« Jon hatte sich zurückgelehnt und sein Kinn hinter einer Serviette verborgen und zu schnell geatmet. »Es tut mir furchtbar leid. Zu Hause esse ich allein. Oder an meinem Schreibtisch im Büro. Das führt dazu ... Meine Frau, meine Exfrau ... Mir wurde gesagt, ich sei kein sauberer Esser, und natürlich möchte ich bei dieser Gelegenheit besonders anständig essen, ich will schließlich einen guten Eindruck hinterlassen, einen zutreffenden Eindruck, und du sollst dich gut unterhalten und ... zufrieden sein. Wenn möglich.« Er blinzelte sie an, von sich selbst besiegt. »Das hier ist alles. Mehr gibt es nicht. Von mir. Das ist das Problem. Das hier ist alles, was es gibt.«

Jon. Das war er – ein Mann mit nervös angespanntem Hals über einer schmal gebundenen Krawatte in solidem Blau, aber mit Oberflächentextur, die zum Blau seines Hemdes passte und sehr ordentlich auf den weißen Streifen in diesem Blau ruhte. Anzug in Anthrazit: gut geschnitten, sorgsam, aufmerksam gewählt, von jemandem getragen, der nicht in der Lage schien, Falten zu erzeugen. Veilchenblau gefüttert – dieses Detail ein kleiner Hinweis darauf, dass er vielleicht doch mehr ist als alles, was es hier gibt, unerwarteter. Doch du weißt, meist lässt er das Jackett zugeknöpft, sodass es niemand sieht. Schmales Gesicht, zartes Gesicht, blasse Haut, gewissenhaft rasiert – du glaubst, du wirst dieses Gesicht niemals berühren, und dass die Welt deshalb niederträchtig ist – und braune, gelbgraue Haare. Seine Augen werfen dir Blicke zu, bleiben aber niemals auf dir ruhen. Wenn du seinem Blick begegnest – in diesen winzigen Momenten – kannst du erkennen, was er verbirgt. Du glaubst sehen zu können, wie er drinnen die Hebel umlegt, die Pedale tritt, sich im Spiel hält, aufrecht und arbeitsfähig, dass er aber dem Ende nahe ist. Seine Augen wecken in dir den Wunsch, er möge sich irgendwo hinlegen – du würdest gar nicht darauf bestehen, dass er es mit dir tut – du möchtest, möchtest, möchtest einfach, dass er ein wenig Ruhe und Schlaf findet.

Was er braucht.

Wie einen Geist sieht sie sich, wie sie ihn umarmt, während er träumt. Das geht durch sie hindurch wie eine Scham, wie ein Versprechen, wie ein Körper in Bewegung.

»Jon?«

»Ja.« Dann sieht er sie an, konzentriert sich ganz auf sie, obwohl er den Kopf schüttelt. »Möchtest du das hier nicht mehr? Denn ich würde es verstehen. Ich warte sogar darauf, es zu verstehen – oder ich habe es schon verstanden – und wenn du jetzt sagst, wir können den Rest in Ruhe aufessen und –«

»Ich will nicht.«

Sein Gesichtsausdruck verändert sich nicht, nicht direkt – nur dass die Wärme darin abstirbt, während er sich zusammenreißt und daran festhält, bis er dir eine höfliche Maske zeigen kann. Und das alles geschieht ganz leicht, als wäre es eine eingeübte Fähigkeit. Er ist äußerst gut darin, unpersönlich zu sein.

Meg streckt den Arm aus, um ihn zu berühren – *Scheiße, ich versuche, seinen Arm zu tätscheln* –, aber führt die Geste nicht zu Ende. »Jon, ich will das hier nicht *nicht* tun. Ich will es. Warum sollte ich es nicht wollen? Ich will ...«

Seine Augen veränderten sich, leuchteten auf. »Ah.« Und dann waren sie wieder ganz sie selbst: Blau am dunkleren Ende der Blauskala, ein stiller Farbton, auch wenn sein Blick etwas Unruhiges hatte, eine gute Art Unruhe.

Dann hatte Meg es ihm erzählt.

Das Dümmste, was du sagen kannst, aber du sagst es – du vertraust den Verängstigten mehr als allen anderen, du vertraust ihnen wie verrückt, du kannst nicht anders.

»Ich trinke nichts«, sagte sie, »weil ich nicht trinke, weil ich Alkoholikerin bin. Ich trinke nie. Das solltest du wissen. Das hätte ich dir nicht aufschreiben können – ich wollte, dass du mich siehst, wenn ich es dir sage, ich wollte ...«

Darauf krümmte er die Hand um sein Weinglas, als sollte er es verstecken oder wegwischen. Dabei starrte er an ihr vorbei, betrachtete vielleicht die Kellnerin oder die Wand oder nichts Sichtbares.

»Ist das okay?«

Er redete angestrengt die Tischdecke an. »Das kann nicht okay sein, weil es etwas Schreckliches für dich gewesen ist, und mir wäre es lieber, wenn dir nichts Schreckliches zugestoßen wäre ...« Er nickte in die Richtung, in der sie nicht saß. »Du bist eine ...« Er griff zu seinem Glas und stürzte den übrigen Inhalt in einem Zug herunter. Das klappte nicht ganz, und er hustete danach, bedeckte mit dem Handrücken die Lippen.

»Alles in Ordnung?«

Jon nickte wieder und ließ zu, dass sie seine Augen erforschte, ihren feuchten Glanz. Noch ein Schlucken, dann konnte er wieder sprechen. »Gut.« Er nickte entschlossen. »Ich werde keinen Wein mehr bestellen. Ich hätte auch den nicht bestellt.«

»Du kannst trinken, was du willst. Mir macht es nichts aus. Es ist okay.«

»Ich habe es bei anderen erlebt – das Trinken. Passiert. Sieht nie lustig aus.« Dann lächelte er sie an, zeigte ein kühles, unglückliches Grinsen. »Ich bin dran. Meine Mutter konnte mich nicht leiden. Meine Frau auch nicht – kann sie immer noch nicht. Meine Tochter ist gelegentlich unentschieden. Ich komme nicht gut an beim weiblichen Geschlecht, obwohl ich Frauen mag. Dafür habe ich keine Entschuldigung. Weder trinke ich unmäßig, noch nehme ich Drogen oder habe sonst ein Laster, das mich zerstört und ungenießbar gemacht hat. Ich bin offenbar schon ungenießbar geboren.« Jetzt sind seine Augen damit beschäftigt, ihre zu erforschen, nach wer weiß was zu suchen. »Du solltest mich wahrscheinlich jetzt gleich abschreiben ... Weil ich denke ... ich glaube ...« Jon ließ ein freudloses, bellendes kleines Lachen hören, ein einsames Geräusch. »Ehrlich gesagt – und bitte sei nicht beleidigt – glaube ich, dass du mir vielleicht nur geschrieben hast und jetzt nur hier bist, weil du irgendeinen ...« Seine Schultern sackten ab.

»Du glaubst, ich bin hier, weil ich mir einen Hirnschaden angetrunken habe oder weil ich – was – verrückt bin? So eine Art Volltrottel?« Die Wörter schmeckten ihr nicht gut – sie schmeckten nach Wein.

Er legte eine Hand von oben auf seinen Scheitel, und sein Unterarm verdeckte den größten Teil seines Gesichts. »Ich weiß, ich weiß ... Siehst du? Ich bin ein schrecklicher Mensch.« Er klang gedämpft und als hätte er Schmerzen. »Wenn es dir irgendein Trost ist, ich finde mich selbst noch widerwärtiger als du. Bloß ist das natürlich eine beleidigende Annahme, oder? Denn du bist freundlich, ein freundlicher Mensch ... O Gott, ich bin so ein Versager. Man sollte mich durch die Küche zum Hintereingang führen, mich erschießen und dann mit ... Blattkohl servieren.« Mit der freien Hand tätschelte er die Tischplatte, als wollte er sie trösten. »Ich hasse Blattkohl. Dazu würde ich nicht passen. Ach ...«

Und was tust du, wenn du dich nicht auf das cremefarbene Tischtuch schreiben und stundenlang darüber nachdenken kannst, was du sagen musst, ehe du ihm bewiesen hast – ihm unzweifelhaft bewiesen hast, dass du genau so ein schräger Vogel bist wie er, dass er nicht hassenswert ist, dass er gar nicht gehasst werden kann? Wie erzählst du ihm von Liebe?

»Hm?« Sein Kopf tauchte wieder auf, als der Arm sank.

»Ich habe nichts gesagt.«

»Oh.« Und dann ein Lächeln, ein diffus echtes Lächeln, ein unergründliches Geständnis, das in seinen Tiefen gejonat war, hinter seiner Zurückhaltung und all seinen Bedürfnissen, die eindeutig da und drängend sind, aber nicht definiert.

Er will etwas. Darauf könnte ich schwören. Aber vielleicht nicht mich.

Du würdest es besser verstehen, wenn du ihn küssen könntest.

Jon hatte teilweise gemurmelt: »Ich hatte gehofft, du hättest. Was gesagt. Ich habe, ähm ...« Seinen Mundwinkeln war unwohl. »Ich weiß nicht mehr ...«

Dir wird klar, dass du inzwischen wissen müsstest, was du sagen willst, und es sagen, denn sonst bist du vollkommen nutzlos, und du willst doch – genau das willst du – endlich mal zu etwas nütze sein. An Mr August zu schreiben sollte dich ändern, dich bereit machen, für alles – für sein Alles.

Weil dir nichts anderes einfällt, versuchst du es damit. »Also, erzähl mir, wo du geboren bist – nicht Corwynn August, wo ist Jon geboren worden? Wenn du mir das erzählst, tue ich das Gleiche – über mich –, und so haben wir einen Plan und kommen zurecht, und ich möchte keinen Nachtisch, ich halte nicht noch mehr von diesem bescheuerten ... dem Essen – Pappardelle ...« Sie klang wie jemand anderes, aber immerhin jemand praktisch Veranlagtes. »Und dein Essen macht dich auch unglücklich. Oder etwa nicht?«

Seine Stimme klingt winzig, als er antwortet. »Ja.« Die Klassenzimmermiene, und er richtet sich kerzengerade auf und sagt: »*Linguine* – das bedeutet ›Zünglein‹, was man nicht unbedingt ... *Pappardelle* bedeutet nichts Bestimmtes. Aber sie haben alle möglichen Namen für ihre Nudel-

formen, sogar *calamaretti* – Tintenfischchen, ist das zu glauben?« Und da er seine Hausaufgaben jetzt vorgetragen hat: »Ich bin fertig. Damit. Mit ihnen.«
»Wir können noch Cappuccino trinken. Das heißt ... wenn du nichts dagegen ...«
Dann hatte er sie angestarrt wie eine schockierende Schlagzeile, ein eigenartiges Tier, und sie hatte heulen wollen – vielleicht ihn anheulen oder sich selbst oder die Kellnerin mit ihrem herablassenden Benehmen, das überhaupt kein Benehmen war. »Ich komme besser zurecht, wenn ich einen Plan habe. Geburtsort, Schule, erster Job, Lieblingsfarbe. Du fängst an. Erzähl.«
Sein Staunen hält an, färbt sich aber allmählich mit Glück. Der Mann, der den ganzen Tag Anweisungen entgegennimmt, grinst dich an – da hat jemand vor, alle Fragen deiner Prüfung gewissenhaft zu beantworten. »Ich weiß meine Lieblingsfarbe nicht. Ich meine ...«
»Dann überspringen wir das.«
»Nein, das ist großartig. Ja. Ein Plan. Wir werden immer einen Plan haben. So sollten wir es machen. Sich vorher auf einen Plan einigen. Jawohl.« Ein Versuch von Freude kriecht über seine Züge. »Ich bin ... Ich bin in Nairn geboren – na ja, eigentlich in Inverness, aber dann haben sie mich nach Nairn zurückgebracht, in eine Gegend namens Fishertown, die aus Fischerhäuschen und ein paar größeren Häusern besteht, aus der Zeit vor dem Ersten Weltkrieg, was man als Villen bezeichnet, wenn man Immobilienmakler ist. Aber Villa ist ein bisschen übertrieben. Heutzutage alles ziemlich aufgehübscht und ausgebaut ... und das heißt ... für die örtliche Wirtschaft ... Mein Vater war kein Fischer. Meine Mutter auch nicht. Es ging ihnen gut. Aber keine Fischer.«
»Du klingst gar nicht schottisch.«
»Das wurde entfernt – der Klang. Sehr populäre Behandlung. Wie das Kupieren von Schwanz oder Ohren beim Hund. Nein, es war mein eigener Entschluss. Ich wollte vorankommen, und damals half es, den Akzent anzupassen. Würde es wohl heute auch noch, nehme ich an. Ich wurde auf ein Internat geschickt – Geburtsort und dann Schule, das präsentiere ich hier gerade, wie du sicher bemerkt hast. Damals wollte man – wollten die Eltern noch, dass ihre Kinder Bildungsabschlüsse anhäuf-

ten ... zuerst besuchte ich die kleine Grundschule in Fishertown, aber dort zeigte ich bedauerlich viel Potenzial, also wurde ich mit einem Stipendium in den Süden verfrachtet. Das war schade, denn im Ballerina Ballroom an der High Street gab es ein paar tolle Konzerte, während ich weg war, gerade zu einer Zeit, als sie mich begeistert hätten. The Who haben da gespielt, kannst du dir das vorstellen? Und Cream. Eric Clapton in Nairn. Als ich zwölf oder dreizehn war oder so. Die Beatles waren vorher in Elgin, glaube ich mich zu erinnern. Mit denen hätte ich mich aber nicht abgegeben, selbst wenn ich gekonnt hätte – die trugen alle das Gleiche, das war nicht cool. Das ist nur beinahe cool, wenn man aus Detroit ist ... Clapton habe ich gesehen, das Konzert, weil es in den Ferien war. Hab mich reingeschlichen. Gierig. Entschlossen. Oder so ähnlich. Vor allem war ich groß für mein Alter.« Er zuckte mit den Schultern, als habe er gerade ein paar schwere Kisten abgesetzt und fühle sich erleichtert. »Da hast du es – womit ich aufgewachsen bin – Tee an der Strandpromenade und Kleinstadtjünger des Rhythm & Blues mit der Option auf Rock 'n' Roll. Den Sand und den Akzent kann man abschütteln, aber nicht den R&B.« Und sein erstes richtiges Grinsen tauchte auf und blieb.

Letztlich war es gar nicht so schlecht, unser Nicht-richtig-Mittagessen. Es war herrlich.

Beide tranken je vier Kaffee und taten zur Rechtfertigung so, als schmecke er besser als in Wahrheit.

Und Jons Mund schmeckte nun nach Kaffee und nicht mehr nach Wein, und nach seinem Reden, nach seiner Stimme.

Das habe ich herausgefunden.

Sie hatten sich einmal am Tisch geküsst, und Meg war einen Augenblick erschauert, als sie aufhörten. Dann hatte Jon die Rechnung übernommen wie ein Mann, der Rechnungen übernimmt, hatte ihre Hand genommen, als würde er nach einem Apfel greifen, nach einem Ei, als würde er etwas Zerbrechliches aufheben, das aber noch nicht zerbrochen ist, und hatte sie nach draußen geführt.

Als sie in der Freiheit des Shepherd Market standen, war Meg ohne die unangenehme Aufmerksamkeit der Kellnerin, die ihre Anstandsdame gab, schüchtern geworden. An einem winterlichen Spätnachmittag war es natürlich schon dunkel – darum standen sie nicht so schrecklich auf dem Präsentierteller. Und sie hatte eine Lösung für die Kälte gebraucht. Selbst eine vorsichtige Frau könnte letztlich beschließen, dass sie so viel, zu viel Kälte loswerden sollte, mit der sie sich anscheinend immer herumplagen muss.

Und Jon hatte sich geräuspert, aber nichts gesagt, nur ihre Hand angehoben und seine Lippen an jeden ihrer Fingerknöchel gedrückt – hallo, hallo, hallo, hallo –, die Einzelheiten mit dem Mund erkundet.

So wäre das also, so macht er das, so forscht er.

Und danach war es gut, sich aneinander festzuhalten, das Dehnen und Zucken seines Atems an ihrem eigenen. Und es war gut, ihm zuzuhören, wie er sagte: »Der Laden ist geschlossen – wo ich deine Briefe abhole.« Sie spürte, wie seine Worte in seinem Inneren vibrierten, während er sprach. So fühlte sich, so hörte sich seine Stimme an. »Meg, ich weiß es zu schätzen, dass du ... was du ...« Seine Arme hatten sich zitternd zusammengezogen und dann wieder etwas entspannt. »Ich würde ja schreiben, aber ich kann nicht, darum muss ich es sagen, solange du hier bist, denn Schreiben wäre ja Quatsch, und ich bin zwar ein Quatschkopf, aber nicht so einer ... Ich werde dir sagen, was ich möchte: dass du nach Hause gehst und einen wundervollen Abend hast, und wenn du ins, wenn du schläfst ... Ich möchte, wenn du schläfst, dass du das Beste und Schönste und Süßeste träumst, dass du dich gut fühlst und es dir gutgeht und du glücklich bist und glücklich aufwachst. Ich möchte gern, dass du glücklich aufwachst.« Sie spürte, wie er sein Gesicht auf ihren Kopf drückte. »Ich werde es dir später sagen. Um Mitternacht – wie gern ich das möchte.« Dann hatte er einen Schritt zurück gemacht und sie angeschaut, während aus dem Pub an der Ecke gedämpfter Lärm zu hören war, ein Getrappel von Füßen.

Meg hatte nichts zu sagen, auch wenn sie es wünschte, sie wünschte es so sehr, aber sie konnte sich nur auf die Zehenspitzen stellen und ihn auf die Stirn küssen, als wäre das etwas, was sie immer taten. Sie hoffte zu beruhigen, was dahinter lag. Es schien nötig.

Und er mochte es. Ich habe gesehen, wie er aussieht, wenn etwas geschieht, was ihm gefällt.

Danach hatte sie seine Hand festgehalten, während die Sekunden leuchteten und sausten und dieser Teil ihres Lebens genau hier war und sauber und herrlich.

Sie hatte sich gewünscht, die Zeit könnte länger und tiefer und mehr sein.
Ich bin gierig – eine gierige Trinkerin.
Und er hatte ihr seine mitternächtliche Nachricht gesandt und damit diese Gewohnheit begonnen – wie ihre Wünsche durch die wenigen Kilometer zwischen ihnen ruderten, regelmäßig wie ein Uhrwerk, regelmäßig wie Sicherheit und alle sicheren Dinge allüberall – von Heim zu Heim, von Zimmer zu Zimmer, von Kissen zu Kissen. Jede Nacht.
Vielleicht ist er auch gierig.

Es ist spätnachmittags an einem Frühlingstag. Ein Sortiment Kinder steigt eine steile Straße hinauf, die zu einem Park führt. Sie haben eine Kette gebildet, ein Kind folgt dem anderen, und ihre Hände schießen vor und zurück wie Kolben, oder sie liegen auf den Hüften der Vorderleute. Während sie immer weiter bergan traben, machen sie Geräusche wie eine Dampflokomotive – Züge aus einer Zeit, in der sie noch nicht geboren waren. Die Menschen in ihren Gärten unterbrechen ihr Tun und schauen ihnen zu, und die Kinder sind sich bewusst, dass sie wichtig sind, sie sind begeistert und ein Ereignis.

Neben ihnen her eilen drei Frauen, die atemloser sind als die Kinder und wahrscheinlich die Mütter der meisten, wenn nicht aller. Die Frauen wirken müde, aber auch wenn sie ab und zu schlappmachen, können sie nicht stehen bleiben, denn ihre Kinder rennen und sind nicht aufzuhalten, sie sind eine unbestreitbare Freude, die nicht gehemmt werden sollte.

In Abständen stoßen die Frauen Dampfpfeifengeheul aus, um nicht noch etwas Anstrengenderes tun zu müssen. Und manchmal werden sie auch vom Vorwärtsdrang mitgerissen, von diesem Zug, der kein Zug ist, der besser und sicherer und lustiger ist als jeder vorstellbare Zug. Das bringt sie zum Laufen, und ihre Gesichter werden weicher und leichter, und sie lachen.

Doch es gibt keinen Zeitpunkt, zu dem alle Frauen lachen. Mindestens eine von ihnen bleibt immer wachsam, bleibt bei sich und wird folglich schwerer und langsamer. Aber sie rennen trotzdem. Sie können nicht anders. Alle rennen.

Offensichtlich ist den Kindern erlaubt worden, sich nach ihrer eigenen geheimen Logik zu kleiden: ein Handtuch wird als Cape getragen, jemand hat eine Maske, es gibt Gummistiefel und Sandalen und einen zer-

knautschten Hut. Ein Junge trägt einen schwarzen Anzug, auf den weiße Knochen gemalt sind, und dieses Herumrennen und sein eigener Tod zu sein sind eindeutig seine beiden liebsten Sachen. Er rennt und rennt – die Knochen eines Jungen.
 Alle rennen.

20:55

Jon wurde die hässliche Treppe zu Chalice' Club hinaufgeführt – *Ostberlin hätte ein Gebäude wahrlich nicht hässlicher ausstatten können* – und durfte sich dann in die kekssüße, überheizte Luft des Carrington Room hineintreiben lassen. Teure Stühle und ein paar Klapptische waren aufgestapelt, wahrscheinlich für irgendwelche anstehenden Veranstaltungen, aber sonst wurde der lange, niedrige Raum von einem grässlichen Teppich und bedrückend gnadenloser Beleuchtung dominiert.

Chalice war natürlich noch nicht da. Es war Jons Aufgabe, derjenige zu sein, der wartet, der wieder einmal belehrt wird, dass seine Zeit von minimalem Wert ist.

Er beschloss, es sich immerhin bequem zu machen, und nahm sich einen Stuhl. Er stellte ihn in Sichtweite eines klumpigen Ölgemäldes von einer bedeutenden Barrikade in Nordirland: Uniformen der 1970er, gepanzerte Saracen-Transporter und lose Backsteine, ein Bild von einer Militäraktion, die im Lichte aktuellerer Abenteuer moralisch einwandfrei und schmerzlos erschien.

Und so werden sie heute verkauft, nicht wahr – die Unruhen? Nichts als Filzhüte und Unterstützung der Zivilmacht – Herzen und Köpfe und haben wir das nicht gut gemacht? Krieg als Gameshow.

Sein Blick schweifte zu den kleinen grünlichen Gestalten, die strammes britisches Leid und Findigkeit vermitteln sollten. Außerdem betrachtete er die Figuren, die zivile Hinterlist und Bedrohung zeigen sollten: die klassisch verlängerte Silhouette des Brandbombenwerfers, diese billigen ausgestellten Sozialwohnungsjeans, die Energie der unzureichend disziplinierten Jugend.

Irgendwas am Schleudern eines Molotowcocktails, einer Flasche Gaza-Brause, sieht immer nach Unterschicht aus. Das Napalm des kleinen Mannes. Heutzutage müssen wir das asymmetrische Kriegführung nennen, nicht wahr? Und nicht brennende Verzweiflung. Das Militär bei der Arbeit darzustellen ist einfach nicht mehr das Gleiche, seit der Stillstand an der Westfront die Kavallerieattacken versaut hat. Menschen mögen Pferde. Menschen mögen keine Bilder von Pferden, die mit gespreizten Beinen und geschwollenen Bäuchen im Schlamm liegen, als vorübergehende Orientierungspunkte genutzt werden, von Männern, die mit Leichen die Wände ihrer Schützengräben verstärken, weil sie nichts anderes zur Hand haben als einen Überschuss an Tod.

Einen Augenblick lang fiel ihm ein Touristenpärchen ein, das abwechselnd für Fotos posiert hatte, sie hatten sich hierhin und dorthin gedreht und in die Kamera gegrinst, alles vor der jährlichen Pflanzung von Blumenkreuzen am St-Paul's-Kriegerdenkmal ...

Ein Hintergrund so plakativ wie jeder andere auch. Bedeutung nicht erforderlich.

Wenn die Kriege erst neu definiert und noch einmal re-definiert werden dann wäscht sich jede mögliche Bedeutung allmählich aus oder zieht sich einfach zurück und lässt dich selbst entscheiden.

Zähne zeigen und lächeln.

Mehr will man nicht auf einem Foto ... Oder im Krieg.

Die Darstellungen heutiger Feldzüge werden sinkende Drohnen zeigen müssen, vielleicht die Gesichter ihrer Operatoren. Der Augenblick der präzisen Vernichtung unsterblich auf die Leinwand gebannt als Aufblühen von Flammen – und nicht der Augenblick, wo das Kind herausrennt und es kein Zurück mehr gibt. Die Soldaten werden nicht mehr da sein, denn wir führen unsere Kriege lieber ohne sie, denn solche Menschen sind Staatsdiener, an die wir nicht mehr glauben, und sie verkörpern ein Konzept der Nation, das wir tatsächlich zugunsten aufregenderer Definitionen aufgeben sollten, wozu Konsumregionen oder Zonen wirtschaftlichen Einflusses gehören.

Kann ich meine Nation verraten, wenn sie nicht mehr existiert? Was ist, wenn es keinen Gesellschaftsvertrag gibt, nur eine Reihe von Strafmaßnahmen, die mir von übernationalen Körperschaften aufgezwungen werden? Und wenn diese Körperschaften nun ihre eigenen, ideologisch akzeptablen Streitkräfte besitzen, außerdem die bewundernswerte Fähigkeit, in Pracht und Licht zu schweben, hoch über jeglicher Besteuerung und allen gesetzlichen Beschränkungen? Was ist in diesem Fall Landesverrat? Das könnte man fragen. Könnte man.

Von dem Gemälde bekam er Kopfschmerzen, entweder von dem

Gemälde oder von seinem Tag – sein Tag in Kombination mit seinem Charakter.

Glaubt irgendjemand wirklich, er könne der Geschichte davonlaufen, aus der Wirklichkeit ausbrechen, die Welt hinter sich lassen, niemals den Preis für irgendetwas bezahlen müssen ...? Herumlaufen im Tarnanzug, herumlaufen in Pullovern ... Beide Figurengruppen zeigen die Gefahren, die in einem ausdauernden Gedächtnis und maßlosen Glauben liegen. Lange Haare, um auf der Straße sicher zu sein, kurz hinten und an den Seiten, um dich als Ziel auszuweisen ... Gelegentlich ein hoher Beamter, der nach Derry stolpert, über Autobomben jammert und ein bisschen Gebrummel mit Gefreiten versucht, die entsprechenden Dienstgrade zitiert ... Das waren noch Zeiten. Habe ich gehört. Mein Dienstrang entspricht dem militärischen Dienstgrad des Hauptmanns – im Nebel, von hinten beleuchtet.

Als ob ...

Jon schniefte, schluckte.

Lass es alles raus, ehe ich mich wieder gefasst zeigen muss.

Am besten tue ich so, als würde ich bloß eine stinkwütende Schimpfrede unter meiner Decke halten und sonst nichts ... Den Übergangenen spielen. Ich werde aus so vielen Gründen übergangen und sollte das auch wirklich, aber einigen wir uns darauf, dass es derzeit an Valerie liegt, an den Frauen, am Briefkasten, am Hofmachen und vielleicht an einem seltsamen Gespräch, das ich im Jahr 1987 mit der Frau eines anderen Mannes geführt habe.

1987 – so lange her – erzählte mir eine Frau, jemandes Ehefrau, verschiedene Dinge, und ich hörte aufmerksam zu, und ich versuchte ...

Ich stellte Fragen und bekam leise gesagt, ich solle es lassen, nicht mehr danach, und dass dieses Gespräch, das ich mit der Frau eines anderen zu führen geglaubt hatte ... Nun, das hatte gar nicht stattgefunden. Ich hatte mich geirrt.

Und nichts war sexuell.

Nichts ist jemals sexuell.

Nichts wird je gesagt oder wurde je oder könnte jemals.

Also hörte ich auf, Fragen zu stellen, und habe mich seither wie ein guter Junge benommen, jedenfalls soweit die Dienstaufsicht wissen kann.

Ich bin sicher. Seht mich an, bitte, untersucht mich – ich bin so sicher.

Ich bin nicht die Manifestation ziviler Hinterlist, ziviler Gefahr.

»Gefällt Ihnen, was?« Chalice übertrieb die militärische Präzision seines Gangs, als er durch den Eingang schritt und die dämpfende Tiefe des beigeschwarzen Teppichs überquerte.

Geräuschlos ist sein Wandeln – du siehst, doch hörst du ihn nicht kommen. Irgendwie finden es Chalice und seinesgleichen schrecklich geschmacklos, beim Gehen zu klingen, als würden sie gehen – hörbare Anstrengung ist etwas für die niederen Ränge, für die Stiefelträgerschicht.

Oder für die hochhackigen Begleitungen am Abend – Abendkleider und Handtaschen und den Ton angeben, wenn sie können, ihre alten Jungs am Schwanz durch die Manege führen ... nicht unbedingt bewundernswert, aber ich verstehe, was sie wollen ...

Alternative Freudenquellen für den leisetretenden Herrn – nun, die sind vollkommen stumm. Zu jeder Zeit. Stell keine Fragen, hör kein Schweigen.

Jon sprang nicht auf wie ein gut dressierter Untergebener, als Chalice sich manifestierte. Zum einen war Jon müde. »Wie bitte?« Er war unmäßig müde. Er wollte keine Hand schütteln. Er wollte nicht interagieren. Er wollte nur sitzen.

»Wir haben wohl ein Auge auf unser Gemälde geworfen, Jon. Gefällt Ihnen? War ein ziemlich bemerkenswerter Einsatz damals. Auch wenn das Regiment nie Lorbeeren dafür kassiert hat.«

Chalice stellte heraus, wie sehr er hier zu Hause war, hob sich auf die Fußballen, trat vor, schwang herum.

Immerhin hat Val meinen Schwanz völlig aus dem Spiel gelassen, in jeder Hinsicht. Ich sollte ihr eine Dankeskarte schicken.

»Man hofft doch auf mehr Wertschätzung.« Harry Chalice, ehemaliger Mann der Tat – welcher Tat allerdings, war schwer zu sagen –, fuhr mit, wie er sich ganz bestimmt einbildete, freundlicher Dominanz fort. »Unpopuläre Kriege – und müssen doch geführt werden. Tatsächlich müssen wir uns dort mehr hineinknien als in die leicht zu verkaufenden. Doch ich glaube, die Öffentlichkeit versteht das inzwischen besser, finden Sie nicht auch? Die Bemühungen, eine militärische Sichtweise ins Zentrum unserer nationalen Debatten zu stellen – die tragen wirklich Früchte.«

Das tut er nur, um zu nerven.

»Herzen und Köpfe.« Jon ging ihm nicht auf den Leim.

Chalice blieb zu nahe bei Jon stehen, vielleicht im Versuch, ihn zum Aufstehen zu bewegen.

Oder vielleicht war es auch nur Ausdruck seiner Missachtung. Höchstwahrscheinlich.
Du kannst mir sooft du willst deinen Schritt hinhalten – ich werde dir nie einen blasen.
»Herzen und Köpfe, Jon. Ganz recht. Wenn man allerdings die Herzen hat, braucht man die Köpfe gar nicht mehr, stimmt's?«
Natürlich. *Wenn man verliebt ist, tut man alles, worum man gebeten wird.*
»Harry, es war ein langer Tag, und ich habe noch eine Verabredung ...«
Chalice wich weit genug zurück, dass er bloß noch ein Mann war, der vor seinem untergebenen Kollegen aufragte.
Er wird doch nicht, oder? Er wird ...
Und tatsächlich knöpfte er sein ekelhaft enges Jackett auf und schlug es auseinander, stemmte die Hände in die Hüften. »Eine von Ihren vielen, Jon?« Er zeigte Jon das volle Grauen einer altmodisch eng geschnittenen Hose: Sie ließen an die Reithosen der Kavallerie denken, schmiegten sich an die nur ein wenig zu ausladenden Schenkel, behielten dabei aber die betont scharfe Bügelfalte und hielten geschickt das kleine Päckchen, in dem Chalice sein Geschlecht aufbewahrte.
Ein Offizier, der sich unbekümmert in der Stadt amüsiert. Der Präfekt, der sich in der größten Schule der Welt austobt, die er niemals verlassen muss, Kleiderhaken und Namensschilder von Anfang bis Ende, von der Privatschule bis zum Oberhaus. Die ganze Strecke in alle passenden Richtungen. Und niemand wird der Schule verwiesen, nicht mehr, nicht so richtig.
Obwohl ich gehört habe, dass Sandhurst ihn beinahe ausgespuckt hätte. Tatsächlich. Nicht sehr beliebt. Wenn wir schon mit Fakten kommen.
»Verzeihung?« Jon ignorierte die Anspielung auf Sophia, auf Lucy gern – vor allem auf Lucy. Jon war erfreut, nicht mitzuspielen.
»Eine Ihrer Brieffreundinnen, Jon?«
Und dann – weil heute eben heute war und weil er Ablenkung brauchte und weil er es konnte, weil er konnte, weil er konnte ... ließ Jon den Kopf sinken und versuchte es. »Na, Sie kennen mich ja, Harry.« Er setzte die angemessene Kennermiene auf, das Lächeln, das nach Verachtung schmeckte – und mit dem er auf Partys, Veranstaltungen, Empfängen immer irgendwann konfrontiert wurde – das Mitgliedsabzeichen des Jungs-Clubs, die offensichtliche Selbstsicherheit des Mannes, der Frauen kennt und

mangelhaft findet, sie mangelhaft macht. Der Versuch war so geschmacklos, dass ihm einen Atemzug lang flau wurde. Dann hob er den Kopf und zeigte sich Chalice und hoffte, seine Übelkeit würde vorbeigehen oder sich zumindest nicht zeigen. »Ja ... Sie kennen mich. Ein Mann muss Interessen haben. Wenn schon nicht der Mammon, dann sind's die Weiber.«

Absurder Quatsch – und je größer die Lüge, desto leichter, desto erregender – halte seinen Blick, lass ihn glauben, dies sei dein wahres Ich, das einzige Geheimnis, das du vor ihm bewahrt hast.

Jon ließ seinen Mund verächtlich zucken und fügte hinzu: »Wir spielen ... Und die Frauen spielen auch. Sie wissen, wie, haben sie schon immer gewusst ... Sie wollen bloß, dass die Regeln zu ihren Gunsten gebeugt werden. Man soll wahrnehmen, dass sie unglücklich sind und ausgenutzt werden. Soll es gebührend wahrnehmen. Und dann tun sie so, als wären ihnen unsere Aufmerksamkeiten gar nicht angenehm, als würden sie uns keine Eiertänze aufführen lassen und uns auch noch die Jobs wegnehmen.«

Ruhig, ganz ruhig, werd nicht völlig absurd.

»Aber es ist immer das übliche Spiel.« Er deutete mit dem Kopf auf das Gemälde, als wäre es eine Strandszene, eine häusliche Innenansicht, die bloß entspannte Nostalgie weckt. »Damals – ein junger Bursche wie Sie wird sich daran nicht erinnern – haben wir noch ehrlich gearbeitet. Männer und Frauen wussten, was von ihnen erwartet wurde, und sie hatten Humor. Es gab die Pille, die nahmen die Mädchen. Es gab Alex Comfort – sie konnte die Gebrauchsanweisung lesen, die hübschen Zeichnungen anschauen, ganz geschmackvoll. Überhaupt nicht wie ›Das Mädchen von nebenan‹.«

Val fand Comforts »Joy of Sex« grotesk. Zeichnungen eines behaarten kontinentalen Paares, das sich fröhlich und handwerklich geschickt Freuden spendete ... war nicht ganz ihr Ding.

Jon fuhr fort, mit Worten, die schwindelerregend unwahr und daher aufregend waren: »Niemand legte irgendwem Fesseln an, sozusagen.«

So muss es immer sein, wenn man Chalice ist – die Erregung des Betrugs.

»Wenn es Einwände gab, waren das bloß Anzeichen ihres Verfolgungswahns – die Hormone machten ihr zu schaffen. Was wir uns heute bieten lassen müssen ...«

Anscheinend war Chalice sich da nicht so sicher. Er reagierte nicht. *Na komm. Du willst es doch glauben. Komm schon.*

Jon spürte ein dringendes Bedürfnis nach einem kleinen Scotch, während er zugleich das Gefühl hatte, schon einen getrunken zu haben. Dann tauchte ein Grinsen auf. Chalice hatte beschlossen, heiter zu sein. *Erblüht wie Nachtschatten, wie Schierling, wie Flammen.* Chalice kicherte. »Also, Jon ... Ich habe mich schon gefragt. Wir haben uns alle gefragt ... Was hat er davon? Wenn überhaupt? Woran hängt Jons Herz? Was beschäftigt seine Gedanken? Ein wenig waren Sie ein Mysterium. Und das ist nie klug.«

»Jetzt wissen Sie es also.« Jon war so barsch wie möglich, auch wenn er merkte, dass Chalice die Sache nicht ruhen lassen würde, ohne noch ein bisschen nachzutreten.

»Ein Mann, der seine Frau so herumvögeln lässt, der sie nicht daran hindern kann – der hat keine Eier. Der wichst mit leerem Sack. Habe ich mir gedacht.«

Jon grub seine Fingernägel in die Handfläche der Faust, die Chalice nicht ganz sehen konnte. »Offene Ehe. Will man nicht unbedingt publik machen. Habe ich jedenfalls beschlossen.« Er spürte, dass er leicht zu schwitzen anfing, und fand nicht heraus, wie er damit aufhören konnte.

»Valerie war da allerdings anderer Meinung.«

»Sie haben die würdevolle Option gewählt.« Chalice nickte mit nur einem Hauch Ironie. »Gut für Sie.« Dann das Aufflackern eines finsteren Lächelns, reptilienartig. »Aber nicht gut für Ihre Laufbahn. Hätten Sie mit uns geredet ...« Und dann wieder ein anderer Ausdruck, den Jon hatte sehen wollen.

Die Miene, die sagt: »*Wie erfreulich, dass du genau so ein Schmutzfink bist wie ich – auf deine traurige Altherrenart. Das heißt, wir können ins Geschäft kommen, und das ist großartig, denn Geschäfte sind alles, was es gibt und jemals geben kann, auf immer und ewig ...*«

Jon modulierte seinen Tonfall zu einem männlichen Wunsch nach Kooperation und gesundem Menschenverstand. »Ich bin nur ungern jemandem verpflichtet, Harry. Aber – wenn es Ihnen nichts ausmacht, wäre ich sehr dankbar, wenn dies unter uns bliebe ...«

Ich sage dir, dass ich dir vertraue – obwohl man dir schlechterdings nicht vertrauen kann –, damit du mir vertraust.

Das ist es eben mit deiner Sorte Mann – euch fehlt es an Fantasie, darum richtet ihr großen Schaden an. Aber weil es euch an Fantasie fehlt, könnt ihr auch – auf lange Sicht – ganz leicht und erbarmungslos erledigt werden. So komplett ruiniert wie ein Investor bei Lloyd's, wie ein Kunde von Bernie Madoff – erinnerst du dich, was mit denen passiert ist? Es gibt so viele verschiedene Gattungen von Volltrotteln. So viele Unschuldige. Sie alle werden verarscht.

Jon stellte die Füße weit von sich weg und tat, als würde er sich strecken. Er genoss die Tatsache, dass Chalice unmöglich Howard Leslies Monolog aus »*Pimpernel*« *Smith* kennen konnte (und auf keinen Fall mögen würde), in dem der stille, sanftmütige, schlaue und unterschätzte Archäologieprofessor den Nazi, der ihn mit einer Waffe bedroht, höflich belehrt.

Smith sagt voraus, das Böse und Falsche müsse immer weiter voranmarschieren, seinem eigenen falschen Weg folgen, bis es fast alles zerstört haben würde und nur weiter zerstören kann, indem es sich selbst zerstört.

Und das – Scheiße – das glaube ich wirklich.

Er holte tief Luft wie ein Mann, der zum Geschäftlichen kommen will.

Ich bin ein Mann von ausdauerndem Gedächtnis und maßlosem Glauben.

Er wollte tatsächlich am liebsten »*Captain of Murderers*« rufen, in Leslie Howards englischem Akzent der 1940er – einer der vielen, die man nicht mehr zu hören bekommt; der von einem englischen Denken erfüllt ist, das ebenfalls ausgelöscht wurde.

Hauptmann von Mördern ...

Das ist einer von uns, oder beide ...

»Die Sache mit Milner ...«, Jon spürte, wie sein Kopf zuckte, was bedauerlich war, denn es deutete auf Stress hin – aber es war auch nicht fatal verräterisch, da sie jetzt auf freundlichem Fuß standen, sich eingerichtet hatten, »... mit dem kann ich Ihnen wirklich nicht viel weiterhelfen, Harry. Ich kenne den Mann nicht, und ich sehe nicht ... womöglich irre ich mich ... was es für einen Zweck haben könnte, wenn ich ihn kennenlernte. Er scheint mir doch ziemlich ausgelutscht zu sein. Zu anderen Zeiten hätte er womöglich seine Kräfte neu sammeln und zum Problem werden können, aber wir leben nicht in anderen Zeiten. Er ist ein Dinosaurier.«

Chalice leckte sich die Lippen. »Das müssen Sie ja am besten wissen ... Nichts für ungut.« Dann schlenderte er zum Fenster und schaute hinaus in die breite und hohe und dunkle und abendliche Stille der Pall Mall. »Milner ist nicht unbedingt das Problem. Die Leaks sind das Problem. Es gibt zu viele. Und sie sind zu zielgerichtet. Sie sind strategisch. Irgendein gerissener kleiner Scheißer wirbelt Staub auf, scharrt mit den Hufen.«

Aus deinem Mund ist das ein Kompliment – du gerissener kleiner Scheißer. Die Jungs – und Mädels – im Darknet, die zwielichtigen Typen auf 4chan, die haben mich Moralschwuchtel genannt.

Jon antwortete, während seine Gedanken vorausgaloppierten. »Und Milner ist der Kontakt dafür?«

Moralschwuchtel ist auch ein Kompliment.

»Er scheint mir dafür nicht das Format zu haben ...«

»Milner hat nichts davon direkt bekommen, aber sobald was draußen ist, greift er es sofort auf. Er scheint jeden direkten Kontakt aktiv zu vermeiden, was ein wenig ... seltsam wirkt. Aber er wühlt herum – wir hören, wie er spätnachts mit dem Löffel seine kleinen Tunnel buddelt – Testschächte ... Und weil er eine tickende Zeitbombe ist und so ein großes Maul hat, haben wir das Gefühl, über ihn ließe sich am besten an die Quelle herankommen. Er ist ein geiler alter Schreiberling, eine Rampensau aus alten Pressetagen – liebt große Enthüllungen und Pathos.«

»Und Sie glauben wirklich, dass er etwas in der Hand hat, dass er Quellen kennt? Von denen er mir erzählen würde?« Das war eine legitime Frage, in legitimem Ton gestellt.

Chalice vermied eine Antwort. »Wir wüssten gern, ob er irgendwas in der Hand hat – abgesehen von seinem schwitzigen Säuferschwanz. Wir möchten, dass Sie seine haarigen Handflächen untersuchen, Jon ... Schauen Sie regelmäßig nach ihm. In letzter Zeit läuft er rum, als sei sein Pimmel aus Platin – als fände er sich selbst noch toller als gewöhnlich. Heute hat er wieder ein bisschen was rausgelassen – aber nicht viel, nicht das, was er offenbar noch glaubt, in der Hinterhand zu haben.«

»Aber hat er? Oder blufft er?«

Jon starrte den Rücken des anderen an, fühlte sich sicher genug, die Wölbung seines Schädels zu verabscheuen, leicht hängende linke Schulter, die ungeschützte Ansicht eines Lügners.

Sie sehen nie ganz überzeugend aus – die Lügner –, wenn sie einem nicht die volle Frontalansicht bieten können. Nicht mal sehr gute Lügner können mit dem Hinterkopf lügen.

»Was meinen Sie, Jon?«

»Ich?« Jon seufzte, wie ein müder und überlasteter Ministerialbeamter seufzen würde. »Wie schon gesagt. Ich sehe nicht, dass er wirkt, als habe er irgendwas zu bieten. Er ist ein Angeber, wie Sie sagen, und er hätte heute Nachmittag zumindest eine Andeutung gemacht – er war tatsächlich richtig betrunken. Er hätte mir bestimmt unbedingt zeigen wollen, dass er mindestens einen *Straight Flush* auf der Hand hat, ehe die Karten auf dem Tisch sind.«

Chalice hält sich für einen Pokerspieler, sehnt sich nach den Tagen des Clermont Club, dem Glanz der großen Verluste in Frack und weißer Fliege.

Jon wagte seine eigene Wette. »Weiß Gott ... Man sollte doch meinen, dass, wenn jemand was über mich durchgestochen hätte, Milner davon gehört haben müsste. Das hätte er doch sicher benutzt, wäre doch eine lustige Story für einen ereignislosen Sonntagvormittag – hoher Staatsbeamter vergnügt sich ...«

»Mit einem Harem? Fließend heiße und kalte *Fotzen*?« Chalice drehte sich auf dem Absatz um und kehrte in den Raum zurück. Diesmal lächelte er nicht.

Nein. Das war aufs falsche Pferd gesetzt. Ich nehme es zurück.

Aber ich bin ganz ruhig.

Aber ich habe ihm den falschen Scheißbluff angeboten ...

Aber ich kann ruhig atmen ... sichtbar ruhig ... Ich bin in Sicherheit.

Trotzdem verloren Jons Arme und Beine für einen grauenhaft kalten Moment jede Muskelspannung, fielen ins Nichts.

Beim Schierlingsbecher werden zuerst die Füße taub ...

Inzwischen dachte er leise, was Chalice laut sagte. »Ach, Jon, aber *wenn* Milner über Sie Bescheid wüsste – wenn *irgendeiner* von denen was wüsste –, dann wären Sie doch genau der Richtige zum Anzapfen ...«

Jon versank in seinem Atem, hielt seinen Atem, still, still, still und ruhig. Er setzte ein Stirnrunzeln auf, ein sichtbares Zeichen des Widerwillens und Zorns. »Und Sie glauben das? Von mir?«

Das Lachen der Jagdmeute, des Bluthundes entfuhr Chalice' Lippen, als er die Hände sacht aneinanderschlug – so, so, so – und dann weiter gluckste.»Wir hielten es für denkbar. Meine Güte – darum haben wir dafür gesorgt, dass alle Schlammschleudern längst über Sie Bescheid wissen, über Ihre traurigen kleinen Hirnficks auf Papier und Ihre traurige kleine Ehe. Wir haben denen gesagt, das habe keinerlei Nachrichtenwert, und außerdem hätten alle es auf dem Tisch, warum es also überhaupt bringen? Wir haben ihnen das Pulver nass gemacht. *Boudoirgeschichten*, die hätten ihnen gefallen, ein Mann Mitte vierzig, glaubhaft, das wäre etwas anderes ...« Chalice legte den Kopf schräg. »Nichts für ungut, Jon, aber so ein halbkahler Aktenschieber, der jede Hoffnung auf Beförderung fahrenlassen musste, weil er feuchte Briefchen verfasst hat, seine Wichsfantasien aufschreibt, ein hagerer alter Herr, der sich beschäftigt ... Alles ein bisschen widerlich. Sie sind keine Geschichte. Sie sind eher ein Hilfeschrei ...«

Jon hielt seine Fäuste – plötzlich hatte er die Hände geballt – in gewaltsam ruhiger Stellung, verkrampft am Ende der Arme. Er nickte präzise, ganz wie ein Aktenschieber. Seine Gedanken setzte er aus, schloss sie weg von aller Aktivität, allem Schaden.

Stille.
Ich werde dich treffen.
Stille.
Ich werde ...

Jon nickte weiter, ließ den Kopf immer weiter sinken, sodass er Harry Chalice nicht mehr sehen konnte, nicht einmal dessen Füße, und es ihm möglich war, etwas zu sagen. »Ich habe aber, wie gesagt, jetzt noch eine Verabredung, Harry, und die würde ich gern einhalten, wenn Sie nichts dagegen haben.«

Eine Pause schwebte herein, ließ die Luft leicht metallisch, ungesund schmecken.

Dann das Geräusch einer Jacke, die zugeknöpft wird – so eine winzige Störung.

Ich werde dich treffen.
Es geht mir gut.
Ich bin ein guter Mensch.
Ich tue mein Bestes.
»Na gut, Jon. Traben Sie ab.«

Ein junger Mann, womöglich Student, steht in einer U-Bahn auf der Circle Line. Der Wagen ist halb leer, er könnte sitzen, wenn er wollte, aber vielleicht ist ihm das nicht bewusst. Seine Augen sind geschlossen, und er trägt einen Kopfhörer, der die Geister der Musik in die Umgebung sickern lässt. Er hält sich an einer Griffstange unter der Waggondecke fest und wiegt sich sanft, langsam im Takt der Bewegung unter seinen Füßen, auch wenn die Fahrgäste in seiner Nähe das treibende Tempo des Beats hören können, das hektische, blecherne Drängen, das in seinem Kopf beinahe überwältigend wirken muss.

Augen wenden sich ihm zu, irritiert, missbilligend.

In St James's Park steigen drei Mädchen ein, streifen ihn im Vorbeigehen und öffnen ihm die Augen.

Auch sie entscheiden sich gegen das Hinsetzen und bleiben ihm gegenüber stehen. Sie schauen einander an. Sie lächeln. Sie fangen an, zu dem zu tanzen, was sie von seiner austretenden Musik hören können: Arme heben sich, Körper schwanken hin und her, sie antworten dem dünnen Ruf dessen, was er anbietet, vielleicht unabsichtlich, vielleicht als Demonstration seiner allgemeinen Achtlosigkeit.

Er beobachtet sie, während sie sich tanzend näher schieben, ihre Hüften schwingen und aneinanderstoßen.

Sie schauen ihm nicht in die Augen. Sie tanzen, als hätten sie es immer vorgehabt, als würden sie es immer tun, als wäre es reiner Zufall, dass sie sich an seinen Second-Hand-Beat halten. Sie schieben und kreisen, tauschen die Plätze, als hätten sie eben bemerkt, dass sie schön sind, dass sie Menschen Anfang zwanzig und daher mühelos attraktiv sind, dass sie gar nicht anders können, als so zu leuchten, so vollkommen in der Welt zu erblühen, die Ruhe entspannter Muskeln so zu zeigen. Sie sind schläfrig begeistert, ignorieren den Mann auf eine Weise, dass er sich seiner selbst umso bewusster werden muss, dass er errötet, und ein plötzlicher Ruck der fahrenden Bahn lässt ihn stolpern, doch sein Arm schießt nach oben, klammert sich an die Haltestange und rettet ihn.

Der junge Mann, womöglich ein Student, betrachtet die Mädchen, als wären sie ein Wunder, eine wundervolle Demütigung, die ihm nichts ausmachen kann, die er liebt. Anscheinend haben sie seinen Atem aussetzen lassen. Anscheinend macht ihm auch das nichts aus.

21:25

Jon war in South Kensington angekommen. Er stieg vom Bahnsteig auf, die Stirn bedeutungsvoll gerunzelt wie ein Mann, der es eilig hatte. Das erschien ihm eine hoffnungsfreudige Wahl. Er trat mit festen und eindeutigen Schritten auf die Rolltreppe, unter ihm drängten die Metallstufen mit ihren grauen Zähnen nach oben und transportierten ihn zum Ausgang und zu ebener Erde. Er war sein eigenes Ministerium in Bewegung.

Ich schreite voran.

Als die Stufen am Ende der Aufwärtsfahrt ineinandergriffen und sich in die Waagerechte schoben, boten sie die übliche Illusion von milde dahingleitender Beherrschung und von Dingen, die sich seinem Willen beugten, ihm gefügig waren.

Obwohl das auf eine Reihe von Dingen nicht zutraf.

Ich sollte sie anrufen. Noch mal. Sollte mich erklären, sollte das alles, irgendwas erklären.

Ich bedarf der Erklärung. Das zweite Mal, im Restaurant ... ich war das reine Chaos. Ich war ein einziges himmelschreiendes Fiasko. Und mir ist bewusst, dass diese Kritik in Begriffen ausgedrückt ist, die für einen hilfreichen und gut funktionierenden Arbeitsplatz ungeeignet sind.

Aber ich bin kein Arbeitsplatz. Auch nicht hilfreich. Oder gut funktionierend. Ich bin nur eine Person. Eine hoffnungslos verkorkste Person.

Er schaffte es, die letzten Stufen im Bahnhof zu erklimmen, während er seinen Kopf wie ein Schwimmer schüttelte, der aus dem Wasser aufstieg.

Aber vielleicht habe ich auch nicht ganz verkackt – ich bin nur nicht rundum vollkommen. Auch die Großen müssen ein Lied ein paarmal üben. Die Version, die man am Schluss hört, ist das Ergebnis harter Arbeit. Und ich brauche Zeit, um etwas hinzukriegen. Ich improvisiere nicht. Ich lasse mehr schlecht als recht nicht mehr gelten. Aus mir wird nie ein überzeugender Live-Auftritt. Ich werde immer der hässliche Halb-Rentner sein, der mit der Gabel herumfuchtelt, wie so ein Pflegeheimbewohner, der in einem leeren Restaurant mit einem Nudelgericht nicht zurechtkommt.

Nicht leer – voll, von ihr.

Das Gerede von Ziegen und Zungen ... als wäre das alles, was mir einfiel ... als wäre ich fortwährend in einem Zustand des ...

Des Lauerns – ich habe gelauert – mit Olivenölklecksen und welker Petersilie auf dem Hemd, gegenüber einer nicht viel jüngeren Frau, aber, Herr im Himmel, da ist ein Altersunterschied – Mut zur Lücke – eine wahrnehmbare Lücke, und man hat das Gefühl, dass man kein Recht hat zu erwarten ...

Ich meine, die Briefe sind das eine ...

Lieber Mr August

Er hatte immer mindestens einen Brief gefaltet in seiner Brusttasche dabei, wenn er rausging. Immer. Für alle Zeiten. Zwei gefaltete, cremefarbene Blätter waren es heute, an sein Herz geschmiegt und voll mit winziger, heißer Bewegung. Wie bei einem Schrittmacher, mit dem er nicht richtig mithalten konnte.

Süßer Mr August

In der Brusttasche seines Jacketts waren ganze, bemerkenswerte Sätze der Freundlichkeit, die allein ihm galten. Auf ihn zugeschnitten waren.

Sie helfen mir, den Tag zu überstehen.

Und sie hilft mir, den Tag zu überstehen, und wenn ich ein paarmal geübt habe, kann ich ihr das schreiben. Ich habe ihr diese Wahrheit geschrieben, aber sie schreibt sie mir einfach zurück. Das Ganze ist endlos, anscheinend – und dann muss man sich auch noch mit ihr treffen.

Sie helfen mir, den Tag zu überstehen, Mr August. Und Sie haben Dinge verändert, die vor langer Zeit passiert sind, lange bevor wir uns kennengelernt haben. Jetzt kann alles wie der Weg erscheinen, der zu Ihnen geführt hat. So verleihe ich dem Ganzen einen Sinn. Ich hatte nicht erwartet, dass ich einen Sinn finden würde.

Ich kenne sie auswendig. Ihre Musik.

Aber ich kann meine eigene Melodie jetzt nicht spielen, nicht jetzt, nicht in meiner beschissenen Situation.

Auf dem Weg vom Bahnhof begriff Jon, dass er auf Papier nicht übel war. Ein Mensch um die sechzig – technisch und tatsächlich noch nicht sechzig – kann womöglich, in kompletter Abwesenheit, beeindruckend sein und – wenn nicht attraktiv – dann doch angenehm verlebt.

Wenn du cool bist wie ein Bluesmusiker oder überhaupt cool – dann kommst du mit verlebt durch ...

Ich bin nicht verlebt. Eher haben sich Fremdlinge in meinem Gesicht eingerichtet. Meine Anatomie ist von moralischer Absenkung und Spannung ruiniert worden – ich bestehe aus bröckelnder Fassade und winzigen, zwinkernden Fenstern.

Warum kräuselt sich im Alter die Haut um die Augen? Munter sprießende Augenbrauen, die Haare in den Ohren, in der Nase haben endlos viel Energie – aber deine Augenlider erschlaffen. Ist das so etwas wie natürliche Barmherzigkeit? Vereinen sich die trägen Lider mit der nachlassenden Sehkraft und ersparen einem so die nadelscharfen Einzelheiten des eigenen Verfalls?

Jons Sehkraft war eigentlich noch recht dienlich. Eine Brille brauchte er nur für die Arbeit auf Papier.

Farbiges Papier, je nach Funktion: Memos, Berichte, Mails – und Briefe.

Ich setze die Brille auf, wenn ich versuche, Briefe zu beantworten, um ihr gleichzukommen und zu korrespondieren, um ...

Jon legte sich eine kühlende Hand in den Nacken und stand unter der Neonbeleuchtung und den diskreten Überwachungskameras des Bahnhofs South Kensington. Er hatte ein Schwächegefühl in den Beinen, was ihn auf den Gedanken brachte, dass sein Gehirn beschädigt wurde. Wenn er vielleicht weniger denken könnte ...

Was hätte ich ihr auch sagen sollen? Welche Warnung hätte ich ihr im Voraus zukommen lassen sollen?

Wir leben in einer Zeit der Vorauswarnungen. Wir haben immer weniger wirkliche Sicherheit, aber es gibt kaum noch eine menschliche Aktivität, der nicht ein Katalog von Warnungen vorausgeht: Wanderwege, Möbel, Sandwiches, Filme ...

Ich könnte Augenblicke des geistigen Verfalls enthalten, und sexuellen ...

Dieser Abend kann enden mit ... mit mir selbst, mit allem, mit etwas.

Jon drehte sich langsam um und richtete den Blick auf die prachtvolle, gerade Perspektive der Exhibition Road mit ihrem stacheligen Rückgrat futuristischer Straßenlaternen. Einen Moment lang schien die Straße sein Auge zu einer großen Leere hinzuziehen, zu einem verschlingenden Raum.

Ich möchte, dass sie glücklich ist.

Eine Art heißer Krampf lief ihm zwischen den Schultern hinunter und blieb in seinem Kreuz hängen. Offenbar wühlte Chalice' Stimme noch in ihm herum und richtete in seinem Innenohr Schaden an.

Chalice, du bist ein Ding mit einem unmenschlichen Geruch.

Jon spürte, wie er zu einem Schatten wurde, im Wesentlichen nackt und im Begriff, in einem entsprechenden Schaukasten ausgestellt zu werden, und wie er genau die melancholische Stimmung verströmte, die der Auslöschung vorausging. Sein Spiegelbild im Schaufenster eines chinesischen Restaurants teilte offenbar diese Ansicht. Er war ein gebeugter Umriss, groß, aber mit gerundeten Schultern – ein Affenmann der alten Schule, verloren in einem guten Mantel.

Aber du kennst mich nicht, Harry Chalice, du Drecksack. Du hast nicht bemerkt, dass wir nicht zur selben Spezies gehören. Ich bin kein moderner Mensch, der beschlossen hat, sich entgegen der Evolution zu entwickeln und zu den Tagen von Bluts- und Gebietskämpfen zurückzukehren. Deine Sorte – ihr seid auf wilde Schreie und Jagden durch den dunkelnden Wald aus, zusammen mit ähnlich gesinnten Kohorten.

Nicht weit entfernt im Dunkeln lag das Natural History Museum, schlummernd inmitten wärmender Terrakottastatuetten und Tierskulpturen.

An einem Tag im letzten Jahr hatte Jon dem Museum einen völlig unschuldigen Besuch abgestattet – keine Nachricht für niemanden. Er war nach oben gestapft, zu den Ausstellungsvitrinen mit den Hominiden, weil er die Schädel und verblassten Dioramen betrachten und bei den verflossenen Träumen in den Schädeln der Vorfahren verweilen wollte.

Sie hatten sich vielleicht alle möglichen Menschheiten vorgestellt: seltsame Musiken, Tänze, das Abmalen von Handumrissen an der Wand, um zu zeigen, wie klug die Finger waren, um die Zärtlichkeit zu dokumentieren, mit der man eine andere Haut berühren konnte, mit der man für jemanden sorgte, der sich nach Sorge sehnte, wie man Wärme für einen anderen sein konnte und dessen Form von Sicherheit.

Er wollte wirklich, dass sie glücklich war.

Vielleicht hatte ihm auch der Gedanke gefallen, dass er mit einem neuen Brief in der Hand dastehen und den Modellen seiner Vorfahren zeigen würde, welche Fortschritte er gemacht hatte.
Ich bemühe mich um Fortschritt.
Aber die gesamte Ausstellung über den Ursprung seiner Spezies, die ganze Abteilung, war verlegt worden.

Stattdessen gab es dort Verschiedenes über Darwin, und für die Kinder gab es Tafeln mit vernebelten Informationen über die Evolution – mit großem Gewicht auf Theorie. Der Text vermied eine klare Aussage, ob wir durch Evolution entstanden oder von Gott in die Welt gesetzt worden sind, wie kleine Lebkuchengestalten. Lebkuchen, die Rippe, die Erde.

In einem Palast, erbaut zur Feier der wissenschaftlichen Methode und zur Erhaltung von Informationen in einer Welt, die voller gefährlicher Träume war ... Für den Fall, dass sie gegen gängige Meinungen verstoßen würden, haben sie ihre Fakten weggesteckt.

Durch Evolution entstandene Menschen hatten dies für den richtigen Weg der Dinge erachtet. Im Museum für Naturgeschichte.

Es war, als – in gewisser Weise, in winziger Weise ...
Ich möchte das nicht sehen.
Es war, als käme er nach Hause ...
Ich will das nicht.
Warum denke ich an noch mehr Schaden, wenn so viel Schaden schon in der Welt ist ...
Es war wie beim ersten Mal, als er nach Hause kam, damals ...
Das Bild entrollte sich wie ein umgestürzter Ballen blutigen Tuchs.
Es war wie damals, als er nach Hause kam und das Zuhause nicht so vorfand, wie es hätte sein sollen, sondern einen Mann in seinem Sessel sitzend sah, grinsend in einer Atmosphäre, die den Geruch gewesener Aktivitäten atmete. Und der Mann hatte diesen speziellen Blick – diesen speziellen, lüsternen, trägen Blick –, den er auf deine Frau richtete, als sie zwei Gläser kühles Bier aus der Küche hereintrug ...
Es war mir gelungen zu vergessen, dass sie gelegentlich von unserem Bier trank. Gelegentlich, wenn ich außer Haus war.
Und man möchte lieber nicht glauben, dass man Hörner aufgesetzt bekommt, auch nicht theoretisch, aber hier ist er – der Beweis.

Als würde jemand die Seitenmauer eines Gebäudes einreißen und die Hälfte des Inhalts herausfallen lassen.
Das würde Meg nicht tun.
Er schlug sich mit der Faust in die andere Hand und traf auf die Fingerknöchel – keine männliche Geste, sondern dumm. Die Bilder hörten nicht auf.
Es war auch – ein bisschen – wie das Nachhausekommen einmal in den Sommerferien, und im Vorbeigehen sieht man die eigene Mutter im Schlafzimmer – die sorglos wirkenden Glieder, wenn der Schläfer nicht schläft, sondern bewusstlos ist. Der Geruch von Süßem und Saurem und Falschem.
Postnatale Depression – das war meine Schuld.
Sie bekam Medikamente, immer wieder Medikamente, hortete sie, wurde abhängig davon – das war die Schuld des Arztes.
Ich war nicht der Einzige, der am Schluss aus der Society Street auszog. Auch Mum zog aus. Dad verbrachte Jahre zusammen mit ihr im selben Haus, musste aber allein leben. Sie war zwischenzeitlich nicht anwesend. Sie war kühl. Sie war ein Geisterkörper. Sie war vieles, und es war nicht ihre Schuld.
Man kann einen Süchtigen nicht verstehen, wenn man noch ein Kind ist. Wenn man älter ist, denkt man über dessen Unfähigkeit nach und analysiert sie, man erkennt, dass es eine Krankheit ist ...
Aber das ändert überhaupt nichts.
Man hat genau dieselben Gefühle.
Als würde jemand die Seitenmauer des Hauses einreißen und die Hälfte des Inhalts herausfallen lassen, und jeder Nachbar könnte hineinsehen, wo deine Mutter ist, würdelos, bezwungen.
Frauen mit wilden Schreien in ihrem Inneren und einer sie umhüllenden Dunkelheit wie ein Wald – es ist nicht ihre Schuld, aber ich könnte es zur Zeit nicht ertragen.
Jon hielt inne – innerlich wie äußerlich.
Er war auf und ab gegangen – *wie ein Geschöpf in Gefangenschaft –*, hin und her, hinten im Bahnhof. Er hatte seine eigene Wut geschürt, wegen des Museums, besonders wegen des Museums.
Ich bin zu einem lachhaften alten Kerl geworden, tobend und seine haarigen Fäuste reckend, angesichts der Entscheidungen der Jungen.
Moralschwuchtel.

Verkarsteter alter Typ.
Der Wissen gegen Ablenkung und Unterhaltung verteidigt.
Ihm wurde bewusst, dass er seit einiger Zeit die Luft anhielt.
Er atmete aus.
Das ist gut, das sind angemessene Gedanken. Es ist besser als das Denken, das ich nicht denken kann und nicht erwähnen sollte, denn dann denke ich es.
Scheiße.

Als würde jemand die Seitenmauer des Hauses einreißen und die Hälfte des Inhalts herausfallen lassen und auf diese Weise auch weiterhin die Welt denjenigen Menschen übergeben, die Darwin gestohlen und als grausam dargestellt haben – diejenigen, die der Ansicht sind, seine Theorie sei grausam, weil sie von einer Macht spricht, die größer ist als ihre eigene. Eine solche Idee finden sie grausam – die Männer und Frauen, die in anderen Menschen um sich herum nichts anderes wertschätzen können als körperliche Gesundheit und Konkurrenzfähigkeit, außer Nehmen und Behalten und Blut und Knochen.

Und diese Verallgemeinerung ist von einer Art, die wir vermeiden würden, außer wir machten eine dummdreiste und emotional geprägte Aussage, wie wir sie im Fernsehen, im Radio, in der Zeitung oder auf Twitter herausplärren.

Spielt es wirklich eine Rolle, wo? Es ist auf jeden Fall ein lautes Plärren.

In den Medien und zu Wahlzwecken ist lautes Plärren gefordert.

Wieder einmal wird man daran erinnert, wie sehr man – in dem einen Sinne wie dem anderen – hasst.

Dabei würde man viel lieber lieben, wenn man dazu imstande wäre.

Jon – einatmend und ausatmend, wie es sein sollte – überquerte die leicht beunruhigenden und neu verlegten Pflastersteine der Straße vor dem Bahnhof South Kensington.

Auf diesem Stück nimmt man es mit den Autos auf. So, indem man einen klar definierten Gehweg abschafft, will man die Koexistenz von Verkehr und Fußgängern fördern. Das Überleben des Stärkeren.

Kinder könnten hier zu Schaden kommen, ist meine Mutmaßung. Im Planungsprozess muss das als Risiko gegolten haben, das man bedacht und vermutlich als geringfügig eingestuft hat.

Jon war nicht dafür, dass Kinder zu Schaden kamen. Er glaubte, sie sollten jederzeit beschützt werden.

Außerdem bin ich nicht dafür, Risiken einzugehen.

Er passierte Thurloe Street Nummer 20, die Adresse des polnischen Restaurants, wo während des Kalten Krieges Spione ihre Führungsoffiziere getroffen – Kim Philby bei Schweinshaxe oder Piroggen und Mohnkuchen – und ihre Erkenntnisse zwischen den Gängen ausgehändigt hatten, so musste man annehmen.

Einmal habe ich Lucy hier getroffen – ein Witz von einem Ort, den ich nicht amüsant finden konnte.
Ihm ist es gleichgültig, ob ich auffliege. Er würde es lustig finden, er findet mich lustig.
Anscheinend denken alle, dass ich lustig bin.
Oder vielleicht findet Meg das nicht, und ich sollte sie anrufen. Das muss ich sowieso. Aber ich vergesse es immer wieder.

Stattdessen ging Jon weiter, an den beschlagenen Scheiben des Restaurants vorbei, wo Christine Keeler einst stilvoll verräterisch oder in Flirtlaune oder sonst wie saß, während ihr sowjetischer Liebhaber oder Vertrauter sich über die Piroggen hermachte. Vielleicht.

Er kam zum Thurloe Square und glitt an den gepflegten SUVs vorbei, die am Morgen gepflegte Kinder in gleichfalls gepflegten und entzückenden Retro-Schuluniformen auflesen und zu ihren gepflegten Schulen bringen würden. In hell erleuchteten Fenstern waren klug arrangierte Möbel zu sehen, Kunst als Investition, Mahlzeiten, die von Dienstpersonal, von Kindermädchen, von Au-Pairs zubereitet wurden: die Abstufungen von Stellung, Ausstattung, Komfort. In der Mitte des Platzes, wie eine schwach erhellte Handfläche, lag ein umzäunter Garten voller Stille und Formen und höflichen Blättern.

Ich bin mir sicher, wir hätten da einen toten Briefkasten einrichten können: hätten uns Schlüssel und Zugang verschafft und Zettel in wasserdichten Kanistern versteckt und so weiter.

Jetzt machte das nichts mehr, nicht in diesem Stadium, nicht, wenn alles dem Ende so nah war.

Thurloe war Cromwells Meisterspion gewesen – angemessen, dass sein Name hier breitflächig verstreut war.

Im Thurloe Place schien der Gehweg unter seinen Füßen nachzugeben, abzusinken. Das Rauschen des Verkehrs da, wo die Straße breiter wurde, kam ihm sowohl absurd als auch entsetzlich vor.

Thurloe war ein Überlebenskünstler. Unter Cromwell und später unter King Charles gelang es John Thurloe, seinen Kopf zu retten, weil er den entsprechenden Verstand hatte. Das lässt hoffen.

Jon hatte den Wunsch zu rennen, tat es aber nicht.

Am Ende hat man einen Freund, das ist das Problem mit Briefen. Man schickt Scheibchen von sich selbst aus und bekommt diese warmen, diese heißen, diese zarten Stücke von jemandem zurück, und man ist in ihrem Denken – sie schreiben und sagen, sie haben und behalten dich in ihrem Kopf. Und wenn du schläfst, träumst du von ihren Körpern.

Scheiße ...

Jon kam zu einer Einmündung und blickte scharf nach links. Offensichtlich musste er sich an diesem Abend anstrengen, um die Formen der Dinge mit seinen völlig gut funktionierenden Augen zu erkennen. Auf der anderen Straßenseite war das Brompton Oratory: ein hoher, gewölbter klassizistischer Berg aus Ornamenten und Säulen, ein hübscher Haufen von schmutzig gewordenem Portland-Stein.

Innen drin ist es ein bisschen Las Vegas: Viel Marmor, wie ein protziges Badezimmer, mit Beichtstühlen zur Auflockerung. Die Kirche hat mich nie richtig überzeugen können. Und Verräterbriefe sind dort in Vergessenheit geraten, während sie auf den KGB warteten – die kommunistischen Getreuen, die leichtfüßig die breiten Stufen hinaufsprangen und an den Weihwasserbecken vorbei ins Innere schlüpften und ihre Codes an der Mutter Gottes mit ihren jahreszeitlich angepassten Roben vorbei hineintrugen und ihre Geheimnisse in der Kapelle der heiligen Cäcilia versteckten.

Die heilige Cäcilia sah zu.

Oh, aber das ist eine Scheißlüge. Eine Lüge der schlimmsten Sorte – zuverlässige Informationen, von glaubhaft wirkendem Gefasel verschmutzt. Wenn ich die Kraft hätte, würde ich mich boxen.

Ich habe keine Ahnung, was wo an wem vorbei weitergegeben wurde, und die heilige Cäcilia ist eine Statue, und selbst wenn Statuen sehen könnten, hat diese nicht zugesehen. Sie liegt auf der Seite und hat den Kopf mit einem Tuch umhüllt – eine sehr hübsche Ausfertigung einer Leiche. Ein Opfer von Staatsfolter aus weißem Marmor, der Schnitt durch die Kehle nicht zu sehen ... schlanke Taille und edles Leiden. Nach dem Original von Stefano Maderno.

Das weiß ich, weil ich in der Kirche war, jetzt und früher. Ich gehe nicht oft hinein. Die Kirchen meiner früheren Religion riechen immer gleich – nach unguter Stille. Die Religion liebt besonders stille Frauen. Sie hat meine Mutter verehrt – in ihren stummen Phasen. In ihren lauten Phasen war sie ihr weniger zugeneigt. Man muss darauf hinweisen, dass sprachlose Frauen in vielen Glaubenssystemen beliebt sind.

Cäcilia ist still, weil sie arbeitet, sie hört zu. Sie kümmert sich – so heißt es zumindest – um die Musik allerorten: Howlin' Wolf und Dr. John und das Es der Tonleiter und den verminderten D-Dur-Dreiklang und jede Blues-Note und jede Note dazwischen. Aber eine ermordete Jungfrau hätte bestimmt den Blues vorgezogen.

Heilige Cäcilia, weise Jungfrau, bitte für uns – daran kann ich mich erinnern.

Die Macht des Gebets hat mir nicht geholfen, auch meiner Mutter und meinem Vater nicht.

Mein Glaube erstreckt sich darauf, einen guten Anzug zu tragen.

Ich meine das ernst.

Trägst du einen scharfen Anzug, einen blitzsauberen Anzug, kann das dein Leben zusammenhalten. Und es ist möglich – diese kleine Rettung kann ein Anzug bewilligen –, ihn so zu tragen, wie Charlie Watts das tut oder die Kinks. Man kann vor der Welt stehen – schweigend –, und niemand erkennt, dass man Geheimnisse hat, dass man ein Geheimnis ist. Sie haben nicht den Grips zu erkennen, dass der Sitz und der Fall und die praktischen Manschetten des Anzugs sich über die ganze traurige Meute lustig machen.

Und daraus folgt jedes weitere Geheimnis, aus dem Original mit dem Seidenfutter.

Ein paar Schritte lang rieb er sich die Hände.

Aber Meg weiß, dass ich lache, ihr ist das aufgefallen.

Immer sind es die Frauen.

Dad dabei zusehen müssen, dass Liebe Leiden ist und Leiden Liebe. Und dann habe ich es selbst so gemacht.

Als würde jemand ein Loch in meine Gedanken reißen.

Immer sind es die Frauen.

Nein.

Besser, man hält die Sorgen schlicht und überlegt sich, ob man am Abend einen Anzug braucht.

Jon ging jetzt mit raschen Schritten voran, so schnell, dass er seinen Herzschlag spürte. Vor sich konnte er die vielen weißen Pickel elektrischen Lichts sehen, mit dem die Fassade von Harrods in senkrechten und waagerechten Reihen markiert war.

Der Laden sieht noch schlechter aus als ich und zeigt, was er ist – eine bunte Tüte voll mit glitzerndem Tand. Er leuchtet wie Weihnachten für immer, ist aber über Nacht geschlossen. Kein Einkaufen mehr. Immer noch ist es zuweilen möglich, dass es kein Einkaufen mehr gibt.

Einmal habe ich eine Frau kennengelernt, die vor langer Zeit in Harrods Verstecken spielte, wenn der Laden geschlossen war: Die Lichter gingen aus, und die übermütigen Nachkommen der Besitzer spielten Verstecken, während Knightsbridge sich zur Ruhe begab, soweit es das je tut. Wilde Schreie und eine Jagd im Dunkeln. Männer stoßen sich an Komplikationen, die sie nicht sehen können. Alle stoßen sich, vermutlich.

Alles verändert sich, und nichts verändert sich.

Das Gesetz des Civil Service, könnte man sagen.

Jon versuchte, nicht an Jagd zu denken. Er war eine Station eher aus der U-Bahn ausgestiegen, etwas, das er sich in letzter Zeit angewöhnt hatte. Jetzt – auch das eine ziemlich neue Angewohnheit – fädelte er sich durch schmale, nächtliche Straßen, durch ehemalige Stallungen und seitlich abführende Gassen. Es war, als würde er einen Verfolger abschütteln.

Allerdings ist mir nicht aufgefallen, dass jemand mir folgt.

Der verlängerte Weg gibt mir Raum zum Denken.

Scheiße.

Ich komme nicht voran.

Aber ich weiß, dass ich ihr nicht, dass ich ihr wahrhaftig nicht wehtun möchte.

In einem oberirdischen Zug wird gebrüllt. Die Stimme eines Mannes wird immer lauter, bis jeder in dem langen Wagen sie hören kann. »Weißt du eigentlich, wo du bist? Weißt du das?« Es entsteht eine Pause, in der niemand antwortet, aber es wird klar, dass der Mann mit der lauten Stimme über jemandem steht, einem Mann, der den Kopf gesenkt hält, wenn auch nicht unbedingt reuig. »Weißt du, wo du bist? Du bist in South London, und hier kriegen Dreckskerle wie du ihr Fett weg. So behandelst du eine Frau ...? So beschissen behandelst du eine Frau ...?« Die Art und Weise, wie der stehende Mann brüllt, hat etwas Lyrisches, etwas Musikalisches. Ein bisschen gefällt es ihm, gefällt ihm diese Gelegenheit, die Welt so zu machen, wie sie sein sollte, es laut rauszusingen. »Bei New Cross steige ich aus, und wenn du dich darüber unterhalten willst, kannst du mit aussteigen, dann unterhalten wir uns mal richtig ... Willst du das? Willst du das?«

Der sitzende Mann will das anscheinend nicht.

»Du hast ihr Angst gemacht. Das könnte deine Schwester sein. Oder deine Mutter. Guck doch mal – wie sie dasitzt.«

Tatsächlich sitzt eine Frau, auch sie hat den Kopf gesenkt, zwischen den anderen Passagieren – auf der anderen Seite des Gangs, dem, wie es scheint, bösen und unhöflichen und auf jeden Fall sprachlosen Mann gegenüber. Sie ist sehr still, während so viel Zorn zu ihrem Schutz in der Luft um sie herum aufbraust. Es lässt sich schwer ausmachen, wie sie das empfindet.

»Wenn du so mit meiner Schwester geredet hättest, wenn du das mit meiner Mutter gemacht hättest, dann würde ich dich allemachen, du Arsch. Verstehst du das? So was macht man nicht. Man droht einer Frau nicht, man macht ihr keine Angst. Starken Mann markieren ... Glaubst du, du bist ein starker Mann?« Die Hebung am Ende jedes Satzes, ob

Frage oder nicht, ist typisch für South London.»Darüber können wir auch reden – wie stark du bist.«

Das Brüllen hat etwas Anmutiges. Der Mann hat die tugendhafte Haltung eines Menschen, der entschlossen ist, es nicht zu Gewalt kommen zu lassen und sich auf das Brüllen zu beschränken. Er ist kräftig gebaut, ziemlich klein und so gekleidet, als würde er nach dem Lunch wieder zur Arbeit fahren, zu einer staubigen Arbeit. Bei ihm ist ein jüngerer Mann, der nickt, während die Vorhaltungen weitergehen, er könnte ein Lehrling sein.

Als der Mann im Schimpfen innehält und Luft holt, meldet sich der mögliche Lehrling zu Wort:»Ich hab auch eine Mum.« Er ist nicht geschickt, aber voller Mitgefühl.»Ich hab eine Schwester.«

Die anderen Fahrgäste können nicht umhin mitzuhören, was zu einer Art Lektion geworden ist, die über die Fertigkeiten des Handwerks hinausgeht oder die darauf abzielt, dass ein richtiger Mann, der ein richtiges Handwerk gelernt hat, auch begreift, wie man Frauen behandelt, und dass dieses Verhalten zu South London gehört, aber unter Mitmenschen mit gleicher Gesinnung auch in andere Gegenden übertragen werden kann.

Der stehende Mann dreht sich zu der Frau um und sagt:»Entschuldigen Sie, dass ich geflucht habe.« Dann fängt er wieder an.»Ihr so was anzutun ...«

Als der nächste Bahnhof durch die Fenster in Sicht kommt, macht sich flatternd ein Wechsel bemerkbar. Der anständige Mann und sein Lehrling steigen aus, sie haben ihren Standpunkt klargemacht. Ein anderer Fahrgast, eine Frau, steigt ebenfalls aus und schüttelt dem anständigen Mann die Hand. Während sie miteinander sprechen, wird er scheu, die U-Bahn nimmt nicht weiter Notiz und fährt aus der Station heraus, weiter nach Süden.

Ich habe sie im Arm gehalten – das Glück des dritten Mals – ich habe sie gehalten, und auf einmal war alles einfach.

Ich und Meg und Klarheit, alles miteinander in enger Umarmung in der Affenwelt.

Monkey World, Herrgott. Im gottverdammten Dorset. Wer hätte das gedacht?

»Dorset? Ist das nicht ein bisschen weit?«

Ihre Stimme war immer noch ungewohnt, wenn sie durch sein Telefon klang, und bewirkte, dass er seine Sätze zerbrach und merkte, wie seine Stimme höher stieg, obwohl es ihm idealerweise lieber gewesen wäre, sie hätte tief und männlich bestimmt geklungen. »So weit ist es nicht.« Atmen und Schlucken schlossen sich gegenseitig aus. »Ich würde fahren. Wenn es dir recht wäre, Meg?«

Ich war verheiratet – ich muss bei diesem Vorgeplänkel damals mitgemacht haben: gemeinsam essen gehen, miteinander telefonieren, nach Dorset fahren.

Jon bewegte sich an Immobilienbüros vorbei, die unmögliche Wohnungen zum Verkauf anboten – demonstrativer Ausdruck von Überflüssigem, das Andere am Reichtum.

Wenn ich ehrlich bin, hat Val, glaube ich, das alles übernommen. Die Annäherung. Keine Fahrt nach Dorset. Aber alles andere. Ich kann mich nicht – vielleicht ist das eine Art Schock – ich kann mich tatsächlich nicht mehr an die Hochzeit erinnern, und schon gar nicht an das, was davor war.

»Wo in Dorset?«

»Monkey World.« Es war das Beste, die Wahrheit nicht zu beschönigen.

»Wie bitte?«

»Monkey World. Das ist mein Lieblingsort. Lach nicht.«

»Ich lache nicht.«

Aber sie hatte wohl gelacht, und sie lachte weiter. »Ehrlich, ich lache nicht.«

Willige elektromagnetische Wellen waren von ihrem Telefon ausgegangen, über Dächer, durch Fenster und durch Wände, über ahnungslose Köpfe hinweggereist – oder wie auch immer sie sich fortbewegten –, und waren in ihn hineingesickert, hineingehüpft, hatten sich in ihn hineingeschlängelt und den Klang ihres Lachens gebracht, weil er etwas gesagt hatte, was ihr gefiel.

Man kann lachen, weil man jemanden lächerlich oder albern findet, aber das verleiht der Stimme einen besonderen Ton, den ich gut kenne.

Meg hatte einfach glücklich geklungen. »Ist es wirklich eine Welt für Affen?«

»Es gibt verschiedene Affenarten und ein paar Menschenaffen, ja.« Inzwischen hatte seine Stimme noch grauenhafter nach einem Pubertierenden geklungen.

»Wenn dir das Freude macht, Jon.« Der warme Klang aus ihrem Mund.

»Na ja ... es ist gut da. Es ist eine Rettungsstation ... etwas in der Art ... Wahrscheinlich so ähnlich wie bei deiner Arbeit, nur größer, und das könnte langweilig für dich sein ... Und es geht darum, dass du ... also, das mit der Freude.«

Das mit der Freude haben wir gemacht. Ehrlich – da irre ich mich nicht. Es, es ... man kann dort zur Ruhe kommen. Die Beschaffenheit ... alles lässt dich zur Ruhe kommen.

»Wir kriegen keine Affen. Wir kriegen Hamster. Gibt es da Gorillas?«

»Keine Gorillas.«

»Ach, schade.«

»Ich weiß. Aber es ist eine Rettungsstation für Affen und Menschenaffen, es ist also gut, dass es keine Gorillas gibt, die gerettet werden müssen ... oder ... oder sie werden getötet, und ihre Hände werden zu Aschenbechern verarbeitet. Statt dass sie am Leben bleiben und gerettet werden. Vielleicht ... ich weiß nicht viel über Gorillas.«

Und da ist das mit der Freude. Diese entsetzlichen Witze, die sie macht.

»Du fährst mit mir nicht aufs Land, mit Müllsäcken und einer Säge im Kofferraum?«

»Was? Nein. Was? Nein, natürlich nicht ... ich ...«

Am Bahnhof London Bridge habe ich sie abgeholt, in einem von Findlaters Autos – einer Art SUV, der nach einem Gewürz benannt ist, man glaubt es nicht.

Es war keine Zeit, ein Auto zu finden und zu mieten, und deshalb hatte Findlater ihm den Paprika geliehen, oder Habanero, oder was weiß ich. *Ich bin es leid, dass man nützlichen und alltäglichen Dingen Namen gibt, die sie lächerlich machen. Und Findlater, der mich angrinst, als würde ich jeden Sitz für sexuelle Eskapaden benutzen. Wahrscheinlich hat er das Handschuhfach mit Kondomen und ... feuchten Tüchern ... vollgeladen ... ich habe nicht nachgesehen.*

Er selbst hatte am Anfang auch einen schrecklichen Witz gemacht: »Ich hoffe, ich bringe uns nicht um.«

Aber es ging gut.

Und sie gab sofort zurück: »Ich habe Fahrverbot. Ganz einfach. Wegen zu schnellen Fahrens. Oft. Und einmal bin ich über einen Kreisverkehr gefahren – Führerscheinentzug.«

»Himmel. Oder, ich meine, ist das ein Witz?«

»Nein. Ernsthaft. Aber ohne Schaden anzurichten. Von ein paar Osterglocken abgesehen. Du solltest das wissen ... das über mich. Falls ich meinen Führerschein wiederbekomme. Ich bin eine grottenschlechte Fahrerin.«

Informationen über Meg sammeln – das könnte ich für den Rest meines Lebens tun.

»Wir gehen zur Monkey World, und es wird schön, und nichts Schlechtes wird geschehen. Versprochen ... Und dir geht es jetzt besser.«

Und Veränderungen zum Guten können unumkehrbar sein. Doch, das können sie.

Vielleicht, wenn wir heute gefahren wären, hätte es noch besser laufen können.

Nein. Es wäre genauso furchtbar gewesen, und dazu noch das Parkproblem.

Er kam an einem Café vorbei, das offenbar auf Crêpes und Hummus spezialisiert war, was vielleicht eine ungute Kombination war, aber da fiel ihm ein, dass er vielleicht etwas essen sollte.

Bisher habe ich nicht gegessen. Es scheint nicht der richtige Tag zum Essen zu sein.

Im Monkey World Café – nicht weit von seinen geliebten Schimpansen – war Meg fantastisch gewesen, obwohl sie ein wenig wie für eine Wanderung angezogen war: eine Art Armeehose, Sneakers, ein Fleece-Oberteil. *Nicht auf den ersten Blick anziehend – oder nicht mit der Absicht, anziehend zu sein. Keine Kombination, die Val gewählt hätte, außerdem hätte sie nicht gewusst, wo man diese Sachen bekommt. Dabei war es nichts anderes als schön.*

Ernsthaft, es schien die Schönheit noch zu steigern, denn sie wirkte entspannt in diesen Sachen, im Gegensatz zu dem seltsamen Kostüm, auf dem sie bisher bestanden hatte ... Alkoholiker waren offensichtlich – vielleicht – an ihrer Erscheinung nicht interessiert. Oder sie waren unglücklich, weil sie sich nicht das kaufen konnten, was sie wirklich wollten, wegen Geldknappheit.

Und während ich mich bemühte, auf der regennassen M27 vorsichtig zu fahren, hatte ich mir vorgestellt, ich würde mit Meg umhergehen und sie mit Geschenken und Gaben erfreuen, die in Seidenpapier gewickelt und in diesen großen, steifen Papiertüten mit Seidenbändern zum Tragen gepackt waren, was sie amüsieren könnte – oder eine Kostümhülle mit dem Namen des Couturiers, der ihr Couturier sein könnte, darauf.

Nichts davon habe ich erwähnt. Nichts davon konnte ich mir leisten.

Aber das mit dem Anzug würde ich ihr erzählen, mit dem Geheimnis im Futter. Ich würde meinen Mantel aufmachen und mein Jackett und ihr zeigen, wo ihre Briefe stecken. O Gott, das würde ich. Heilige Cäcilia, das würde ich tun.

Sie hatte neben ihm gesessen an einem Tisch, der groß genug für eine Busladung war. »Du musst zulegen. Nimm noch eine Wurst im Schlafrock.«

»Ich ... soll ich?«

»Du sorgst nicht richtig für dich.« Meg hatte das mit einiger Befriedigung gesagt, die gewissermaßen verblüffend war.

Ich will ihr Hemdblusenkleider kaufen, Faltenröcke, Schuhe mit kleinem Absatz, in denen sie laufen, laufen kann, ich mag es, wenn sie läuft, Blusen mit Bubikragen, ich will mit ihr über die besten Farben für sie reden, über Brio und Sprezzatura, und ich will sie zu Pullovern ermutigen, die ich umarmen

kann – oder zu Pullovern in Übergröße, die selbst wie eine wollene Umarmung sind.
Sie möchte, dass ich ein Würstchen im Schlafrock esse und gut für mich sorge.
Er hatte den Hummus jetzt hinter sich gelassen – anscheinend war es unmöglich, Hunger zu haben.
Inzwischen war ich erschöpft davon, die vielen Risiken abzuschätzen – der Mangel an Fahrerfahrung in letzter Zeit, der zu einem Frontalzusammenstoß führen konnte – der Airbag, der sie retten würde. Meine Verehrung – Scheiße noch mal – echte Verehrung, die Fähigkeiten in mir wachsen ließ, obwohl meine Beine abgeknickt waren und meine Jeans – schlecht gewählt, zu schwer – die Durchblutung in den Beinen behinderte, trotzdem hatte ich jede schwierige Situation gemeistert, und beim Aussteigen aus dem Poblano ähnelte ich nur entfernt einem Veteranen aus dem Burenkrieg.
Ich bin der geborene Fußgänger – je schneller ich gehe, desto mehr fürchte ich mich.
Die Häuser um ihn herum waren jetzt viel abweisender, von unnahbarer Wachsamkeit. Er steckte die Hände in die Manteltaschen.
Ich hatte diesen Mantel an – zurückhaltend, schieferblau. Habe ihn während der Fahrt auf den Rücksitz gelegt, damit er nicht zerdrückt würde – im Gegensatz zum Träger.
Ich möchte Meg Dinge zum Anziehen schenken, wenn ich mich selbst nicht gut anziehen kann.
Ich möchte ihr Sachen zum Anziehen kaufen und ihr dann beim Ausziehen zusehen.
Sehen und sehen und sehen.
Lieber Gott ...
Dann, auf der Fahrt aus London heraus, habe ich das gemacht, was ich immer mache – sie mit Fakten überschüttet.
»Es wird dir gefallen, du wirst schon sehen. Sie leisten da gute Arbeit, und die Schimpansen ... ich meine nicht, dass die Schimpansen arbeiten – ganz im Gegenteil. Sie haben ausgesorgt. Die meisten von ihnen hatten vorher ein schreckliches Leben – Zwangsarbeit, Zirkusaufführungen – jetzt kann man sehen, dass es ihnen bessergeht ... also, sie können natürlich und entspannt sein ... und sie scheinen ...«
Ich klang ziemlich genau wie jemand, auf den man sich keinesfalls verlassen

sollte, ein Mensch, der von den Anforderungen beim Fahren auf der Autobahn überfordert war und in seiner unvermeidbaren Zukunft zu unkontrollierbarem Weinen neigen würde.

Aber sie drehte an den Radioknöpfen, und ich habe keinen Mist gebaut – ich habe sie gelassen –, und irgendwo, an einer Stelle, einer wunderbaren Stelle zwischen London und Wareham, schallte aus den Piri-Piri-Lautsprechern »Lola« heraus.

Das schreckliche, entsetzliche Auto gab mir die Kinks.

Die mächtigen Akkorde zur Eröffnung, dann die rollenden, taumeligen, eilenden Riffs.

Und dann sang sie. Wirklich wahr. Sie saß neben mir und schlug den Vierviertelakt auf dem möglicherweise libidinösen Handschuhfach und sang laut mit – so singe ich nur, wenn ich allein bin – und sang zu Ray Davies – mit der raffiniert sexy Stimme, mit der naiv klingenden Kinder-Männer-Stimme.

Was gäbe ich, wenn ich diese Stimme haben könnte ...

Diese sechs Silben im Refrain, mit Kussmund gesungen ...

Dave, der andere Bruder, sang die raue Version, und John Dalton und John Gosling – das war John Goslings erste Platte mit den Kinks ...

Ich glaube, das stimmt.

Ein Blick zu ihr, auf ihre Lippen, als würden sie sich zu einem Kuss öffnen, ein Kuss, der kirschsüß oder amerikanisch exotisch schmecken könnte.

Der Wunsch, sie glücklich zu sehen.

Und froh, dass ich ein Mann bin.

Ich verkniff mir, ihr alles über Dobro-Resonatorgitarren zu erzählen, was sie sowieso nicht wissen wollte ...

Sie kannte den Text. Das Mädchen in dem albernen Auto, das nicht mir gehört – sie kennt den Text und mag ihn.

Verdammt schön.

Und ich war mit ihr auf dem Weg zu meinem Lieblingsort. Eine kleine Welt voller Empörung im Namen der Schwachen. Vergessen wir die Menschen, retten wir die Unschuldigen: Das scheint das Ethos zu sein, wenn man da einen Besuch macht, und ich verstehe das.

Weiser alter Schimpanse saß oben auf einem Telegraphenmast, zusammengefaltet wie ein ordentlicher Gedanke, wie ein Netsuke, und ich spürte, dass er mich beobachtete, und hoffte, dass er mir alles Gute wünschte – »Hab dich hier noch nie mit einer Freundin gesehen. Sieh dich vor. Erzähl lieber nicht zu viel über die psychischen Probleme der Krallenaffen, die von Menschen in Vogelkäfige gesperrt werden, erwähne lieber mit warmer Nachsicht die Hässlichkeit der Makaken und dass die Lemuren ihre langen Bäuche in der Sonne wärmen würden, wenn es nicht gerade nieseln würde, dafür Entschuldigung, und auch für den Gestank – hin und wieder – von den Exkrementen, und viel Glück mit ihr, mein Vetter, mein ungeschickter, schwacher Vetter mit den kleinen Händen.

»Ich weiß überhaupt nichts über verf... verdammte Menschenaffen. Auf der Farm haben wir nie welche gehabt.«

Ich weiß nicht, warum sie sich korrigierte. Als würde ich nicht wollen, dass sie »Ficken« sagte. Als hätte ich sie nicht gebeten, es zu wiederholen, wenn das nicht sonderbar gewesen wäre.

»Ich habe nichts über Menschenaffen gelesen, auch nicht über Affen, nur das, was offensichtlich ist. Aber ich mag es, wenn ich Dinge verstehe. In gewisser Weise kenne ich sie schon. Ich möchte alle Fakten im Voraus eingepflanzt haben. Sie erzählt zu bekommen irritiert mich.«

»Oh.«

Ich kenne eine Menge anderer Leute mit demselben Problem. Ich arbeite in der Nähe von einem Palast, der voll von solchen ist – und noch mehr.

Sie nickte. »Ich möchte gut informiert sein, eine gut informierte Person bei einer Dinnerparty – ich verabscheue Dinnerpartys – im Pub – in Pubs gehe ich nicht mehr – jedenfalls ... ich meine, ich weiß gern Dinge ... Mr August, der weiß auch sehr viel ...«

Und als sie den Namen sagt, meinen Namen, sage ich: »Scheiß auf Dinnerpartys.«

Und ich küsse sie, ich küsse sie – kirschsüß – der Herzschlag im Viervierteltakt ... Heilige Cäcilia, pass auf mich auf, ich bin wie die Musik. Und ich sage es noch einmal zu Meg.

»Scheiß auf Dinnerpartys und auf Menschen, die zu Dinnerpartys gehen. Und auf die Leute in Pubs und auf alle, die nicht wir sind, um ehrlich zu sein. Scheiß auf die ganze verfickte Bande.«

Damit sie hört, wie ich es sage – verfickt – während die Schimpansen zugucken. Ich prahle vor meinen Vettern. Schließlich, heilige Cäcilia, was weißt du schon? Du bist Jungfrau.

Wir waren im Schauraum der Schimpansen: drinnen, im Tiermief, vor den großen Fenstern, wo wir sehen sehen sehen können.

Drinnen herrscht immer ein Lärmpegel fast wie bei menschlichem Gewimmel: So wäre es, wenn wir gezielt und lässig auf den Boden kacken und pissen würden, wenn wir unordentlich und unbekümmert wären, wenn wir uns nie waschen und gegenseitig dauernd anfassen würden, uns streicheln und tätscheln und halten und uns gegenseitig das Fell säubern und glätten würden und uns umarmen würden und nie loslassen und immer genau wüssten, wo wir sind – und wenn wir wüten und kreischen und gestikulieren, wüssten wir es trotzdem ... ich glaube, wir wüssten es.

»Das sind ernstzunehmende Tiere, stimmt's? Sieh mal, die Armmuskeln von dem da.« *Meg sprach leise, alles andere hätte unhöflich gewirkt, die Schimpansen waren gleich hinter dem dicken Glas – eine dicke Fensterscheibe, ihr Wohnzimmerfenster – und sie sitzen herum und interessieren sich nicht dafür, dass ich in meinem Kreuz, in meinen Innern, in meiner Seele verstehe, vielleicht verstehe, dass dies Megs Morgenstimme ist, gleich nach dem Aufwachen, die nur für mich da wäre – Bettsachen und kirschsüß und Kaffee und unwichtiges Geplauder.*

»Sie würden einem wehtun, wenn sie einen nicht kennen oder wenn sie gekränkt wären.«

Siehst du sie direkt an, dann sind es Tiere. Nimmst du sie am Rande wahr, dann bemerkst du Formen und Bewegungen und Gewohnheiten von Menschen, von dir selbst, von einem eher nackten Wesen.

»Sie scheinen nicht in der Stimmung für Kränkungen zu sein.«

Und ich kann meine eigene Morgenstimme hören, die sagt – langsam, zufrieden, tief – die zu meinem Schatz sagt: »Das ist Simon, der Silbrige, der in etwas vertieft scheint. Und das ist Hananya – der Umtriebige, Breite, mit dem wuscheligen Fell. Er hat das Kommando, der Ärmste. Die zwei da drüben, die zusammensitzen, sind Jess und Arfur, sie mögen einander, aber nicht auf diese Weise, weil Hananya – er ist der Chef – nicht wollen würde, dass sie sich so mögen. Er ist in der leitenden Position und kriegt die Frauen. Die meisten.«

Und Jess und Arfur fassen sich an und versichern sich gegenseitig und fassen sich an – Finger mit dicken Nägeln, Füße mit dicken Sohlen und geschickten Zehen. Arfur ist staubig und hat etwas Altes an sich, obwohl er so alt gar nicht ist. Simon mit dem weißen Bart und den kahlen Unterarmen – er zeigt seine Muskeln, seine faltige Haut. Thelma, das Baby mit den Henkelohren, rosige Thelma, die hier auf die Welt gekommen ist, in Sicherheit, die keine Narben hat – mit unbeschwertem Blick klettert sie um ihre Mutter herum.

»Einer der Schimpansen – vielleicht ist sie das – wurde gerettet und hat eine Weile bei der königlichen Familie in Dubai gelebt. Sie wurde hierhergeschickt, als sie zu alt und zu groß wurde und nicht mehr süß war – sie hatte Gepäck dabei, heißt es, Kleidung für verschiedene Gelegenheiten ... Ich kann mir nicht vorstellen, wie das für sie war. Du wächst unter Menschen auf, und dann kommst du hierher und du ziehst dein Kleid aus.«

Scheiße.

Auf der stillen Straße in Knightsbridge geht Jon langsamer, er sieht zum Londoner Himmel auf, zu dem schmutzig gelben Dach, das man statt einem Sternenzelt kriegte, und hörte, wie er seiner Geliebten sagte: »Und du ziehst nie wieder Kleider an. Du bist einfach so, wie du bist. Und du bist bei der Familie, es ist wie in einer Familie.«

Hananya, in milder Nachmittagsstimmung, hatte sich geschmeidig entlangbewegt, eine Schimpansin umarmt und sie – tap – ein bisschen gefickt. Sex bei Schimpansen ist ganz unauffällig, aber so ... wirklich wahr ... so unbekümmert, zumindest scheint es so. Es passiert einfach und gehört mit dazu.

Anziehen und ausziehen ...

Solche Zärtlichkeit, die sich ausbreitet ... es ist vernünftig, dass sie sich ausbreitet ... solche Zärtlichkeit ...

Ich sah sie nicht an, ich brauchte sie nicht anzusehen, weil sie sich an mich lehnte und wie ein Lied anfühlte – ein Wiegenlied, eine Arie, eine Hymne, ein Lied, das es nie gab – und ich sage zu ihr, denn ich kann Dinge zu ihr sagen, wir können uns gegenseitig Dinge sagen, denn scheiß auf alle anderen außer uns: »Sie – die meisten – werden in der Wildnis gefangen, wenn sie klein sind und sich gut verkaufen lassen, weil sie niedlich sind, und die Jäger töten die Familie, weil die Familie die Jungen nicht hergeben würde – sie würden ihre Jungen nie hergeben –, und die Schimpansen werden in Käfige gesperrt, allein, und das muss unglaublich, unfassbar schrecklich sein, dann kommt die Reise, im Flugzeug oder mit dem Schiff, und wer das überlebt, wird verkauft, und vielleicht werden dem Tier die Zähne ausgezogen, damit es nicht beißen kann, oder man bringt ihm das

Rauchen bei oder gibt ihm Drogen, um es ruhigzustellen, denn das ist leichter, als die Tiere zu verprügeln, oder man bringt ihnen bei, Alkohol zu trinken oder Zaubertricks vorzuführen, sie werden abgerichtet, werden Fremden vorgeführt und müssen Kleidung tragen, einen Anzug, damit sie wie ein Mensch aussehen – ein Witz-Mensch – aber das Tier hat Angst und –«

Sie machte »Psst.« Wie ein Kind es sagen würde. »Psst.« Oder die Eltern. Meine Schuld, dass ich sie zum Weinen gebracht habe.

Als kämpfte sie dagegen an, führte einen milden, tiefen Kampf, damit sie ... Sie war da.

Arme in meinem Mantel, diesem Mantel, die Arme heftig und unerklärlich und liebend, weil ich ein Idiot bin und ihr wehgetan habe.

Ich will ihr nicht wehtun.

Ein Körper, der versengt.

Schön.

Man weiß, woran man ist.

Mit ihr weinen.

Man verfolgt eine klare Absicht, nach einem Moment wie diesem.

Ich will ihr nicht wehtun.

Jon senkte das Kinn, ging von einer teuren, gepflegten Straße ab und bog in eine schmale Gasse ein.

Ihre Arme schlossen sich um mein Kreuz.

Bei einem seltsamen schmalen Haus mit merkwürdigen Fenstern – *dieses Haus überzeugt mich nicht, es scheint, so wie es ist, unmittelbar aus Dickens entsprungen* – bog er nach links in eine Nebenstraße mit Kopfsteinpflaster ein. Vor ihm waren die leisen Geräusche eines kleinen Pubs zu hören – wie sie in Reiseführern wärmstens angepriesen werden. Noch wollte er keinem Menschen begegnen.

Ich war von ihren Armen umfangen und konnte Ruhe finden.

Er wollte sich setzen, vielleicht auf das Kopfsteinpflaster, und seine Kräfte sammeln. Er wollte an die Tür des alten Hauses klopfen und Einlass begehren und zum offenen Feuer gebeten werden und mit Freundlichkeit behandelt werden und einen Weg gewiesen bekommen, zu seiner Lieblingsschlussfolgerung.

Ich sollte sie anrufen. Ich sollte ihr sagen, dass ich eine klare Absicht verfolge.

Ich sollte ihr versprechen, dass ich auf sie achten werde.
Ich sollte ihr sagen, wie.

Seine Hand griff in den Mantel – seinen Mantel, der sie kannte und den sie mochte –, aber bevor er die Bewegung beenden konnte, versetzte jemand ihm einen Schlag.

21:45

Meg war am U-Bahnhof South Kensington. Sie war zwar aus dem Zug ausgestiegen und eine Treppe oder mehr nach oben gegangen, aber aus irgendeinem Grund schaffte sie es nicht weiter. Andere Passagiere schoben sich an ihr vorbei, und sie stand mit dem Rücken zum Gang vor einem riesigen Gitter und blickte in den Innenbau des Bahnhofs.

Sie war an dem Abend schon eine Weile in Züge eingestiegen und in andere umgestiegen – eine gute Weile, so schien es, nachdem sie einen Blick auf ihre Uhr geworfen hatte.

Das Netz hatte sie am Leicester Square aufgenommen und nach King's Cross im Norden befördert, und sie hatte es zugelassen. Sie war mit der Northern Line gefahren und dann zurückgerollt und die ganze Zeit zwischen den Wellen und Wirbeln der Pendler mit festen Zielen herumgeschubst worden. Dann war sie auf die Circle Line umgestiegen.

Du kommst nirgendwohin. Immer und immer im Kreis.

Es war nicht mehr möglich, mit der Circle Line zu fahren und zum Ausgangspunkt zurückzukehren, ohne einmal aufstehen zu müssen. Zum Verdruss mancher war an der Edgware Road eine Lücke eingeschoben worden, und Waggons voller Menschen mussten dort auf eine Verbindung warten, was früher nicht nötig gewesen war, und die Edgware-Atmosphäre war dauerhaft dick vor Gereiztheit und abgewürgten Plänen.

Die Lücke verhindert, dass Obdachlose sich in der Bahn zum Schlafen auf einen Ecksitz verkriechen und so im Warmen und Trockenen im Kreis fahren, alles für den Preis einer einfachen Fahrt. Und vermutlich versagt sie depressiven Menschen die Möglichkeit, anhand des Kreislaufs ihre eigene Nutzlosigkeit unter Beweis zu stellen – indem sie wieder zum Anfang gelangen und nicht vorankommen. Das kann man jetzt nur, wenn man an der Edgware Road ein- und aussteigt. Und das ist auch so schon ein ziemlich düsterer Bahnhof.

Meg war nur im Uhrzeigersinn gefahren, sie war durch ein paar Sper-

ren geschlüpft und mit der Piccadilly Line hierhergekommen – nach South Kensington.
Jon hat vielleicht angerufen. Er hat gesagt, das würde er tun.
Sobald ich rauskomme, weiß ich das. Vielleicht habe ich nichts von ihm gehört, weil er ein Mann ist, der zur Ausblendung neigt, und er hat sich ausgeblendet. Man sieht es ihm an – wie er einmal sein wird. Vielleicht meidet er mich den ganzen Tag, und wenn ich mich schlafen lege, ist nichts Gutes passiert. Vielleicht mache ich ihm Angst. Beschädigte Tiere machen den Menschen Angst – aber die Schimpansen haben ihm gefallen ... Die eine, die Stöckchen zwischen den Fingern rollt und so tut, als würde sie rauchen, wenn sie Stress hat. Kaputte Affen. Menschenaffen. Abgefuckte Menschenaffen.

Aber vielleicht mag er nur, wie wir sind, wenn wir hinter Glas und Gitter sitzen, wenn er einfach weggehen kann.

Oder vielleicht habe ich nichts gehört, weil ich unter der Erde war, und wenn ich raus an die Luft komme, ist alles in Ordnung. Man kann sehen, dass er sich nicht ausblenden will, dass er versucht, nicht ausgeblendet zu werden – auch das hat er in sich, den Wunsch zum Bleiben. Ich weiß, wie Wünschen aussieht, und er wünscht es sich.

Und er ist nett.

Sie erinnert sich, wie Jon sie in der Rettungsstation gehalten hatte.

Manchmal möchtest du einfach in den Arm genommen werden – ohne irgendwelches Drama, einfach so, wahrscheinlich ist es für niemanden etwas Besonderes – man wünscht es sich einfach.

Und Jon weiß, wie Wünschen aussieht.

Und so wurde ich in den Arm genommen.

Er ist ein freundlicher Mensch – das stimmt auf jeden Fall.

Und jetzt würde es mir guttun, in den Arm genommen zu werden.

Nach heute Morgen ... Wenn wir nur daran denken – dann habe ich ein Recht darauf.

Ich hätte in dem Krankenhaus eine unechte Zigarette geraucht, wenn ich eine gehabt hätte. Oder eine echte.

Ich hätte da auf den Boden geschissen, wenn mir das nicht den Rest meiner Würde genommen hätte.

Sie haben mich wie ein Ausstellungsstück behandelt, warum soll ich mich da nicht so benehmen, als wäre ich im Zoo?

Meg lehnte sich an das Gitter, durch das ein Strom kalter Tunnelluft und ungestörter Tiefe heraufdrang und an ihr leckte. Hinter dem Gitter war ein breiter runder Schacht, ausgekleidet mit ozeandampfermäßigen Eisenplatten – alt und geheimnisvoll.

Er ist zur Belüftung da, nehme ich an, oder um Gerätschaften nach unten zu lassen.

Der Schacht hatte die Autorität einer viktorianischen Konstruktion. Er zeugte von lautstarker Arbeit, von Handwerk, wichtig und in Vergessenheit geraten, von tödlichen Unfällen.

Ziemlich tief zum Fallen.

Über ihr war die Trommel bis zum Straßenniveau offen, zeigte aber nicht die Spur von Himmel. Und nach unten versank sie jenseits ihrer Füße bis zum – so nahm sie an – untersten Bahnsteig. Normalerweise war sie den Blicken verborgen, unsichtbar gemacht durch ihre Dunkelheit. Aber jetzt leuchteten krasse weiße Lichter über der gähnenden Öffnung, und sie konnte sehen und sehen und sehen: die Komplikationen von Metall und Gerät, andere Gitter auf der gegenüberliegenden Seite, Konstruktionen mit obskurem Zweck.

Niemandem sonst fällt das auf. Nur mir.

Weil ich hier unten festgehalten werden will, weg davon, dass er keine Nachricht geschickt hat und dass es nie etwas werden wird und ...

Ich bin hier unten mit meinem Suffkopf – hier unten im Schutz, um Enttäuschungen fernzuhalten.

Weil ein Alki keinen Johanniskrauttee trinkt oder meditiert oder einen zuverlässigen Freund anruft oder die Sache auf sich beruhen lässt und sich entspannt – ein Alki macht sich Sorgen. Warum sonst würde ich immer was zu trinken brauchen?

Immer.

Die Kälte kroch in sie hinein und strich um sie herum, und das hatte etwas Altes, etwas, das über eine Lebenszeit hinausging, und das ließ es unsinnig erscheinen. Sie begann zu zittern. Das Gefühl, dass der Körper geschüttelt wurde, die Kälte nach einem Schock, das schien sie zurückzutransportieren, hinter die Untersuchung vom Morgen, und Erinnerungen aufzurollen, die sie nicht wollte.

Warum sonst würde ich immer trinken müssen?

Jetzt hatte sie schon wieder dieses nervöse Zwicken im Magen, das Ziehen von etwas Unerträglichem, das an ihrer Wirbelsäule rieb, dieses wiederholte Gefühl von Leere. Sie befasste sich mit den Symptomen von Hoffnung. Hoffnung fühlte sich ganz ähnlich wie Leere an, wie Panik. *Immer.*
Ich sollte gehen. Ich sollte wirklich gehen.

Sie reihte sich in den Strom der Passagiere ein und fing mit dem letzten kleinen Teil des Aufstiegs zur Oberfläche an.
Ich muss gehen.

Es ist ein später Sonntagnachmittag am Ende eines warmen Herbstes. Überall in London sind die Menschen auf dem Weg nach Hause, zum Essen, zur Ruhe nach dem, was vielleicht das letzte Wochenende des Jahres im Freien war.

Ein Zug der Northern Line fährt von King's Cross nach Süden. Die Wagen sind nicht überfüllt, aber die meisten Plätze sind besetzt.

In einem Wagen sitzen Paare, Familien mit Kindern, Einzelpersonen eng beieinander. Ihnen allen ist der Widerschein müder Vergnügen gemeinsam. Einige halten ihre Rucksäcke auf dem Schoß, ein paar haben Schlafsäcke dabei. Sie stehen bei den Türen, wo mehr Platz ist, sie sitzen auf den langen, gepolsterten Bänken und sehen sich quer durch den Wagen an. Und sie sind still.

Ein sehr massiger Mann sitzt dicht an der Glastrennwand bei einem Ausgang. Er schläft.

Er ist sowohl ungewöhnlich groß als auch breit gebaut. Seine dicken Knie und langen breiten Füße ragen ziemlich weit in den Mittelgang hinein. In jede Richtung vermittelt er den Eindruck, dass er nur knapp auf den Sitz passt. Seine schwer wirkenden Hände sind über dem Bauch gefaltet und heben und senken sich friedlich im Schlaf. Er ist so groß, dass sein Kopf, der an der Trennwand lehnt, fast an die Decke stößt. Obwohl die Passagiere Mäntel, Schals, Mützen tragen – ihre Reaktion auf den kleinen Schock der ersten echten Winterkälte –, ist der massige Mann in Hemdsärmeln. Er scheint ein Mensch von großer Kraft zu sein und über solche Dinge wie Temperatur und Wetter erhaben.

Bahnhöfe sausen an den Fenstern entlang, Passagiere steigen ein und aus, jeder Bahnhof schleicht heran und rast dann weiter, und die ganze Zeit schläft der Mann. Hinter ihm am Fenster ist ein großes quadratisches Kissen. Es stützt seine Schultern, den Nacken und den Hinterkopf.

Es ist ein neues Kissen, noch in der Plastikverpackung, und besteht aus Filz und anderem weichen Material. Das Kissen ist in Felder unterteilt, und auf jedem Feld ist ein einfaches Stoffbild von einem Tier aufgestickt. Die Tiere – abgesehen vom Zebra – sind schwer zu erkennen, denn sie sind in erster Linie geschaffen, um zu lächeln und beruhigend zu wirken, und nicht, um zoologische Genauigkeit darzustellen. Sie sind Illusionen zum Gefallen von Kindern.

Wie ein riesiges Kind ruht der Mann und ist friedlich, und seine Ruhe breitet sich im Wagen aus. Alle, die hier sitzen, haben beschlossen, sich an die unsichtbare Regel zu halten, dass ein Kind – wie groß es auch sein mag – niemals gestört werden sollte.

Niemand spricht. Wer den Wagen verlässt, geht auf Zehenspitzen. Die neu Eingestiegenen senken die Stimmen schnell auf sanfte Kinderzimmerlautstärke.

Die Gesichter sind ruhig und glatt, Bücher werden gelesen, dazwischen kurze Blicke zu dem Schläfer geworfen. Wer wach ist, verhält sich mit besonderer Umsicht, und wenn Blicke sich begegnen, sehen sie glücklich aus, wie bei Menschen mit einem glücklichen Geheimnis. Sie schaukeln mit der Bewegung des Wagens. Auch der Mann schaukelt.

»Was zum –« Offenbar prallte Jon aufs Kopfsteinpflaster, über ihm das Gewicht des Angreifers.
»Halt still.«
»Was?«
»Halt still, hab ich gesagt, du Idiot.«
Jon erkannte, dass sowohl das Gewicht als auch die Stimme zu Milner gehörten, gleichzeitig war er besorgt, dass sein Mantel schmutzig würde, und er fragte sich, ob die Tatsache, dass er keinen Schmerz im Gesicht spürte, die Wirkung einer betäubenden Hysterie war oder ob Milners Schlag ihn nur gestreift hatte. »Bist du vollkommen irre ...?« Es hatte sich nicht wie ein Streifschlag angefühlt.
»Gut so. Bleib dabei.« Milner hockte jetzt rittlings auf Jons Brust – und sein Bauch war im Halbdunkel noch bedrohlicher als sonst.
»Du hirnrissiger, beschissener Mistkerl!« In einem Anfall von Wut stemmte Jon sich unter dem Angreifer vor. »Du beschissener ...!« Sein Zorn ließ nicht nach und katapultierte ihn, atemlos und heiß, in eine unordentliche, halbwegs stehende Position. »Du schwachsinniger – «
Und zum ersten Mal in seinem Leben war Jon einfach nur wütend. Er schwang die Fäuste, die noch nie jemanden geschlagen hatten, und ließ sie durch die höhnende Luft sausen.
Jon wirbelte auf den Fersen herum – jetzt spürte er ein Stechen in der rechten Hand und im rechten Knie, dazu noch in der linken Wange – und vor ihm schwankte Milner in schweißglänzender frühabendlicher Trunkenheit.
Was zum Teufel hatte der Idiot vor?
Sie waren in der Sackgasse aufeinandergestoßen: »Du Scheißkerl!« Am Ende der Sackgasse stand ein malerischer viktorianischer Pub, der einst von Schildwachen frequentiert worden war. Jetzt lag er so verborgen

und war so entzückend, dass ein Grüppchen von Berühmtheiten sich hier eingefunden hatte, mit dem Wunsch, ein London, das es nie gegeben hatte, zu erschaffen. Die Gäste, die draußen auf den hübsch gestrichenen Stufen und bei dem reizenden, neu aufgestellten Schilderhäuschen standen, fanden vielleicht nicht so viel Gefallen an einem Ausbruch von Gewalt.

Jon beugte sich vor, stützte die Hände auf die Knie und rang nach Atem, während Milner glucksend vor sich hin lachte. »Du Riesenschwuchtel, Jon. Das musst du schon einstecken. So ist das heute nun mal ...« Er sprach sehr deutlich für jemanden, der als Trinker und Schläger galt.

»Du beschissener, verdammter Scheiß... du ...« Jon stieß die Wörter zischend hervor, während er versuchte, sich zu orientieren. »Was hast du vor? Was genau? Mich kaputtzumachen? Ich bin schon kaputt – du kommst zu spät. Ich bin seit Jahren mit allem fertig, von Schlägereien abgesehen, und – ach, guck, *jetzt hatten wir eine Schlägerei.*« Er vermutete, er würde sich übergeben müssen.

»Ich bin deine Rettung, du Schwachkopf.« Milner klopfte Jon mit bewundernswert berechneter Ungenauigkeit auf den Rücken. »Denn so kannst du nicht das ungezogene Mädchen Lucy treffen und ihr eine weitere Ladung von den Kronjuwelen geben, du bist nämlich von dem schrecklichen alten Säufer Milner abgefangen worden und hast einstecken müssen.«

Jon spürte, wie Milners feuchte Pranken seine Hüfte begrabschten. »Fass mich nicht an.«

Milner stand dicht hinter Jon und gab ihm scherzhaft ein paar Stöße in den Rücken. Wie Milners dicker Bauch sich an sein Gesäß presste dabei und gequetscht wurde, war ekelhaft, und genau das war die gewünschte Wirkung.

Jon befreite sich und richtete sich auf. »Du ...«

Ich kann ihn nicht Fotze nennen, ich weigere mich, mit ihm auch nur im mindesten zu tun zu haben ... Auf keinen Fall werde ich das als Beleidigung sagen, der Himmel bewahre ...

Er entschloss sich zu: »Du fetter, nutzloser Sack.« Dann schüttelte er den Staub von seinem Mantel, strich sich den Schmutz von den Ärmeln. »Weichei. Wichser. Schlappschwanz ... Du bist ein Schlappschwanz.«

Milner lachte wie der Teufel im Kasperletheater und murmelte: »Jetzt schnell in die Bar – beste Freunde von jetzt an – geht nichts über ein bisschen Analspaß, um euch Internatsüberlebende zu beschwichtigen, euch zur Ruhe zu bringen. Und ich geb dir einen aus, als Entschädigung für den Witz, der schlecht gelaufen ist. Es guckt keiner zu, niemand, der uns die falsche Sorte Aufmerksamkeit schenkt. In der Bar dreht sich wie immer alles um die Glanzvollen – sie ist halbwegs berühmt dafür, dass die extrem Berühmten hierherkommen: Mützen unterm Arm, ein Bier im guten alten Lohn-dohn, wie es früher mal war ...«

»Das weiß ich – ich bin kein Idiot, du beschissener Idiot.«

»Empfindlich, was? ... Heute Abend sind zwei Typen hier, die manchmal neben Prinz Sowieso stehen und das Spiel mit dem Eierpflaumenball spielen.«

»Du bist nicht witzig.«

»Rugby-Rammler ... Und die Frau, die den Backwettbewerb im Fernsehen dieses Jahr nicht gewonnen hat ... oder letztes Jahr ... Berühmtheit ist auch nicht mehr das, was sie mal war.«

»Das war unnötig.«

»Beim Lunch hast du mir deutlich den Eindruck gegeben, dass es nötig war ...« Milner näherte sich Jon, als wäre der ein scheues Tier, ein verstörtes Pferd – er hielt die Hände niedrig und offen, in besänftigender Geste.

Und Jon ergab sich, erlaubte Milner, ihm seinen schweren Arm um die Schultern zu legen, ihn zu beugen. Dann führte Milner ihn wie einen alten Kumpel hin zu dem gedämpften Lichtschein und dem Geschnatter des Pubs.

Ich kann sie so nicht sehen. Ich bin ohnehin schon übel genug, auch in guten Zeiten und ... so sehe ich aus wie eine Comiczeichnung von einem torkelnden Trunkenbold. Ich werde nach Milner riechen, nach lauwarmem Bier und Ketoazidose – ja – ich habe mich über die physischen Auswirkungen von Alkohol informiert.

All die großen und kleinen Schäden, die ich ihr erspart hätte, wenn ich dazu imstande gewesen wäre.

Bitte lass sie immer in Sicherheit sein.
Bitte.
Bitte alles, irgendwas, nichts.

Scheiße.

Jon hörte, wie er jammerte – *Himmel, ich habe eine hässliche Stimme, heute schlimmer als sonst –,* und sprach mehr zu sich selbst als zu Milner: »Ehm ... lass mich ... Ich bin spät dran für meinen nächsten Termin, und ich muss eine Nachricht schreiben.«

»Mach doch.« Milner atmete das an Jons verletzter Wange entlang – die Wärme des Atems wirkte infektiös.

»Dazu muss ich allein sein.«

»Wie du willst, Schätzchen. Ich bestelle dir ein Glas Bitter – ist das genehm?«

»Ich will nichts trinken.«

Ich will nicht, dass mein Mund nach Alkohol schmeckt.

»Ich hol dir trotzdem ein Bitter – du bist ein verbitterter Mann, Jon. Haha. Verbittert. Wenn du es nicht willst, trinke ich es selbst.«

»Bestell mir einen Tee, Herrgott noch mal.« Und am Fuß der hübschen und vielleicht echt alten Stufen, die zum Eingang des Pubs führten, schüttelte Jon ihn ab. Dann sah er zu, wie Milner der Brocken sich nach oben und hineinhievte. Jon schloss die Augen.

Wenn jetzt mein Telefon auf dem Pflaster kaputtgegangen ist ... Wenn ich nicht ... Wenn es mir nicht möglich ist ...

Die Dunkelheit in seinem Kopf machte nur sein Denken lauter, als er es aushalten konnte, und er sah sich um. Der Abend schien schlüpfrig, nass erleuchtete Flecken versteckten sich im Kopfsteinpflaster wie Anzeichen von Krankheit. Er griff in seine Tasche und holte sein – wie sich herausstellte – unversehrtes Telefon heraus. Er wählte Megs Nummer, dann drückte er, bevor die Verbindung zustande kam, auf Abbrechen.

SMS. Das wäre besser. Ich schicke eine SMS.

Das wäre gar nicht besser, aber ich schicke trotzdem eine.

Seine Hände waren plötzlich schlüpfrig und unzuverlässig.

Er glaubte, er würde vielleicht weinen wollen.

Eine SMS.

21:52

Jon fand den Freitagabenddunst und den Lärm in der Bar abstoßend. Es verursachte ihm – unweigerlich – Übelkeit und dann mehr als Übelkeit.

Vielleicht sollte ich mir eine Essstörung zulegen.

Er musste an Milner vorbei und sofort zur Männertoilette, sobald er einmal drinnen war.

OGottoGottoGott.

Nachdem er es zur Toilette geschafft hatte, hustete und würgte er unglücklich in einem vergeblichen Versuch, trat dann aus der relativen Abgeschiedenheit der Kabine heraus, ließ Wasser ins Becken laufen, schöpfte es mit den Händen heraus und warf es sich ins Gesicht, wie eine wiederholte kleine Zurechtweisung. Er sah – wenn dem Spiegel zu glauben war – schrecklich aus.

Wie ein alternder Hausbesitzer, der überfallen wurde und dessen Foto ihm aus den Schlagzeilen der Lokalzeitung entgegenstarrt – seht, was sie mit mir gemacht haben.

Seht, was ich mit mir gemacht habe.

Milner hatte bereits eins der Biergläser auf dem Tisch geleert, als Jon zurückkam. Das andere Glas hielt er grinsend hoch, bevor er den ersten Schluck nahm, und zeigte dabei seine Zähne. »Jetzt aber.« Er hielt inne. »So fest habe ich gar nicht zugeschlagen, aber du siehst wie ein Stück Scheiße aus ... Du wirst schneller älter, als ich dachte, stimmt's, Jonnie? Ganz schön grau, dein Gesicht.«

»Danke.« Jon klappte sich auf dem Sitz zusammen und legte eine Hand in die andere – hielt sich selbst aufrecht, hielt sich gut fest. »Ich habe keine Zahlen für dich. Außerdem haben sie keinen Sinn mehr. Falls sie je einen hatten.«

»Was ist, hast du keine Eier in der Hose?«

»Warum haben heute Abend alle so ein lebhaftes Interesse an meinen

Eiern?« Jon erschreckte sich selbst. »Meine Eier sind an Ort und Stelle. Genau genommen.«

»Ich glaube dir aufs Wort. Und die Zahlen haben sehr wohl einen Sinn – wenn nicht, warum ist es dann so schwer, an sie ranzukommen? Warum werden sie auf hoher See begraben? Wie viele Selbstmorde, wie viele Todesfälle, welche Kostensteigerungen gibt es und worin sind sie versteckt? ... Alle unsere Hinweise und Anmerkungen bauen die Welle der Enthüllung auf.«

»Einen Scheiß bauen sie auf.« Jon sprach so leise wie möglich, während der Zorn in seinen Unterarmen zuckte. »Niemanden interessiert das. Erinnerst du dich an *Verpfeifen wir die Schnorrer*, in der aufstrebenden *Sun*? Das war vor zehn Jahren. Damals fing der Hochoktan-Hass an.« Er ließ seinen Blick durch die glückliche Bar schweifen, über die glücklichen Gäste.

Scheiß auf euch alle.

Er fuhr fort: »Seit über zehn Jahren wird uns von den Armen erzählt, die es nicht besser verdient haben. Wenn du so arm bist, dass du Sozialhilfe brauchst, dann musst du etwas falsch machen – dann bist du falsch und unwürdig. Wer Mangel leidet, soll nichts bekommen – das ist das Motto unserer Abteilung. Unser nationales Credo – wir lieben königliche Babys und verachten die Armen. Jetzt und für alle vorhersehbare Zukunft. So funktioniert das doch ...«

»Hast du deine Tage?« Milner klopfte Jon auf den Arm, und Jon empfand die Berührung als etwas Unreines, als eine obszöne Bemerkung über Meg, darüber, wie sie vielleicht gewesen war, wenn sie betrunken war.

»Du alter Sack, Milner.«

»Ich frage nur, weil du anscheinend dein ganzes Berufsleben gebraucht hast, um zu merken, dass die Dinge aus dem Ruder laufen.«

»Es hat mein ganzes Berufsleben gedauert, bis es, wie du sagst, aus dem Ruder gelaufen ist ... ich bin drangeblieben ...« *Zu laut.* Jon sah, dass ihm tatsächlich Tee gebracht worden war – Teekanne, Milch, Zucker, Tasse mit Untertasse, das ganze erbärmliche Zeug schien verwirrend und trostlos, als er es jetzt betrachtete ... Er goss sich eine Tasse ein – *Noch Tee, Herr Stellvertretender Direktor?* – und nahm sich Zucker.

Gut gegen Schock.

Und dann senkte er die Stimme und begann so zu murmeln, wie man es tat, wenn man einen Minister informierte, während der ein Komitee hier oder da leitete, oder an einem Ereignis hier oder da teilnahm, bei dem man vor die Öffentlichkeit treten musste – der warme Unterton, mit dem man sich vorlehnte und Nähe vorgab. »Das offene Geheimnis, das im Herzen der öffentlichen Dienstleistungen liegt, besteht – wie du weißt – darin, dass es Fakten gibt, aber die sind unwichtig. Es gibt Erkenntnisse, und diese Erkenntnisse können beweisen oder widerlegen, was der bessere – wenn nicht gar der beste – Weg zu allem ist. Zu grundsätzlich allem. Aber Minister, Parlamentsmitglieder, Politiker, Theoretiker, sie müssen sichtbar sein, sie müssen Dinge tun, und wenn das bedeutet, ein funktionierendes System auseinanderzunehmen, dann wird es auseinandergenommen – nicht angepasst, Anpassung ist nicht sexy, nicht repariert, reparieren tun Handwerker. Sie müssen Gewissheit haben, sie müssen schrille Meinungen und fassbare Wahrheiten haben, damit sie die Wirklichkeit besser überdecken können. Wir werden immer seltener aufgefordert, sie zu beraten – die Unfehlbaren brauchen keinen Rat. Immer öfter wird von uns verlangt, das, was funktioniert, in etwas zu verwandeln, das nicht funktioniert. Wir steuern in einem blühenden Korallenriff der unnötigen Veränderungen und überflüssigen Gesetze herum, und wir blicken aus den Winkeln und Ecken hervor auf die haienhafte Willensausübung derer, die tatsächlich das umsetzen wollen, was nicht funktioniert. Sie wollen durch Katastrophen befreit werden. Von aller Logik befreit, von Beschränkungen befreit.

Und die Konservativen wissen, dass man die menschliche Natur nicht verändern kann, und deshalb muss das Leiden von den Leidenden ertragen werden; im Grunde genommen haben sie ihr Leiden selbst verursacht. Ihnen könnte nur vergeben werden, wenn sie gediehen und obsiegten und keine Hilfe mehr brauchten. Und wenn man die menschliche Natur nicht ändern kann, braucht man keine Regierung – es ist eine unnötige Belastung, den Menschen Steuern aufzuerlegen. Sie muss abgeschafft werden – außer den Posten, auf denen die sitzen, die glauben, dass man die menschliche Natur nicht verändern kann. Die müssen bleiben. Um sicherzustellen, dass alles bleibt, wie es ist.

Die Fortschrittlichen hingegen glauben, dass man die menschliche

Natur verändern kann, und deshalb muss die große, vorwärtsstürzende Herde der Wähler ständig von Massen bösartiger Aufpasser zurückgehalten und kontrolliert werden. Und diese Aufpasser müssen ihre Anwesenheit legitimieren – sie müssen die unvermeidlichen Veränderungen ganz offensichtlich und herausfordernd und extrem gestalten, sonst könnte es so aussehen, als wären die Veränderungen ohnehin passiert, ohne ihre Hilfe, weil man die menschliche Natur verändern kann.

Und früher, weißt du, da war es einfach ein bisschen, hier und da, ein bisschen vernünftiger, verdammt, und ehrenhafter. Manche von ihnen hatten Grips ... Manche haben auch heute noch Grips ...

Aber jetzt gehen beide Seiten gegen die in der Mitte vor. Die Pest über all ihre Häuser.«

Unterdessen hatte Milner sein Glas geleert, hatte es aufgegessen und dabei ständig den Kopf geschüttelt.»Jon ... Armer Jonnie ...« Er zwinkerte.»Missbrauchs- und Verschwörungstheorien ... Das ist doch mein Fach, oder?«

Jon rührte in seinem dunklen Tee und fand den ersten Schluck ekelhaft.»Was ist eine politische Partei? Eine Verschwörung mit Mitgliedskarten. Verschwörung, von gierigen Kindern gedeichselt. Was ist das Parlament? Eine Institution, die verhindern soll, dass ein Aktivist aktiv sein kann. Du kannst jeden anständigen Abgeordneten fragen, wenn der Glanz der ersten hundert Tage verblichen ist.« Der Zucker tat seine Wirkung nicht.»Und ich will dir noch etwas sagen.«

»Ich wusste, dass du mir etwas vorenthältst.«

»Sei still. Ich kann nicht ... Ich kann nur ...« Jon atmete schwer, angestrengt, so wie es Aufmerksamkeit erregen könnte. Er zog einen Kugelschreiber heraus und schrieb eine Telefonnummer auf einen Bieruntersetzer. Das war eine Nummer, die er sicher im Kopf aufbewahrte, sicher zusammen mit nur einer weiteren. Sie war nie aufgeschrieben worden.

Vertraue die Dinge, die du nicht verlieren willst, niemandem an, verstecke sie in deinem Inneren.

Jon schluckte eine Ladung hinderlicher Spucke.»Steck dir das in die Tasche. Jetzt.« Und er wartete, während Milner ihn mit seinem herablassenden Lächeln ansah – *als würde er einem Loser gegenübersitzen, einem Versager* –, aber dann steckte er den Bieruntersetzer ein.

Als Erstes tritt man bis an die Kante. Dann geht man ganz hinaus. Du versuchst, das aufkommende Gefühl gut zu finden – luftig. O Gott und du, heilige Cäcilie, Cäcilie – an die ich nicht glaube – bitte glaub an mich.
»Jetzt mach, du durchgeknallter James Bond. Hast den Abendanzug zu Hause gelassen, was? Miniaturradio in der Unterhose?«
»Halt die Klappe.«
»Ich verdiene damit meinen Lebensunterhalt. Ich sitze nicht selbstgerecht rum und wimmere über Probleme, an deren Entstehung ich beteiligt war. ›Oh, es tut mir so leid, dass ich die Handgranate gebastelt habe. Ich hab einfach nie darüber nachgedacht, was man mit einer Handgranate machen könnte – sie sah so hübsch aus ...‹ Du Depp.« Milner verwischte mit der offenen Hand den Schweiß auf seinem Gesicht. »Ich reise an Orte, wo ich umgebracht werden könnte, und bringe Informationen zurück, die Leben retten können. Ich hocke nicht in einem Büro und fürchte mich vor meinem eigenen Schriftverkehr und kneife den Schwanz ein ...«
»Halt die Klappe.« Jon spürte, dass ihm der Schweiß den Nacken hinunterrann, wie vielfüßige beschämte Insekten. »In letzter Zeit bist du nirgendwo gewesen – nirgendwo – du bist am Ende. Und das hier ist übrigens das Ende. Von uns. Aber ich habe dir ein Geschenk mitgebracht – okay? Einen Abschiedskuss.« Er schiebt mit den Füßen den Teppich hin und her, als er das sagt. »Das soll dich wieder heilmachen – wenn möglich –, und dann kannst du mich vergessen, denn ich werde dir nicht von Nutzen sein, ich werde anderswo arbeiten. Ich meine, ich werde nicht, ich habe ... Es ist auch egal, was ich mache.«
Und Jon griff nach Milners Hand.
Weil ich mich – ich muss mich an etwas klammern – Primaten müssen das.
Die Berührung war kaum ein Trost – *als würde man einen Seestern in der Hand halten, einen Tintenfisch, ein totes Tier* –, und die aufgeschürfte Stelle in Jons Handfläche begehrte leise auf, sie mochte die Berührung mit heißem Salz nicht.
Es ist so weit – luftig – luftig, und fallend, ich spüre den Luftstrom.
Und dann fing Jon an, alles zu erzählen, es auszuplaudern – die echten Sachen – und zu sprudeln, falls er in Ohnmacht fiel, bevor er fertig war. »Die Nummer wird in einer Woche abgestellt, aber wenn du vorher

anrufst, wird ein Mann am Apparat sein und dir eine Geschichte erzählen. Es ist eine gute Geschichte. Sehr interessant. Ich gebe dir eine Zusammenfassung, und die geht so: Der Mann ist Mr Alex Harcourt, und früher hat er für eine Firma gearbeitet, die Hardstand hieß. Hardstand bietet IT-Lösungen, wie wir sie nennen müssen: Software, Hardware, Support, Peripheriegeräte. Die Firma hat einen weiteren Zweig, der sich mit Catering befasst ... was durchaus einen Sinn ergibt. Sie verkaufen dir das Sandwich, das du vor dem Computer verzehrst, den sie dir auch verkauft haben und für dich warten, weil du das nicht selber kannst.«

Milner fuhr dazwischen: »Wie, hat er ein paar fragwürdige E-Mails abgefangen? Dafür werde ich mir wohl kaum den Arsch aufreißen.«

»Pass auf. Bitte!« Das Wort erinnerte ihn an ein Lied – ein Lied ...

Und Jon bekam den Eindruck, dass sein Herz nicht mehr richtig schlug, dass es aus dem Takt geraten war – wenn das möglich war – und bald aufhören würde zu funktionieren – so wie auch sein zermürbter Verstand – was alles sehr traurig sein würde, aber kein großer Verlust. Er sah keine übermäßige Trauer voraus. »Mr Harcourt arbeitet für die Unterabteilung einer Unterabteilung einer Unterabteilung von Hardstand. Er ist Spezialist. Er war es. Jetzt ist er pensioniert. Irgendwann, Milner, wird man alt, und entweder befasst man sich damit, oder man tut es nicht. Harcourt ist nicht alt. Er ist ausgebrannt. Er hat die Nerven verloren oder einen Moralischen gekriegt, jedenfalls hat er Überdruss, vielleicht auch Angst. So geht das. Er kann dir Daten, Zeiten, Details geben, was du willst. Er ist entschlossen, alles auffliegen zu lassen. Ich werde nie wieder mit ihm sprechen. Das kannst du tun, wenn du willst. Ich will davon nichts wissen ... ich bestehe darauf, es nicht zu wissen.«

Inzwischen lächelt Milner milde, wie einer, der unvorsichtigen kasachischen Diplomaten Indiskretionen entlockt, oder den Chefs von Ölkonzernen. Oder ausgedienten Staatsbeamten.

»Harcourt hat Telefone manipuliert. So nennt er es. Er wollte über das Manipulieren sprechen – der einzige Grund, warum ich mich mit ihm getroffen habe. Einmal tauchte er in einer Mail auf – einer einzigen Mail –, als ich auf der Suche nach was anderem war. Und ich habe ihn ausbaldowert, weil ich das kann – ich kann Informationen herausfinden. Es ist keine bemerkenswerte oder exklusive journalistische Fähigkeit – ich tue es die ganze Zeit. Und meine Funde sind reine ...« Jon brach ab, er atmete und ließ die Schultern sinken. Er hatte sich gestattet, Harcourts Namen, Harcourts Geschichte, alles von Harcourt preiszugeben – alles, was er, Jon, jeden Morgen in seinem staubigen Torso verpackte, unter seinem aus dem Takt geratenen Herzen, was er versteckt hatte, sodass niemand es sehen konnte, es sei denn, sie schnitten ihn auf.

Harcourt. Das war in einem anderen Pub – Richtung Walthamstow. Und ich sitze da, diesem Mann mit beginnender Glatze und in einer braunen Lederjacke gegenüber. Er sah nach Ex-Militär aus und nicht erfolgreich – ein Unteroffizier, der als schlechter Klempner endet oder es mit Taxifahren versucht – sah aus, als könnte er Gefallen an Gewalt und übergriffigem Verhalten finden: gegenüber Frauen, gegenüber Kindern. Ich saß da und stellte diese und ähnliche Mutmaßungen über ihn an ... Falsche Mutmaßungen.

Jon fuhr fort: »Nehmen wir ein Beispiel – Harcourts Beispiel: Wenn du als Besucher in die Downing Street kommst, musst du durch die Sicherheitskontrollen, du wirst auf versteckte Handgranaten und so weiter untersucht, und dann gehst du die symbolträchtigen Stufen hinauf und trittst durch die symbolträchtige Tür, und man steckt dein Mobiltelefon in das raffinierte kleine Gestell, das es zu diesem Zwecke gibt: Es ist aus Mahagoniimitat und sieht aus wie etwas, das man aus einem Katalog bestellt oder von einer selbstgefälligen Anzeige auf der Rückseite der Beilage in der Sonntagszeitung – schmale Fächer, in die dein Telefon passt und wo es bleibt, während du ohne weitergehst. Und jeder vernünftige Mensch kann verstehen, warum ein modernes Mobiltelefon für das innere Heiligtum unpassend wäre – Gästen konnte es nicht gestattet sein, durch die heiligen Hallen zu schreiten und zu fotografieren oder indiskrete Tweets zu senden. Teils ist es eine Sicherheitsfrage, teils eine Frage des Geschmacks. Unsere Altvorderen können bei wichtigen Beerdigungen oder vielbeachteten Veranstaltungen Selfies machen, aber wir Restlichen haben vielleicht nicht die nötige Diskretion. Wir könnten respektlose Schnappschüsse von den Toiletten oder Imbisshappen auf Facebook einstellen. Wir könnten Gespräche aufnehmen, die rein privat gemeint waren. Also, die geleugnet würden.«

Jon trank wieder von seinem Tee und spürte – er könnte schwören –, wie seine Zähne davon zerstört wurden. Warum sollte er seine Schneidezähne nicht dem Rest der Katastrophe beigeben, warum nicht ...?»Sobald du dein Telefon ausgehändigt hast, steht dir ein ruhiger Spaziergang bevor – das Gebäude ist seltsam gestaltet, es muss den Wohnbereich verbergen und zwischen den öffentlichen und den Arbeitsbereichen die mit grünem Filz beschlagenen Türen schließen, ganz wie in *Downton Abbey*. Es ist ein altes und kompliziertes Haus. Ein Flur führt zu einem anderen Flur, dann steigst du die wunderbaren Treppen hinauf – Fotos früherer Bewohner hängen aufsteigend an den Wänden, die Leier von unverdünntem Narzissmus – und du steigst hinauf in einen Empfangsraum hier oder einen Empfangsraum da ... ein bisschen schäbig, die hohen Fenster mit Blick über den Garten, über die große leere Stelle der Horse Guard Parade, über die grauen Knochen von St James ...«

»Genauso ist es.«

»Und dein Telefon ist weit weg beim Eingang, wo du es nicht beschützen kannst. Du bist weit oben und umgehst das durchschnittliche Catering und die Kunst, die gezeigt wird, um Eindruck zu schinden, oder du hast einen offiziellen Fototermin, bei dem du jemandem die Hand schüttelst – die Berührung deiner Haut mit dessen Haut ist der absonderliche Austausch gemeinsamer Menschlichkeit, obwohl zu dem Zeitpunkt nichts dergleichen verfügbar ist. Und vielleicht denkst du, die sehen seltsam aus, diese hochfliegenden Männer. Du hast sie gesehen, Milner: bereit, vor die Kameras zu treten, ein geglätteter Trupp von Nullmenschen mit Schaufensterpuppengesichtern ... Sie sehen sonderbar aus. Das sind die, die Erfolg haben, die bis zur Spitze aufsteigen, und dabei sind sie einfach sonderbar geworden. Trotzdem fügst du deine kleine weise Bemerkung hinzu, du stellst deinen Fall dar und fühlst dich dem Herzen der Dinge ganz nah, du hast Blickkontakt und erhältst die Versicherung, dass jemand dir zuhört – du erfährst, dass jemand, den du möglicherweise für einen Gegner gehalten hast, vielleicht sein Bestes versucht und dir Käsestangen reicht, oder was immer bei dieser Gelegenheit angemessen ist ... Aber dein Telefon ist immer noch unten im Eingang und einsam.

Und deshalb nimmt der freundliche Mr Harcourt sich seiner an und spricht sanft und freundlich damit – er präpariert es – dann macht er es auf – nicht so, dass man es merken könnte – und klettert hinein und lässt etwas da, er gibt dir raffinierte Geschenke, von denen du nichts weißt.

Selbst wenn du schnell nach unten eilst, wenn du unerwartet zum Gehen bereit bist, weil du davon abgekommen bist, dieselbe Luft wie die da oben atmen zu wollen – selbst wenn du rausrennst, weil dir gerade eingefallen ist, dass du das Gas angelassen hast ... du bist trotzdem nicht schnell genug, um ihn einzuholen ... Du musst den ganzen langen Weg zurück durch das labyrinthische Haus machen ... Vielleicht musst du deinen Mantel noch holen, ihn anziehen, auf die höfliche Frage eines Hausangestellten hier oder da antworten – sie sind gern hilfsbereit und angenehm in der Nummer 10, sie sind das Dienstpersonal, aber nicht servil, das kein bisschen. Wie schnell du auch nach unten eilst, Mr Harcourt hat deinen kleinen Taschenfreund längst wieder dahin zurückgesteckt, wo er picobello für dich bereit ist, wenn du ihn dir nimmst. Das Telefon sieht aus wie vorher, aber es kann jetzt, über mehr Mittel und Wege als zuvor, Informationen über dich weitergeben. Es kann alles sehen und abhören und weitergeben, über deine Familie, deine Angelegenheiten, deine Reisen, deine Kollegen, Pläne, Treffen, Flirts, Liebschaften. Du bist am Ende!«

Milner trank nicht mehr.»Scheiße!«

»Genau. Wie gesagt.«

»Scheiß die Wand an. Aber das kann nicht stimmen.«

Das verursachte Jon schneidende Kopfschmerzen.»Ich sage dir, es stimmt. Ich sage es dir, weil deine Kollegen, die ihre Nachmittage in der Commons-Bibliothek verdösen und damit aufgehört haben, sich über Vergünstigungen Zugang zu verschaffen, weil sie keinen Zugang mehr wollen – diejenigen, die fester Bestandteil des Abgeordnetenhauses sind, so wie die Pugin-Tapete – die sich Reporter nennen, die haben das nicht mitgekriegt. Und ich glaube, sie wollen es auch gar nicht wissen. Es wäre ein verlockender Bissen, aber es würde ihnen Angst machen. Du bist draußen – ich brauchte jemanden, der draußen ist.«

»Ja, weil du weit über den Reportern stehst, stimmt's, Jon? Es gibt niemanden, der unter uns stünde. Und ihr, ihr habt keine Meinungen, ihr Ärsche im Staatsdienst, ihr schwebt darüber, wie Fürze – schlimmer als die letzten Juristen. Du willst keinen Sand ins Getriebe streuen, aber wenn du es tätest ... oh, wie sauber wären dann deine Hände. Du hilfst deinen kleinen Herren, Fremde fertigzumachen, und du verbreitest die

Kunde, dass du es besser könntest, wenn man dich nur ließe – nur, dass du zu rein bist, um dich mit der hässlichen, schmutzigen Politik abzugeben ... Du bist der Schmutzigste von allen.«
Jon nickte nur und schwieg.
Ja, gut, stimmt – ist mir egal. Nimm den Haken und schlucke ihn, okay?
Und Milner hatte den wilden Glanz in den Augen, auf den Jon gehofft hatte.
Ich kann mich kurz fassen. Ich kann Kurzfassung besser als Chalice. Ich kann den Appetit wecken. Ich kann eine Vorwärtsbewegung herstellen, sie anstoßen ... Und diesmal ist es für mich, für mein Ministerium. Diesmal mache ich etwas, das für mich ist.
»Gezielter Einsatz?« Milner schraubte seine Stimme zu einem Flüstern hinunter und gab vor, an Jons Schulter Halt zu suchen. »Gezielter Einsatz oder Fangnetz ... Nein, für Fangnetz ist keine Zeit ...«
Wir müssen wirken wie ein nicht zueinander passendes Paar.
Oder wie zwei traurige Kerle, die Wärme suchen und sich aneinanderklammern, ihre letzte Chance.
»Du solltest ihn fragen. Aber nicht Fangnetz, nein. Und so erspart man sich Überfälle auf Leute, Einbrüche, Taschendiebstähle auf der Straße – all diese Risiken.«
»Nur Downing Street?« Milner war so nah, dass sein Atem in Jons Ohr kitzelte, wie bei einem Teenager-Date.
»Denk doch mal an all die Regierungsgebäude, wo man sein Telefon am Eingang abgeben muss. Die lautstarken Oppositionsgruppen, die NGO-Vertreter und die Aufwiegler, die aufmüpfigen Berühmtheiten und politisch Involvierten, die eingebildeten Berühmtheiten, die potenzielle Konkurrenz. Wenn sie erst mal zu Wein und Knabberzeug eingeladen worden sind, bist du dir ihrer Privatsphäre sicher, nicht nur SMS und Mail und Anrufe – ihre gesamte Privatsphäre, für immer. Oder zumindest so lange, bis sie sich ein neues Telefon anschaffen. Ich weiß nicht, wer zuhört. Ich glaube, es wäre ungesund, wenn man wüsste, wer zuhört.«
»Ich soll also für dich etwas Ungesundes tun.«
»Es gibt jetzt schon so viele, die dich umbringen möchten, da spielt das auch keine Rolle mehr.«
Ich glaube das nicht, nicht so was. Es spielt immer eine Rolle. Es gilt, allen

Schaden zu vermeiden. Und ich möchte mich so verhalten, dass dieses Prinzip gewahrt bleibt.

»Ich glaube dir nicht.« Aber Milners Umklammerung von Jons Hand fühlt sich jetzt schon herzlich und zugewandt an. Sie zeugte von der Erregung eines robusten Jungen, der sich auf ein Spiel freut, bei dem es hoch hergeht – wo man Tritte austeilt.

»Das ist mir egal, Milner.« *Ich kann selbst zutreten, wenn nötig.* »Frag Harcourt – entweder kann er dich überzeugen oder nicht. Das geht mich nichts an. Er weiß, dass sie ihn schmoren lassen – es gibt so viele Leichen im Keller – und er braucht einen Freund. Er ist überzeugt, dass das Ende naht. Und wenn ich ihn finden konnte, können andere ihn auch finden.«

»Scheiße.«

»Zurzeit nächtigt er – glaube ich – in seinem Auto, hat keine feste Adresse mehr. Reisepläne mit einem Ziel, von dem ich sicher weiß, dass es nicht Costa Rica ist ...«

»Aber wie hast du ihn gefunden?«

Jon nimmt sich wieder den entsetzlichen Tee vor, als einer der Typen, der Prinz Sowieso vage kennt, an ihm vorbei zur Herrentoilette geht. Die Kerle, die um den Typen standen, der Prinz Sowieso kennt, plappern jetzt wie junge Mädchen, mit schrillen Stimmen und lautem Lachen.

»Ich hatte nach etwas anderem gesucht, als ich ihn gefunden habe. Er war ein Zufall.« *Weil ich das Wort Grooming-Spezialist gesehen habe und dachte, ich hätte etwas anderes gefunden. Ein Witz-Memo auf einem Schreibtisch – etwas, um Aufmerksamkeit drauf zu lenken. Ich dachte, ich hätte etwas anderes gefunden.*

»Ich war auf der Suche nach etwas anderem.«

Die Ehefrau – ich hatte neben ihr auf der Party gestanden – die unglücklich betrunken war und mir ihr Herz ausschüttete: Bei ihrem Mann sei etwas nicht in Ordnung, bei seinen Finanzen sei etwas nicht in Ordnung, bei seinen Ausgaben sei etwas nicht in Ordnung, wie er mit den Kindern umging, sei nicht in Ordnung, etwas sei nicht in Ordnung.

Aber als er sie das nächste Mal sah, ging ihr Blick über ihn hinweg, und sie war die unbeirrbare Partnerin ihres Mannes: beispielhaft, unermüdlich, aufopfernd. Das Problem, dessen mögliche Existenz sie angedeutet hatte, war wieder unter die Oberfläche geglitten.

Von dem Problem waren Menschen taub geworden – taub, stumm und blind.

Aber man stiehlt nicht die Zukunft, die Seelen, die Existenzen anderer Menschen – du nimmst dir nicht die Schwächsten vor, die du finden kannst, und tust ihnen das an. So ein Verhalten sollte es nicht geben, es sollte kein Witz sein, den alle teilen, ein köstliches Geheimnis, der Beweis von Macht. Es ist moralisch nicht richtig.

Ein Teil der Wahrheit dieses Problems ist jetzt da draußen und stinkt zum Himmel. Ein Teil davon.

Auch wenn sie tot sind – die Vergewaltiger –, nehmen sie Teile der Wahrheit mit und vergraben sie wieder. Gießen Beton drüber, wenn es sein muss.

»Mir kannst du es ja sagen, Jon. Wie hast du ihn gefunden?«

»Ich habe es dir gesagt. Durch Zufall. Ich war auf der Suche nach Gespenstern. Wie die ganze Zeit seit 1987.«

Die Augen der Frau damals – sie waren gleich geblieben. Ob in dem Moment, als sie die Wahrheit sagte, oder als sie die liebevolle und charmante Begleiterin des vielversprechenden Staatsmannes war und neben ihm stand, ein bisschen nach hinten versetzt, ihre Augen waren gleich geblieben – sie schrien.

Milner mit seinen entzündeten Hundeaugen verrät einen Appetit, der echt ist, der keine Tarnung ist. »Geheimnistuerisch – dumme Nutten werden immer geheimnistuerisch, wenn du alles gesehen hast, was sie zu bieten haben.« Die Hand um Jons Finger drückte zu.

Das macht nichts. Du kannst sagen, was du willst. Ich war hinter dem Gespenst von allem her, das in den 1970er und 1980er Jahren schlecht war – ich war auf der Suche nach Geistern, Monstern. Ich wollte vor meinem Abgang etwas wirklich aufrichtig Nützliches tun. Aber ich habe es nicht geschafft – und sie sind Monster geblieben.

Das ist nicht das, was ich meiner Tochter erzähle, wenn sie mich fragt, warum ich dabeigeblieben bin, warum ich nicht ausgestiegen bin, warum ich immer noch daran festhalte, obwohl ich ständig Kompromisse eingehe und genau weiß, dass aufgrund dessen, was ich tue – und zwar genau deshalb –, in meiner Zeit Kinder noch mehr Missetätern aller Arten ausgesetzt sind als jemals zuvor. Was passiert, wenn eine Schule versagt, wenn eine Gemeinschaft versagt, wenn ein Kinderheim versagt, wenn ein Bewährungssystem versagt, wenn das Gefängnissystem versagt ... Erschöpfte Eltern und abwesende Eltern und verzweifelte Eltern und niedergedrückte Eltern und verlorene Eltern, und dann sitzen wir da ... vor uns die Nacktheit von allem, bis auf die Haut. Die menschliche Natur kann nicht verändert werden, und wenn man dich fertigmachen kann, dann sollst du fertiggemacht werden. Oder die menschliche Natur kann verändert werden, und ich werde dich so lange fertigmachen, bist du ganz nach meinen Wünschen fertiggemacht worden bist. Wer sind wir, dass wir die Sicherheit unserer Kinder nicht gewährleisten können?

»Bist du noch da, Jon? Fang nicht an, mit leerem Blick ins Nichts zu starren – den Damen mag es gefallen, aber mich macht es rasend.«

»Willst du es oder nicht?«

»Natürlich will ich es. Das wird den Ärschen den Arsch aufreißen, und den Ärschen soll der Arsch auch aufgerissen werden.« Er sagt das, als wäre es ein Gedicht, eine Liebeserklärung: sanft und mit einer stolzen Traurigkeit. »Aber vielleicht erregt es nicht das Aufsehen, das du dir erhoffst. Nicht hier. Heutzutage ist das für die Zeitungen eine Tüte mit Angstmache. Vielleicht muss ich damit ins Ausland gehen – und es so wieder einschleusen. Es irgendwo im Netz platzieren, wo es bombensicher ist ... Mist, vielleicht muss ich doch nach Costa Rica – in irgendein Scheißloch, aus dem man nicht ausgeliefert werden kann ... Aber ich mag die Sonne. Also, ja ... Mach deinen Abgang mit einem Knall.«

Und die Aufmerksamkeit im Pub richtet sich auf die berühmte Fernsehbackfrau – die ziemlich berühmte Backfrau – da drüben am Fenster – und außerdem auf den Rugby-Spieler, dem sie ein Lächeln schenkt, als er zurückkommt – *sportlich schnell im Urinieren* – und rundherum ist das festliche Leuchten sowohl des nachgemachten als auch des authentischen viktorianischen Charmes, der pflichtbewusst auf dem Glas und dem Lack blinkt, während die Luft um dich herum krank wird und du neben dem Reporter sitzt, den du kaum kennst und der dir vielleicht diese Sorge, diese Bürde der Information abnimmt und von dir wegbringt – und der vielleicht kompetent ist und nur so tut, als wäre er bis aufs Letzte erschöpft und verausgabt.

»Nimm es mit, wohin du willst, Milner – solange du es von mir fernhältst.«

Aber wahrscheinlich nicht fern genug. Und ich kann nicht abhauen nach

Marokko oder sonst wohin, weil – nicht der einzige Grund – das hier mein Zuhause ist, mein kompliziertes Zuhause, und ich will in meinem Zuhause zu Hause sein, und ich will, dass mein Land das Land ist, von dem ich glaube, dass es existieren könnte.

Nicht die Nation als Schwert – das immer zum Blutvergießen führt, ob man nun den Griff oder die Klinge hält. Die Nation als Liebe.

Dumm.

Marokko.

Costa Rica.

Aber Liebe würde mir gefallen.

Warum nicht als Grundlage – das ist ein Messer von einer anderen Sorte, es hält dich fest und schneidet weiter.

Milner schüttelte den Kopf, als wäre Jon ein Mann, dem man unter keinen Umständen trauen konnte. »Ich stehe hinter dir, Jon. Keine Sorge.«

Das ist meine größte Hoffnung für die Redefreiheit ... Die edle Enthüllung von Fehltaten ...

Großbritannien im einundzwanzigsten Jahrhundert.

Wie schon gesagt – es sind lauter Lieferwagen ohne Aufschrift und Amateure, und man bezahlt mehr, als man sollte, für etwas, das man nicht bekommt.

»Milner ...« Jon entzog Milners Griff seine Hand und versuchte, nicht nachzusehen, ob Fettspuren zurückblieben.

Ich bin zu müde, um noch einmal kotzen zu können. Zu müde, es nur zu versuchen.

Jon fuhr sich mit der Hand übers Gesicht, um – das war vielleicht seine Absicht – sein Denken zu klären, merkte aber zu spät, dass er die falsche Hand genommen hatte und sich mit Milner beschmiert hatte. Er schluckte, atmete, verdrängte den Zwang, sich zu schütteln, und begann. »Milner, ich muss jetzt gehen, und wir werden uns nicht wiedersehen. Ich werde demnächst meinen Abgang machen, und das alles wird dann ... alles wird dann ... Ich werde zu nichts mehr nutze sein.« Jon senkte den Kopf und betrachtete den Teppich, während seine Gedanken dem Anschein nach in einem Klumpen über seine Augen rutschten und ihn zu sagen zwangen: »Das ist das Ende. So zumindest verstehe ich das. Weil ... weil ...« Er sprach zu laut und störte vielleicht die anderen Kuchen-und-Rugby-Begeisterten im Pub. Trotzdem fuhr er fort – und erzählte eine

Geschichte, obwohl er wusste, dass sie Milner nicht interessierte, und vielleicht erzählte er sie gerade deshalb: »Eine Frau kam auf mich zu, als ich aus dem Bahnhof von Loughborough Junction rausging. Ich wohne da ... Es war ein schöner Abend. Warm. Die Frau war dünn und schien ... sie hatte diesen Ausdruck, den alle anderen auch haben – einen Ausdruck, als würde sie ihre Umgebung nicht mehr verstehen. Ich meine nicht, dass sie von Alkohol oder Drogen abgestumpft war. Ich meine, dass sie den Ausdruck von jemandem hatte – als wäre sie jemand, der nicht verstand, warum alles darauf aus war, ihr wehzutun. Sie blickte hierhin und dorthin und schien überall nach einer Antwort zu suchen. Und in dieser fortgesetzten Verwirrung erblickte sie mich, und sie blieb stehen und sagte: ›Ich will Sie nicht attackieren.‹«

Jon wartete, während Milners Aufmerksamkeit tatsächlich abschweifte – er hatte einen linkischen, verstohlenen Ausdruck.

Die Aussicht, hinter dem Fahrradschuppen denen an der Macht die Wahrheit zu sagen – er kann es nicht erwarten ... Wahrscheinlich will er Harcourt anrufen und die Sache ins Rollen bringen. Es juckt ihn, aber er kratzt sich nicht, solange ich zugucke, solange ich noch hier bin.

Jon gab sich einen Ruck und fuhr mit der Anekdote fort, so unwillkommen sie auch war.

Der Politiklangweiler im Pub. Es gibt immer einen.

Aber er hatte das Gefühl, sich erklären zu müssen, obwohl keiner der beiden Menschen, die ihn, was er inständig hoffte, verstehen konnten, hier war und zuhörte. »Allerdings hatte ich nicht erwartet, dass eine zarte Frau mittleren Alters mich angreifen würde – St-Kitts-Akzent, ganz sanft, von den Westindischen Inseln – und sie fragte mich, diese zerbrechliche, schwarze Frau fragte mich: ›Welche Schuhgröße haben Sie? Nein, die Schuhgröße Ihrer Freundin. Oder Ihrer Frau?‹ Und sie fragte das, weil sie Geld brauchte, um Milch für ihr Kind zu kaufen, aber sie wollte nicht einfach Geld nehmen, sie wollte nicht, dass ich ihr welches gab. Sie sagte, sie wolle mir etwas verkaufen und sie habe Schuhe dabei – Frauenschuhe, ihre eigenen – und ich könnte sie kaufen. Sie sagte, sie habe den ganzen Tag gefragt und gefragt, aber sie sei nicht weitergekommen. Die Junction ist natürlich so ein Ort im Nichts ... Ach ja – sie hatte eine Mütze.« Jon war sich bewusst, dass er das fröhliche Geplapper im Pub leicht dämpfte.

Ich rede einfach zu laut. Jon machte, wie seine Mutter gesagt hätte, ein Gewese um sich – *und sie musste es wissen* –, und Fremde fanden es schwieriger, ihn links liegen zu lassen, als ihnen vielleicht lieb gewesen wäre. *Also hört zu. Obwohl ich nicht garantieren kann, dass ihr das versteht.*

»Und die Frau ... sie hat tatsächlich eine von diesen dünnen Plastiktüten, die man in den Eckläden für seine Einkäufe bekommt, und darin ist ein Paar ziemlich neuer Schuhe und ein Paar, das nicht mehr so neu ist, und eine Art Wintermütze, und ich will weder die Mütze noch die Schuhe. Ich weiß nicht, was ich zu ihr sagen soll. Ich bin meines Wissens noch nie jemandem begegnet, der sein Kind nicht ernähren kann.«

Milner stieß spöttisch den Atem aus, worauf Jon sagte: »Oder sie war – natürlich sind die Armen immer böse – mit wahnsinnig profitablen Geschäften zugange, wozu gehörte, dass sie Fremden seltsame, demütigende Lügen unterbreitete.« Jon lehnte sich zu dem letzten Echten Reporter Großbritanniens vor.

Er nennt John Pilger einen hirnlosen Blonden, der sich selbst überhöht, und sagt, Greg Palast sei ein Wichser mit Hut ...

»Ich beschließe, ihr Geld zu geben. Weniger, als ich mir leisten kann. Genug Geld für Milch oder Heroin oder etwas zu essen ... aber genug, denn sie würde über eine lange Zeit Milch oder Heroin oder etwas zu essen brauchen. Und ich sage ihr, dass ich weder die Schuhe noch eine Mütze brauche, und dann greift sie sich in die Bluse – sie hat eine ganz dünne Bluse an – und holt eine Brust heraus – eine kleine Brust ... Sie ist nicht mager wie Drogenabhängige, aber sie ist dünn. Sie hat makellose Haut ... eine drahtige kleine Frau, die allein auf der Straße ist und einem Fremden ihre Brust zeigt und ihm sagt, er sei ein guter Mensch, und sich bei ihm bedankt.«

Jon blickte düster zu einem der Rugby-Typen hinüber, der ihn anstarrt oder vielleicht nur die Luft zwischen ihnen betrachtet. *Nicht, dass ich besonders solide gemacht wäre.* Und Jon sagte nicht laut, dass die Frau eine Figur wie seine Mutter hatte – die Figur einer schlanken Kämpferin, eine, die schlank war, weil sie kämpfen musste. Aber er hat das Gefühl, er sollte weitererzählen – bis zum Ende – bis er an die Prellböcke stößt. »Und dann drückte sie Milch aus der Brust. Verstehst du mich? Sie steht auf der

Straße und erklärt mir, dass sie Milch auf der Straße abdrückt, um mir zu beweisen, dass sie wirklich ein Kind hat. Sie will mir damit zeigen, dass sie nicht lügt. Sie hat ein Kind, und das Kind braucht Milch, wo sie ihm keine geben kann, es braucht das Zeug danach und alle möglichen anderen Sachen, die Kinder brauchen. Ihre Brustmilch ist der Beweis, dass sie nicht lügt. Als würde das immer verlangt, als wäre Demütigung jederzeit und allerorten nötig.« Und Jon machte eine Pause und sagte dann – wobei er wieder zu gut zu hören war: »Scheiße.«

Und das hätte Meg mit mir gesagt, vor mir – sie hätte die ganze Zeit meine Hand gehalten, die ganze Zeit, und dann wäre es nicht so schlimm gewesen, nicht ganz so schlimm.

Jon hustete, während der männliche Begleiter der Backberühmtheit ihn finster musterte, weil Jon die Luft um die Frau, deren Fondant-Rosenblütenblätter so rein wie das Gebet eines frühchristlichen Einsiedlers waren, verunreinigt hatte.

Sein Blick ist finster und beredt und scheint das und noch ein bisschen mehr anzudeuten.

Jon senkte das Kinn, bereit, leise fortzufahren, war aber der Meinung, dass Reinheit etwas war, das nicht mehr existierte, falls es je existiert hatte.

Nein. Falsch. Sie existiert. Es gäbe nicht so viele Menschen, die sich freuen, sie zu zerstören, wenn es sie nicht anfangs gegeben hätte.

Reinheit existiert. Das Problem existiert ... Menschen wie ich – einfach Menschen, die Menschen sind – wir alle nehmen an, dass Reinheit und das Problem immer voneinander getrennt sind.

»Und die Frau weint, und ich bin anscheinend wieder ein guter Mensch – ein besserer Mensch als beim ersten Mal – und sie hebt die Arme wie ein Kind und will in den Arm genommen werden, und ich kann sie nicht in den Arm nehmen, weil ihre Brust noch da ist, immer noch nackt, und wenn ich sie so in den Arm nehme ... das geht nicht, oder? Wenn ich sie halbnackt mitten auf der Straße in den Arm nähme, als wäre das in Ordnung und ich hätte das Recht dazu ... das darf nicht passieren. Und es sieht aus, als würde sie gleich weinen, weil ich sie nicht anfassen will, und es wäre nur eine Umarmung wie bei meiner Tochter ... das möchte sie, auf diese Weise angenommen werden ... Aber dann versteht sie, warum es nicht geht, und sie zieht ihr Oberteil gerade und bedeckt ihre Blöße ... Sie sieht aus wie ein Kind, dem etwas Offensichtliches eingefallen ist und das sich etwas ungeschickt verhält ... dann mache ich das ... ich nehme sie in den Arm. Natürlich.«

Wenn jemand dich in den Arm nimmt, dich umarmt, dann bist du nicht so unrein, wie du denkst oder wie andere dir zu verstehen geben ... Du bist nicht völlig ausgemustert – du bist noch im Umlauf.

Jon stand plötzlich auf, fast schlurfend, und der Fußboden erhob Widerspruch, schwankte – eins, zwei, drei – wie ein unregelmäßig schlagendes Herz – und glättete sich dann wieder unter seinen Füßen. »Und ich wollte nicht wissen, in welchen Schwierigkeiten sie steckte – die Einzelheiten – das ging mich nichts an. Anscheinend war sie ein Flüchtling aus einer milderen Gegend ... einem Land, wo Herabwürdigung nicht gefordert wurde ... Anscheinend wartete sie noch darauf, dass sie aufwachen und feststellen würde, dass sie noch da war und das Kind noch da war und es im Haus etwas zum Essen und zum Heizen gab ... und Dinge, Spielzeug ... Tröstliches, könnte man sagen. Vielleicht war das Unsinn. Es waren nur meine Mutmaßungen. Oft sind die falsch, und ich irre mich – ich irre mich. Seit Jahren irre ich mich, liege daneben ...« Er schüttelte den Kopf hin und her und war überrascht, dass er kein Geräusch hörte – etwas Nasses oder vielleicht das Geräusch eines Stocks, der an einem Geländer entlanggezogen wurde.»Was ich sagen will, ist, dass es keine Welt gibt, in der du dieser Frau kein Geld gibst. Was immer sonst. Es gibt keine Überlegungen, die hier eine Rolle spielen. Du gibst ihr Geld.«

Grundgütiger, ich bin so müde.
Und ich liege falsch und bin verdammt und ansteckend.

Jon räusperte sich – *das klingt rau* – und schob sich vorwärts, und seine Zunge war schwer über und unter den Wörtern: »Es gibt keine Welt ...« Und die Luft um ihn herum wurde einfach zu klumpig, zu unerträglich. »Milner ... Ich habe kein weiteres Interesse. Ich bin durch.« Und er wandte sich um und begann gebeugt und seltsam abgewinkelt die wenigen Meter zwischen sich und der Tür zurückzulegen. Hinter seinem Rücken war ein Ausbruch halbernster Bravorufe zu hören, die in Lachen übergingen, und ein paar Faustschläge auf dem Tisch. Das hatte nichts mit ihm zu tun.

Ich habe kein weiteres Interesse, weil jetzt alles vorbei ist.
Es ist alles vorbei.
Er entließ sich in die Dunkelheit, ein leichter Schock, die Nacht. Draußen standen am Fuße der Stufen in loser Gruppierung die Raucher, die zwischen Rauchbändern und Gesprächswolken und krebserregendem Atem leise sprachen. *Als ich mich von der Frau abkehrte, sah ich draußen auf der Mauer diesen Typen vor dem Hähnchen-Imbiss sitzen. Er rauchte. Pause von der Küche. Ich kannte ihn – er heißt Samson, netter Typ. Manchmal plaudern wir. Ich habe sein Hühnchen probiert. Aber an dem Abend sog er die Luft durch die Zähne ein, sah mich intensiv an und sagte: »Schande, das.«*
Aber mir war nicht klar, wessen Schande er meinte.
Ich wusste nicht, wen er meinte.
Ich wohne in einer Einzimmerwohnung in einem ehemaligen Sozialwohnungsbau in der Junction, ich bin hier, weil ich hier sein möchte, aber ich muss hier nicht bleiben ... für mich gibt es andere Möglichkeiten, und ich könnte jederzeit hier weg. Aber in der Junction zu leben – wirklich hier zu leben – heißt, man hat keine anderen Möglichkeiten, man hat in alle Richtungen mit prekären Umständen zu tun, mit Schimmel und Lärm und undichten Fensterrahmen und schlecht durchgeführten Reparaturen und keinen Reparaturen und Polizisten, die Notrufnummern austeilen, damit die Opfer die verübten Verbrechen im Blick behalten können, die tägliche Flut kleiner und großer Risiken. Das ist mir nicht unbekannt. Und ich kann jeden Moment aufstehen und weggehen. Also lebe ich nicht wirklich in der Junction. Ich spiele ein Spiel, ich habe die Rolle des sinnlos Gekränkten in einem Stück, das in einem runtergekommenen Teil von London mit dem Postcode SW9 gegeben wird – ziemlich heftig, aber nicht zu heftig, keine zu harsche Zumutung ...
Und andererseits habe ich mich der Junction unterworfen, als wäre es eine Strafe – aber für andere Menschen ist es ein Zuhause und muss geliebt werden, oder wenigstens gemocht, von den Bewohnern gemocht und manchmal geliebt werden ...
Ich bin ein anmaßender Scharlatan.
Oh, und weiß der Himmel, wenn ich noch ein paar Jahre bleibe, wird die ganze Gegend mit diesem Postcode eine Anstrengung machen und nach oben streben – ganz London strebt nach oben, und der Preis für jeden Quadratmeter

in der Metropole wird so unerhört sein wie Einhörner und Barmherzigkeit. Und die Bewohner von der Junction versuchen, den Stadtteil schöner zu machen, und sobald ihnen das gelingt, werden sie verdrängt und durch viel gefälligere Menschen ersetzt. Wie mich. Menschen, die nicht unbedingt an einem bestimmten Ort leben müssen – denen immer die Möglichkeit gegeben ist, sich anders zu orientieren.

Ich bin ständig anderswo. Ich bin ein Anderswomensch.
Das macht mich nicht zu einem bösen Menschen.
Aber all die anderen Schwächen – die machen das.
Samson hatte recht.
Und ich wusste wohl, was er meinte.
Und die Schande war meine.
Das verstehe ich.
Schande über alles, etwas, mich.

Als Jon sich in Bewegung setzte, kamen seine Füße weniger gut mit dem Kopfsteinpflaster zurecht als nötig. Hätte jemand zugesehen, hätte er ihn für betrunken gehalten – wie jemand, der alles aufgegeben hatte und in der Gosse gelandet war.

21:52

Meg, ich kann nicht sprechen und ich möchte, glaube ich, auch jetzt nicht sprechen und kann mich heute Abend nicht mit dir treffen. Es tut mir sehr leid. Ich kann das nicht. Ich kann das alles nicht und hätte nicht etwas anfangen sollen, was ich dann nicht weitermachen kann, und bitte verzeih mir. Es ist am besten so. Es war nie meine Absicht, dich zu verärgern oder traurig zu machen, und ich weiß, dass ich das getan habe, und ich bedaure das. Du solltest nie verletzt werden. Bitte dräng nicht weiter darauf. Es tut mir so leid. X

22:50

Es war am besten, man rechnete mit der Katastrophe – dann konnte man sich darauf einstellen.

Meg war in der Pont Street. Nicht, dass sie sich wirklich verlaufen hätte, vielmehr war es so, dass sie genau wusste, wo sie war, und nicht wegkonnte. Sie wanderte unaufhaltsam hin und her, zwischen den imposanten Reihen prächtiger lachsfarbener Wohnhäuser, mit dem Zuviel an Terrakotta und rotem Backstein: Wohnungen, die unter holländische Giebel gestapelt waren, viktorianisches Fensterglas, durch das hohe Räume voller Helligkeit sichtbar und sichtbar und sichtbar waren, und am Geländer war frische Narbe ... nein, frische Farbe ... überall frisch ... Hier sollte alles wie neu aussehen – so gut oder so schlecht wie neu.

Ich war mir sicher gewesen, dass er das am Ende tun würde.

Messingnamensschilder hatten einen harten Rand von Poliercreme, nach Jahren des Polierens.

Ich habe damit gerechnet.

Das Reiben mit konzentrierter Aufmerksamkeit hatte auf dem Mauerwerk Flecken gemacht – ein bisschen wie grünliches oder gräuliches Moos oder verriebene Unbehaglichkeit.

Aber ich wollte herausfinden, dass ich unrecht hatte und dumm war und mir grundlos Sorgen gemacht habe, weil ich das immer tue. Ich wollte ich selbst sein und einen sauberen Mann lieben.

Er sollte ein Mann sein, der keine Scheiß...

Wegen eines Mannes traurig sein ... das will ich nicht mehr.

Das nimmt ein schlimmes Ende.

Das tue ich nicht.

Und Scheiße, Scheiße, scheiß auf dich, Jon Sigurdsson.

Ich wette, du könntest es dir leisten, hier zu wohnen.

Also mach schon, warum wohnst du hier nicht, Scheiße noch mal.

Mach schon, nimm dir Scheiße noch mal alles, was du willst.
Jon Sigurdsson, mich bekommst du nicht.
Jon Sigurdsson, mich willst du nicht.
Aber hier würde niemand wohnen wollen – nicht, wenn du vernünftig wärst, auch nicht, wenn du es könntest – du müsstest deine Zweifel ruhen lassen, müsstest alles ausblenden, außer der Hübschheit, zu der du nach Hause kommst. Obwohl Meg natürlich nicht gerade zu Hübschheit nach Hause kommt – aber wenigstens gibt sie sich Mühe, sie ist noch in Arbeit, so wie ihr Zuhause noch in Arbeit ist – und deshalb ist sie auf Mutmaßungen angewiesen, was Hübschheit angeht, wie das sein würde, davon hat sie keine klare Vorstellung – *Scheiße Scheiße Scheiße* – sie hatte ... da war ...
Irgendwann würde sie zum Hill zurückkehren, in ihre Straße und zu ihrer Haustür ... Es war kein guter Ort. Es hätte ...
Seine Briefe waren da.
Sie würde die Tür aufmachen, und sie würde wissen, dass sie da waren, und sie müsste sie vergessen, sonst müsste sie diesen Schmerz – diesen ... Es war, als würde jemand die Hand in dein Inneres stecken und etwas tun, worum du nicht gebeten hast und was du nicht gewollt hast und was du nicht verdient hast. Selbst du hast das nicht verdient.
Ich werde nicht schlafen. Und wenn ich nicht schlafe ... brauche ich ...
Überall um sie herum war altes Geld und neues Geld, fest verpackt im Inneren und glücklich, oder – man wusste es nie, aber es konnte so oder so sein – voll mit Drogen oder Alkohol, oder verheiratet, oder in einer Beziehung mit jemandem, oder einer gefährlichen Verbindung mit jemandem – das Übliche an Durcheinander und Katastrophe wie überall anders auch, aber mit schöneren Teppichen, schöneren Sorgen und echt teuren Lösungen für echt teure Fehler.
Er hat zu viel Angst, und wenn man erst mal Angst hat, brechen alle Pläne zusammen. Das weiß ich, Scheiße noch mal, ich weiß das, aber ich kriege auch Angst, und ich habe versucht, es im Griff zu behalten, und ich habe es im Griff behalten, ich war besser, als ich bin, besser als ich.
Das habe ich für ihn getan.
Sie war die Wohnstraßen von Knightsbridge auf und ab gelaufen, hatte eine Spur gelegt, einen Weg getreten zwischen dem Punkt, wo die Pont

Street die Sloane Street überquerte, und der Einmündung, wo der Gehweg seinen Namen einbüßte und zum Beauchamp Place wurde.

Und er hat mich verdammt noch mal gemocht. Er hat es gesagt. Doch, hat er. Er hat von Liebe gesprochen. Da war ... Hat er gesagt. Nicht einmal angerufen hat er mich – er hat sich mit einer SMS davongemacht.

Weiter als Sloane Street schien Meg nicht zu kommen.

Es kann nicht wieder so sein, dass ich nicht schlafe.

Sie war zwischen diesen wenigen Wohnblöcken gefangen – ging hin und her – fing an zu frieren oder zu zittern, was nicht unbedingt dasselbe war.

Wenn du nicht schläfst, überkommt dich die große, schlimme Dunkelheit, und dann weiß ich nicht, wie ich sie füllen soll, außer mit dem, was ich nicht mehr kann ... also schlafe ich nicht ... Aber wenn ich nicht schlafe.

Und sie wurde am Fuße dieses harten, hohen Wachturms angehalten ... es ist ein Kirchturm, aber als sie nach oben guckt, scheint das Ding aggressiv und eher wie ein Gefängnis, aber auch ... Er hat eine Schlichtheit ... er richtet sein ruhiges und unversöhnliches Gewicht an der Ecke seiner Straße auf, und sie muss aufblicken, sich anstrengen, und er scheint schwindelerregend und selbstgerecht und zu groß.

Er ist schön, und wenn du nicht in der entsprechenden Verfassung bist, kannst du mit Schönheit nichts anfangen – und sie kann sich verpissen.

Mit einer SMS.

So was sagt man nicht per Text. Das tut man nicht.

Das ist so, als wäre ich nichts, aber ich glaube nicht, dass ich nichts bin – ich bin nicht viel, aber ich bin mehr als nichts.

Und Meg wollte, dass jemand mit ihr in den schönen Turm ging – er war ein Schutzraum, oder? Eine Kirche ist ein Schutzraum – sie wollte, dass man sie aufnahm und trug und ihr eine Absolution erteilte, dass ihr Herz und ihr Verstand von allen Inhalten reingewaschen würden, bis das schmutzige Wasser klar wurde, und dann würde es ihr gutgehen, und sie würde jemand Geeigneteren finden und nicht mehr allein sein.

Ich kann das nicht – nicht die ganze Nacht wach – ich kann das nicht – das Alleinsein ist es, das ich nicht kann ...

Aber das Gebäude konnte ihr heute nicht helfen, weil es leer war und

weil Gebäude nicht helfen können und Kirchen nicht helfen können und nichts helfen kann.
Ich bin nichts.
Ich kann nicht allein sein.
Ich sollte mit ihm zusammen sein, und damit ging es mir gut, ich habe alles richtig gemacht und bin zu den Treffen gegangen und ich war dankbar und habe mein Bestes getan, und ich war mein Bestes, besser noch, und ich habe ihm die Wahrheit gesagt, und ich habe ihn geliebt, weil das ...
Meg ging weiter, diesmal über ihr Revier hinaus, und kam zum Beauchamp Place.
So ist es nicht gemeint ... Es gibt nicht genug Menschen, die so sind wie ich, dass ich mit ihnen zusammen sein könnte, ich werde keinen anderen finden, ich werde ... ich werde in Räumen sitzen und Fremden zuhören, die mir von all den tollen beschissenen Sachen erzählen, die sie jetzt machen, seit sie nicht mehr trinken, ich bin scheißallein, allein, Scheiße, allein.
Schaufenster blinkten und glitzerten und waren voller Dinge, die Frauen, die Männer hatten, tragen würden, um mit ihnen zusammen zu sein und an ihrer Seite ein Erfolg zu sein, voller Dinge, die mehr wert waren, als sie es je sein würde.
Ich glaube, es tut ihm leid, und wenn es ihm leidtut, ergibt es keinen Sinn ... Er hat gesagt, es tue ihm leid, und warum würde er das sagen, wenn er sich von jemandem zurückzieht und nicht freundlich zu sein brauchte?
Du bist nicht freundlich, Scheiße noch mal, warum willst du dann freundlich sein?
Wenn es ihm leidtut, dann hätte er nicht ...
Ich glaube, es tut ihm leid.
Alles, was sie sah, lachte sie aus.
Scheißkerl Scheißkerl Scheißkerl Scheißkerl Scheißkerl.
Und es gehörte sich nicht, dass sie sich hier auf dem Bordstein zusammenkauerte.
Es geht nicht, dass ich diese Gefühle habe. Ich muss aufhören, Gefühle zu haben. Ich muss etwas fühlen, das nicht das hier ist, sonst sterbe ich.
Es gibt eine Gewissheit – ruhig und hoch –, dass sie von ihren eigenen Gefühlen getötet wird, dass diese Möglichkeit besteht.
Und auf dem Bordstein ist kein Platz, weil lauter gefällige Autos ge-

fällig daneben parken, und es gibt keine Ecke, in der sie sich verstecken könnte, wegen der gefälligen Lichter und dem Glitzer von den gefälligen Fenstern und wegen der Formen der gefälligen Menschen vor den gefälligen Cafés mit ihren Shisha-Wasserpfeifen und dem gefälligen Geruch von süßem Tabak, heißen Früchten, schwankend auf dem gefälligen Gehweg, dem schmalen Gehweg, und Meg ist keine, die hierhergehört. Sie ist nicht gefällig.

Scheißkerl Scheißkerl Scheißkerl Scheißkerl Scheißkerl.

Meg hat Durst. Sie hat solchen Durst. Das ist in ihr wie ein physikalisches Gesetz – diese Regel, die ihre Handlungen bestimmt und die manchmal schläft oder verblasst, sie aber nie verlässt.

Scheißkerl Scheißkerl Scheißkerl Scheißkerl Scheißkerl.

In dem Café – es hat noch geöffnet – gibt es Sachen, die man trinken kann. Wenn man Durst hat, muss man etwas trinken. Das ist einfach, wie die Kante einer Klippe, wie die Klinge eines Messers, wie der Rand dieser munteren Pantomime, die du vorgeführt hast, obwohl du in Wirklichkeit nicht hierhergehörst – du gehörst zum Trinken.

Meg macht die Tür auf und geht hinein, denn das ist besser, als nach Hause zu gehen.

In dem Café sitzt eine Familie: Mutter, Vater, Kind – ein Säugling. Sie sind glücklich.

Es ist ein Tag mitten in der Woche, und in dem Café ist nicht viel los. Draußen nieselt es, und es ist grau, was man durch ein Fenster sehen kann, in dem perfekt dekorierte Kuchen übereinander- und nebeneinanderstehen. Die Auslage ist beeindruckend, auch wenn man sie von der anderen Seite betrachtet, und sie scheint den Tag, den grauen Tag, in erträglicher Ferne zu halten. Und das Lokal ist hell und warm, die Mitarbeiter stehen herum und plaudern. Hier zu sein fühlt sich ungewöhnlich angenehm an. Es ist wie ein Vergnügen. Die Ausstattung, die Atmosphäre, die üppigen Kuchen: All das ist so ausgerichtet, dass der Kunde sich vorkommt wie in dem Haus eines großzügigen Menschen – im Wohnzimmer eines fröhlichen, munteren Bäckers –, wo er jetzt etwas Besonderes bekommt.

Am Ende werden alle für das Besondere bezahlen, aber das stört sie nicht.

Die Mutter gibt dem Kind die Brust, das Kind erscheint winzig. Der Vater guckt zu, wie der kleine Körper an dem der Mutter ruht und sich ganz der Friedlichkeit ergeben hat. Die Mutter trinkt manchmal von ihrem Tee und spricht manchmal mit ihrem Mann, ihre Stimme ist tief und träge. Beide, Mutter und Vater, wirken träge, nicht in dem Sinne, dass sie müde sind, sondern, dass sie träumen. Sie scheinen lebendig in einem großen, angenehmen Traum.

Nach vierzig Minuten, vielleicht ein bisschen länger, ist das Baby – das ein bisschen verloren in seinen neuen Sachen wirkt – satt, und der Vater legt es auf den Tisch und zieht es für draußen an, dann setzt er es in das Geschirr, in dem er es tragen wird.

Die Mutter ist jetzt nicht mehr beschäftigt, und die Frau neben ihr wendet sich ihr zu und spricht über Babys und ihre eigenen Kinder. Es ist das erste Kind der Mutter – sie sagt zu der Frau, sie sei besorgt und finde alles so seltsam. Sie sieht nicht besorgt aus – sie sieht erleuchtet aus. Die Frau sagt zu ihr: »Sie machen das schon gut.«

Der Vater ist aufgestanden und hat sich das Baby vor den Bauch geschnallt, eng an die Brust. Er lächelt. Die anderen im Lokal wenden sich ihm zu, vielleicht weil er so offensichtlich zufrieden ist. Auch sie lächeln.

Er geht zu den Menschen und zeigt ihnen das Baby, seine Tochter, und einige lächeln dem Baby zu, und manche streicheln ihm über das Haar oder die Wange, und das Baby sieht die Menschen mit wachen Augen an, nimmt gierig alles auf. Und der Vater sagt: »Das ist Nina.«

Die Menschen sagen: »Hallo, Nina.« Und sie lauscht ihrem Namen, und dadurch wird dieser Gedankenblitz des Vaters zu einer kleinen Zeremonie.

Seine Tochter wird der Welt vorgestellt.

Und die Welt findet Gefallen an ihr. Und sie findet Gefallen an der Welt.

Auch als sie mit ihren Eltern gegangen ist, bleibt dieses Gefühl im Raum.

23:02

»Schatz, es tut mir wirklich leid.« Jon entschuldigte sich in sein Telefon – oder versuchte es –, während er im Taxi saß, dem zweiten im Verkehr steckenden Taxi an diesem Tag. Auf der Straße sah er das Abendaufgebot der Superautos, die neben ihm in die entgegengesetzte Richtung drängten. Ihre verrückten Motoren brüllten und plusterten sich zu sehr auf für eine Einkaufsstraße – selbst für die in Kensington. Es sollte Aufsehen erregen. Also sah Jon nicht hin.

Warum würdest du ein Auto haben wollen, dessen Vorderteil wie ein Raubtier aussieht und das eine Silhouette hat, die an Haie und Kugeln und mangelnde Fantasie erinnert? Und der Bequemlichkeit halber müssen sie tiefliegend sein. Warum möchte man im Liegen Auto fahren?

»Schatz, ich wollte anrufen und ... damit du weißt, dass es mir leidtut.«

Getönte Scheiben, kleine Fenster – eine Art absichtliche Blindheit – die übliche Auswahl von Spielzeug mit spitzen Mäulern: Lamborghini, Aston Martin, Porsche, Audi, Ferrari, ist mir egal, ich habe keine Ahnung ...

Ich weiß, ich bin sehr für Bequemlichkeit.

Das bin ich wirklich.

Er hinterließ eine Nachricht auf einem Telefon, das möglicherweise abgestellt, möglicherweise kaputt, möglicherweise verloren war und jemandem gehörte, der möglicherweise zurzeit nichts mit ihm zu tun haben wollte.

Ich bin kein schlechter Mensch.

»Ich wollte nur ... ich weiß, es ist spät ... und ich hoffe, es geht dir gut. Ich hoffe, du findest Ruhe. Ich wollte nicht ...«

Ich will nie etwas – bin so ausgebildet, und jetzt kann ich nicht mehr anders. Oder so ähnlich.

»Becky, wirklich, es tut mir leid, dass ich abgehauen bin, und ich wollte unbedingt anrufen, bevor du schlafen gehst, aber ich habe das verpasst ... eindeutig ... und ich bin froh, dass du schläfst. Das ist gut. Schlaf gut. Und ich denke an dich und wünsche dir alles Gute, und ich rufe dich morgen früh an, nicht zu früh, und vielleicht können wir ... Es ist Samstag, ein freier Tag.« Er spürte das Abflauen von Druck, das Nachlassen von Schmerz in seinem Gesicht. »Und du hast recht, ich muss ... aussteigen. Wirklich wahr. Aussteigen. Aufhören. Aber ich ...« Jetzt klangen seine Worte kindisch, dumm, egoistisch ...

Alles, was ich bin.

»Gute Nacht, Schatz, oder guten Morgen, oder hallo. Ich liebe dich. Wirklich. Ich liebe dich.« Das Letzte war der Versuch, nüchtern, vernünftig zu klingen. Danach fühlte er sich klebrig, und der Klang schien durch ihn hindurch, durch seinen ganzen Körper, zu laufen, als würde er in schrecklicher Weise aufgetrennt, auseinandergenommen.

Ich bin kein schlechter Mensch, aber ich kann Schlechtes tun. Ein guter Mensch kann ohne weiteres Schlechtes tun.

Und eine Verwicklung griff ihn an, als wäre er wieder acht und in der Society Street und versuchte zu verstehen, warum sein Weihnachten nicht richtig Weihnachten war und warum sein Vater im Garten war und auf dem Rasen saß, der im Licht vom Wohnzimmer silbrig vor Frost schien, und warum Dad auf etwas Unsichtbares starrte und warum seine Mutter in der Küche stand und Pfannkuchen backte und dabei alles Mehl und alle Milch benutzte und warum das in der völligen Dunkelheit der Nacht passierte. Es machte das Dunkel zu einem neuen Ort, von dem er nie gehört hatte, eine Kiste, in die du gezerrt wurdest und wo die Zeit stehenblieb und dich anstarrte und dich hasste und klein machte.

Ich liebe sie.

Und natürlich weinte Jon jetzt, und die Leute sprachen von Tränen der Erleichterung, aber da irrten sie sich.

Genau betrachtet – und ich betrachte die Dinge genau – muss ich festhalten, wenn ich jemandem, den ich liebe, sage, dass ich etwas im Hinblick auf sie – auf ihre Liebe – nicht sein oder tun oder anbieten kann ... nichts, weder Liebe noch sonst was ... wenn ich das an einem Tag tue, an dem ich besonders für sie da sein sollte ... und ich tue das nicht persönlich oder indem ich mit ihr spreche, sondern indem ich diesen Unsinn auswerfe, eine hinterfotzige SMS, ein Beispiel elektronischer Feigheit ... wenn ich ihr etwas mitgeteilt habe, auf elektri-

sche und nichtfreundliche Weise und ohne Vorwarnung ... dann wird sie danach dauerhaft enttäuscht von mir sein. Sie wird meine Entscheidung nicht in Frage ziehen oder wieder Kontakt mit mir aufnehmen wollen. Und da stimme ich ihr zu – sie sollte nichts mehr mit mir zu tun haben, weil ...
Um Jon herum wurde seine Kiste, so schien es, von der gegenwärtigen Nacht durchgeschüttelt. Wenn er durch das Fenster des Taxis blickte, irritierten ihn die Scheinwerfer der anderen Autos mit seltsamen, verstörenden Formen. Das lag nicht nur daran, dass seine Augen feucht waren – etwas stimmte nicht mit der High Street Kensington, etwas grundlegend Unnatürliches passierte unter der äußeren Beschaffenheit der Dinge.
Sie hat hübsche Hände, Hände, die ... und wie sie ... Wenn sie manchmal an mich gelehnt stand und ihr Kopf an meiner Brust ruhte, und meine Arme haben sich um sie gelegt, ganz rum, und dann ist noch Platz, um diese kleine Person, und ich kann sie ganz fest drücken, und das macht sie glücklich. Es macht sie glücklicher.
Und am nächsten Morgen wache ich auf, und es ist nicht so, dass ich sie begehre, aber ich bin mir bewusst ... ich brauche ... mir wäre es lieber, sie wäre da, und ich kann nicht atmen.
Ich begehre sie, aber ich kann nicht atmen.
Ich begehre sie.
Ich begehre sie, aber andererseits brauche ich, ich brauche wirklich Ruhe.
Und wenn sie mich jetzt finden, fassen, feuern, mich den Journalisten vorwerfen, mich anklagen und einlochen in einer schrecklichen Selbstmordfabrik von einem Gefängnis – welches wäre die beste von diesen Möglichkeiten?
Eine gute Möglichkeit gibt es nicht.
Und wenn mich jemand fände, nicht atmend und nackt und zusammengefaltet in einer Airline-Tragetasche, und plötzlich macht jemand Aussagen bei der Polizei und spielt sich als Experte dafür auf, dass ich schon immer diese schrecklichen selbstzerstörerischen sexuellen Risiken eingegangen sei.
Und wenn sie trinkt? Ich glaube, sie hat nicht getrunken und trinkt auch jetzt nicht, aber ich kann mich irren, und sie kann gefährlich und ausgeflippt sein, und sie kann jetzt trocken sein, aber jederzeit wieder zu trinken anfangen, und damit kann ich mich verdammt noch mal nicht befassen.
Und wenn sie jetzt der liebste Mensch ist, dem ich je begegnet bin und den ich nicht verdient habe?

Und wenn die Männer in ihren autoritätsverleihenden Anzügen kommen und sie holen – die Männer mit kleinen Ohrstöpseln, die in ihre Ärmel sprechen, Männer mit Special-Branch-Gesichtern, die dir erklären, dass sie verstehen, wie die Welt wirklich funktioniert, und vielleicht haben sie recht, und es gibt weder Schutz noch Verständnis, und warum würde ich sie diesem Risiko aussetzen?

Und wenn ich ihr wehtue, was ich schon getan habe? Wenn ich ihr wehtue, wofür ich niemandem verzeihen würde, auch mir nicht? Was, wenn es besser wäre, dass ich nicht in ihre Nähe gelassen würde?

Sein Kopf zermürbte sich in immer schlimmeren Schmerzen.

Ich bin ein guter Mensch, aber ich tue Schlechtes.

Und ich habe mich nicht von ihr verabschiedet, und das tut mir leid, denn ich will, dass sie in Sicherheit ist – es war einfach, weil ich nicht ... ich kann nicht ... ich bin ein Mensch, der nicht kann ... nie wirklich gekonnt hat ... Valerie – ja, sie war schrecklich, aber ich habe sie genau deshalb ausgewählt, weil sie schrecklich war. Ich habe jemanden gewählt, der es schaffte, mit mir zusammen zu sein, aber auch – jemanden, dem es nicht furchtbar viel ausmachte, wie ich war.

Und jetzt war es angemessen, dass er weinte und nicht aufhörte zu weinen. Er konnte den ganzen Weg bis Coldharbour Lane weinen, bis er bei der Junction ankam, das Taxi bezahlt hatte und die Tür aufschloss, mit dem Vorbehalt, den er sich auferlegt hatte – dort zu sein und nicht dort zu sein, und dieser gescheiterte kleine Mann zu sein und das zu wissen.

Ich bin Jon Sigurdsson.

Ich liebe Rebecca Sigurdsson.

Ich liebe Margaret Williams von Telegraph Hill.

Ich liebe Meg Williams.

Ich liebe Meg.

Sie zu lieben ist das Beste, was ich tun kann, aber ich kann es nicht.

Hinter ihm lag das glitzernde London und bot seine Möglichkeiten zum Zeitvertreib an, und Jon wandte sich der Stadt zu und spürte, wie sie erbebte – war sich sicher, dass sie erbebte –, als könnte sie zerbrechen.

23:02

Die Bedienung stellte ein volles Glas auf den Tisch, ein hohes Glas, ein kaltes Glas, und wo es mit der Luft in Berührung kam, beschlug es zunächst und bildete dann Wassertropfen, die dick und kompakt am Glas herunterrannen. Meg betrachtete es und fand, dass es ein freundliches Glas war, denn es weinte wie ein lebendes Wesen.

Sie saß allein, aus alter Gewohnheit, und hier war das Getränk, und hier war Meg mit dem Getränk, weil sie Durst hatte.

Weit entfernt von Megs Glas waren andere Menschen vielleicht im Gespräch, und Essen wurde bestellt, und es gab Gelächter, das nicht an Megs Haut kratzen und sie als hässlich oder böse oder traurig oder lächerlich abstempeln sollte. Weit weg von Megs Glas gab es möglicherweise andere Kellnerinnen und auch Kellner, die Gerichte und Gläser und Brotkörbe brachten, und vielleicht waren sie es, die zu viel lächelten und eine gewisse Libanon-Mittelmeeratmosphäre verbreiteten, die bewirken sollte, dass alle sich wie eine Familie und willkommen fühlten, und die in ihr dieses – ferne, ganz ferne – Gefühl hervorrief, verwaist zu sein, nicht eingeladen, am Rand zu stehen. Und noch weiter entfernt von Megs Glas wurden wahrscheinlich Gespräche geführt, wie sie zwischen Menschen, die Freunde sind, und Menschen, die ein Liebespaar sind, und Menschen, die bald ein Liebespaar sein werden, entstehen – es gab Stimmen, in denen unmissverständlich vertraute und einladende und wachsende Zuneigung schwang. Und noch weiter entfernt von Megs Glas schien es eine Weiterführung des Lebens zu geben. Das war sehr wahrscheinlich. Da, wo es flach und unerklärlich und knapp außerhalb von Megs Reichweite war, lag all das andere, das nicht dieses Glas war.

Zwischen ihr und dem Glas aber gab es nichts als eine friedliche Verständigung und eine Abgeschiedenheit. In ihrer Vorstellung war sie inzwischen so still geworden, dass sie geradezu unsichtbar war. In dem späten Trubel von Mahlzeiten und Hereinkommen und Rufen nach der Rechnung und herzlichen Abschieden – dem Palaver anderer Menschen – übte sie sich in Durchsichtigkeit. Sie stellte sich vor, wenn sie den Kopf hob und sich im Spiegel betrachtete – es standen viele Spiegel zur Auswahl, diese Flächen von Licht und Widerhall – wenn sie sorgfältig hinsah, dann würde sie die wirkliche Wahrheit herausfinden, nämlich die, dass es ihr gelungen war zu verschwinden.

Früher habe ich mir gern das Kommende vorgestellt. Fast hat es das, was dann kam, unnötig gemacht.

Du machst den Mund dafür auf, und erst ist es nichts, und dann brennt es, und wenn du es schluckst, dann wärmt es dich und gibt dir Farbe, durch und durch, und macht dich zum Gegenteil von nichts, und dieser Aufprall – dieser große Hallo-Aufprall – stellt dich wieder auf die Füße, und du ergibst einen Sinn, und die Welt wird leicht und schlicht, und du kommst zurecht, weil du dich – weil du dich genau richtig fühlst und alles tun kannst, und du lächelst das besondere Lächeln, mit dem du zeigst, du hast ein Geheimnis, das niemand anders je verstehen könnte, und wenn sie fragen müssen, dann sollen sie sich verpissen.

Dieses Glas. Hier ist das Glas. Es ist hoch und glatt und wachsam und hier bei ihr.

Und dann machst du den Mund für mehr auf, und die Idee, die so gut war und jedes Problem gelöst hätte, entgleitet dir, du bekommst sie nicht zu fassen, und du machst den Mund auf, und es brennt wieder, und deine Haut fühlt sich unbehaglich an, und du kannst dich nur beruhigen, wenn du aufstehst und in einem Raum bist und größer bist, und du machst den Mund auf, und da ist – zwischen den Schlucken – so viel zu sagen, und es ist wichtig und interessant, und du bist wichtig und interessant, und du musst schnell machen, denn du musst den Mund aufmachen und mehr schlucken – mehr von deinem Freund – mehr von deinem Freund, der dir zu neuen Freunden verhilft, denn jetzt bemerken die anderen Menschen dich, und sie beachten dich, weil du von Bedeutung bist und lustig und weil du klug bist, und du fängst einen Blick auf und machst den Mund auf, und die Welt gerät ins Gleiten – das bemerkst du –, der Planet gleitet, statt dass er sich dreht, aber du kommst damit zurecht, und die Aktionen und Bewegungen passieren in der falschen Geschwindigkeit, aber damit kommst du auch zurecht – du kannst das so gut, dass man es bewundern muss – und du machst den Mund auf, und jetzt wäre Sex das Richtige und Passende, und diesmal hättest du keine Angst davor – nur dass jetzt die Angst dich anspringt, weil du es vor dir selbst erwähnt hast, und darauf wacht das Hässliche in dir auf – und du machst den Mund auf, und du möchtest jemanden im Arm halten, auch wenn es beängstigend ist, und du machst den Mund auf, und du bist in der Mitte, da, wo du bist, die anderen können nicht anders als dir den meisten Platz geben und sich nach dir umdrehen und dich beobachten, und du möchtest jemanden im Arm halten und dich sicher und warm dabei fühlen, und geborgen, aber du machst den Mund auf, weil du dich dann auch geborgen fühlst, wenn es niemanden gibt, der für dich da ist – was aber nicht traurig ist, denn du kommst auch damit zurecht, und du brauchst niemanden – und du machst den Mund auf, und die Gesichter, denen dein Gesicht zugewandt ist, sind unfreundlich, denn die Menschen sind widerwärtig, das kommt am Ende immer heraus, nur dass auch du widerwärtig bist, und du tust den Gesichtern leid, und die Gesichter sind wütend und angewidert und nicht gut, sie sind wie Tiere, oder böse Geister, und du machst den Mund auf, und erst jetzt fällt dir ein, warum du nicht mehr in der Öffentlichkeit trinkst – du hattest wieder vergessen, dass das der Grund ist, weil das alles passiert, weil diese Dinge passieren, das mit dem Zerbersten von Glas und dem Fallen und dem Schreien und dass man ein Tier ist oder ein böser Geist, und du kannst es nicht verhindern.

    Meg sah das Glas an, und das Glas sah sie an.
    Ich kann nicht aufhören.
    Alles ist ins Gleiten geraten, und ich kann nicht aufhören.
    Das Getränk vor ihr war hoch: kühl, kein Eis, aber kühl, und die reizenden kleinen Wasserperlen rannen immer noch mit stiller Zielstrebigkeit daran herunter, so wie es sein sollte.
    Ich habe speziell darum gebeten.
    Und soll er sich ficken.
    Fick dich.
    Obwohl – zum Ficken wird es nicht kommen.
    Wäre es auch nie gekommen.
    Dieses Glas, dieses Getränk, das ihr näher war als jeder Mensch.
    Ich hätte mit ihm geschlafen.
    Ich hätte versucht, etwas zu tun, was ich noch nie getan habe.
    Das Glas vor ihr enthielt eine Flüssigkeit von einer komplizierten Farbe

und setzte sich aus Ananas und Melone, Banane, Mango und Rote Bete zusammen, und wenn sie das Glas auf einen Zug leerte, auf einen Zug, diesen dicken und süßen Trunk, schmeckte er wie Nicht-Sterben und wie Sehr-müde-Sein.

Und alle hier haben Glück und wissen es nicht. Sie haben keine Ahnung, wie ich ihren Abend hätte verderben können, wer ich hätte sein können.

Meg hatte das Gefühl, lächeln zu können, weil ihr dieses gute Geheimnis zu eigen war.

Sie haben keine Ahnung, und ich werde ihnen keinen Einblick geben, und ich werde heute Abend der Unfall von niemandem sein – auch nicht der von mir selbst.

Und wenn ich mich nicht retten kann, kann niemand es.

Und ich habe nicht erwartet, dass Jon das versuchen würde – soll er sich ficken –, aber gleichzeitig habe ich nicht erwartet, dass er es schlimmer machen würde.

Ihr Mund war jetzt voller Süße, und sie hatte immer noch Durst – schlichten, unschuldigen Durst –, aber die Getränke hier waren teuer, und es war spät, eigentlich sollte sie gehen.

Und ich habe nicht erwartet, dass er mir wehtun würde und dass er feige und enttäuschend sein würde und nicht er selbst.

Fick dich.

Fick dich so was von.

Und ich würde nicht für ihn trinken, selbst wenn er mich dafür bezahlte, ich würde für niemanden trinken, ich würde nicht trinken, wenn jemand reinkäme und mir eine Knarre an den Kopf hielte – Scheiße, ich mache das nicht mehr. Ich bin nüchtern. Daran kann er nicht rütteln. Ich bin nüchtern.

Meg gestattete sich einen Blick in den Spiegel gegenüber, um die anzusehen, die aussah wie sie – eine kleine, unscheinbare Person in schlechter Kleidung, die einen empfindsamen Beobachter enttäuschen würde – und dabei hatte sie vorausgesehen, dass sie einen triumphierenden Ausdruck im Gesicht haben würde, ein gewisses tapferes Lächeln, sodass sie jetzt enttäuscht war, wie ein empfindsamer Beobachter enttäuscht sein würde.

Ich sehe aus wie ein Kind, das sich verlaufen hat und zu spät noch draußen ist.

Kein Lächeln, nichts.

Im Gegenteil, sie sah traurig aus.
Ja, sie weinte sogar. Das musste sie zugeben.

Und auf ihr Weinen kam eine der Kellnerinnen zu ihr – eine freundliche Geste – und bot ihr einen weiteren Saft an, aufs Haus, weil man vielleicht nichts tun konnte, aber ein anständiger Mensch konnte eine Kleinigkeit tun, damit du dich besser fühlen würdest – du warst schließlich Gast –, oder vielleicht würden ein paar Süßigkeiten helfen, honigsüße Freundlichkeit.

Nimm von Fremden keine Süßigkeiten an.

Einen Kaffee?

Und Meg schüttelte den Kopf und ging auf unsteten Beinen zum Ausgang und machte Aufsehens um sich und zog ein Grinsen auf sich, genauso, wie sie gehofft hatte, dass es nicht passieren würde.

23:29

»Entschuldigung.« Jon fuhr sich – das wurde ihm jetzt bewusst – immer und immer wieder mit der Hand durch die Haare. »Entschuldigung.« Der Taxifahrer beachtete ihn nicht, und Jon raufte sich wieder die Haare. Er räusperte sich. »Entschuldigung, aber mir wäre es lieber, Sie würden mich zur London Bridge fahren.«
»Das haben Sie nicht gesagt.«
Offenbar hatte Jon einen Fahrer der weniger behilflichen Sorte. »Ja, ich weiß, dass ich das nicht gesagt habe, aber ich habe es mir anders überlegt. Ich habe einen Anruf bekommen, und – also – ich muss einen Anruf machen ...« Jon spürte, dass einzelne Haare sich lösten und zwischen seinen Fingern hängen blieben und dann leise herabfielen, wie Insektenflügel oder Grashalme oder Ähnliches, auf sein Gesicht. »Und jetzt ... ich muss jetzt zur London Bridge.« Er hatte – so schien es – klebrige Finger und zog sich die Haare an den Wurzeln aus.
»Das kostet Sie aber.«
»Das macht nichts. Ich muss zur London Bridge. Die Fahrt zur Coldharbour Lane hätte mich auch gekostet.« Jon hatte nicht die Absicht, einen scharfen Ton anzuschlagen oder sich wie ein Arschloch im teuren Mantel aufzuführen, aber – jetzt war es passiert. »Das alles wird mich kosten.«
»Ist ja gut.« Der Taxifahrer klang gekränkt, wie das bei barsch auftretenden Männern unausbleiblich ist, wenn man ihnen widerspricht. »Mich juckt das nicht.« Er schüttelte gut sichtbar den Kopf zum Ausdruck seiner passiv-aggressiven Empörung. »Ich kann Sie da hinbringen. Wann geht Ihr Zug?«

Ich bin überzeugt, dass angehende Taxifahrer ein Phrasenbuch auswendig lernen müssen, zusätzlich zum Straßenplan Londons: Die schnellste Strecke von Mayfair zur Loughborough Junction und lauter Klischees, die sie während der Fahrt aufsagen können.

Jon konzentrierte seine Aufmerksamkeit darauf, dass er froh über die seichte Semi-Popmusik aus dem Radio war, es hätte auch eine Wahlsendung mit Hörerbeteiligung oder die Ansprache eines Predigers sein können.
Das könnte ich nicht ertragen, nicht heute Abend. Der amateurhafte Ansatz, der sich nicht mehr von dem professionellen unterscheidet: die großmäuligen Verallgemeinerungen, die heilige Mythologisierung, die grelllaute Verteidigung von der und der und der ... Ideologie, Überzeugung, Verbohrtheit ... mit Bruchstücken aus Schlagzeilen von letzter Woche und Bruchstücken vom Hass der nächsten ...
Also, wenn ...
Scheiß drauf.
»Ich will nicht zum Zug. Geht London Bridge?«
»Jaja, kein Problem.«
»Dann wäre ich Ihnen dankbar, wenn Sie mich da hinbringen könnten.«
»Ja, bin schon dabei – ich kann hier nur nicht wenden. Muss warten, bis die Ampel umspringt, verstehen Sie?«
»Eine Planänderung, deshalb, es gibt eine Planänderung.« Und Jons Hände fielen herab und lagen ohne Liebreiz auf dem Sitz neben ihm und gaben ihm das Gefühl, als würden sie sich leeren, etwas würde aus ihnen herausfallen, etwas, das sich ein bisschen wie Sand anfühlte. Außerdem hatte er das Gefühl, dass seine Schienbeine und sein Oberkörper sich leerten – *Socken, aus denen der Sand rieselte, wie ein Kriegsgefangener, der gegrabene Erde aufwirft, wie eine wandelnde Leiche in Schuhen, die schmutzig vom Grab sind.* Er stellte sich vor, wenn er seinen Mantel und sein Jackett aufknöpfte, würden Körner herausrieseln – graue Körner vielleicht – die herab- und von ihm wegrollen würden und ihn ... Er war sich nicht sicher, wozu dieser Vorgang führen würde, wie er selbst danach zurückbleiben würde.
Noch leerer.
Leicht.
Ich könnte leicht sein.
Ich fühle mich ...
Und natürlich war dies der Moment, da er sich am absoluten Null-

punkt fühlte, und es gab nichts mehr, was er fühlen konnte. Sein Bewusstsein holperte und polterte in seinem entleerten Körper herum und reagierte auf das fahrende Taxi, und es begegnete ihm nicht der kleinste Gefühlsfunken.

Ich bin am Ende, völlig am Ende – ich habe mich völlig verausgabt.

Er hatte mit einer Form von Panik gerechnet – einem rasenden Puls – aber so war es, als hätte er nichts Besonderes vor und wollte einen ruhigen Abend auf seinem Futonsofa verbringen – das Sofa, das er nicht immer zum Bett ausklappte, weil eine Einzimmerwohnung ohne Bett viel größer aussah und weil er überall schlafen konnte, und Bettwäsche und Kissen waren nicht wichtig, oder? Nein, sie waren nicht wichtig.

Es ist sehr wahrscheinlich, dass nichts wichtig ist.

Deshalb ist es von größter Wichtigkeit, das zu tun, was tatsächlich nötig ist.

Am Ende tut man das, was man als das Richtige ansieht. Man tut es, ungeachtet der Tatsache, ob es etwas nützt oder verändert oder ob diese Möglichkeit besteht oder nicht.

Man tut es, weil man es tun muss.

Man tut es.

Und Jon hob eine Hand – jetzt eine so gewichtslose Extremität, dass sie sich wie von selbst hob – und griff in die Innentasche seines Jacketts, holte sein Telefon heraus, wählte eine Nummer und hörte den Klingelton und fühlte sich so still wie Wasser, so still wie die Seele des Wassers in großer Tiefe, so still wie einmal drei Uhr nachts, als seine kleine Tochter aufgehört hatte zu weinen und wach und zufrieden in seinen Armen lag und lebendig war und bei ihm und von ihm war, aber besser als er.

In dem Moment habe ich sie das erste Mal als Menschen gekannt, als eine Identität, als ein Menschenkind, das gern bei mir war, warm an meiner Brust.

Und jetzt war er auch still.

Das Telefon läutete und läutete Meilen entfernt.

In einem Café voller Schulkinder gibt es nach dem Gewahrsam des Unterrichts Snacks und milde Ausgelassenheit. Die Erwachsenen trinken Kaffee und reden miteinander und sind als Eltern geübt darin, den Lärm ihrer Kinder zu überhören und sich auf das Gegenüber zu konzentrieren. Zwei kleine Jungen sitzen in der Ecke und essen Käsetoast. Alles ist verändert und herrlich, weil sie auf dem Fußboden sitzen und zusammen sind – das ist offensichtlich.

Eine Mutter sitzt ihrer Tochter gegenüber, beide konzentriert. Die Tochter – vielleicht fünf Jahre alt – ist so gekleidet, dass sie dem Wetter draußen trotzen kann: Wollstrumpfhosen, ein bunter Pullover, kleine Stiefel. Ihr Mantel – rot, sodass er den rosa Pullover komplementiert – hängt über der Rückenlehne ihres Stuhls. Das Mädchen hat einen wilden Schopf brauner krauser Haare. Die ihrer Mutter wären vielleicht ähnlich, wären sie nicht in für Erwachsene geziemender Weise zurückgebunden.

Das Mädchen beugt sich vor und streckt die Hand aus – als Klinge, dann zur Faust geballt, dann als Segen: »Schere Stein Papier ...« Und wieder: »Schere Stein Papier ...« Die Wiederholung scheint dem Kind großes Vergnügen zu bereiten, das sich in Lächeln, Erbeben und Lachen äußert. Ihr Arm schwankt beim Lachen, und sie wiederholt: »Schere Stein Papier ...«

Auch die Mutter ist vorgebeugt, auch sie deutet die Formen von einer Schere, einem Stein und einem Blatt Papier an. Sie versuchen nicht, das Spiel bis zu Ende zu spielen, und so entdecken sie nicht, was auch passieren kann jenseits der kreisenden Rezitation, wo Metall auf Metall trifft, und Stein auf Stein, Papier auf Papier. Niemand will gewinnen, die Hände der beiden tanzen durch die Formen, und sie lachen sich an, und ihre Stimmen rezitieren einstimmig: »Schere Stein Papier ...« Dann sagt das Kind: »Noch mal.« Und sie machen es noch einmal.

Bei der Tür steht ein Vater und spricht mit seinem Sohn: »Das ist lustig, oder?« Unterdessen nimmt der Sohn das Würstchen aus dem Sandwich und ist dabei völlig konzentriert, und der Mann erzählt: »Ja, das ist lustig, denn nachdem ich dich zur Schule gebracht hatte und hier noch einen Kaffee getrunken habe, war Amanda hier, wir kennen uns seit Jahren, und jetzt ist sie wieder hier. Das ist doch lustig.« Das Sandwich ist interessanter als diese seltsame Definition von lustig. »Sie winkt zu uns herüber – siehst du das? Und ich ...« Der Vater steht auf. »Ich glaube, ich frage sie, ob sie bei uns sitzen möchte, denn das wäre nett, oder?«

Der Vater des Jungen geht durch die Betriebsamkeit des Cafés, er klopft sacht auf Köpfe und winkt einer Frau zu, als wäre er im Zug oder in einem Schwarzweißfilm übers Abschiednehmen. Der Junge sieht ihm nach. Das Gesicht des Kindes nimmt einen flackernden Moment lang einen Ausdruck an, der zum Leben der Erwachsenen gehört – einen Moment lang scheint er damit aufzuhören, seinem Vater den Gefallen zu tun, dass er jung ist und man ihn nicht ernst zu nehmen braucht. Und dann ist der Junge wieder der Junge, der mit seinem Sandwich und dem Würstchen und dem Ketchup spielt, weil er nach dem Schultag müde ist und eigentlich nur ein Schulkind ist, ein Sohn, ein Kind, jemand, für den alle Begegnungen zwischen Erwachsenen – verheirateten und unverheirateten – gleich sind und für den Essen wichtig ist. Er wächst noch, er muss essen.

Die Tochter und die Mutter üben weiter die Einführung zu dem Spiel, das sie nicht spielen. Die Tochter ist wie wild konzentriert, in ihren Augen steht der Glanz eines vergnüglichen Geheimnisses, einer bevorstehenden Überraschung. Sie sagt: »Noch mal.« Und die Mutter nickt, vielleicht inzwischen ein wenig gelangweilt, und trinkt aus ihrem Kaffeebecher. Die Tochter rezitiert, lauter als zuvor: »Schere Stein Papier ... VULKAN!« Beim letzten Wort formt sie mit den Fingern ein kleines Dreieck, reißt die Hände auseinander und wirft die Arme in die Luft.

»Vulkan?«

»Bei Vulkan kann man alles machen.« Das Mädchen erklärt das ihrer Mutter sanft, als würde es die Mutter vom Einmaleins zur Algebra hinführen oder vielleicht die Funktionsweise der Schwerkraft erläutern. Sie spricht langsam und deutlich und mit einer Ernsthaftigkeit, die voller Energie ist, weil sie wichtige Informationen weitergibt.

Du heißt Jon Corwynn Sigurdsson, und du bist ...
Du heißt Jon Corwynn Sigurdsson, und du redest, und ...
Du heißt Jon Corwynn Sigurdsson, und und und du bist nicht du – du bist Mr August, du bist der Liebe Mr August, du bist der Ganz Liebe Mr August und du bist ...
Du heißt Lieber Mr August, und du hast eine Nummer angerufen, und sie ist drangegangen, ist tatsächlich drangegangen, obwohl du das nicht geglaubt hast, weil du es nicht mehr verdienst und es auch früher nicht verdient hast und immer zwiegespalten warst, dazwischen feststecktest und ...
»Ja, ich weiß.«
Und du hörst nur die Stimme deiner Liebsten – deines Babys, deiner Süßen, deines liebsten Mädchens. Du hörst ihre Stimme.
Und kannst dich selbst nicht hören – nur sie. Warm an deiner Wange, wie Küsse es wären, und du weißt genug und erinnerst dich an genug von ihr, dass du von ihr weißt – Lieber Gott, der Liebe Mr August – und von ihren Küssen.
»Ja, ich weiß, dass du es bist.«
Und sie ist ganz weit weg.
»Was willst du?«
Und das läuft nicht gut.
»Was willst du, Jon?«
Und das, was du willst, ist furchtbar, furchtbar, wunderbar, völlig offensichtlich, schrecklich, zu viel, und es ist in dir und verändert dich, es bricht in kleinen Kräuseln aus, in Wellen, die von Zelle zu Zelle zu Zelle rollen.
»Du hättest mich anrufen sollen. Wenn du willst, dass ich aufhöre. Wenn ich aufhören soll. Obwohl du nicht gesagt hast, dass du aufhören

willst. Du hast gesagt, du seist glücklich. Warum würde ich etwas sein wollen, das dich nicht glücklich macht? Warum sollte ich mir die Mühe mit ...«

Und sie sagt nicht *mit jemandem, der die reinste Zeitverschwendung ist, einem hässlichen Scheißkerl wie du,* aber sie ist trotzdem zu hören.

»Man verabschiedet sich nicht mit einer SMS. Wenn du gehen willst, kann ich dich nicht aufhalten – du machst, was du willst. Du machst, was du Scheiße noch mal willst, aber du sagst es mir. Du sagst es mir, verdammt. Du rufst mich an und sagst es mir. Du sprichst mit mir von Angesicht zu Angesicht. Verdammt.«

Und das magst du an ihr, du liebst es, Wut als Ausdruck von Leidenschaft, und deshalb hat sie diese Leidenschaft, und diese Leidenschaft ist immer noch für dich da – für den zwiegespaltenen und armseligen und nutzlosen Lieben Mr August, sie hat immer noch die Leidenschaft der Wut, die für dich da ist.

»Ich dachte, du wärst –« Und ihre Stimme mit der Wut, die du in ihr geweckt hast, bricht. »Ich dachte du wärst ein Mensch. Aber du bist nur ein verdammter Mann.«

Und du willst, dass sie lauter wird. Du bist der Auffassung, dass es euch beiden guttun würde.

Und fühlst von Herzen ... *wie ein Becher heißes Metall, der unter deinen Rippen kippelt.* Du wünschst dir wirklich, dass es zu merken wäre, wenn du zurückbrüllst – aber du glaubst es nicht. *Nicht mit Gewissheit.* Du stellst dir vor, dass du es hören würdest oder das Gefühl davon in deiner Brust spüren würdest ... *das Vergießen von Metall.*

Du glaubst, du betest – *eine Art Beten* – und flüsterst – *Sigurdsson, sprich ordentlich. Du bist jetzt nicht in Fishertown* – und vielleicht glättest du – *ich hoffe es* – glättest du deine Stimme zu ihr hin, glättest sie wie Laken, wie Mandeln und Milch und die Laken auf einem frisch bezogenen Bett, wie eine Altardecke und die Seidenhaut ihrer Handgelenke, wie die Laken eines frisch bezogenen Bettes, wenn du die Decke zurückschlägst und dich hineinlegen willst.

Alle diese Dinge, die so rein sind und so süß und so ...

»Aber das tue ich doch! Ich tue es, verdammt! Ich habe nie etwas anderes behauptet!«

Und hier ist es – sie brüllt. Du magst den Schmerz, den das dir verursacht, er macht dich zufrieden, er wärmt deine Knochen.
»Ich bin müde!«
Und es ist gut, alles ist gut.
»Ich bin so scheißmüde!«
Und wenn das vorbei ist – *bitte, bitte* –, kannst du noch einmal anfangen. Du wirst noch einmal von vorne anfangen können. Das machst du doch, oder?
»Jon, ich bin müde!«
Und das ist die Wahrheit, und du bist auch müde, es ist also nur fair.
»Das ist nicht fair! Du bist nicht fair und ich ... Pass auf, also gut. Okay, okay.«
Und du verstehst – *lächerlich in meinem Alter* – du gelangst zu dieser grundlegenden Einsicht, nach all der Zeit, die du mit Lebendigsein verschwendet hast, aber nicht wirklich lebendig warst, und mit dem Wissen von so vielen anderen nutzlosen Dingen. Und plötzlich und wie aus einem Guss erkennst du, dass die Liebe, dass zu lieben und verliebt zu sein die Beschäftigung eines Fundamentalisten ist. Deine Geliebte ist deine Geliebte, und es kann keine andere geben, keine wie sie, nichts wie das hier. Und die Welt muss sie auch lieben, für alle Zeiten, und wenn nicht, dann ist die Welt im Irrtum.
»Du wirst nicht da sein, Jon. Nein, sicher nicht. Du wirst verlangen, dass ich dort hinkomme und auf dich warte, und dann kommst du nicht. So wird es sein.«
Und du hältst dich nicht mit Ideologie auf, hast du nie gemacht.
»Okay.«
Aber jetzt hast du dein Glaubensbekenntnis. Tief.
»Okay.«
Aber jetzt bist du nicht hohl. Du brennst und bist mit Brennen gefüllt. Dein metallenes Herz ist übergelaufen und hat dich geschmolzen, und deine Glaubensüberzeugung brüllt in dir, sie ist wie Wut und wie Wein.
»Jon.«
Aber jetzt hast du die Liebe, die du gewählt hast – die Liebe, die auch dich gewählt hat – die Liebe, die in deinem Körper und auf deinem Körper ein Segen ist und ihn entschuldigt.

»Jon, mach's gut ... Mach's gut. Ich weiß. Mach's gut. Ich muss aufhören. Ich komme. Ich werde da sein.«
Aber ...

Aber ...
Diese Möglichkeit tut sich auf, wenn du es dir selbst sagen kannst, deiner Welt, deiner Liebe, deinem Liebling, Herzen, Schatz, deiner ernsten Süße, deinem süßen Ernst – wenn du alles sagen kannst. »Aber ...«
Du willst nicht, dass sie auflegt, jetzt noch nicht – *LiebeSüßeSchatz* –, und du wünschst dir ernsthaft, du könntest es gehört haben – *alleswasichkonnte* – was du geschafft hast, ihr zu sagen – *alleswasichbin* – du fragst dich wirklich, welche Worte du gewählt und angeboten haben könntest, bei welchen sie dich nicht mehr gehasst hätte, obwohl du verdienst, gehasst du werden. Du bist ganz unsicher.

Aber du glaubst, im Grunde hast du vor allem ein Wort gesagt – *bitte.*
Und dann noch das andere Wort – *aber.*
Aber und dann bitte.
Bitte.
Bitte.
Und du hörst es so, wie *Stealers Wheel* es bei »Stuck in the Middle with You« gesungen haben – an den Song hast du vorhin denken müssen –, wie Gerry Rafferty so hoch und langgezogen sehnsüchtig jaulend wie ein Hund *Plee-ee-eease, Plee-ee-eease* singt. So ist es.
Es ist wie Süße und wie Wut.

23:55

LONDON BRIDGE.
Am Ende ist es – *bitte* – doch möglich, zueinanderzufinden.
Jon hatte den Taxifahrer gebeten, ihn kurz vorm Bahnhof abzusetzen, damit er – vielleicht – ein bisschen Luft schöpfen konnte.
Er steigt aus dem Taxi und bezahlt für die Fahrt, und dabei spürt er ein Flattern, ein Sinken – als hätte er die Tür eines Flugzeugs aufgemacht und wäre tapfer ins Freie hinausgetreten.
Er geht auf der schmalen Straße, die zum Bahnhof führt, sein Körper schreitet voran, während andere Teile von ihm weiter unten entlangzuckeln, tief und tiefer, und sich an die Fugen des Gehwegs halten – im Echsenschritt.
Der Weg, den er gehen muss, führt ihn an einer Reihe von Restaurants vorbei, wo es jetzt völlig sinnlos wäre, zu essen.
Zu spät.
Ich habe, glaube ich, gar keinen Hunger.
Ich hoffe, sie hat keinen Hunger.
Ich hoffe, sie hat mir meine Unverzeihlichkeit verziehen.
Die Luft an seinem Gesicht ist unfreundlich. Er reibt sich mit beiden Handballen die Augen. Für einen aufmerksamen Beobachter, so vermutet er, könnte das so aussehen, als wäre er gerade neu in einem Land angekommen, das er nicht kennt, wo die Umgebung manchmal vor den Augen verschwimmt und leuchtet und sich manchmal zu einem breiten Streifen von Licht, einem Rückgrat von Licht dreht.
Soweit Jon sehen kann, gibt es keine Beobachter.
Am Ende der Straße scheint die Architektur fast ausschließlich aus Glas zu bestehen: Blöcke von hellem, hohem Glas.
Als würde man in ein Aquarium treten, ein Terrarium ...
Ihm ist klar, dass er ein affenhafter Mann mit ungeschickten Händen

ist, der sich bald in diesem riesigen, überkunstvollen Kasten verfangen wird. Er ist im Begriff, absurd und einsam zu sein – *bitte, Meg, sei da, komm zu mir, sei bei mir* –, und danach wird er die Erinnerung daran haben – *an das Warten, während sie nicht kommt.* Und an einem Tag in der Zukunft, dessen Datum noch nicht feststeht, wenn er entlassen, verhaftet, bestraft, zerstört worden ist – wird er nichts haben, das ihm Kraft gibt.

Am Ende habe ich nach meinem Vermögen das Beste getan, aber es am Ende zu tun war nicht schnell genug. Ich war nicht gründlich, nicht so, wie es nötig gewesen wäre. Ich war nicht der, für den ich mich gehalten habe, kein fein gestimmter Mann.

Wie stimmt man sich auf die entsprechende Tonart.

Normalerweise ist es E-A-D-G-H-E. Eine Alte Dame Geht Heute Einkaufen ...

Aber ich bin auf offenes G gestimmt, ich bin auf D-G-D-G-H-D gestimmt, weil ich die Wiederholung mag, weil es ein Trost ist, wenn man Bekanntes wiederholt, das keinen Schaden anrichtet – oder es sollte ein Trost sein.

Ich habe mir die Tonfolge mit einem eigenen Merkspruch eingeprägt, meinem höchsteigenen.

Das Gute das Gute hoffe darauf.
Das Gute das Gute harrt dahinter.
Das Gute das Gute hindert daran.
Nein.
Das Gute das Gute hoffe darauf.
Ich habe es versucht.

Der Gehweg unter seinen Schuhen hallt wider, als würde er sich über einem riesigen und seltsamen Nirgendwo spannen. Trotzdem geht Jon weiter. Oberhalb seiner linken Schulter erhebt sich das neue und inbrünstig modernistische Hauptquartier einer umfirmierten Printmedien-Gruppe.

Sie würden Milner nicht über die Schwelle lassen: Er würde die vielen glänzenden Flächen beschmutzen. Und in dem Gebäude würde er wie Cro-Magnon aussehen, so wie ich.

In dem riesigen Foyer – glitzernd und hauptsächlich durchscheinend – gibt es eine einzige feste Wand, die in dunklen, beeindruckenden Großbuchstaben mit Wendungen von flüchtiger, doch aufwühlender Bedeutung bedruckt ist. Sie reichen gerade aus, den Leser zu beschäftigen, ohne mit ihm in eine wie auch immer gestaltete Kommunikation einzutreten – ein Schwall erhöhter Absichten.

Ich glaube, ich habe wahre Absichten. Ich glaube ...

Er senkt den Kopf und stellt sich die Schatten der versoffenen, schmuddeligen, wühlenden alten Schreiberlinge von früher vor, der Geister, die noch etwas von Verrissen und Quellensuche verstanden und sich auf Eingangsstufen herumdrückten und Gebäude umgeisterten – *wenn sie sich dazu bequemen konnten* – und Bleisatz auswarfen und in die Ecken pissten.

Am Ende der Wandbeschriftung mit hohen Intentionen und niedrigen Inhalten stehen vier letzte Worte.

DAS GESCHÄFT DES GESCHICHTENERZÄHLENS.

Die Vier Letzten Dinge, so habe ich gelernt, sind der Tod und das Jüngste Gericht und Hölle und Himmel. Ich möchte den Himmel gern ans Ende der Liste stellen, andere möchten das vielleicht nicht.

Das Foyer verschreibt sich selbst eine rassige Ausgangszeile, so wahrhaftig wie der Tod und das Jüngste Gericht, und mit dem Jenseits kennt sich keiner so richtig aus, also lassen wir das.

Hier ist es.

DAS GESCHÄFT DES GESCHICHTENERZÄHLENS.

Das einzige Geschäft, das es jetzt noch gibt, alle Wahrheit, die es gibt. Keine Waren, keine Dienstleistungen, Krankenschwestern, Lehrer, Ärzte, Künstler, Soldaten, Wärter, Wächter, Anführer, Techniker, Experten, Wissen, Gerechtigkeit, Privatsphäre, Sicherheit, Würde, Barmherzigkeit und so weiter.

Stattdessen haben wir das hier.

DAS GESCHÄFT DES GESCHICHTENERZÄHLENS.

Und dies ist auch mein Geschäft.

Es war mein Geschäft.

Ich glaube, ich habe beschlossen, auszusteigen.

Scheiß auf sie alle, sage ich.

Genau.

Unmittelbar vor ihm leuchtet der Turm, der mit scharfer Klinge in den zarten Abendhimmel über dem Bahnhof ragt und Höhe und leere Fenster bezwingt, mit einer Beleuchtung, die den Eindruck einer festlichen

Bedrohung vermittelt. Das Ding ist so groß, dass es nicht leicht mit einem Blick zu erfassen ist und schon gar nicht verständlich, wenn man erst einmal so nah dran ist.

Hier ist es.

Die Piazza davor liegt verödet, überschattet vom Turm, und auch an einem sonnigen Tag eilen diejenigen, die in seinem Glitzern und Schatten gehen, hastig weiter, statt zu verweilen, zu warten.

Aber Jon wird warten.

Sie ist nicht hier.

Und jenseits davon noch mehr Glas: Wände, Türen zum Bahnhofsplatz – auch dies ein ausgedehnter, unabsehbarer Raum.

Er sieht sich um und kann – *natürlich nicht* – keine Büroschlussmassen sehen, keine in den Nacken gelegten Köpfe, den Blick auf die Anzeigetafeln gerichtet, konzentriert wie bei einer Andacht, wie Tiere, die darauf warten, aufgeschreckt zu werden.

Sie ist nicht hier.

Ohne die Menschen wirkt dieser Ort belastet, mit einer seltsamen Energie geladen, im Begriff, auszuticken.

Sie ist nicht hier.

Einer der späten, der letzten Züge muss eingetrudelt sein, denn jetzt strömt eine kleine Welle von Pendlern herein. Sie schlendern oder hasten zur U-Bahn. Sie streben auf den Ausgang zu, an ihm vorbei, ins Freie, und die Schwerkraft steht ihnen zu Diensten. Ein Mann, der allein geht und in unzweifelhaft bedeutungsvollen Farben ausstaffiert ist, stößt einen Schrei aus, mit dem üblicherweise der Freitag endet und das Wochenende eingeleitet wird. Auf den Ruf des Mannes kommen keine Begleiter herbei, es ist kein Echo der Zustimmung zu hören, obwohl er das offenbar erwartet. Er schüttelt den Kopf und schwankt weiter.

Jon mustert die Rücken und Schultern, die Unterschiede der Gangart, der Haare, der Taschen und Jacken und ... *Ich habe keinen Grund, mich mit ihnen aufzuhalten, die sind nicht sie.* Jon kennt diese Menschen nicht: Es sind Fremde, für seine Zwecke sind sie irrelevant, sie sind ihm verdammt noch mal nur im Weg.

Wenn dies ein Film wäre, dann wären dies die Komparsen. Man hat mit den Komparsen nichts zu schaffen, wenn es ein Film ist – sie sind nur dazu da,

kostümiert unterwegs zu sein, damit die Welt wirklich und bevölkert aussieht. Diese Leute sind keine Menschen, sie sind das Bühnenbild, der Hintergrund.
Sie ist nicht hier.

Das ganze Erlebnis kommt ihm immer mehr wie ein Film vor, den er sich ansieht, oder wie der Traum von einem Film oder wie die Entdeckung, dass ein Film sich geöffnet hat und er in dessen Innerem eingefaltet wird.

Jon weiß nicht, ob das gut ist oder nicht.

Sie ist nicht hier.

Er legt sich die Arme um die Brust. Es ist schon nach Mitternacht, und sie haben sich nicht Gute Nacht gewünscht, und diese Tatsache scheint ihm schrecklich und traurig.

Aber ich kann meine Arme um mich legen und spüren und glauben, dass ich das bin. Ich halte mich fest.

Und das ganze verdammte Glas und das ganze verdammte Warten und all das verdammte ...

Bitte. Bitte.

Die durchdringende Leere eines fast schon geschlossenen Bahnhofs lädt ihn zu einem fantastischen Aufstieg ein, scheint ihn aufzufordern, nach oben zu schweben, unverankert, und sich am Glas festzuklammern, bis er in die Tiefe der Nacht einbricht und sich verliert und darin verschwindet.

Nein, nein, nein. Füße am Boden.

Er hält seine Rippen fester umschlungen – in den Armen eines Menschen gefangen, den er nicht liebt und den er nicht lieben kann.

Ich stehe unter Anspannung. Das ist Stress, nichts weiter. Ich bin nicht in Gefahr, ich habe lediglich das Gefühl, dass ich in Gefahr bin. Ein Gefühl ist keine Tatsache.

Männer mit ungenannten Berufen könnten bald eintreffen und ihm Fragen stellen, die er nicht beantworten kann – bald, oder am Montag, oder diese Woche, heute Abend – ohne einen Termin zu machen, ohne Vorwarnung – in vier Minuten, oder sofort – und Schmach und Schmach und Schmach wird darauf folgen.

Aber zurzeit bin ich nicht in Gefahr.

Er geht ein Stück und hält weiterhin sein unsichtbares Paket um-

klammert, die Hände auf den Schulterblättern, und betritt vorsichtig die eigentliche Bahnhofshalle. Das ist nicht der Versuch, unter ein festes Dach zu kommen, kein Ansatz, eine Levitation zu vermeiden, ein wild schwebendes Spektakel von Schuld.
Wie eine Hexenprobe.
Hier steht er – der Denunziant, Sünder, Verräter, Feigling. Zu wenig, zu spät.
Wieder fährt ein Zug ein und setzt ein paar Passagiere ab. Er kennt keinen einzigen. Er liebt keinen einzigen von ihnen.
Meg würde eine Weile für den Weg hierher brauchen – wenn ich einmal logisch sein will –, und ich bin mir nicht sicher, wie sie kommen würde – Nachtbus, Spätzug, U-Bahn –, falls sie kommt ...
Das Angebot der Stadt an öffentlichen Verkehrsmitteln ist zwar immer noch nicht ideal, bietet aber dennoch ein breit gefächertes und flexibles ...
So schwierig wäre das nicht. Sie hat verschiedene Möglichkeiten ...
Ich hätte vorschlagen sollen, dass ich ihr ein Taxi schicke ...
Ich hätte sagen sollen, ich treffe sie da, wo sie ist, wo immer das ist ...
Ich hätte dafür sorgen sollen, dass ich jemand anders bin ...
Er war sich nicht ganz sicher, in welche Richtung er blicken sollte: Nach draußen zu den Bussen, zu den Gleisen und den Zügen, in Richtung U-Bahn ... Die kleinen, sich wiederholenden Verstrickungen seiner Situation, das Kreisen, das Tapsen, die Erkenntnis, dass er extrem und beklagenswert sichtbar war – *ein Mann, der auf eine Person wartet, die nie ankommt* – diese Faktoren trafen zusammen und führten dazu, dass er die Welt – wieder einmal – durch einen feuchten Dunst gebrochenen Lichts sah.
Ein Mann, der auf eine Person wartet, die nie ankommt und ihn folglich zum Weinen bringt.
Wenn sie mich so sieht ...
Kindisch.
Wenn ich ihr den Rücken zukehre ...
Unhöflich.
Er hat so viele Sorgen, wie Hunde, die an einer Tür kratzen.
Er hat so viele Vergnügen, und die kratzen auch, und er will sie einlassen, herein, herein.

Ich mag es, wie sie brüllt.
Ich bin der Auffassung, dass meine Gestalt sich verändert hat, weil ich ihr Schreien gehört habe.

Jon blinzelt, um seine Fassung zurückzugewinnen, dann lässt er seinen Blick hin und her wandern und immer im Kreis herum und hält Ausschau.

Seine Aktentasche sollte er säuberlich zwischen den Füßen abstellen. Aber er kann sich nicht erinnern, wann er das Mistding zuletzt hatte. Sie hat sich unerlaubt von der Truppe entfernt. Vielleicht hat er sie in Beckys Wohnung stehen gelassen. Wenn sie wirklich verloren ist, verschwunden, abhandengekommen, dann ist das ein professionelles Versagen und eine Schande.

Eine zusätzliche Schmach.

Bevor er es verhindern kann, kommt ihm ein anderes Mal in den Sinn – *verloren, verschwunden, abhandengekommen* –, als er auf einem Bahnsteig gewartet hat. Die Erinnerung fällt auf ihn herab wie Wasser, dringt in ihn ein.

Er war im großen – er kam ihm damals groß vor – Hauptbahnhof von Inverness und hielt die Hand seines Vaters, und sie standen und warteten auf einen Zug, weil Jons Mum damit zurückkommen würde, vielleicht zurück von ihrer Mutter, oder vielleicht war sie bei Tante Bartlett gewesen. Und alles lief anders als geplant.

Dad hatte die erwarteten und unvermeidbaren Dinge gesagt – *Wir freuen uns, wenn sie wieder da ist, nicht wahr?* Er hatte etwas über die Erschöpfung bei Frauen gesagt und die Notwendigkeit, Ruhe zu finden in einem stillen Haus, und dass Jon ein braves Kind sein und im Sigurdsson-Haushalt in Zukunft keine weitere Erschöpfung verursachen solle. Jon hatte nicht richtig gesehen, aber er hatte auf jeden Fall wahrgenommen, dass das Drohen einer Krankheit bei seiner Mutter wie ein schwarzer Rauch die Füße aller umschwebte, schwarz und dick, mit der Absicht, sie alle zum Straucheln zu bringen. *Morgen gehen wir alle zusammen ins Kino. Wie findest du das?* Auch andere Vergnügen wurden ihm als Möglichkeit vorgeschlagen – seine Mutter selbst war nicht gerade ein Vergnügen –, und jedes Angebot war nur ein Versprechen und zeigte, dass das, was bevorstand, entsetzlich sein würde.

Am Bahnhof von Inverness hatte Jon zum ersten Mal in seinem Leben mitbekommen, dass das, was gesagt wurde, und das, was die Wahrheit war, auseinanderklaffte, wie Haut, die von einem Muskel abgezogen wurde, wie ein Muskel, der von einem Knochen getrennt wurde. Das war richtiges Lügen, bedeutsames, erwachsenes Lügen. Es war ein Lügen, das bedeutete, dass die Wirklichkeit in klebrigen Fetzen um sie herumhing, dass sie hässlich war und keinen Sinn ergab.

Dads Gesicht lächelte, war aber nicht glücklich, und seine Hand um meine war fast gewalttätig, und ich dachte, dass wir es gut gehabt hatten, wir zwei allein, und dass es anders war als mit Mum und dass es mir gefallen hatte – anders als die Zeit davor, an die ich mich nicht mehr deutlich erinnern konnte, die aber schlecht gewesen war. Dad sagte, das Schlechte würde nie wieder passieren. Er sagte es so wenig überzeugend, dass es fast keine Lüge war. Mum brachte das Schlechte immer mit – das wussten wir. Wir konnten es ihr nicht recht machen. Wir haben es versucht. Ich habe es versucht.

Dad erzählte mir, wie wunderbar alles sein würde. Seine Augen waren angsterregend, als er das sagte, weil in ihnen die Angst stand, und deshalb hatte ich Angst. Er hatte uns beide in den Wal fallen lassen, hatte uns beide gejonat.

Ich bin der rückgratlose Sohn eines rückgratlosen Mannes.

Jon hatte das getan, was sein Vater offensichtlich wollte, und mehrere nicht glaubhafte Dinge geglaubt, mit der ganzen Kraft seines Herzens. Dort, am Bahnhof von Inverness, hatte er zugestimmt, dass Traurigkeit Glück sein würde, dass Schlechtes gut würde und alles gut ausgehen würde. Weil Jon damals ein Kind war und weil Kinder die Dinge absolut verstehen, war er sicher gewesen, dass Vortäuschungen niemals funktionieren würden.

Jon entdeckte seine Mum – sie hatte ein Köfferchen bei sich, eine kleine, ernste Frau, drahtig, und sie kam an dem Zug mit dem gerundeten Metalldach entlang auf ihn zu. Die gerade angekommenen großen Waggons schienen ihr Stabilität zu verleihen. Als sie bei ihm war, weinte Jon. Die Tränen konnten auf verschiedene Weise gedeutet werden und passten deshalb zu der Situation.

Sie wird kommen. Meg wird kommen. Sie hat fast, so gut wie, gesagt, dass sie kommt. Ich hatte sie gebeten.

Bitte.

Ein Hundeheulen der Sehnsucht nach ihr zerfetzt ihm das Rückgrat. Er geht eine Weile umher, um sich abzulenken, seine Füße scharren über den unfreundlichen Boden und scheinen grotesk. Das Gebäude bietet ihm viel zu viele Möglichkeiten der Selbstbetrachtung, Spiegel im Spiegel.
Hier ist es.
Jon Sigurdsson: Alte Narren sind die schlimmsten, große Narren, bucklige Narren.
Aber bitte. Bitte.
Seine Uhr sagt ihm, dass Mitternacht vorüber ist, dass jetzt morgen ist. Und sein Spiegelbild zeigt ihm, dass er leer ist, ein hohler Mann mit losen Füßen und ungelenken Fingern.
Taptaptaptap.
Schöner Mantel. Schreckliche Hosen. Ein Hemd, das sich weich anfühlen würde, wenn sie es berührte.
Taptaptaptap.
Bitte.
Früher habe ich gedacht, niemand wartet, wie ein Kind auf etwas Gutes wartet, was immer das sein mag, darauf, dass etwas wieder gut wird.
Und Jons Gewicht ruht auf seinem linken Fuß, als er sich langsam umdreht. Er möchte vermeiden, dass jemand, der ihn beobachtet, eine ungeschickte Gestalt sieht, eine abstoßende Silhouette.
Taptaptaptap.
Er ist überzeugt, dass sein Gesichtsausdruck unangemessen ist und sein Mund hässlich aussieht.
Taptaptaptap.
Und dann ist da ein Geräusch, das nicht in seinem Kopf ist – *taptaptap* –, es ist wirklich, und es kommt von links und flackert in seine Richtung, schnell, quer durch die große, weite Halle – *taptaptaptap* –, und es sind Schritte.
Oh.
Es sind Schritte, weil jemand ungeheuer Liebenswertes durch die Halle geht und näher kommt, und jetzt ist sie da.
Oh!
Meg bleibt außerhalb von Jons Reichweite stehen, aber nicht weit außerhalb.

Oh.
»Das ist ...« Jons Stimme kullert aus ihm heraus wie eine Ladung kleiner Kieselsteine. »Ich ... ich dachte ...« Und er lässt seine Arme fallen, und sie hängen linkisch an seinem Körper herab.
Ich dachte, ich würde sterben.
Ein melodramatischer Gedanke.
Aber im Ernst, ohne dich würde ich, glaube ich, in jeder Hinsicht, die mir wichtig ist, sterben.
Aber das kann ich dir nicht sagen, natürlich nicht.
»Ich dachte, du würdest vielleicht mit dem Bus kommen.«
O Mann. Dafür hat sich der Weg für sie wirklich gelohnt.
»Ich mag Busse nicht.« Meg verschränkt die Arme. »In der U-Bahn ist es wärmer – abends.«
Man nennt es Smalltalk, weil es kleiner ist, als du sein solltest, und es schnürt dich ein und pustet dich aus.
»Ist es, ich meine, ist es da sicher? Ich meine, die U-Bahn nachts, bist du da sicher ...?«
Meg ist offensichtlich für das Essen angezogen, zu dem sie nicht ausgegangen waren – für eine Fahrt, nach der sie sich hinsetzen und vor ihm einen guten Eindruck machen konnte. Dass sie so etwas tun würde, so etwas versuchen würde, ist ungeheuer bewegend.
Und sie macht einen guten Eindruck, ich bin beeindruckt – aber das wäre ich sowieso, auf jeden Fall – aber danke, dass du dir solche Mühe gibst – danke.
Aber inzwischen sind Stunden vergangen, sie ist zwar nicht gerade zerknittert, das nicht, aber der Glanz ist vergangen, die erwünschte Wirkung ist nicht mehr frisch. Sie sieht erschöpft aus.
Arme Liebste.
»Es ist meine Schuld.«
»Was?«
»Ich – es tut mir leid – dass du so spät noch rausmusstest, und ohne Abendessen, und nachts in der U-Bahn ...«
Ich möchte, dass sie so aussieht, wie sie aussieht, wenn alles in Ordnung und bestens ist und sie sich entspannen kann.
Jon hebt die Hand, um sich die Haare glatt zu streichen, zu ordnen, in Fasson zu bringen, aber dann lässt er das, und es sieht so aus, als würde

er winken, obwohl dazu keine Notwendigkeit besteht, weil sie hier ist, sie ist absolut hier, erschreckend hier.

Oh.

Er ballt die Hände zu Fäusten und steckt sie sich in die Taschen seines Mantels. Im nächsten Moment tut ihm das leid – es scheint seine Möglichkeiten so stark einzuschränken.

»Oh ... aber du ... ich habe ja zur Bushaltestelle geguckt und damit gerechnet ... deswegen habe ich dich ...«

Oh.

Er wäre am liebsten bewusstlos. Am liebsten würde er auf die Knie sinken oder sich auf der Seite zusammenrollen – stattdessen ist er offensichtlich unfähig zu stehen, in seiner fähig wirkenden Gestalt.

Und dann macht sie einen Schritt auf ihn zu und streckt sich zu ihm und wartet, ein Angebot.

Oh.

Und mit nichts kann er zeigen, wie verändert er davon ist, von diesem – *immer mehr* – diesem heulenden und strömenden Glücksgefühl.

Oh.

Und er zieht eine Faust aus der Tasche und öffnet sie, lockert sie, als wäre das einfach und mühelos und ...

Oh.

Sie nimmt seine Hand. »In der U-Bahn hat man eine bessere Sicht. Finde ich. Auf die Menschen. Man sieht die Menschen besser.«

Oh.

Sie ist hier, Meg ist hier und hält seine Hand sicher und fest, und das heißt, er wird sie nicht fortfliegen lassen müssen.

Er hört, wie er zu ihr sagt: »Das ist ... sehr vernünftig.« Und er drückt ihre Hand, und ihre Finger antworten, sie drücken zurück, und vielleicht müssen sie so miteinander sprechen, wenigstens eine Weile lang, denn er sieht nicht, wie sie sprechen können, wenn es ihm die Stimme verschlagen hat und er nur diese kleinen Geräusche hervorbringen kann. »Die richtige Entscheidung, bestimmt. Guten Abend, ich meine guten Morgen, ich meine, hallo. Hallo Meg.«

Er hat gewartet wie ein Kind, bis er das sagen konnte, was sie dem Anschein nach glücklich machen würde, oder ein bisschen froh, darüber, dass sie hier ist und ihn sieht. »Mir ist kalt, Meg. Entschuldige bitte. Mir ist sehr kalt. Ich –«

Oh.

Und jetzt kommt sie ganz nah an ihn heran, in seine Arme, bis sie an ihn geschmiegt ist, eingeschlossen, und davon will seine Haut am ganzen Körper mehr, sodass er beinahe stolpert.

Oh.

Sie ist lebendig, hell, erstaunlich, ihr Kopf reibt sich an seinem Brustbein, das Hemd darüber bewegt sich.

Oh.

Und das sind ihre Schulterblätter, und das sind die kleinen stillen Knubbel ihrer Wirbelsäule, und hier ist die Kuhle von ihrem Kreuz, und jetzt schiebt sie ihre Arme – *ist entschlossen, fühlt sich berechtigt* – in seinen Mantel und unter sein Jackett – *was ich nicht vergessen darf und wie sie es schon einmal gemacht hat, hinein, hinein* – hinein, bis sie seine Mitte umfangen hat, und er ist so erfreut, dass sein Hemd für sie sanft ist, während ihre Berührung ihn verbrennt.

Bitte.

So bleiben sie stehen.

Bitte.

Sie bleiben.

Hier ist es.

Sie schöpfen füreinander Atem und machen ihn heil.

Ein Mann und eine Frau sitzen in einem Wohnzimmer. Die Wände sind kürzlich in einem hellen Cremeton gestrichen worden, auch die Fußleisten sind makellos und in einem dunkleren Cremeton gehalten. Jemand hat den Teppichboden rausgerissen und den Holzfußboden geschliffen, sodass er nicht ganz glatt, aber sauber, geschrubbt aussieht. Ein großer Teppich – offenbar neu – vor dem Sofa leuchtet mit orientalischen Mustern in dunklen Blau- und Rottönen. Diese Renovierungsbemühungen geben den Möbeln – einem unauffälligen Sekretär, zwei Sesseln, einem Couchtisch, einem Bücherregal und dem Ledersofa beim Teppich – sie geben den Möbeln sowohl einen etwas müden als auch einen etwas erleichterten Ausdruck. Jedes Möbelstück vermittelt das Gefühl, dass von jetzt an alles gut sein könnte.

Es ist spät, Mitternacht ist vorbei.

Die langen roten Vorhänge sind vor die Fenster gezogen, und das einzige Licht im Zimmer geht von einer kleinen Lampe aus – vielleicht ist es ein Lieblingsstück der Familie, vielleicht ein glücklicher Fund auf einem Trödelmarkt –, einem dunkelrosa Glasschirm, der an einem polierten Messingständer hängt. Art nouveau.

Es ist der nächste Morgen.

Aber weder die Frau noch der Mann haben geschlafen – seit fast vierundzwanzig Stunden nicht –, und deshalb bestehen sie beide gewissermaßen darauf, dass es immer noch gestern ist.

Es ist gestern.

Der Mann trägt einen dunkelblauen Mantel mit einem Jackett in einem helleren Blau darunter, und seine Hände stecken tief in den Manteltaschen. Seine Knie in den Cordhosen sind zusammengepresst und zeigen weg von der Frau, die neben ihm auf dem Sofa sitzt. Seine Schuhe sind lang und dunkel und glänzend und scheinen sich zu schämen, dass sie auf dem Teppich stehen. Auch die Frau ist immer noch so angezogen, wie sie sich dem Leben draußen zeigen würde – sie trägt einen anthrazitfarbenen Rock, etwas altmodisch, und einen schwarzen Trenchcoat.

Der Mann lässt den Kopf allmählich nach vorn fallen, und sein Oberkörper folgt. Er knickt sich in der Mitte zusammen, bis sein Kopf auf den Oberschenkeln ruht. Arme und Hände strecken sich und legen sich um den Hals und den Hinterkopf. Seine Haltung lässt vermuten, dass er jeden Moment mit einem Angriff gegen sich rechnet oder dass er ein Fluggast ist und sich auf eine holprige Landung vorbereitet.

Die Frau lehnt sich zurück und legt die Hände vors Gesicht.

So bleiben die beiden lange Zeit sitzen.

1:12

Es war nicht so, dass das Küssen nicht gut war. Vielmehr bestand das Problem darin, *dass* es gut war.

Oh.

Das Taxi hatte sie in sein dämmriges Inneres geschluckt, und der Fahrer fuhr in fröhlichem Schweigen, während sie ...

Oh.

Sie waren auf dem Weg.

Oh.

Meg öffnete den Mund, natürlich, klar, das ist das, was passiert, und so findet man heraus, wer er ist, wenn er diese Dinge tut, diese Dinge, die Männer letztendlich immer wollen.

Oh.

Aber es ist schön. Mit ihm zusammen zu sein ist schön, und das hier, das, was wir hier tun, ist auch schön – das Küssen. Er fühlt sich so an, wie er auf Papier ist, aber auch anders, aber nicht in einem schlechten Sinne. Er ist achtsam. Sein Tasten und Züngeln ist zartfühlend. Und er ist da, mehr von ihm als zuvor, und jetzt ist er mit dir zusammen, in deinem Mund. Seine Zunge spricht in deinem Mund mit dir, und sie fühlt sich freundlich und lustig an, als würde er improvisieren – es gibt Pausen, vielleicht denkt er darüber nach, was als Nächstes kommt. Und er wirkt erfreut. Du würdest sagen, er wirkt glücklich.

Du musst dich an ihn gewöhnen, aber es ist okay.

Er schmeckt ernst, wenn das verständlich ist. Er schmeckt wie ein Mensch, der das, was er tut, auch meint. Und dann schmeckt sein Mund wie deiner, der wie seiner schmeckt.

Du hast keine Angst. Er macht dir keine Angst.

Oh.

Und Jon merkt, dass er atmet, als würde er rennen, als würde er durch

Schlamm und Wetter stapfen und die lange Biege zur Schule rennen, ohne angefeuert zu werden, denn er war immer der Junge, der nicht mitkam, der hinterherhinkte – *es ist, es ist, sie lässt mich, ich darf, und –*, aber ganz ohne Rennen. Er küsst sie und hört, wie es klingt – so als würde man in der Sonne Pfirsiche essen, und genau da will man ja sein.

Sie ist Seide, frohe Seide, spielende Seide, aber ich spüre, dass auch sie vorsichtig ist. Herr Jesus Christ, womit hat sie gerechnet, nach diesem Mann? Jesus, sanfter Jesus. Wir – ich und Jesus, wir müssen – die beiden J. C.s, wir müssen achtsam mit ihr umgehen, wir wollen ihr nicht wehtun.

Und ihre Wärme wird ihn für alle Zeiten wärmen, das ist eine Tatsache.

Wenn sie scheu ist, wenn sie ängstlich ist, wenn da dieses ... das einzige Ziel ist, ihr nicht wehzutun.

Und er wird langsamer und lässt nach und hört schon beinahe auf und kommt zur Ruhe, presst seine Lippen für kurze Momente auf ihren Kopf, auf ihre Sorgen. Aber sie spannt den Rücken an – *seitlich, der Autositz ... es ist unbequem, sehr unbequem, ich bin unbequem –*, und sie findet seinen Mund, und die Öffnung ihres Mundes besteht darauf – *aber wir sollten das nicht hier tun, jedenfalls nicht länger, es ist für wenn wir im Haus sind –*, und da ist der Geschmack ihres Lächelns, als sie sich an ihn drückt, mit Lecken und Kitzeln – *sicher, so sicher, so sicher, sei sicher –*, und sie bricht in Schweiß aus und dreht seinen Kopf, dreht ihn, hebt ihn.

Aber ihn heben, das ist für später, wenn wir in ihrem Haus sind, ihrer Wohnung, wo ihr Schlafzimmer ist, ihr Bett, Himmel, doch nicht jetzt. Im Haus mit ihrem Bett. Aber nicht ihr Bett heute Nacht. Noch nicht, Herr im Himmel. Nicht das.

Sie zieht ihn an sich, bis die Wurzel seiner Zunge sich anspannt, und sie ist lieblich, und sie ist noch etwas, er kommt nicht drauf, ein Beben geht von ihr aus, und – *du schmeckst nach Liebe.*

Margaret Williams, du schmeckst nach Liebe.

Oh.

Das dunkle Taxi hatte sie durcheinandergerüttelt und aneinandergepresst und auseinandergerissen – es schien mit ihnen nach Gutdünken zu verfahren, und sie ließen das zu. Und Jon hatte einmal nach draußen geguckt und Peckham High Street gesehen – *Peckham High Street in kö-*

niglicher, prunkvoller, absolut scheißglorreicher Pracht –, und Meg hatte seine warme Halsbiegung geschmeckt – sie geleckt, um sie zu verstehen – und wurde mit ihm auf der Fahrt geschüttelt. Die Queens Road Fire Station schenkte ihnen keine Beachtung, als sie daran vorbeifuhren. Und Meg hatte zu Jon gesagt: »Gleich sind wir da.«

Oh.

Und sein Körper war bei der Nachricht zusammengezuckt, doch dann antwortete er: »Oh. Nicht so weit, wie ich dachte.« Und er hatte sich von ihr gelöst und sich gerade hingesetzt wie ein braver Schuljunge, schlank wie ein Reiher, und geradeaus gesehen und sich umgeguckt, als müsste er sich die Umgebung einprägen und sich die Einzelheiten von New Cross Gate merken, als sollte man ihm anmerken, dass er alles bewunderte, weil ihr das gefallen könnte. Er streichelte ihren Oberschenkel hinter sich, verlängerte die Bewegung, bevor er die Hand zurückzog und sich wie ein fremder Reisender auf einer Mitternachtsrundfahrt aufrecht hinsetzte.

Im Grunde war er das auch.

Scheiße.

Seine Hand lag gekrümmt in seinem Schoß. »Danke, Meg.«

»Wofür?«

»Für, für ...« Seine Stimme war verschwommen und klein wie die eines Schläfers. »Weil du so freundlich bist.«

»Das war ich nicht. Bin ich nicht.«

Die letzten Minuten der Fahrt schienen falsch, entleerend und mit ersten Anflügen eines Echos.

Und als sie bei der Wohnung ankamen, schien sie ihnen widerstehen zu wollen. Megs Schlüssel war von dem Schloss überfordert, und das schien nicht witzig, und Jons Angebot zu helfen schien nicht hilfreich. Meg fuhr ihm über den Mund, und als sie endlich das Schloss aufbekam, stürzte sie mit Jon und sich selbst in den Flur, als wäre sie außer sich und könne ihm nicht richtig beweisen, dass sie es nicht war. »Entschuldigung.«

Sie schob Jon zu schnell in die Wohnung hinein. »Entschuldigung.«

Und als sie hineingingen, schaltete sie die Lichter nicht an, weil sie sich auskannte und weil der Flur nicht frisch gestrichen war und weil es der Flur einer Alkoholikerin war, der nicht besonders gut aussah. Aber das

Wohnzimmer, das war aufgeräumt und nüchtern und ihre beste Möglichkeit, einen guten Eindruck zu erwecken, und außerdem war es das Zimmer, in das man einen Gast bitten würde.

Aber als sie neben ihm stand, angehalten vom Sofa, und die Lampe angeschaltet hatte – und seine Unbehaglichkeit neben sich und dem Sofa spürte –, da verstand sie, dass alles, was sie hatte, schäbig und abgenutzt war und dass frische Farbe nicht half, sondern es noch schlimmer machte. »Entschuldigung.«

»Warum entschuldigst du dich? Das brauchst du nicht. Wofür?«

»Wenn ich mir einen Maler leisten könnte ... einen, der alles frisch streichen ... dann würde ich ... Es ist ...«

»Nein ... Meg.« Jon hatte das Zimmer gemustert, war mit langsamen Schritten umhergegangen – *wie ein Reiher auf Besuch* –, und er klang – vielleicht wahrheitsgemäß –, als wäre die Umgebung für ihn weniger beängstigend, als er zunächst angenommen hatte, und Meg konnte nicht ergründen, ob das an dem lag, was er von einer Trinkerin erwartet hatte oder von dem Zuhause einer Trinkerin.

Nach seiner übergründlichen Besichtigung kam Jon zu ihr zurück und nickte und rieb sich am Ohr. Dann beugte er sich vor und drückte sie an sich, vielleicht wie ein Forscher einen anderen Forscher umarmen würde, bevor sie zu einer gefährlichen Tour aufbrachen. Mit Gefahr für Leib und Seele.

Dann war das Küssen wieder aufgeflackert, während sie standen und sich nicht auf die Sessel und das Sofa wagten.

Oh.

John hatte sich an den Türrahmen gelehnt – *wie sind wir da hingelangt?* –, und ihr Gewicht – *wie die beste Verantwortung, die einem unterkommen konnte, wie die einzige Pflicht, nach der man sich sehnt* – ihr Gewicht hatte an ihm gelehnt, und es war ihm gutgegangen, ganz und gar gut, unbedingt gut, alles in allem richtig gut.

Und dann war es nicht gut.

Es war nicht gut.

Scheißescheißescheiße ... Ich kann so nicht sein, nicht nach diesem Tag, nach dem, wie es für sie gewesen war, sie wird denken, ich bin genauso wie all die anderen Scheißscheißscheiß...

Sein rücksichtsloser Körper hatte sich unweigerlich aufgestellt und versteift, und er hatte seine Hüften zurückziehen und sie – *ungalant* – von sich schieben müssen – *Mist* – und gespürt, dass sie das schlecht aufnahm und sich gekränkt fühlte und bekümmert war, obwohl er sie nicht bekümmern wollte, sondern ihr nur Gutes tun wollte – es lag jenseits von dem, was er ...

Ich bin ein Scheißkerl. Ein Scheißkerl mit einem Ständer. Ich wusste, dass es so kommen würde.

Er lässt seine gekrümmte Masse aufs Sofa plumpsen und versucht zu denken.

Oh, Scheiße noch mal.

Klarer Fall, es war nicht das Küssen, das nicht gut gewesen war.

1:16

Sich im Badezimmer einzuschließen erscheint ihm ein intelligenter Schritt.

Natürlich ist es nicht intelligent, es ist blödsinnig, idiotisch.

»Ist dein ...? Wo ist das ...? Entschuldige mich bitte, ich will ...« Und Jon steht vom Sofa auf, tappt den Flur entlang und die Treppe hinauf, tastet sich am Geländer entlang. Oben angekommen, wirft er einen Blick in den Schrank mit dem Heißwasserboiler – *der Geruch von sauberer Bettwäsche* – und da ist das kleine Zimmer – *guck nicht hin, könnte ein Schlafzimmer sein, könnte ein Bett drinstehen* – und hier ist es – *das Badezimmer* – eine Milchglasscheibe in der Tür, die er jetzt mit ungeschickten Affenfingern aufmacht, und er geht rein, ist drin und zieht an der Schnur, um Licht zu machen.

Ich will kein Licht.

Und er schließt das restliche Haus aus und schiebt den Riegel hinter sich zu, dann setzt er sich, gleitet hinunter, landet auf dem Fußboden, die Beine unordentlich vor sich ausgestreckt, den Rücken an den unteren Teil der Tür gelehnt – *Holz, etwas Festes* –, und das ist überhaupt nicht gut.

Ich will doch, ich will, dass das hier – später, viel später, wird das ... wir werden uns erinnern – bitte, lass uns – und werden sagen: »*Oh, damals, als du dich wie ein Softie, ein Loser im Badezimmer versteckt hast, denn dahin gehören die Schisser.*« *Oder so ähnlich. Vielleicht weniger hässliche Wörter, weil wir darüber lachen würden. Bitte. Später wird das lustig sein. Bitte. Es war etwas Lustiges, das Jon gemacht hat. Aber es wird kein Später geben, wir werden kein Später haben, und deshalb wird das nicht lustig sein. Es wird kein Später geben, es wird kein Uns geben.*

»Herr im Himmel, du bescheuerter Vollidiot.« Er beschimpft sich mit einer Stimme, die er noch nie zuvor hervorgebracht hat. Sie klingt ölig.

»Du hirnrissiger Schwachkopf.« Die Stimme eines Mannes, der schon immer wertlos war und jetzt nicht mehr glaubhaft ist. Er klingt wie Samson.

Das Gefühl von ihrem Körper, der offensichtlich mit seinem Körper zusammen sein wollte ... sie hat sich ihm eingebrannt, wie Brandmalerei, in seine Knochen geätzt, und das wird er nie wieder los, das kann nie rückgängig gemacht werden.

Es ist meine ... es ist nur so ... ich weiß nicht, wie, Meg ... und als du im Krankenhaus warst ... und dein Leben, wie es war, und meins, und wo wir kaum wirklich ... ich sehe nicht, wie es möglich sein soll ... ich habe nicht vor, habe nicht die Absicht ... und wenn du denkst, ich habe es doch vor ... mein Schwanz hat etwas vor, aber es ist ein Schwanz, können wir ihn bitte ignorieren?

Himmel Herrgott, wie kann ein Mann sich vor seinem eigenen, eigenen ...

Ich habe keine Angst vor meinem Penis, Schwanz, Glied, meinem verdammten Neandertaler-Schwanz.

Ich habe keine Angst davor.

Ich hasse ihn.

Ich will, dass er aufhört. Ich will, dass er mich in Frieden lässt und ...

Sie wird es nicht wollen, sie wird mich nicht wollen – ich meine nicht, wegen heute, wegen dem, was heute passiert ist – ich will auf keinen Fall, dass sie heute daran denkt, aber ich meine, sie sollte es nie wollen müssen.

Er schlug leicht und immer, immer wieder mit dem Kopf gegen die kleine Erhebung, die er für den Rahmen des Milchglasfensters hielt. Es war auf angenehme Weise schmerzhaft.

Und selbst wenn ich kein Neurotiker wäre ... ich meine, sie ist Neurotikerin, sie ist Alkoholikerin, sie ist ... Ich weiß nicht, was das mit sich bringen würde ... Auch wenn du gut schreiben kannst, daraus folgt noch nicht, dass ... Wenn sie dich erst mal erregen, wenn sie dich steif machen und auf diese Weise besitzen, denn sie besitzen dich, wenn sie deinen Schwanz besitzen, dann kannst du nicht mehr geradeaus denken, dann haben sie dich ... und am Ende bist du ...

Er schlug heftiger mit dem Kopf an die Tür und wollte, dass es zu bluten anfing, dann könnte er nach unten gehen und sagen: »Ich muss gehen, weil mir der Kopf blutet, und du musst mir verzeihen und mich gehen lassen.« Er würde das tun – er würde es in Erwägung ziehen – weil er ein verdammter Lügner war und einer von den Typen, die er am meisten verachtete.

Sie besitzt mich nicht, verdammt.
Dir ist jede Entschuldigung recht, wenn's ums Kneifen geht, stimmt's?
Beschissener Feigling.
Sie liebt mich.
Das macht es schlimmer.
Das macht es wunderbar.
Schlimmer.
Wenn sie dich erst mal lieben und erreichen, dass du sie liebst, und du nicht mehr siehst, was sie sind, und du dich freust ... und du denkst, wenn du aufwachst, im Moment des Aufwachens ... und da zieht sich etwas durch deinen Tag, diese Linie, die eine Farbe hat, wie nie jemand sie gemacht hat, und wenn sie geht ...
Ich will nicht, dass sie geht.
Das ist es ja.
Ich will nicht, dass sie geht.
Also gehe ich.

Jonathan Corwynn Sigurdsson, dieser absurde Mensch, der sich seiner selbst schämt, und so sollte es auch sein, und der eine Weile auf diesem Linoleum liegen möchte, sich einfach zusammenrollen und vielleicht zudecken will, mit einem Handtuch – *ihrem Handtuch, das ihren Körper kennt, lieber Gott* – und vielleicht ein bisschen schlafen, danach würde er sich besser fühlen, und er könnte ...

»Jon?« Ihre Stimme mit seinem Namen kommt durch die Tür wie ein Tier, das er nicht ansehen mag, wie eine Überschreitung der physikalischen Gesetze. »Jon? Ist alles in Ordnung?« Und Meg hat keine Ahnung, warum sie das sagt, weil es offensichtlich ist, dass nicht alles in Ordnung ist, und wahrscheinlich ist es dumm, mit ihm sprechen zu wollen, dabei ist sie nicht dumm.

»Geht es dir schlecht?«

Meg schämt sich, weil sie hofft, ihm gehe es schlecht, und doch hofft sie es mit diesem heißen, plötzlichen Aufwallen ihres festen Willens, das fast beängstigend ist. Krankheit gäbe ihm einen Grund, sie zu halten und dann einfach wegzurennen – abgesehen von dem Ekel, den er vor dem empfindet, was sie ist und was sie nicht zu sein vermeiden kann.

Jon, sein Ekel, sein Hass auf sie und das, was er tut, was immer das

ist – all das würde bedeuten, würde zwangsläufig bedeuten, wenn sie sich dessen sicher wäre – es würde das Ende von dem bedeuten, was so süß war. Und zwar gibt es keinen Alkohol im Haus, aber Scheiße, es gibt immer irgendwo Alkohol, man braucht nur zu pfeifen, und schon kommt eine Ladung angerollt.
Aber das würde nicht helfen.
Es gibt keine schlechte Situation, die durch mein Trinken nicht noch schlechter würde.
Und warum überhaupt darüber nachdenken. Ich kann das nicht. Ich habe jetzt diese – diese – diese Scheiße vor mir.
»Jon.« Sie weiß, dass sie nicht sauer klingen sollte, weil das eine schlimme Situation schlimmer macht. »Jon.« Aber warum sollte sie nicht sauer sein? Denn er darf das nicht tun, er ist nicht er selbst, wenn er so etwas tut, was immer es ist. »JON.«
Sie dreht den Knauf an der Badezimmertür, und der lässt sich drehen, aber er hat – natürlich – den Riegel vorgeschoben, und sie kommt nicht rein.
Vielleicht ist ihm schlecht, vielleicht hat er was mit dem Magen, ein ... Vielleicht ist ihm etwas peinlich ...
Wegen diesem Mist, wegen diesem ganzen Scheißmist tritt sie zweimal fest gegen die Tür, und dann wird ihr klar, dass sie wütend ist, und gleichzeitig merkt sie, dass sie sich den Fuß wehgetan hat.
Lächerlich.
»Nein, ich bin hier drin. Es tut mir leid. Mir geht es nicht schlecht.« Jons Stimme klingt klein.
Ein winziger Reiher.
Scheu und Wildheit und keine Möglichkeit, sich an Menschen zu gewöhnen.
Du möchtest ihn umhüllen und ihn davon heilen, was immer es ist.
»Ich, äh ... Meg. Ich kann es nicht. Ich kann nicht. Ich habe Angst, so ist das und ...«
Außerdem klingt er, als wünsche er sich Mitleid von ihr.
Du möchtest ihn einhüllen und ihm ein Tuch über die Augen legen, wie man das bei Vögeln macht, um sie zu beruhigen, und ihn dann erwürgen.
»JON!« Und sie tritt dreimal gegen die Tür, was nur schmerzhaft und

beängstigend und sinnlos ist, aber in ihrem Kopf scheint es ihr unvermeidlich.

Jedes Mal wenn sie gegen die Tür schlägt oder tritt – Jon vermutet, dass Meg der Tür Fußtritte verpasst –, fährt der Stoß durch seinen Kopf und seinen Nacken und tut ihm weh. Das macht ihn glücklich.

Meg, Liebling, Süße, Schatz, alle diese Wörter – ich wäre auch wütend. Ich würde einen hoffnungslosen Fall wie mich liegenlassen. Soll er doch verrotten – überlass mich den Polizisten, dem Ärger, dem Schweigen, dem Warten, was immer mir zugedacht ist. Lass mich allein sein.

Wenn sie bloß wieder ins Wohnzimmer gehen würde, oder sonst wohin, dann hätte ich eine Chance. Ich kann warten, bis sie gegangen ist und mich dann rausschleichen ...

Das will ich aber nicht.

Ich könnte mich rausschleichen und zur New Cross Road gehen, zum Beispiel, oder zu einer anderen Straße, es gibt ja Straßen. Ich könnte ganz lange gehen und, wenn die Sonne aufgeht, ein Taxi anhalten. Bis dahin wäre ich so müde, dass ich mit dem Denken aufgehört hätte. Ich könnte den Fahrer bitten, mich nach Hause zu bringen.

Nur dass es kein Zuhause gibt.

Nicht, wenn es uns nicht gibt.

Im Badezimmer riecht es nach ihrem Parfum und ihrer Seife. Es ist ein hübsches Badezimmer, ein gutes Badezimmer. Sauber.

»Meg, ich – «

»Nein, sei still! Halt einfach die Klappe!« Das Holz in seinem Rücken erbebt leicht, als sie sich hinsetzt und sich dagegenlehnt.

Als sie wieder spricht, scheinen die Wörter aus ihr zu schlüpfen und zu treiben, fremdartig herauszukommen.

Jon spürt, wie sie unter der Tür hereingleiten und sich um ihn herum ansammeln, traurig sammeln. Er hat sie traurig gemacht, und das sickert in ihn hinein ...

Der Grund für diese Peinlichkeit bin ich, weil ich eine Peinlichkeit bin, wegen meines Schwanzes ...

Und ein kleines Bellen entweicht ihm, statt eines Lachens, und er sagt zu Meg – er wendet den Kopf zu der verriegelten Tür und sagt: »Unangemessene Sprache fürs Parlament. Nicht gesprochen. In meinem Kopf.«

Und er atmet tief ein, und seine Lungen füllen sich mit dem Geruch, der nach einem Bad von ihr ausgehen würde, am Morgen, am Abend, bevor sie ins Bett geht. »O Meg ...«

»Mach die Tür auf, du Schafskopf.«

»Das kann ich, glaube ich, nicht.« Jon klingt wie jemand, der von sich selbst überrascht ist und außerhalb der eigenen Kontrolle steht, und er klingt so sicher, dass es über Megs Haut kriecht und sie kühlt.

Er ist verloren. Ich habe ihn verloren.

»Meg, ich ... ich will es ... wirklich. Es gibt ganz vieles, was ich ... Du hast mich sehr glücklich gemacht. Und du machst mich sehr glücklich. Es ist nur ... Ich bin so sinnlos, kannst du mich bitte hassen, das ist die einzige Möglichkeit. Mir fällt nichts ein, was genug wäre oder funktionieren würde oder was für dich lohnenswert wäre, oder – «

»Halt die Klappe!«

»Okay.«

»Halt einfach deine Klappe!« Ihre Zunge fühlte sich von unbekannten Einflüssen außer Kraft gesetzt und wollte mehr als Wörter, und Meg klang wie eine Schikaniererin, was sie auf keinen Fall sein wollte. »Entschuldige bitte. Mir tut es auch leid, Jon. Aber mal ehrlich. Halt einfach die Klappe. Ich werde dir nicht wehtun, ich werde dir nichts Schreckliches antun. Glaubst du etwa, dass jemand, der dir begegnet oder der dich nur sieht, überhaupt irgendjemand, nicht weiß, dass dir nichts Schreckliches zustoßen sollte? Du bist jemand, dem niemand wehtun sollte. Es ist wie bei Tieren – man soll auf sie aufpassen.«

Als Jon das hört, ist er überhaupt nicht erstaunt, dass er mit Tieren in einem Atemzug genannt wird.

»Oder wie bei Kindern, Jon. Es gibt Dinge, denen darf man nicht wehtun ...«

Er mag auch die Vorstellung, ein Ding zu sein – es klingt einfach, fast mühelos.

Sie ist still, und er kann ihren Atem hören und möchte sich um ihn herumwinden, möchte ihn in seinem Nacken spüren, wie er ihn durch sein Hemd wärmt – *sein weiches Hemd* –, möchte ihn auf seinem Penis spüren, seinem Schwanz, Glied – möchte, dass sie zu seinem unerklärlichen Ich freundlich ist und es nicht hasst, dass sie nicht über all die anderen

Stellen an ihm lacht, die scheußlich sind, wenn man sie sieht, und was für ein Schrotthaufen er ist. Er möchte bei ihr sein.

Er sagt zu ihr: »Es gibt Menschen, die tun Kindern weh. Sie tun es die ganze Zeit, sie –«

»Ich weiß!«

Dann ist da ein Aufprall, womöglich von ihrem Kopf, tiefer als seiner, das Trommeln gegen das Holz, bis er aus neuen Gründen um sie besorgt ist und will, dass sie aufhört, auf sich achtet, achtsam ist.

»Ich weiß, Jon!« Es klingt, als wäre ihre Kehle wund. »Ich weiß!« Dieser riesige Ton, den sie auswirft, eine Lautstärke, die man von einer so kleinen Person nicht erwarten würde – einer beeindruckenden Person. Aber er liebt sie sehr. Es wäre unverzeihlich, das zu sagen, aber dass er sie liebt, ist im Moment alles, was er weiß oder woran er sich zu erinnern vermag. Deswegen kann er nicht aufstehen und kann nicht die Tür aufmachen.

»Meg, es tut mir leid.«

»Herrgott, das weiß ich doch! Ich weiß, dass es dir die ganze Zeit leidtut – du sagst es oft genug. Fast so oft wie ich. Und jetzt kannst du damit nicht mehr aufhören. Und ich weiß, dass die Menschen sich gegenseitig wehtun und dass sie Tieren wehtun und dass es ihnen Spaß macht, allen wehzutun, die in ihre Reichweite kommen, aber das sind nicht alle, nicht ich und nicht du, und wir sind hier, nur wir sind hier, die Einzigen, die hier sind, und wir sind, wer wir sind, nur das ...«

»Meg, ich –«

»Du glaubst, ich weiß nicht, wie es ist, wenn einem wehgetan wird? Du glaubst, ich kriege keine Angst? Glaubst du, es ist ein Geheimnis für mich, was für Arschlöcher die Menschen sein können? Glaubst du, ich wollte dir jemals, jemals wehtun, wo ich dich doch kenne und dich liebe, verdammt, und ich bin ich! Du kennst mich! Du kennst mich, verdammt noch mal! Ich kann dir nicht wehtun!«

Und sie ändert ihre Position vor der Tür, und Jon spürt die Veränderung in seinem Wangenknochen, und das ist in Ordnung.

»Jon. Hör zu. Du bleibst jetzt sitzen und hörst zu, verstanden?«

»Meg, ich –«

»Still. Still, Schatz.« Meg ist friedlich, wenn sie das sagt.

Nichts zu verlieren, weil alles schon fort ist: So kann man friedlich sein.
Und sie lehnt ihren Kopf seitlich an die Tür und ist überzeugt, dass das mit Lackfarbe angemalte Holz wärmer ist als normal, weil Jon auf der anderen Seite sitzt. Sie macht das in ihrem Kopf zu einer Wahrheit und beschließt, darüber froh zu sein. Sie fängt ganz leise an, zu seiner Wärme zu sprechen: »Als das Taxi uns hergefahren hat, hast du das Paar gesehen – sie sind dir aufgefallen, das habe ich bemerkt. Ein Mann ging hinter einer Frau her und schrie, und sie hatte zwei von den ganz dünnen Plastikbeuteln, wie du sie in den Eckläden kriegst, und beide Tüten waren voll bis obenhin mit Dosen – Bier oder Lager oder Cider, was auch immer –, und ich habe gemerkt, wie du gedacht hast – Alkoholiker können das, und normalerweise irren wir uns, aber nicht immer – ich habe gemerkt, wie du gedacht hast, dass dies eine Erinnerung daran war, wie Trinker aussehen. Die Frau war in einem schlimmen Zustand, sie trug hochhackige Schuhe, auf denen sie nicht gehen konnte, und du hast gedacht, so machen das Trinkerfrauen an einem Freitagabend, so ist sie und so zieht sie sich an, und so verhält sich ein Paar, wenn sie ein Teil davon wäre – der Typ hat versucht, die Frau zu schlagen, und sie hat versucht, ihn zu schlagen, und beide haben geschrien, weshalb ... du weißt nicht, warum, und sie wussten es wahrscheinlich auch nicht.«

»Meg –«

»Still!« Sie muss weiter erzählen und darf ihm nicht erlauben, sie abzulenken oder zu beeinflussen – das hier ist ihre Geschichte, verdammt, und sie wird sie verdammt noch mal erzählen. »Still. Bitte. Worum es hier geht – weißt du was, scheiß drauf, weil ich jetzt nüchtern bin. Heute bin ich nüchtern. Du kriegst mich heute nüchtern. Und wir würden uns nie auf dem Gehweg entlangscheuchen und uns anschreien oder schlagen und ... das würden wir nicht tun, Mr August. Wir sind wir. Und ich bin ich, und heute war ein verdammt langer Tag. Nicht von der schlimmsten Sorte. Ich verlange nicht, dass du dir den schlimmsten Tag, den ich je hatte, anhörst – ich will nicht, dass der schlimmste Tag oder ähnlich schlimme Tage auch nur in deine Nähe kommen. Oder in meine. Aber ich habe Nächte erlebt, Zeiten, in denen ein Mann geschrien hat und Hände auf mich zugekommen sind, Jon, und ich habe meinen Kopf tief gehalten, und es hat nichts geändert, und wo du wohnst, wo dein Zuhause ist – da-

nach ist es nicht mehr eine Frage davon, wo du leben *kannst* – wenn sowas auch nur einmal passiert, auch nur ein bisschen, dann hast du dein Zuhause verloren, denn er könnte es immer wieder machen. Er könnte es immer wieder tun, der Wichser. Stimmt doch, oder? Der Typ. Der Typ, dessen Namen ich mir nicht merken werde. Und ich will nicht, dass sein Name in deine Nähe kommt, das wäre, als würde ich dich mit etwas beschmutzen, wenn du den Namen hören würdest, verstehst du? Jon?«
»Ich glaube, ich verstehe. Ich glaube es. Ich ... sei bitte nicht unglücklich, Meg.«
»Zu spät. Dafür ist es viel zu spät. Ich bin sehr unglücklich, verdammt.« Obwohl sie das sachlich sagt, als Feststellung, und nicht laut – weit entfernt vom Schreien. »Ich bin unglücklich. Ich weiß nicht, was du willst, Jon, das ist doch alles ... ich bin unglücklich. Du kannst nicht Sachen machen, die einen anderen unglücklich machen, und dann diesen Menschen bitten, so zu tun, als hättest du diese Dinge nicht getan oder als wären sie ihm gleichgültig ... und jetzt sei einfach still. Still.« Sie hört, wie er sich hinter der Trennwand bewegt, die er errichtet hat, um sie von sich fernzuhalten. »Was ich nicht verstehe, ist, warum du das mit der Tür machst. Schließlich hast du sowieso einen großen hohen Zaun um dich herumgebaut – du brauchst nicht noch einen realen ... egal ...«
Meg klopft auf die Glasscheibe über ihrem Kopf – *taptaptap* – so wie sie vielleicht auf seinen Arm klopfen würde, um ihm Zuspruch zu geben, und nach einer Weile, einer kurzen Weile, kommt – *taptaptap* – als Antwort zurück.
Wie Gefangene in benachbarten Zellen ...
»Was der Typ – der namenlos bleibt – was er mochte, war nicht Gewalt. Was er mochte, war das andere. Davon habe ich einmal gesprochen, ich habe dir ein bisschen davon geschrieben. Er hat dann das andere gemacht. Und danach habe ich geblutet.«
»Himmel.«
»Ich denke nicht an ihn. Ich denke an ihn nur an Tagen mit Arztgeschichten, mit Frauenarzt und Untersuchungen ... Und damit achte ich nur auf mich selbst und tue das, was richtig ist, und lasse überprüfen, dass alles in Ordnung ist – aber es geht mir auf den Sack, dass es mich an ihn erinnert. Und ich ... ich ...«

Sie macht eine Pause, während etwas ihre Lungen leert, und ihre Lippen sind nicht mehr sauber, kein Siegel mehr, das der richtigen Liebe aufgedrückt wird. Ihr Mund ist nicht mehr etwas, das sie geben möchte – wie ein Geschenk, ein Geschenk, das selbst ein Geschenk enthalten kann.

»Meg?«

»Alles prima.«

Ich bin paranoid, rappelig, infantil, melancholisch, aufbrausend.

P. R. I. M. A.

Arroganter, hirnverbrannter Quatsch.

»Du klingst nicht gerade ...«

»Mir geht es so gut wie nötig, Jon.« Sie räuspert sich und schluckt und hätte gern einen Schluck Wasser gehabt. Meg würde gern ein Glas kühles Wasser trinken. »Heute war ein Termin für eine Untersuchung, man muss sie wochenlang im Voraus buchen, und wenn ich dich an einem anderen Tag hätte treffen können, wäre das besser gewesen, aber es ist – «

»Das war meine Schuld.«

»Na gut, es war deine Schuld.«

»Oh.«

»Wenn du das so willst. Ich glaube, niemand war schuld.«

Oh.

»Ich habe ... ich lade mir so viel Arbeit auf, Meg. Ich verstehe nur was von Arbeit, ich mache meine Arbeit, und der Rest ... Den Rest meines Lebens lasse ich liegen. Ich will ihn lieber nicht angehen.« Jons Hände falten sich umeinander und entgleiten sich vor Sorge, falls er zu fest zupackt, unzart, unsanft. »Ich arbeite viel – ich arbeite lieber viel, und wenn du dich zu einem machst, der viel arbeitet ... heute war ein Tag – vielmehr gestern war ein guter Tag, da bestand die Möglichkeit, dass wir zusammenkommen würden.«

Als er sich in der Vergangenheitsform von ihrer Möglichkeit sprechen hört – *oh* –, verfällt er in Schweigen.

Meg ruft ihm zu: »Jon, ich war diejenige, die angenommen hatte, sie könnte es schaffen, wenn alles an einem Tag passiert. Ich hätte dir absagen können. Ich hätte voraussehen können, dass ich am Schluss ziemlich wirr im Kopf sein würde.«

»Du bist nicht wirr im Kopf.«

»Du bist nicht unbedingt in der besten Position, das zu beurteilen.« Und das klingt hartherzig, was nicht ihre Absicht ist, aber dann hört sie Jon, der ein kleines Lachen ausstößt, und das klingt gut, ein schöner Klang – mit der beste. »Bloß dass ich ... Jon, ich erzähle dir was vom letzten Jahr. Vor sechs Monaten war das. Es ist eine Geschichte – das hat mein Dad früher auch gemacht, als ich klein war, er ist nach oben gekommen, wenn ich nicht schlafen konnte, weil ich Kummer hatte, und hat mir eine Geschichte erzählt, damit ich an etwas anderes denken konnte. Er war kein Märchenerzähler oder so, aber er konnte gut von Sachen erzählen, die ihm passiert waren. Er konnte mir sein Leben geben. In kleinen Stücken. Das hat er getan.«

»Er klingt wie ein guter Vater.«

»Du warst bestimmt auch so.«

»Ich war viel verreist. Zu viel.«

»Aber jetzt machst du es besser.«

»Ich weiß nicht.«

»Bestimmt machst du es gut – aber jetzt rede ich. Über mich. Ein um sich selbst kreisender Alki. Ich rede, und du, du brauchst nicht aufzuhören, dir Sorgen zu machen oder das zu tun, was du da drin gerade tust, aber du hörst mir zu, und das ist alles, was du tun musst. Keine anderen Verpflichtungen. Okay?«

»Okay.« Etwas Junges in seiner Stimme, als würde das Kind in ihm wieder herausgeschält.

»Vor sechs Monaten bin ich ins Krankenhaus gegangen – «

»Das hast du mir nicht gesagt, Liebes.«

»Sei still, verdammt. Nein. Das stimmt. Ich wusste nicht, wie ich es dir sagen sollte, es war nur eine kleine Sache, in der Tagesklinik, und ich nahm an, dass es glattgehen würde. Das nehme ich immer an – dass es glattgehen wird. Oder dass ich am Ende tot bin. Nichts dazwischen. Nur diese beiden Möglichkeiten. Selbst wenn jemand mir den Kopf absägte, würde ich wahrscheinlich annehmen, dass es glattgeht, dass ich durchkomme ... Wenn es nichts Bedrohliches ist, falte ich mich still zusammen und warte auf den Sensenmann und bestelle einen Sarg ... ich bin falsch herum aufgezäumt – von hinten. Wenn etwas Furchtbares und Dramatisches bevorsteht, das nur mir schaden wird und sonst niemandem, dann kommt mir das vernünftig vor. Ich habe es wahrscheinlich verdient und ich würde es wahrscheinlich überstehen. So oder so ähnlich. Ich sage mir, ich komme ohne weiteres durch, und es wird mir kaum auffallen. Dadurch wird alles Planen unmöglich.«

Und vielleicht liegt es an dem Falsch-Aufgezäumt-Sein, dass Meg denkt, Jon wird sie in dieser Nacht verlassen und nicht zurückkommen, und dass dieser Verlust sie nicht zerstören wird.

Sie sagt sich selbst *Still*.

Und dann erzählt sie: »Sie sagen dir, du sollst mit einer kleinen Tasche ins Krankenhaus kommen – als würdest du über Nacht verreisen, nach Paris und zurück, und du findest, das ist eine gute Idee. Du kannst nichts mitbringen, was gestohlen werden könnte, während du im Operationssaal oder noch bewusstlos bist. Es klingt also nach einer ziemlich schwierigen Reise.

Ich meine, ich habe das Geld in meiner Unterhose und das Telefon in einem Socken versteckt, und den Socken im Schuh ... dumm. Aber du brauchst Geld, und du brauchst dein Telefon.

Oder zumindest Geld. Du musst am Schluss ja wieder nach Hause.

Ich habe keine Ahnung, wie lange das dauert, wann ich wieder rausdarf, offenkundig unbeschädigt, ohne einen Kratzer ... Aber das stört mich nicht, ich sage mir, dass ich meine kleine Tasche dabeihabe, und ich melde mich an der Rezeption von diesem Hotel – ein großes Hotel, in dem es nach Schinkenspeck und Bratensoße riecht – gleich am Anfang gibt es mehrere Cafeterien, und es ist Frühstückszeit, ein kräftiger Geruch nach Toast, blassem Toast und Desinfektionsmitteln und dem Geruch von kranken Menschen. Kein tolles Hotel. Überall Flaschen mit antibakterieller Waschlotion und große, metallene Aufzüge. Du musst sie gar nicht ausmessen, um zu wissen, dass du ein rollbares Krankenhausbett reinkriegst, oder einen Sarg.

Es ist früh, sehr früh. Niemand ist da, außer ein paar Krankenhausleuten, die sich Toast und Kaffee holen, und anderen Leute mit ihren kleinen Taschen, die sich anmelden.

Du gehst zur Anmeldung – nicht gerade ein Empfangstisch – und sagst deinen Namen und dein Geburtsdatum, und dann wartest du auf einem Stuhl – immer geht es um Stühle und um Warten – und ich hatte in meiner kleinen Tasche ein Buch über Polarforscher, denn diese armen Kerle waren schlimmer dran als alle anderen. In der Kälte brachen ihnen die Zähne raus – das scheint nicht fair. Frostbeulen und Hunger und Schneeblindheit und all das ist schrecklich, aber nicht – das ist nur meine Meinung –, nicht unerwartet. Durch einen Schneesturm zu stapfen und das aushalten zu müssen und dann keine Zähne zu haben, das ist wirklich zu viel.

Und ich sitze auf dem Stuhl und bin empört über die armen Schlucker im Schnee und ohne Zähne, und das hellt meine Stimmung auf. Ich finde, ich habe mir mein Lesematerial gut ausgewählt. Ich lese gerne von ihrem Leiden und den Schlitten und den Fäustlingen und den tragbaren Öfen und den Zelten. Es gibt mir das Gefühl, dass ich es gut habe. Sie sind zurückgekommen, dieses Team, und so ist es eine ruhige Sache und nicht deprimierend.

Und nach einer Weile, wenn du dich gerade davon überzeugt hast, dass du doch in einem Hotel bist, im Urlaub an diesem Ort, der nach Toten und Pasteten riecht – das übergehst du – sondern du atmest Vertrauen oder Frost oder Abenteuer ein – etwas, das erträglich ist – und du bist dankbar, dass du deine kleine Tasche hast und dass dir ein Gesundheitswesen zur Verfügung steht und dass du nicht dafür bezahlen musst, wenn du schon in den NHS eingezahlt hast – obwohl du nicht über Gesundheit nachdenken solltest, denn dies soll ja ein Hotel sein – aber dann kommt eine Krankenschwester – und das Hotel verschwindet – und sie hat eine Liste mit Namen, und eine Namensliste ist immer ... das ist nie gut, richtig? Man weiß nie ...

Sie fordert dich und die anderen Leute mit ihren kleinen Taschen auf, ihr zu folgen, und wir folgen ihr – wie Schwachsinnige, eine Gruppe von Schwachsinnigen. Du gehst Flure entlang, auf denen du nie wieder zurückfinden würdest, und sie sind gelblich und nicht ganz ... Du wünschst sie dir sauberer ... Und dann – das ist eine Überraschung – kommt man um eine Ecke, und da sind die Betten. Keine richtige Station, sondern nur ein breites Stück von einem Flur, wo die Betten stehen. Es gibt keine Schwingtüren, durch die man treten müsste. Vielleicht hättest du dir Schwingtüren gewünscht.

Und die Krankenschwester mit der Namensliste weist dir ein Bett zu – die Nummer des Bettes ist auch auf der Liste – und deins ist bei der Wand, einer langen Wand, die Kälte ausströmt. Sie ist kälter als das Wetter draußen, und das ist nicht fair.

Und dann sitzt du wieder auf einem Stuhl, dieser steht neben dem Bett, und liest wieder von den Schlitten und wartest und tust so, als hättest du nichts und würdest jemanden besuchen, denn das tun Menschen in Alltagskleidung, wenn sie auf einem Stuhl neben einem Krankenhausbett sitzen.

Aber eine andere Schwester kommt und sagt, du sollst dich ausziehen und das Hemd anziehen, das sie dir gibt, und den Morgenmantel, den du dabeihast, weil er auf der Liste der Dinge stand, die man in die kleine Tasche tun sollte.

Du ziehst also den Vorhang um das Bett, der an einer Schiene an der Decke hängt und um das Bett herumführt, und als du das tust, ist dasselbe Klappern und Rasseln zu hören wie in Filmen und Seifenopern – darüber kannst du also froh sein. Du kannst ein Filmstar sein oder eine Schauspielerin aus einer Fernsehserie. Dann ziehst du dich aus und ziehst dir das Hemd an, das nicht deins ist, und darüber den Morgenmantel, der deiner ist.

Über den Morgenmantel kannst du froh sein, denn er behält die Wärme – das Krankenhaushemd ist ja kaum da, es ist nichts weiter als ein formloser, seltsamer Behang, für die Bequemlichkeit anderer gemacht, aus einem Material, mit dem du, stellst du dir vor, dein Auto putzen könntest, und anschließend würdest du es wegwerfen. Du fragst dich, ob es ein Wegwerfhemd ist und ob die Tatsache, dass es offensichtlich alt ist und oft gewaschen worden ist, bedeutet, dass an den falschen Stellen gespart wird. Du bist besorgt. Nicht wegen des Eingriffs – sondern wegen des Hemds und der falschen Stellen.

Über die Hausschuhe, die du mitgebracht hast, bist du auch froh – auch die standen auf der Liste für die kleine Tasche – Hausschuhe, die bewirken, dass die Stellen unter deinen Füßen zu dir und deinem Zuhause gehören und nicht zu dem Ort, wo du bist, der jetzt nicht nach Tod oder Bratensoße riecht, sondern nach Dingen, die du nicht zuordnen kannst und die dir nicht unbedingt gefallen. Einer der Gerüche weckt in dir Gedanken an Einbalsamierung.

Und obwohl du froh über die tröstlichen Dinge bist, denkst du auch daran, dass Krankenhäuser voll mit kranken Menschen sind. Und diese Station ist voll mit wahrscheinlich geringfügig kranken Menschen, die jetzt ebenfalls den Vorhang um ihr Bett ziehen und sich in Patienten verwandeln – Fremde in Morgenmänteln und sichtbarer Haut. Nachdem sie sich umgezogen haben, sehen sie alle viel kränker aus als bei ihrer Ankunft. Du vermutest, dass das auch auf dich zutrifft. Und du fragst dich, ob dein Morgenmantel und deine Hausschuhe nicht mit Krankheit und Fremdheit überzogen werden und ob du sie vielleicht wegwerfen musst, sobald du wieder zu Hause bist. Aber du magst deinen Morgenmantel.

Dir wird immer kälter. Hinter der Wand, da bist du sicher, liegen Eisfelder, Eisbären leben dort, und es gibt uralte unverrostete Dosen mit Fleisch. Pinguine mit hängenden Schultern watscheln über diese fahlen Weiten wie Patienten in ansteckenden Hausschuhen. Und sie schütteln den Kopf.

Du zitterst.

Eine neue Krankenschwester fragt dich abermals, wer du bist und wann du geboren bist und wo du wohnst. Und das weckt Zweifel in dir – jetzt bist du dreimal oder viermal danach gefragt worden. Du möchtest denken, dass sie besonders sorgfältig sein wollen, aber am Ende bist du überzeugt, dass sie sich die Informationen nicht merken können und sich nicht mit Sicherheit erinnern, welche Patienten hier sind.

Möchtest du lieber aufgeschnitten oder lieber verbrannt werden, oder was sie sonst tun müssen, wenn sie sich eine Adresse nicht merken können?

Du sprichst ausführlich mit dem Narkosearzt. Er prüft noch einmal, wer du bist, prüft deine Adresse und das alles, und dir ist es egal, ob er weiß, wer du bist, und ob er mit einer verdammten Weihnachtskarte zu deinem Haus kommt, du möchtest dich einfach nur versichern, dass er weiß, du bist die Alkoholikerin. Du bist die Alkoholikerin, die nicht trinkt und die auf keinen Fall das Gefühl haben möchte, dass sie getrunken hat, und das heißt, keine Beruhigungsmittel. Keine Bewusstlosigkeit, kein Wieder-zu-sich-Kommen aus der Bewusstlosigkeit – keine chemischen Substanzen, die durch dein Blut rauschen.

Der Spezialist hat gesagt, das sei möglich, so groß sei der Schmerz nicht und du könntest eine Spritze bekommen, außerdem gebe es ein Lokalanästhetikum, eine Creme mit betäubender Wirkung ... Du möchtest der Spezialistin gern vertrauen. Sie ist die Nächste, die zu dir kommt, und sie überprüft nicht, wer du bist oder wo du lebst oder wie lange du schon auf der Welt bist, und erscheint dir schludrig. Andererseits erinnert sie sich daran, dass du keine Narkose haben möchtest. Du siehst, dass sie denkt, Krankenhäuser sind nicht darauf eingerichtet, mit Menschen umzugehen, die bei Bewusstsein sind.

Du wartest eine Stunde und nimmst die Tube mit dem Lokalanästhetikum und gehst damit ins Badezimmer – du bist besorgt über die Sauberkeit im Badezimmer – und du füllst die Flasche für die Urinprobe und wäschst dir die Hände, und dann legst du die kleine warme Tube auf den Waschbeckenrand – was dir unhygienisch vorkommt – und trägst die Creme auf die Stellen auf, wo sie deiner Meinung nach hinsollte, und hoffst, dass sie wirkt.

Du wartest noch eine Stunde, und das ist eine Stunde länger, als der gesamte Aufenthalt angeblich hätte dauern sollen.

Du zitterst vor Kälte, du versuchst dich in dir selbst zu verstecken, und du hörst auf, dein Buch zu lesen. Dann gehst du und trägst mehr Creme auf.

Du wartest wieder eine Stunde, und andere Leute sind zu ihren Eingriffen gegangen und wiedergekommen, flach auf dem Rücken, und sie haben träumende Gesichter. Die Narkose hat sie glücklich gemacht. Du gehst wieder und trägst abermals Creme auf, und inzwischen hast du kein Gefühl mehr da unten – es ist alles betäubt. So wolltest du es, aber dir kommt der Gedanke, dass es vielleicht immer taub sein wird, und das findest du lustig und möchtest es dem Mann, in den du verliebt bist, erzählen, damit er auch denken kann, es ist lustig, aber du kannst es ihm nicht erzählen, weil du dein Telefon nicht benutzen darfst und weil er nicht weiß, dass du im Krankenhaus bist, und weil es eine hässliche Sache ist und du nicht willst, dass er dich für einen hässlichen Menschen hält, und weil du dir früher oft gewünscht hast, betäubt zu sein, weil es das war, was du gebraucht hättest, und es ist ein Witz, aber ein Witz von der falschen Sorte, dass du jetzt eine ganze Tube mit Taubheit hast – obwohl du sie eigentlich nicht brauchst. Oder vielleicht doch.

Du hoffst, dass es wirkt.

Dreieinhalb Stunden vergehen, bevor sie dich holen und sagen, du sollst dich auf das Bett legen. Obwohl du nicht bewusstlos bist, wollen sie, dass du dich so verhältst, als wärst du es. Ein Helfer rollt dich in ein Zimmer mit lauter Schränken, wie eine Küche, und eine sehr junge Krankenschwester nimmt dir den Morgenmantel weg und legt ihn dahin, wo du ihn nicht sehen kannst, und du wartest wieder eine Weile. Du liegst da nur mit dem Krankenhaushemd, und in diesem Raum ist es noch kälter als auf der Station.

Du kannst nicht aufhören zu zittern.

Dann wirst du von dem Küchenzimmer in den Operationssaal geschoben – endlich siehst du auch ein Paar Schwingtüren – aber es ist nicht richtig. Der Raum sieht halb verlassen aus – alles weiß und kaum Gerätschaften, und es ist eiskalt, die Luft ist eiskalt.

Du hilfst ihnen, dich in dem Spezialstuhl anzugurten – die Beine mit dickem Klettband umwickeln, festzurren, hochlegen, spreizen. Das heißt, dass der Operationshelfer dich sehen kann. Er kann dich sehen in deiner Nacktheit. Wahrscheinlich muss er das die ganze Zeit, aber die nackten Frauen, die er gewöhnlich sieht, schlafen, und das macht es ihm sicherlich leichter, das verstehst du. Er ist angespannt und beklommen. Du bist angespannt und beklommen. Und dir ist kalt.

Durch eine Tür in der Ecke kommt ein Mann – du weißt nicht, wer er ist – und sieht dich an. Er scheint überrascht, dass du seinen Blick erwiderst. Aber dann geht er auf eine andere Tür zu und durch sie hinaus. Anscheinend findet dein Eingriff in einem Raum statt, der als Abkürzung benutzt wird.

Deine Spezialistin, die Gynäkologin, macht sich an einem Verlängerungskabel zu schaffen – es gibt Probleme mit dem Strom – oder in dem großen Raum ist der Laser, den sie benutzen wird, nicht nah genug an einer Steckdose. Du beschließt, davon nicht beunruhigt zu sein. Du denkst, vielleicht ist es auch ein Witz.

Dann führt sie das Spekulum ein und öffnet es, und dir geht es nicht so gut, schon jetzt nicht – die Kälte hat dir deine Fähigkeit, dich zu bewegen, genommen, und du hast keine Beherrschung über dich – du hast Zuckungen. Und die Creme war eine gute Creme, die gut wirkt, keine

Enttäuschung, aber es tut weh, und du erinnerst dich an andere Situationen, in denen es wehgetan hat, und es kommt dir verdammt noch mal unglaublich vor, dass du gedacht haben konntest, dies wäre erträglich, etwas, das du aushalten würdest. Du bist offenbar ein Volltrottel. Und die Gynäkologin, die gesagt hat, es wäre im Nu vorüber, ist offenbar auch ein Volltrottel, denn es kommt ein riesiger Schmerz, aber vielleicht ist das deine eigene Schuld, und es liegt an dir, aber davon wirst du ihr nichts sagen, weil sie jetzt mit einer Spritze in der Hand hineingeht, und du siehst zu, wie die Spritze verschwindet – du willst nicht zugucken – eine Nadel zwischen deinen Beinen. Und es tut weh und tut noch mehr weh, und alles ist Schmerz – die Biopsie, das Untersuchen, das Wühlen, und was sie da macht – und das, bevor sie noch mit dem Laser angefangen hat.

Die Spezialistin spricht mit ihrem Studenten über dich. Sie spricht nicht mit dir. Auch wenn du mit ihr sprichst, gibt sie ihre Antwort dem entsetzlich jungen Mann neben ihr, und der gibt sie an dich weiter. Anscheinend findet sie es schwierig, dass du lebendig vor ihr liegst.

Dann fängt sie mit dem Laser an.

Es riecht verbrannt. Das, was brennt, bist du. Das weißt du, weil es sich so anfühlt, als würdest du brennen.

Mehr Betäubungsspritzen wirken nicht unbedingt.

Du machst die Augen zu und begibst dich vorübergehend an einen anderen Ort, ganz tief hinein, wo dein Atem hinläuft – du weißt, wie es geht, du machst das, um warm zu werden – der einzige Ort, der warm ist.

Dann hörst du Metall, ein Klappern, und du wirst wieder in die Gegenwart gezerrt, weil deine Spezialistin versehentlich gegen eine Schüssel getreten hat, die auf dem Fußboden stand, und du freust dich nicht darüber, dass sie so ungeschickt ist, auch nicht darüber, dass Schüsseln im Operationssaal auf dem Boden stehengelassen werden.

Die Laserbehandlung dauert vierzig Minuten, wahrscheinlich, weil du nicht still bist, du zitterst vor Kälte – das Klappern ist hauptsächlich das von dem Gestell, an dem du festgezurrt bist – obwohl du still und betäubt zu sein versuchst, vollständig betäubt. Das sagst du dir immer, immer wieder.

Es ist ganz und gar abscheulich.

Und danach kletterst du allein auf die Liege, weil du nicht willst, dass der Helfer dich anfasst, obwohl er offensichtlich ein netter Mensch ist, und er rollt dich vorsichtig zurück zu dem Platz an der Wand, und er sieht dich mit seinem stillen Gesicht an, mit seinen stillen braunen Augen, er ist ein ganz stiller Mann, und er guckt auf deinen Stuhl und sieht dein Buch, und er nimmt das Buch und gibt es dir und sagt: ›Jetzt können Sie Ihr Buch lesen.‹ Er spricht mit dir wie mit einem Menschen.

Du sagst ›Danke schön‹ zu ihm.

Und er geht, und es tut weh, es tut scheißweh.

Aber du hast es gemacht, du hast es geschafft, es ist erledigt. Und du bist mit deiner kleinen Tasche gekommen und gehst auch wieder mit deiner kleinen Tasche, und niemand sieht dir an, dass du keine Würde hattest, denn jetzt hast du Würde, und du bist nüchtern und kannst gegen diesen Scheiß ankämpfen und es überstehen, obwohl es erniedrigend war und wehgetan hat und es so viele beschissene Sachen in dir ausgelöst hat, dass du davon eine Woche lang Alpträume haben wirst. Du bist hingegangen, du bist wieder weggegangen, du hast es erledigt. Wenn nötig, kriegst du auch anderen Scheiß hin, der noch schlimmer ist.«

Und da hört Meg auf. Entweder versteht er, dass sie weiß, wie es ist, Angst zu haben, oder er versteht es nicht. Entweder versteht er, dass sie keine weiteren Miseren braucht, oder er versteht es nicht. Sie weiß wirklich, wie es ist, Angst zu haben – darin ist er nicht so verdammt besonders.

Sie lehnt ihre Wirbelsäule senkrecht an die Tür und rollt den Hinterkopf hin und her. Als er nichts sagt, steht sie auf, ein bisschen steif, und geht nach unten.

Lass ihn in Ruhe.

Jon schiebt den Riegel zurück.

Ein Kratzen und Schaben des Riegels – riesige Warnsignale: Hier bin ich, ich hoffnungsloser Kerl, auf dem Weg.

Und er macht die Tür auf, was technisch gesehen keine schwierige Sache ist.

Nichts wird je wieder so für sie sein, niemals. Versprochen. Darauf werde ich achten.

Seine Arme und Beine funktionieren relativ gut.

Wenn sie es mir erlaubt, dann sorge ich dafür.

Er weiß, wo das Wohnzimmer ist – es ist unten.

Sie braucht mich dazu nicht, aber ich will es trotzdem tun.
Mein Mädchen.
»Meg?« Seine Füße – große, lachhafte, schuldbewusste Dinger – tragen ihn nach unten.
Das Mädchen, das ich nicht mit jemandem gemacht habe.
Das andere Mädchen.
Das Mädchen, das ich gewählt habe.
Im Wohnzimmer ist niemand.
Du kannst Geschirrklappern hören, leise Bewegungen. Unter einer anderen Tür kommt Licht hervor.
Küche.
Und du gehst ihr nach, wo sie hingegangen ist, durch die Luft, die ihr Körper schon beiseitegeschoben hat, den Flur entlang und drei kleine Stufen hinunter – diese viktorianischen Häuser sind alle gleich, man braucht keine Überraschungen zu erwarten, sollte man auch nicht.

Da steht sie, am anderen Ende der Küche, und ihr Gesicht ist dem Fenster zugewandt, sodass du es nicht sehen kannst.

Und du hörst deine Stimme sagen: »Ich habe Hunger.«

Sie sagt mit leiser, gleichbleibender Stimme: »Ja, sicher, ich habe auch Hunger, weil irgendein Arsch mich daran gehindert hat, zu Mittag zu essen, und dann daran gehindert hat, zu Abend zu essen, und ich habe seit ...« Meg, den Rücken dir zugewandt im Dämmerlicht und an der Spüle lehnend. »Es ist nicht gut, wenn ich nicht esse. Das macht mich ein bisschen komisch im Kopf.«

Es riecht gut in der Küche, wie in einem Zuhause mit festen Gewohnheiten. »Meg ...«

»Was? Sag mir nicht, dass du Angst hast.«

»Nein. Tue ich nicht. Zumindest ...« Er geht in die Küche hinein und ist sich bewusst, dass Meg sein Spiegelbild in der Fensterscheibe sehen kann. »Ich habe mir Regeln gemacht, musst du wissen, Regeln für die Briefe, und ich war, musst du wissen, überrascht, als du ... Der Gedanke dahinter war, dass ich nie wieder jemanden treffen würde und dass ... ich überrascht war.«

Sie fährt sich mit den Händen durch die Haare und seufzt, und er weiß nicht, ob das ein Zeichen des Widerwillens ist oder der Müdigkeit oder sonst etwas, und er fühlt sich nicht imstande zu fragen, aber dann sagt sie: »Es gibt keine Regeln. Wir spielen kein Spiel. Ich bin kein Spiel, Jon. Ich habe keine Zeit, ein Spiel zu sein.« Meg dreht sich zu ihm um, und ihr Gesicht ist so weich, so sanft, so geheimnisvoll – als erträumte sie ihn. Jon hätte es gern, dass sie ihn erträumt – das würde sie sehr gut machen, und sie würde viele Verbesserungen vornehmen, da ist er sich sicher. Sie fragt ihn: »Du willst ein Spiel spielen? Ich sag dir ein Spiel. Wir können Schere, Stein, Papier spielen. Das spielen wir, verdammt. Ein anderes Spiel braucht man nicht zu spielen.«

Und Jons Kopf nickt. »Ich weiß nicht, wie das geht.«

»Du hast Hunger, hast du gesagt – ich vergehe vor Hunger. Ja ... ich habe ...«

Meg geht zwischen Regalborden und Schränken hin und her, und das ist in Ordnung, das ist perfekt – er beobachtet sie, die Formen, die ihr Körper bildet und dann wieder verlässt. Er fragt: »Hast du Honig? Ich würde gern ein Brot mit Honig essen.«

Darauf lächelte sie, warum auch immer. »Du würdest ... Ja, das habe ich. Alle Zutaten dafür. Brot und Butter und Honig. Die Butter steht auf dem Tisch – Butterschale, siehst du? Du schneidest das Brot, ich hole den Honig.« Sie macht eine Pause, als müsste sie testen, ob er Anweisungen befolgen wird, ob sie ihm gefallen werden, ob es ihn – in diesem Moment – froh macht, so froh, eins nach dem anderen zu tun und unkompliziert zu sein und zu wissen, wo er ist – in Telegraph Hill, in einer Küche, mit Meg Williams.

»Während du das machst, Mr August, erzähle ich dir von Schere, Stein, Papier. Ein kleines Mädchen hat davon gesprochen, und ich habe es mir gemerkt. Immer wenn ich etwas Gutes sehe, etwas Freundliches oder etwas Albernes oder etwas, das sich aufzuheben lohnt. Jedes Mal wenn mir diese Stadt etwas Süßes gibt, merke ich es mir und schreibe es auf.«

Und Jon holt die Butter herbei und nimmt das Brot heraus, und seine Hände verhaspeln sich nicht. Es mochte sein, dass er schon mehrere Leben lang in dieser selben Küche gewesen ist und mit Meg daran gearbeitet hat, Brote mit Butter und Honig zu bestreichen und ihren Hunger zu beenden. Es mochte sein, dass er das immer und immer wieder getan und jedes Mal voller Freude getan hat. Und das ist schön.

2:06

Ein Mann und eine Frau schlafen in einem Wohnzimmer. Die Art-nouveau-Lampe leuchtet ohne sie weiter, wirft Schatten.

Die beiden liegen auf einem alten Ledersofa, ihre Körper sorglos hingeworfen, ihre Gesichter ungeschützt. Der Mantel des Mannes liegt auf dem Teppich neben ihnen, als hätte er sie anfangs zugedeckt und als hätten sie sich in ihren Träumen bewegt und der Mantel wäre von ihnen abgeglitten.

Die Schuhe des Mannes stehen bei der Tür, ordentlich nebeneinander, die der Frau stehen unter dem Sessel, ebenfalls ordentlich ausgerichtet. Abgesehen davon, dass sie schuhlos sind, tragen sie ihre Alltagskleidung und haben ihre Jacketts an, ihre Kleidung ist verrutscht und zerknittert.

Weil das Sofa schmal ist, sind die beiden ineinander verschränkt – der Mann liegt auf dem Rücken, und die Frau mit ihrem Gewicht zum Teil auf ihm. Ihr Kopf ruht auf seiner Brust, als würde sie seinem Herzen lauschen und sich fortwährend versichern, dass es noch schlägt.

Dies ist ein Moment, an den die Frau sich gern erinnern würde, den sie mit den anderen Ereignissen, Momenten, Geschenken, die ihr wertvoll erschienen waren und von denen sie zehren kann, sammeln würde. Aber sie schläft.

4:18

»Du solltest dich ausruhen, Liebling.« Er sagt das, als hätten sie gerade miteinander geschlafen.

»Ich bin ausgeruht, einigermaßen.« Sie sagt das, als fände sie ihn nicht lachhaft und als würde sie von einem Ort sprechen, der immer noch vollkommen ist und unweigerlich möglich, von einem Traumort.

Die Zeit fällt still und sanft auf sie nieder wie Staub. Das Haus ist voller Stille, einer wohlmeinenden Stille.

Sie liegen zusammen auf dem alten Ledersofa – Jon liebt das alte Ledersofa – und Meg wacht an seiner Brust auf – auch sie liebt jetzt das alte Ledersofa. Sie beide entdecken schmerzhafte Stellen an sich, was sie amüsant finden, worauf sie stolz sind.

Megs Hals ist steif, weil er in einem schwierigen Winkel in Jons Armbeuge lag, und eins ihrer Fußgelenke schmerzt – es war zwischen dem Polster und der Rückwand des Sofas eingeklemmt ... So fühlt es sich zumindest an ... Sie kann nicht aufstehen, um es rauszufinden, oder vielleicht will sie nicht aufstehen, um es rauszufinden.

Jon tätschelt Meg – das ist seine Absicht – und mag den Druck, den ihr Gewicht auf seinen Atem legt. Sein einer Arm liegt fest auf ihr und ist kalt, aber nicht unbequem – der andere ist unter ihm abgeknickt, und Stiche schießen durch ihn hindurch. Mit den Knien hat er über der Sofalehne gehangen, und jetzt schmerzen sie, und seine Füße sind eingeschlafen.

Sie könnten absterben, weil ich mit meinem Schatz in den Armen eingeschlafen bin, meiner Süßen, meinem Mädchen.

»Meg?«
»Hallo.«
»Du solltest dich ausruhen. Du solltest nach oben ins Bett gehen.«
»Geht nicht.«
»Warum nicht?«

»Möchte hier sein. Bei dir.«

Das zu hören, macht ihn keineswegs unglücklich, aber es heißt, sie erwartet nicht, dass er mit ihr kommt und im Bett weiter über sie wacht – das will sie nicht, oder sie will es noch nicht – heute will sie es nicht, oder sie will es nie, ihn mit nach oben nehmen und behalten.

Sie rührt sich in winzigen Bewegungen neben ihm, und das fühlt sich wie Lava an, wie leicht erhitztes Öl, das über ihn läuft und sich verteilt. Sie gibt ihm die Erklärung, um die er nicht gebeten hätte: »Ich habe gemerkt, dass du dich nicht ausgeruht hast, du bist wach geblieben, um über meinen Schlaf zu wachen, und deshalb kann ich nicht nach oben gehen und schlafen, weil du, wenn wir oben wären, auch nicht schlafen würdest.«

Danke.
Wir.
Wenn wir oben wären.
Danke.

Er zieht den eingeklemmten Arm mit einiger Mühe hervor. »Ich habe geschlafen.«

»Du lügst.«

»Ich lüge dich nicht an. Ich werde dich nicht belügen. Ich habe richtig geschlafen, und Teile von mir schlafen jetzt noch.«

Und hoffentlich schlafen sie weiter.
Ich bin seit Jahren nicht mit einer Erektion aufgewacht, seit Jahren nicht.
Dafür gibt es Gründe.
Diese Gründe habe ich nicht mehr.

»Jon.«

»Ja.«

»Wir sind ganz schön schwierig, was? Wie immer man es betrachtet, wir sind zwei arme Ärsche.«

Er lacht – ein kurzes Auflachen –, und als sein Oberkörper sich unter ihr und neben ihr spannt, hat Meg den Wunsch, ihn zu küssen, und das tut sie – *tap* – und streift seine Wange mit ihren Lippen.

Die warme Störung seiner Stimme unter ihr ist etwas, das sie jederzeit suchen würde, verpackt, aber ungeschützt, dieses Gefühl, nach dem sie vom ersten Schluck an gesucht hat und das sich nie wieder eingestellt hat, nie wieder, seit ihren frühen Tagen des Trinkens nicht. Jon schluckt –

ich mag seine Kehle – und: »Soweit ich weiß, sind wir keine armen Ärsche. Ich bin der Auffassung, dass mein Arsch der einzige schmerzfreie Körperteil ist.«

»Möchtest du dich hinsetzen?«

»Also, eigentlich nicht. Aber vielleicht muss ich es, Meg.«

»Mein Kostüm ist ganz verknautscht. Ich weiß nicht, ob man die Knitter rausbekommt. Es hat sowieso nicht gepasst. Das hast du sicherlich bemerkt.«

»Nein, habe ich nicht.«

»Jon Sigurdsson, du lügst. Und du hast gesagt, du würdest nicht lügen.«

»Ich kaufe dir ein neues. Ein Kostüm ...« Seine Hand tätschelt sie – *taptaptap* – in einer prompten Entschuldigung, einer prompten Versicherung, einer Berührung von jemandem, der sich versichern will, dass man ihn richtig versteht. Oder der einfach besorgt ist oder einfach auch nicht, einfach jemand, der mit den Fingern spricht. »Entschuldigung. Aber ich könnte es, wenn du das wolltest. Ich könnte dir etwas kaufen, das du dir nicht selbst kaufen würdest.«

»Einen Volantrock vielleicht und ein Fähnchen.« Sie küsst ihn wieder. Es ist gut, dieses Küssen, dieses Lästigfallen bei jemandem, der dein Lästigfallen mag und damit zufrieden ist, womit es gar kein Lästigfallen ist. *Menschen machen so etwas. Es ist normal. Für mich war es nicht normal, aber ich kann es haben, das kann ich.* »Du musst dich rasieren.« *Ich kann jemand sein, der nicht besorgt ist.* »Entschuldigung. Aber es stimmt.« *Ich kann es versuchen.*

Er stößt wieder ein kleines Lachen aus, und die Entspannung strömt in seinem Körper auf und ab, und sie kann das unter sich spüren – dass er lebendig ist und bei ihr ist und es ganz in Ordnung ist, absolut ganz in Ordnung.

»Natürlich muss ich mich rasieren. Ich bin ein männlicher Mann, und mir sind über Nacht Bartstoppeln gewachsen.« Und er spricht eilig weiter: »Ich liebe dich, Meg, wirklich. Ich meine ...« Seine Stimme schwankt, als er das sagt, und nachdem er das gesagt hat, beginnt er sich von ihr zu entwirren, sie zu streicheln und zu umarmen, während er sich langsam löst. »Ich rasiere mich, wenn ich zu Hause bin.«

Wahrscheinlich gibt es keinen Grund zur Panik, als er das sagt, aber sie spürt welche aufsteigen, während seine Hände sie schieben, lenken, zart bugsieren, bis sie nebeneinandersitzen. Das wieder befreite Blut in ihren Gliedern singt und pocht und sendet ein beißendes, zwickendes Brennen aus. Und sie friert. Da, wo er an ihr gelegen hat – sie berührt hat –, ist es jetzt kalt. »Ich weiß nicht, wie ich das tun soll, Jon. Ich war schon einmal mit jemandem zusammen ... mit anderen Menschen zusammen, aber ... das hier ist nicht dasselbe ... du musst ... wenn überhaupt.«

Er küsst sie auf den Kopf. »Wir werden beide Fehler machen, und wir werden uns beide nicht daran stören, dass wir Fehler machen, und wir werden weitermachen und unsere Nummer verbessern – nein, nicht Nummer – warum eigentlich nicht Nummer? Wir werden üben und wir ...« Er hustet. »Niemand darf dir je wieder etwas antun, das du nicht willst. Niemand. Ich bringe den um, der ... wirklich ... das tue ich ...« Und er denkt ...

Eigentlich kann ich nicht sagen: ›Ich bin der Mann, der dafür sorgt, dass du in Sicherheit bist.‹ Weil das eine lachhafte Aussage ist, besonders wenn es von mir kommt.

Aber scheiß drauf.

»Ich will dafür sorgen, dass du in Sicherheit bist, Meg. Was wir tun, ist sicher.«

Während ich das sage, blättern sie bei der Special Branch wahrscheinlich gerade durch meine Akte, aber ich verspreche es. Du bist hier sicher.

Seine Finger sind gefügiger und nützlicher, nachdem sie bei ihr gewesen sind, sie sind an ihr interessiert, sie wollen die Berührung mit ihr und sich Dinge merken. »Ich war mein ganzes Leben lang jemand, der helfen wollte, und das ist nicht unbedingt ... versuchen zu helfen ist nicht dasselbe wie helfen, und am Ende kann es das Umgekehrte sein, das ist sehr offensichtlich, aber ich habe das lange Zeit ignoriert. Und ich habe – aus professioneller Sicht gesprochen – das Nichthelfen, das habe ich schmackhaft gemacht. Und ich habe von wirklich schrecklichen Dingen gelesen, von Pol Pot und wie andere Regierungen so höflich zu seiner legitimen Regierung waren – seiner menschenmordenden, menschenverachtenden, aber legitimen Regierung – was einen zwingt, ›legitim‹ neu zu definieren, auf eine Art und Weise, die nicht möglich ist, nicht haltbar ...

um zu vermeiden, da hineingezogen zu werden, in den ganzen Scheiß – legitim ... und habe von den Massakern gelesen, in Ruhengeri und Bentiu und Rekohu, Dersim, Kuban, Volhynia ... und von den vielen anderen Orten und den anderen Methoden, Menschen umzubringen: Verhungern, Todesmärsche, Tod durch Überarbeitung ... Ich habe das gelesen, weil ich lernen wollte, ich bin dafür, Dinge zu lernen, aber ich habe gelesen, um zu beweisen, dass es mich bekümmert, sehr bekümmert, nur dass ich nicht so handle, als wäre ich bekümmert, denn ich tue einen Scheiß ... Entschuldige, meine Tochter sagt, ich rede zu viel davon ... aber ... ich bin von Natur aus langweilig, doch, das bin ich ... aber ... wenn du erst einmal in dem System bist, in einer Institution, dann ... ist es ... Als Kind hat man ein Gesicht für Besucher, du hast ein Gesicht für die Welt, und es ist nicht das Gesicht, das du zu Hause hast, wie du zu Hause aussiehst, ist ...«

Das weiß sie alles. Ich erzähle ihr Dinge, die sie weiß – als wäre sie dumm.

Seine Hand greift – bevor er darum bittet – nach ihrer Hand und legt sich um sie herum, macht ein Nest für ihre Hand, achtet darauf, dass er so zart ist, wie er sein sollte.

Wenn wir nicht zärtlich sein können, wenn ich nicht zärtlich sein kann, dann können wir gar nichts sein. Das glaube ich, und meine Hand glaubt das auch.

»Meg, ich habe der Presse Dinge erzählt. Ich habe dafür die Regeln gebrochen. Aber die Regeln funktionieren nicht, und ich hätte sie wahrscheinlich – bestimmt – schon längst brechen sollen. Aber ich habe die Dinge, über die ich am meisten sprechen wollte, nicht gesagt – was ich herausgefunden habe, war nicht genug. Es gab Dinge über Kinder und ... Niemand hat sich dafür interessiert. Niemand hat die Informationen behalten, niemand hat verhindert, dass das, was ich über die Kinder gesagt habe, verloren ging. Immer geht alles verloren ...« Seine Hand bewegt sich, sie führt seinen Arm so, dass er sich um ihre Schultern legt, und er sagt: »Meg, guten Morgen. Hallo. Und was als Nächstes kommt, ist vielleicht ziemlich kompliziert, aber es ist besser als das, was zuvor war. Gewissermaßen. So würde ich das sagen. Ich meine ...«

Und Meg sieht ihn an, als er seitwärts lächelt und dabei die Stirn runzelt. »Ziemlich kompliziert.«

»Ich halte dich da raus – nur aus dem ... aus Sicherheitsgründen, verstehst du ...« Und er nimmt wieder ihre Hand, hält sie wie ein ziemlich kompliziertes, zartes Geschenk und bedeckt sie eine Weile lang mit kleinen Küssen, kleinen Küssen, kleinen Küssen.

»Jon?«

Sein Mund antwortet, nah an ihren Fingern, und deshalb streift das, was er sagt, über ihren Handrücken und bedeckt ihn. »Das bin ich, ja. Ich bin hier, ich bin dein Mann, dein *mannish boy*, wie es in dem Lied heißt.«

»Ich würde gern einen Spaziergang machen.«

»Das ist ... Dann machen wir einen Spaziergang. Ich mache mich erst – wenn du nichts dagegen hast – etwas frisch, und dann machen wir das.«

Die Wärme davon bleibt auf deiner Haut.

4:38

Ihre Dusche – großer Gott – die Wanne noch feucht von ihrem Duschen – sie musste als Erste gehen, klar – feucht da, wo sie gestanden hat, und du bist nackt, nackt, nackt in ihrem Haus, und der Dampf, der deinen Körper berührt, ist hier, und der Dampf, der ihren Körper berührt hat, ist in Spuren auch noch hier, und – grapschende Affenhände – und das hier ist ihre Seife, die ...
Unvermeidlich, eigentlich.
Lächerlicher Mann, der du bist, mit nassem Kopf, der Erektion keine Beachtung schenkend, die dich nicht beachtet, und ...
Aber sie beharrt. Dazu ist sie da.
Es ist keine Zurschaustellung von etwas ...
Ich tue nichts Falsches.
Mein Gott.
Ich bin nicht falsch.
O Gott, Meg.
Augen geschlossen, und das Wasser läuft, und Affenfinger, sie darf nichts hören, sie darf nichts merken, denkst du, darf hiervon nichts mitkriegen, außer du möchtest ihr zu anderer Zeit davon erzählen, aber du bist ...
Und später ...
Vielleicht.
Mit ihr.
Später.
Mit ihr.
Auf die eine oder andere Weise.
Auf eine ganz zarte Weise, verdammt.
Gott ...
Bitte.
Bitte.
Später.

Wie ein heulender Hund, ein heulender Affe – es fühlt sich wie ein Heulen in deinem Muskel an, unter deiner Haut, die im Dampf ist, der ...
Und der Kopf im Nacken.
Der kleine Knauf von tropfendem Wasser, der kleine Knauf.
Für dich, für dich ...
Und hinter deinen Augenlidern ist Schwarz, ist Rot.
Anarchie und Revolution.
Für dich, für dich ...
Und die Welt dahinter, erschüttert.
Und das Süße, das du atmen kannst und sein kannst, du bist gar nicht so tot, wie du dachtest, du stehst noch.
Fest und stehend.
Und ...
Und ...
Da ist es ...
Oh.
Und dann das Zittern durch den ganzen Körper, aber du bist glücklich, und es wird einen Plan geben, einen Plan gewissermaßen, es wird Süße geben.
Oh.
Sich neigend.
Nicht ganz.
Oh.
Wir werden uns jetzt küssen. Wir werden uns immer küssen.
Und du kommst aus der Dusche und nimmst ihr Handtuch, das gefaltete und bereitliegende und weiche Ding, das sie dir hingelegt hat.
Und du ziehst Sachen an, die schon warm sind und ihren Geruch haben. Du ziehst dich in der Reihenfolge an, die dir richtig erscheint. Keine Krawatte heute Morgen – du brauchst nicht zur Schule.
Du trittst aus dem Bad wie ein großer Eröffnungsakkord, als wäre er lebendig, als könntest du the mannish boy sein, der alles schaffen kann.
Es ist nur Liebe. Es wird keine Anarchie oder Revolution geben, es wird nur das andere geben, was schwieriger ist, was die Liebe ist, die praktisch gelebte Liebe.
Ich bin nicht ideal, und meine Position ist auch nicht ideal, aber unmöglich ist sie auch nicht.

5:25

Sie gehen zusammen raus und steigen zum Telegraph Hill oberhalb ihres Hauses hinauf.

Die Luft ist noch verschlafen, kühl, sie streicht über ihre Gesichter und hat den Geschmack von Grünzeug und von der beweglichen Welt. Ein paar Fenster in der Straße sind hell – in früh erwachten Häusern, in über Nacht wach gebliebenen Häusern, in zur Arbeit bereiten Häusern, in sorgenvollen oder kranken oder liebenden Häusern. Die Fenster können aus jedem möglichen Grund leuchten, der dem Schlaf ein Ende macht. Aus einem Souterrain kommen kleine Musikfetzen, sie treiben vorbei.

Jon und Meg sprechen nicht.

Jon summt vor sich hin, und das kleine Geräusch ihrer Schritte schlägt den Takt und markiert die Synkopen beim Gehen.

Top Park wartet auf sie, voll mit Himmel.

Als sie durch das Tor geschlüpft sind und den dämmerigen Pfad an den leeren Tennisplätzen vorbeigehen, fängt Jon an: »Da gab es eine Legende ...« Er lehnt sich kurz zu Meg hinüber, sodass ihre Schultern sich berühren, und das veranlasst sie, ihren Arm um seine Mitte zu legen, damit er näher an ihr bleibt, und sie muss mit seinen langen Reiherschritten mitkommen, so gut sie kann.

Er fährt fort: »Eine mittelalterliche Geschichte über Biber – lach nicht – Biber galten als extrem intelligent, und weil sie Dinge bauen, sind sie gewissermaßen Architekten. Abgesehen von ihrem klugen Gehirn – das niemand wollte – und ihrem Pelz und ihrem Fleisch, die damals sehr beliebt waren, stellten die Menschen fest, dass die Hoden der Biber – entschuldige bitte – von ungeheurem Wert waren. Sie enthielten Moschus. Und die armen Tiere wurden meistens hauptsächlich wegen ihrer Testikel gejagt. Und die Biber, so die Geschichte, waren so kluge Tiere, dass sie, wenn sie einen Jäger näher kommen sahen, ihn ins Auge fassten und – um sich selbst zu retten – ihre eigenen Testikel abbissen und dann wegliefen. Keine Eier, aber am Leben.«

»Himmel.«

»Eine Geschichte mit einer Moral. ›Der Biber ist so klug, zu einer erhabenen Stelle zu laufen, wo er sein Hinterbein hebt und dem Jäger zeigt, dass das Objekt seiner Begierde verschwunden ist.‹ So war das formuliert, wenn ich mich richtig entsinne ... Alles Unsinn natürlich.«

Und sie haben die Schatten hinter sich gelassen und sind vom Pfad abgegangen und haben die Kuppe des Hügels erreicht, und sie gehen in der weiten grasigen Biegung auf das Leuchten und Schimmern der City zu, deren Nachtgestalt.

»Über die Geschichte habe ich als Student gelacht, und später habe ich wieder daran gedacht. Später war es eine Geschichte über mich ... Aber meine sind, glaube ich, gewachsen. Nachgewachsen. Und stören.« Und er lacht auf seine Weise, die kein richtiges Lachen ist, und legt seinen Arm um ihre Taille – diese leichte Umordnung der Arme –, und sie bleiben stehen und gucken.

Und da liegt London und starrt sie an, breit im Dunkeln: die farbigen Punkte und die Rastlosigkeit, der Schlund der Leere, der leeren Stellen. Jon hat es so noch nicht gesehen. »Oh.«

»Es heitert mich auf.«

»Oh.«

Sie spürt die Atemlosigkeit des Steilufers in seinen Lungen rasen, an ihrem Arm reiben, und spürt die beschleunigende Wirkung. »Da sind wir uns begegnet.«

»Deshalb mag ich es jetzt lieber als zuvor.« Er macht einen Schritt zur Seite und zieht sich den Mantel aus, legt ihn aufs Gras, mit dem Futter nach oben, das dumpfe Leuchten der Seide. »Wir setzen uns und gucken zu, wie die Stadt aufwacht.«

»Es gibt Bänke.«

»Ich will keine Bänke. Ich möchte mit dir auf Moiré sitzen.«

»Du wirst dir den Mantel ruinieren.«

»Ein notwendiges Opfer bei diesem Anlass.« Er setzt sich hin, über ihm das Fehlen von Sternen, die versteckten Sterne. Sie erkennt seine Umrisse, sieht, dass er die langen Beine gekreuzt hat und seine Knie beinah auf Höhe der Ohren sind und ein bisschen komisch aussehen. »Chemische Reinigung ist etwas Wunderbares. Komm. Setz dich zu mir.«

Sie setzt sich neben ihn, und zusammen sehen und sehen und sehen sie die hellen Spuren der Leben über Leben, die brennen und frei schweben im gedankenlosen Dunkel. Sie küsst seine Finger und spricht mit ihnen: »Da unten habe ich einen kleinen Jungen gesehen, für den allein jemand Saxophon gespielt hat, nur für ihn. Und einen Mann, der einen Ballon gefangen hat, statt ihn vorbeifliegen zu lassen. Und zwei Frauen, die einer dritten halfen, die unglücklich war – eine behinderte Frau im Zug. Sie sind in dieser Nacht, heute Morgen da. Oder sie sind weitergereist, nach Hause, zum nächsten Ort. Aber sie sind immer noch die, die sie waren.«

»Das sind, sind das Menschen aus deiner Sammlung?«

»Ja, ich zeige sie dir – wenn du willst. Ich habe sie alle aufgeschrieben. Sie würden dich froh machen.«

»Das gefällt mir. Ich glaube ... Frohsein ist etwas Gutes.« Und seine Hand, die Knöchel der einen Hand, glätten ihr das Haar.

Sie lehnt sich leicht in die Berührung. »Neulich war eine alte Dame im Bus mit einem kleinen Jungen, und sie hatte ihr Kinn leicht auf seinen Kopf gelegt und hielt ihn im Arm – ihr Enkel vielleicht. Man sah ihr an, dass sie sich nichts Besseres vorstellen konnte, in ihrem ganzen Leben nicht. Es gab nichts Besseres. Sie strahlte. Und er saß einfach nur da, ein bisschen gelangweilt, und merkte es nicht, wusste nicht, dass er jemanden über die Maßen glücklich machte, bloß weil er am Leben war.«

»Ist das nicht traurig?«

»Ich weiß nicht, Jon. Es ist nur traurig, wenn Liebe am Ende immer traurig ist.«

»Oh.«

Und sie schweigen und sagen nicht, was sie glauben, wie Liebe am Ende sein könnte, vielleicht, weil sie sich nicht sicher sind, oder vielleicht, weil sie abergläubisch sind. Vielleicht haben sie Angst, die Liebe könnte zuhören und ihnen widersprechen. Das könnte der Fall sein.

In der Nähe fängt eine Amsel ein Lied an, zu früh, aber sehr schön und allein.

»An einem Sonntag bin ich spazieren gegangen, ungefähr eine Straße von hier entfernt, und an einem Fenster war ein Junge mit einer Spielzeugpistole und zielte nach draußen, und jemand draußen, eine Frau, sah ihn und hob die Hände – und er lächelte und sie lächelte auch, und eigentlich ist das schrecklich, aber die Pistole ist keine Pistole, und er schießt auch nicht, er kann nicht schießen, und er lacht. Sie lachen beide ...«

Und Jon regt sich mit einem Mal – diese langen Arme und Beine – und kniet sich hinter Meg und umschließt sie mit den Armen und hält sie fest, und sein Gesicht drückt sich an sie, sein Mund drückt sich an ihren Hals. Er reibt an ihrer Haut. »Du sammelst all die Menschen, denen ich nicht helfen kann.«

Und die Dämmerung bricht heran, und das Graue verflacht die Möglichkeiten der Nacht. Langsam wird der Park einfach zu einem Park, das Gras ist feucht. »Du sammelst all die Menschen, denen ich nicht helfen kann.« Seine Stimme ist nicht laut, aber sie ist hart. »Du sammelst die, denen wehgetan werden wird. Du sammelst die, denen wehgetan worden ist. Und ... Operation Circus und Operation Ore und Operation Hedgerow und Operation Fernbridge und Fairbank und Orchid und Operation Midland, Operation Enamel ... ich habe wenigstens versucht, mich um ein paar der Kinder zu kümmern und die Menschen über das zu informieren, was mit ihnen geschehen ist. Nicht, weil mir Ähnliches zugestoßen ist. Niemand hat mir solches Leid zugefügt.«

Sie spürt das Zittern in seinen Muskeln, als er sie fester umschließt, enger. »Wenn ein Mensch einem anderen Menschen nicht hilft, obwohl das eigentlich geschehen müsste, wenn die Menschen nicht die Wahrheit dieser Notwendigkeit verstehen – jedes Mal, jedes Mal –, was haben wir dann für einen Sinn?« Die Wörter sind an ihrem Ohr und in ihrem Haar, und er spricht mit ihr und spricht gar nicht mit ihr. »Am Ende, verstehst du, am Ende ist alles eine Schändung, es ist immer ein Missbrauch von Kindern. Der geschehene Kindesmissbrauch, er deckt sich einfach mit all dem anderen Missbrauch von Menschen, die einmal Kinder waren, die voller Unschuld waren, Menschen, die machtlos sind oder vertrauensvoll oder schwach oder einfach am Leben – am Leben sein reicht schon. Wenn du Nahrung unmöglich machst, wenn du Schutzräume stiehlst, wenn du jemanden erniedrigst, was ist das? Ich meine, was ist das? Wenn du das tust, dann befrachtest du die Tage der Menschen und ihren Verstand und ihre Seele ... oder nicht Seele, ihren Geist ... mit etwas Schmutzigem, etwas Unaussprechlichem, ohne dass du da bist. Ist das nicht eine Art Vergewaltigung?«

Danach atmet er und atmet und hält Megs Kopf zwischen den Händen, legt die Handflächen über ihre Ohren, als fürchtete er sich vor dem, was er ihr sonst noch zumuten wird. »Es tut mir leid, leid, leid.«

»Das soll es nicht.«

»Es tut mir leid. Deinetwegen ... weil ... ich will nicht ...«

»Nicht doch.« Das flüstert sie, damit die Welt nicht ihr zuhören kann, sondern nur ihm. »Alles andere, aber es soll dir nicht leidtun. Scheiß darauf.«

»Ich war niemals so verdammt wütend. Und so verdammt glücklich.« Er atmet wieder. »So fühle ich mich.«

Und sie bewegen ihre Köpfe zusammen, sie schmiegen sich aneinander und kosen sich, und helles Licht bricht ein, kommt schreiend vom Horizont herbei und breitet sich aus, und es ist heute, und Meg und Jonathan wiegen sich, sie wiegen sich, und das ist jetzt alles – das Wissen, dass sie unstet und zusammen und unstet und zusammen sind – und neuer Vogelgesang beginnt, bricht in einem Schwall aus, und sie schmecken Salz, und sie glauben, sie retten einander, glauben, dass zwei Menschen gerettet werden, und das sind zwei Menschen mehr als gestern, und eine Handvoll Sittiche fliegt über ihnen – *tssiuuh, tssiuuh, tssiuuh* – in unverlangten Farben, die es hier früher nicht gegeben hat.

Dann nimmt Meg Jons rechte Hand.

Meine ungeschickte Tierhand mit den behaarten Fingern.

Sie küsst die Hand, als wäre es gesponnener Zucker, oder das Abbild seiner Seele, und er nickt und hat sein Ziel vor Augen.

Hier ist es.

Liebe.

Hier ist sie.

6:42

Ein zerknittertes Paar sitzt auf einem Hügel oberhalb einer bekannten Metropole.
Sie sitzen nebeneinander und lachen.
Sie sitzen nebeneinander und weinen.
Sie möchten lieber hier sein und daran sterben als anderswo sein.
Hier ist es.